HEYNE <

DAS BUCH

Nach einer Reise voller Gefahren gelangen Grazia, die Gelehrtentochter aus dem Berlin des Jahres 1895, und Anschar, der Krieger aus dem bronzezeitlichen Argad, in das alte verfeindete Land Temenon. Hier sollen sie im Auftrag seines Königs Frieden schließen, um den alten Fluch abzuwenden, der beide Länder zu zerstören droht. Doch nichts ist hier wie erwartet, und als Grazia zurück nach Berlin flüchtet, bleibt Anschar keine Wahl: Er muss ihr folgen. Im Berlin der Kaiserzeit, einer Stadt voller Gefahr für einen Besucher aus einer anderen Welt, setzt sich für den stolzen Krieger und seine temperamentvolle Gefährtin das Abenteuer ihres Lebens fort …

DIE AUTORIN

Sabine Wassermann wurde 1965 in Simmern geboren und studierte Kunst an der Städelschule in Frankfurt am Main. Das Interesse an der griechischen Sagenwelt und an der Antike brachte sie zum Schreiben. Sie lebt als Malerin und Schriftstellerin in Bad Kreuznach, wo sie 2001 mit dem Förderpreis für Kunst und Kultur ausgezeichnet wurde. Nach mehreren historischen Romanen legt sie mit *Die eiserne Welt* den zweiten phantastischen Roman nach *Das gläserne Tor* vor.

Sabine Wassermann

DIE EISERNE WELT

Roman

Originalausgabe

WILHELM HEYNE VERLAG
MÜNCHEN

FSC
Mix
Produktgruppe aus vorbildlich
bewirtschafteten Wäldern und
anderen kontrollierten Herkünften

Zert.-Nr. SGS-COC-1940
www.fsc.org
© 1996 Forest Stewardship Council

Verlagsgruppe Random House FSC-DEU-0100
Das FSC-zertifizierte Papier *Super Snowbright*
liefert Hellefoss AS, Hokksund, Norwegen.

Originalausgabe 06/2009
Redaktion: Angela Kuepper

Printed in Germany 2009
Umschlaggestaltung: Nele Schütz Design, München,
unter Verwendung eines Motivs von Lee Gibbons
Karte: Andreas Hancock
Satz: Greiner & Reichel, Köln
Druck und Bindung: GGP Media GmbH, Pößneck

ISBN 978-3-453-52340-1

www.heyne-magische-bestseller.de

Nein, Effi. Nach Mitternacht kann auch der Kaiser
keine Tasse Tee mehr verlangen.

Theodor Fontane

Nein, Meya. Nicht wir klagten über dir,
wir waren untätig und hilflos.
Es war die Tochter des Feindes, die sich erbarmte.

Argadischer Grabgesang

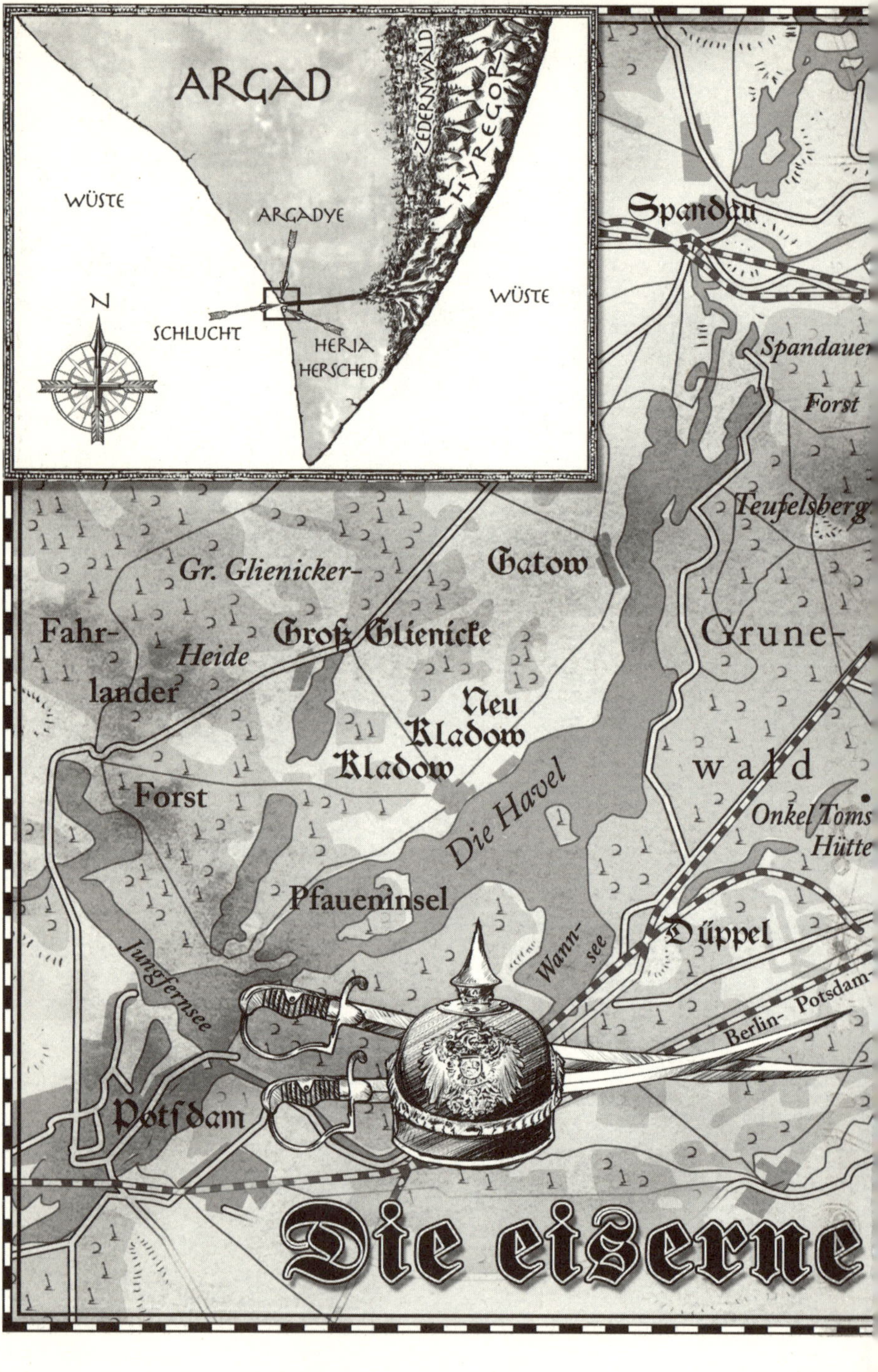
ARGAD
ZEDERNWALD
HYREGOR
WÜSTE
ARGADYE
N
WÜSTE
SCHLUCHT
HERIA
HERSCHED
Spandau
Spandauer
Forst
Teufelsberg
Gatow
Gr. Glienicker-
Heide
Fahr-
lander
Forst
Groß Glienicke
Grune-
wald
Neu
Kladow
Kladow
Die Havel
Onkel Toms
Hütte
Pfaueninsel
Düppel
Wann-
see
Jungfernsee
Berlin-
Potsdam-
Potsdam
Die eiserne

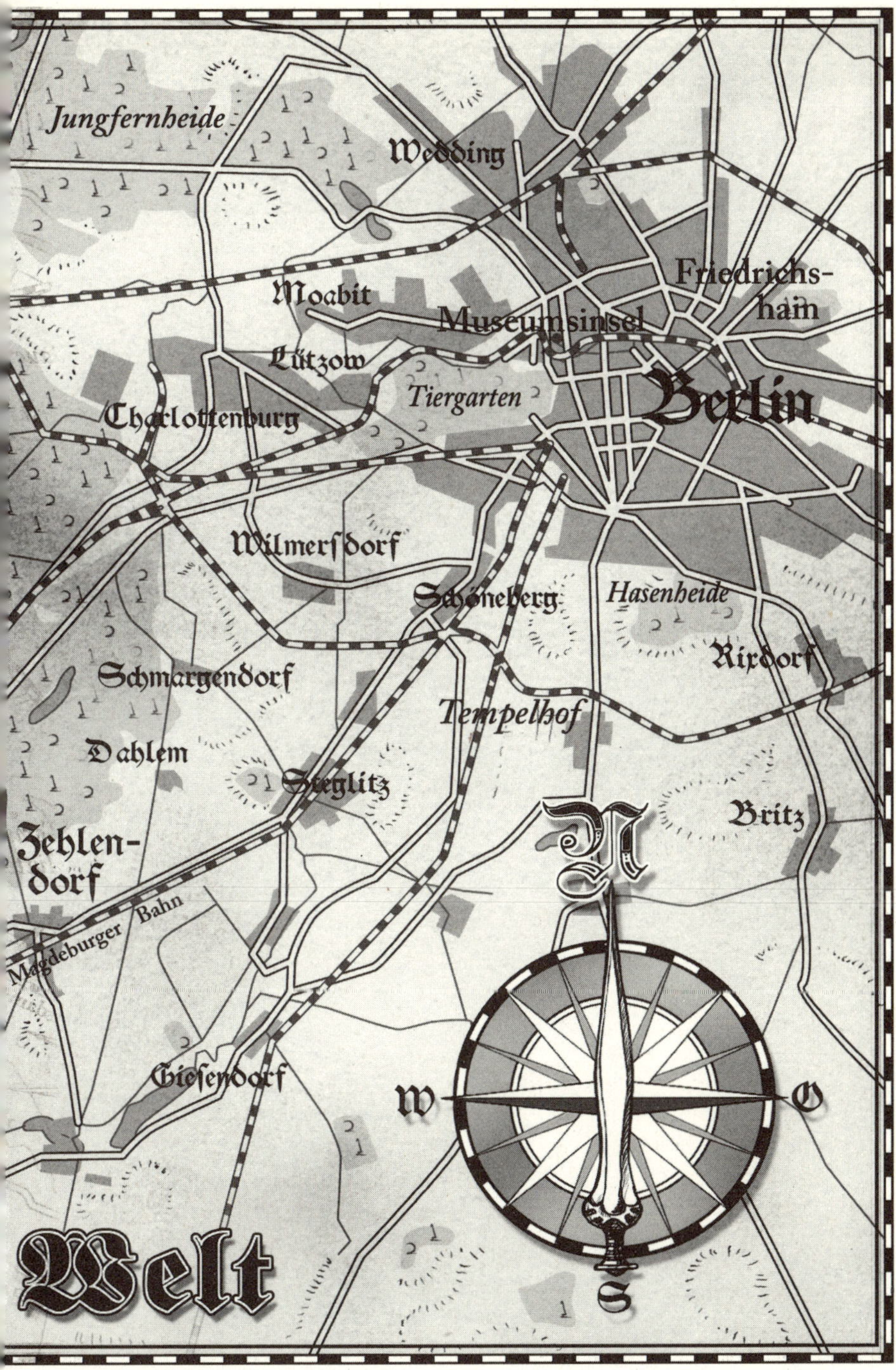

Jungfernheide
Wedding
Friedrichs-
hain
Moabit
Museumsinsel
Lützow
Tiergarten
Berlin
Charlottenburg
Wilmersdorf
Schöneberg
Hasenheide
Rixdorf
Schmargendorf
Tempelhof
Dahlem
Steglitz
Britz
Zehlen-
dorf
Magdeburger Bahn
Giesendorf
N
W
O
S
Welt

DIE WÜSTE

1

Bilder marterten sie. Ein Garten, darin der Gott, gefangen in einer Wassersäule. Machtlos schlug er gegen die unsichtbare Barriere aus Luft, die *sie* geschaffen hatte. Seine Haare trieben im Wasser wie Schlingpflanzen. Das schöne Gesicht war verzerrt in verzweifelter Hilflosigkeit. Da war die rothaarige Frau, auf ihrer Gesichtshaut ein Fleckenschwarm. Kein Mensch auf der ganzen Welt sah so aus. Tränen flossen wie Sturzbäche über dieses Gesicht, schwemmten die Flecken jedoch nicht fort. Ihr Blick galt einem Mann, der, die Züge in Hass und Anstrengung verzerrt, mit seinem Schwert um sich schlug.

Ein Sklave war er. Einer, der sich herausnahm, nur dem dienen zu wollen, den er für würdig erachtete. Einer, der sich gegen seinen Herrn erhoben hatte. Ihn getötet hatte. Getötet!

»Anschar.«

Geeryu würgte den verhassten Namen zwischen den verkniffenen Lippen hervor. Sie zuckte zusammen, als sie Mallayur, ihren königlichen Geliebten, wieder sterben sah. Anschar hatte ihn in die tödliche Umarmung des Gottes geworfen. Dann hatte er auch sie töten wollen. Sie glaubte sein wirbelndes Schwert zu erblicken. Näher und näher kam Anschar, schlug ihr erst das Ohr ab und stieß die Klinge in ihre Brust.

Wie oft plagten die Erinnerungen sie in ihren Träumen? Tausende Male.

Sie warf den Kopf zurück und riss den Mund auf. Aufbäumen wollte sie sich, konnte aber nur die Schultern heben. Ihre Brust war ein Gebiet, so groß wie eine Schlucht, in der nichts als Schmerz hauste. Kraftlos sank sie zurück auf eine Matte. Unter den Fingern erspürte sie grobes Grasgeflecht.

Ein Licht flammte auf.

»Sie hat etwas gesagt«, flüsterte jemand. Ein Mensch. »Dank sei dem Götterpaar, nach all der Zeit hat sie endlich etwas gesagt. Das Vogelopfer an Inar und Hinarsya war nicht umsonst.«

Füße tappten heran, und Licht schimmerte durch Geeryus geschlossene Lider. Sie zwang sich, sie einen Spalt weit zu öffnen. Eine schwielige, dicht behaarte Hand hielt ein Öllämpchen. Ein so kleines, gänzlich schmuckloses Tongefäß besaßen nur arme Leute. Das Öl darin musste die Abende mehrerer Zehnttage erhellen. Wo, bei der Dreiheit, war sie?

Das Flämmchen zuckte dicht vor ihren Augen.

»Hab keine Angst, Frau. Wie heißt du, woher kommst du? Sag's nur, vertrau mir, ich laufe gleich los, deinen Angehörigen zu sagen, wo du bist. Ich heiße Iriasched, bin Grasmattenflechter. Ich war in der Stadt, als eine Feuersbrunst ausbrach. Die Menschen rannten wie toll umher. Ich auch. Dabei bin ich über dich gestolpert. Hast in einem Gebüsch gelegen, es hatte schon Feuer gefangen. Ich hab dich auf meinen Karren geladen und hergeschleppt. Ich stelle die Lampe hier an deine Seite, ja? Wenn du willst, lasse ich sie die ganze Nacht brennen.«

Die Worte prasselten auf sie hernieder. Sie wünschte sich, der Mensch würde sein Geplapper mäßigen. Mühsam drehte sie den Kopf, sah durch den Lidspalt die kugelförmige Tonlampe auf einem Tischchen neben sich. Das Flämmchen erhellte schmutzige Wände, mit bröckelndem, ockerfarbenem Verputz und grob ausgeführten Malereien, als habe ein Kind sich daran versucht. Rußige Deckenbalken, darüber ein Geflecht aus Matten. »Wo …«, hauchte sie. Was aus ihrer Kehle kam, war nur ein Krächzen, das sie alle Willenskraft kostete.

»Du bist hier in einem Dorf eine halbe Tagesreise von Heria entfernt.«

»Heria …«

»Die Hauptstadt von Hersched. Weißt du's nicht? Hast du dein Gedächtnis verloren?« Er hatte sich abgewandt und befingerte ein Wandbord, auf dem Krüge mit gesprungenen Rändern standen. Auch seine Unterarme waren pelzig, doch die Schultern glatt wie die eines Knaben. Den krummen Rücken bedeckte ein Hemd, das Jahrzehnte alt sein mochte. Sein Hüfttuch war am Hintern fleckig und stank.

Sie begriff das Gehörte kaum. Zu ungewohnt war ihr die Stimme eines Menschen. Und zu groß die Qual in ihrer Brust.

»Ich … will … ich … will.«

»Ja? Was?«

»Ich will – *atmen!*«

»Du atmest doch. Merkst du das nicht? Ich seh's ja. Dem Arzt, der dich vernähte, war es ein Rätsel, wie jemand mit so einer Verletzung atmen und überhaupt noch leben kann. Aber du tust es. Du tust es seit fünf Monaten. So lange liegst du schon hier.«

Sie gemahnte sich, nicht zu sehr auf den Schmerz zu achten. Ihre Gedanken tasteten ihren Körper ab. Glitten hinab, erspürten den Brustkorb, zwangen ihn, sich weiter zu bewegen. Was tiefer war, Becken, Beine, Füße, lag wie tot. In den Armen war Leben, die Finger beugten und streckten sich. Quälend langsam hob sie die Hand, brachte sie vor die Augen und ließ sie auf die Brust sacken. Dort lag ein Tuch. Sie schob es herunter. Dann ein weiteres Tuch, das stramm saß, als sei es fest um ihren Körper gewickelt. Es gelang ihr, es so weit zu lockern, dass sie die Finger darunterschieben konnte.

Es überraschte sie, zwischen ihren Brüsten nur eine kleine,

wulstige Narbe vorzufinden. Den Schmerzen nach hatte sie geglaubt, es müsse alles offen sein, so dass sie die Finger in das Blut des schlagenden Herzens hätte tauchen können. Ihre Nägel, sauber gestutzt, kratzten über die Haut.

Wie mochte es darunter aussehen? Warum konnte sie ihren Leib von der Brust abwärts nicht bewegen? Unrettbar schien das Schwert etwas zerstört zu haben, und dass sie daran nicht gestorben war, verdankte sie gewiss ihrer Abstammung. Es musste so sein. Was sie atmen ließ, war nicht ihre beschädigte Lunge. Es war die Kraft des göttlichen Vaters in ihr. Die Kraft, die sie monatelang in den Schlaf versetzen konnte, um eine derartige Verletzung zu überstehen. Jahrelang, wenn es sein musste. Viel Zeit ihres langen Lebens hatte sie in irgendwelchen Verstecken im Dämmerschlaf zugebracht, wenn sie die Gegenwart sterblicher Menschen nicht mehr ertragen hatte. Fünf Monate waren nichts.

Geeryu tat weit den Mund auf und erkämpfte sich weitere Atemzüge. In ihrem Innern rasselte es. Weiter, ermahnte sie sich. Weiter.

»Siehst du? Du atmest«, sagte der Mann. Er nahm einen Krug vom Bord und trug ihn an den Tisch. Von der Öffnung zog er einen Papierstreifen. Saurer Weingeruch stieg herauf. »Das stärkt dich.« Er füllte einen schmalen Becher und hielt ihn ihr an die Lippen. Geeryu tat nichts, es ihm leichter zu machen, öffnete nicht den Mund, schluckte nicht. Einige Tropfen rannen über ihre Zunge, das meiste über ihre Wangen. Als der Wein ihr linkes Ohr traf, zischte sie beißenden Ärger hinaus. Den Mann schien es nicht zu kümmern.

»Du hast in all der Zeit kein einziges Mal die Augen aufgemacht«, sagte er. »Ich war in der Stadt, habe Leute gefragt, ob eine schöne, schwarzhaarige Frau vermisst wird, aber alle haben nur die Köpfe geschüttelt. Sogar im Palast wollte ich fragen, denn du siehst wie eine edle Frau aus, aber ich wurde abgewiesen. Die sind dort noch alle damit beschäftigt, dem Durcheinander Herr zu werden, das der Tod des Königs und das Feuer hinterlassen haben. Aber ich werde dir helfen, in dein Zuhause zurückzufinden, wo immer das ist. Die abwesenden Götter schauen immer noch mit Wohlgefallen herab, wenn man einem in der Not beisteht, das glaube ich ganz sicher. Aber es wäre gut, wenn du dich auf deinen Namen besinnst!«

»Schscht! Wie soll sie bei deinem Gerede einen klaren Gedanken fassen?« Eine Frau erschien an seiner Seite, mit mageren Gliedmaßen und einem breiten Rumpf, der an die Vorratsgefäße im Palastkeller erinnerte. Mit dem Ellbogen drückte sie den Mann beiseite. »So pass doch auf. Was musst du ihr gleich Wein geben? Flöße ihr wie gehabt Wasser und Suppe ein.«

»Meinst du?«

»Gewiss. Sie ist doch noch gar nicht ganz wach. Nicht einmal die Augen hat sie richtig offen.«

Der Geruch fauliger Zähne schlug Geeryu entgegen. Zwischen den Wimpern hindurch sah sie ein faltiges Gesicht sich nähern. Der Blick der Frau war misstrauisch. »Hörst du mich?«, fragte sie.

Geeryu antwortete nicht.

»Irgendwie war sie mir geheurer, als sie noch schlief …«

»Ich glaube, wir sollten sie wach halten«, sagte der Mann. »Sonst dammert sie uns vielleicht wieder für eine lange Zeit weg. Und stirbt dann doch?«

Die Frau schnaufte. »Mag sein. Woher sollen wir wissen, was das Richtige ist?«

Er schob sie weg und drückte einen kühlen, schmeichelnden Gegenstand in Geeryus Hand. »Hier, es hatte sich in deinem Gewand verfangen. Ich dachte mir, dass das schöne Stück dir gehört, weil …« Er klang verlegen, als zögere er, das Unglück in Worte zu fassen. »Weil dein Ohr abgeschlagen ist.«

Ihre Nägel kratzten über die geflügelten Fabelwesen, deren Köpfe einander zugewandt waren, fuhren den geriffelten Reif entlang, der ihre Leiber einte. Sie hatte Mallayur gefragt, was für Wesen es waren, aber der hatte es auch nicht gewusst. Aber schön, ja, schön war der Ohrring. Keine Frau im Palast hatte solch fremdartigen Schmuck besessen. Sie ertastete das Kettchen, erinnerte sich daran, wie Mallayur es über ihre Ohrmuschel gehängt und den Reif gerichtet, zufrieden gegrunzt und sie geküsst hatte. Ein Beutestück.

Wie hässlich war sie jetzt … Abgeschlagen. *Abgeschlagen.*

»Mallayur …« Ihre Finger umschlossen den Ohrring so fest, dass sie schmerzten. Mallayur, der König von Hersched und Bruder des so viel mächtigeren Königs von Argad. Der kleine, schwache Mallayur, der all das nicht gewesen war, was der gewaltige Madyur verkörperte, und darunter so sehr gelitten hatte. Auf ihre Weise hatte sie ihn geliebt.

»Wir hätten das Geschmeide verkaufen sollen«, murmelte die Frau. »Es hätte uns ein paar Jahre ernähren können.«

»Und ich sage dir, dass das nicht recht wär', Weib! Wir sind ehrliche Leute.«

»Es wäre auch ihr zugute gekommen. Der Arzt könnte sagen, was wir jetzt mit ihr machen sollen, ob sie weiterschlafen oder wach bleiben muss. Wenn wir ihn bezahlen könnten.«

»Der wird das auch nicht wissen.«

Geeryu fragte sich, wie die rothaarige Frau, Anschars Gefährtin, wohl hieß. Sie konnte sich nicht auf den Namen besinnen. Aus einer fernen Welt war sie gekommen, so hatte man es sich im Palast erzählt. Auch sie besaß eine erstaunliche, göttliche Kraft: Sie konnte Wasser aus dem Nichts erschaffen. Eine Nihaye sei sie gewesen, so wie sie, Geeryu.

Aber den Worten zufolge, die Mallayur aus ihr herausgepresst hatte, war sie keine Halbgöttin. Konnte das wahr sein? Wenn sie keine war, hatte der Wassergott ihr dennoch die Kraft gegeben. Wenn sie eine war – war es einerlei! Denn was hatte sie bewirkt, außer mit Wasser um sich zu spritzen? Ohne den Mann, den Sklaven, wäre sie gescheitert, wie Wassertropfen an einem Steinwall scheitern mussten. Anschar trug die Schuld, dachte Geeryu, bebend vor Schmach und Schmerzen. Er war die Gefahr, er hatte das Schwert in ihrer Brust versenkt. Er hatte ihre göttliche Kraft, die Beherrschung der Luft, besiegt.

Du hättest lernen sollen, damit zu kämpfen. Seine höhnischen Worte, prall mit Triumph gefüllt, steckten noch in ihrem zerschundenen Ohr. Geeryu zog die Lippen zurück und presste einen wütenden Laut durch die Zähne.

»Hast du Schmerzen?«, fragte der Mann. »Sie hat bestimmt welche. Es wäre besser für sie, wenn sie weiterschläft.«

»Sie kann doch nicht ewig hier liegen!«

»Hast du nicht eben gesagt, du sähest sie lieber wieder schlafend?«

»Ich sähe sie am liebsten endlich aus dem Haus.«

Die Frau hatte die Stimme gesenkt. Diese Menschen! Ihr Gerede war wie ein klebriger Stoff, der die Ohren verstopfte. »Haltet … den … Mund«, krächzte Geeryu.

»Was hast du gesagt? O Hinarsya!« Eine faltige Hand mit schwarz umrandeten Nägeln klatschte auf die Schulter des Mannes und rüttelte sie. »Ihre Augen!«

»Die sind ja wie aus Silber. So etwas habe ich in meinem ganzen Leben nicht gesehen.«

»Es sieht grässlich aus. Ist das wirklich ein Mensch, den wir da im Haus haben?«

»Kein Mensch hat silberne Augen.«

»Lass sie uns hinaustragen!«

Geeryu blickte in die erschrockenen Gesichter der Menschen. Beide waren an die Wand zurückgewichen. Die Frau entblößte ihre Zähne. Sie würde weiterplappern. Sie würde niemals aufhören. Geeryu stellte sich vor, wie eine unsichtbare Faust aus Luft gegen den Schlund mit diesen scheußlichen Zähnen schlug und ihn schloss. Sie mühte sich ab, dem Gedanken Taten folgen zu lassen. Es fiel ihr schwer. Nun, ihre göttliche Gabe war geschwächt; so war es immer, wenn sie lange geschlafen hatte. Dicht neben dem Kopf der Frau schlug mit einem leisen Knall ein Stück Verputz heraus. Die Frau zuckte zusammen.

»Was war das?«, flüsterte sie wie erstarrt und tastete nach der Hand ihres Mannes. »Ihr Götter, wie sie starrt. Ach, Iriasched, hättest du es bloß bleiben lassen, sie uns ins Haus zu schaffen.«

Geeryu betrachtete einen der Krüge auf dem Wandbord. Ihre Gedanken formten eine Hand aus Luft, die ihn nach vorne schob. Beide, Mann und Frau, legten die Stirnen in Falten, als ihre Blicke sich hoben. Der Krug verlor das Gleichgewicht und schlug auf den Kopf der Frau. Sie riss die Hände hoch und kreischte. Aus einer Schnittwunde floss Blut, vermischte sich mit dem austretenden Wein. Sie taumelte, packte die Schultern des Mannes, der sie festhalten wollte, und sackte gemeinsam mit ihm auf die Knie. Endlich schwieg sie. Geeryu schlug die Handflächen auf die Pritsche unter sich. Der Ohrring fiel klirrend zu Boden. Mit aller Willensanstrengung zwang sie einen Luftkeil unter ihren Rücken, der sie wie eine steife Puppe anhob. Der Schweiß brach ihr aus allen Poren. Zu schwer, zu schwer! Mit einem Knall zerbarst der Keil, und sie sackte wieder zurück.

Wütend keuchte Geeryu. In ihrem Brustkorb rasselte es eigenartig. Sie bemerkte, dass die Frau in den Armen ihres Mannes ohnmächtig wurde. Nun, da das Weib schwieg, schien der Grasmattenflechter entschlossen, an ihrer statt weiterzureden. Seine Lippen öffneten und schlossen sich, und er brabbelte Worte der Angst.

»Bitte, tu uns nichts«, bettelte er. »Wir haben dir doch geholfen.«

Du hättest lernen sollen, damit zu kämpfen … Die Worte schnitten in Geeryus verwundeten Stolz; sie konnte sie nicht aus dem Gedächtnis verbannen. Sie würde es lernen! Ihr Blick wanderte zur Balkendecke hinauf. »Ich werde es lernen … lernen …«, presste sie zwischen den zusammengepressten Zähnen hervor. Einer der Balken bewegte sich. Fingerbreit um Fingerbreit schob er sich vom Mauerwerk fort, ins Zimmer hinein. Geeryu blähte vor Anstrengung die Backen; in ihren Schläfen pochte das Blut. Der Mann hatte den Kopf in den Nacken gelegt und die Augen aufgerissen. Er zuckte, als kämpfe er verzweifelt dagegen an, dass sich seine Muskeln in Wasser verwandelten. Seine Finger kneteten die Schultern der Frau.

»Nein, bitte«, weinte er. »So lass uns doch leben!«

Der Balken schlug nieder. Sein Schädel barst.

Geeryu drehte den Kopf weg und verschnaufte. O ja, sie war imstande zu lernen. Aber das triumphale Gefühl, dieses schwere Stück Holz unter ihren Willen gezwungen zu haben, schwand schnell. Sie hustete, kämpfte gegen Übelkeit an. Was half ihr diese Macht, wenn sie hier lag, vom Brustkorb an gelähmt? Anschar trug die Schuld! Er und sein Weib!

»Vater«, flüsterte sie. »Vater, wenn du mich je geliebt hast, dann komm her. Komm her und sieh dir mein Leid an!«

Jahrzehnte mochte es her sein, dass sie Nihayem, den Beherrscher der Luft, den Dritten der Dreiheit, zuletzt gerufen hatte. Würde er sie hören?

Unentwegt erflehte sie sein Erscheinen, während der Körper des Grasmattenflechters auf ewig erschlaffte, seine

Frau erwachte und sich in den Wahnsinn und zurück in die Ohnmacht schrie, während das Öl in der Lampe erlosch und Dunkelheit das schäbige Haus erfüllte. Da, ein Lufthauch. Geeryu lächelte. Wind strich um ihre Arme, ihre Brust, ihre Wangen. Vor ihren Augen verdichtete sich die Luft zu einem schleierfeinen Gesicht: das Gesicht eines jungen, schönen Mannes.

»Vater! Hilf mir.«

Die nur schwach erkennbaren Züge wirkten mitleidig. *Tochter. Ich kann dir nicht helfen, dieses irdische Leben zu ertragen. Es tut mir leid.*

»Du kannst mich nicht heilen?«

Hätte ich es dann nicht längst getan? Ich beherrsche die Luft, so wie meine Brüder Wasser und Erde beherrschen. Nichts anderes. Das solltest du wissen. Ich kann dich atmen lassen. Aber nicht heilen.

Ja, sie wusste es. Die Götter der Dreiheit vermochten mit denen ihnen zugewiesenen Elementen ganze Landstriche zu verwüsten, aber darüber hinaus waren sie schwach. Mitunter schwächer als ihre sterblichen Kinder, die sie gelegentlich mit sterblichen Frauen zeugten. Hätte sie sonst den Gott des Wassers in ihre Luftsäule zwingen können? Aber dieser war der schwächste von allen; sie hatte gehofft, ihr Vater vermöge mehr.

Was ich kann, will ich tun.

»Dann töte den, der mir das angetan hat.«

Anschar … Er ist nicht mehr in Argad, weißt du das nicht? Nein, wie könntest du es wissen? Der König hat ihn mit seiner Gefährtin und einigen Wüstenmännern ausgeschickt, das Unmögliche möglich zu machen und das Land Temenon zu finden.

»Temenon …?«, wisperte sie.

Temenon, das Land des alten Feindes, das von Argad vor Hunderten von Jahren bekriegt worden war. Erinnere dich!

Es tat weh, all diese Gedanken aus ihrem verschütteten Innern zu holen. Aber ja, sie erinnerte sich. Inar und Hinarsya, das göttliche Paar, die Beherrscher allen Lebens, aller Götter, aller Länder, hatten die kriegerische Gewalt Argads nicht länger mit ansehen wollen und die Welt mit dem Fluch der Trockenheit überzogen. Sie hatten Nihayems Bruder, den Gott des Wassers, gefangen gesetzt und ihm seinen Namen genommen. Das Meer war gesunken, hatte sich in eine Wüste verwandelt und die Feinde voneinander getrennt. Aber Argad und Temenon hatten keinen Frieden miteinander.

»Das bedeutet«, flüsterte sie. »Es bedeutet … ah.« Nachdenken fiel ihr noch so schwer. »Sie sind in der Wüste. Vielleicht hat der Sand sie ja schon unter sich begraben. Wenn nicht, hole das nach. Räche mich.«

Widerwillig verzog er das schemenhafte Gesicht. *Aber es ist wichtig, dass sie nach Temenon gelangen und die Hand zum Frieden reichen. Das Überleben dieser Welt hängt davon ab.*

»Wichtig?«, schrie sie ihm mit aller Kraft entgegen. »Ihr Götter seid in andere Welten übergewechselt! Ihr habt diese doch längst ihrem trockenen Schicksal überlassen! Was schert sie euch noch?« Sie begann zu wimmern. »Du hast gesagt, was du kannst, willst du tun.«

Unwillig senkte er den Kopf. *Dies eine Mal. Aber bitte mich nie wieder.*

Er verschwand, sie war allein. Allein mit sich und ihrer Qual. Ewig würde sie brauchen, um sich von hier fortzuschaffen, irgendwohin, wo sie ihre Wunden auf weicheren Lagern als diesem lecken konnte. Wo die Erinnerungen vielleicht verblassten. Wieder sah sie ihren Geliebten Mallayur tot ins Gras sinken. Wieder sah sie, wie Anschar sein Weib rettete und aus dem brennenden Palast trug. Wie war ihr Name? Geeryu konnte sich nicht auf ihn besinnen.

»Grazia!« Anschars Stimme donnerte über den Dünenkamm. »Entferne dich nicht zu weit, hier hast du dich schneller verirrt, als du dein Beinkleid wieder hochziehen kannst!«

Grazia rollte die Augen. Manchmal hatte er einfach kein Benehmen. »Ich passe schon auf«, rief sie über die Schulter zurück. Rasch rollte sie ihr vielfach geflicktes Beinkleid hinunter und ging in die Hocke. Er hatte ja Recht, von dieser Seite der Sanddüne kam sie sich vor, als sei sie allein auf der Welt. Vor ihr breitete sich eine wellenförmige, ockerfarbene Landschaft aus, in der nichts als verirrte Windböen und kräuselnder Sand zu leben schienen. Dürre Grashalme knisterten. Sie lauschte auf die Geräusche aus dem Lager. Die sechs Wüstenmenschen, allesamt Sklaven, die Anschar ausgewählt hatte, ihm auf der Suche nach Temenon zu helfen, scherzten miteinander. Die Stimmung war gelöst; auch nach dieser langen Zeit der Wanderschaft ertrugen sie gelassen Sand und Hitze, während Anschar fluchte und sie selbst jammerte. Sie, eine wohlerzogene Frau aus gutem Hause, mitten in einer endlosen Wüste! Tag um Tag verstrich; aber der Augenblick, an dem sie glauben konnte, dass dies alles wirklich geschah, dass sie dies alles wirklich tat, wollte einfach nicht kommen.

Unter ihr plätscherte es. Ein großer, schwarz glänzender Käfer bohrte sich zwischen ihren Beinen aus dem nassen Sand. Vor Schreck fiel sie hintenüber. Hastig rappelte sie sich auf, richtete ihre Kleidung, ein dünnes Wüstengewand, darüber ein Kapuzenmantel, der vor der Sonne schützte, und kämpfte sich die Düne hinauf. Im Schutz des aufgespannten Sonnensegels wirkte Anschar wie ein Schatten, wie er da stand, die Arme verschränkt, den Blick ihr zugewandt. Auch er trug einen zerschlissenen Mantel, während die Sklaven mit bloßen Schultern auf den Decken saßen. Ralaod, die Wüstenfrau, lag neben einem von ihnen, den Kopf auf seinen Schenkel gebettet. Grazia rannte storchbeinig in ihren mit Sand gefüllten Sandalen den Abhang hinunter und sackte auf eine der Decken. Als sie sich mühte, mit den Fingern den Sand aus den Schuhen zu bekommen, war Ralaod bei ihr, schnürte die Sandalen auf und entfernte sorgfältig jedes Körnchen.

»Wovor bist du denn geflohen, Herrin?«

»Vor einem Käfer.«

Parrad presste die Lippen zusammen, sichtlich darum bemüht, nicht loszulachen. Andernfalls hätte es ihm eine Rüge seines Herrn eingebracht. Der bärtige Wüstenmann steckte die Nase wieder in eine der Zeitschriften, die Grazia von daheim mitgebracht hatte. Auch die anderen reckten die Köpfe, um die Ungeheuerlichkeiten der fernen Welt zu betrachten. Eine Bö ließ die Seiten auffliegen. »Sei vorsichtig damit«, drohte Anschar hinter ihm. »Wenn du ihre Sachen beschädigst, reiße ich dir den Bart heraus.«

Parrad krümmte sich, als halte er das für möglich, wenn nicht gar wahrscheinlich. »Herrin, tragen in deiner Welt die Frauen wirklich solche … Dinge?« In seiner Stimme schwang abergläubische Furcht. So lange waren sie schon unterwegs, und nun erst hatte er es gewagt, die Zeitschriften anzufassen.

»Natürlich«, erwiderte Grazia. »Bei uns gilt das als schön.«

»Schön?« Der Wüstenmann hob den *Bazar* und deutete auf die Zeichnung einer Frau in einem stattlichen Ballkleid mit Puffärmeln und einem Glockenrock, den sie wie eine Schleppe hinter sich herzog. Aus jeder Naht quollen Bändchen und Volants. »Die Frauen sehen aus wie mit Zierrat versehene Tongefäße. Wenn ich mir vorstelle, meine drei Frauen trügen so etwas, ich müsste sie ja ständig herumschieben, weil sie sich nicht mehr bewegen können.«

»Waren's nicht fünf Frauen?«, fragte Anschar, während er Grazia mit belustigt erhobenen Brauen ansah. Sie biss sich auf die lächelnden Lippen, weil sie es so sehr genoss, einen Blick mit ihm zu tauschen. »Und achtundzwanzig Kinder?«

»Drei und achtzehn! Aber, Herr, du hörst ja nie zu, wenn ich von ihnen erzähle.«

»Weil meine Ohren von deinem Gerede ständig verstopft sind. Deine Frauen dürften froh sein, dass du weit fort bist. Aber sieh dir dies an.« Anschar beugte sich vor, blätterte über Parrads Schulter hinweg und deutete auf ein Bild. Parrad schnappte nach Luft.

»Beim Atem des Herrn des Windes!« Ihm stand der Mund offen, wie auch den anderen, die ihre Körper anspannten, als wollten sie angesichts von Dämonen und Zauberei flüchten. »Herrin, in deiner Welt laufen die Frauen mit Vögeln auf den Köpfen herum?«

»Ja, durchaus«, erwiderte Grazia. Es war eine Eule, und das war ihr nun doch ein wenig peinlich. »Man kann auf einem Hut so vieles tragen. Ich fand Federn allerdings immer ausreichend.«

Ein heftiger Windstoß wehte Sand heran. Parrad beeilte sich, ihn aus der Zeitschrift zu schütteln und sie Anschar zurückzugeben. Der rollte sie zusammen und sah sich besorgt um. Überall begann der Sand in die Höhe zu stieben. Die sechs aneinandergebundenen Sturhörner schüttelten sich unruhig. »Packt alles zusammen«, befahl er und deutete voraus. »Dort vorne ist eine Felsenkette, da sollten wir sein, wenn es schlimmer wird.«

Augenblicklich waren die Sklaven auf den Füßen, der Sonnenschutz abgebaut. Ralaod half Grazia, die Sandalen überzustreifen und festzuschnüren. Grazia mühte sich, die Decken zusammenzulegen, ein schwieriges Unterfangen. Ständig hatte sie ihre Haare im Gesicht, und der Wind zerrte an ihrer Kleidung. Aus dem Augenwinkel sah sie, wie Anschar die Zeitschrift in eine Satteltasche zu stecken versuchte und ein besonders heftiger Windstoß sie ihm aus der Hand riss. Bedauernd sah Grazia dem davonflatternden Erinnerungsstück nach. Der düstere Horizont ließ sie die Zeitschrift jedoch vergessen. Ein ockerfarbenes Band waberte über den Dünen. Schwaden rötlichen Sandes pflügten durch den Himmel und verdüsterten die Sonne.

Anschar kämpfte mit der lebendig gewordenen Kapuze seines Mantels. »Beeilt euch!«, schrie er und streckte eine Hand nach Grazia aus. Erleichtert ergriff sie sie, denn jeder Schritt fiel ihr schwer. Halb zog er, halb schob er sie auf eines der unruhig an den Fesseln zerrenden Reittiere zu. Das Sturhorn war so groß, dass sie sich jedes Mal fragte, wie sie hinaufgelangen sollte; und jedes Mal geschah es mit Anschars Hilfe schneller, als sie es sich versah. Er hob sie an der Taille hoch und streifte ihr die herumflatternde Fußschlaufe über die Zehen. Dann war sie oben und kroch in das Grasgeflecht ihrer überdachten Sänfte. Es war ein riesiger Korb, an den sie sich in all den endlosen Tagen gewöhnt hatte und in dem auch Ralaod ihren Platz fand. Ihr Gefährte Oream schwang sich in den Sattel und ergriff eine Peitsche, die er auf den ledrigen, mit Fellbüscheln durchsetzten Hals des Sturhorns niedersausen ließ. Es warf den büffelähnlichen Kopf hoch, stieß ein Schnauben aus, das die Nüsternhaare fliegen ließ, und machte einen Satz nach vorn. Auch die anderen Tiere preschten los.

Grazia kroch tief in ihre Sänfte und klammerte die Finger ins Geflecht. Ralaod, die im Schneidersitz neben ihr hockte, glich die stürmischen Bewegungen mit geschmeidigem Schaukeln aus. »Da, wo ich herkomme, erlebt man selten einen Sandsturm«, sagte sie mit zahnlückigem Lächeln, als kümmere sie nicht, dass einer hinter ihnen war. »Oream aber«, sie nickte in Richtung ihres Gefährten, der mühelos das Tier beherrschte, »der kennt das.«

»Ja«, rief er über die Schulter. Der Wind ballte seinen rasch übergeworfenen Burnus. »Das ist nicht schlimm, man darf nur nicht den Sandgeistern verächtlich ins Gesicht lachen, sonst hat man ihren Sand zwischen den Zähnen. Ah, Parrad hat wieder Schwierigkeiten.«

Der bärtige Ältere war kein guter Reiter. Sein Sturhorn bockte, so dass all die Packen und Pakete, die an den Seiten herunterbaumelten, durcheinandergerieten.

»Bei Inar, Parrad!«, rief Anschar. Er lenkte sein Sturhorn zurück neben Parrads und ließ die Peitsche knallen, damit das Tier sich in Bewegung setzte. »Ich sollte dich in die Sänfte stecken und Grazia dein Tier führen lassen.«

»Ich kann das Biest nicht leiden«, schnaufte der Wüstenmann mit hochrotem Kopf.

»Und es dich verständlicherweise auch nicht.« Der Rest ihres Wortwechsels ging im Pfeifen des Windes unter. Anschar schlug ihm auf die Schulter, dann kam er näher an Oreams Tier. Als er Grazia sah, runzelte er besorgt die Stirn. Auch ihr schlug das Herz bis zum Hals, als sie daran dachte, dass der Sturm sie hätte überraschen können, als sie noch auf der anderen Seite der Düne gewesen war.

Bald darauf hatten sie die Felsenkette erreicht. Es war eine senkrecht aufragende Wand, ein paar Meter hoch und von wenigen Vorsprüngen unterbrochen.

Oream zügelte das Sturhorn. Auch die anderen drängten ihre Tiere dicht an die Wand und sprangen ab. Grazia war froh, dass die Schaukelei ein Ende hatte. Erstaunt bemerkte sie, dass auch der Wind nicht mehr an dem Geflecht rüttelte.

»Der Sturm pfeift nur noch in meinen Ohren«, sagte Ralaod. »Hat sich gelegt, als hätte er es sich anders überlegt.«

Die Männer sahen sich um. »Sandgeister waren das«, murmelte Parrad in seinen Bart. »Manchmal laufen sie hinter einem her, heißt es, und plötzlich sind sie weg.« Er deutete in die Richtung, aus der sie gekommen waren. Seine Augen weiteten sich vor Schreck. »Dort! Seht ihr das?«

Eine mannshohe Sandspirale tanzte über den felsigen Grund. »Das ist doch nur der Wind«, sagte Anschar.

»Es ist kein Wind mehr da«, flüsterte Parrad. »Das ist ein Sandgeist, ein Begleiter des Herrn der Winde. Er ist auf irgendetwas zornig und wird sich rächen. Und dann …«

»Spar dir deine Schauergeschichten auf, denn wie es aussieht, kannst du sie am Feuer in einer Höhle zum Besten geben; das dürfte etwas gemütlicher sein, als hier herumzustehen.« Anschar stand in einer Öffnung, unten breit und nach oben spitz zulaufend, wie ein kleines Kirchenportal. »Den Göttern sei Dank, etwas Besseres hätten wir kaum finden können. Wir können sogar die Tiere hinunterschaffen.«

Grazia rutschte aus der Sänfte und tastete mit der Fußspitze nach der Schlaufe. Ein Sturhorn ohne Hilfe zu besteigen, war und blieb undenkbar, aber wenigstens hinab schaffte sie es. Dass dabei ihr Wüstengewand bis zu den Knien hochrutschte, hatte sie hinzunehmen gelernt. Anschar war ohnehin der Einzige, der hinsah; die Wüstenmänner fanden entblößte Unterschenkel nicht bemerkenswert. Alle machten sich daran, das Gepäck abzuladen, denn der Eingang war so eben breit genug, dass die Tiere hindurchpassten. Auch die Sänfte musste heruntergezogen werden. Grazia klemmte ihren Koffer unter den Arm, raffte Taschen und zusammengerollte Decken und Felle zusammen und tapste den Männern und den unwillig brummenden Tieren hinterher in die Höhle. Unmittelbar hinter dem Eingang entdeckte sie den Zugang zu einer weiteren Kammer. Kurzerhand trug sie ihre Sachen dort hinein, denn der kleine Raum wirkte wesentlich heimeliger als das düstere Gewölbe dort unten. An der hinteren Wand befand sich sogar ein natürliches Podest, das geradezu einlud, es als

Bett zu nutzen. Im Vergleich zu den sonstigen Nachtlagern war dies ein Hotelzimmer.

»Du willst hier bleiben?«, fragte Anschar hinter ihr. Sie ließ die Sachen fallen und wandte sich zu ihm um.

»Ich fände es wirklich angenehm, mit dir allein zu sein«, murmelte sie und streifte den Mantel von seinen Schultern. Wohlig knurrte er, aber er schob sie weg und sah sich prüfend um, hob hier und da einen Stein an, fand jedoch nichts als knöcheltiefen Sand. An der Wand entdeckte Grazia einen Felsspalt. Sie zwängte sich hindurch und fand zu ihrem Entzücken eine weitere Kammer. Nadeln aus Sonnenlicht stachen durch die löchrige Wand. Eine Eidechse mit grünlich schillerndem Perlenrücken floh ins Licht. Der Boden, einen langen Schritt tiefer gelegen, war rund wie eine Schale; nur wenig Sand befand sich darin. »Anschar, das ist ja herrlich. Darin könnte man baden! Hier gehe ich nie mehr weg.«

Sie wollte hinabsteigen, aber er hielt sie mit strengem Griff zurück und schob sich an ihr vorbei. Auch hier untersuchte er jeden Winkel und spähte durch weitere Ritzen, die irgendwohin führten. »Nie mehr?«, fragte er amüsiert, als er wieder vor ihr stand.

»Ach, die Wüste ist so schrecklich. Seit vier Monaten sehe ich kaum mehr als Sand, Steine, Fels. Nach meiner Zeitrechnung sind es sogar fünf Monate, ich habe jeden Tag gezählt! Immer die gleiche Ödnis, die jeden Gedanken erstickt. Das Geschaukel auf den Sturhörnern und ihr Gestank.« Sie bohrte einen Finger in seine Brust, was ihn nicht beeindruckte. »Du stinkst. Ich stinke! Der Sand juckt, so dass ich mir die Haut aufkratze. Und dann dieses Viehzeug. Vorhin sah ich einen Käfer oder so etwas, der war *so* groß.« So weit sie konnte, spreizte sie Daumen und Mittelfinger. »Ich hasse die Wüste!«

»Oho, du bist ja plötzlich richtig wütend.«

Am liebsten hätte sie ihm einen Wasserschwall ins Gesicht

geschüttet, aber das würde er ja genießen. »Lach mich nicht aus! Ich weiß, dass ich für eine solche Reise nicht geschaffen bin. Ich kann's nicht ändern.«

»Lache ich denn? Alles, was du hier tust – hättest du geglaubt, dass du dazu imstande bist, als du noch behütet in deinem Elternhaus gehockt hast, ohne etwas von der Welt gesehen zu haben? Und dann ist es nicht einmal deine Welt, sondern eine fremde, durch die du dich tapfer schlägst. Selbst Ralaod hat ihre Mühe, und sie ist eine Wüstenfrau. Da darfst du ruhig ein bisschen jammern.«

»Ja, warum hat der Gott nicht Ralaod mit seiner Gabe bedacht? Es wäre so viel einfacher.«

»Nun ist's aber gut.« Sein Zeigefinger stand dicht vor ihren Augen. »Das infrage zu stellen, steht uns nicht zu, und das war auch nicht mehr gejammert, sondern genörgelt, *mein Fräulein*. Und jetzt still meinen Durst.«

Sie brummelte in sich hinein. Aus einer der Taschen fischte sie einen ledernen Becher und hielt ihn gefüllt vor seine Nase. Er schlug ihn beiseite.

»Doch nicht so, Feuerköpfchen. Küss mich auf die Art, die ich so liebe.« Vor ihr ging er in die Knie, packte sie an den Hüften und zog sie dicht an sich heran. Natürlich, wie hatte sie es vergessen können? Sie neigte sich vor. In seinen Mundwinkeln klebten Sandkörnchen. Ihre Lippen berührten seine, öffneten sich und entließen einen kühlen Quell, der ihn säuberte, in seine Kehle übersprang und seinen Durst löschte. Es gefiel ihr, wie er gierig schluckte, und sie ließ das Wasser fließen, bis er den Kopf zurückwarf und aufkeuchte.

»Wie du das tust, werde ich nie begreifen. Und niemals mehr darauf verzichten wollen.«

Das musst du auch nicht, dachte sie und knetete seine Haare, dunkelbraun, im Nacken zu mehreren fingerdicken Zöpfen geflochten, die ihm weit bis auf den Rücken fielen, jetzt aber halb aufgelöst und zerzaust waren. Ihre Finger strichen über seine stoppeligen Wangen, seine Ohren mitsamt dem Sklavenhaken, der ihn auf ewig zeichnete, auch wenn er dank der Gnade seines Königs Madyur-Meya kein Sklave mehr war. Das Wasser floss aus ihren Händen. Seine Lider schlossen sich. Die Rinnsale sprangen von seinen Lippen. Müde wirkte sein Gesicht, als erhoffe er, dass sie ihm die bleischwere Last abwusch, die der König auf ihn geladen hatte. Vor vielen Jahren war Anschars Mutter Siraia aus dem fernen Land Temenon gekommen, um die Hand zum Frieden zu reichen. Madyur hatte nur eine Sklavin in ihr gesehen und sie missachtet. Längst war sie tot, er vermochte den Fehler an ihr nicht mehr gutzumachen. Anschar musste es an seiner statt tun, er musste das unbekannte Land seiner Mutter finden und mit seiner Heimat Argad versöhnen. Wenn er scheiterte, so würde der Fluch der Trockenheit, den die Götter aus Bitternis über den ewigen Krieg der Menschen in die Welt gesandt hatten, nicht mehr aufzuhalten sein. Sie würde durch das Fehlen jeglichen Wassers im Tod enden.

Nein, Grazia konnte ihm das nicht von den Schultern waschen, und närrisch kam sie sich vor, weil sie sich stattdessen daran ergötzte, wie die Tropfen über die Linien seines Gesichts sickerten, über seinen Hals rannen und unter dem Hemd verschwanden. Ihn bei sich zu wissen und ihm diese Freude geben zu können, ließ sie auflachen. Ihr war danach, in die Knie zu gehen, um sich ewig von ihm halten zu lassen.

»Die Pflicht ruft«, murmelte sie widerwillig und drückte sich von ihm weg. »Ich muss Wasser machen.«

Beim Aufstehen fuhr er sich durch die Haare. »Nimm du ruhig dein Bad. Ich sage den Männern, dass sie den Rest unseres Vorrats aufbrauchen sollen.«

Er machte auf dem Fuß kehrt und war fort. Grazia widersprach ihm nicht; sie holte den Lederbeutel mit Seifenkraut und Holzspänen zum Reinigen der Zähne aus ihrem Gepäck und stieg in die Nebenkammer hinab. Nach einem Blick ins Rund, ob auch wirklich keine Schlange hierin hauste, zog sie sich das Wüstengewand über den Kopf, knüllte es zusammen und fegte damit den Sand aus dem Becken. Dann stellte sie sich am Rand auf, atmete langsam und rief sich ein Bild in ihr Inneres: wie das Wasser emporsprudelte, das Sonnenlicht spiegelte, sich das Becken füllte. Kurz darauf gluckerte es zu ihren Füßen. Kristallklar war das Wasser, und so rein, dass es duftete.

Sie streckte eine Hand aus. Der vertraute kühle Luftzug fuhr über ihre Haut und entließ das Wasser aus einer unsichtbaren Quelle. Entzückt lauschte Grazia dem Tröpfeln, das in diesem Raum wie Gläserklirren klang. Sie streifte die Sandalen ab, stieg ins Becken, bis das Wasser ihre Knöchel umspülte, und hob die Hand. Rinnsale perlten über ihre geschlossenen Augen. Sooft sie Derartiges auch tat, erfüllte es sie doch immer wieder mit Staunen. Sie dachte an den Gott des Wassers, der sie umarmt und ihr mit einem Kuss die Gabe geschenkt hatte. *War denn meine Wahl falsch?* Grazia lächelte. Noch wusste sie nicht, warum seine Wahl auf sie gefallen war, aber in einem solchen Augenblick drängte es sie nicht nach einer Antwort. Auch wenn eine Berliner Gelehrtentochter woanders sein sollte als in einer unwirtlichen Wüste, die sich nicht in Deutsch-Ostafrika, ja, nicht einmal auf der Erde befand: so wie es war, war es richtig. Um das zu wissen, musste sie nur den Mann ansehen, den sie liebte.

Sie öffnete die Augen und erschrak. Er saß am Durchgang und hatte die Arme auf den Knien verschränkt. »Lass dich nicht stören«, sagte er.

»Weißt du, wonach ich mich manchmal sehne?«

»Nach vielem, vermute ich.«

»Nach einem Regenguss.«

»Du kannst dich jederzeit erfrischen.«

»Ja, das ist wahr. Und es ist unglaublich schön. Aber nicht dasselbe.« Ihr Gesicht in den Regen zu halten und dabei zu frösteln, wann würde sie das wieder erleben? Ein Gedicht von Brentano kam ihr in den Sinn.

»Wie der Regen tropft,
An die Scheiben klopft,
Jeder Strauch ist nass bezopft.

Wie der Regen springt!
In den Blättern singt
Eine Silberuhr.
Durch das Gras hinläuft,
Wie eine Schneckenspur,
Ein Streifen weiß beträuft.

Das stürmische Wasser schießt
In die Regentonne,
Dass die überfließt,
Und in breitem Schwall
Auf den Weg bekiest
Stürzt Fall um Fall.

Und der Regenriese,
Der Blauhimmelhasser,
Silbertropfenprasser,
Niesend fasst er in der Bäume Mähnen,
Lustvoll schnaubend in dem herrlich vielen Wasser …«

Anschars gerunzelte Stirn ließ sie verstummen. Sicher hatte er kaum ein Wort verstanden. Sie entkleidete sich vollends. Es machte ihr nichts aus, es in seiner Gegenwart zu tun, aber dass er es sich anscheinend nur deshalb auf seiner erhöhten Sitzposition gemütlich machte, um ihr dabei zuzusehen, fand sie denn doch befremdlich. Sie fragte sich, ob ihre Mutter sich dem Vater je nackt gezeigt hatte. Sicher nicht! Allein der Gedanke war so absonderlich, dass sie sich innerlich schüttelte. Um ihm zu zeigen, dass ihr sein Starren nicht passte, streifte sie das Unterkleid wieder über, hielt es an der Taille fest und hockte sich so rasch hin, dass das Wasser platschte.

»Würdest du mir bitte das Seifenkraut reichen?«, fragte sie, damit er etwas zu tun hatte, das ihn davon abhielt, ihr das Kleid mit seinen Blicken wieder herunterzureißen. Gemächlich ließ er sich ins Becken herab, löste die Bänder seines Wickelrocks und warf ihn ab. Auch das Hemd fiel auf das Kleiderbündel am Rand. Er kniete sich hin und rieb seinen Körper ein. Grazia konnte nicht anders, als gebannt seinen Bewegungen zu folgen, zuzusehen, wie seine Armmuskeln die schlangengleichen Linien seiner Tätowierung zum Leben erweckten. In ihrer Hand fanden sich ein paar Blätter; dass er sie ihr gegeben hatte, war ihr entgangen, so sehr bannte sie sein Anblick. Mit aller Willenskraft riss sie sich davon los. Sie zerrieb die Blätter und griff unter ihr Kleid.

»Jetzt zieh doch diesen Fetzen aus«, sagte er.

»Einer der Männer könnte hereinplatzen!«

»Dass sich einer von ihnen der Stelle nähert, an der du dich säuberst, hast du ihnen schon vor Monaten abgewöhnt. Und ich glaube, sie wissen ganz genau, was wir hier tun.«

Mit einem Mal schoss er hoch, warf die Haare in den Nacken und drückte das Wasser heraus. Was sie kaum in Gedanken zu benennen wagte, ragte von seinem Unterleib auf. Anschar durchschritt das Becken, dass das Wasser aufspritzte, und verschwand hinter ihr. Das Herz schlug ihr gegen die Rippen, und ohne recht zu wissen, weshalb, fühlte sie sich wie ein gefangenes Tier in der Grube.

»Anschar?«, hauchte sie. Hinter ihr geriet das Wasser in Aufruhr. Seine Hände legten sich um ihre Taille, so überraschend, dass sie leise aufschrie, und schoben sich unter ihr Kleid. Sie hörte ihn keuchen, und auch sie, kaum war der Schreck überwunden, atmete schwer. Doch als sie sich ihm zuwenden wollte, um ihn zu empfangen, ließ er es nicht zu. Sein Oberkörper presste sich gegen ihren Rücken und zwang sie nach vorn, bis ihre Hände gegen den Grund des Beckens stießen.

»Halt still«, sagte er – leise und so bestimmt, dass sie gehorchte. Nicht so, dachte sie, nicht auf diese Art. Um sie war nichts als Felsgestein, unter ihr das bewegte Wasser, kristallklar, darauf ihr tanzendes Gesicht. Ein Sandfaden wand sich auf dem Fels wie ein gründelnder Fisch. Ihr war, als sei sie fern von Anschar. Seine Unaussprechlichkeit begann ihre Scham zu teilen. Es tat nicht weh. Doch sie fühlte sich seltsam verlassen.

Nicht so! Sie sprang auf, von ihm fort. Das Wasser zerrte an ihrem Unterkleid. Sie krallte die Finger in den Fels und stieg so hastig hinauf, dass sie in die vordere Kammer stolperte und der Länge nach hinschlug. Als sich seine Hand um ihr Fußgelenk legte, rollte sie auf den Rücken und hob abwehrend die Arme. Sein Gesicht schwebte dicht über ihrem. Seine Hände umschlossen ihren Kopf.

»Ich habe dich erschreckt. Das hätte mir klar sein müssen.«

Nun war es anders. Wie es sein sollte. Aus seinen Haaren troff das Wasser, und aus seinen Augen rannen Tränen. Er wirkte so zerknirscht, dass sie lächeln musste. Was immer sie erschreckt hatte, war vergessen. Sie wischte eine Strähne hinter sein Ohr. »Du hast mir Angst gemacht.«

»Es tut mir leid. Aber du hast so verlockend ausgesehen, wie du da knietest.«

»Ich kann so etwas nicht. Wahrscheinlich findest du mich furchtbar prüde.«

Er wiegte den Kopf, so übertrieben, dass sie ihn anstieß und nun selbst beinahe lachen musste. »Das bist du«, meinte er schließlich. »Aber nicht furchtbar, denn dann würdest du dich mir überhaupt nicht hingeben. Ich weiß doch, dass sich in deiner Welt eine ehrbare Frau niemals ohne Eheschwur zu einem Mann legt. Im Übrigen hättest du dann nicht deine Hände auf meinem Hintern.«

Hatte sie das? Tatsächlich, unter ihren Fingern fühlte sie seine harten Gesäßbacken. Tastend glitt sein Mund über ihre Wange, und als er ihre Lippen traf, konnte sie nicht anders, als den gierigen Kuss zu erwidern. Mehr jedoch tat er nicht. Er hob einen sandverklebten Unterarm. »Fangen wir mit dem Waschen noch einmal von vorne an. Was hattest du da eigentlich gesagt?«

»Ein Gedicht über den Regen.« Wie sie ihn über sich sah, den Mund leicht geöffnet, das Gesicht so schön und so nah am Wasser gebaut, wie es nur bei einem Argaden möglich war, konnte sie nicht anders, als es zu beenden: »Und er lacht mit fröhlich weißen Zähnen und mit kugelrunden, nassen Freudentränen.«

2

Anschar entzündete am Lagerfeuer einen Span und hielt ihn an den Docht einer Tonlampe. Grazias kleinen Vorrat an Feuerhölzchen sparten sie auf, so gut es ging. Als er gefragt hatte, weshalb sie aus ihrer Welt keine der Lichtkugeln mitgebracht hatte, war sie in haltloses Gekicher ausgebrochen. Inzwischen wusste er, dass eine Lichtkugel so wenig aus sich allein heraus leuchtete wie diese Flamme. Trotzdem blieb alles, was Grazia erzählte oder ihm in ihren Papierbündeln zeigte, unfassbar. Menschen, die über weite Entfernungen miteinander sprechen konnten? Straßen, in denen jedes Haus größer als der Palast des Meya war? Er hatte sogar ein Bild gesehen, auf dem ein Schiff größer als ein Palast war. Ein Schiff! Und diese Frau, die all das kannte, geriet in Verzückung, wenn sie ein zerbrochenes Tongefäß fand, das irgendwelche Wüstenwanderer vor Jahrhunderten vergessen hatten. Auch jetzt, da sie den abschüssigen Weg vom Höhleneingang herabkam, blickte sie sich neugierig um. So ängstlich sie oft war, ihre Neugier ließ sich nicht bändigen.

»Sieh mal.« Ralaod eilte auf sie zu. »Die Höhle wurde früher als Rastplatz genutzt. Das lag in der Asche.«

»Eine Messerklinge! Sie muss alt sein, der Griff ist verrottet.« Wie einen Schatz drückte Grazia das Fundstück an sich, während sie zwischen den um das Feuer versammelten Wüstenmännern hindurchschritt. Einer der Männer neigte ehrerbietig vor ihr den Kopf und zeigte ihr eine blutende Schramme am Arm, die er sich irgendwann am Nachmittag zugezogen hatte. Zierlich ging sie vor ihm in die Hocke und hob eine Hand über der Wunde. Ihr Wasser wusch den Schmutz heraus. Er wagte nicht, Grazia anzusehen, und murmelte einen Dank; auch die anderen blickten unsicher drein, wenn sie so etwas tat.

Anschar hatte neben sich für sie ein paar Felle ausgebreitet; dort ließ sie sich nieder und hielt die Klinge ans Licht.

»Wenn wir je wieder zurückkehren, haben wir einen Beutel mit Geschenken des Herrschers von Temenon und säckeweise Zeug, das du unterwegs aufgesammelt hast«, spottete er.

»Aber es ist alt! Und es zeigt uns vielleicht, dass wir auf dem richtigen Weg sind.«

»Wieso?« Parrad rückte näher, um einen Blick auf diese bemerkenswerte Klinge zu werfen.

»Sie ist aus Bronze. In deinem Volk gibt es kaum jemanden, der etwas von Metallverarbeitung versteht, deshalb ist sie vermutlich nicht von Wüstenmännern vergessen worden. Es könnte natürlich Tauschware sein. Aber hier am stumpfen Ende sind Löcher, siehst du? Sie sind halbkreisförmig angeordnet. Ich glaube, dass Nieten darin waren; sie haben den Griff gehalten. Aber das ist nicht bezeichnend für Argad. Stimmt's, Anschar?«

Anschar nickte nur, über die Karte gebeugt, die er aus ihrem Futteral genommen hatte, um sie im Schein der Lampe zu begutachten.

»Und deshalb könnte er aus Temenon stammen«, fuhr sie fort. »Woher sonst? Vielleicht haben hier Leute gerastet, die vor langer Zeit ausgeschickt worden waren, Argad zu erreichen.«

Hier? Anschar hob den Kopf und betrachtete das Höhlengewölbe mit neuen Augen. So hoch wie zwei Männer war es, und um ein Vielfaches lang. Das Feuer verlor sich darin; sein Licht reichte kaum bis zu den Sturhörnern, die an einer Wand Seite an Seite kauerten und dösten. Auch hier gab es kleine Öffnungen in der Höhlendecke, die jetzt nichts als den nachtschwarzen Himmel zeigten, und schmale Seitenkammern. Er stellte sich vor, dass einstmals Siraia, seine Mutter und Gesandte Temenons, und Henon, ihr Gefolgsmann, hier gewesen waren. Vor sechsundzwanzig Jahren hatten sie als einzige Überlebende einer vielköpfigen Reisegruppe erfolgreich die Wüste durchquert, um Temenons Bitte um Frieden zu überbringen, damit der Fluch endlich ein Ende fand – und in Argad versklavt zu werden, wie jeder Mensch, der sich dem Hochland näherte. Niemand hatte ihnen zugehört, Siraia war gewaltsam geschwängert worden, und so tat der Fluch unaufhaltsam seine Wirkung. Vielleicht hatten sie genau dort gesessen, wo Grazia jetzt saß und die Klinge sorgsam neben sich auf das Fell legte.

»Wie kann sie das alles wissen?«, riss Parrad ihn aus seinen Gedanken. »Sie stammt ja nicht einmal von hier.«

Anschar hob die Schultern. »Dass du dir immer noch solche Fragen stellst? Sie weiß das, *weil* sie aus einer anderen Welt kommt.«

Grazia lächelte, und er genoss Parrads kaum verhohlene Bewunderung. Dann schüttelte er über sich selbst den Kopf und entfaltete das Papier. War es nicht völlig gleich, was ein Wüstenmann empfand? Aus einem Zeichenkästchen nahm er ein Stück Graphit und vervollständigte die Karte. Wann immer sie einen markanten Punkt erreicht hatten, tat er das und notierte dazu, wie viel Zeit sie von der letzten Wegmarke bis hierher benötigt hatten. Jenseits davon war das Papier leer, das tote Land begann. Man sagte, es berge nichts, nicht die kleinste brackige Quelle, nicht die dornigste Pflanze, nicht das geringste Insekt. Sie wussten nicht, wie weit Temenon noch entfernt war. Sie wussten nicht einmal, ob die Richtung stimmte. Die Klinge mochte ein wichtiger Hinweis sein, doch was fehlte, war ein Mensch, der ihnen bestätigte, dass sie auf dem richtigen Weg waren.

Er verstaute das Papier in einer ledernen Tasche. Darin lag auch das Geschenk des Meyas an Temenon, ein Wandteppich, wie er kostbarer nie gefertigt worden war. Auch das königliche Rollsiegel aus schwarzem Gestein war darin; es hatte ihnen mehrmals geholfen, lästige Sklavenjäger abzuschütteln. Mittlerweile hatten Ralaod und Oream getrocknete Graswurzelkugeln in Ziegenbälge gestopft und knieten nun vor Grazia, um sie mit Wasser auffüllen zu lassen. Die Beutel hängten sie an ein kupfernes Gestänge über dem Feuer. Auf einem flachen Stein breiteten sie die Beute des Tages aus:

zwei gehäutete und ausgenommene Echsen; ein Korb mit Früchten, schwarz und winzig wie Kieselsteinchen; ein Bündel Felsengraswurzeln. Dazu die getrockneten Fleischreste eines älteren Fanges. All dies zerrieben sie unter Steinen zu Brei, mischten es und formten Kugeln daraus. Anschar verzog das Gesicht, denn an die hauptsächlich aus Wurzelbrei bestehende Nahrung der Wüstenmenschen würde er sich nie gewöhnen. Die anderen hingegen umstanden das Feuer, stocherten im Beutel, damit die Kugeln aufquollen, und freuten sich sichtlich, ihre Mägen zu füllen. Auch Mehl hatten sie, und das daraus gebackene Fladenbrot war eine Kostbarkeit. Anschar brachte Grazia das größte, in Fett getränkte Stück.

Vorsichtig nahm Grazia es entgegen. »Immer kriege ich die besten Stücke, das ist mir peinlich.«

»Du bist von uns allen die Wichtigste, das weißt du.«

»Trotzdem. Ich will nicht …«

»Iss!«

Sie blies darauf und biss hinein. Anschar ließ sich seitlich auf einen Ellbogen sinken und betrachtete das armselige Brotstück in seiner Hand. Die Vielfalt der mitgeführten Vorräte und Schlachttiere war längst wie ein weit zurückliegender und umso begehrlicherer Traum. Nahrhafte Felsengraswurzeln fanden sich häufig, aber das Glück der Jagd fiel sehr unterschiedlich aus. »Wir werden alle dürr in Temenon ankommen, wenn die Gegend weiterhin so kärglich bleibt. Wenn wir es denn finden.«

Bald hatten sie gegessen; die Männer gingen dazu über, sich die Zeit mit Geschichten und Liedern zu vertreiben und die mitgeführten Bronzemesser zu schärfen. Er bemerkte, wie Ralaod etwas Wurzelbrei mit einem ockerfarbenen Pflanzenpulver verrührte und in eine Schlangenhaut stopfte. Ein Stück davon band sie ab und löste es mit den Zähnen vom Rest der Haut. Das winzige Kügelchen hielt sie Grazia hin, doch die rümpfte die Nase und schüttelte sich. Leise lachend drehte sich Ralaod weg, spreizte die Schenkel und machte sich an ihrem Unterleib zu schaffen. Tief errötet senkte Grazia den Kopf. Anschar lächelte in sich hinein. Die Argaden, seines Wissens auch die Wüstenmenschen, glaubten, dass der weiße Saft des Mannes das Leben schenkte. Die Frauen ihrer Welt jedoch, so hatte sie ihm stotternd versichert, konnten nur schwanger werden, wenn sie mit dem Mann vermählt waren. Ralaod wischte ihre Finger am zerschlissenen Gewand ab, winkte Oream zu sich und huschte mit ihm in irgendeine verborgene Ecke.

Grazia ließ sich einen glimmenden Span reichen und machte sich auf den Weg hinauf in ihre Schlafhöhle. Sie hatte ihn während dieser vier Monate nicht allzu oft an sich herangelassen, denn sie hasste es, dass jeder hören konnte, was er dann mit ihr tat. Und da er sich sagte, dass alle Männer, von Oream abgesehen, darben mussten, bedrängte er sie nicht. Wie jeder Sklave hatte er lernen müssen, enthaltsame Zeiten durchzustehen – umso kostbarer waren ihm diese Nächte, umso drängender jetzt der Wunsch, sich von Grazias Körper umhüllt zu wissen. Aber sie brauchte Zeit, sein übereilter Vorstoß hatte ihm dies wieder einmal gezeigt. Sie war wie eines der hauchdünnen, durchschimmernden Glasgefäße im Palast des Meya: Es zwang einen, behutsam zuzufassen, achtsam zu sein. Andernfalls zerbrach es.

Er folgte ihr. Sie hatte das sandfarbene Wüstengewand abgestreift. Am Eingang lehnte er sich an die Wand, um sie in Ruhe zu betrachten, ihren eng geschnürten Leib und das einstmals weiße Kleid darunter. Sie entzündete eine Kerze und wedelte mit der anderen Hand, damit der Span erlosch. In einer Felsnische ließ sie Wachs niedertropfen und steckte die Kerze darauf. Dann schenkte sie ihm ein verlegenes Lächeln und lockerte das feuchte Haar. Mit den Fingern fuhr sie hindurch, bis die rote Pracht ihren Oberkörper umwallte. Das Berückendste an ihr war zweifellos, dass ihr immer noch nicht bewusst war, welche Wirkung diese Geste in ihm hervorrief. Aus dem Kasten nahm sie eine Dose; die öffnete sie, steckte den kleinen Finger hinein und drückte sorgfältig wieder den Deckel darauf. Bedauernd betrachtete sie den weißen Klecks auf der Fingerspitze.

»Bald leer. Ich hätte sparsamer sein müssen.«

Sie verrieb die Salbe auf den Wangen, bis sie glänzten. Auch die Lippen schürzte sie und fuhr sich darüber. Ihm war genug des Wartens, er ging zu ihr und legte eine Hand auf ihre Hüfte. Mit der anderen nahm er die Dose an sich.

»Du hast mir nie erklärt, was *Kaloderma* heißt.«

»Das ist Griechisch. Da muss ich auch erst überlegen ... schön ... schöne Haut.«

Er wusste, dass es in ihrer Welt viele Sprachen gab, nicht nur eine, wie in dieser. Seine Sprache hatte Grazia mit Leichtigkeit gelernt, und sie beherrschte noch einige weitere, während es ihm unendliche Mühe bereitete, fremde Wörter zu lernen. »Schöne Haut«, wiederholte er, während er die Dose in den Fingern drehte. Immerhin, nun kannte er ein Wort in einer weiteren Sprache, auch wenn er dafür nie Verwendung haben würde. »Und weshalb steht das da?«

»Die Dose heißt so.«

»Ihr gebt euren Dosen Namen?«

Grazia kicherte und ließ sich auf das mit Decken und Fellen gepolsterte Podest fallen. »Anschar, du bist manchmal komisch. Ich vergesse immer wieder, wie anders ein Argade denkt. Sieh mal.« Sie streckte ihm einen Fuß entgegen. »Meine Sommersprossen sprießen hier in der Wüste wie verrückt. Sogar da.«

»Wie schrecklich.« Er setzte sich und ergriff den Fuß, als wolle er sich das genauer ansehen. Die Dose warf er irgendwohin. Seine Finger fuhren zwischen ihre Sohle und die Sandale und holten die Sandkörnchen heraus. Grazia quiekte, aber unbarmherzig hielt er sie fest. Ihr großer Zeh verschwand in seinem Mund. Aus den Augenwinkeln bemerkte er, wie sich ihre Lippen geöffnet hatten. Er kroch über sie und leckte ihr Fleckengesicht. Mittlerweile liebte er die Sonnenflecken. Gab es irgendetwas an ihr, das er nicht liebte?

»Du bist fröhlicher, seit du kein Sklave mehr bist«, murmelte sie. »Ich mag das so sehr.«

War er fröhlicher? Wenn man endgültig Willkür, Peitsche und den uringetränkten Becken der Papierwerkstätten entronnen war, sollte es leicht sein, selbst wenn jeder Tag dieser Reise, da ihr Ziel so unklar war, ihm mehr zur Last wurde als der vorige. »Sprich jetzt nicht davon«, raunte er in ihr Ohr.

»Ja, jetzt … jetzt würde ich gerne …«, wisperte sie und schlang nervös eine Strähne um ihren Finger. Ihre Lippen röteten sich, als sie verschämt an ihnen knabberte.

»Was denn?« Anbeißen wollte er diese Lippen, ihre Wangen, wie sie sich erhitzten, weil er sie zwang, es auszusprechen. Die ganze Frau wollte er essen, denn sie schmeckte nach Sonne, Unschuld, Trotz, *Schöner Haut.*

»Bitte! Du bist gemein.«

»Nicht schmollen, Feuerköpfchen. Sag es.«

»Nein.«

»Sag es.«

»Nein!«

Er lachte sie an. Ja, in ihrer Gegenwart war es so viel leichter zu lachen. Fremde Sprachen konnte sie, aber die einfachsten Dinge in den Mund zu nehmen, war für sie undenkbar. Ihr anschmiegsamer Körper war dafür umso beredter, und ihre Hände zupften an seinem Hemd, bis es aus dem Bund seines Wickelrocks heraus war und sie darunter schlüpfen konnten. Seine Bauchmuskeln zogen sich zusammen, als ihre Nägel, längst nicht mehr so abgenagt wie früher, darüber strichen. Sie tat es in einer fordernden Weise, die für sie ungewöhnlich war, wenngleich schüchtern – und deshalb umso erregender. Seine Hände glitten über ihren Hals, schoben das Kettchen mit der silbernen Blume von Heria, seinem alten Sklavenzeichen, beiseite, wanderten über den Ansatz ihrer von dem Korsett angehobenen Brüste. Dass sie davon nicht lassen wollte, war eines jener Dinge, die er an ihr wohl nie begreifen würde. Er öffnete es, wie den Deckel eines Kastens, der eine Kostbarkeit enthielt. Durch das Unterkleid drückten sich ihre Brustspitzen. Er konnte nachempfinden, warum die preußischen Männer ihre Frauen in viele Stoffschichten zwängten. Wenn sie denn fielen, wirkte das, was zum Vorschein kam, umso nachhaltiger. Diese kleinen Brüste, wie sie sich hoben und senkten, zwangen ihn dazu, sich niederzubeugen und sie mitsamt dem Stoff zwischen die Zähne zu nehmen und ihrer Besitzerin die Laute eines balzenden Vogelweibes zu entlocken. Zögerlich befingerte Grazia seine Schenkel, glitt suchend unter seinen Rock. Aber er wusste schon, dass sie nicht mutig genug sein würde, ihn dort anzufassen, und er enthielt sich eines Schmunzelns, als sie die Hände zurückzog.

»Grazia.« Er streckte sich neben ihr aus und schob einen Arm unter ihren Nacken. »Mir will der Gedanke, dich hier verlieren zu können, nicht aus dem Kopf. Du bist ein Wunder. So etwas ist unberechenbar und nicht zu halten, und überhaupt ist das Leben viel zu widrig.«

»Das Wasser ist ein Wunder. Aber ich doch nicht.«

»Auch du.« Er hob ihren Kopf, um sie zu küssen. Seine andere Hand kämpfte mit ihrem Kleid und schlüpfte in den Spalt ihres Unterzeugs. Kurz hielt er inne, um sicher zu sein, dass es ihr gefiel. Aber die Nässe, in die seine Finger eintauchten, verriet sie. Er hob sich auf die Knie, um das einengende Kleidungsstück von ihrer Hüfte zu streifen, aber mit einem Mal bemächtigte ihn das Verlangen so sehr, dass er nicht länger warten konnte. Er sank nieder, spreizte ihre Beine und glitt in sie. Ihr Gesicht war seinem so nah, dass er ihren warmen Atem einsog. Schweißperlen standen auf ihrer Oberlippe. Ihr Mund, aufgeworfen und voll, berührte zitternd den seinen. Ihre Augen waren weit geöffnet, aber nicht vor Furcht. Langsam hob er den Unterleib und ließ ihn wieder sinken. Ein Wimmern entglitt ihr, und ihre Augen wurden schmal. Es gefiel ihr. So weit es möglich war, entblößte er ihr Gesäß und liebkoste es. Ihn beschlich das Gefühl, nicht mehr viel Zeit zu haben. Da war etwas, das ihn drängte, ihn gemahnte, dass das Leben widrig war – ein Geräusch? Ein dumpfes, anschwellendes Brausen. Er hörte die Sturhörner in der Tiefe stampfen und schnauben. Dann war es still, doch diese Stille ließ ihm die Haare zu Berge stehen.

Das Brausen kehrte zurück. Schwoll zu einem Donnern an. Seine Ohren wollten bersten. Grazia schrie. Mit einem Knall zerbarst die Felswand und stürzte auf ihn nieder.

Für einen langen Augenblick vermochte er nicht zu atmen. Er griff über sich, erspürte den Fels. Die Wand war dünn gewesen, aber welche Macht hatte sie zu Fall bringen können? Seine Finger fuhren über eine bröckelnde Kante. Dann kehrten alle seine Sinne zurück. Er presste das Gesicht auf Grazias und schirmte ihren Kopf mit den Händen ab. Wie spitze Pfeile drang der lebendig gewordene Sand auf ihn ein, schlug gegen seine Haut und beschwerte die Felsplatte, so dass jeder Atemzug eine schwer zu bewältigende Anstrengung war. »Grazia …«, keuchte er. »Grazia!«

Sie lebte; er konnte unter den Fingern spüren, wie sie die Augen zusammengepresst hatte und vor Entsetzen zitterte. Sehen konnte er nichts, denn das Licht war erloschen. Es drängte ihn danach, die Hände von Grazias Gesicht zu nehmen, um sich abzustützen, damit der Fels ihn nicht mit seinem Gewicht erstickte. Mit aller Kraft wölbte er den Rücken, doch er bekam das Ding nicht herunter.

»Grazia«, presste er zwischen den vor Anstrengung zusammengepressten Zähnen hervor. »Du … musst … hier weg.«

Sie konnte ihn nicht hören, er hörte sich selbst kaum; das Tosen des Sturms riss ihre Schreie mit sich. Sie hustete und verspritzte in ihrer Not Wasser, was nichts half. Geh, dachte er, geh! Endlich zwängte sie sich unter ihm hervor und wankte fort, gepeitscht von stürmischem Sand. Er glaubte zu erkennen, wie sie auf alle viere sackte. Inar und alle Götter, dachte er, helft ihr!

Sich selbst glaubte er verloren. Er hatte die Hände gegen das Podest gestemmt, um wenigstens noch atmen zu können. Seine Schultermuskeln fühlten sich an, als seien sie selbst zu Felsgestein geworden. Seine Bemühungen, unter der Platte hervorzukommen, waren sinnlos. Ihm schwanden die Kräfte. Hart prallte ein Stück der Wand gegen seinen Schädel, und die Dunkelheit wurde zu Schwärze.

In seinem Kopf dröhnte und toste der Sturm. Die metallschweren Lider zu öffnen, war ihm fast unmöglich. Er zwang sich dazu, denn er erkannte, dass das Dröhnen nur noch eine Erinnerung war. Er hob den Kopf und lauschte. Der Wind heulte noch, jedoch gedämpft. Wasser tröpfelte. Grazia? Mit einem gewaltigen Schrei warf er sich hoch und erkannte, dass er in der großen Höhle war. Als er auf den Knien herumfuhr, sah er die Ursache jenes vertrauten Geräusches: Parrad hatte einen Lappen in eine Wasserschale getaucht und drückte ihn aus. Das Wasser war sandig und blutig.

»Beruhige dich«, sagte Parrad. »Dir ist nichts passiert. Du hast nur einen aufgeschürften Rücken und am Kopf etwas abbekommen.«

Anschar ertastete einen Verband, der um seine Stirn geschlungen war. Irgendwo am Hinterkopf war eine schmerzende Stelle, er fühlte blutverkrustetes Haar. Entsetzen brandete über ihn hinweg, als ihm vollends klar wurde, was geschehen war. Er packte Parrad an den Schultern und schüttelte ihn.

»Grazia! Was ist mit ihr? Wo ist sie?«

Sein Blick glitt suchend an den Männern vorbei, die ihn umstanden. Da war das Feuer, da der Stein, auf dem Ralaod das Brot gebacken hatte. Jetzt hatte sie die Knie angezogen und wiegte sich im geflüsterten Gebet an ihren Windgott. Die Sturhörner kauerten wie zuvor beisammen, nur ihre Schwanzspitzen zuckten nervös. Anschar kam auf die Füße und stieß die Männer beiseite, weil er es nicht glauben konnte. Nicht glauben wollte. Sein Leib zitterte, als er die ersten Schritte machte. Schließlich wandte er sich wieder Parrad zu. Der schlaksige Kerl wirkte im fahlen Lichtschein wie einer jener Sandgeister, die das Wüstenvolk anbetete. Sein Gesicht war zerfurcht, sein Bart von weißen Fäden durchzogen. War er wirklich so alt? Er senkte den Kopf, bis seine Augen unter den buschigen Brauen verschwanden.

»Wir haben sie nicht gefunden«, murmelte er und deutete auf ein Stoffbündel. Ihr Beinkleid. »Nur dies.«

»Nicht gefunden«, wiederholte Anschar gedehnt. Sand knirschte zwischen seinen Zähnen. Er fuhr sich durch die Haare und merkte kaum, dass der Verband an seinen Fingern hängen blieb. Fahrig schüttelte er ihn ab. »Sie ist aus der Kammer gekrochen. Ich habe es *gesehen!* Sie muss hier sein!«

Parrad kaute auf seinen trockenen Lippen. »Als der Sturm losbrach und wir das Krachen hörten, liefen ich und Oream gleich zu dir und zerrten dich unter der Felswand hervor. Grazia war nirgends zu sehen. Sie muss den falschen Weg genommen haben: den Weg hinaus.«

»Und ihr seid ihr nicht gefolgt?«

»Doch, natürlich, aber …«

Anschar stürzte zum Feuer, riss ein brennendes Scheit heraus und rannte den Weg hinauf. Die letzten Schritte bis zum Ausgang musste er sich durch kniehohen Sand kämpfen, dazu Schutt, der zuvor nicht da gewesen war. Hinter ihm riefen die Männer, aber das hielt ihn nicht zurück. Erst der Wind, der ihm mit Wucht ins Gesicht fegte und ihm den Atem raubte, ließ ihn innehalten. Er kniff die Augen zusammen, und als er sie wieder öffnete, war das Scheit erloschen. Rings um ihn herrschte tiefste Dunkelheit. Dennoch stapfte er weiter, und als er sich umwandte, sah er die Felswand nicht. Nur Parrads Ruf ließ ihn den Eingang wiederfinden. Er wankte in die Arme des Wüstenmannes, spuckte Sand und brüllte seine Verzweiflung hinaus.

»Du kannst jetzt nichts tun!«, schrie Parrad gegen den Wind an. »Entweder sie hat irgendwo Schutz gefunden, oder sie ist tot.«

»Parrad, schweig, sonst prügele ich dich durch.«

»Das willst du dauernd. Aber, mein Freund, das ändert nichts. Komm zurück.«

Gemeinsam rutschten sie den Abhang zurück in die Höhle. Anschar ließ sich fallen und bohrte die Finger in den Sand. Die Furcht um Grazia drohte ihn zu überwältigen. Grazia – dort draußen! Warum war er zu schwach gewesen, sich gegen die Felswand zu stemmen? Warum waren die Götter, obschon nicht mehr in dieser Welt, so grausam?

Jemand reichte ihm einen Wasserbeutel. Er setzte ihn an die Lippen und trank. Sein Herz schlug heftig gegen den Brustkorb, hinter seiner Stirn klopfte es wie von Hammerschlägen. Tief atmete er durch, immer wieder, bis er die Furcht gebändigt hatte. Aber sie zerrte in seinem Innern wie ein wildes Tier, das an losen Fesseln hing.

»Sobald man die Hand vor Augen sehen kann, gehen wir hinaus«, sagte er heiser.

Das Erste, das sie wahrnahm, war ein warmer Luftzug, der über ihre nackten Unterschenkel strich. Das Zweite ein behäbiges Schaukeln. Noch bevor sie die Augen öffnete, begriff sie, dass sie bäuchlings auf einem Sturhorn lag. Ihre Schulter drückte gegen den schweißglatten Schenkel eines Reiters. Unter sich rötliches Geröll, Sand. Eine Eidechse floh vor dem riesigen Tier. Grazia blinzelte gegen die Helligkeit an. Eine Landschaft, so gottverlassen wie alle zuvor, zog an ihr vorüber. Niedrige Felsen, die einen breiten Hohlweg bildeten. Überall Rot. Selbst der Himmel war von rötlicher Färbung, als hinge noch der Sand in der Luft. Aber der Sturm hatte sich gelegt. Fast war es ihr, als hätte sie das Toben des Windes und das Beißen des Sandes nur geträumt, und langsam wurde sie gewahr, dass es wirklich geschehen war – ein Sandsturm, wie sie nie zuvor einen erlebt hatte. Doch wohin hatte er sie geweht?

Das Sturhorn, auch wenn es stank wie jedes, war ihr fremd, ebenso der Mann. Niemals hätte Anschar es zugelassen, dass sie so unbequem gelagert wurde, mit nichts als ihrem Unterkleid auf dem Leib. Unangenehm brannten die Sonnenstrahlen auf ihre nackte Haut.

»Ah, du bist wach.« Die Stimme über ihr klang amüsiert. »Gleich gebe ich dir zu trinken.«

Zu trinken? *Ihr*? Eine Hand klatschte auf ihren Hintern. Sie warf sich nach vorn und rutschte kopfüber in die Tiefe. Schreien wollte sie, aber ein Knebel verhinderte dies; sie konnte nur keuchen, als sie schmerzhaft auf dem Rücken landete. Ihre Hände waren hinter ihr gefesselt. Fluchend sprang der Mann herab und bohrte die Finger in ihre Wangen, da sie den Kopf wild schüttelte.

»Mach doch nicht solche Sachen! Ich befreie deinen Mund, aber du bist still, ja? Vorhin hast du wie am Bratspieß gebrüllt, da blieb mir nichts anderes übrig, als dir den Mund zu stopfen.«

Daran konnte sie sich nicht erinnern, aber das war ihr auch gleich. Heftig nickte sie. Er löste das Tuch und zog ein zweites aus ihrem Mund. Grazia japste und hustete. Sie bekam kaum Zeit, zu Atem zu kommen, da drückte der Fremde ihr den Stopfen eines Lederbeutels zwischen die Lippen. Sie schluckte das abgestandene Wasser, denn sie war viel zu verwirrt, sich zu sträuben. Über den Beutel hinweg musterte sie den Mann. Fast nackt und gefesselt, fühlte sie sich entsetzlich schutzlos. Was war nur mit ihr passiert?

»Das reicht jetzt aber, sonst habe ich ja nichts mehr.« Er zog ihr den Stopfen aus dem Mund und setzte ihn selbst an die Lippen. Sein mit bronzenen Perlen besetzter Ziegenbart wippte, als er trank.

»Bist du ein Sklavenfänger?«, fragte sie vorsichtig. Mit seinem strähnigen, schweißdurchtränkten Haar wirkte er so wild wie jeder Wüstenmann, aber nur Herscheden trugen solche Bärte. Ein Kittel aus einstmals vielfarbigen Flicken bedeckte seinen kräftigen Körper. Er ließ den Beutel sinken und rülpste. Belustigt hob er die Brauen.

»Was sollte ich wohl sonst sein? Und du? Siehst ja nicht gerade wie eine Wüstenfrau aus.« Mit rissigen Fingern, in denen der Sand klebte, fuhr er ihr durchs Haar. »So etwas habe ich noch nie gesehen. Und deine Haut …«

»Ich bin krank.«

»Krank?«

»Ja, die Flecken, das … das ist etwas Ansteckendes«, stotterte sie sich zurecht, noch ganz benommen von der Erkenntnis, die Gefangene eines fremden Mannes zu sein. Rasch blickte sie um sich, aber da war sonst niemand. »Du solltest dich besser von mir fernhalten!«

Ihm klappte der Kiefer herunter, und Grazia hoffte, obwohl ihre Stimme äußerst zittrig geklungen hatte, dass er auf sein Sturhorn stieg und davonjagte.

Er warf den Kopf zurück und entblößte gelbe Zähne zu einem herzhaften Lachen. »Ich glaube dir kein Wort.«

Sie wollte darauf beharren, begriff aber, dass es sinnlos war. So oft hatte man geglaubt, ihre Sommersprossen seien ein gefährlicher Ausschlag, und nun war sie an den einen geraten, der sich nicht davon beeindrucken ließ. Er fasste unter ihre Achseln und zog sie auf die Füße.

»Ich bringe dich zu Bedyadrur, meinem Herrn; solche Beute wird ihn freuen. Inar und allen abwesenden Göttern sei Dank, dass ich dich gefunden habe.«

Sie schluckte schwer. »Wann hast du mich gefunden?«

»Heute früh, als dieser verfluchte Sturm abflaute. Hast halb unter Sand begraben dagelegen. Jetzt aber hinauf mit dir.«

Grazia starrte auf das über ihr aufragende Sturhorn. Der Gedanke, dass ihr der Herschede mit seinen groben Händen hinaufhelfen würde, erschreckte sie, und sie machte sich steif. Als er sich bückte und nach ihrem Schenkel griff, sprang sie von ihm weg.

»Ich tue dir nichts, du dumme Einhornziege!«, schimpfte er. »Bilde dir nicht ein, dass ich dich losbinde, nur weil du allein aufsteigen willst. Jetzt komm, ich bin ja ganz friedlich.«

Er streckte die Hand aus. Sie schüttelte den Kopf.

»Na schön.« Von der Seite des Sturhorns wickelte er ein langes Bündel geflochtenen Felsengrases ab. Das Ende in der Hand, ging er um sie herum und schlang es um ihre Fesseln. »Dann läufst du halt. Aber wenn du nicht mehr kannst, rufe und lass dich nicht einfach fallen. Wäre schade, wenn du dich verletzt.«

Er tätschelte ihre Wange, dann stapfte er zu seinem Reittier und schwang sich hoch. Mit dem Hieb einer Gerte und kräftigem Zügelzug brachte er es dazu, sich in Bewegung zu setzen. Das Seil spannte sich, und Grazia wurde herumgewirbelt. Sie schaffte es so eben, nicht das Gleichgewicht zu verlieren, und hüpfte dem Tier hinterher. Schnell musste sie sein, damit das Seil locker blieb, und sie war nur froh, dass sie ihre Sandalen trug. Irrwitzig war es, einfach irrwitzig, wie sie, die Hände auf dem Rücken, hinter dem furzenden Sturhorn herlief, stets darauf bedacht, Anschluss zu halten. Der Herschede beachtete sie nicht mehr, als habe er vergessen, was er da im Schlepptau hatte. Sie hingegen blickte sich verzweifelt um. Aber rings um sie waren nur diese Felswände, und dahinter offenbar nichts als wellenförmige Hügel. Wenn der Herschede mit ihr tatsächlich schon Stunden unterwegs war, mochte die Höhle sonst wo sein; wahrscheinlich entfernte sie sich von ihr mit jedem Schritt.

»Hilfe! Anschar! *Anschar!*«

Sofort war der Sklavenjäger bei ihr, verpasste ihr eine Ohrfeige und verstopfte wieder ihren Mund. Sie wollte seinen ebenso verstopfen, mit Wasser, aber was würde ihr das bringen, außer weiteren Schlägen? Ein paar Sekunden später saß er wieder im Sattel, als sei nichts geschehen. Blind vor Tränen wankte sie weiter. So ging es sicherlich zwei Stunden, in denen sie sich Schritt um Schritt vorwärts kämpfte, ihre Rückenschmerzen zu missachten versuchte und sich immer wieder umwandte, in der Hoffnung, Anschar käme auf seinem Sturhorn angeprescht. Aber nichts dergleichen geschah. Vielleicht lebte er nicht mehr. Sie erinnerte sich an seinen erhitzten Körper auf ihrem. Ein Dröhnen, ein ohrenbetäubender Knall, und dann war sie gelaufen, blind vor Furcht.

Von Anschar so brutal getrennt worden zu sein, ließ sie sich unendlich verlassen fühlen. Vielleicht war er tot. Nein!, dachte sie und ballte entschlossen die gefesselten Fäuste. Schon einmal hatte sie geglaubt, dass er tot sei, und sie war durch die Hölle gegangen. Diesmal wollte sie davon nichts wissen. Er lebte.

»Da wären wir!«

Grazia prallte gegen das Sturhorn. Die Beinhaare, hart wie Draht, kratzten über ihre Haut, als sie niedersank. Dicht vor ihr sprang der Herschede herab, zückte ein Messer und schnitt die Leine durch. Auch den Knebel entfernte er, aber noch immer blieben ihre Hände gefesselt. Grazia schnaufte und ersehnte ihr Korsett herbei, da ihr Rücken wie aus glühendem Metall gegossen zu sein schien. Der Herschede zog sie hoch und klopfte den Sand von ihrem Körper. Die Hand fest um ihren Arm gelegt, führte er sie mit sich. Ein anderer kam herbeigelaufen, sich um das Sturhorn zu kümmern. Weitere hockten unter einer Plane um ein Kochfeuer; sie alle hatten herschedische Bärte, in denen kupferne Perlen glänzten.

»Ho, Harasch! Wen bringst du denn da?«

»Ein Fundstück aus der Wüste.« Stolz schritt er mit ihr näher. »Ist Bedyadrur wach?«

Ein Mann nickte und deutete über die Schulter zu einem Zelt, das denen der Wüstennomaden ähnelte, mit ausgeblichenen Quasten und Schnüren behängt, an denen tönerne Perlen hingen. Sehr viel größer schien das Lager nicht zu sein. Da kauerten acht, neun Sturhörner, und die Zahl der Männer um das Feuer war groß, zwanzig vielleicht. Am Rande des Hohlweges hockten ein Wüstenmann und eine Frau. Gefangene?

Dann war sie auch schon im Innern des Zeltes. Ein Mann erhob sich von einer Pritsche.

Er war groß und schlaksig, der Bart besonders lang und kunstvoll mit Perlen verziert. Das einstmals blau und rot gewebte Gewand klebte an seinem Körper, als er auf sie zuwankte. Vom Boden raffte er einen Lederbeutel auf, wickelte die Schnur von der Öffnung und setzte an. Während er trank, näherte er sich ihr und zog sie mit den Augen aus. Haraschs wenigen erklärenden Worten hörte er scheinbar gelangweilt zu. Andere Männer waren gefolgt, sie bildeten einen Halbkreis um Grazia und befingerten ihr Haar. Sie warf den Kopf hin und her, vergeblich.

Bedyadrur drehte den Kopf zur Seite und spuckte Wasser auf den sandigen Boden. »Wie ist dein Name?«

Grazia schob das Kinn vor, auch wenn es zitterte. »Fräulein Zimmermann.«

»Kommst von weit her, was?«

»A-Argad. Ich bin aus Argad!«

»Dort gibt es keine Frauen, die so aussehen wie du. Oder so heißen.«

»Woher sollte ich denn sonst kommen?«

»Was weiß ich? Vielleicht haben dich ja die Sandgeister von irgendwo hergetragen.« Ein Herschede sprach von Sandgeistern? Er ahnte wohl, was sie verwunderte, denn er nickte langsam. »Wir ziehen durch die Gegend, auf der Suche nach Wüstenmenschen. So abscheulich das Geschmeiß ist, man lernt doch einiges von ihnen. Schau her«, er hob eine kleine Figur, die an einer speckigen Lederschnur von seinem Hals hing. »Ein Geschenk meiner letzten Sklavin. Ich hatte sie sicher ein Jahr, und ich mochte sie. Und den Herrn des Windes, von dem sie mir ständig erzählte, gibt es so sicher wie die abwesenden Götter. Vielleicht hat er den Sandsturm verursacht.«

Grazia blickte in die Richtung, aus der sie gekommen war. »Ich war nicht allein, da ist eine Reisegruppe, angeführt von Anschar, einem der Zehn. Du weißt doch sicher, wer er ist?«

»Anschar?« Gedehnt sprach er den Namen aus. »Keiner von uns war in den letzten zehn Jahren in Argad; wir kennen nur Fergos Stützpunkte, aber mit den Männern dort, denen wir die Sklaven verkaufen, unterhalten wir uns nicht großartig. Nein, ich kenne diesen Namen nicht. Was die Zehn sind, weiß ich natürlich: die Leibwächter des Meya. Aber das hieße ja, dass der König hier wäre. Und so einen Unsinn wirst du mir sicher nicht erzählen wollen?«

»Madyur-Meya hat Anschar ausgeschickt, Temenon zu finden …«

Bedyadrur kicherte in sich hinein, während er an den Füßen seines aus weißem Gestein gefertigten Sandgottfigürchens nagte. »Temenon, das Land des alten Feindes! Und du meinst, das alles klingt glaubwürdiger, als dass du vom Himmel gefallen seist?«

»Aber es ist so!« In ihren Augen kribbelte es. Jedes Wort, das sie herausbrachte, bevor sie endgültig in Verzweiflungstränen ausbrechen würde, kostete sie große Kraft. »Schick jemanden aus, um nachzusehen.«

»Wohin denn?«

»Da war ein großer Felsen, darin eine Höhle. Irgendwo da, wo mich dein Mann aufgelesen hat.«

»Irgendwo da«, wiederholte er unbeeindruckt. »Nun ja, Mädchen, es mag stimmen, denn von irgendwoher musst du ja kommen. Aber ich werde dem nicht nachgehen, denn du bringst eine Menge Geld.«

Er trat dicht an sie heran, und ihr Herz setzte aus. Auch er stank nach Schweiß, aber nie hatte sie solchen Ekel verspürt. Seine Hand ruhte auf ihrer Schulter. Langsam schob er einen Träger ihres Unterkleides herunter und entblößte eine Brust. Sie hoffte auf eine gnädige Ohnmacht, doch der Gedanke, dass sie dann inmitten dieser Männer niedersinken würde, ließ sie hellwach bleiben. Als Nächstes hob er das Kleid an. Grazia würgte vor Scham, als die Luft über ihren bloßen Unterleib strich. Niemals war so etwas mit ihr getan worden.

»Da unten treibst du's mit den Flecken nicht so schlimm. Und dieses kupferfarbene Vlies ist entzückend. Fergo wird es freuen. Er hatte schon immer eine Schwäche für Sklavinnen, die anders als gewöhnliche Wüstenweiber sind.« Er schlug das Kleid herunter und sah sie an. »Vielleicht behält er dich ja? Harasch?«

Der Angesprochene trat neben sie. Ein weiterer Name fiel, ein weiterer Mann kam. Bedyadrur hängte sich einen Beutel um den Hals und kramte darin. Grazias Furcht wuchs wie ein Geschwür, das ihr die Luftröhre zu umschlingen drohte, noch bevor sie das Instrument in seiner Hand sah.

Er hielt es dicht vor sein Auge, strich mit dem Daumen darüber und nickte. »Zum Ausstanzen noch scharf genug.«

»Wofür? Nein, bitte … wofür? Das ist nicht nötig, nein«, stammelte sie, ohne recht zu erkennen, was es damit auf sich hatte. Nur eines wusste sie: Schärfe. Schmerzen. Bedyadrur klapperte mit dem Ding herum, es mochte eine Zange sein. Der Wunsch, sich zu erbrechen, drohte Grazia zu überwältigen. Dass die beiden Männer sie an den Oberarmen packten, nahm sie kaum wahr. Aber Bedyadrurs Geruch, als er wieder vor ihr stand, war ihr jetzt schlimmer als zuvor. Sie sah seine schweißfeuchte Hand, die sich mit dem bedrohlichen Ding hob. In den Rillen seiner Finger klebte dunkler Schmutz. Die andere Hand tätschelte ihre Wange und strich sorgfältig Strähnen hinter ihr Ohr zurück.

»Geht ganz schnell. Halt nur still.«

»Nein! O Gott, nein, bitte nicht. Ich bin keine Sklavin!«

»Stillhalten, Mädchen. Gleich bist du eine.«

»Bitte nicht!« Wild warf sie den Kopf hin und her. Aber das konnte einen Sklavenfänger, der diese Tätigkeit sicher im Schlaf beherrschte, kaum beeindrucken. Er kniff seine Finger in ihr Ohr, dass sie glaubte, er wolle es ihr vom Kopf reißen. Sie hielt still. Wie die Zange in Richtung des Ohres verschwand, sah sie nicht mehr, denn Tränen machten alles trüb. Ein wuchtiger Schmerz durchfuhr sie.

»Das war's doch schon, Mädchen.« Aus dem Beutel, der vor seiner Brust wippte, zog er einen Lumpen, mit dem er an ihrem Ohr herumwischte. Dann holte er einen bronzenen Haken hervor. Der Schmerz loderte wieder hoch, als er ihn einsetzte und mit der Zange festdrückte. Grazias Kopf dröhnte. Sie gab den Kampf gegen die Übelkeit auf und sackte nieder.

3

Ihre Hände waren frei. Ein Mann machte sich an ihrem Fuß zu schaffen. Sie wollte schreien. Doch er tat ihr nichts, er verknotete nur mit peinlicher Sorgfalt jede einzelne Faser des Grasseils, das um ihr Fußgelenk lag. Grazia setzte sich auf. Sie war an die gefangene Frau gefesselt, diese an den Mann, und dessen Seil lag um einen aus der Felswand ragenden Block. Mit einem faszinierten Blick auf sie verließ der Herschede den Schatten des Felsens und kehrte zurück, einen Ziegenbalg unter dem Arm und einen ledernen Becher in der Hand. Jeden ließ er reichlich trinken. Auch Grazia trank, wenngleich das Wasser ockerfarben und viel zu warm war. Dann gesellte er sich zu den anderen unter die ausladende Plane, wo sie dösten oder zum Spiel beinerne Kügelchen warfen.

Grazias Magen war nicht mehr wie mit Steinen gefüllt. Auch ihr Rücken tat nicht mehr so weh, offenbar hatte ihr das Liegen hier auf dieser brüchigen Matte gut getan. Sie befingerte das blutende, dick geschwollene Ohrläppchen. Der Bronzehaken fühlte sich an, als habe sich ein Krebs an ihr festgezwickt. Sie sank auf die Seite und schloss die Augen, in der Hoffnung, es möge sich doch als Traum entpuppen, dass sie eine Gefangene, eine Sklavin war. Aber ihre von Angst verseuchten Gedanken kreisten, und sie konnte nicht aufhören, das wunde Ohr zu betasten. Was würde jetzt mit ihr geschehen? Zurück in Argad, würde man sie zu Fergo bringen, dem größten Sklavenhändler der Hochebene. Sicher würde der Meya von ihrem Schicksal erfahren und ihr helfen. Aber was hatte sie davon, wenn Anschar und die anderen starben, weil sie nicht mehr da war?

Glühender Stahl bohrte sich in ihren Brustkorb und umschloss ihr Herz. Verzweifelt sehnte sie Anschars Hand herbei, wie sie sich auf ihren Mund legte, damit sie keinen Laut von sich gab. Wie seine Augen, zwei dunkelbraune Edelsteine, über ihr schwebten und sagten: *Ich befreie dich.* Sie rollte sich zusammen, barg das Gesicht in der Armbeuge und ließ die Tränen laufen.

Ein Mann kam ins Lager. Er war noch jung, sein Ziegenbart kaum mehr als ein spitzer Flaum. Bis über beide Ohren strahlte er, als er federnd auf die Herscheden zuschritt. Vom Gürtel nestelte er ein Bündel, das sich, als er es hochhob, als vier tote Schlangen herausstellte. Stolz schüttelte er sie und ließ sie vorschnellen. Die Schlangen zuckten vor den lachenden Gesichtern der Männer.

»Endlich gutes Fleisch!«, rief einer, und Grazia wusste nicht, ob er das ernst meinte. Schlangen hatte sie oft gegessen, aber nur mit Widerwillen. »Als Schlangenfänger bist du wenigstens zu gebrauchen.«

Als der Jäger Grazia erblickte und ins Staunen geriet, vergaß er sein Spiel. Die Männer begannen die Viecher zu häuten, ließen sich über die Kargheit der Gegend aus und dass man tollkühn gewesen sei, auf der Suche nach Sklaven in den leblosesten Teil der Wüste vorgedrungen zu sein. Grazia spitzte das geschundene Ohr, in der Hoffnung, etwas herauszuhören, das ihren Standort verriet. Vielleicht war jener durchlöcherte Felsen ganz in der Nähe, vielleicht sogar gleich hinter diesem Hohlweg? Aber kein Wort fiel darüber, und schließlich wurde ihr klar, dass das nicht sein konnte, denn sonst wären Anschar und die anderen längst hier. Auch der Schlangenjäger, der sich in die Brust warf, während er von seinem Fang erzählte, schien diesen Felsen nicht gesehen zu haben. Ein Dreibein wurde aufgestellt, darauf ein Topf. Jemand schob bröselige Dungfladen darunter und entzündete ein Feuer. Wasser ergoss sich aus einem Beutel in den Topf, Felsengraswurzeln kamen hinzu, dann die in Stücke gehackten Schlangen.

»Schlangenfraß«, sagte Bedyadrur verächtlich, als er aus seinem Zelt kam und sich den Bauch kratzte. Seine Stirn warf sich in unzählige Falten, als er zur Sonne hochblickte, dann zum Horizont und zuletzt zu den Gefangenen. »Wir haben jetzt drei Sklaven, das ist keine schlechte Ausbeute. Und die Rothaarige ist nicht gerade robust, die können wir nicht am Rande des toten Landes herumschleppen. Also, Männer, machen wir uns auf, zurück in wirtlichere Gegenden, bevor wir hier vom Fleisch fallen. Der letzte von Fergos Außenposten dürfte eine Woche entfernt sein. Die Wasservorräte reichen sowieso nicht viel länger.«

Die Männer freute es. Mit einem Napf voller Schlangensuppe kehrte Bedyadrur in sein Zelt zurück, und sie überlegten, wie viel Erlös die Sklaven wohl brachten und was man in Fergos Dorf mit dem Geld wohl anstellen könnte. Fressen, Saufen, Huren. Grazia fand es erstaunlich, mit welcher Inbrunst und Ausdauer diese drei Themen erörtert werden konnten. Ihr graute es, in einem solchen von Sklavenfängern bevölkerten Dorf zu landen. Sie stellte es sich wie einen Sündenpfuhl im Wilden Westen vor, wo man sie zwingen würde, auf einem Tisch zu tanzen, während schaurige Musik gespielt wurde und Betrunkene sich schlugen.

Der junge Herschede verteilte drei Näpfe auf seinem Arm und trug sie heran. Die beiden Wüstenmenschen machten sich sofort über das Essen her, nur Grazia stellte ihren Napf neben sich auf die Matte.

»Du musst doch Hunger haben«, sagte der Schlangenjäger. »Nun iss schon.«

Grazia presste die Lippen zusammen. Sie würde essen, aber erst, wenn der Hunger den Ekel überwog.

»Das ist eine Schlangensorte, die wirklich schmeckt. Ich kenn mich da aus. Na, komm.« Er streckte die Hand nach ihr aus. Zurückweichen konnte sie nicht, denn ihr Rücken war schon am Fels. Vorsichtig, als berühre er eine Kostbarkeit, glitten seine Fingerspitzen über ihr Haar. Er hob es an die Nase. Erwartete er wirklich, dass es duftete? Zögernd kehrte er zu den anderen zurück. Als sie den Napf auf die Knie hob und ein Stück herausfischte, das sie mit spitzen Zähnen kostete, lächelte er.

Nein, wohlschmeckend war es nicht, aber der erste Bissen fachte den Hunger an, und so aß sie die Brocken und trank die Brühe.

Die beiden Gefangenen aßen mit abgehackten Bewegungen, als hätten sie den Willen längst verloren; allein die Körper taten, was getan werden musste. Ihre Blicke waren ins Leere gerichtet. Verstohlen wischte sich der Mann eine Träne aus den faltigen Augenwinkeln. Von ihm war keine Hilfe zu erwarten.

Als sich der Schatten des Felsens zurückzog, brachte jemand eine Decke. Sie kauerten sich in ihrem Schutz zusammen, und die Hitze begann alles zu lähmen. Die Gespräche verebbten. Grazia hörte nur noch, dass man den Tag verschlafen und in der erträglicheren Dämmerung aufbrechen wollte. Auch die beiden Sklaven rollten sich zusammen. Allerorten begann man zu schnaufen und zu schnarchen.

Sie versuchte ebenfalls zu schlafen, denn in der Nacht würde dazu vielleicht keine Gelegenheit sein. Doch ohne es zu wollen, gab sie sich Tagträumen hin. Darin sah sie Anschar, wie er auf einem Pferd durch die Straßen Argadyes ritt. Vor dem Palast wartete der Meya, umgeben von seinen vielen Frauen. Grazia bewunderte ihn, denn er war, wie ein König sein sollte, herrisch und stark. Sildyu war an seiner Seite, die Königin und Hohe Priesterin, wie stets in weiße, wallende Gewänder gekleidet. Fidya, das gelb geschmückte Vögelchen, das einen Säugling auf dem Arm hielt. Sogar Schelgiur, der Wirt aus der schwebenden Stadt, war dort, obwohl er tot sein musste. Er reichte Anschar, der vom Pferd gesprungen war, einen Becher kühlen Bieres, das dieser hinunterstürzte. Dann trat Anschar vor seinen Großkönig und gab ihm – was? Ein Schriftstück? Oder einen Gegenstand, der ohne Worte ausdrückte, dass der Frieden mit Temenon geschlossen war? Manchmal stellte sich Grazia vor, dass er einen Mann von dort mitbrachte, und dieser ähnelte Henon, seinem alten Sklaven, den er so geliebt hatte. Derselbe dünne, leicht gebeugte Körper, die wenigen grauen Haarsträhnen kaum in der Sonne zu sehen. Anschars Arm lag um seine schmalen Schultern, und er weinte, wie es nur Henon gekonnt hatte. Dann sah sie andere Menschen, und ihr Herz wollte zerspringen. Anschar ging auf ihren Vater zu. Beide Männer, von denen Grazia wusste, dass sie einander sehen wollten, musterten sich lange. Justus, ihr kleiner Bruder, stand dort, und sein Blick, der dem großen Krieger galt, war vor allem eines: bewundernd. Nur dem Gesicht der Mutter vermochte Grazia keine Gefühlsregung einzuhauchen, so sehr sie es auch versuchte. Der Vater tat, was er immer tat, wenn er nachdenklich war: Er nahm aus der Rocktasche eine Zigarre, befingerte sie endlos, hielt sie an die Nase und biss die Spitze ab. In diesem Fall war er wohl eher nervös. Da stand der *Richtige* vor ihm, und der war ein langhaariger Wilder mit nackten Beinen und bemalten Armen, wie die Mutter Anschar genannt hatte. Aus der Westentasche holte Carl Philipp Zimmermann sein Streichholzetui, aber er konnte kein Streichholz anzünden, zu sehr zitterten seine Hände. Schließlich nahm Anschar es an sich, und die Flamme loderte auf. Was eine Zigarre war, wusste er nicht, denn Grazia hatte bisher nie davon erzählt. Der Vater hielt Anschars Hand umfasst und neigte den Kopf vor. Die Zigarre brannte. Er lächelte.

Aber Grazia träumte nicht nur, sie erinnerte sich auch. »Der Tag wird kommen, da du mich hassen wirst, weil ich dich in die Wüste geschickt habe«, hatte Madyur-Meya ihr zum Abschied gesagt und dabei fast beschämt gewirkt. Aber dann hatte er wieder wie gewohnt die Stimme dröhnen lassen, während er die Reihe der Wüstenmänner abgeschritten war, jeden einzelnen gemustert und ihnen im Falle des Erfolges die Freiheit versprochen hatte. Was scherte ihn das entsetzte Raunen der Höflinge angesichts dieser Ungeheuerlichkeit? Aber der ganze Mann war ungeheuerlich. Er hatte einen Sklaven zu den Zehn, seiner Leibwache, hinzugefügt, und wenn er eine Frau in den Tod schicken musste – was scherte es ihn? Aber er mochte sie. Er hatte über ihr rotes Haar gestreichelt und ihr in die Wange gekniffen. Heute war wohl der Tag gekommen, da sie den Meya hassen musste. Was würde sie tun, sollte sie je wieder vor ihm stehen? Ihm aus lauter Verzweiflung ins Gesicht schlagen? Oder würde sie in sich zusammensinken, weil sie ihm sagen musste, dass Anschar gescheitert und sie die einzige Überlebende war?

Sie riss sich die Decke vom Kopf und blinzelte in die Helligkeit. Nein, sie würde es nicht hinnehmen, verschleppt zu werden. Anschar musste leben. Nicht er musste sie retten; das konnte er gar nicht, denn er wusste nicht, wo sie war. Nein, *sie* musste ihn retten, ihn und die anderen. Aber was vermochte sie denn zu tun? Ihre Gabe war hier nutzlos.

War das so?

Nur wenige Schritte entfernt lag der junge Schlangenjäger auf dem Bauch und schnarchte mit den anderen um die Wette. Grazia schälte sich aus der Decke und kroch auf ihn zu, bis sie den Zug des Seiles spürte. Sie musste sich auf dem Boden ausstrecken, um den Mann zu erreichen. Ihr pochender Herzschlag würde ihn wecken, dessen war sie sich sicher. Ihre Fingerspitzen berührten den speckigen Ledergriff seines Dolches. So verharrte sie endlose Minuten. Was, wenn der Mann erwachte? Ein anderer? Sie war versucht, zurückzukriechen. Aber dann ballte sie die Faust, um ihre zitternden Finger zu beruhigen, und zog langsam den Dolch aus der Scheide.

Das Gewicht in ihrer Hand beruhigte sie nicht. Sie setzte sich auf. Niemand war erwacht. Nur nicht nachdenken, ermahnte sie sich. Denn tat sie es, würde sie vor Angst nicht mehr vor und zurück wissen. Hastig säbelte sie das Seil durch und wankte auf die Füße. Der Sand verschluckte ihre Schritte; aber dort, wo nur eine dünne Schicht auf felsigem Grund lag, knirschte er. Langsam setzte sie einen Fuß vor den nächsten, und dann stand sie vor dem Wasservorrat, einem Berg gestapelter Beutel. Ihr war danach, zurück an ihren Platz zu flüchten. Nein!

Entschlossen stieß sie den Dolch in einen der Beutel.

Ein Strahl ergoss sich auf ihre Füße. Der Beutel gluckerte. Erschrocken fingerte sie daran herum, um die Geräusche einzudämmen. Da war er auch schon leer. Sie lauschte dem Schnarchen. Niemand war erwacht. Sie ging in die Hocke und schnitt einen der zuunterst liegenden Beutel auf. Lautlos versickerte das Wasser im Sand. Alles musste fort, alles; dann wäre sie die Herrin über den Durst dieser Männer und konnte sie zwingen, sie freizulassen.

Ruckartig setzte sich ein Herschede auf. Grazia machte sich so klein wie möglich. Er rappelte sich auf die Füße, schlurfte ein paar Schritte in die Wildnis hinein und schlug sein Wasser ab. Schlaftrunken kehrte er zurück, ohne nach rechts oder links zu schauen. Nur wenige Augenblicke später lag er still.

Nun arbeitete Grazia eilig, ohne weiter auf die Männer zu achten. Ihr war, als sei es eine andere Person, die den Dolch ansetzte, in die Beutel stieß und möglichst leise Schnitte tat. Sie selbst stand daneben und kämpfte gegen Schwindel, Ohrensausen, tanzende Punkte vor ihren Augen an. Was war das? Angst vermutlich, nackte Angst. Nach einem weiteren Schnitt stieg ihr Biergeruch in die Nase, und ihre Hände wurden klebrig. Endlich, ihrem Gefühl nach war eine halbe Ewigkeit vergangen, war der Berg zu einem Lederlumpenbündel geschrumpft. Sie schlich zu einem weiteren Vorratslager; als sie auch dieses abgearbeitet hatte, sah sie ein Rinnsal auf einen der Männer zukriechen. Es verschwand unter seinem Rücken, doch er wachte nicht auf. Ein anderer wälzte sich herum, rieb sich die Augen und schlief weiter.

War es genug? Unter der Plane, bei den Männern, lagen ebenfalls halbvolle Beutel, dorthin würde sie sich gewiss nicht wagen. Was mochte im Zelt sein? Sie wünschte sich, vorhin besser aufgepasst zu haben. Dort nachzusehen, erschien ihr als das Höchste dessen, zu dem sich ihr Mut aufschwingen konnte, doch sie tat es. Der Anführer lag auf seiner Pritsche, mit dem Rücken zu ihr. Himmel, was tat sie hier? Vorsichtig setzte sie einen Fuß vor den anderen. Diese Unordnung! Überall lagen Kleidungsstücke herum, Fetzen vielmehr; hingeworfene Essensreste, ein paar tönerne Flaschen. Sie rüttelte daran. Nichts war darin. Als sie darüber hinwegsteigen wollte, blieb sie mit der Sandale daran hängen. Das Behältnis kullerte mit sattem Klacken gegen das nächste.

Bedyadrur grunzte. Seine Hand langte auf die Schulter,

und er kratzte sich. Grazia wünschte sich weit fort. Endlich entdeckte sie inmitten des Durcheinanders ein paar Beutel. Sie stakste zu ihnen und bückte sich. Als sie den Dolch ansetzte, warf sich Bedyadrur herum und schlug die Augen auf.

Anschar hatte das schmalste und wendigste Sturhorn gewählt, um seiner Ungeduld keine überflüssigen Zügel anlegen zu müssen. Nicht einmal an seinen Mantel hatte er gedacht, und so brannte die Sonne auf seine bloßen Arme und trieb ihm den Schweiß aus allen Poren. Mit dem Wasser musste er sparsam sein, aber er war ohnehin zu sehr auf seine Suche konzentriert, um ans Trinken zu denken. Wenn er Grazia fand, bekam er genug. *Wenn* er sie fand! Seine Sorge um sie jagte das Sturhorn vorwärts, zugleich ließ er den Blick abseits des Weges schweifen. Der Gedanke, unwissentlich an ihr vorbeizureiten, zerrte an seinen Nerven. Den anderen Gedanken, sie könne tief unter dem Sand vergraben und längst tot sein, verbot er sich.

Auch die Wüstenmänner waren unterwegs, doch in andere Richtungen. Zwei hatten sich auf Sturhörner geschwungen, die anderen suchten die Umgebung des Felsens ab. Jeder wusste nur zu gut, was es bedeutete, wenn sie ohne Grazia waren. Er schalt sich, ihr gestattet zu haben, so dicht am Ausgang der Höhle zu nächtigen. Aber wer hätte ahnen können, dass die Außenwand einem Sturm nicht standhielt? Zumindest *diesem* hatte sie nicht standhalten können, und er fragte sich, ob irgendein zorniger Gott den Sturm geschickt hatte. Waren sie unwissentlich auf verbotenem Gebiet gewesen? Hätten sie mehr opfern müssen? Aber sie besaßen ja nichts Gescheites. Die Wüstenmenschen verbrannten Samenkörner oder gruben für ihren Herrn des Windes ledrige Pflanzen aus, was Anschar entsetzlich erbärmlich fand. Sein letztes Tieropfer lag einige Zeit zurück, denn ein knurrender Magen ließ die Pflicht schnell vergessen. Und Grazias unverständlicher Gott? Der wollte nicht nur kein Blut, sondern nicht einmal dulden, dass fremde Götter sich daran erfreuten. Was man auch tat oder unterließ, irgendeinem Gott trat man auf die Füße.

Immer wieder stellte er sich in die Fußschlaufen, doch er sah nichts als hügeliges Gelände. Linker Hand schoben sich Sicheldünen über einen kniehohen Wald stachliger Gewächse, sonst fand sich hier nur mit Geröll übersäter Boden, der so fest war, dass man glauben konnte, er sei aus Stein. Sorgsam den fingerlangen Dornen ausweichend, lenkte Anschar das Sturhorn eine der Dünen hinauf. Ihr geriffelter Kamm war fest und trug das Tier. Er ritt durch eine tote Welt, wie ihm schien. Eine sanfte Brise ließ Körnchen über messerscharfe Grate wehen, sonst regte sich hier nichts, nur noch der flimmernde Horizont.

Das Sturhorn kam zum Stehen und verlangte mit tiefem Brummen Wasser. Anschar sprang ab und löste den Wasserbeutel vom Sattel. Die armlange Zunge suchte gierig die Öffnung. Während er es tränkte, sah er Parrad herantaumeln. Der Wüstenmann kämpfte sich breitbeinig durch den Sand, stützte sich vor ihm auf die Knie und atmete rasselnd.

»Dort … dort ist ein Hohlweg, da …«, er wedelte erschöpft mit einem Arm. Es fehlte nicht viel, und er würde zusammenbrechen. »Spuren!«

Anschar wandte sich in die angegebene Richtung. Ein Sandmeer, nichts Auffälliges. Doch dann meinte er eine dünne, dunkle Linie zu erkennen. »Da vorne, meinst du das?«

Parrad nickte heftig, konnte aber nur noch krächzen. Anschar hob den Beutel und ließ einen Guss auf seinen Kopf nieder. Japsend verrieb der Wüstenmann das Nass in seinem Gesicht. »Von einem Sturhorn und … kleinen … Füßen.«

Zwei Herzschläge später war Anschar im Sattel.

»Warte!«, krächzte Parrad. »Ich hole die anderen.«

Unwillig nickte Anschar. Kaum hatte der Wüstenmann kehrtgemacht und war ein paar wacklige Schritte gelaufen, trieb er das Tier den Dünenhang hinauf. Parrads Rufe missachtend, hielt er auf den Hohlweg zu. Hier wichen die Dünen felsigem Grund. Vielleicht hatte das Meer einst den Weg herausgeschnitten. Das Tier bockte, und er zwang es mit der Peitsche, den steilen Abhang zu nehmen. Geröll polterte unter den Tritten hinweg, dann war es unten. Widerstrebend schüttelte es das zottelige Haupt. Im knöcheltiefen Sand, der den Boden bedeckte, fand Anschar die Spuren, die großen eines Sturhorns und kleinere dazwischen. In der Tat war es kein Mann gewesen, der einem Sturhorn hinterhergelaufen war. Diesen Abdruck kannte er. Sie lebte. Wenn ihn die Götter nicht narrten, lebte sie.

Er hörte Stimmen hinter sich, die seiner Begleiter, die auf Parrad warteten. Aber waren nicht auch voraus Stimmen? Er spitzte die Ohren, denn die Laute waren schwach; es mochte der Sand sein, der manchmal seltsame Geräusche von sich gab. Aber dann hörte er Geschrei. Fremde Wüstenmänner? Da Grazia hinter diesem Sturhorn hatte herlaufen müssen, befürchtete er anderes.

Keine Zeit, das Rollsiegel zu holen. Keine Zeit, auf Parrad und die anderen zu warten; sie waren ohnedies keine große Hilfe. Nicht hierbei. Heftig zerrte Anschar an den Zügeln, so dass das Reittier sich aufbäumte. Wie viele Männer warteten dort auf ihn? Sklavenjäger waren nie in kleinen Gruppen unterwegs, mit zehn musste er rechnen, eher mit zwanzig, deren Skrupel längst im Wüstensand versickert waren. Und *sie* mittendrin.

»Sie ist verrückt! Die Hitze hat sie verrückt gemacht«, schrie Bedyadrur. Er stand hinter ihr, hielt sie an den Schultern und schüttelte sie. Die Männer starrten sie an, mit vor Fassungslosigkeit entgleisten Gesichtern. Andere stapften planlos umher und kehrten das Unterste zuoberst, als glaubten sie, unbekannte Quellen täten sich auf. Grazia schaffte es nicht, sich in diesem Tumult bemerkbar zu machen. Niemand achtete auf ihre gestammelten Worte, und Bedyadrur schüttelte sie so heftig, dass ihr Hören und Sehen verging. Plötzlich drehte er sie zu sich herum und schlug ihr links und rechts ins Gesicht. Sie bekam keine Zeit, aufzuschreien; sie wurde in die Arme eines anderen Mannes gestoßen, der sie herumriss.

»Warum hast du das getan?«, brüllte er, dass sein Speichel ihr ins Gesicht flog. Seine Zähne waren gefletscht; gleich würde er sie in ihre Haut schlagen und aufreißen.

»Ich will …«

»Warum? Warum? Inar soll dich dreimal verfluchen, du rothaarige Wahnsinnige!«

»Ich will es ja erklären!«

Aber sie schrien so laut und wild durcheinander, dass ihr armseliges Stimmchen verhallte. Wieder wurde sie herumgewirbelt, geschlagen, geschüttelt. Sie musste ihre Kunst zeigen, schnellstens, doch sie war viel zu benommen, um mehr als Rinnsale aus ihren Händen laufen zu lassen. Die jedoch hielt jemand hinter ihrem Rücken zusammen, und so sickerte das Wasser unbemerkt an ihren Beinen hinab. Die Männer griffen in ihr Haar, zerrten daran. Als Grazia ihr Unterkleid reißen hörte, begriff sie, dass sie eine Gewalt entfesselt hatte, die ihr völlig unbekannt war.

Nackt wurde sie umhergeworfen und unter die Plane gezerrt. Wölfe waren das, keine Menschen, die an ihr zerrten und sie zu Boden schlugen. Das Geschrei veränderte sich, wurde eine Spur leiser. Die Stimmen tiefer, gierig. Die Zeit für Worte war vorbei. Grazia konnte ohnehin nichts mehr sagen, denn ihre Kehle war durch einen lang anhaltenden Schrei verstopft, den niemand hörte, nicht einmal sie. Überall wurde sie gekniffen; jemand bekundete, niemals eine so schmale Taille gesehen zu haben. Finger bohrten sich in ihre Fußgelenke und zerrten ihre Beine auseinander. Ein Mann warf sich auf sie. Sein Gewicht presste die Luft aus ihren Lungen. Sie sah die Schweißtropfen auf seinem haarlosen Schädel; sie troffen an seiner Nase herunter, an den Kupferperlen in seinem Bart. Seine Lippen waren rissig und dick. Schaum saß in den Mundwinkeln. Er leckte ihn ab. Grazia drehte den Kopf weg. Ganz in der Nähe lugte der junge Schlangenjäger zwischen den erhitzten Leibern hervor. Er wirkte erschrocken.

Der Glatzköpfige nestelte an sich herum. Er grinste sie an. Sie sammelte Speichel, um ihn anzuspucken. Und als sie es tat, kam die Gabe in einem harten Strahl aus ihr heraus. Wie von einer Nadel gestochen, wich er zurück und wischte sich durch das nasse Gesicht. Nun, da plötzliche Stille herrschte, hörte sie ihr Herz schlagen; wild pumpte es das Blut in ihre Ohren. Sie hatte die Arme vor der Brust verschränkt und die Hände zu Fäusten geballt, aus denen das Wasser floss. Aus ihren Mundwinkeln sprudelte es, aus den Augenwinkeln, dem Unterleib. Wie eine Gebärende drückte sie es aus dem Körper.

Was der Mann zwischen den Beinen hatte, wirkte weich und nicht länger bedrohlich. Beinahe hätte sie lachen können, wie er glotzte, aus runden Augen über einem ebenso gerundeten Mund, wie ein Fisch. Alle glotzten so. Es war ihr unbegreiflich, in dieser Lage, so entblößt, einen aufbrandenden Stolz auf ihre Gabe zu spüren, wie sie ihn zuvor nie empfunden hatte. Im Tempel von Argadye waren die Leute ehrfürchtig vor ihr und ihrem Wasser zurückgewichen, hatten sie eine Halbgöttin, eine Nihaye gerufen, die vielleicht imstande sei, mit dieser Gabe das Land vor der Trockenheit zu retten. Wie hatten sie sich gefürchtet – sollten diese Kerle es jetzt doch auch! Weit sperrte sie den Mund auf und stieß das Wasser hinaus, dass es wie eine Fontäne über ihr sprudelte.

Der mit dem Fischmaul sagte endlich: »Die ist nicht menschlich. Die bringt Unheil über uns.«

Einige wandten die Köpfe in Richtung des Anführers. Bedyadrurs bleicher Kopf bewegte sich zu einem abgehackten Nicken.

»Werft sie in die Erdspalte.«

Einige näherten sich und streckten zögerlich die Hände nach ihr aus. Erst als Bedyadrur lautstark befahl, sie sollten zupacken, fühlten sich Grazias Glieder wie von Schraubzwingen umklammert. Mit einem Mal stand sie wieder auf den Füßen, rings um sie die Herscheden. Feindselig wirkten sie nicht, erst recht nicht lüstern. Eher so, als hätten sie eine vor sich, die schon tot war. Zwei Männer zerrten sie mit sich, den Hohlweg entlang, fort vom Lager. Noch immer floss das Wasser aus ihr heraus, aber es begann mit ihrer wachsenden Angst zu versiegen. Wo war das Gefühl der Macht, das sie eben noch berauscht hatte? Willenlos stolperte sie dahin. Einer drehte ihr den Arm auf den Rücken und schob sie vor sich her. Es war nur ein kurzes Stück vom Lager fort; hier endete der Hohlweg abrupt. Sie drückte die Füße in den Sand, konnte aber nicht verhindern, zu einem breiten Riss gedrängt zu werden, der sich im Fels auftat. Schon schwebten ihre Zehen in der Luft. Unter sich sah sie nur Schwärze. Sand spritzte von ihren Füßen auf und verschwand im Nichts.

Sie warf sich herum und stieß einen Schrei aus, der ihr in den Ohren gellte. So schrie nur ein Mensch, der den Tod vor Augen hatte. Wild schlug sie um sich, suchte Halt an den Männern, riss ihnen Haare aus und zerfetzte ihre Kleidung.

»Macht schon!«, drängte Bedyadrur. Drei Männer waren bei ihr, um sie über den Rand zu schieben. Die Knie schlug sie sich an der Kante blutig, während sie ein fremdes Bein umklammerte.

»Ohne mich sterbt ihr auch!«, schrie sie. »Ich kann Wasser machen, ihr habt es doch gesehen! Warum begreift ihr das nicht?«

Ihre Schenkel rutschten über die Kante. Ihre Nägel bohrten sich in Beinmuskeln. Aus ihrer Kehle kam nur noch das unmenschliche Gellen.

Ein Schatten fiel auf sie, der die Männer zurückweichen ließ. Ein Arm schlang sich um ihre Mitte und zog sie fort von der Spalte. Einige Schritte entfernt fand sie sich auf dem Boden wieder, über sich ein vertrautes Hemd, in das sie die Finger krallte. Wild brandete ihr Herz gegen Anschars Brust.

»Erstaunlich, was man so alles in der Wüste findet«, hörte sie Bedyadrur sagen. Er klang unsicher, als überfordere ihn das alles. »Erst die Frau, aus der Wasser sprudelt, dann einer, der das Zeichen der Zehn trägt und zugleich einen Sklavenohrring. Vielleicht bilde ich mir das alles ja nur ein, weil mir nach all den Jahren die Sonne nun endlich das Hirn gesotten hat.«

»Anschar.« Sie hustete; ihre Stimme klang rau und gedämpft vom Rauschen ihres Blutes. »Ich habe versucht … ihnen zu erklären …«

»Steh auf, wenn du kannst.« Er klopfte ihr auf die Schulter und richtete sich seinerseits auf. Sein Hemd fiel in ihren Schoß. Nichts, außer ihm selbst, war ihr willkommener. In Windeseile schlüpfte sie hinein und zerrte es bis zu den Knien hinab. Aber das Aufstehen fiel ihr schwer, so sehr schlotterte sie am ganzen Leib. Dass Anschar bei ihr war, hatte sie noch nicht richtig begriffen. Breitbeinig stand er über ihr, seine Hand lag an ihrer Wange.

»Etwas ist in ihr«, sagte Bedyadrur. »Das ist keine Frau. Das ist … irgendetwas. Aber wer bist du?«

»Der Gesandte des Meya, der in seinem Auftrag Temenon finden soll.«

»So etwas hat sie auch behauptet.« Ein Finger wies auf sie, dann auf Anschar. »Aber nur, weil du das sagst, wird's ja auch nicht gleich wahr. Ein Sklave, den der Meya irgendwo hinschickt? Eher hast du dir diese Tätowierung selber verpassen lassen, um zu vertuschen, dass …«

»Du irrst dich«, unterbrach Anschar ihn mit heiserer Ungeduld. »Ich meine, du irrst dich, wenn du denkst, ich wollte dich überzeugen. Sie wollte das. Ich nicht. Mir ist wirklich völlig gleichgültig, ob du es glaubst.«

Zischend glitt sein Schwert aus der Scheide. Grazia fühlte sich von Grausen und finsterer Freude zugleich ergriffen. Bedyadrurs Oberkörper schwang herum, als suche er bei seinen Männern die Erklärung, weshalb dieser Mann bereit war, allein gegen sie anzutreten. Er fletschte die Zähne und suchte rückwärtsgehend hinter seinen Leuten Schutz. »Mir reicht das jetzt. Tötet sie beide.«

Schwerter, Macheten, Dolche, ein wilde Mischung von Waffen wurde gezückt. Grazia wollte ihr Gesicht bedecken, aber Anschar ging neben ihr in die Hocke und hielt einen ihrer Arme fest. »Ich brauche deine Hilfe. Bist du bereit?«

»Zum … zum Weglaufen? Ganz bestimmt!«

»Das darfst du auf keinen Fall.«

Er schnellte hoch; ein Klirren ertönte über ihr, dann ein Schrei. Ein Mann fiel vor ihr in den Sand, wälzte sich herum, die Hände auf eine blutende Wunde gepresst. Das Blut pulste aus seinem Leib und rötete den Sand unter ihm. Grazia warf sich herum und kroch von ihm fort; zum Aufstehen fehlte ihr die Kraft. Jemand packte ihren Fuß. Sie schrie, rollte auf den Rücken und trat aus, aber der Herschede ließ nicht los. In der freien Hand hielt er ein gewaltiges Messer. Er neigte sich vor – und zuckte würgend zusammen. Hinter ihm stand

Anschar und riss beidhändig das Schwert aus seinem Rücken. Bevor der Mann auf sie fallen konnte, gab er ihm einen Tritt.

»Nicht weglaufen, habe ich gesagt.« Er sprach es noch aus, als er sich drehte und die Klinge schwang. Eine Hand flog durch die Luft, mitsamt dem Dolch, den sie hielt. Eine Gestalt sackte in sich zusammen, hielt den Stumpf und wälzte sich schreiend durch den Sand. Der Nächste starrte auf seine Brust, in der das Schwert steckte. Fast im gleichen Moment, als Anschar es herauszog, trieb er es in den Körper eines weiteren Angreifers. Nur wenige Schritte entfernt wütete er zwischen den Sklavenfängern, sprang einem Tänzer gleich hin und her und nutzte seine Waffe mit tödlicher Präzision. Sie hatten keine Zeit zu begreifen, dass es keinen gab, der ihm gleichkam, und so stellten sie sich ihm. Auch der junge Schlangenfänger. Von irgendwoher hatte er einen Spieß geholt, den er mit beiden Händen vorstreckte. Er schien der Erste zu sein, der begriff, welch ein Ding der Unmöglichkeit er versuchte, denn seine Beine zitterten, und seine Bewegungen waren behäbig. Anschar hatte keinerlei Mühe, mit der linken Hand den Schaft zu ergreifen. Ein kurzer Ruck, der Schlangenfänger stand mit leeren Händen da. Der junge Mann riss den Mund auf. Zu einem Schrei oder einem Flehen? Anschars Schwertklinge bohrte sich in seine Wange.

Grazia kniff die Augen zusammen. Dumpf schlug ein Körper dicht neben ihr auf. Sie wusste, dass er dem Sklavenfänger gehörte, und sie wusste auch, dass sie diese schreckliche Wunde nicht sehen wollte. Plötzlich stand sie. Ihr war, als bewegten sich ihre Füße ohne eigenes Zutun. Nicht hinsehen! Sie wankte über blutigen Sand hinweg, die Hände an den Ohren, die Augen auf die unschuldige Weite der Wüste geheftet.

»Grazia!«

Er packte ihre Schultern. »Anschar, ich …«, stieß sie keuchend hervor. Und verstummte, als eine harte Hand in ihr Haar griff und sie zwang, sich zu drehen. Nicht Anschar stand vor ihr, sondern Bedyadrur. Dicht vor ihren Augen schwebte eine Dolchspitze.

»Aufhören!«, brüllte Bedyadrur, die Stimme schrill vor Furcht. »Aufhören, sonst stirbt sie!«

Er ging mit ihr in die Knie, als sei er der Erschöpfung nahe. Seine Hand zitterte so sehr, dass Grazia verzweifelt den Kopf gegen seine Hand presste, um Abstand zu der Klinge zu halten.

»Ja, ja!«, kreischte er. »Weg mit den Waffen!« Polternde Geräusche ertönten. »Ja, so ist es gut.«

Sie hörte Anschar ärgerlich knurren. Was war sie auch so dumm gewesen, sich aus seinem Schutz zu entfernen? Gleich würde sich diese scheußliche Dolchspitze in ihre Augen bohren, und dann würde sie nicht mehr erfahren, was mit ihm geschah. Sie gab sich einen Ruck und wagte es, den Kopf ein wenig zu drehen, so weit Bedyadrurs Griff es erlaubte. Aus dem Augenwinkel sah sie Anschar mit leeren Händen bei den letzten drei Herscheden stehen. Ein Mann hatte den fortgeworfenen Spieß an sich genommen; hinter Anschar stehend, drückte er die Spitze gegen seinen Nacken. Die anderen beiden standen zu seinen Seiten, einer hielt ein Schwert so, dass die Klinge auf der Schulter ruhte, als warte er nur darauf, sie hineinzuhacken. Der Dritte bückte sich rasch nach Anschars Schwert und deutete damit auf seinen schweißglänzenden, mit Blutspritzern übersäten Bauch.

»Sieht schon besser aus«, schnaufte Bedyadrur. Er leckte sich den Schweiß aus den Mundwinkeln. »Dafür ziehe ich euch beiden die Haut vom Leib.«

»Grazia!«, donnerte Anschar, so dass jeder zusammenzuckte. In seinem erhitzten Gesicht stand die blanke Wut. »Sieh nicht her!«

»Tötet ihn!«, brüllte Bedyadrur.

»Denk jetzt an *dich!*«

»So stecht ihn endlich ab!«

»Hast du verstanden?«

Das Geschrei wollte sie irremachen. Doch sie verstand. Anschar brauchte ihre Hilfe. Jedoch nicht für sich.

Sie versuchte sich auf Bedyadrur zu konzentrieren, seinen ekelhaften Mund mit Wasser zu füllen. Seinen Schlund, bis hinab in die Lunge. Er würde keine Luft mehr holen können und ersticken, und dann wäre sie frei. Mit aller Macht wollte sie das Wasser herbeizwingen. Sie ballte die Fäuste, dass ihre Nägel sich ins Fleisch bohrten. Ihr Kopf begann zu pochen. Tu es, tu es doch!, schrie sie sich stumm zu. Bedyadrur hob den Dolch. Sie riss die Hände hoch, umklammerte seinen Unterarm. Die Haut war glitschig, ihre Finger schwach, doch es genügte, ihn an seinem Tun zu hindern. Mit der anderen Hand versuchte er ihre Finger aufzubiegen. Blut sickerte unter ihren Fingerspitzen hervor. War es seines? Ihres? Er zeigte ihr seine gebleckten Zähne.

»Du tust mir weh«, spuckte er ihr entgegen. Seine Linke stieß sie zu Boden und schleuderte Sand in ihr Gesicht. Dann drückte er ihren Kopf nieder. Sie biss zu. »Verfluchtes Weib!« Er warf sich auf sie. Seine Dolchhand entschlüpfte ihrem Griff. Holte erneut aus.

Sie verschränkte die Arme vor dem Gesicht. Doch bevor sich der Dolch in ihren Leib bohren konnte, stieß Bedyadrur einen heiseren Schrei aus. Der Spieß steckte seitlich in seinem Hals. Er griff danach, rüttelte daran, bis das Blut in dünnen Bogen herausspritzte, und erschlaffte.

Anschar verpasste ihm einen Tritt, so dass er von ihr fortrollte. Grazia setzte sich auf, dem Sklavenjäger den Rücken zukehrend.

»Ist … ist er tot?«, stammelte sie. An ihren Armen klebten

Blutschlieren. Von wem? Sie schlug darauf, als wolle sie ein Insekt zerquetschen, und schrie.

»Ja, es ist vorbei«, sagte Anschar neben ihr und umfasste ihre Schultern. Als sie sich ihm zuwandte, wollte sie zurückzucken; an seiner Haut klebte so viel mehr Blut. »Es ist alles gut. Glücklicherweise waren sie schlecht bewaffnet, sonst hätte die Sache anders ausgehen können. Wenn nur einer einen Bogen gehabt hätte … Komm.«

Er hob sie auf die Arme und trug sie ins Zelt. Bis hierher war das Grauen nicht gedrungen, und sie konnte aufatmen. Er setzte sie auf Bedyadrurs Pritsche und ging vor ihr in die Knie. Ihr Kopf sackte nach vorne, bis ihre Stirn auf seiner Schulter lag. Seine Hände glitten über ihren Rücken, ihre Arme, ertasteten vorsichtig die schmerzenden Stellen, wo die Männer sie geschlagen hatten. Ihrerseits berührte sie seine staubbedeckten Haare. Konzentrierte sich darauf, das Wasser fließen zu lassen. Aber ihre Hände zitterten nur. Sie begann am ganzen Leib zu schlottern. Anschar hielt sie fest.

»Du weinst nicht«, sagte er. »Das passt überhaupt nicht zu dir.«

»Aber du weinst auch nicht.«

»Ob ich meiner argadischen Angewohnheit nachkomme, ist ja auch nicht wichtig. Dein Gesicht ist übrigens fast so rot wie deine Haare.«

Sie fasste sich an die Nase. In der kurzen Zeit, in der sie unbedeckt gewesen war, hatte sie sich einen heftigen Sonnenbrand eingefangen. Nun merkte sie, dass auch ihre Schultern und Arme brannten. Und dass sie Durst hatte. Sie leckte sich über die trockenen Lippen und betrachtete ihre dreckigen Hände.

»Feuerköpfchen, warum kannst du kein Wasser machen?«

»Ich weiß nicht …« Sie wollte sagen, dass ihr wohl der Schreck zu sehr in den Gliedern saß, aber es auszusprechen, hätte diesen Schrecken vielleicht zurückgeholt. An die gierigen Blicke dieser Kerle, an ihre groben Finger und das, was beinahe mit ihr geschehen war, wollte sie nicht denken. Sie wollte es ausmerzen. Flehentlich sah sie Anschar an, dass er nicht fragte, aber er tat es doch.

»Haben sie …«

»Nein! Nein, haben sie nicht, und bitte sprich nicht mehr davon.«

Er nickte langsam, stemmte sich hoch und schritt durchs Zelt. Im Durcheinander fand er einen ledernen Becher. Grazia nahm ihn entgegen und starrte hinein. Dann legte sie eine Hand darüber und schloss die Augen. Wartete auf das Gefühl der Kälte, die über ihre Haut strich, bevor das Wasser kam. Aber da war nichts, nur Schweiß und Angst, die ihr in der Kehle steckte. Als sie die Hand wegnahm, blickte sie auf einen trockenen Grund. Anschars Miene zeigte keine Regung, doch seine Stimme war belegt. »Sag, hast du wirklich sämtliche Wasservorräte vernichtet?«

»Nein, hier hab ich noch welche gesehen.«

Er drehte eine neue Runde durchs Zelt, schob mit dem Fuß ein paar Lumpen und Decken beiseite und befingerte die Beutel. Als er vor ihr in die Hocke ging, lag auf seiner geöffneten Hand die Heria. An ihr Schmuckstück hatte Grazia von dem Moment an, als sie auf dem Rücken des fremden Sturhorns aufgewacht war, nicht mehr gedacht. Harasch musste sie ihr abgenommen haben, als sie bewusstlos gewesen war. Sie schob das Kettchen über den Kopf und zuckte unwillkürlich zurück, als Anschar ihr helfen wollte, die Haare hindurchzuziehen. Aber das war ja Unfug, das Ohr ließ sich ohnehin nicht verbergen, also hielt sie still. Es schmerzte sie, mit anzusehen, wie Anschars Augen sich voller Entsetzen weiteten. Unentwegt schüttelte er den Kopf, während er über die Kante ihres Ohres strich.

»So schlimm ist das ja nicht«, murmelte sie. »Bei uns …«

»Ja, ich weiß, bei euch entstellt das eine Frau nicht. Aber du bist nicht dort. Und ich kann darin niemals Schmuck sehen. Es ist eine Schande.« Eine steile Falte stand zwischen seinen Brauen, und er rieb sich nachdenklich über den Mund; er schien zu überlegen, wie sich der Schaden begrenzen ließe, aber das war ja etwas, das unmöglich war und über das er wohl schon tausendmal nachgedacht hatte. »Ein Sklavenmal«, sagte er noch einmal, als könne er es nicht begreifen.

»Es tut weh. Kannst du den Haken entfernen?«

Er zog seinen Dolch. Sie presste die Augen zusammen, und so behutsam er auch war, er konnte das Ding nicht aufbiegen, ohne ihr Leid zuzufügen. Blut rann an ihrem Hals hinab, und er wischte es mit der Handkante herunter. Endlich war es geschafft; voller Verachtung schleuderte er den Haken durchs Zelt. Grazia befingerte das dick geschwollene Ohrläppchen. Diese Löcher waren nicht klein, das wusste sie ja, trotzdem zuckte sie zusammen, als sie spürte, wie sich die Kuppen von Daumen und Zeigefinger berührten. Nein, auch daheim wäre dieses Ohrloch alles andere als eine Zierde. Ihre Mutter würde vermutlich in Ohnmacht fallen. Mit der Hand wischte Anschar das Blut von ihrem Hals. »Sie können froh sein, dass sie tot sind«, sagte er gepresst. »Ruh dich aus. Ich sehe nach, wo die anderen bleiben; Parrad hat gesehen, in welche Richtung ich ritt.«

Sie kroch auf die Pritsche. Der Gestank des Sklavenfängers stach ihr in die Nase, aber das erschien ihr jetzt denkbar unwichtig. Mit einem Lumpen, den Anschar vom Boden auflas, rieb er sich notdürftig die angetrockneten Blutspritzer von den Armen. Vor dem Zelt entfuhr ihm ein überraschter Laut; offenbar hatte er die beiden Sklaven entdeckt. Grazia versuchte sich zu entspannen, überzeugt davon, kein Auge schließen zu können. Doch der Schlaf kam schnell und traumlos.

Gemurmel weckte sie. Mit klopfendem Herzen fuhr Grazia hoch. Erleichtert schlug sie sich auf die Brust, als sie die Stimmen der Wüstenmänner erkannte. Ralaod kam ins Zelt und brachte ein weißes Gewand. Unter der Achsel hatte sie ein Bündel. Sie sagte nichts, und ihr Schweigen war wohltuend. Aus dem Bündel nahm sie einen Tiegel und öffnete ihn. Grazia schlüpfte aus Anschars Hemd, schob es unter die Achseln und ließ sich Schultern und Gesicht mit einer fettigen Paste einschmieren, die den Sonnenbrand und die Spuren der Schläge milderte. Dann schlüpfte sie in das unförmige Gewand. Es war wie alle, ein riesiges Viereck, das um die Taille Löcher aufwies, durch die man einen Schal oder eine Schnur ziehen konnte. Ralaod half ihr, die Fransen unter den Handgelenken zu verknoten, damit es nicht aufsprang. Das Gewand besaß eine Kapuze, aber Grazia widerstand dem Drang, sich zu bedecken, damit niemand das Ohrloch sah. Stattdessen band sie die Haare im Nacken zusammen. Nun erst begriff sie, was es hieß, derart gezeichnet zu sein, und auf eigenartige Weise fühlte sie sich dadurch Anschar noch näher verbunden. Ralaod wiegte nur den Kopf, als sie es sah, und strich bedauernd über ihre Wange. Sie ging vor ihr in die Hocke und knüpfte das Bündel auseinander. Auf dem Tuch lagen Theodor Fontanes Roman, die Kaloderma-Dose, die Bronzeklinge und das Streichholzetui.

»Das ist alles, was wir von deinen Sachen fanden«, sagte die Wüstenfrau. »Alles andere hat der Sturm sonst wohin getragen.«

Grazia hob das Buch auf. *Effi Briest.* Es war zerschlissen wie ein alter Dachbodenfund. Sie blätterte darin und blies Sandkörner aus dem Falz. »Meine Kleider … die Bücher, die Uhr …«

»Alles weg.«

Sie wollte jammern, aber dann schlug sie entschlossen das

Buch zu. Was sollte sie das kümmern, nachdem der Tod hier gewütet hatte und es vielleicht noch tun würde? »Wisst ihr schon, dass ich … also, das Wasser … ich …«

Ralaod schob fragend die Brauen aneinander. Da flogen draußen erregte Worte hin und her. »Warum fragst du nach dem Wasser?«, rief Parrad. »Hier ist wenig, und selber hatten wir kaum noch etwas.«

Grazia raffte das Gewand und lief vors Zelt. Die Männer standen im Kreis, zwischen den Füßen die letzten unbeschädigten Wasserbeutel. Ein armseliges Häuflein. Mittlerweile dämmerte es, und einer war damit beschäftigt, das Lagerfeuer der Herscheden wieder in Gang zu setzen. Sie schielte dorthin, wo der Kampf gewütet hatte, aber nur noch dunkle Flecken im Sand erinnerten daran. Anschar hatte die Toten offenbar im Felsspalt versenkt. Sie riss sich von den Erinnerungen los.

»Ich kann kein Wasser machen«, sagte sie mit vorgerecktem Kinn, und sie fuhren auseinander und starrten sie an. »Und ich bin daran schuld, dass kaum noch etwas da ist.«

»Mir war die Sache ja von Anfang an nicht geheuer«, murmelte Parrad. Er neigte den Kopf und kniff die faltigen Lider zusammen, als sei er sich nicht sicher, dass der Anblick ihres blutigen Ohrläppchens keine Täuschung war. »Warum hattest du die Vorräte nicht erneuert?«

Anschar ging sofort dazwischen. »Weil ich ihr sagte, das sei nicht nötig! Wir sind leichtfertig geworden, weil es ihr die ganze Zeit so einfach gelungen ist.« Er sah sie an, und sie glaubte zu wissen, dass er an jenen Moment dachte, als er den von ihr gefüllten Becher achtlos beiseite geworfen hatte. »Ich trage allein die Schuld, denn mir obliegt die Verantwortung für das Unternehmen. Nun werde ich den Meya und ganz Argad enttäuschen, nur dass ich nicht mehr erleben werde, wie er mich ansieht. Inar verfluche mich dreimal, warum konnte ich nicht verhindern, dass sie in die Fänge dieser Leute geriet, da ich doch weiß, dass sie für so eine Reise nicht geschaffen ist?« Aus seinen heiseren Worten glaubte sie die Furcht um sie herauszuhören, die sich seiner im Nachhinein bemächtigte. Er baute sich vor Parrad auf. »Es steht dir nicht zu, ihr irgendetwas vorzuwerfen. Vergiss nicht, was du bist.«

Grazia fand, dass Parrads Frage nicht vorwurfsvoll geklungen hatte, aber der Wüstenmann nickte nur. »Ich nehme an, wenn wir in ein paar Tagen tot sind, spielt es keine Rolle mehr, welchen Völkern wir angehören oder ob wir Sklaven sind.«

»Wenn wir den nächsten Außenposten der Sklavenjäger finden …«, fing Oream an, doch Parrad schüttelte den Kopf.

»Und wo sollen wir den suchen?«

»Genug davon«, sagte Anschar. »Wir bleiben hier, sparen unsere Kräfte und trinken so wenig wie möglich. So bleiben uns ein paar Tage, die Grazia Zeit hat, sich wieder zu erholen. Vielleicht braucht sie ja nur das.«

Seine Augen, als er sich ihr zuwandte, waren ein einziges Flehen: *Lass es so sein*. Sie kaute am Daumennagel und wandte sich ab. Warum nur fühlte es sich an, als hätte sie diese Gabe nie empfangen?

Ihr Blick fiel auf die beiden Gefangenen. Noch immer, wenngleich losgebunden, hockten sie beieinander am Fels. Die Frau hatte die Finger in die Schulter des Mannes gebohrt und redete leise auf ihn ein. Er schüttelte den Kopf, doch sie ließ nicht ab, ihn zu was auch immer überreden zu wollen. Der Wortwechsel war kaum zu verstehen, aber nun waren auch Anschar und die anderen darauf aufmerksam geworden. Als die Wüstenfrau sichtlich verzweifelt ihrem Gefährten auf die nackte Brust klatschte, ging Anschar zu ihnen.

Die Frau sah zu ihm auf. »Wir wissen, wo Wasser ist.«

»Du wirst schweigen!«, rief der Mann. Der terrakottafarbene Ton seiner Haut, der den Wüstenmännern zu eigen war, hatte sich verändert, war fast grau geworden.

»Sag es ihm«, drängte sie, die Hände wieder auf der Schulter des Gefährten.

»Sag du es«, fuhr Anschar dazwischen. Doch nun schüttelte sie ihrerseits den Kopf. Fassungslos warf er die Hände hoch. »Was soll das? Wir drohen hier zu verdursten! Redet schon!«

»Nein«, beharrte der Wüstenmann.

»Weshalb nicht?«

Verstockt kauerte er sich zusammen und umschlang die Knie. Die Frau tat nichts mehr, ihn umzustimmen. Anschar machte einige unschlüssige Schritte; alle wichen vor ihm zurück. Sein Blick streifte Grazia, und sie sah die Ratlosigkeit darin.

Er stapfte zu einem der Sturhörner. Vom Sattel riss er die Peitsche, und während er zu dem Mann zurückkehrte, schüttelte er sie aus. »Steh auf. Steh auf und sieh mich an.«

Der Mann gehorchte. Einen Kopf kleiner als Anschar, wirkte er, als wolle er sich vor Furcht in die Spalte stürzen.

»Rede!«

»Ich kann nicht. Du wirst uns zwingen, euch zu begleiten, aber ich will nicht dorthin zurück.«

Grazia glaubte nicht, dass Anschar es tun würde. Wusste er nicht selbst am besten, wie es war, gepeitscht zu werden? Es konnte nichts als eine Drohgebärde sein, aber eine Sekunde später knallte das Leder auf die Brust des Wüstenmannes, der schrill aufschrie, die Arme hochwarf und in die Knie ging. Weitere Schläge folgten. Blutige Spuren zogen sich über den Bauch des Mannes, dann über die Schultern, denn er warf sich nach vorn und vergrub das Gesicht im Sand. Die Frau hatte die Hände hochgerissen. Alle waren wie gelähmt, und über der für Grazia gänzlich unwirklichen Szenerie lastete bleischwere Stille. Nur die Peitsche sprach.

»Anschar!«, stieß Grazia endlich den Schrei hervor, der ihr die Kehle verstopfen wollte. »Wie kannst du das tun? Ausgerechnet du?«

Er hielt inne. Seine schweißfeuchte Brust hob und senkte sich. Die Peitsche sprang hoch, als er fortfahren wollte.

»Hör endlich auf!«, rief nun auch Parrad. Anschar wirbelte zu ihm herum. Sein Freund starrte an sich herab. Eine rote Linie zog sich quer über seine Brust.

»Habt ihr elendes Wüstenpack vergessen, dass ihr nichts anderes als das seid?«, schrie Anschar in die Runde, die Peitsche erhoben. Alle wichen zurück. Als er Anstalten machte, sich wieder dem am Boden Liegenden zu widmen, hob dieser die gespreizten Hände.

»Ich sage es«, wimmerte er, unter Tränen kaum verständlich. Anschar keuchte auf, wischte sich den Schweiß aus den Augen und wankte in Richtung des Zeltes. Die blutige Peitsche entglitt seiner Hand. Mit einer heftigen Bewegung, aus der noch sein Aufruhr sprach, warf er die Plane zurück und verschwand darin. Während Parrad sichtlich fassungslos den Striemen betastete, zog Oream den Fremden auf die Knie. Ein anderer reichte ihm einen Wasserbeutel, den er gierig an die aufgebissenen Lippen setzte. Er zitterte wie ein Gebüsch im Wind, und sein schäbiges Hüfttuch sah aus wie eingenässt.

»Wir flohen aus einem Dorf.« Er deutete in eine Richtung.

»Im toten Land?«, fragte Oream.

»Es ist nicht tot. Es ist eine Sklavenjägerstadt. Hundert Hütten voller Sklavenjäger. Das Leben eines Wüstenmenschen ist dort nichts wert.«

Im Zelt fand sie Anschar am Boden kniend, den Rücken dem Eingang zugewandt. Sie wollte auf ihn zustürmen, ihn umarmen und trösten; und noch viel mehr wollte sie ihm ins Gesicht hauen, weil er etwas so Schreckliches getan hatte. Doch sie riss sich zusammen. Vorsichtig näherte sie sich ihm. Die Peitschennarben unter seinen halb aufgelösten Zöpfen glänzten auf der gebräunten Haut. Für gewöhnlich fielen sie ihr nicht auf, jetzt aber stachen sie ihr förmlich ins Auge. Ausgeprägt waren die hellen Linien nicht, und nur, wenn man darüber strich, spürte man ihre Erhabenheit. Konnte man ein Sklavenleben einfach abwerfen? In einer solchen Lage? Ein Ruck ging durch ihn, als Grazia seinen Rücken berührte.

»Mach mir keine Vorhaltungen«, sagte er matt. »Ich weiß, was ich getan habe. Ich bin einer, der aufsässige Sklaven tötet, wenn sie den Meya bedrohen. Und dieser tat das ganz eindeutig.«

Sie kniete an seiner Seite. Er hielt ein blutiges Messer in der Hand. Aus der anderen, zur Faust geballt, troff Blut. Es klebte in seinem Gesicht. Die Frage, was er geopfert hatte, lag ihr auf der Zunge, als er die Faust öffnete und einen roten Strich offenbarte. Dass auch eigenes Blut als Opfer galt, war ihr neu; andererseits mangelte es an Opfertieren. Und ihr mangelte es an Wasser, mit dem er sich das Blut abwaschen konnte. Plötzlich war nichts mehr richtig. Vorsichtig entwand sie das Messer seiner schlaffen Hand und legte ihre hinein. Sie wünschte sich die vergangenen Monate zurück, die zwar anstrengend, aber ungetrübt gewesen waren.

Tränen begannen Furchen durch das Blut zu ziehen. »Wie hieß noch der aus deinen Geschichten? Der sich nicht anders zu helfen wusste, als mit dem Schwert auf die Zugseile eines Kampfwagens zu schlagen?«

»Alexander.«

Er legte den Kopf in den Nacken, kniff die Lider zusammen und ließ die Tränen versiegen. »Ist der Knoten wenigstens auf? Hat der Mann geredet?«

»Die beiden flohen aus einer Siedlung von Sklavenjägern. Es scheint ein übler Ort zu sein.«

»Wir müssen dorthin; uns bleibt keine andere Wahl.« Er kam auf die Füße, raffte einen herumliegenden Lumpen auf, mit dem er den Dolch säuberte. Sie folgte ihm, wie er vors Zelt trat. Wer noch dort stand, starrte ihn erschöpft an. Parrad schien sich nicht von der Stelle gerührt zu haben. Dass sein Herr blutverschmiert aus dem Zelt kam, entlockte ihm ein ermattetes Kopfschütteln. Wo war der fremde Wüstenmann? Grazia entdeckte ihn abseits kauernd, bei ihm die Frau und Oream, der eine Wundpaste angerührt hatte. Anschar würdigte ihn keines Blickes.

»Parrad«, sagte er tonlos. »Ich hätte mich nicht gehen lassen dürfen. Nicht dir gegenüber.«

Parrad nickte nur. »Wir sind alle nicht mehr ganz beieinander.«

»Macht euch aufbruchbereit. Wir dürfen keine Zeit verlieren, wenn wir es mit dem bisschen Wasser schaffen wollen.«

4

Die Nacht verdeckte die Spuren der Zerstörung, Heria wirkte unverletzt. Die Stadt lag im Schlaf, ihre weiß getünchten Häuser in der Dunkelheit waren nur fahl schimmernde Mauern im Sternenlicht. Auf den Flachdächern lagen ihre Bewohner und ersehnten im Schlaf einen kühlenden Windhauch herbei. Hier und da erhellte ein Öllämpchen ein Fenster; vielleicht hielt die Sorge um das Brot des nächsten

Tages jemanden wach. Die Stadt wirkte wie immer, doch Geeryu roch verbranntes Holz, verbrannte Vogelfedern, verbrannten Stolz. Mochte es auch nur die Erinnerung daran sein. An den unregelmäßig vorspringenden Ziegeln eines Mäuerchens entlang, das Heria von der Schlucht trennte, tastete sie sich mühsam vorwärts. Wohin, das wusste sie, aber nicht, warum. Mochte der Palast in alter Pracht erstrahlen, was sollte sie dort? Mallayur war tot. Das Zuhause, das er ihr geboten hatte, existierte nicht mehr; sie hatte ihn überlebt. So war es in ihrem langen Leben immer gewesen.

Sie gelangte an einen Platz, gesäumt von Händlerhäusern und der Palastmauer. Auch wenn Geeryu wenig erkennen konnte, so doch, dass das Tor geschlossen war. Kein Licht, keine Wächter. Sie sank auf die Pflastersteine. Ausruhen, nur kurz. Atem schöpfen. Dies fiel ihr noch immer schwer, wenngleich die Schmerzen nachgelassen hatten. Nur in solchen Momenten, wenn ihre Kraft, sich mittels ihrer göttlichen Gabe über den Boden schweben zu lassen, erschöpft war, fühlte es sich an, als wühle die Klauenpfote des Schamindar in ihrer Brust.

Wohin? Wohin? Vor einigen Stunden hatte sie ihren Hunger in einer Bauernkate gestillt, nachdem die Bewohner angesichts ihrer Augen und eigenartigen Bewegungen fortgelaufen waren. Nun plagte sie Durst. In Mallayurs Palast hatten die Sklaventiere ihr jeden Wunsch von den silbernen Augen abgelesen. Wer sollte jetzt ihre Bedürfnisse stillen?

Wer sollte wenigstens ab und an vergessen, dass sie eine kalte Halbgöttin war? Mallayur war ein törichter, von Ehrgeiz und Neid gegenüber seinem so viel mächtigeren Bruder zerfressener Mensch gewesen, aber ihm war es gelungen. Ihre Augen hatten ihn nicht erschreckt, als sie zu ihm gekommen war, um ihm anzubieten, den Gott zu fangen.

Sie kämpfte sich zurück auf die Füße. Der Wunsch, die

Beine zu bewegen, kam ihr beständig in die Quere, so dass ihre Konzentration ins Wanken geriet und sie wie eine Betrunkene hin und her schwankte. Würde das eines Tages besser werden? Wenn sie sich genug anstrengte, sicherlich. Aber dieser eine Tag schreckte sie, wie auch die anderen davor und danach, einer wie der andere ... Wozu all die Tage, all die Mühen? Wozu?

Ihre Schulter stieß gegen einen der zwei aufragenden, mit blauen Schmuckfliesen verkleideten Torpfeiler. Hier begann die Brücke zu Argad. Ein Tor gab es nicht, denn die Zeiten, da sich Argad und Hersched bekriegt hatten, lagen unendlich lange zurück. Geeryu schwebte über die hölzernen Brückenbohlen. Sie warf die Arme auf die Brüstung und zog sich ein Stück hoch, so dass sie in die Schlucht blicken konnte. Zu sehen gab es nichts, da war nur ein gewaltiger Fluss aus Schwärze, mit glatten Kanten, der entstanden war, weil Inar, der höchste aller Götter, die Hochebene mit einem Schwerthieb geteilt hatte.

Der Wind pfiff durch die Schlucht und ließ die Felsengrasbüschel an ihren Wänden gegeneinander kratzen, das einzige Geräusch der schlafenden Städte. Geeryus Haare bauschten sich. »Vater, bist du es?«, fragte sie. Ob er ihre Bitte erfüllt hatte? Eines Tages würde sie es erfahren. Wollte sie wirklich wegen dieses Tages ausharren? *Vergiss das alles*, schien ihr die Schwärze lockend zuzuflüstern. *Du bist mit einem langen Leben geschlagen, aber deshalb nicht unsterblich. Komm, ich beweise es dir ...*

Geeryu zwang die Luft, ihr Bein auf die Brüstung zu heben. Doch bevor sie das andere folgen lassen konnte, packten zwei kräftige Hände ihre Schultern und zogen sie zurück.

»He, was tust du denn da?«, sagte jemand hinter ihr, ein Mann, dessen Stimme verriet, dass er über ihr Ansinnen erschrocken war. Alle Kraft sickerte aus ihr wie aus einem aufgeschlitzten Beutel, und sie sackte auf die Brückenbohlen. Zwei Männer waren es, die sich über sie beugten. Einer hielt eine Fackel; die zuckenden Flämmchen beleuchteten auf weiße Hemden aufgenähte Bronzeplättchen. Es mussten die beiden Torwächter sein, die gleich jenseits der Brücke den Eingang in den Palast von Argadye hüteten.

»Völlig zerlumpt ist sie. Und mager wie ein Kind. Die braucht dringend etwas zu essen und ein Bad.«

»Vor allem jemanden, der sie davon abhält, ihr Leben wegzuwerfen. Was machen wir jetzt mit ihr?«

»Ich besorge rasch einen Sklaven, der soll ... Inar und alle Götter! Siehst du das? Ihre Augen glänzen wie in Silber gegossen. Ist das etwa die Wassernihaye?«

»Nein. Die hat grüne Augen und rotes Haar. Und die kann ja nicht hier sein, denn hat sie der Meya nicht mit dem Ersten der Zehn nach Temenon geschickt?«

»Das stimmt. Wer bist du?« Der Mann schrie, als sei sie schwerhörig. Geeryu war zu müde, um zu antworten. Eine Hand klatschte gegen ihre Wange, auch das störte sie nicht.

»Stirbt sie?«

»Eine Nihaye? Die werden uralt, heißt es. Lebte nicht im Palast von Heria eine Nihaye? Aber man hat nie wieder von ihr gehört. Wenn sie es ist ...« Die restlichen Worte prallten von Geeryu ab. Sie ahnte, dass sie wieder in einen langen Schlaf abzugleiten drohte, und wusste nicht, ob sie das wirklich wollte. Schlaf brachte Ruhe, aber auch Träume.

Sie fühlte sich hochgehoben. Weiter schwebte sie, diesmal auf den kräftigen Armen eines argadischen Palastwächters. Nur erahnen konnte sie, dass er sie in die Kühle des Palastes trug, treppauf, durch verwinkelte Korridore, treppab, immer weiter. In ihrer Benommenheit kam ihr das Geschaukel endlos vor. Hatte sie jemals zuvor diesen anderen Palast betreten? Sie konnte sich nicht darauf besinnen. Endlich gab sie auf, gegen den Schlaf anzukämpfen; sie hoffte nur, dass es ein kurzer sein möge, wie er den normalen Menschen vergönnt war. Die Hände fremder Frauen, die sie wuschen, die Blütendüfte und feinen Stoffe, die sie umhüllten, geschah dies wirklich? Leise Stimmen schwirrten um sie herum. Geeryu ermahnte sich, die Lider geschlossen zu halten, damit es nicht wieder Schrecken und Geschrei gab.

Irgendwann wurde es ruhig; die weiche Unterlage lud ein, an nichts mehr zu denken.

Keine Träume plagten sie diesmal. Und als sie erwachte, waren keine Wochen, Monate vergangen, nur der Rest der Nacht. Die ersten Sonnenstrahlen stahlen sich in das Gemach. Vorsichtig, um niemanden zu erschrecken, spähte Geeryu durch die halb geschlossenen Lider. Zwei Wüstenfrauen, gekleidet in weiße Kittel, die mit türkisen Borten, der Farbe Argads, geschmückt waren, knieten vor einem Mann, der offenbar soeben eingetreten war. Ein seidiger Mantel umhüllte ihn, aber seine unordentlichen grauen Haare und die zerknitterte Miene verrieten, dass er aus dem Schlaf gerissen worden war. Madyur-Meya nahm einen dargebotenen Becher, kippte den Inhalt hinunter, schüttelte sich und rieb sich die faltige Stirn, während er den gemurmelten Erläuterungen eines Palastkriegers lauschte. Vermutlich war es jener, der sie hergetragen hatte.

Madyur nickte; der Mann verneigte sich tief, mit einer Hand an der Brust, und verschwand aus Geeryus Blickfeld. Der Großkönig, der Beherrscher des gesamten Hochlandes, der Träger des selten vergebenen Titels *Meya,* näherte sich ihr. Geeryu starrte ihn an, verfolgte jede seiner Bewegungen, unfähig, die Augen vor ihm zu verschließen. Langsam ließ er sich auf der Bettkante nieder. Er wirkte um einiges älter als die drei Jahre, die ihn von seinem Bruder getrennt hatten. Mitte der vierzig war er, ganz der erhabene Herrscher, selbst jetzt.

Nachdenklich rieb er sich das stoppelige Kinn. »Du bist Geeryu, richtig?«

Sie nickte.

»Ich hörte, du seist tot.« Sein Blick wanderte zu ihrer Brust, und da wusste sie, dass Anschar ihm alles erzählt hatte. Weshalb auch nicht? Eine mächtige Nihaye besiegt zu haben, war eine Tat, die ein Krieger sicherlich gern zum Besten gab. Madyur griff nach dem Laken, das ihren Körper bedeckte, verharrte, und da sie keine Anstalten machte, ihn zu hindern, zog er es herab, bis ihre Brust entblößt vor ihm lag. Angesichts der Narbe verengten sich seine Augen.

»Die Götter haben nicht zugelassen, dass ich sterbe«, stieß sie in einem Anflug von Stolz hervor und schlug das Laken wieder hoch. »Falls dein Krieger noch lebt, werden sie ihn dafür strafen.«

Aus seinem Schweigen sprach Ungeduld. Sollte er nicht vor Ehrfurcht erstarren, eine Nihaye vor sich zu haben? Nein, nicht er.

»Wo warst du all die Monate?«

»Ich habe geschlafen.«

Auch das beeindruckte ihn nicht. »Ich habe viele schlimme Dinge über dich gehört«, sagte er unvermittelt.

Sie leckte sich über die trockenen Lippen. »Von ihm, ja?«

»Sollte ich ihm nicht glauben?«

»Er hasste mich, weil er Mallayur gehasst hat. Dafür konnte ich nichts. Ich habe deinen Bruder nur zu verteidigen versucht.«

»Du hast mir den letzten Gott vorenthalten.« Er neigte sich vor. Jedes Fältchen konnte sie erkennen, jedes Äderchen an seinen Schläfen, jeden Fleck in seinen dunkelbraunen Augen. Ihre silbernen Augen schienen ihn nicht zu beeindrucken. »In den Palastkeller drüben hast du ihn gesperrt, obwohl du wusstest, dass er mir gebracht werden musste!«

Dieses herrische Vorpreschen! »Ich tat nur – ich tat *immer* nur, was dein Bruder von mir wollte«, verteidigte sie sich.

Er presste die Lippen zusammen, schien darüber nachzusinnen. Die Ärmel seines Seidenmantels knisterten, als er die Arme verschränkte. »Was soll ich jetzt mit dir machen?«

Keinen Augenblick hatte sie darüber nachgedacht, was es bedeuten mochte, in dieses Haus getragen worden zu sein. Innerhalb eines Herzschlags wurde es ihr klar. Dies war der einzig denkbare Ort, der das Leben erträglich machte. Und die Möglichkeit bot sich ihr nur, weil Anschar nicht da war. Er hätte es zu verhindern gewusst. »Du warst so begierig darauf, eine Nihaye zu besitzen, dass du die Rothaarige hattest einsperren lassen. War es nicht so? Und bei mir überlegst du?«

Sie hatte ihn überrumpelt. »Wie nützlich ihre Gabe war, wusste ich immerhin«, knurrte er. »Bei deiner bin ich mir nicht so sicher. Was ist das eigentlich, was du kannst? Anschar hat zwar einiges erzählt, aber wirklich begriffen habe ich es nicht.«

»Muss ich es dir zeigen, damit du mir deine Gastfreundschaft gewährst?« Sie hob eine Hand, spreizte die Finger und tat so, als berühre sie einen unsichtbaren Gegenstand. Zugleich befahl sie der Luft, sich sanft zu härten und über Madyurs Wange zu streichen. Seine Augen weiteten sich. Er fasste sich ins Gesicht, aber bevor er das Luftpolster greifen konnte, löste sie es auf.

»Unsichtbare Hände. Geheuer ist mir das nicht«, sagte er ungehalten. »Aber selbstverständlich gewähre ich dir Gastfreundschaft. Unter der Bedingung, dass du deine Gabe bezähmst. Grazia hat mit ihrer Wasserkraft schon für reichlich Aufsehen gesorgt – die Aufregung möchte ich nicht erleben, wenn du mit etwas herumspielst, das man nicht *sehen* kann. Du lässt deine unsichtbaren Finger bei dir, hast du verstanden?«

Seine Verwirrung war gänzlich verschwunden, stattdessen hatte er mit der dröhnenden Selbstsicherheit gesprochen, für die er bekannt war. Geeryu nickte ergeben. Was konnte man diesem Mann entgegensetzen? Mallayur hatte einiges versucht, aber es war ihm nur selten gelungen, den Stolz des Bruders zu verletzen. So klein wie er fühlte sie sich nun auch. Madyur nickte zufrieden und erhob sich.

»Die Wachen hatten erwähnt, dass du ziemlich herumgewankt bist. Hast du dich irgendwo am Fuß verletzt?«

»Nein, ich bin nur erschöpft.«

»Dann ruh dich aus. Dieses Gemach ist dein, solange es nötig ist.«

Niemand wusste, dass sie von der Brust an gelähmt war. Und so sollte es bleiben. Sie würde lernen, damit umzugehen. Damit zu kämpfen. Sie wandte den Kopf ab, sah nicht mehr hin, wie der Meya das Gemach verließ. Genüsslich schlug ihr bei dem Gedanken, dass Anschar und seine dumme Rothaarige nichts mehr gegen ihre Anwesenheit im Palast unternehmen konnten, das Herz in der schmerzenden Brust. Beinahe bedauerte Geeryu, dass sie ihren Vater gebeten hatte, sie zu töten. Wenn sie die Augen schloss und die Gedanken wandern ließ, sah sie sie still daliegen. Käfer krochen unter ihre Haare, suchten sich Öffnungen in ihre Leiber. Ein sanfter Wind blies Sand über die starren Glieder.

Grazia kletterte aus der Sänfte, rutschte hinter Anschar, der ihr Sturhorn führte, und legte die Arme um ihn. Freudig brummte er etwas, auch wenn sie ihn nicht, wie sie es zuvor so gern getan hatte, erfrischen konnte. Ihre Hände blieben trocken. Auch ihr Mund war eine knirschende, klebrige Höhle, aber sie brachte es nicht über sich, um einen Schluck Wasser zu bitten. Zu heftig klagte sie sich an, an dem Mangel gleich in zweierlei Hinsicht schuld zu sein: Sie war nicht fähig,

Wasser zu schaffen, und hatte sinnlos einen großen Vorrat vernichtet. Seit zwei Tagen waren sie wieder unterwegs, und jeder trank nur das Allernötigste.

»Was ist?«, fragte Anschar.

Hatte sie aufgeseufzt, ohne es zu merken? »Es ist nichts, nur … mir fehlt mein Korsett. Mir schmerzt der Rücken.«

»Dass du es nicht mehr hast, ist das einzig Gute an der Sache. Würdest du nicht so dickköpfig an deinen alten Sachen hängen, wäre dein Rücken nicht so schlaff.«

»Sei nicht so brummig.«

»Hast du Durst?«

»Nein!«

Er knüpfte einen Wasserbeutel vom Sattel und warf ihn sich auf die Schulter. Grazia wollte protestieren, doch die Gier siegte, und sie griff zu. Wie selbstverständlich es gewesen war, jederzeit das köstlichste Wasser zur Verfügung zu haben! Nun musste sie sich nach drei Schlucken warmer, schaler Brühe zwingen, den Lederschlauch abzusetzen. Sie verschnürte die Öffnung und gab den Beutel zurück. Steh es einfach mit preußischer Disziplin durch, mahnte sie sich. Die Dame, die morgens Honigbrötchen, mittags Homer und abends Zerstreuungen brauchte, war zwangsläufig mit dem Schweiß an ihr heruntergeflossen.

Die Sorge um das Wasser verdrängte ihre Gedanken an das, was mit ihr im Lager der Sklavenfänger geschehen war. Oder *beinahe* geschehen war. Es kam ihr so vor, als sei es vor langer Zeit geschehen, und so, sagte sie sich, hatte auch der Durst sein Gutes. Von jenen, die ihre Schmach mit angesehen hatten, lebten nur noch die beiden Sklaven, und die plagten eigene Sorgen. Grazia blickte über die Schulter zurück. Im schattigen Sänftenrund lag Ralaod, vom Schaukeln in den Schlaf gewiegt, und weiter hinten ritten die beiden fremden Wüstenmenschen auf einem der herschedischen Sturhörner.

Der Mann lenkte folgsam das Tier, ohne aus der Karawane auszuscheren. Wo sollte er auch hin? Das wenige Wasser war unter den Wüstenmenschen verteilt, nur die beiden hatten nichts bekommen; sie mussten erst bitten, wenn sie trinken wollten. Hinter ihm saß die Frau, hatte die Arme um seine Mitte gelegt und den Kopf auf seine Schulter gebettet. Die Kapuze ihres Mantels verdeckte gänzlich ihr Gesicht. Jählings ging ein Ruck durch sie, und sie deutete über seine Schulter hinweg voraus. Er zerrte so heftig an den Zügeln, dass das Tier mit tiefem Knurren den Kopf hochwarf.

»Nicht weiter!«, schrie er. Gleichzeitig geriet der Grund unter Anschars Sturhorn in Bewegung. Rasch trieb er es seitwärts von der tückischen Stelle fort. Kleine Krater und Gräben erschienen im Sand. Dann hörte es so schnell auf, wie es begonnen hatte. Doch einer der Gräben bildete sich fort, wurde zu einer breiten, gezackten Linie; plötzlich sackte eine ganze Düne ein und gab den Blick auf einen Erdspalt frei, der sich mitten durch die Wüste zog und dabei stetig breiter wurde.

Anschar zeigte auf die beiden Gefangenen, bedeutete ihnen, abzusteigen, und winkte sie herbei. »Ist das die Schlucht, von der ihr gesprochen habt?«, fragte er, als sie an der Seite seines Sturhornes standen.

Der Wüstenmann nickte. »Ja, dort unten ist die Stadt. Man muss nur dem Spalt folgen.«

»Und irgendwo einsacken?«

»Nein, er wird zu breit, um zugeweht zu werden, du wirst es sehen.« Er fiel auf die Knie und presste die Stirn in den Sand. »Es sind nur noch ein paar Stunden zu laufen«, er streckte einen Arm aus, ohne aufzusehen. »Ich schwöre beim Herrn des Windes und meinen Ahnen, dass es so ist. Dort bei der Stadt gibt es auch einen Weg hinunter, der breit genug für die Tiere ist. Du brauchst uns nicht mehr. Lass uns gehen.«

»Gehen?« Verständnislos blickte Anschar auf ihn hinab. »Wohin denn?«

»Irgendwohin, nur nicht dort hinunter.«

»Ihr werdet sterben, das weißt du.«

Gemeinsam mit seiner Gefährtin hob der Wüstenmann den Kopf. Beide waren eines Sinnes, das ließ sich unschwer von ihren gramgebeugten Gesichtern ablesen. »Das werden wir so oder so. Dann lieber in Freiheit.«

Anschar drehte sich im Sattel und wechselte mit Parrad einen fragenden Blick. Am liebsten hätte Grazia sich vor Scham unsichtbar gemacht. Zum wievielten Male ballte sie nun die Fäuste in dem Versuch, Wasser zu erzeugen, bis ihre Schläfen pochten? Und zum wievielten Male war alle Anstrengung umsonst?

»Geht«, sagte Anschar. Füße scharrten im Sand. Als sich Grazia umwandte, waren die beiden bereits zwei kleiner werdende Schatten, die über den grellen Sand huschten. Die Männer starrten ihnen nach. Ihr einstmals erdiger Hautton war heller und gräulich, wie mit Staub bedeckt. War es Dreck? Oder Angst?

»So schnell, wie die laufen, frage ich mich, ob wir es ihnen nicht gleichtun sollten«, hörte sie Parrad missmutig in den Bart brummen. Einer der Männer band das herrenlose Sturhorn ans Ende des Zuges, dann ging es weiter, mit einem gehörigen Abstand zu dem Spalt, der sich im Laufe der nächsten Stunden tatsächlich zu einer richtigen Schlucht weitete. Sandkörner rieselten an den Kanten hinab und legten sich auf gezackte Simse. Aus senkrechten Spalten reckten sich Felsengras und Dornengewächse, und manchmal waren ihre Ränder gesprenkelt, wie mit Tierkot. Schließlich brachte Anschar das Sturhorn zum Stehen.

Alle stiegen ab. Er kniete an der Felskante, schob die Kapuze zurück und stützte sich mit den Händen dicht am Rand auf; sein Blick glitt in beide Richtungen die Schlucht entlang. »Ich glaube, hier kann man hinabsteigen. Der Gedanke, es dort zu tun, wo einen die ganze Siedlung anstarren wird, gefällt mir nicht so recht.«

»Hier?«, fragte Parrad. »Sollen wir uns die Hälse brechen?«

»Warum so abgeneigt? Vorhin hast du noch überlegt, den beiden hinterherzurennen, um zu sterben. Mir scheint ein gebrochener Hals die angenehmere Todesart zu sein. Außerdem will ich ja allein gehen.« Über die Schulter hinweg musterte Anschar ihn so eindringlich, als sähe er ihn zum ersten Mal. »Mit euren sandbedeckten Bärten seht ihr alle gleich aus. Willst du, dass man euch für die entlaufenen Sklaven hält?«

»Wir sehen überhaupt nicht alle gleich aus!«, empörte sich der Wüstenmann. »Du wirst deinen argadischen Hochmut selbst im Angesicht des Todes nicht ablegen!«

»Parrad.« Anschar erhob sich und deutete in die Schlucht. »Irgendwo da unten sind herschedische Sklavenfänger. Glaubst du, *die* können euch unterscheiden? Die Fuchtelei mit dem Rollsiegel wird irgendwann auch nichts mehr helfen.«

Parrad schnappte heftig nach Luft, doch bevor er etwas entgegnen konnte, ging Grazia auf ihn zu. »Bitte sei jetzt ruhig. Er will euch doch nur schützen.«

»Und wir wollen nicht nutzlos sein. Verzeih, Herrin.« Sichtlich zerknirscht neigte er den Kopf.

»Wenn ich da hinabsteige, ist mein Leben in deiner Hand.« Anschar ging an ihm vorbei zu seinem Sturhorn und machte sich an den Verschnürungen der Beutel zu schaffen. »Wir müssen die Zügel aneinanderknüpfen.«

»Du willst das wirklich tun?« Grazia lief zu ihm. »Nein. Das geht nicht! Ich will mit dir gehen, aber diese steile Felswand hinunter, das schaffe ich niemals.«

»Feuerköpfchen …«

»Nein!«

In diesem Wort lag alles, was sie plagte: dass jemand sie erneut fangen, sie erneut überwältigen könnte; und Anschar, der allein sie davor bewahren konnte, wäre wieder nicht da. Lieber wollte sie sich mit ihm in dieses Sklavenfängerdorf begeben, wo die Gefahr am größten war.

Sie stellte sich auf eine Auseinandersetzung ein, die sie am Ende verlieren würde. Keinesfalls würde er das dulden. Doch in seinen dunklen Augen stand das Begreifen. Er nickte langsam und schüttelte sogleich den Kopf über seine Entscheidung. »Das ist vollkommen unvernünftig. Aber ein Auge auf dich haben zu können, ist mir nach allem, was passiert ist, doch wirklich lieber.« Er fuhr zu den anderen herum und deutete auf sie. »Fleht zu eurem Sandgott, dass ich das nicht bereuen muss! Das ist ohnehin das Einzige, was ihr jetzt tun könnt.«

Er half ihr in den Sattel und schwang sich vor ihr auf. Weitere Anweisungen gab er nicht, und es fragte auch niemand. Warum auch? Ein Scheitern bedeutete ihrer aller Tod. Grazia legte die Arme um seine Mitte, und schon geriet der muskulöse Rücken des Sturhorns unter ihr in Bewegung. Nach einigen Schritten löste Anschar den dünnen Wasserbeutel und gab ihn ihr. »Trink noch einmal«, befahl er, und sie gehorchte.

»Wir werden flehen!« Es war Ralaod, die hinter ihnen herschrie. Grazia schnitt es ins Herz. Die Trauer über den Verlust ihrer Gabe hätte sie in Tränen ausbrechen lassen, wäre sie nicht auch der Fähigkeit des Weinens beraubt.

Mit einem kräftigen Zügelzug lenkte Anschar das Tier an den Rand der Spalte. Hin und wieder tat er das, und dann musste Grazia das Gesicht abwenden, da sie befürchtete, die Kante könne unter dem Gewicht wegbrechen. Manchmal löste sich ein Stück vom Fels, das polternd in die Tiefe fiel. Sie beklagte sich nicht, denn sie wollte nicht übermäßig ängstlich sein, und nach allem, was bisher geschehen war, sagte sie sich, dass das Kommende keinen großen Schrecken mehr bergen konnte.

Die Schlucht verbreiterte sich weiterhin. An der gegenüberliegenden Wand zeigten sich abwechselnd dunkle und helle Felsschichten. Die Sonne ließ das Gestein glitzern, als stecke Erz darin. Schatten winziger Echsen huschten darüber hinweg, als einziges Zeichen tierischen Lebens. Wenn Grazia einen Blick in die Tiefe wagte, entdeckte sie das allgegenwärtige Gras in den Felsspalten. Unten im Schatten formte es sich zu lückenlosen Wandteppichen. Nicht einmal die schlimmste Wüstenhölle konnte es aufhalten.

»Da!«, stieß sie hervor. »Wasser! Siehst du es?«

»Ja.« Anschar ruckte an den Zügeln, und das Sturhorn stand still. Vorsichtig reckte Grazia den Kopf. Dort, am Grund der Schlucht, war ein Tümpel, halb vom Gras zugewachsen. Es schien nicht mehr als ein Dreckloch zu sein, mit einer grauen, trüben Wasseroberfläche, und doch verheißungsvoll wie ein Springbrunnen.

Grazia litt unter ihrem Durst, aber sie schwieg, damit Anschar ihr nicht wieder seinen Wasserbeutel reichte. Den ganzen Tag hatte sie ihn nichts trinken sehen. Entschlossen schluckte sie den trockenen Klumpen, der ihren Mund auszufüllen schien, hinunter. »Wenn da unten Wasser ist, stimmt es wohl, dass es auch eine Stadt gibt.«

»Dort ist noch ein Tümpel. Oder eine Quelle oder was auch immer.«

»Wir schaffen es«, flüsterte sie in Anschars Rücken und drückte das Gesicht in den Stoff seines Mantels. »Wir schaffen es …«

»Ja.« Er war wortkarg und klang müde. Grazia legte die Arme um seine Mitte und schloss die Augen. Es galt, nur noch eine Weile durchzuhalten. Was sie erwarten mochte, wenn sich diese Leute als feindlich entpuppten, daran wollte sie nicht denken. Das stetige Wanken des Sturhorns machte sie schläfrig, und als sie Stimmen hörte, war ihr, als sei sie eingenickt. Es klang wie das Gewimmel eines Marktes. Sie reckte den Kopf über Anschars Schulter. Aus dem Geflirr der Hitze schälte sich ein Zelt.

Als sie bis auf wenige Meter heran waren, warf jemand die Eingangsplane zurück und trat heraus. Der schlaksige junge Mann erstarrte. Sein Kinn sackte herab, und er deutete mit einem bebenden Finger auf sie. Anschar brachte das Sturhorn zum Stehen, doch bevor er etwas sagen konnte, stolperte der Junge zur Schlucht und schwang sich über die Kante.

Unwillkürlich kniff Grazia die Augen zusammen, in Erwartung eines hässlichen Geräusches, das den Aufschlag des Körpers verriet. Stattdessen hörte sie den Jungen rufen, und als sie die Augen öffnete, hatte Anschar das Tier an den Rand der Schlucht gelenkt. Nun sah sie, dass es hier nicht ganz so steil bergab ging. Eine schmale, vielfach gewundene Serpentine führte hinunter. Der Junge schlitterte mehr, als dass er lief; er sprang das letzte Stück, stob inmitten von Menschen herum und deutete herauf.

»Das soll eine Stadt sein?«, brummte Anschar. »Nichts als ein Haufen dreckiger Hütten und Zelte. Jetzt halt dich gut fest und sieh nicht hin.«

Ohne Federlesens ließ er das Sturhorn dem Weg des Jungen folgen. Es bockte, und er musste mit der Peitsche nachhelfen. So schmal war der Weg, dass Grazia überzeugt davon war, das Sturhorn müsse seitlich hinabkippen. Es stieß schnaubende Protestlaute aus; sein Schwanz schlug wütend gegen den Fels. Geröll polterte in die Tiefe. Sie spürte, wie Anschar ihr mit dem linken Arm Halt gab. Es kostete sie ihre ganze Selbstbeherrschung, nicht zu schreien, und als ihr Knie gegen einen vorspringenden Grat schrammte, biss sie in sein Hemd.

»Du kannst die Augen wieder aufmachen«, sagte er. Äußerst zögerlich reckte sich Grazia und blickte über seine Schulter hinweg. Noch hatten sie den Abstieg nicht vollendet; zwei, drei Meter fehlten. Anschar hielt die Zügel kurz, so dass das Tier innehielt. Oder war es die Zeit selbst, die stillstand? Sturhörner liefen frei herum, aber niemand von den vielleicht zweihundert Menschen hier unten rührte sich; alle wirkten wie in ihren Bewegungen erstarrt. Kein Lüftchen regte sich, um mit den langen, schweißgetränkten Haaren zu spielen. Im ersten Moment meinte Grazia, jede dieser Gestalten sehe aus wie die andere, doch dann entdeckte sie zwischen all den kriegerisch wirkenden Männern Greise, schlaksige Halbwüchsige, Frauen und Kinder. Sie alle bevölkerten eine Straße, die das Dorf der Länge nach durchschnitt. Seitlich davon, bis hin zu den Felswänden, überwucherten Hütten und Zelte aus dunklem Echsenleder und geflochtenem Gras den Grund der Schlucht. Und wie jene Männer um Bedyadrur, den Sklavenfänger, waren auch die Bewohner dieser armseligen Behausungen in Kleidung gehüllt, die vornehmlich aus Leder und Bast bestand. Nur wenige hatten Stoffe, in erdigem Rot gefärbt, am Leib.

Ein solcher Mann, fast schwarz gebräunt und mit wettergegerbtem Gesicht, trat vor und legte den Kopf in den Nacken. »Wie habt ihr uns gefunden?«

»Jemand sagte, wir sollen der Schlucht folgen.« Anschar streifte seine Kapuze ab. Dann wies er mit einer belanglosen Handbewegung in die Höhe. »Irgendein Wüstenhund. Ich hatte schon befürchtet, er schickt uns in die Irre.«

»Wo ist er? War er allein?«

»Es waren zwei. Doch frage nicht weiter. Ich habe sie längst vergessen, und mit trockener Kehle fällt ohnehin jedes Wort schwer. Wir brauchen Wasser.«

Anschar lockerte die Zügel und schlug gegen den Hals

des Sturhorns. Es sprang hinab. Der Aufprall rüttelte Grazia durch, so dass sie von der Kruppe rutschte. Es gelang ihr, auf den Füßen aufzukommen. Anschar folgte ihr. Sofort trottete das Sturhorn zum nächstgelegenen Tümpel, stieß die armlange Zunge ins Wasser, rollte sie zusammen und begann zu schlürfen. Der mächtige Schädel schnellte in die Höhe, ein markerschütterndes Brüllen kam aus dem Maul. Zornig wühlte das Tier mit seinem Hornstumpf die Oberfläche auf.

»Die Tümpel sind salzig«, erklärte der Mann. »Davon ernährt sich nur das Felsengras, falls es das überhaupt tut. Nehmt lieber das.« Er warf Anschar einen Lederbalg zu; der fing ihn, hatte einen Atemzug später den Stopfen herausgezogen und den Balg an die Lippen gesetzt.

»Trink«, murmelte er und legte das halb geleerte Behältnis in Grazias Hand. Nicht weniger gierig schluckte sie das warme, doch wohlschmeckende Wasser. Ein Junge, bis auf eine lederne Schamkapsel zwischen den Beinen vollkommen nackt, schleppte mit zwei Händen einen Lederbeutel heran, den er vor dem wild schnuppernden Sturhorn ablegte und öffnete. Die Hälfte des Wassers ergoss sich auf den Felsboden, als es soff.

»Danke«, sagte Anschar. »Wir brauchen mehr Wasser – viel mehr. Wir sind nicht allein, wir haben Sklaven. Dazu sieben Sturhörner.«

»Was redest du da? Du bist ja selber als Sklave gekennzeichnet.« Der Mann fasste sich ans Ohrläppchen und verfiel sodann ins Schweigen. Auch aus den Reihen der anderen war lediglich hier und da ein Räuspern zu vernehmen. Es war, als seien all diese Menschen mit dem Erscheinen fremder Leute überfordert.

»Mein Zeichen besagt nichts. Wir kommen aus Argad, uns schickt der Meya«, versuchte Anschar zu erklären, doch auch das rief bestenfalls Achselzucken hervor.

»Sie sieht merkwürdig aus.« Unter der Achsel eines kräftigen Mannes lugte eine alte Frau hervor. »Und sie ist verletzt.«

Grazia sah an sich hinunter. In der Tat, oberhalb des Knies war das Kleid feucht und klebrig. Hastig kehrte sie den Männern den Rücken zu und hob den Stoff. Bis hinunter zum Fuß hatte das Blut rote Striche auf ihr Bein gemalt. Winzige Steine bedeckten die Wunde. Sie versuchte den Dreck fortzuwischen. Wie war das passiert? Der wacklige Abstieg dicht an der Felswand … Während sie das Malheur betrachtete, erinnerte sich ihr Magen an die gefährliche Schaukelei. Oder war es das so eilig getrunkene Wasser, das ihn umstülpte? Grazia krümmte sich, doch bevor sie es wieder von sich geben konnte, flirrte es vor ihren Augen, und sie sackte auf den Hintern. »Mir ist schlecht«, flüsterte sie.

»Sie ist auch gezeichnet!«, schrillte die Frau.

Schritte scharrten, fremde Hände griffen nach Grazia.

»Zurück!« Anschar baute sich über ihr auf und zog sie auf die Füße. Sie hielt sich an seinem Arm fest, wollte sich umwenden, da erblickte sie über seine Schulter hinweg Bogenschützen. Vier Männer standen auf einer Art Brücke, die von Felswand zu Felswand reichte. Hoch war sie nicht, man konnte unter dem Bogen so eben hindurchgehen. Auf ihr, die gesamte Breite einnehmend, erhob sich ein zeltartiger Aufbau. Er wirkte, als hätten sich riesige Fledermäuse niedergelassen, nebeneinander, übereinander, und ihre Schwingen ausgebreitet.

Die Männer spannten die Bogen.

»Anschar«, wisperte Grazia. »Da oben – sieh doch.«

Er raunte einen Fluch. Nie zuvor hatte sie in dieser Welt Männer mit Kampfbogen gesehen; das argadische Wort kannte sie nicht. Sie konnte nur starren, die Linien ihrer angespannten Schultern und Arme bewundern. Doch der Gedanke, die Pfeile könnten sich in ihren und Anschars Körper bohren, ließ sie sich erneut krümmen.

»Ergib dich, Sklave«, hörte sie den Mann sagen. »Und gib dein Schwert her.«

Anschar stand der Wunsch ins Gesicht geschrieben, dem Mann die Zähne in die Kehle zu schlagen oder ihn wenigstens anzuspucken. Doch er schüttelte nur mit einem galligen Auflachen den Kopf, während er mit der freien Hand den Schwertgürtel löste. »Manche Dinge ändern sich einfach nicht.«

Sie gab den Kampf gegen ihren rebellischen Magen auf. Schlaff hing sie in Anschars Arm, irgendetwas über seine Schulter spuckend. Er schimpfte und fluchte, und sie fragte sich, ob es ihr galt. Aber sie konnte ihrer Schwäche nichts entgegensetzen und ergab sich der Dunkelheit. Dumpfe Geräusche – Schreie, Schläge – drangen an ihr Ohr, dann war es lange Zeit still. Erst das Plätschern von Wasser brachte sie ins Leben zurück. Sie lag, halb an die Felswand gelehnt, auf dem Boden. Eine Hand ruhte unter ihre Wange und hob leicht ihren Kopf. Warme Tropfen rannen zwischen ihre Lippen. Sie sperrte den Mund auf, und da verstärkte sich der Strom.

»Ja, so ist es gut.« Anschars Stimme vertrieb den Nebel. Grazia fuhr auf. Ein Netz dicken Felsengrasgeflechts trennte sie von den Männern, die einige Meter entfernt standen und stierten, sich mit den Ellbogen anstießen und grinsten.

»Was ist das?«

»Ein Käfig.«

Anschar hatte einen Wasserbalg sinken lassen. Nun nahm er ein Stück Tuch von seinem Schoß und presste es auf seine Nase. Längliche Blutstropfen prangten auf seinem ausgeblichenen Hemd. »Du hast dich gewehrt, trotz der … der …«

»Bogenschützen?« Unter dem geknüllten Fetzen klang seine Stimme gedämpft. »Nur ein bisschen. Hätte ich auf deine Anwesenheit keine Rücksicht nehmen müssen, wäre ich jetzt entkommen oder tot. Nun, tot vermutlich. Eigentlich sollte ich dir ein klein wenig von dem Schlag zurückgeben, auf deinen Hintern, weil du mich gezwungen hast, dich mitzunehmen. Mit einem Blick hast du mich gezwungen!« Er stöhnte auf, Blut quoll aus seiner Nase, die gottlob nicht gebrochen aussah. »Nein, eben deshalb habe ich den Hieb wahrhaftig verdient.«

»O Himmel«, murmelte sie. »Bitte tu so etwas nicht noch einmal.«

»Ich fürchte, das wäre ein leichtfertiges Versprechen.« Zu ihrer Überraschung lächelte er. »Wir sind gefangen. Es ist wie damals, in jener Höhle, als wir uns kennenlernten. Diese Erinnerung macht es ein wenig erträglicher.«

Erneut besah er sich das Tuch. Die Blutung war gestockt. Er übergoss es und säuberte notdürftig sein Gesicht. Woher hatte er das armselige Stück Stoff? Vom Saum seines Mantels gerissen. Er hob ihr Kleid an. Sie wollte seine Hände abwehren. Hier, gefangen wie Einhornziegen, umgeben von glotzenden Männern, die ihr wie Steinzeitmenschen vorkamen, kam es ihr undenkbar vor, sich fast bis zu den Hüften zu entblößen.

»Sie sehen ja nichts«, beschwichtigte er sie und rückte näher heran, um sie mit seinem Körper abzuschirmen und das Wasser über ihre Schürfwunde fließen zu lassen. Eilends riss er einen weiteren Streifen von seinem Mantel und wickelte ihn um ihr Bein.

Die Blicke der Dorfbewohner klebten an ihr. Grazia sprang auf, schüttelte das Kleid herunter. Sie warf sich gegen das Geflecht.

»Wir sind keine Sklaven!«, schrie sie, daran rüttelnd. »Was fällt euch ein, uns zu schlagen? Wir sind Gesandte des Meya, in wichtiger Mission unterwegs. Ihr müsst uns doch wenigstens anhören!«

Die Männer grinsten, eher verwirrt. Wie Schafe!, dachte sie zornig. An den Schultern zog Anschar sie zurück.

»Hör auf, Feuerköpfchen«, sagte er sanft.

»Das verlangst ausgerechnet du?« Ihre Füße stampften den schlammigen Boden. »Hast du nicht eben selbst um dich geschlagen?«

Er drehte sie um. »Eine Prügelei steht mir ja auch besser als dir. Hier in diesem Käfig wüsste ich allerdings nicht mehr, was es uns noch nützen könnte. Wir müssen warten.«

»Worauf denn?« Sie krallte die Finger in ihr Haar und schluchzte würgend auf, denn die Angst schnürte ihr die Kehle zu. Als es ihr gelang, Luft zu holen, schluchzte sie haltlos das Entsetzen der letzten Tage hinaus.

»Schsch, Grazia ...«

Sie erschrak vor sich selbst, so tierisch klangen die Laute, die sie ausstieß. Hinter sich hörte sie vereinzeltes Gelächter. Sie keifte, stieß argadische Schimpfwörter aus, die sie unmöglich gelernt haben konnte, und schrie und heulte.

»Achte nicht auf sie.« Fest umschlang Anschar sie, begann sie zu wiegen und kräftig ihren Rücken zu reiben. »Wie ging noch dieses Lied?« In ihr Lärmen mischte sich sein Summen. Sie ahnte, dass sie sich darauf konzentrieren musste, um nicht den Verstand zu verlieren. Verzweifelt lauschte sie der Melodie, suchte nach den Worten.

»Ja, weiter, weiter«, flüsterte Anschar in ihr Ohr.

»*... als – als hier das unsre weit und breit ...*« Ihr Geschrei ging in Weinen über. »*Wo wir uns finden ... wohl unter Linden ... zur – zur Abendzeit.*«

»Weiter.«

»*Da haben wir so manche Stund' gesessen da in froher Rund'* ...« Sie flüsterte nur noch, so müde war sie plötzlich. »*Dass wir uns hier in diesem Tal noch treffen so viel ...*«

Ihre Stimme erstarb. Er zog sie mit sich und kauerte an der

Felswand nieder. Ihr blieb gar nichts anderes übrig, als sich an seiner Seite hinzuhocken. Dankbar für seine Gegenwart, legte sie den Kopf auf seine Schulter. Sie fühlte sich wie all die schlaffen Wasserbeutel, die sie bei ihren Begleitern zurückgelassen hatten.

»Deine Haut schält sich«, er zupfte in ihrem Gesicht herum und ergriff eine ihrer Hände, um sie prüfend herumzudrehen. »Weißt du, Feuerköpfchen, ich glaube nicht, dass die Götter uns schon so sehr hassen, dass sie uns hier scheitern lassen.«

»Sie sind doch gar nicht da. Das hast du jedenfalls immer gesagt.«

»Ich habe auch immer gesagt, dass sie auf uns herabschauen. Wir sind so vielem entronnen, da mag es ja sein, dass sie öfter eingreifen, als wir bisher geglaubt haben.« Er betastete das verkrustende Blut an seiner Nase. »Vielleicht mögen sie ja dein und mein Blut.«

Ihr schauderte es. »Das hört sich beinahe an, als hättest du dich schlagen lassen, damit dein Blut als Opfer fließt.«

»Ah, nein. Das natürlich nicht. Aber es könnte ja sein, dass sie uns dadurch leichter entdecken und vielleicht helfen. Deine Hand war nass, hast du es gemerkt?«

»Nass?« Sie hielt ihre Hände vors Gesicht, leckte daran. Was sie schmeckte, war nur salziger Schweiß. »Nein, gar nicht.«

»Dann hab ich mich getäuscht«, brummte Anschar. »Mir kam sie eben richtig nass vor.«

5

Die Nacht brach herein, und die Dorfbewohner verschwanden in ihren Behausungen. Längst war der Wasserbeutel geleert, aber niemand kam, ihn noch einmal zu füllen. Grazia konnte sich nicht darauf besinnen, wann sie das letzte Mal etwas gegessen hatte. Jetzt war ihr wieder übel, aber vor Hunger. Sie hielt die Arme vor dem Bauch verschränkt und sah zu, wie hier und da Lichter entzündet wurden, deren Schein durch Zeltritzen schimmerte. Doch auch diese erloschen bald wieder. Nur das erhöht stehende Zelt war verschwenderisch erhellt.

Grazia drückte sich an die Felswand, um sich an ihr zu wärmen. Anschar hatte die Arme auf die Knie gelegt, darauf den Kopf, und schien zu schlafen. Doch jäh fuhr er auf. Jemand näherte sich ihnen. Ein langes Messer blitzte im Schein des fernen Lichts auf. Die Schnüre, mit denen das Gatter geschlossen war, fielen ab, und es schwang auf.

»Unser Herr will euch sehen«, sagte ein Mann. »Folgt mir.«

Das seltsame, erhöhte Zelt mit seinen Lücken, durch die der Lichtschein fiel, wirkte in der Nacht erst recht, als entstamme es einer Schauergeschichte. Die Fenster, Löcher vielmehr, sahen aus wie die erleuchteten Augenhöhlen eines Totenschädels, und dass die Leute ihnen eine Gasse frei machten, weckte in Grazia den Eindruck, als ginge es aufs Schafott. Ein schwarzer Schemen tauchte an einem der Fenster auf. Grazia unterdrückte ein Aufkeuchen. Aber es war nur eine Frau.

Die Gasse mündete in eine schräg in den Fels gehauene Treppe. Grazia zählte neun unregelmäßige Stufen, als sie hinter Anschar hinaufstieg. In der Zeltwand öffnete sich ein Spalt, und Licht strömte heraus. Mit großen Augen lugte ein Knabe hervor, so klein und nackt wie jener, der am Tage das Wasser gebracht hatte; vielleicht war er es. Schief lächelte er Grazia an und drückte sich an die Seite, damit sie eintreten konnten.

Die Frau wandte sich vom Fenster ab und wich zu einer Wand aus Bastmatten zurück, die den Raum trennten wie Tücher an einer Wäscheleine. Auch diese waren mit Lederstücken, Knochenschnitzwerk und Muscheln verziert und strahlten die Düsterkeit einer steinzeitlichen Völkerschaukulisse aus. Als die Frau jedoch eine der Matten anhob und einladend winkte, fand sich Grazia in einem Raum wieder, der sich an Pracht und Farbigkeit mit jedem Zimmer im Palast des Meya messen konnte. Auch hier hingen überall Matten, doch in kunstvollen Verschlingungen gewebt und geknotet, in Türkisblau und einer ganzen Palette von Gelb- und Grüntönen gefärbt und mit Halbedelsteinen jeglicher Farbe und Beschaffenheit verziert – ein Feuerwerk von Mustern und Farben, von herabhängenden Öllampen entfacht. Einige dieser Pretiosen hätten sogar dem Dresdner Grünen Gewölbe gut zu Gesicht gestanden, dachte Grazia erstaunt. Auch Anschar stockte in seinem Schritt und sah sich um.

»Wenn es nicht stimmt, dass ihr aus Argad seid, lasse ich euch die Haut abziehen und sie als Trockenleine quer durch die Schlucht spannen.«

Ein Mann sprach dies so gelassen aus, als ordne er dergleichen täglich an. Aber kaum hatten sie den Raum betreten und Grazia ihre Kapuze zurückgeschoben, funkelten seine Augen vor Neugier.

»Sieht so eine aus, die in die Wüste gehört?«, fragte Anschar.

»Nein. Tretet näher, setzt euch, aber beschädigt mir hier nichts. Und ihr«, der Herr des Dorfes wedelte mit der Hand. »Ihr verschwindet!«

Seine ungeduldige Geste galt zwei in ein Spiel vertieften Kindern. Sie ließen die rundgeschliffenen Edelsteine fallen und hasteten geduckt zum Ausgang, wo sie sich auf allen vieren niederkauerten. Der Mann erhob sich, präsentierte einen massigen Leib, der im Licht viel zu bleich für jemanden war, der in so einer Gegend hauste, und bückte sich nach den Steinchen, wobei sein Bauch mächtige Ringe bildete und fast zur Hälfte den mit zahllosen Edelsteinen besetzten Wickelrock verdeckte. Auf dem mit ebenso kunstvollen Matten belegten Boden stand eine Schale, voll mit Halbedelsteinen. Dort warf er sie hinein und ließ sich aufstöhnend wieder in seinen Baststuhl sinken, der unter seinem Gewicht ächzte.

»Habt ihr Mehl?«, fragte er.

»Wir haben Mehl, sofern ihr für uns Wasser habt.«

»Du redest, als sei es völlig abwegig, dass ich einfach meine Leute schicke und alles holen lasse, was ich haben will.«

»Es wäre ja auch nicht so einfach, wie du es dir vielleicht vorstellen magst. Meine Sklaven verstehen es, sich zu verteidigen, und genau das habe ich ihnen erlaubt.«

Grazia brach der Schweiß im Nacken aus. Wer sollte denn *das* glauben? Für jemanden, der eine blutige Nase und Stunden in einem Käfig zugebracht hatte, nahm Anschar den Mund recht voll. Der Mann wirkte gereizt. Aber mit einem Mal entspannte sich seine Miene, und er lächelte. Es war jedoch ein recht kühles Lächeln, dachte Grazia.

»Setzt euch.«

Er wies auf eine Reihe zierlich wirkender Stühle, deren Beine aus getrockneten Echsenleibern bestanden. Grazia schauderte es, aber sie gehorchte. Dicht neben ihr ließ sich Anschar nieder, von dem sie spürte, dass er sich ähnlich unwohl fühlte.

Die Frau kam mit einem hölzernen Krug und drei Bechern. Einen Tisch gab es hier nicht, also kniete sie abwartend vor ihnen, nachdem sie eingeschenkt hatte, und hielt dabei den Krug an die Brust gedrückt. Auffällig war seine Schlichtheit. Vermutlich galt er als sehr wertvoll. Mochte das Felsgestein edel sein – Holz fand man hier keines.

Anschar stürzte das Wasser hinunter; die Frau schenkte ihm sofort nach. Auch den zweiten Becher trank er so hastig, dass es ihm auf die Brust rann. »Mir kommt es immer noch so vor, als sei ich kurz vor dem Verdursten. Es ist eine Wohltat.«

Und das war es. Grazia, die gesitteter trank, dachte im Stillen, dass die Abwesenheit ihrer Gabe jedes Wasser in höchsten Genuss verwandelte.

»Trinkt, so viel ihr wollt.« Der Mann breitete die Arme aus. Das Fett an seinen Armen quoll über edelsteinbesteckte Reife. »Biyu, mir scheint, in meinem Magen läuft ein Nagetier herum und zwickt mich.«

Die Frau stellte den Krug auf den Boden und hastete zwischen den Matten hindurch. Von irgendwoher erklangen die geschäftigen Stimmen von Frauen, Kindern. Rasch kehrte sie mit einer Schale zurück, die wohl aus Bein gefertigt war, kniete neben ihm und hielt sie hoch.

»Vergessen wir, was geschehen ist«, sagte er leutselig. Die Aussicht auf den Happen, der in der Schale auf ihn wartete, schien seine Laune zu bessern. Grazias Magen meldete sich missgestimmt. »Aber ich will Mehl, das vergesst nicht! Ich bin Veynaydro.«

»Mein Name ist Anschar, und die Frau heißt Grazia.«

»Und ihr kommt wahrhaftig aus Argad?« Veynaydro hielt ein längliches Stück Fleisch hoch. Zumindest vermutete Grazia, dass es Fleisch war. Eine schwarze Soße troff herab. Er schüttelte es wie einen Fisch, legte den Kopf in den Nacken und ließ es in Windeseile in der Kehle verschwinden. Drei weitere folgten, dann hielt er Biyu die Soßenfinger hin; sie schleckte sie ab und trug die Schale hinaus. »Neuigkeiten von dort kamen zuletzt vor einigen Jahren. Von Trockenheit war die Rede, aber ansonsten ging alles seinen gewohnten Gang, hieß es. Jedenfalls war sehr lange von keinem Krieg und keinem Umsturz zu hören, wie es in früheren Zeiten üblich war. Wie geht es Mereschayagur?«

»Mereschayagur? Wen meinst du?«

Veynaydros Gesicht rötete sich. »Du weißt nicht, wer Mereschayagur ist?«, bellte er. Sein Kinn wackelte vor Empörung. »Hast du mich doch belogen? Ich werde euch … nein.« Er berührte seine Schläfen. »Ich vergaß …«

Sein Kopf sackte zur Seite, sein Körper erschlaffte. Grazia erschrak. Was bedeutete das? Ein Kreislaufzusammenbruch? »Er stirbt!«, flüsterte sie.

»Das sollte nicht ausgerechnet jetzt passieren.« Anschar stand auf und reckte sich nach ihm, da drang ein blubbernder Schnarchton aus Veynaydros Kehle. »Allmächtiger Inar. Er ist mitten in seiner Rede eingeschlafen.«

»Er ist mir nicht geheuer.«

»Ganz und gar nicht.« Auf die Knie gestützt, warf Anschar ihr einen fragenden Blick zu. »Soll ich ihn jetzt wecken?«

Eines der Kinder räusperte sich und schüttelte den Kopf. Da schlug Veynaydro mit einem lauten Grunzen die Augen auf. Anschar zuckte zurück.

»Ihr beide seid ja gar kein Traum.« Er gähnte. Sein Kopf, gänzlich kahl, wirkte wie eine Teigkugel, in die man zwei dicke Rosinen gedrückt hatte. »Wo waren wir stehen geblieben?«

»Bei Mereschayagur«, antwortete Anschar, der wieder saß.

»Oh. Möge seine Seele auf der Insel der Toten ewige Verehrung finden. Wer ist sein Nachfolger?«

»Madyur. Madyur-Meya.«

»Bei Inar«, murmelte Veynaydro sichtlich erstaunt. »Er trägt den Namen des alten Helden Meya? Ist er ein großer König oder nur anmaßend?«

»Du bist anmaßend, wenn du seine Größe anzweifelst«, erwiderte Anschar düster. »Ich verstehe nicht, wie du nichts von ihm wissen kannst. Du hast vor einigen Jahren zuletzt etwas von Argad gehört, sagst du?«

Veynaydro schürzte die vollen Lippen, als überlege er, ob er seinen Gast zurechtweisen solle. »Vor einigen, ja. Es können auch einige mehr gewesen sein. Ich weiß das wirklich nicht mehr genau. Man vergisst so schnell die Zeit, wenn sie so eintönig verläuft wie an diesem Ort. Was hat euch hierher verschlagen?«

»Wir sind auf der Suche nach Temenon.«

»Traumjäger, das seid ihr wohl ...«

»Mag sein.« Anschar ließ den Blick schweifen. »Ist dies hier nicht erst recht ein Traum? Was ist das hier? Eine Stadt, sagten die beiden Sklaven, auf die wir trafen. Wie kann es sein, dass hier Menschen siedeln? Was für Landsleute seid ihr überhaupt? So tief im toten Land muss man ja fast glauben, ihr wäret ein Stamm von Wüstenmenschen?«

Der Herr des Dorfes spuckte fast in seinen Becher. Auf seiner Miene spiegelte sich das gleiche Entsetzen, das Anschar bemächtigt hätte, wäre ihm jemand mit einem solchen Verdacht gekommen. »Was redest du da! Wir halten sie uns als Nutztiere, was sie ja auch sind. Wir stammen aus Argad.«

Grazia war danach, Anschar einen fragenden Seitenblick zuzuwerfen, so verwirrend klang all dies. »Man glaubt in Argad im Allgemeinen nicht, dass ein Mensch die Wüste so weit durchqueren könne«, sagte sie. »Geschweige denn ins tote Land vordringen.«

»Das glauben wir hier auch nicht. Aber hin und wieder gelangen versprengte Sklavenjäger hierher. Die kann man ohnehin kaum noch als Argaden oder Herscheden bezeichnen, denn es sind die Zähesten, die ihr ganzes Leben damit verbracht haben, umherzuziehen und Wüstenmenschen zu fangen. Solche wagen sich weit in die Wüste vor, manchmal zu weit: Sie irren umher, sterben dann, und selten, ganz selten, gelangen welche hierher.«

»Zwei Tagesritte von hier trafen wir auf Sklavenjäger. Sie hatten eure zwei entlaufenen Sklaven eingefangen. Vielleicht wären sie bald auf dein Dorf getroffen.«

»Innerhalb so kurzer Zeit ein weiterer Besuch?« Veynaydro rollte die Augen. »So viel Trubel brauche ich nun auch wieder nicht.«

»Sie werden nicht kommen. Sie sind tot.«

»Ah, seht ihr? Es schaffen wirklich nur wenige. Weit öfter, so vermute ich, fristen solche Kreaturen bei den Wüstennomaden den Rest ihres Daseins, wo sie ebenso wie Nutztiere gehalten werden. Aber dass jemand von Argad in der Absicht aufbricht, die Wüste zu durchqueren, nein, das kann kaum gelingen. Genauso wenig, wie man von hier aus zurückfindet. Also bleibt hier!«

Erneut erhob er sich, langte in die Edelsteinschale und neigte sich Grazia zu. Das Dorf stank, aber er roch süßlich.

»Für dich.« Ein Stein von der Farbe einer Orange und mit roten Einsprengseln versehen fiel auf Grazias Handfläche. Er war so groß wie ein Markstück.

»Danke«, sagte sie höflich. Von all den Dingen, die sie zusammengetragen hatte, war dies gewiss eines der schönsten. Samtig rollte der Stein zwischen ihren Fingern.

»Frau, eine wie dich habe ich in meinem ganzen Leben nicht gesehen. Gesprenkelt wie dieser Blutstein. Es wäre mir eine Freude, wenn du bei uns bliebest. Frisches Blut kann unsere Gemeinschaft gut gebrauchen. Ich werde dafür sorgen, dass du es hier so bequem wie möglich hast. Ihr beide natürlich.«

Frisches Blut? Sie begriff nicht. Anschar legte eine Hand auf ihren Schenkel. »Wir wollen so bald wie möglich wieder aufbrechen. Unser Ziel ist Temenon.«

»Das sagtest du.« Enttäuschung machte sich auf Veynaydros Mondgesicht breit. »Ihr Götter, man weiß ja gerade so eben, dass Temenon existiert! Aber wer bin ich, euch von eurem Vorhaben abzuhalten, so aberwitzig es sein mag?«

»Gewähre uns nur ein Nachtlager. Und lass unsere Sklaven bewirten. Sie lagern oben, einige Wegstunden entfernt.«

»Du hast Recht, es ist spät. Auch ich bin müde. Aber morgen, da erzählt ihr mir alles. Hier gibt es so wenig zu hören. Biyu, hilf mir.«

Die Frau hatte am hinteren Eingang gestanden, nun kam sie zu ihm und schob ihre Schulter unter seine Achsel. Mit einer Hand kraulte er in ihrem Haar, mit der anderen machte er in Richtung des Eingangs ein Zeichen. Einer der Knaben hastete fort; wenige Augenblicke später betrat ein Mann den Raum und empfing die Anweisung, die Sklaven zu holen.

»Ihr könnt ruhig schlafen, ihr habt nichts zu befürchten«, sagte Veynaydro. »Komm, meine Distelblüte, hilf mir ins Bett.«

Seine Fersen schlurften über den Boden, während er mit Biyus Beistand in einen angrenzenden Raum tappte. Dort, Grazia sah es durch den Spalt der schwingenden Matten, ließ er sich auf einen Stuhl sinken, der an Seilen hing. Ein Schaukelstuhl? Nein, zwei kräftige Männer packten die Seile und zogen. Der Stuhl schwebte in die Höhe. Veynaydros Füße pendelten vor und zurück und verschwanden.

»Absonderlicher Kerl«, befand Anschar, der sich ebenfalls vorgeneigt hatte, um Veynaydros eigenartigen Abgang zu beobachten. »Isst uns etwas vor und gibt uns nichts. Aber seinen Worten ist zu trauen, denke ich. Etwas anderes bleibt uns ohnehin nicht übrig.«

Ein Junge räusperte sich. Wortlos wies er in die andere Richtung und lief voraus. Sie durchquerten mehrere solcher von Matten begrenzte Räume, dann blieb er vor einer aus dicken Bastschnüren gefertigten Leiter stehen. Die Decke knarrte, als Anschar sich durch eine Luke hinaufzog. Grazia ergriff seine Hand. Sie gelangten in eine niedrige Kammer.

»Erinnert ein bisschen an Schelgiurs Hütte«, meinte Anschar.

»Mich erinnert's an deine. So hattest du deine Wände auch bemalt.« Sie wies auf die Felswand, die den Raum begrenzte. Über und über war die hellbraune Oberfläche mit Zeichnungen von Menschen bedeckt: Frauen und Männern, die sich an den Händen hielten und vielleicht einen Tanz aufführten. Der Stil ähnelte dem argadischen. Die Kleider in blassem Blau und Türkis verwiesen auf eine Welt, welche die hiesigen Bewohner nicht kannten.

»So ähnlich.« Er kauerte vor der Wand und bedeckte eine der Frauenfiguren mit der Hand, dann ließ er sich auf den knarrenden Boden sinken.

Von der Decke hingen Schnüre, an denen Muscheln baumelten. Grazia stupste sie an, bis sie alle schwangen. »Wenn man eine Muschel findet, soll man an das verschwundene Meer denken und somit an den Fluch der Trockenheit. Aber hier dienen sie offenbar nicht als ständige Mahnung – wenn man sie einfach so aufhängt. Alles hier ist seltsam. Veynaydro vor allem. Er war sehr unhöflich, uns nichts zu essen anzubieten! Er redet seltsames Zeug, nicht wahr?«

»Sagt dir der Name Mereschayagur etwas, von dem er glaubte, dass er noch regiert?«

»Nein, den habe ich zum ersten Mal gehört. Ich habe es so verstanden, dass Mereschayagur Madyurs Vater war.«

Anschar schüttelte den Kopf. »Er war der Großvater seines

Vaters. Seine Regierungszeit liegt mehr als fünfzig Jahre zurück.«

»Wirklich seltsam.« Grazia schmiegte sich an ihn und schob den Stein in ihren Ausschnitt. Sie war viel zu müde, um darüber nachzusinnen.

Als sie erwachte, war es Tag. Das ungewohnte Stimmengewirr des Dorfes drang ins Zelt. Oder war es Anschars Stimme, die sie geweckt hatte, da sie sich über alle anderen erhob? Grazia fuhr auf. Er war nicht bei ihr; stattdessen schrie er dort draußen herum. Furcht packte sie. Welche Gefahr forderte er diesmal heraus? Sie schwang sich über die Luke, tastete nach der wackligen Leiter und mühte sich hinab. Schon am nächsten Fenster, nichts als eine hochgeworfene und an Deckenschnüren befestigte Plane, sah sie die Frau und den Jungen stehen. Sie machten Platz, als Grazia über den federnden Bastboden eilte. Unten, vor dem Käfig, stand Anschar.

»Es sind *meine* Sklaven!«, herrschte er die umstehenden Dorfbewohner an. »Also lasst sie heraus, oder ich reiße das Ding in Stücke.«

Sie traute ihm zu, dass er sich irgendein Werkzeug suchte und seine Drohung in die Tat umsetzte. Im Käfig standen seine Wüstenmänner dicht gedrängt. Sie umklammerten hilflos das Geflecht, nur Oream hielt die zitternde Ralaod an sich gedrückt.

»Der Herr hat angewiesen, sie herzuschaffen«, sagte einer der Dorfleute. Tunlichst hielt er sich mehrere Schritte von Anschar entfernt, wie alle anderen. Ihr Respekt war groß, offenbar waren die Bogenschützen diesmal nicht in der Nähe. »Das haben wir getan. Wenn er befiehlt, sie freizulassen, dann tun wir auch das.«

Anschar schüttelte sich vor Zorn, so dass seine zerzausten Zöpfe flogen. Er trat dicht an den Käfig, wechselte mit Parrad einige Worte und drehte sich auf der Ferse herum. Dann war er auch schon an der Felsentreppe und stürmte herauf. Grazia freute es, dass ihm das Wohlergehen seiner Gefährten so sehr am Herzen lag, dennoch atmete sie erleichtert auf, als er ins Zwielicht des Zeltes trat, ihren Kopf umfasste und sie küsste. Das genügte, ihn zu beschwichtigen.

»Ich will mit Veynaydro sprechen«, sagte er zu Biyu, die Kehle noch immer rau vor Empörung. Sie beugte sich zu dem Jungen nieder und gab ihm einen Schubs; er hastete in Richtung des Raumes, in dem der Herr des Dorfes gestern gesessen hatte.

»Ja, ja, schick die beiden her«, erschallte da die noch vom Schlaf kratzige Stimme Veynaydros. Grazia fuhr sich mit den Fingern durch das zottelige Haar, während sie Anschar folgte, und band es rasch mit ihrem Tuch im Nacken zusammen, um nicht völlig zerzaust vor dem Herrn des Dorfes zu erscheinen.

»Was ist denn das für eine Unruhe?«, beklagte er sich. Er saß in seinem Sessel wie dorthin gepflanzt. Biyu schob sich an Anschar und Grazia vorbei, holte eine Schüssel und hielt sie vor ihn hin. Er warf nur einen ungeduldigen Blick hinein. Mit einem Tuch, das sie darin nässte, wischte sie ihm sanft den Schweiß des Schlafes aus dem Gesicht.

»Deine Männer haben meine hergebracht«, sagte Anschar. »Aber die Anweisung, sie einzusperren, hatten sie gewiss nicht.«

Veynaydro wirkte ratlos. »Es sind doch nur Sklaven.«

»Sie haben nichts zu trinken bekommen!« Wieder war Anschar laut geworden, und Grazia legte eine Hand auf seine Schulter. Seufzend presste Veynaydro die Hände an die Schläfen.

»Vergiltst du mir meine Gastfreundschaft, indem du mich anschreist? Sie werden Wasser bekommen. Du, erledige das.«

Er nickte einem Mann zu, der in der Nähe stand, und schickte ihn mit erhobener Hand hinaus. »So, ist es jetzt gut? Ein solches Geschrei um Sklaven ist mir ja in den letzten hundert Jahren nicht untergekommen.«

Die Jungen kamen, trugen aus Tierschädeln gefertigte Schalen, in denen Brei dampfte, dazu einen Teller mit dünnen Fladenbroten. Alles stellten sie auf den Boden. Veynaydro entfuhr der Laut tiefsten Genusses, als er sich über den Teller beugte. »Setzt euch und esst, aber vom Brot lasst die Finger, das ist meins.«

Diese Aufforderung galt nicht den Kindern, denn die krochen eilig wieder davon. Anschar schien unsicher, ob er es damit vorerst auf sich beruhen lassen sollte, doch dann setzte er sich. Grazia nahm an seiner Seite Platz. Biyu kniete vor ihrem Herrn, eine Schale in den Händen. Als sich Grazia fragte, worauf hier das Essen serviert wurde, kamen zwei Kinder herbeigekrochen und ließen sich auf Knie und Ellbogen nieder. Zwei andere stellten auf ihren Rücken einige Schalen und Becher ab. Sie taten es nicht mit Widerwillen, sondern mussten sogar ein Kichern unterdrücken, dennoch war es Grazia unangenehm, auf so würdelose Art bedient zu werden.

Schwarze Körner, wie Pfeffer, dazu dunkle Fleischstücke, waren mit Graswurzelbrei vermengt. Anstelle von Löffeln gab es flache Knochensplitter. Grazia neigte sich vor und tauchte einen hinein. Der Junge hielt still. Sie kostete mit spitzen Lippen. Nein, nach Pfeffer schmeckten die Körner nicht. Scharf waren sie dennoch und knirschten unangenehm zwischen den Zähnen. Aber Grazias Hunger war so groß, dass sie nicht einmal Schuhsohlen verschmäht hätte.

»Wie alt bist du?«, fragte Anschar. »Älter als hundert?«

»Hundertneunzig«, erwiderte Veynaydro ungerührt. »Können auch ein paar Jahre mehr sein.«

Grazia fiel der Splitter in die Schale. Sie starrte erst Anschar, dann Veynaydro an. »Du bist …«

»Ein Nihaye.«

»Donnerlittchen«, murmelte sie, während sie blind nach dem Splitter fischte und sich dabei fast die Finger verbrannte.

»Was sind denn das für seltsame Klänge?« Nun war es Veynaydro, der erstaunt hochschaute. Da hatte sie vor Schreck Deutsch gesprochen, ohne es zu merken. Hastig schleckte sie die heißen Finger ab.

»Ist mir nur so herausgerutscht. Du kannst doch nicht allen Ernstes so alt sein?«

»Das frage ich mich auch manchmal«, seufzte Veynaydro. »Ich bin sicher, anderswo vergehen zwei Jahrhunderte schneller als hier in dieser Einöde.«

Erneut wollte Grazia widersprechen, doch sie verstummte. Die Geschichten, die sie von Anschar gehört hatte, waren ihr in guter Erinnerung. Vor langer Zeit waren die Götter der Dreiheit auf dieser Welt gewandelt – die Götter des Wassers, der Luft und der Erde, die drei Kinder des Götterpaares Inar und Hinarsya. Sie hatten die von ihren Eltern geschaffene Welt geliebt und es genossen, sich ab und zu mit Menschenfrauen zu vereinigen. Und die Kinder dieser Liebesnächte waren Halbgötter: die Nihayen, gesegnet mit der Kraft ihrer Väter, über die Elemente zu gebieten, und verflucht mit einem langen Leben. Doch da vor etwa tausend Jahren das Götterpaar die Dreiheit zu sich befohlen hatte, um die Menschheit zu verlassen und sie einem langsamen Tod durch Dürre zu überantworten, gab es auch keine Halbgötter mehr. Oder jedenfalls nur sehr wenige. Geeryu war eine davon. Und Veynaydro ein anderer.

»Die Schüssel!« Grazia sprang so heftig auf, dass ihre Knie gegen den Jungen stießen, der ins Wanken geriet. Die Schalen glitten herunter, das Essen ergoss sich auf die Matten. »Oh, das tut mir leid! Gott, wie peinlich …« Sie wollte sich bücken, doch Anschar hielt sie am Arm zurück und bedeutete ihr mit einem Blick, sich wieder zu setzen. Die Kinder machten sich sofort daran, das Malheur zu beseitigen. Nur der Junge, auf dessen Rücken Wasserbecher standen, bewegte sich nicht.

Grazia deutete in eine Ecke des Raumes, wo die Schüssel stand, in die Biyu das Tuch getaucht hatte. »Du hast sie gefüllt, mit der Kraft deines Willens!«

Veynaydro hatte ein Fladenbrot gerollt und an den vor Gier feuchten Mund geführt. Nun hielt er inne. »Ihr seid beide Schreihälse. Und ja, das habe ich getan.«

»Dein Vater ist … ist …« Sie schnappte nach Luft. Ob sie von dieser Erkenntnis entsetzt oder erfreut sein sollte, wusste sie nicht. »Er ist der Gott des Wassers, der Gott ohne Namen, der letzte Gott, der in dieser Welt weilt. Deshalb könnt ihr hier überleben. Deshalb schmeckte das Wasser, das wir bekamen, so gut. Du machst für das Dorf Wasser. Ich … ich …«

»Beruhige dich.« Anschar drückte erneut ihren Arm, und das keineswegs sanft. Vielleicht wäre es nicht klug, jetzt mit ihrer eigenen verlorenen Fähigkeit herauszuplatzen. Sie schlug die Hand vor den Mund. Wieder konnte sie Veynaydro nur anstarren. Dieser Mann war ein Sohn jenes Gottes, der sie an der Havel geküsst, sie mit seinem Wasser überschwemmt hatte, so dass – wie auch immer – die Gabe auf sie übergegangen war. Die Gabe, die sie so dringend benötigte. Dort saß einer, der besaß, was sie verloren hatte. Und das seit hundertneunzig Jahren.

»Das muss dich nicht erschrecken, Frau. Genieß es lieber.« Er machte eine Geste, und ihr Becher war gefüllt. Sie hob ihn vom Rücken des Jungen und führte ihn an die Lippen.

»Es ist wunderbar«, hauchte sie wehmütig. »Darum bist du wirklich zu beneiden.«

»Warum sind deine Augen nicht silbern?«, fragte Anschar.

Natürlich! Weshalb hatte sie nicht daran gedacht? Geeryus Augen waren wie silberne Ringe um die Pupillen gewesen, Veynaydros hingegen waren von dunklem Braun, wie die fast aller Argaden oder Herscheden.

»Weil sich das mit der Zeit verliert«, erklärte Veynaydro. »Die Augen eines Nihaye sind nach der Geburt besonders hell. Viele der von Göttern geschwängerten Frauen begruben ihre Kinder lebendig, weil sie so entsetzt davon waren. Oder sie setzten sie aus. Götterkinder sind ja nicht gegen gewaltsame Tode gefeit. Sie sind nicht dazu geschaffen, gottgleich zu sein. Je älter sie werden, desto schwächer wird die Augenfarbe. Es heißt, wenn sie ganz schwindet, ist auch der Tod nicht mehr allzu fern.«

Wie sachlich er das alles aussprach … Er biss in das Brot. Seine wulstigen Lippen verzogen sich vor Widerwillen.

»Das schmeckt nach nichts! Höchstens danach, dass es verbrannt ist.« Er kratzte einige schwarze Stellen herunter. »Zuletzt aß ich vor vielleicht dreißig Jahren Brot. Richtiges Brot, ein Sklavenfänger hatte es bei sich. Ich habe den Geschmack noch genau auf der Zunge.«

»Ralaod kann Brot backen«, warf Anschar finster ein. »Würde sie nicht im Käfig stecken.«

»Also gut!« Veynaydro warf das angebissene Stück auf den Teller. »Es wäre ja eine Schande, euer Mehl für sinnlose Versuche zu verschwenden. Die Wüstenmenschen sollen herausgelassen werden.«

Ein Junge gab die Anweisung weiter. Biyu wirkte unglücklich, als sie den Teller beiseite stellte und stattdessen die Schale mit dem Brei hob. Veynaydros Hände ruhten auf den Lehnen, während sie ihn fütterte. Seine Laune besserte sich; offenbar mochte er den Frühstücksbrei, auch wenn er tagein, tagaus das Gleiche aß. Seit hundertneunzig Jahren. Dies erschien Grazia noch immer schwer vorstellbar.

»Warum lebst du hier?«, wagte sie zu fragen. »Warum nicht in Argad? Du hast doch Wasser unbegrenzt zur Verfügung, um die Wüste zu überwinden.«

Veynaydro verschluckte sich fast. »Hier weggehen? Ich höre gern Geschichten von Argad, aber das heißt doch nicht, dass ich deshalb dorthin wollte!« Eilends spülte er seinen Schrecken mit Wasser herunter. Dies schaffte er so selbstverständlich, als halte er es für undenkbar, dass sich seine Gäste darüber erschrecken könnten. »Mag sein, dass es schönere Orte als diesen gibt, aber hier war ich schon immer, hier gehöre ich her. Und allein der Gedanke an die Anstrengung, die es kosten würde, macht mich müde.«

»Aber wie bist du hergekommen? Falls die Frage gestattet ist.« Sie versuchte sich an einem entwaffnenden Lächeln. »Denn Geschichten höre auch ich sehr gern.«

Er lächelte belustigt und schob Biyus Hand mit der Schale beiseite. »Kennst du die Geschichte von dem letzten Gott, der diese Welt nicht im Stich lassen wollte und daraufhin von seinen Eltern gefangen gesetzt wurde? Immer wieder bricht er aus seinem Gefängnis aus, flieht durch die Welten und wird von seinem Bruder, dem Herrn über die Luft, doch wieder eingefangen, denn er ist der schwächste der Dreiheit und muss sich stets der Kraft der Luft unterwerfen.«

»Ja, die kenne ich.« So lange der Fluch der Trockenheit auf der Welt lasten sollte, versuchte das Götterpaar ihren Sohn in seinem Wüstengefängnis festzuhalten. Sein Gesicht war in ihr Gedächtnis eingebrannt. Auf jenem Steg an der Havel war er ihr zuerst begegnet. Dort hatte er sie geküsst. Ihr ein Geschenk gemacht. Geweint. Dann in Mallayurs Garten, in einer Säule aus Luft und nicht weniger verzweifelt. Ein schöner Gott, aber schwach. Es schnitt ihr jetzt noch ins Herz, wenn sie an seinen ängstlichen Blick dachte. Bei ihrer dritten Begegnung, nach dem Feuerinferno in Heria, hatte

Erleichterung seine Züge entspannt. »Zuletzt war er wieder frei.«

»Nein, er ist gefangen, denn der Fluss fließt wieder.«

»Bitte? Was meinst du damit?«

»Der Reihe nach, Frau. Willst du nun wissen, wie ich hierherkam?«

»Aber er kann doch nicht schon wieder gefangen sein?«

»Wir wussten, dass er nicht die Kraft hat, lange zu fliehen«, bemerkte Anschar.

Ihr war das alles zu viel, und sie sank seufzend in sich zusammen. Veynaydro warf ihr einen bedauernden Blick zu, während er rasch ein paar Mundvoll Brei schluckte und dann nickte.

»Es war, als der Gott durch die Wüste streifte. Man sagt, er weiß nicht, wo er hin soll, denn nirgends gibt es für ihn eine Zuflucht, doch er versucht ständig zu flüchten, da er die Gefangenschaft nicht erträgt. So zieht er hierhin und dorthin, mal mit seinem Schoßtier, dem Ungeheuer Schamindar, mal allein. Ewige Verzweiflung umgibt ihn. Damals kam er durch diese Gegend und traf auf eine Menschenfrau. Er beschlief sie, und sie gebar mich. Nein«, er wedelte mit dem Finger. »Kommt nicht auf den Gedanken, es sei eine Wüstenfrau gewesen. So einer hätte er sicher nicht seine Gunst geschenkt.«

»Was war sie dann?«, fragte Anschar.

»Weiß ich nicht!«, schnaubte Veynaydro so heftig, dass sich Grazia aufrichtete. »Sie lebte lange genug, mir von dem Gott zu erzählen, aber über ihre Herkunft verlor sie kein Wort. Ich kann mich nur erinnern, dass ich unter Argaden aufwuchs, versprengten Sklavenjägern, die verdurstet wären, hätte ich ihnen nicht Wasser gegeben. Damals existierte diese Stadt noch nicht. Manchmal setzen sich Dornenranken an einem Stein oder einem aufragenden Fels fest und überwuchern ihn, bis er nur noch ein Teil davon ist, wenn auch der entscheidende Teil, der alles zusammenhält. So ist es mit mir und diesem Dorf.«

Grazia fing einen Seitenblick von Anschar ein. Vermutlich dachte er das Gleiche: dass Veynaydros Mutter sehr wohl eine Wüstenfrau gewesen war, eingefangen von jenen Sklavenjägern. Da galt es, nicht zu widersprechen. Trotzdem kam Grazia nicht umhin, Biyu einen Blick zuzuwerfen.

Veynaydro entging es nicht. Er neigte sich vor und hob das Kinn der Frau. »Ja, sie stammt von mir ab. Biyu, wie viele Generationen liegen zwischen uns?«

»Sechs, Herr«, erwiderte sie. Es war das erste Mal, dass Grazia sie sprechen hörte. Was Veynaydros seliges Lächeln wohl bedeuten mochte? Dass er anderes in ihr sah als ihre Ururenkelin? Dass er mit ihr … etwa …

»Verzeihung, mir ist schlecht«, presste Grazia hervor, schob sich an dem Jungen vorbei und lief aus dem Raum. Wehende Tücher versperrten ihr den Weg. Sie wischte sie beiseite. Dieses so düstere und doch so prunkvolle Gebäude barg ja wirklich scheußliche Geheimnisse! Aber draußen war es auch nicht angenehmer, also suchte sie die Strickleiter, die hinauf in die Gästekammer führte. Sie fand stattdessen eine aus Ästen gefertigte Stiege, die weiter hinaufführte. Grazia überwand zwei niedrige Stockwerke und fand sich vor einer Öffnung in der Zeltwand wieder, die ihr einen Blick auf die rückwärtige Seite der steinernen Brücke gewährte. Neugierig steckte sie den Kopf zwischen die Bastmatten. Hier wölbten sich die Wände der Schlucht und spendeten Schatten. Unten, in einem Meer von sich wiegendem Felsengras, standen dicht gedrängt Einhornziegen, von einem Verschlag getrennt, in dem echsenartige, mit schwarzen Hornplatten besetzte Tiere kauerten, groß wie Gänse. Sklaven verteilten klein gehäckseltes Futter. Einer saß am Fuß der Felswände und flocht

Matten, während ein anderer auf allen vieren kauerte und wimmerte, da er von einem Mann gezüchtigt wurde. Seine Arme und Beine waren rot. Grazia befürchtete schon, es sei sein eigenes Blut, aber dann erkannte sie, dass es Farbe war. Die Frage, woher sie stammen mochte, beantwortete sich sogleich, als ein Mann mit einem Korb auf der Schulter herankam und unter der Brücke verschwand. Rötliche Gesteinsbrocken hatten darin gelegen.

Grazia wollte das Elend nicht länger mit ansehen und sich zurückziehen, als zwei Männer das Gatter öffneten. Eines der seltsamen Tiere trieben sie zu einem schwarzen Felsblock inmitten des Grasfeldes. Plötzlich hatte einer der Männer eine Keule in der Hand. Das Tier quiekte auf. Drei Schläge waren nötig, bis es verstummte. Sie hoben es auf den Block und begannen es auszuweiden. Einem Sklaven wurde befohlen, die Eingeweide zu einem mit Geflecht bespannten Rahmen zu schleppen, der an der Felswand lehnte, und sie darin aufzuhängen. Er beeilte sich, dennoch trieben sie ihn mit Schlägen an. Unwillkürlich musste Grazia an die beiden entflohenen Sklaven denken, die solcher Quälerei den Tod vorgezogen hatten.

Noch immer zuckten die Hinterläufe des Tieres. Erst als die Schlachter die seltsamen Panzerplatten abbrachen, lag es still. In den blutigen Händen drehten sie die Platten hin und her, betasteten sie und nickten. Was immer sie daraus herzustellen gedachten, das Material schien zufriedenstellend zu sein. Der Mann, der den Sklaven antrieb, hob das Herz aus dem Gestell und reckte es in die Höhe. Grazia zuckte zurück, als sie begriff, dass er sie anstarrte. Er rief etwas, das sie nicht verstand, aber es hatte sich beinahe so angehört, als wolle er es ihr zum Geschenk machen.

Grazia schüttelte sich. »Ich will nach Hause«, flüsterte sie in sich hinein. Sie zwang sich, über die Schlachter hinweg in die Ferne zu schauen. Und dort, nur wenige Schritte hinter dem Gräsermeer, entdeckte sie …

»Bäume! O Gott, da stehen ja Bäume!«

Zwei Hände packten sie an den Fußgelenken und zerrten sie von der Öffnung weg. Entsetzt schrie sie auf. Sie versuchte sich am Bastboden festzuhalten, doch vergebens. Sie fand sich im harten Griff eines Mannes wieder.

»Was kletterst du hier herum?«

Das Entsetzen kehrte zurück. »Finger weg!«, kreischte sie und schlug ihm ins Gesicht. Er hob eine Hand, doch der Hieb blieb aus. Anschar umschloss sein Handgelenk, zwang ihn herum und stieß ihn weg.

»Anschar, dort hinten haben sie junge Bäume stehen!«, sagte sie aufgeregt. »Einen ganzen Wald.«

»Wo sollen denn hier Bäume herkommen?«, fragte er ungläubig. »Die paar Dinge aus Holz – ich dachte, die hätten Männer bei sich gehabt, die sich hierher verirrt hatten.«

Statt einer Antwort zog sie an seinem Handgelenk und zwang ihn, ihr zu folgen. Sie eilte durchs Haus und die Treppe hinab, tauchte unter der Brücke hindurch und hastete ins Grasfeld. Die mit ihrem blutigen Handwerk beschäftigten Männer waren ihr jetzt gleichgültig, auch wenn der Blutgeruch ihr auf den Magen schlug. Die Gräser kratzten über ihre bloßen Waden, denn sie hatte das Wüstengewand gerafft. Es sah ja niemand. Ihr fiel auf, wie anders es war, so schnell zu laufen und dabei kein Korsett zu spüren. Ihre Brüste hüpften, doch es fühlte sich gut an. Schon tauchte sie in das Wäldchen ein. Dicht an dicht standen die Stämme, glatt und hart.

»Das sind keine Bäume«, sagte Anschar hinter ihr. »Es sind Gräser.«

Sie musste ihm recht geben. Allerdings waren die Stängel gewaltig, mehr als drei Meter hoch und dick wie ihr Handgelenk. Büschelige Kronen aus schmalen Blättern, ähnlich

Papyrusstauden, berührten sich, so dass sie ein dichtes Dach bildeten. Winzige schwarze Nussfrüchte hingen darin. »Sie duften so schön. Fast so wie Zedern.« Sie schloss die Augen und nahm einen tiefen Atemzug. »Mach das auch! Mach die Augen zu. Dann ist es, als wären wir zurück im Zedernwald, in unserer Hütte. Damals hat es geregnet, weißt du noch? Ach, Regen, der fehlt jetzt noch.«

Sein Blick war milde, und sie kam sich vor wie ein Kind, das mitten in einer Salzwüste um eine Süßigkeit flehte. Lachend drang sie weiter in das Wäldchen vor, versuchte sich nach den Früchten zu strecken und fand schließlich eine auf dem Boden. Auf einer Lichtung stapelten sich mehrere abgeschlagene Stängel, diese waren von bräunlicher Farbe. Grazia betastete die Schnittkante.

»Man könnte das wirklich für Holz halten. Wie kann denn so etwas hier wachsen?« Sie versuchte, die glatte, hartschalige Frucht aufzubeißen.

»Da fragst du noch? Nur die Kraft des Nihaye vermag dies. Und ob die Frucht essbar ist, weißt du nicht.«

Anschar griff danach, aber sie hielt die Frucht mit den Zähnen fest. Er rüttelte daran und neigte sich vor, als wolle er ebenfalls die Zähne zu Hilfe nehmen.

Bau mir hier ein Lager, und ich gebe dir alles, was du willst, dachte sie erregt.

Ein Mann kam schimpfend angelaufen und erinnerte sie daran, wo sie war. Unter den Füßen spürte sie wieder den Sand; der Gräserduft war vom Gestank des Schlachtens überlagert, und die Sonne brannte wie eh und je viel zu heiß hernieder.

»Weg da, weg! Nur ausgesuchte Männer dürfen den Hain betreten, und wenn der Herr hört, dass ihr hier den Sandboden schmutzig macht, ertränkt er euch. Gib das her!« Auffordernd streckte er die Hand aus.

Empört sah Grazia an sich hinab, denn sie war weiß Gott nicht schmutziger als all diese Dorfbewohner. Sie schleuderte ihm die Frucht entgegen. Anschar packte sie am Ellbogen und zog sie mit sich.

»Schauen wir, was Ralaod macht. Ihr Brot wird ihn schon besänftigen.«

Sie fanden Ralaod in einer Höhle, unmittelbar neben dem hohen Zelt. Schräge Säulen aus Sonnenlicht erhellten den Raum, während die schwarzen Schwaden eines geheizten Steinherdes sich bemühten, ihn wieder zu verdunkeln. Ralaod kniete vor einem flachen Stein, auf dem sie Teig knetete. Bei sich hatte sie einige Gewürzsäckchen aus ihrem Vorrat.

»Mach es gut«, sagte Anschar. »Der Herrscher dieses Dorfes muss bei Laune gehalten werden.«

Sie hob nur kurz den Kopf und begrüßte ihn und Grazia mit einem Nicken. Schweiß troff ihr von den Schläfen. »Wer sind diese Leute? Sie haben uns Angst gemacht.«

»Nachkommen eines Mannes, dem sie dienen wie ein Insektenstaat seiner fetten Königin. So sieht er aus, und so verhält er sich.« Er lachte verächtlich auf. »Er hat seinen Rock gehoben und in ein Gefäß gepinkelt, das diese Biyu ihm hinhielt! Und sie hat es fortgetragen wie eine wertvolle Opfergabe an die Götter. Wahrscheinlich tut er nichts, als zu essen, Biyu und wer weiß wen noch zu beschlafen und dem Wachsen seiner Gräser zuzusehen.«

»Anschar, wenn dich jemand hört.« Grazia blickte zum Eingang zurück, aber der Mann, der sie hergeführt hatte, war wieder verschwunden.

Anschar hob nur die Schultern. Es war nicht zu übersehen, dass er dieses Aufenthaltes ebenso überdrüssig war wie sie, obwohl sie erst einen Tag hier waren. Während sich Grazia auf einem Tontopf niederließ, durchmaß er mit verschränkten

Armen die Höhle. »Er hat angeboten, uns mit so viel Wasser zu versorgen, wie wir tragen können. Ich kam nicht dazu, ihm zu sagen, dass wir keinesfalls wieder nach Argad zurückwollen, denn dann hast du geschrien.«

Verlegen räusperte sie sich. Die beiden Schlachter kamen und trugen in blutigen Körben das zerlegte Tier zu einer Bodengrube. Mit Bewegungen, die verrieten, dass sie dies oft taten, holten sie glühende Steine aus dem Herd, warfen sie in die Grube und schichteten das mit Grünzeug vermengte Fleisch darüber. Dazwischen kamen weitere erhitzte Steine, und zuletzt deckten sie alles mit steinernen Platten ab. Ein Mann verschwand durch eine senkrechte Felsspalte im hinteren Teil der Höhle und kehrte kurz darauf mit einem prallen Lederbeutel zurück. Über einer Bodenrille wuschen sie sich die Hände und verließen den Raum.

Anschar ging zu der Felsspalte. Sein überraschter Laut ließ Grazia neugierig zu ihm eilen. Vor ihr tat sich eine weitere Höhle auf, um vieles größer. Ein mächtiges Gewölbe – eine Grotte, von Menschenhand geschaffen, wie an den von Meißelspuren übersäten Wänden zu erkennen war. Eine aus dem Fels gehauene Treppe führte zu einem See hinab. Spärliches Licht floss durch einen seitlichen Ausgang auf die glasklare Wasseroberfläche. Ein Sklave stand dort, bis zu den Knien im Wasser, tauchte einen Beutel hinein und schleppte ihn bis zum Rand gefüllt ins Freie.

»Es muss Jahrzehnte gedauert haben, diesen Raum aus dem Fels zu schlagen«, überlegte Anschar. »Wie auch die Brücke.«

»Es duftet«, murmelte Grazia. »Genau wie meins.«

»Es ist eine Zisterne. Sie soll sicherlich verhindern, dass sein Dorf dürsten muss, wenn er krank ist. Oder zu faul, was vermutlich öfter vorkommt.«

Sie stieg die Stufen hinab. Tief sog sie den Duft ein. »Ist

das herrlich! Es ist bestimmt wunderbar kühl.« Ehe sie es sich versah, saß sie auf einer der Stufen und schnürte ihre Sandalen auf.

»Dich sollte man festbinden!«, rief Anschar, dass es von den Wänden widerhallte. »Komm her.«

»Ich wollte doch nur die Füße hineinstecken.« Grazia wandte sich um. Er hielt die Hand nach ihr ausgestreckt. Sie ließ sich hochhelfen. Ralaod hatte zugesehen, nun widmete sie sich wieder ihrer Arbeit. Auch für das Brot war eine Felsplatte erhitzt worden, darunter glühte das Geröll. Sie klatschte einen Teigklumpen darauf und strich ihn mit einer jener Hornplatten glatt, die von den echsenartigen Tieren stammten.

»Ich vermisse es so sehr«, sagte Grazia.

Beschwichtigend strich Anschar über ihren Nacken. »Es wird wiederkommen, daran darfst du nicht zweifeln. Ralaod, wie sieht es mit dem Brot aus?«

6

Die Jungen schleppten schwer an dem Tablett, auf dem das gebackene Fleisch in einer riesigen Tonschale thronte. Biyu trug das Brot herein. Wohlig aufstöhnend richtete sich der Herr des Dorfes in seinem Stuhl auf. Rasch war der Rücken eines knienden Jungen beladen. Den Korb mit dem noch dampfenden Fladenbrot musste seine Geliebte wie üblich halten, denn das Tablett beanspruchte allen Platz für sich. Auch die Krüge fanden nur auf dem Boden Platz. Biyu hatte alle Hände voll zu tun, auf den Knien rutschend die aus Grasstängeln geschnitzten Becher zu füllen, Brot zu verteilen und ihren Herrn zu füttern. Zu Grazias Erstaunen nahm sie dazu eine beinerne Gabel mit dreieckig angeordneten Zinken. In dieser Umgebung wirkte ein Essbesteck, das an das heimische Pellkartoffelessen erinnerte, recht absonderlich. Biyu spießte ein kleines Stück Fleisch auf und reichte die Gabel ihrem Herrn.

Wie Veynaydro aß, ließ Grazia jedoch schnell die Heimat vergessen. Er schlang, dass ihm das Fett am Kinn herablief und auf die Brust tropfte. Ab und zu wischte er sich mit einem Brotstück sauber. »Das ist Brot, so hab ich's in Erinnerung«, seufzte er. »Meine Kinder kriegen es nur zäh und geschmacklos hin.«

»Deine Kinder?« Grazia schielte zu dem Jungen.

»Alle hier nenne ich so, auch wenn einige nicht von mir abstammen. Der hier schon.« Er tätschelte den Hinterkopf des Jungen, der sich bemühte, den Rücken in der Waagerechten zu halten. »Die Sklaven, die vielleicht backen könnten, kann man bis aufs Blut peitschen, sie strengen sich nicht an.«

»In Argad gibt's zehn Brotsorten«, sagte Anschar. »Und ein Mann mit deiner Fähigkeit bekäme bergeweise Brot gebacken.«

Veynaydro brummte gereizt. Grazia versuchte ein glitschiges Stück Fleisch aus der Schale zu fischen, denn Essbesteck war anscheinend dem Herrn des Dorfes vorbehalten. Es roch nicht übel, und ihr Hunger war groß, da vergaß sich leicht der scheußliche Anblick des Schlachtens. »Ist dir je geschehen, dass du kein Wasser machen konntest?«, fragte sie beiläufig.

»Wie meinst du das?«

»Dass du unpässlich warst. Vielleicht krank oder … innerlich aufgewühlt?«

Das Wasser lief ihm so ungehemmt über den Leib wie zuvor das Fett, als er trank. »Ich werde zwar alt, bin aber sterblich, und mein Körper ist menschlichem Leid unterworfen. Natürlich bin ich manchmal krank. Meine Knochen schmerzen. Warum interessiert dich das?«

Endlich hatte sie es geschafft, eines der heißen Stücke an den Mund zu führen. Vorsichtig biss sie hinein. Es schmeckte ein wenig wie gekochter Aal. »Ach, das alles klingt so spannend«, murmelte sie und beeilte sich, den Bissen zu schlucken. Anschar machte eine ärgerliche Handbewegung.

»Du hast vorhin einen Fluss erwähnt«, lenkte er von diesem unseligen Thema ab. »Einen, der wieder fließt. Was hast du damit gemeint?«

Genüsslich stieß Veynaydro auf, nur um sich weiter vollzustopfen. Es war nachgerade erstaunlich, wie viel in diesen Mann hineinpasste. »Ihr kamt von Nordosten her. Jenseits der Schlucht gibt es eine weitere, die führt im rechten Winkel von dieser fort. Gleich da hinten«, er deutete mit der Gabel über seine Schulter. »Man muss die Wand hinaufsteigen, dann sind es nur ein paar Schritte. Sie trennt beide Schluchten. Dort beginnt der Fluss.«

»Wie kann denn hier ein Fluss entlangfließen?«, fragte Grazia. »Bist du dafür verantwortlich?«

»Ich? O Biyu, hilf mir.« Veynaydro spreizte die Beine. Grazia schüttelte sich, als sie mit ansah, was Anschar bereits erwähnt hatte: Biyu kniete vor ihrem Herrn, schob seinen Rock ein Stück zurück und hielt einen Krug darunter. Es plätscherte hohl. Erleichtert aufseufzend, legte Veynaydro den Kopf in den Nacken. Seine Rosinenaugen schlossen sich. Dann war es getan, und Biyu winkte den Jungen heran, der den Krug in Empfang nahm und beinahe ehrfürchtig von sich gestreckt davontrug.

Veynaydros Atem kam schwer. Sein Kinn trat wulstig hervor, als er den Kopf auf die Brust sinken ließ.

»Schon wieder einfach so eingeschlafen. Biyu«, wandte sich Anschar an die Frau. »Wie kommt das?«

Bevor sie antworten konnte, kam Veynaydro wieder zu sich. Er rieb sich die Augen. »Es dient als Dünger«, nahm er den Faden wieder auf. »Vielleicht solltet auch ihr Biyu zu Hilfe rufen, wenn ihr euch erleichtern wollt. Fremder Urin täte meinem Temechgras sicher gut. Ihr habt es schon bewundert, trug man mir zu.«

»In der Tat«, erwiderte Anschar, dem es den Appetit nicht verschlagen hatte und der soeben seine Schale leerte. »Mir ist klar, dass dein göttliches Wasser es so gut gedeihen lässt, aber wie kam es hierher?«

»Wüstenmenschen, die wir einfingen, hatten Samenkapseln bei sich. Sie nannten es Temech, nach einem ihrer Ahnen, der es angeblich vom Herrn des Windes geschenkt bekam. Uns war es fremd.«

»Wessen Ursprung ist denn nun der Fluss?«, fragte Grazia. »Warum füllst du eine Zisterne, wenn …«

»Bei der Dreiheit! Ihr seid ja einer ungeduldiger als … der … andere.« Die letzten Worte waren schleppend gekommen. Sein Blick kehrte sich ins Innere. Ergab er sich Tagträumen? Wohin mochten die Gedanken eines Menschen wandern, wenn er am ewig gleichen Platz gefangen war? Doch so unvermittelt, wie er hinwegzudämmern pflegte, war sein Blick wieder klar. »Der Fluss hat mit mir nichts zu tun. Nur so viel, dass jener, der ihn fließen lässt, mein Vater ist. Sein Gefängnis befindet sich jenseits des toten Landes.« Auf dem Handteller malte er imaginäre Linien. »Hier ist meine Schlucht, dort das Gebiet, das ihr durchquert habt. Nordwestlich davon, wo die Wüste noch ein Ort ist, in dem man überleben kann, befindet sich die Oase des letzten Gottes.«

»Woher weißt du das?«, rief Grazia verblüfft.

Er maß sie belustigt. »Findest du nicht, dass annähernd

zwei Jahrhunderte ausreichend Zeit sind, das herauszufinden? Die Oase befindet sich in einer kleinen Schlucht, viele Höhlen gibt es in dieser Gegend, und in einer solchen steckt er. Der Fluss, das sind seine Tränen der Verzweiflung. Die Zisterne habe ich angelegt, weil das Wasser nicht nutzbar ist; es ist ja salzig von seinen Tränen. Ist er gefangen, fließen sie. Ist er fort, bewegt sich der Tränenfluss nicht.«

»Und deshalb weißt du, dass er wieder gefangen ist?«

»So ist es. Es ist etwa anderthalb Jahre her, da stockte der Fluss. Im Laufe der nächsten Monate erfuhr ich durch meine umherziehenden Kinder, was geschehen war. Ein herschedischer Trupp hatte den Gott aus seinem Gefängnis befreit. Nein, nicht befreit, sie hatten ihn mit sich genommen. Eine Frau war bei ihnen, sie beherrschte die Luft. Darin schloss sie ihn ein. Ganz aus Wasser bestand er, so dass das unsichtbare Gefäß nicht größer als ein Hüftkrug war. So haben sie ihn mit sich geschleppt. Seitdem stand der Fluss still. Bis vor drei Monaten. Oder waren es vier? Im Traum erschien mir mein Vater, er schwappte als eine gewaltige Wasserwelle zurück in sein Oasengefängnis und verwandelte sich in den schönen jungen Mann, der er ja ist. Ganz selten erscheint er mir im Traum, und ich glaube, das tut er gar nicht bewusst; womöglich weiß er nicht mehr, dass es mich gibt. Wie auch immer, seitdem geriet der Fluss wieder in Bewegung.«

Er hatte wahrhaftig von Geeryu gehört, der Tochter des Windgottes. Grazia sah Anschar an; auch er hatte fasziniert die Brauen gehoben.

»Wenn diese Leute es geschafft haben, an den Gott heranzukommen, warum dann deine nicht?«, wollte Anschar wissen. »Oder hast du sie nie ausgeschickt, es zu versuchen?«

»Was?« Veynaydro schreckte hoch und rieb sich die Augen. »Warum hätte ich das tun sollen? Es ist der Wille des Götterpaares, dass er dort haust. Die Strafe für seinen Ungehorsam. Und wenn er dort ist, kann er die Welt nicht fruchtbar machen – der Fluch der Trockenheit muss reifen. Weißt du das alles nicht?«

Grazia fragte sich, ob das alles nicht einfach nur ein Mythos war und jener Fluss vielleicht ein Überbleibsel des alten Meeres. Aber auch das erschien ihr wie ein Mythos. Ihr schwirrte der Kopf, und die Luft war stickig vom Geruch nach Fett und Urin. »Ist der Fluss der Weg nach Temenon?«

»Das weiß ich nicht. Es könnte sein. Falls es überhaupt so einen Weg gibt. Nach einem gangbaren Weg sieht das jedenfalls nicht aus, ihr werdet's schon sehen. Aber bitte, *bitte* hört endlich auf, mich mit Fragen zu überschütten. Ich wollte Geschichten von euch hören, aus der Wüste und aus Argad, stattdessen quält ihr mich immerzu.«

»Ich will mir das ansehen«, fiel nun Anschar ein, und Veynaydro seufzte.

»Normale Sterbliche gebärden sich immer, als müssten sie noch am selben Tag zur Toteninsel übersetzen. Schrecklich, diese Ungeduld.«

»Gibt es so etwas in deiner Welt auch?«, fragte Anschar. Seine Stimme klang gepresst, als laste ein Stein auf seinem Gemüt. Der Anblick dieser Felsenwüste war ja auch zu schrecklich, fand sie. Nein, keine Felsenwüste. Eher ein steinerner Wald. Hoch aufragende Gesteinsklötze, wie wild hingeworfen und dann noch zerklüftet, zersprungen, zerstoßen. Überall Risse, mehrere Meter dick, dann scharfe Grate, dicke Brocken, Felsnadeln. Eine scheußliche Masse in hellem Grau. Grazia kam sich vor, als sei sie ein Floh, der am Rand eines Streuselkuchens saß, über den zu allem Überfluss noch ein Wiegemesser hin und her gerollt war. Endlos schien sich diese wüste Eintönigkeit über die Welt zu erstrecken.

»Ich weiß nicht«, wisperte sie. Noch eigenartiger war der

Fluss, der diese Felsenlandschaft zerschnitt. Äußerst vorsichtig neigte sie den Oberkörper, und sofort hielt Anschar sie am Arm fest, wenngleich sie nicht Gefahr lief, in die Tiefe zu stürzen. Dennoch schien sich ihr Magen umzudrehen. Sie saß auf einem länglichen Stein, zu ihren Füßen eine steil abfallende Wand, aus der der Fluss entsprang. Ein mehr als zehn Meter breiter, rötlich gefärbter Teppich rollte gemächlich durch diese zweite Schlucht und verlor sich hinter einer sachten Biegung. So langsam floss das Wasser dahin, dass es kaum einen Laut verursachte.

»Wie tief das Wasser wohl ist?«, fragte Parrad, der an ihrer anderen Seite hockte.

»Ist kaum zu erkennen«, brummte Anschar. Auf seinem Schoß lag die mit neuen Strichen versehene Karte. »Und auch unwichtig, oder?«

»Wenn wir jetzt abstürzen, kann es wichtig sein. Ich frage mich, wie wir mit all unseren Sachen und den Sturhörnern hier heraufkommen wollen.«

»Ich frage mich eher, was wir hier oben mit ihnen anfangen sollen. Oder glaubst du, die verfluchten Biester springen von Fels zu Fels?«

»Du meinst, wir müssen zu Fuß weiter? Aber danach kommt sicher wieder die übliche Sandwüste, wie sollen wir denn da …«

»Wo hast du deine Augen, Parrad? Die Gegend danach ist noch nicht unser Feind. *Diese* hier ist es. Sie schreit es uns geradezu entgegen. Sperr halt wenigstens deine Ohren auf.«

»Was ich höre, ist meine Vernunft, die mir sagt, dass es uns nichts nützt, sie zu überwinden, wenn wir danach nicht weiterkommen.« Der Wüstenmann griff sich in den Bart und raufte ihn. »Eher sagt sie, dass wir hier gescheitert sind. Das ist einfach unmöglich!«

Grazia wartete auf eine harsche Erwiderung Anschars,

doch die blieb aus. Stattdessen faltete er die Karte zusammen. Dann langte er nach einem losen Stein und drehte ihn auf dem Handteller. »Es ist, wie du sagst. Unmöglich. Wir können nicht die Tiere darüber hinwegtreiben, geschweige denn die Frauen. Es kann nur einer allein schaffen.«

Sie starrte ihn an. Die Sonne warf harte Schatten auf sein schweißnasses Gesicht. Die Kapuze seines Mantels hatte er abgestreift; strähnig hingen ihm die halb aufgelösten Zöpfe im Nacken. Seine offensichtliche Entschlossenheit erschreckte sie.

»Ich weiß schon, was du sagen willst«, nahm er ihr das Wort aus dem Mund. »Etwas anderes als *nein* kann es ja wohl nicht sein, oder?« Für einen winzigen Moment war sein Blick weich. Lächelte er gar? Erfreute ihn die Erkenntnis, um seines Auftrags willen in den wahrscheinlichen Tod zu gehen? »Diesmal ist es jedoch nicht zu ändern. Die Verantwortung obliegt mir, und den schwächlichen Parrad kann man ja wohl kaum schicken.«

Schnaufend fuhr Parrad fort, seinen Bart zu quälen. Grazia zog an Anschars Ärmel und deutete hinab. »Dass ihr beide aber auch nicht auf das Naheliegende kommt? Der Fluss ist der Weg.«

»Das soll naheliegend sein? Ich kann nicht schwimmen. Parrad, du etwa?«

»Ich? Beim Herrn des Windes, was für eine merkwürdige Frage.«

»Da hörst du's. Nicht einmal du, Feuerköpfchen, kannst das, wenn ich mich recht entsinne, obwohl es in deiner Welt reichlich Wasser gibt.«

»Wer redet denn vom Schwimmen?« Sie warf die Hände hoch. »Wir brauchen ein … ein …«

Noch bevor sie es aussprechen konnte, warf Anschar den Kopf in den Nacken und lachte krächzend. »Das ist nicht dein Ernst, oder? Ich fürchte, doch. Ein Schiff. Ich bin sicher, Veynaydro hat irgendwo eines gelagert.«

»Nein, kein Schiff. Ich meine etwas anderes, aber dafür habt ihr, glaube ich, kein Wort. Bei uns nennt man es *Floß*. Man bindet Baumstämme aneinander. Es ist flach, nicht ganz so belastbar und wendig. Aber es wird seinen Zweck erfüllen.«

Anschars Schweigen war erdrückend. Sie wusste ja, dass die Vorstellung eines Floßes für einen Argaden ungewohnt war. Die Einzigen, die sich aufs Wasser wagten, waren die Fischer am Großen See, und auch die entfernten sich mit ihren kleinen Booten nur gerade so weit vom Ufer, wie es nötig war. Niemals käme es ihnen in den Sinn, den See zu erkunden, und schon gar nicht bis hin zu den Inseln, von denen sie glaubten, sie seien das Elysium. Anschars zusammengezogene Brauen zeugten von seinem Misstrauen. Er warf den Stein hinab.

Das Platschen hallte von den Gesteinswänden wider. »Ich werde warten, bis ihr alle wieder in Richtung Argad unterwegs seid.« Kurz sah er über seine Schulter, hin zu den beiden Männern, die sie herbegleitet hatten und nun gelangweilt einige Schritte entfernt am Rand der anderen Schlucht standen und warteten. »Möglicherweise lässt sich Veynaydro ein oder zwei seiner Sturhörner abhandeln; die werdet ihr mit so viel Wasser beladen, wie sie tragen können. Wenn ihr weit genug weg seid, dass er nicht mehr auf den Gedanken kommt, euch einzufangen, breche ich auf.«

»Vergiss doch diesen Irrsinn!«, rief Grazia. »Du bist kein Bergsteiger.«

»Ein Schiffsfahrer aber auch nicht.«

»Du meinst, ein Seefahrer.«

»Wie auch immer.«

»So nimm doch Vernunft an!«

»Hast du nicht gesagt, für ein solches Gefährt brauche es Baumstämme?« Er wies mit dem Daumen hinter sich. »Gibt es hier welche? Oder denkst du etwa an diese Gräser?«

Grazia zögerte. Die alten Ägypter hatten Boote aus Bastbündeln gefertigt. Was sprach gegen das Temechgras? Sie versuchte, rasch die Möglichkeiten zu überschlagen, denn unsicher durfte sie jetzt nicht klingen. »Ja, das könnte man verwenden. Man müsste einige Stängel zu einem dicken Stamm zusammenbinden und dann mehrere solcher Bündel aneinander befestigen. Man könnte die Stängel auch der Länge nach aufschneiden und mehrere halbrunde Teile versetzt aneinanderfügen. An ihren Enden muss man breite, feste Bretter befestigen; damit drückt man das Gefährt gegen das Wasser vorwärts.«

Grübelnd warf er die Stirn in Falten. »Ich weiß, was du meinst, mit so etwas befahren die Fischer den Großen See. Ich komme nicht auf das Wort … Aber glaubst du, Veynaydro ließe wegen einer so irrsinnigen Idee seine Gräser fällen? Er wird es nicht tun. Vielleicht verfügt er gar nicht über die nötige göttliche Kraft, etwas auf dem Wasser schweben zu lassen.«

»Auf dem Wasser … schweben zu lassen? Wie meinst du das denn?«

»Die Schiffe des alten Helden Meya lagen auf dem Wasser. Sie glitten darüber hinweg, so.« Er hob eine ausgestreckte Hand und strich mit der anderen darüber. »Genauer kann ich das nicht erklären, weil ich darüber nichts weiß.«

»Aber das ist doch keine göttliche Kraft!«

»Nein?« Er stöhnte auf. »Vielleicht ist ja in deiner erstaunlichen Welt keine Hilfe der Götter nötig, hier aber schon. Du könntest Sildyu fragen, sie würde es dir bestätigen.« Sildyu, die Hohe Priesterin und Königsgemahlin, eine kluge Frau, aber was solche Dinge betraf so ahnungslos wie alle Argaden.

Grazia schüttelte verzweifelt den Kopf. Sie konnte kaum glauben, dass dies für einen ausgewachsenen Mann schwerer verständlich war als für ein Kind ihrer Welt.

»Herrin, ich pflichte diesem groben Kerl ja ungern bei«, mischte sich Parrad ein. »Aber bei meinem Volk sieht man das genauso.«

»Tatsächlich?«, spottete Anschar. »Wann haben Wüstenmänner je Gelegenheit, über die Schwimmfähigkeit von was auch immer nachzusinnen?«

»Auch wir kennen die Legende vom verschwundenen Meer. Davon hab ich dir schon in den Papierwerkstätten erzählt, falls du dich entsinnst.«

»Inar! Du hast da so viel geplappert, dass ich …«

»Ruhe! Alle beide!« Grazia schlug erst dem einen kräftig auf den Schenkel, dann dem anderen. »Das ist ja wirklich, als säße man in einem Kinderhort. Männer! Dummköpfe seid ihr. Ist euch noch nie ein Stück Brot in den Trinkbecher gefallen? Und, was geschah da? Ging es unter?«

»Brot«, seufzte Parrad, und Anschar sah sie beinahe mitleidig an. Grazia wusste nicht, ob sie schnaufen oder lachen oder einfach aufgeben sollte angesichts dieser Sturheit.

»Ein … wie nanntest du es?«, fragte er. »Floß? Du vergleichst ein Floß aus Stämmen oder Gräsern mit einem Brotkrümel?«

»Die Größe hat damit gar nichts zu tun, denn das Prinzip ist immer das gleiche. Wenn das, was auf dem Wasser ist, leichter ist als das Wasser selbst, kann es nicht untergehen.«

»Warum nicht?«

»Das hat in meiner Welt ein Mann herausgefunden, der Archimedes hieß. Der sollte feststellen, ob die Krone eines Königs wirklich aus Gold gefertigt war … Nein«, sie wedelte vor dem Gesicht herum. Diesen beiden Männern konnte sie nicht mit komplizierten Erklärungen kommen. »Ein Schiff schwimmt, weil die Menge an Wasser, die es verdrängt, schwerer ist als es selbst. Die Kraft ist nicht göttlich, sie entsteht aus dem Wasser, das von unten gegen das Schiff drückt. Und das ist in allen Welten so, gleich wie viele es geben mag.«

»Göttliche Kraft klingt irgendwie verständlicher«, meinte Anschar.

»Oh, bitte, dann betrachten wir es eben von dieser Seite! Eure Götter wollen den Frieden. Warum also hätten sie erst mit ihren Kräften dafür sorgen sollen, dass die Schiffe Temenon erreichen und bekriegen können? Und warum haben sie das Meer verschwinden lassen, statt einfach diese Kraft zurückzuhalten? Könnt ihr das beantworten? Nun?«

Parrad hob die Schultern, und als sie zu Anschar sah, tat er es ihm gleich.

»Du bist also einverstanden?«, fragte sie, voller Ungeduld den Stoff ihres Gewandes knetend.

Er nickte, schüttelte sofort den Kopf und warf ihn in den Nacken. Dann schüttelte er ihn wieder. »Inar steh mir bei«, flüsterte er. Noch einmal blickte er über die feindselige Felsenlandschaft hinweg. »In Anbetracht der dürftigen Möglichkeiten versuche ich eben darauf zu vertrauen, dass du klüger bist als wir. Auch wenn mir völlig unklar ist, wie wir Veynaydro überreden können, uns so viel Hilfe zu gewähren. Denn wir brauchen ja nicht nur das Material, sondern auch Männer, die uns helfen.«

Sie hatte ihn überzeugt, da schien ihr sein Einwand im Augenblick die kleinere Hürde zu sein. Befreit neigte sie sich zu ihm und ergriff seine raue Hand. Was würde er erst sagen, wenn sie bekannte, wie sehr sie der Anblick dieses rötlichbraunen Flusses freute? Nicht weil er – vielleicht – den Weg nach Temenon verhieß. Für sie war es, als säße sie an einem Gestade ihrer Welt. Ihr fiel kein vergleichbarer Ort ein, doch dass dort unten ein Band aus Wasser sich seinen Weg bahnte, war nach all den endlosen Wochen und Monaten des Sandes und der elenden Felsen eine Wohltat für das Auge. Der Fluss war anders, er verhieß anderes, mochte er auch in die Irre führen.

»Wir sollten dem Fluss einen Namen geben.«

Parrad schüttelte den Kopf. »Herrin, ich verstehe dich immer weniger. Ein Name? Für Wasser?«

»Bei uns haben die Flüsse Namen. Sogar kleine Bäche.«

»Nicht einmal der See der Toten hat einen Namen«, bekannte Anschar. »Vielleicht aber muss man es in einer Welt, in der man andauernd über irgendwelche Gewässer stolpert, ja so halten, sonst könnte man sie nicht unterscheiden. Nun ja, vielleicht wäre ein Name ein erfolgversprechendes Zeichen. Wie soll der Fluss heißen?«

Damit war sie dann doch überfragt, obwohl ihr tausend Flussnamen durch den Kopf gingen. *Sei mir gegrüßt, mein Vater Rhein, wie ist es dir ergangen? Ich habe oft an dich gedacht, mit Sehnsucht und Verlangen.* Seufzend legte sie die Wange in die Hand. Da saß sie hier, in luftiger Höhe, inmitten unwirtlichen Landes, unter sich ein fremdes Gewässer, das sie taufen sollte. »Wenn ich das nur meinem Vater erzählen könnte. Er hätte bestimmt eine Idee. Vielleicht würde er ihn Mäander nennen. Man sieht ja nicht weit, und wer weiß, was hinter der nächsten Biegung ist. Styx wäre auch eine Möglichkeit, denn immerhin könnten wir unser Leben darauf verlieren. Oder Havel? Dann schließe ich die Augen und denke …«

»Ja?«

Dass ich daheim wäre, vollendete sie den Gedanken. »Das da unten ist der Nil, denn er fließt mitten durch die Wüste. Ja, das passt.«

»Schön, das wäre also geklärt. Lasst uns wieder ins Dorf zurückkehren und sehen, was wir bei Veynaydro erreichen können.« Er stemmte sich hoch und half ihr, den steinigen

Weg zur Schlucht zurückzulegen. Auch hier gab es Serpentinen und in die Wand gehauene Stufen, die jedoch so schmal waren, dass jeder Schritt Überwindung kostete. Einige Dorfbewohner sahen herauf. Stand man unten, war nichts zu ahnen von dem Fluss, der unter dem Dorf dahinrauschte und wenige Meter jenseits der Felsenmauer ins Freie gelangte.

Sie kehrten in Veynaydros Haus zurück. Der Herr des Dorfes war mittlerweile zu einer geleeartigen Speise übergegangen, die durchaus nicht wie ein süßer Nachtisch aussah und kein Begehr weckte. Er ließ sie sich jedoch mit Genuss von Biyu in den Mund löffeln.

»Nun?«, fragte er, während die klaren Bröckchen an seinem Kinn hinunterliefen. »Hat euch der Anblick angemessen beeindruckt?«

»Wir glauben, dass der Fluss der Weg nach Temenon ist«, begann Anschar ohne Umschweife. »Und wollen ihn befahren.«

Veynaydros Augen weiteten sich; er hustete und neigte sich vor. Erschrocken sprang Biyu auf und klopfte ihm auf den Rücken. »Den Fluss befahren?«, japste er. »Hat euch die Sonne den Verstand ausgedörrt?«

Grazia hatte sich mittlerweile hingesetzt. Sie hoffte, dass Anschar höflich blieb. Er blieb stehen und hatte die Arme vor der Brust verschränkt, als wolle er augenblicklich aufbrechen.

»Kamen denn nie Reisende über diesen Fluss?«, wollte er wissen. »Aus Temenon? Die nach Argad wollten?«

»Nie.« Veynaydro fasste sich und wandte sich Biyu zu, damit sie ihm den Schweiß vom Gesicht wischte. »Sagte ich das nicht? Wie hätten sie das auch tun können, da der Fluss nur in eine Richtung fließt? Falls jemals Menschen von Temenon nach Argad gelangten, kamen sie hier nicht vorbei, und ich habe davon auch nie etwas mitbekommen. Die Welt ist groß, es mag zwanzig Wege geben.«

»Na schön. Da wir nur von diesem einen wissen, werden wir den nehmen. Allerdings brauchen wir dazu deine Hilfe. Wir wollen ein Gefährt bauen, das auf dem Fluss schwimmt.«

»Närrisch seid ihr, ich sagte es ja.«

»Das Gebilde muss groß genug werden, um drei Leute und ein Sturhorn tragen zu können.«

Veynaydro war zusehends das Kinn herabgesackt. »Ein Sturhorn? Auf dem Wasser? Ich sollte euch fortjagen, denn ihr macht mir allmählich Angst!«

»Wir können ja schlecht zu Fuß weiterlaufen, wenn wir den Fluss wieder verlassen. Und wir brauchen reichlich Wasservorräte. Leider wissen wir nicht, wie lange es dauern wird, bis wir wieder anderswo Wasser finden. Und dass der Fluss irgendwann trinkbares Wasser führt, dürfte wohl nicht der Fall sein?« Bei diesen Worten sah Anschar Grazia an, die mit dem Kopf schüttelte.

»Bei der Dreiheit!«, rief Veynaydro. »Wenn ihr wirklich all diesen Unsinn, den ihr da plant, für durchführbar haltet, dann gebe ich euch meinetwegen so viel Wasser mit, wie ihr schleppen könnt.«

»Gut. Grazia wird ausrechnen, wie groß das Floß sein muss, damit es Wasser für – sagen wir, zwanzig Tage trägt. Bleibt noch das Problem des Materials. Sie sagt, es braucht dazu das Temechgras.«

»Temech … Ihr Götter, allmählich ist es genug.« Aufschnaufend schlug der Nihaye gegen seine Brust. »Niemals.«

»Ohne deine Gräser geht es wirklich nicht«, warf Grazia ein, um ein weniger forsches Auftreten bemüht, als Anschar es an den Tag legte. Sie rang sich ein Lächeln ab. »Es gibt hier sonst kein tragfähiges Material.« Es sei denn, man band Garben aus Felsengras aneinander, aber das klang noch abenteuerlicher, als die Sache ohnehin schon war. Sie wusste ja nicht einmal, ob sie wirklich die nötige Größe berechnen konnte.

»Dann werdet ihr diese Fahrt wohl nicht antreten können. Was euch gewiss das Leben rettet.«

»Wir brauchen ja gar nicht alle Gräser«, versuchte sie es erneut. »Ein Viertel vielleicht.«

»Ach, nur? Nein.«

»Ein Fünftel?«

»Nein! Ich lasse euch an den Füßen aufhängen und dörren, wenn ihr nicht sofort davon aufhört.«

Er atmete schwer, die Empörung strengte ihn an. Biyu drückte seinen Kopf an ihre Brust und einen Kuss auf seinen blanken Schädel. Unversehens eilte Anschar aus dem Raum, nicht ohne Grazia zu verstehen zu geben, dass sie still sitzen solle. Nach einigen Minuten war er wieder zurück. Auf dem Arm hatte er einen leinenen Packen. Grazia schüttelte den Kopf, das konnte er unmöglich tun. Doch ihr Verdacht bestätigte sich, als er einen der Jungen heranwinkte, auf dessen dargebotenen Rücken er den Packen legte. Dann setzte er sich unter Veynaydros misstrauischem Blick wieder hin.

»Bist du dir sicher?«, flüsterte Grazia.

Er nickte, sah dabei aber Veynaydro an. »Dies ist uns mitgegeben worden, um den Herrscher von Temenon zu beschenken. Aber wenn wir ihn nicht erreichen, hat er sowieso nichts davon, also biete ich es dir an, im Gegenzug für deine großzügige Hilfe.« Mit diesen Worten schlug er das Leinen zurück. Die Vielfalt der Edelsteine, die zahllosen Stiche aus Goldfäden glitzerten im Licht einfallender Sonnenstrahlen. Veynaydro reckte den Hals. Der Junge kroch näher an ihn heran. Grazia fragte sich, was ihn daran hindern sollte, den Wandteppich einfach zu behalten. Er brauchte seinen Männern nur zu befehlen, sie auszurauben. Aber so viel sie wusste, hatte er es bisher nur auf das Mehl abgesehen.

»Ein Viertel der Gräser«, forderte Anschar.

Veynaydro schluckte. Äußerst vorsichtig berührte er die

aus bunten Fäden gestickte Blütenwiese, Teil eines Bildes, das die Vereinigung von Inar und Hinarsya zeigte. Die beiden Götter aus Goldfäden und Türkisperlen standen einander zugewandt. Die rote Heria, das Symbol ihrer Vereinigung und Fruchtbarkeit, spross in Büscheln von Rotgoldplättchen zu ihren Füßen. Liebe auf den ersten Blick, dachte Grazia. Veynaydros Augen glitzerten nicht anders als die einer Frau in einem Kaufhaus.

Er hob die Hände, schien zu überlegen, ob er bitten sollte, die Tapisserie vollständig auszubreiten. Um Hilfe heischend, sah er zu Biyu, aber auch sie war von der Schönheit des Bildnisses gefangen. Sein wulstiges Kinn hüpfte, als er schluckte, einmal, zweimal, ein drittes Mal. Dann stieß er kehlig hervor: »Tut das weg! Ich will es nicht.«

»Du könntest wenigstens darüber nachdenken«, schnaufte Anschar ungeduldig. Ein schmeichelnder Kaufmann war an ihm nicht verlorengegangen.

»Nein!«, schrillte Veynaydro. »Weg damit, weg, weg!«

Er schlug die Hände vors Gesicht und starrte zwischen den Fingern hindurch auf die Pracht.

7

Sanft nahm Oream das Bronzemesser aus Grazias Hand. »Wenn du es an beiden Enden hältst, geht es leichter, Herrin. Siehst du?« Er hielt es gegen den Grasstängel, drückte die Finger auf die stumpfe Seite der Schneide, trieb die Klinge ins faserige Holz und gab es ihr zurück, als Grazia nickte. Die Bemerkung, dass es schon abgenutzt und es darum eine Plage sei, damit zu arbeiten, verkniff sie sich. An Werkzeugen hatten ihnen die Dorfbewohner Äxte und Klingen aus Stein gegeben, denen sich die Gräser nur mühsam beugten; alles andere musste mit Messern getan werden: knotige Unebenheiten abschaben, die Blätter der Kronen entfernen. Grazia stopfte den Saum ihres Ärmels unter ihre Finger, da sie schmerzten. Trotz des Schattens, den die Felswände warfen, floss ihr der Schweiß in Strömen den Rücken hinab. Sie hielt inne, um Oream und den anderen zuzusehen. Geschickt waren sie ja, die Wüstenmänner; sie hatten während ihrer Zeit im Wald des Hyregorgebirges gelernt, Holz zu bearbeiten, und dies war ein recht ähnlicher Werkstoff.

»Träum nicht, Feuerköpfchen«, mahnte Anschar. Sie schwitzte; er aber sah aus, als sei er aus einem Wasserbecken gestiegen. Nur kurz nahm er sich die Zeit, aus einem Wasserbeutel zu trinken, dann machte er sich daran, einen weiteren Stängel der Länge nach zu spalten. Weder sich noch den anderen gönnte er mehr als die nötigsten Pausen.

»Wir müssen so schnell wie möglich arbeiten«, waren seine Worte gewesen, kaum dass der Herr des Dorfes die Erlaubnis erteilt hatte. »Selbst wenn ich Veynaydro trauen würde – was ich nicht tue –, wissen wir nicht, wie er es aufnimmt, wenn er seine Gräser tatsächlich fallen sieht. Und außerdem …«, hierbei hatte er kühl aufgelacht, »außerdem weiß ich nicht, wie *ich* es aufnehmen werde, wenn tatsächlich dieses Ding auf dem Wasser liegt. Je schneller ich die Sache hinter mich bringe, desto weniger muss ich darüber nachdenken.«

Grazia war es nicht leichtgefallen, die Größe des Floßes zu berechnen. Wie viel Wasser verdrängten die Stängelbündel mitsamt dem, was sie trugen? Wie viele Grasseile waren nötig, die Stämme zu verbinden? Was wog ein Sturhorn? Der Mast, wie verankerte man ihn? Wie hisste man ein Segel? Und wie verbarg man möglichst geschickt die eigene Unsicherheit, so dass diese gestandenen Männer, die sich den Gefahren der Wüste stellten, nicht doch noch die Arbeit niederlegten?

Allein Ralaod half nicht; sie verarbeitete in der Küchenhöhle alles Mehl zu Brot, um den unersättlichen Nihaye bei Laune zu halten. Der weinte im Grünen Gewölbe heiße Tränen um seine Gräser und nässte vermutlich den kostbaren Wandbehang. Grazia teilte durchaus Anschars Befürchtung, daher gab sie sich trotz der Blasen an den Händen alle Mühe, schnell zu arbeiten. Aber ihre Gedanken hatten Zeit, auf Wanderschaft zu gehen. Was der Meya wohl sagen würde, erführe er, dass sein Geschenk einem anderen überreicht worden war? Und was sollten sie dem König von Temenon geben? Vielleicht den Goldschmuck, der Anschars Mutter gehört hatte und jetzt ihr? Einen Teil davon? Dann wird er nie vollständig sein, dachte Grazia und erinnerte sich an den Moment zurück, als sie den zweiten Ohrring an Geeryus Ohr hatte hängen sehen. Anschar hatte Geeryu das Ohr abgeschlagen, sie niedergestochen – und dann? Die Erinnerung an jenen schrecklichen Kampf im Palast von Heria aus ihrem Herzen zu holen, fiel Grazia schwer. Irgendwann war ihr schwarz vor Augen geworden, doch zuvor hatte sie gesehen, wie Geeryu gefallen war. Der Ohrring musste im Gras gelandet sein. Im trockenen Gras des Gartens, inmitten des brennenden Palastes.

»Träumst du?«, fragte Anschar über ihr. Sie zuckte zusammen und fuhr fort, den Stamm zu bearbeiten.

»Ich dachte an deinen Ohrring. Warum hast du ihn nicht aufgehoben?«

Er zögerte, musste sich offenbar erst darauf besinnen, was sie meinte. »Das wollte ich, vergaß es aber. In diesem Augenblick hatte ich wahrhaftig andere Sorgen.« Er griff hinter sich, um den schweißnassen Wickelrock aus seinen Hinterbacken zu zerren. »Wie kommst du jetzt darauf?«

»Ich habe überlegt, ob wir den anderen Ohrring oder das Diadem dem König von Temenon schenken sollten – statt des Wandbehangs. Der ist zwar viel, viel kostbarer, aber dass Siraias Schmuck wieder zu ihrem Volk zurückkehrt, würde die Temenier sicher freuen. Glaubst du, der Ohrring existiert noch?«

»Irgendjemand wird ihn schon gefunden haben.« Er wischte sich den Schweiß aus den Augen und kehrte wieder an seine Arbeit zurück. Am Tag nach dem Kampf hatte er erzählt, dass er Geeryus Leichnam nicht gesehen hatte. Niemand hatte ihn gefunden; allerdings war in dem Chaos, das über die Stadt hereingebrochen war, zunächst auch nicht nach ihm gesucht worden. *Der Gott des Windes hat seine Tochter fortgetragen*, so hatte Sildyu, die Hohe Priesterin, das Rätsel zu erklären versucht. Wie Eos, die Morgenröte, den Leichnam ihres Sohnes Memnon nach dem verlorenen Zweikampf gegen Achilleus.

Grazia sah zu, wie Anschar sich plagte, die Axt in die Höhe schwang und niedersausen ließ, wieder und wieder. Wie Achilleus, der den Scheiterhaufen seines Freundes … Ich träume ja schon wieder, ermahnte sie sich. Als ihre Hand vom Messer abglitt, stöhnte sie auf. Sie sehnte sich danach, die Hände in kaltem Wasser zu kühlen. Besser noch den ganzen Leib. Regen, Regen! Den Kopf in den Nacken werfend, starrte sie in den gelblichen Himmel, als könne sie dort etwas anderes entdecken als beständige, allumfassende Leere. Sie knetete die krebsroten, geschwollenen Hände und griff wieder zum Messer.

Veynaydro hielt sie nicht auf. Wie es schien, hatte er den Verlust der Gräser verkraftet. Schon recht munter, nur von seinen üblichen Müdigkeitsanfällen unterbrochen, erzählte er, wie er sein Gemach neu gestalten wollte, um dem Wandbehang einen angemessenen Rahmen zu verschaffen. Grazia, die Anschar und seinen Leuten anders nicht mehr helfen konnte, hatte nun die Aufgabe, Veynaydro zuzuhören und ihn bei Laune zu halten. Währenddessen erledigten die Männer die schwierigste Arbeit: Sie mussten die Stängel auf die andere Seite der Felswand schaffen und sie am dortigen Ufer zu einem Floß zusammenfügen. Hierzu hatte Grazia ihnen auf ein Ledertuch eine Anweisung gezeichnet. Bang lauschte sie dem Grollen des bockigen Sturhorns im Geschirr, den Peitschenschlägen auf seiner Kruppe und dem Geschrei der Männer.

Biyu lenkte sie ab, indem sie ihren Becher aus einem Krug füllte. Artig bedankte sie sich, doch mit einem flauen Gefühl im Magen. Zu sehr ähnelten sich die Krüge, in denen Wasser verwahrt wurde, und jene, in die Veynaydro vor ihren Augen urinierte.

»Ich bin froh, wenn ihr weg seid«, sagte er unvermittelt, eine unbekannte Dörrfrucht musternd. Schon war sie in seinem Schlund verschwunden. »Immer denke ich, ich sollte froh um jede Abwechslung sein, und wenn dann alle zehn Jahre jemand hier auftaucht, freut's mich auch. Noch mehr freut es mich aber, wenn er wieder fort ist oder sich hier eingegliedert hat. Ich bin zu alt für solche Aufregung, und ihr macht da draußen viel Trubel. Außerdem …«, sein Blick wanderte zu ihr. »Dein Gefährte mag mich nicht. Ich kann's nicht genau benennen, aber er scheint sich regelrecht dazu überwinden zu müssen, mir Respekt entgegenzubringen. Dabei ist er ein Sklave!«

»Das ist er nicht«, war alles, was ihr dazu einfiel. Der Vorwurf war, als träfe er sie selbst.

»Ach ja, weil sein Herr ihn freigelassen hat, nun ja.« Er legte den Ellbogen auf die Sessellehne und neigte sich ihr zu. »Heute hat er mir gesagt, er könne seinen Leuten unmöglich zumuten, auch noch all den Wasserproviant auf die andere Seite zu schaffen. Stattdessen will er, dass ich mich auf die andere Seite begebe, um an Ort und Stelle das Wasser zu machen. Verlangt hat er es. Verlangt! Und dabei hat er mich keines Blickes gewürdigt.«

»Kannst du nicht deine Leute beauftragen, dass sie uns beim Tragen helfen? Dann musst du dich nicht bemühen.«

»Natürlich, aber ich würde dieses *Floß* ja schon gerne schwimmen sehen. Darum geht es auch gar nicht.« Heftig winkte er ab. »Ich wünschte nur, er würde anerkennen, was ich für euch tue.«

Ihr lag auf der Zunge, dass er ebenso wenig anerkannte, was Anschar für die argadische Welt tat. Andererseits, warum sollte er das, so weit abseits des Hochlandes? »Seine Aufgabe lastet schwer auf ihm. Sieh es ihm nach.« Insgeheim musste sie zugeben, dass Anschar recht verkniffen war, seit er den Entschluss gefasst hatte, auf dem Fluss zu reisen. Plagte ihn die Furcht etwa schlimmer, als er zugeben wollte? »Aber ich bin auch froh, wenn es vorbei ist und wir weg sind. Ich wünsche dir, dass du dann wieder Frieden hast.«

Er lächelte und wirkte ein wenig versöhnt. Dann fielen ihm die Lider herab, und er glitt in seine Traumwelt.

Anschar schlang ein Seil um ihre Hüften, führte es unter ihren Achseln hindurch und knüpfte es an ein weiteres. Sie klammerte sich an das Seil und presste die Augen fest zu. Ihr Gesäß bekam einen sanften Schubs. Fahrstühle waren ihr schon nicht geheuer, aber fast ungesichert an einer Felswand entlang in die Tiefe zu sacken, ließ ihren Magen sich heben. Dann war es auch schon vorbei, und die sehnigen Arme eines Dorfbewohners nahmen sie in Empfang.

»Du kannst die Augen aufmachen«, sagte er. »Das solltest du sogar, denn der Boden ist tückisch.«

Bedacht wankte sie von ihm weg und raffte das Wüstengewand. Mit ein wenig gutem Willen konnte man den Streifen zwischen dem Wasser und den Felswänden ein Ufer nennen. Schmal war es, schräg zum Wasser hin abfallend und mit faustgroßen Steinen übersät. Sie setzte sich auf einen Felsblock und atmete tief durch.

Wenige Schritte entfernt lag das Floß vertäut. Es maß ihrer Schätzung nach um die zehn Meter in der Länge, besaß einen Podestaufbau für trockene Füße, der fast die ganze Länge einnahm, einen Mast und ein aus etlichen Lederstücken zusammengeflicktes Segel. Es war nicht groß und ließ sich nicht drehen; im Grunde verstand sie ja nichts vom Segeln, aber sollte sich in der Schlucht ein Wind verfangen, würde es hoffentlich irgendetwas bewirken.

Ihr Herz klopfte noch heftiger, als sie die zwei Ruderpinnen mitsamt Bänken zum Sitzen an Bug und Heck des Floßes sah. Alles sah plötzlich viel zu groß aus. Sie vermisste die Wüstenmenschen mitsamt ihren helfenden Händen.

»Ich weiß ja, dass deine weiße Salbe aufgebraucht ist«, hatte Ralaod gesagt und ihr den eigenen Vorrat sonnenfarbenen Öls gegeben, das die Haut ein wenig vor der Sonne schützte. »Du brauchst das nötiger als ich.«

Es war ein Abschiedsgeschenk gewesen. Vor zwei Tagen waren alle Sklaven zurück nach Argad aufgebrochen, versehen mit der Ermahnung Anschars, so rasch wie möglich Abstand zu diesem Dorf zu gewinnen, und reichlich Proviant und Wasser. Es würde genügen, das tote Land zu überwinden. Danach mussten sie Wasserlöcher finden.

»Schafft ihr das?«, hatte sie Parrad gefragt, und er hatte daraufhin stolz gelächelt. Dem Meya sollte er berichten, was bisher geschehen war – falls er Argadye je wieder erreichte. Die Tatsache, dass er dazu aus Anschars Schatten treten musste, schien ihn mit Entschlossenheit erfüllt zu haben. Um seinen Hals hatte das Rollsiegel des Königs gehangen.

»Wir sind Wüstenmenschen! Allerdings hätte ich es vorgezogen, euch zu begleiten. Das nicht tun zu dürfen, ist ein bisschen so, als müsste ich aufgeben. Und Anschar kann dieses Floß doch nicht allein steuern.«

»Es geht nicht anders. Wir haben später nur ein Sturhorn zur Verfügung; es kann nicht uns drei und dazu die Unmengen an Wasser tragen. Ich werde ihm helfen.«

»Herrin, nur wenige Frauen sind so tapfer wie du.«

»Oh, Parrad! Redest du von mir?« Sie hatte verlegen gelacht, doch er hatte nur genickt und zum Abschied ihre Hand ergriffen.

Ein widerstrebendes Knurren von der Felsenkruppe ließ sie aus ihren Gedanken hochschrecken. Veynaydros Männer hatten das Sturhorn hinaufgetrieben. Dunkelgrau hob es sich vom grellen Himmel ab, wie aus Bronze gegossen.

»Es ist ein besonders langmütiges Vieh«, hörte sie den Mann, der sie in Empfang genommen hatte, in den Bart murmeln. »Ich kann mir trotzdem nicht vorstellen, dass es *das* mit sich machen lässt.«

Anschar hatte eines seiner Sturhörner gegen dieses getauscht. Sie nannten es den *Versteinerten*, weil es sich so gar nicht aus der Ruhe bringen ließ, und das, so hatte er Grazia erklärt, war ungewöhnlich, denn in der Wüste pflegte man Tieren keine Namen zu geben. Wie es den Sturhörnern eigen war, schwenkte auch dieses den Kopf hin und her und stieß allerlei Unmutslaute aus, doch es hielt still, als die Männer ein Geschirr um seinen Rumpf legten. Seile wurden herabgeworfen und von anderen Männern ergriffen. Gemeinsam zogen und schoben sie das Tier über die Kante, ungeachtet seines Angstgebrülls. Stück für Stück sank es nach unten, und wahrhaftig, kaum stand es wieder sicher, schnupperte es am Flusswasser, als hätte es die Prozedur schon vergessen, und der entrüstete Laut, der noch folgte, schien eher der Enttäuschung zu entspringen, dass sich das Wasser nicht saufen ließ.

Es folgten Bündel leerer Lederbeutel, die heruntergeworfen wurden. Nun erschien auch der Nihaye oben, bereits in einer aus Grasstängeln gefertigten Sänfte sitzend und so nackt und schmuckbeladen wie eh und je. Immerhin ein halbes Dutzend Männer waren nötig, ihn abzuseilen. Neugierig ließ er den Blick schweifen, dann war die Fahrt auch schon überstanden. Ein weiteres Dutzend Hände reckte sich ihm entgegen und trug ihn mit aller Vorsicht ans Ufer. Sichtlich genoss er das Wasser um seine Füße, während er das Floß betrachtete und fassungslos den Kopf schüttelte. Ein weiteres Tier folgte, eine jener panzerbewehrten Echsen, und zuletzt Anschar. Kaum war er unten, zückte er auch schon seinen Dolch. Da Grazia wusste, was nun folgte, richtete sie den Blick starr auf den Fluss und hielt sich die Ohren zu. Trotzdem hörte sie das Tier in Todesangst quieken und dann abrupt verstummen. Als sie wieder hinsah, war es nicht mehr da. Anschar hatte seinen Dolch zurück in den Bund seines Wickelrocks gesteckt. Auf Händen und Gesicht glänzte Blut. Veynaydro sagte etwas und wies dabei auf sie; offenbar wollte er wissen, weshalb nicht auch sie sich mit dem Opferblut zeichnete. Anschar erwiderte darauf nichts. Er begann die Beutel auseinanderzuknüpfen und auf den Steinen auszubreiten. Sogar Grazia staunte, als sie sich wie von Geisterhand blähten, bis das frisch von Veynaydro geschaffene Wasser aus ihnen quoll. Zwei Männer sprangen herbei; gemeinsam verschnürten sie die Öffnungen und stapelten die prallen Beutel zu einer stattlichen Pyramide.

»Zuerst muss der Versteinerte aufs Floß«, sagte Anschar. »Wenn das Ding dann nicht sinkt, kann man die Fahrt wohl wagen.«

Veynaydro lachte, sichtlich ergötzt von dem seltsamen Schauspiel. »Ich wünsche dir Glück!«

Anschar führte das Tier an das Floß heran, jedoch machte

es keinerlei Anstalten, von sich aus weiterzugehen. Er knüpfte die Peitsche vom Sattel und warf sie einem der Männer zu, der sie auf die Hinterbeine des Sturhorns knallen ließ. Das Tier röhrte empört und warf den Kopf hoch, so dass Anschar beinahe Zügel und Gleichgewicht verlor. Die krallenbewehrten Füße stampften auf dem Fels und spritzten Wasser auf. Nur indem er sein Gewicht in die Zügel legte, verhinderte er, dass das Tier wendete.

»Du wirst vorausgehen und den Versteinerten aufs Floß führen müssen«, rief Veynaydro glucksend. »Dümmer als andere Sturhörner ist er auch nicht.«

Anschar spritzte mit den Füßen das Wasser auf, während er unterhalb des zornig aufgerichteten Halses irgendeine Möglichkeit suchte, das Tier anzutreiben, ohne vorausgehen zu müssen. Doch plötzlich zerrte er dem Mann die Peitsche aus der Hand, stemmte sich in die Sattelschlaufe und schwang sich hoch. »Das hat ja alles keinen Zweck mit diesem Sturvieh. Also Augen zu und es gewagt.«

Ein Knall tönte. Endlich unterwarf sich das Tier seinem Herrn. Es machte einen Satz, als hätte es Anschars Worte verstanden. Die Vorderfüße schlugen auf dem Floß auf, das sich leicht zu neigen begann. Grazia krallte die Finger ineinander.

»Du musst es springen lassen, gleich in die Mitte!«, rief sie.

Die muskelbepackten Schenkel stießen vom Felsufer ab, und einen aufregenden Herzschlag später stand es unsicher auf dem sich knarrend biegenden Podest. Kerzengerade reckte sich Anschar in die Höhe und stellte einen Fuß auf den Sattel, um schnellstmöglich fortzukommen, sollte das Unglück geschehen.

»Ihr Windgeister!«, hörte Grazia die Männer voll von Ehrfurcht flüstern. »Das Gebilde trägt sie tatsächlich.«

»Voilà.« Gewichtig verschränkte Grazia die Arme, überzeugt davon, dass jeder den Stein, der ihr vom Herzen fiel, hören musste. »Ich hab's doch gesagt.«

Äußerst behutsam ließ sich Anschar vom Rücken des Versteinerten gleiten. Breitbeinig stand er da, die Hände noch an den Zügeln. Dann knotete er sie am Aufbau fest. Schneller als er schien sich das Tier an den ungewohnten Untergrund zu gewöhnen. Es stand still, ließ nur wie gewohnt den Schädel hin und her schwanken und beschnupperte das am Mast festgebundene Gepäck.

Mit langen Schritten ging Anschar über das Floß und machte einen Satz ans Ufer. Aus seiner Brust kam ein erleichterter Seufzer. »Jetzt du.« Er reichte ihr die Hand.

»Wir müssen doch noch das Wasser …«

»Komm!«, forderte er sie leise und doch so eindringlich auf, dass Grazia kein weiteres Wort wagte. Heftig umfasste er ihr Gesicht, neigte sich vor und presste ihr einen groben Kuss auf die Lippen. »Erflehe jetzt den Beistand deines Gottes!« Seine Hände rüttelten an ihrem Kopf, wie um ihr klarzumachen, dass sie es auch wirklich tun musste. Die Anspannung in seinem Gesicht erschreckte sie, aber ihr blieb keine Zeit, sich darüber zu wundern, dass seine Furcht vor dem unbekannten Wagnis tatsächlich so groß war. Er drehte sie um und schob sie unsanft aufs Floß.

Ihr blieb nichts anderes übrig, als sich auf ihre nächsten Schritte zu konzentrieren. Natürlich hatte sie nie zuvor auf einem so eigenartig unbeständigen Untergrund gestanden. Es war ein wenig wie der Steg an der Havel, wo alles seinen Anfang genommen hatte. Auch ein wenig wie zu schweben. Anschars Befehl, sich ans vordere Ruder zu begeben, hörte sie kaum, aber sie gehorchte benommen. Was machte ihn nur so garstig? Haltsuchend umklammerte sie das Ruder und sackte auf die Bank nieder. Über die Schulter hinweg beobachtete sie, wie er zu Veynaydro schritt.

»Sehr abenteuerlich sieht das aus«, sagte der Nihaye erheitert. »Wagst du es etwa nicht, all die Wasserbeutel aufzuladen?«

Anschar blieb vor ihm stehen. Langsam streckte er eine Hand aus. »Erweise mir die Ehre und erhebe dich zum Abschied.«

»Oh, gewiss.« Schnaufend stützte sich Veynaydro auf die Lehnen seines Tragstuhls und wuchtete sich hoch. Einen Kopf kleiner als Anschar, musste er hinaufsehen, wobei sein Nacken wulstige Falten warf. Er lächelte und hob seinerseits die Hand. Anschar packte sie und wirbelte ihn herum. Veynaydros Mund rundete sich vor Schreck, doch bevor er auch nur schreien konnte, lag eine Messerklinge an seinem Hals. Er begann zu quieken und mit den Armen zu fuchteln. Wasser spritzte von seinen Fingerspitzen, schien aus seinem ganzen Körper zu quellen und ihn wie einen Wirbelwind einzuhüllen. Von Anschars Haaren troff das Nass, von seinen Schultern und aus seinem Mund und schwemmte das Opferblut fort.

»Hör auf!«, keuchte Anschar und drückte das Messer noch fester gegen den feisten Hals. »Versuche deine Kniffe nicht an mir. Ich kenne sie alle!«

Etwa von mir?, dachte Grazia. Rufen wollte sie, kreischen, was auch immer; stattdessen fürchtete sie, vor Entsetzen die Besinnung zu verlieren. Veynaydro stellte seinen Wasserzauber ein. Seine Männer hatten sich einige Schritte herangewagt und ebenfalls Messer gezogen. Dann aber hielten sie still, denn Anschars Messer veranschaulichte allzu deutlich, was ihrem Herrn blühte. Anschar hatte den linken Arm unter Veynaydros Achsel geschoben und zog ihn rückwärtsgehend mit sich. Befehle waren nicht mehr nötig, jeder, ob Freund oder Feind, wusste, was zu tun und zu lassen war.

»Folgt uns nicht!«, schrie er. »Euer Herr wird unversehrt zurückkommen, und Warten ist das Beste, was ihr tun könnt.«

»Frau, auf dich hört er, sag ihm, er soll das lassen!«, rief Veynaydro, die zittrige Stimme voller Unglauben, dass ihm dies widerfahren könne.

Grazia wäre seiner Bitte gern nachgekommen, aber die Worte steckten in ihrer zugeschnürten Kehle fest. Von Anschar auf das Floß gezerrt, landete Veynaydro auf allen vieren. Er japste, und die ungewohnte Anstrengung zwang den Schweiß aus seinem Körper. Grazia wollte zu ihm laufen, aber sie wusste, das durfte sie nicht tun.

Anschar stand über ihn gebeugt. »Schneidet die Seile durch«, rief er den Männern zu. Er nahm das Messer in die linke Hand. In der anderen hielt er mit einem Mal einen Speer, als sei dieser ihm entgegengesprungen. Niemand rührte sich, jeder stierte nur.

»Die Seile durch!«, brüllte er und drückte die Speerspitze auf Veynaydros Nacken.

»Ihr Götter …«, keuchte einer der Männer. »Tut, was er sagt.«

Zwei hasteten zu den Stellen, wo das Floß an den Steinen vertäut war, und zerschnitten die Grasleinen. In Griffweite steckte Anschar den Speer zwischen die Stämme, nahm eine Stakstange auf und drückte sie gegen die Steine. Hatte Grazia eben noch den Eindruck gehabt, alles prassele nur so auf sie ein, schien sich die Zeit nun nehmen zu wollen, was sie versäumt hatte, so elend langsam glitt das Gefährt vom Ufer fort.

Einer der Sklavenfänger stand plötzlich auf dem Floß. Er zerrte an seinem Gürtel, um die Machete freizubekommen, und ließ den Blick wild zwischen Anschar und dem so gefährlichen Untergrund hin und her fliegen.

»Verschwinde!«, schrie Anschar. Mit der Linken streckte er ihm den Speer entgegen.

»Gib ihn heraus!«, kam es zurück. Ein Widerwort gab das andere; Grazia hörte die Männer sich anbrüllen, und im gleichen Augenblick, da sie es nicht mehr ertrug und das Ruder fahren lassen und die Hände an die Ohren pressen wollte, versank die Speerspitze im Leib des Sklavenfängers. Er taumelte nach hinten. Dunkelrot und von einem scheußlichen Geräusch begleitet, kam die Spitze wieder zum Vorschein. Seine Füße traten ins Leere; er fiel ins Wasser, das augenblicklich rot wurde. Geschrei aus einem Dutzend Kehlen kam vom Ufer. Oben auf dem Fels hatte mit einem Mal jemand einen Bogen zur Hand und spannte ihn. Grazia schrie, deutete hinauf. Anschars Speer schoss in die Höhe. Der Schütze sackte in die Knie; die Waffe entglitt ihm und klapperte an der Felswand entlang in den Fluss. Der Mann folgte, den Speerschaft mit beiden Händen umklammernd, nur wenige Augenblicke später. Kopfüber stürzte er ins Wasser.

Anschar legte sein Gewicht auf die Stakstange. Er zischte Grazia zu, sie möge sich anstrengen, das Ruder zu bewegen, was eine überflüssige Anweisung war, denn sie gab im Angesicht der Gefahr ihr Bestes.

Das Floß drohte sich um die eigene Achse zu drehen, und nun wollte sich auch das Sturhorn erheben. Grazia schob und zerrte am Ruder. Bleib ruhig, versuchte sie dem Tier in Gedanken zu befehlen. Endlich glaubte sie zu begreifen, wie sie das Ruder bedienen musste, um sich Anschars Bemühungen anzupassen. Das Floß glitt in die Strömung. Sie wartete darauf, dass ein Messer in ihren Rücken flog, doch die Männer am Ufer wirkten noch zu verwirrt von all den ungeheuerlichen Dingen, die sich binnen weniger Augenblicke zugetragen hatten. Und auch ihr war, als stürze sie in einen wilden Traum. Nur nach vorne schauen! Nur auf das Ruder konzentrieren …

Anschar stakte zusehends gewandter. Bald hatten sie die

erste Biegung hinter sich gebracht. Nun war nichts mehr von den Männern zu sehen, nichts zu hören, und dass sie ihnen durch die Wüste aus schroffem Fels unmöglich folgen konnten, wusste er nur zu genau. Er legte die Stange beiseite und übernahm das hintere Ruder. Wie es schien, drohte die einzige Gefahr von Veynaydro.

Der Nihaye kauerte noch immer auf dem Podest wie ein riesiger gestrandeter Fisch, das Gesicht in den Armen verborgen. Grazia selbst war imstande gewesen, jemandes Mund mit Wasser zu füllen, dass dieser sich dem Erstickungstod nahe glaubte – was vermochte ein Nihaye zu tun, der fast zweihundert Jahre Zeit gehabt hatte, seine Fähigkeiten zu vervollkommnen? Anschar hatte er nicht aufhalten können; vielleicht weil der in seinem Rücken gestanden hatte. Das würde nicht die ganze Zeit so bleiben.

Stunde um Stunde verstrich. Rasch hatte Grazia sich an die fremde Tätigkeit gewöhnt, und als das Segel sich straffte, zog sie das Ruder heraus und schob es unter den Aufbau. Sie stieg darauf, hockte sich nieder und wrang den klatschnassen Saum ihres Wüstengewandes aus. Auch die Füße waren nass, was sie auf dieser Etappe ihrer Reise vermutlich dauernd sein würden. Aber das Wasser fühlte sich nicht unangenehm an. Sie saugte am Saum. Salzig war es, aber nicht so wie richtiges Meerwasser. Und dabei glasklar; sie konnte bis auf den Grund blicken. Die Vorstellung, dass dies tatsächlich von dem Gott erzeugtes Wasser war, erschien ihr ungeheuerlich, aber wie sonst sollte es eine solche Unmenge von Wasser inmitten einer unwirtlichen Wüste geben?

Veynaydro hatte sich nicht gerührt. Sie berührte seine Schulter. Er hob den Kopf und offenbarte ein verweintes Gesicht.

»Es tut mir so leid«, sagte sie. »Aber Anschar wird dir nichts antun, das weiß ich. Ich – ich meine …«, fügte sie stotternd hinzu, da er sie so gramvoll ansah. »Ich meine, dass er dir nicht noch Schlimmeres antun wird.«

Sturzbäche ergossen sich aus seinen geröteten Augen. »Ich kann nicht weg, ich will nicht weg. Mir tut alles weh. Nie war ich fort.«

»Bitte klage jetzt nicht.«

»Was soll ich in Temenon? Ich will nicht nach Temenon. Und meine Kinder sind verwirrt ohne mich.«

Darauf wusste sie nichts zu sagen. Anschar hatte ihm Gewalt angetan, er aber hatte zugelassen, dass jene Männer, die er seine Kinder nannte, unschuldige Wüstenmenschen prügelten. Trotzdem empfand sie Mitleid.

»Ihr Wasservorrat reicht für Monate«, sagte Anschar. »Um sie musst du dir keine Sorgen machen, wir hingegen brauchen dich. Denn wir wissen nicht, wo wir in zwanzig Tagen sein werden.«

»Und wenn ich euch kein Wasser gebe?«

»Ohne uns wirst du nie zurückkehren können, also vergiss solche Überlegungen.« Anschar hatte sich auf seiner Bank niedergelassen und die Hand auf das Ruder gelegt. Sein angespannter Körper verriet sein Misstrauen gegenüber dieser unerhörten Fortbewegungsmöglichkeit. Das Floß war jedoch langsam; ein Mann hätte am Ufer bequem nebenher laufen können. Grazia stakste auf Anschar zu und setzte sich zu ihm.

»Woher wusstest du, dass er dich mit seiner Wasserkraft nicht überwältigen kann?«, flüsterte sie.

»Ich wusste es nicht, wie so vieles andere. Ehrlich gesagt hielt ich es für wahrscheinlicher, dass wir jetzt *nicht* hier sitzen würden.« Er schüttelte den Kopf und hob abwehrend eine Hand. *Mach mir keine Vorhaltungen*, erinnerte sie sich an seine Worte, als er einen der fremden Sklaven gepeitscht hatte. Niemand, sei es ein Sklave oder ein Nihaye, würde ihn davon abhalten, seine Mission zu erfüllen und seinem Herrscher zu beweisen, dass dieser Recht daran tat, ihm die Freiheit zu schenken. Aber sie sah in seinem düsteren Gesicht, in dem noch letzte Blutspuren klebten, wie schwer es ihm gefallen war, sie dieser gefährlichen Situation auszusetzen.

»Wäre es nicht besser gewesen, statt meiner Parrad mitzunehmen?«, fragte sie. »Er hätte wenigstens kräftig mit anpacken können. Du wusstest auch nicht, ob ich mit dem Ruder umgehen kann. Ich wusste es selbst nicht einmal.«

»Nicht? Und das war nun die eine Sache, an der ich nicht gezweifelt habe, denn ich dachte, eine Floßbauerin weiß das.«

Sie stöhnte auf. Er meinte es wirklich ernst. »Na schön, es ist ja gut gegangen. Aber du hast jetzt einen andern, der für Wasser sorgt, und somit, scheint mir, fehlt ein Grund für meine Anwesenheit.«

Er lachte heiser. »Und du hättest dich wegschicken lassen? Darüber brauchte ich erst gar nicht nachzudenken, mein Fräulein! Du sprichst das sowieso nur an, weil es dafür zu spät ist. Außerdem, wen soll ich fragen, wenn ich hier nicht mehr weiter weiß? Parrad? Der stolpert ja über seine eigenen Füße, wenn es schwierig wird. Ihn?« Er warf den Kopf hoch und musterte aus verkniffenen Augen Veynaydros zusammengesunkene Gestalt. »Nein, du gehörst an meine Seite. Du kennst doch die argadische Weisheit: ›Der Mann geht dorthin, wo es stürmt; die Frau begleitet ihn. Den Atem dazu, mehr braucht es nicht.‹«

»Merkwürdig, dass du trotzdem immer erst allein losziehen möchtest«, neckte sie ihn.

»Weil du gern die Finger nach dem Feuer streckst. Entweder schlag ich dir auf die Hand, trage das Feuer weg oder gehe mit hinein.«

»C'est la vie.« Sie wollte lächeln, aber Veynaydros Anblick brachte sie in die raue Wirklichkeit zurück. Sein Schniefen, seine erschöpfte Verzweiflung dauerte sie. »Veynaydro, willst du dich nicht zu uns setzen?«

Sein Gewicht schien den Nihaye niederzudrücken. Im Liegen krümmte er sich und rieb sich die Knie. Als er sich herumwälzte, klafften gerötete Fleischfalten auf. Hatte Grazia die Unmenge seines Schmucks schon eigenartig gefunden, wirkten all diese Edelsteine nur mehr grotesk. Ihr kam der Gedanke, dass es besser gewesen wäre, Biyu ebenfalls zu entführen, damit sie sich um ihren Herrn kümmern konnte.

Sie ging zu den Vorräten, langte nach einem der Beutel und holte einen Becher heraus. Dann berührte sie Veynaydros Schulter. »Ich habe Durst. Bist du so nett und füllst meinen Becher?«

Er rührte sich nicht. Abermals neigte sie sich vor, und überraschend schwappte Wasser auf ihren Schoß.

»Danke«, sagte sie leise und trank. Ihr Durst war so groß nicht, aber nun wusste sie, dass er gewillt war, seine Aufgabe zu erfüllen.

»Ich danke dir«, murmelte Veynaydro.

»Wofür?«

»Dafür, dass wenigstens du ein schlechtes Gewissen hast. Den fremden Wüstenmenschen will ich keinen Vorwurf machen, dass sie ihm dienten; es waren ja nur Sklaven. Aber dein Gefährte ist ein Unmensch.«

»Ich verstehe deinen Ärger, aber auch er tut nur, was er tun muss. Vielleicht hättest du an seiner Stelle nicht anders gehandelt.«

Er hatte sich nicht bewegt. Nun hob er abwehrend eine Hand und ließ sie auf die dicht aneinandergebundenen Stängel klatschen. »Du verteidigst ihn, weil du sein Weib bist. Das muss ich mir nicht anhören.«

Anschar wies auf einen der wenigen Wasserbeutel. Grazia brachte ihm das Gewünschte und wickelte die Schnürung ab.

Er hielt die Öffnung an die Lippen und ließ etwas von dem mageren Vorrat in seine Kehle fließen. »Du wirst darüber hinwegkommen, für eine Weile nicht mit deinem Thronstuhl verwachsen zu sein«, rief er seinem unfreiwilligen Gast zu. »Vielleicht bist du später sogar froh, ein wenig von der Welt gesehen zu haben.«

»Nein«, murmelte Veynaydro tonlos. »Ich ertrage das nicht. Ich ertrage es nicht, so liegen zu müssen. Eine Reise stehe ich nicht durch. Keine zwei Tage, keine zwanzig – oder noch mehr.«

»Das weißt du nicht. War dein Leben denn bisher erträglich, als du nur gegessen hast und eine Frau deinen Schwanz hielt? Wahrscheinlich wirst du uns hinterher für die Abwechslung dankbar sein. Und jetzt hör auf zu jammern.« Anschar gab den halb geleerten Beutel zurück. »Und füll das Wasser wieder auf.«

Grazia drehte den Hals des Beutels und kaute an einer Zurechtweisung. Am liebsten hätte sie Anschar eine Ohrfeige verpasst. Aber ihre Hand würde seine Wange ja nie erreichen! Da stand er auf, hob die Hände und schrie auf Veynaydro hinab: »Bitte! Ich bitte dich darum, wenn es das ist, was du von mir hören willst.«

Verdrossen ließ er sich wieder auf die Bank fallen und griff nach der Ruderstange.

»Ich habe dich gehört«, raunte Veynaydro. Unter ihren Händen fühlte Grazia den Beutel prall werden, bis die Nähte knirschten. Die kalt geäußerten Worte erzeugten eine Gänsehaut auf ihren Armen.

Der Abend nahte, eine Schattendecke legte sich über den Nil. Grazia hatte das Gefühl, in ein milderes Land übergewechselt zu sein, denn das aus ungeahnten Tiefen kommende Flusswasser kühlte die Luft. Sie streckte das Gesicht in den leisen Fahrtwind, lauschte dem Flattern des Segels, wenn sich eine Brise darin fing, dem Plätschern des Ruders, dem Schnauben des Sturhorns. Gemeinsam lenkten sie das Floß an einen schmalen Ufersaum, stiegen aus und beschwerten das Ankerseil mit Steinen. Anschar hob den Rock bis über die Hüften und kauerte sich nieder, sein blanker Hintern verschwand im Wasser. Veynaydro hatte sich die ganze Zeit kaum bewegt, und auch jetzt starrte er nur in den fahler werdenden Himmel. Grazia nutzte das Sturhorn als Sichtschutz und hüllte sich zusätzlich in ihren Mantel, dann kauerte sie sich breitbeinig hin und hielt einen Tontopf unter den Schlitz ihres Beinkleides. Sie hielt ihn schräg, damit kein Plätschern ihre Tätigkeit verriet. Irgendwann würde sie wirklich noch zu einer Wilden im Busch werden. Aber es war durchaus angenehm, in einer solchen Haltung nicht von den harten Kanten des Korsetts gequält zu werden. Den Topf tauchte sie in den Fluss. Wer würde jetzt dem Nihaye helfen, sich zu erleichtern? Anschar würde es nicht tun, und sie erst recht nicht. Allein der Gedanke!

»Hier kann man leicht nach oben klettern.« Anschar wies auf die natürlichen Stufen und Vorsprünge, die sich den ganzen Steilhang hinaufzogen. Er gürtete sich mit seinem Schwert und machte sich an den Aufstieg. Ein wenig bang sah sie seine schattenhafte Gestalt vor dem Hintergrund eines Himmels verschwinden, der leuchtete wie der Saft ausgedrückter Orangen. Aber er kehrte nach wenigen Minuten zurück, und das Floß erbebte unter seinen Schritten.

»Hast du Verfolger gesehen?«, fragte Grazia.

»Nein, in allen Richtungen gibt es nur dieses schwer überwindliche Gestein. Sollte man uns folgen wollen, dann nur über den Fluss. Aber selbst wenn sie es wagen, einige von den anderen Gräsern zu fällen, wird es ihnen wohl kaum gelingen, das Floß nachzubauen. Wir sind vor ihnen sicher, denke ich.

Und später, wenn wir die Rückkehr angehen, werden wir den Weg nehmen, den Siraia und Henon gegangen sind. Den wird man uns ja hoffentlich in Temenon beschreiben können.«

»Falls wir dort ankommen«, ergänzte sie.

Er legte den Finger an ihre Lippen. »Keine Zweifel jetzt. Wir waren schon schlechter dran.«

Trotz des noch hellen Himmelsbandes über ihnen wurde es hier unten rasch dunkel, so dass sie sich eilten, einige der aus Wurzelbrei und gedörrtem Fleisch gerollten Kugeln zu verzehren und das Sturhorn mit Gras und Wurzeln zu versorgen. Grazia kamen die seltenen motorangetriebenen Wagen in den Sinn, die sich ab und zu ins Stadtbild Berlins verirrten. So etwas wäre im sandigen Gelände sicherlich schwer zu handhaben, würde es einem aber ersparen, die Ausscheidungen zu beseitigen, die das Tier einfach fallen ließ. Glücklicherweise nahm es Anschar auf sich, sie mit einer Echsenplatte aus den Ritzen der Temechgräser zu kratzen und ins Wasser zu werfen. Veynaydro aß nichts; er zog es vor zu schlafen. Was aus seinem Schlund kam, erinnerte eher an Kettenrasseln als an Schnarchgeräusche.

»Schlimmer als ein ganzes Dorf voller Wüstenmenschen«, knurrte Anschar.

Sie half ihm, die Karte zu vervollständigen und Decken und Felle auszubreiten. In ihre Mäntel gehüllt, legten sie sich schlafen. Mehr denn je ersehnte sie seine Nähe und atmete erleichtert auf, als er sich an ihren Rücken bettete und seine Hand auf ihren Bauch legte. Aber schlafen konnte sie nicht. Die Friedfertigkeit, die über dem Fluss ruhte, täuschte nur darüber hinweg, in welcher Gefahr sie schwebten.

»Ich glaube nicht, dass Veynaydro sich so einfach ergibt«, wisperte sie.

Sie spürte, wie er sie dichter an sich drückte. »Ich glaube

nicht, dass er Schlimmeres zu tun vermag«, erwiderte er ebenso leise. »Und er hat gesehen, dass ich seinen Vater ehre.«

»Eure Götter sind merkwürdig. Inar und Hinarsya stellt ihr euch allmächtig vor, aber ihre Kinder sind wie Menschen, nur eben unsterblich und mit einer einzigen, besonderen Kraft ausgestattet. Darum ist der letzte Gott auch gefangen und könnte seinen Sohn gar nicht aufhalten.«

»Schau, er ist auf unserer Seite. Allein dafür habe ich ihn geehrt. Und es hätte ihn gefreut, hätte er gemerkt, dass auch du ihm Blut darbringst. Aber ich weiß ja, dass dein großer Gott das nicht erlaubt und du ihn nicht erzürnen willst. Versuch jetzt zu schlafen.«

Sie schloss die Augen. Sein Atem strich über ihren Nacken, so gleichmäßig und schwer, dass er wohl schon im Begriff war, einzuschlafen. Sie umschloss seine schlaffe Hand, ertastete die zerklüftete Oberfläche seines Brandmals. Eine Welle der Zuneigung brandete über sie hinweg; sie warf sich herum und umschlang ihn. Er brummte nur, wachte aber nicht auf, und sie wusste nicht, ob sie sich, da nur sie noch wach war, geborgen oder doch verlassen fühlen sollte. In ihrer Nase kribbelte es, unter ihren Augen, aber die Tränen wollten nicht kommen.

Lass mich nie mehr allein, dachte sie. Und als erspüre er ihre Not, hob er seine Hand an ihre Wange, ließ sie über ihren Hals gleiten und dann auf ihre Schulter sacken, reglos wie zuvor.

Als das Licht des Morgens in die Schlucht fiel, war Grazia überzeugt, kein Auge zugetan zu haben. Sofort lösten sie die Leinen und nahmen auf den Ruderbänken Platz. Nach einigen Stunden steuerten sie eine sandige Uferstelle an, wo sich die Schluchtwand leicht erklimmen ließ.

»Ich schaue nach, ob ich etwas erbeuten kann.« Anschar

wies nach oben. »Die pappigen Kugeln, fürchte ich, quillen mir sonst noch aus den Augen.«

Eine geschätzte Stunde später kehrte er mit zwei Schlangen zurück und baute sich über Veynaydro auf.

»Wie sind die? Beide essbar? Oder nicht?«

Der Nihaye blinzelte, als er den Kopf hob. »Beide«, murmelte er. »Die mit dem schwarzgelben Muster musst du lange im Wasser ausspülen. Die andere, die braune, lange braten, sonst kann man sie nicht kauen.«

»Dachte ich's mir, dass man dich mit Essen zum Reden kriegt.«

Auf dem Herweg waren oft Schlangen im Kochtopf gelandet, aber da hatten die Wüstenmänner sich um die Zubereitung gekümmert. Grazia widerte es an, aber sie wollte Anschar nicht allein die unangenehme Arbeit überlassen, auch wenn er sich als ehemaliger Palastküchenjunge nicht daran störte. Also machte sie sich daran, eines der Viecher der Länge nach aufzuschneiden, es auszunehmen, in Stücke zu schneiden und zu enthäuten, ganz so, wie sie es bei ihm beobachtete, nur dass er viel schneller war. Anschar entzündete in einer Steinschale ein Feuer. Dazu nutzte er Feuerstein und Zunder, um die wenigen Streichhölzer zu sparen. Er nährte es mit getrockneten Fladen, Gras und Stängelresten, die beim Bau des Floßes abgefallen waren, stellte Dreifuß und Pfanne darauf und schichtete Steine darum, damit die Schale fest stand.

»Nicht am Fett sparen«, warf Veynaydro ein. Grazia rümpfte die Nase. Das Fett stammte aus einem Beutel am Hinterteil einer Fettschwanzziege und roch gräulich, wenn es zerlassen wurde. Anschar schnitt eine dicke Scheibe ab, warf sie mit den Fleischstücken in die Pfanne und bewegte sie hin und her. Einige Stücke steckte er auf Stängelspäne. Grazia nahm einen und rutschte an Veynaydro heran. Der stierte abweisend in den Himmel, als bemerke er es nicht.

Alter Gnatzkopp, dachte sie und beschloss, ihm etwas vorzukauen. »Wie alt warst du denn, als du festgestellt hast, dass du Wasser machen kannst?«, fragte sie absichtlich mit vollem Mund. Dabei versuchte sie sich einzubilden, dass sie Aal in Gelee aß. »Bestimmt ganz früh. Das war sicher aufregend für einen Jungen.«

Er rührte sich nicht. »Kann mich nicht mehr erinnern.«

»Du fandest es nicht erschreckend? So etwas vergisst man doch nicht.«

»Woher willst du das wissen …«

»Soll ich's erzählen?«

»Grazia.« Anschar hob mahnend den Kopf, während er in der Pfanne rührte.

»Das Fleisch schmeckt wirklich gut«, sagte sie, bemüht darum, glaubwürdig zu klingen. Tatsächlich wurde es mit jedem Bissen erträglicher.

Aus Veynaydros Bauch kam ein Grollen. Trotzdem rührte er sich nicht. Es musste doch irgendetwas geben, das seine Lebensgeister weckte! Sie betrachtete ihren fast abgenagten Span. »Magst du eine Geschichte aus meiner Heimat hören? Du hast gesagt, dir gefällt so etwas.«

Er bewegte sich nicht. Den letzten Bissen kauend, stieß sie den Span in einen der Schlangenhautfetzen. Das Zickzackmuster sah wirklich bedrohlich aus. »Ich erzähle dir die Geschichte von Medusa. Die ist wirklich spannend. Und wenn sie dir gefällt, isst du etwas, ja?«

Aus der Pfanne zischte es. Anschar schob die Stückchen der zweiten Schlange auf die Späne. Und da Grazia satt war, hielt sie dem unfreiwilligen Gast den nächsten fetttriefenden Spieß vor die Nase.

»Die Geschichte ist eigentlich sehr schaurig. Sie trug sich auf dem Meer zu. Bei uns gibt es große Meere. Auf einem davon setzte ein Schiff auf eine Sandbank auf. Eine Sandbank bildet sich, wenn die Strömung den Sand zu einer Art Wall aufschiebt, der aber unter Wasser liegt und darum schwer zu erkennen ist. Das Schiff war eine Fregatte. Weißt du, bei uns gibt es unzählige Arten von Schiffen, und jede hat einen Namen. Es gibt sogar Schiffe, die unter Wasser fahren. Dieses Schiff hieß *Medusa*. Es steckte auf der Sandbank fest – kein Vor, kein Zurück, und das auf dem Meer! Also bauten die Männer aus langen Brettern ein Floß, das musst du dir viermal so groß wie unseres vorstellen. Sehr groß, nicht wahr? Aber darauf mussten zweihundert Menschen Platz finden. Sie kletterten darauf, stellten sich dicht an dicht, und als noch gar nicht alle vom Schiff herunter waren, war es so weit gesunken, dass das Wasser ihnen um die Hüften schwappte.«

Veynaydro drehte den Kopf nach ihr. Aus seinen Rosinenäuglein sprach Sorge. Schwimmen konnte er bestimmt genauso wenig wie sie. »Du weißt sicher andere Geschichten zu erzählen«, hörte sie Anschar murren.

»Findest du sie nicht spannend?«

Er blickte genauso sorgenvoll wie Veynaydro. Sie beschloss, einfach fortzufahren.

»Das Ufer war gar nicht weit weg. Es gab Boote, die das Floß hätten dorthin ziehen sollen, aber die kamen mit der Last nicht klar, kappten die Seile und ruderten davon. Und die Menschen auf dem Floß hatten kaum etwas zu essen und nur Wein zu trinken. Man stelle sich das vor!« Sie klopfte auf die Stängel unter sich. »Die standen alle so dicht gedrängt, bis an den Rand, dass sie sich kaum rühren und festhalten konnten. In der ersten Nacht sanken etliche entkräftet ins Wasser. Einige freiwillig; lieber wollten sie sterben, als sich diese Tortur noch länger anzutun.«

Der Nihaye stemmte die Hände auf das Floß und schob sich schnaufend in eine etwas aufrechtere Lage. »Du kennst Geschichten, die einem Übelkeit verursachen.«

»Oh, das wirklich Üble kommt erst noch. Die Menschen begannen sich gegenseitig zu töten, denn je mehr das Floß verließen, desto höher stieg es. Allerdings nicht hoch genug. Mord und Totschlag, und trotzdem blieben die Füße nass.«

Anschar war aufgestanden, hatte die Beine gespreizt und starrte hinunter, als könne ihr Floß jeden Augenblick das gleiche Schicksal ereilen. »Hättest du dir diese Geschichte nicht für die Zeit aufsparen können, wenn wir hier wieder herunterkommen?«

»Der Hunger auf dem Floß wurde so schlimm, dass man die Toten …«

»Grazia!«

Da hatte sie wohl den Bogen überspannt. Sie erhob sich, raffte das Wüstenkleid und ging zu ihm. »Ist ja gut. Ich kenne noch andere, harmlosere«, versuchte sie ihn zu beschwichtigen.

»Ich glaube nicht, dass ich sie hören will!«

»Alexander zum Beispiel überquerte den Euphrat …«

»Der schon wieder. Mir ist an dem Kerl nichts geheuer, schon gar nicht, wie er endete.«

Sie knurrte ärgerlich. »Was rede ich, du bist jetzt einfach nur dickköpfig.«

Sein Zeigefinger stieß gegen ihre Brust. »Ha, das sagt die Richtige! Dich könnte man übers Knie legen, und das Einzige, was dabei herauskäme, wäre eine gebrochene Hand!«

»Oh, du und dein Geschrei!«

»Hält dieses verfluchte Floß nun oder nicht?«

»Natürlich hält es! Ich wollte doch nur Veynaydro aus der Reserve locken. Und nicht dich!«

Er stutzte. »Ach so.«

Ein knallendes Geräusch ließ ihn herumfahren. Es war die Laufplanke, die unter Veynaydros Schritten erbebte. Er schwankte mit klirrendem Schmuck hin und her, während er ans Ufer wankte, hinab ins Wasser, bis er sich darin erleichtern konnte. Zurück schaffte er nur ein paar Schritte.

»Ich stecke fest«, verkündete er. Fast bis zu den Knien war er im Sand verschwunden. Anschar entschlüpfte ein leises Stöhnen, bevor er zu ihm watete und dem massigen Mann heraushalf.

8

Die Tage glitten dahin, so träge wie das Gefährt. Grazia kam sich wie ein alter Seebär vor, wenn sie morgens, bevor sie weiterfuhren, in den Mast eine Kerbe schnitzte. Meistens wehte kein Wind, so dass sie sich treiben ließen, aber sie lernten auch, mit dem Segel umzugehen. Schwieriger war es, das Floß anzulegen. Oftmals gelang dies nicht, so dass sie es bei der nächsten passenden Stelle versuchen mussten. Manchmal gelang es zu gut, und dann plagten sie sich stundenlang ab, es wieder flottzubekommen. Nur einmal, als sie geglaubt hatten, tatsächlich auf ewig festzusitzen, hatte Veynaydro unter den Stämmen ein Wasserpolster erzeugt. Das Floß war in Kürze zurück in den Fluss geglitten. Sonst ließ er sich jedoch nicht dazu herab mitzuhelfen; lediglich dem Füllen der Wasserbeutel kam er nach. Grazia konnte ihm seinen Trotz nicht verdenken.

»… siebenundzwanzig, achtundzwanzig. Fast ein ganzer Monat. Jo-ho, und 'ne Buddel voll Rum.«

Justus, du hättest an diesem Abenteuer viel eher deinen Spaß, dachte sie wehmütig. Der kleine Bruder hockte vielleicht in diesem Augenblick beim Klavierspielen, quälte sich mit Tonleitern und der strengen Lehrerin, während er von Jim Hawkins, Natty Bumppo und Huck Finn nur träumen konnte. Sie steckte das Messer weg und machte sich daran, dem Versteinerten Gras vorzuwerfen. Die Vorräte wurden langsam knapp. Sooft der Uferstreifen es gestattete, führte Anschar das Sturhorn aus, manchmal auch an sanfter ansteigenden Stellen hinauf in die Steinwüste, wo er alles an Felsengras schnitt, was er nur finden konnte. Auch Grazia nutzte jede Gelegenheit, sich zu bewegen. Nur Veynaydro beließ es bei seinen mühsamen Toilettengängen.

Auch jetzt lag er auf seinem Bett aus grasgefüllten Säcken, alle viere von sich gespreizt. Grazia ging zu ihm und rüttelte ihn an der Schulter. Seine Antwort war ein besonders lautes Schnarchen. Mit einem Tuch tupfte sie den Schweiß aus seinen Körperfalten, die inzwischen wund waren und nässten. Auch unter dem Schmuck, den er nicht ablegen wollte, hatte sich die Haut gerötet. Grazia dauerte sein Leid, in diesem Körper gefangen zu sein.

»Die Salbe ist fast aufgebraucht. Wir hätten Puder oder etwas in der Art mitnehmen sollen. Aber das konnte man ja nicht ahnen.« Sie riss Tücher in Stücke und stopfte sie vorsichtig in Veynaydros Körperfalten; anschließend band sie sie mit schmalen Streifen fest. »Das muss trocken bleiben.« Sie streckte den Rücken, drückte die Hände ins Kreuz und betrachtete ihr Werk. Veynaydro sah aus wie eine riesige Puppe, die man an den Gelenken verschnürt hatte, damit sie nicht abfielen.

»Gut, dass er so gern schläft, so ist er wenigstens auszuhalten«, erwiderte Anschar. Auch er war damit beschäftigt, Dinge zu tun, die ihm zuvor undenkbar gewesen sein mussten: Er besserte das Floß aus. Die Grasseile lockerten sich beständig, so dass sie mit Keilen gespannt oder ersetzt werden mussten. Mit einem Stein schlug er die Holzstücke fest. »Das zarte Fräulein, das du einmal warst, hätte ihn nicht angefasst. Du machst das wirklich gut.«

»Hätte auch nicht gedacht, dass ich einmal eine brauchbare Krankenschwester abgebe.«

»Ich wüsste nicht, weshalb du davon krank werden solltest.«

Sie zog die Finger durch ihre strähnigen, sandigen Haare, schnupperte daran und rümpfte die Nase. »Werde ich ja nicht, mir geht's gut. Puh. Abgesehen von all dem Dreck. Daran werde ich mich wohl nie gewöhnen.«

»Immerhin bleibt uns hier unten der Sand erspart. Es kommt Wind auf.«

Sie half ihm, das Segel zu spannen, und begab sich dann ans Heckruder, um zu paddeln, während Anschar das Floß vom Ufer abstieß. Inzwischen fiel es ihr leichter als zu Anfang, und sie war auf ihre kräftigen Arme sogar ein bisschen stolz. Langsam glitt das Floß in die Strömung. Er übernahm das Ruder, um zu steuern.

»Ich frage mich, was geschähe, würde der letzte Gott in genau diesem Moment entkommen«, sagte er unvermittelt, während er über die Schulter zurückblickte. »Würde der Fluss wirklich stillstehen? Und was täten wir dann?«

»Oje. Das sollte nicht passieren, dann bliebe uns ja nur das Segel.«

»Du hast einmal von Schiffen erzählt, die unter Wasser fahren. Könnten sie gegen die Strömung ankommen und in das Gefängnis des Gottes vordringen?«

»Vielleicht?«

Grazia lächelte in sich hinein, wie er so starrte, grübelte und schließlich ungläubig den Kopf schüttelte. Es gab nichts zu tun, also setzte sie sich an eine schattige Stelle und nahm den Roman von Fontane zur Hand. Den hatte sie nun viermal gelesen, die Seiten waren wellig und schmutzig. Irgendwo schlug sie ihn auf.

»Es ist am Ende das Beste, du bleibst, wie du bist. Ja, bleibe so. Du siehst gerade sehr gut aus. Und wenn es auch nicht wäre, du siehst so unvorbereitet aus, so gar nicht zurechtgemacht, und darauf kommt es in diesem Augenblicke an. Ich muß dir nämlich sagen, meine süße Effi …«, und sie nahm ihres Kindes beide Hände, »… ich muß dir nämlich sagen …«

»Aber Mama, was hast du nur? Mir wird ja ganz angst und bange.«

»… ich muß dir nämlich sagen, Effi, daß Baron Innstetten eben um deine Hand angehalten hat.«

Pfff, dachte Grazia und schloss das Buch. Veynaydro setzte sich schwer atmend auf und machte sich daran, sich vom Podest zu hieven.

»Entweder ist deine Gefährtin eine begnadete Lügnerin oder verrückt.« Breitbeinig schwankte er auf Anschar zu und plumpste neben ihm auf die Ruderbank. »Ich war ja bereit, ihr einiges zu glauben, denn immerhin sitzen wir hier auf diesem Ding, das sie ersonnen hat. Aber das Schiff unter Wasser ist ja wohl eine dreiste Lüge.«

»Ha! Da, wo sie herkommt, ist das alles ganz normal. Der Großkönig ihres Volkes soll ganz verrückt aufs Meer sein und Schiffe bauen lassen, die größer als Paläste sind. Ihm zu Ehren stecken die Leute dort ihre Kinder in Kleidung, die man eigentlich auf diesen Schiffen trägt.«

»Ist das Meer dort so groß, dass es solche Schiffe braucht?«

»Größer, als unseres gewesen war. Ich frage mich, ob uns der Nil vielleicht geradewegs zu den Resten unseres Meeres führt.«

Verstohlen beobachtete Grazia die Männer, beiderseits des Ruders sitzend. Anschars Handgelenk lag auf der Ruderstange, während Veynaydro vorgebeugt saß und angestrengt schnaufte. Ihm fehlte etwas, woran er sich anlehnen konnte, und er schien es schon zu bereuen, diese Anstrengung unternommen zu haben. Aus seinem Mund troff Wasser – er löschte seinen Durst auf die gleiche Art, wie Grazia es früher getan hatte. Allerdings hatte sie nicht hinterher solch imposante Rülpser ausgestoßen, dass selbst Anschar zusammenzuckte. Grazia steckte die Nase wieder ins Buch und lächelte in sich hinein. Hatte sich der unfreiwillige Gast endlich dazu entschlossen, ein wenig aufzutauen?

»Du warst schon in diesem Preußen?«, wollte er von Anschar wissen.

»Nein.«

»Und wirst du es dir irgendwann ansehen?«

Es kam keine Antwort. Grazia sah hin. Anschar war aufgesprungen, starrte geradeaus und machte ein dermaßen entsetztes Gesicht, dass sie erschrak. Was gab es da zu sehen? Sie fuhr herum. Da war nichts. Doch, die Schlucht war ein wenig schmaler geworden, der Fluss schneller, und was Anschar so erschreckte, waren, nun ja, Wellen.

»Hättest du uns nicht davor warnen können?«, schrie er.

»Wie denn?«, entrüstete sich Veynaydro. »Ich sagte euch doch, dass ich über diesen Weg nichts weiß.«

Der Fluss war jetzt immerhin so lebhaft, dass er das Floß anhob und ordentlich Wasser über ihre Füße spülte. Grazia zog die Knie an, klemmte das Buch dazwischen und drückte die Handflächen auf das Podest, um das Gleichgewicht zu halten. Anschar kämpfte mit dem Ruder, Veynaydro suchte vergebens Halt und rutschte von der Bank. Doch da war der kleine Spuk auch schon vorbei.

Aus Veynaydros Mund ergoss sich anderes als Wasser. Anschar stand hinter der Bank über das Ruder gebeugt; er starrte ins Wasser und schien darauf zu warten, dass auch er das letzte Mahl hergeben müsste. Zumindest war er recht bleich, als er sich wieder umwandte. »Grazia, lass uns anlegen«, rief er gepresst. »Ich brauche … Ihr Götter, nicht auch noch *das!*«

Ihr lag auf der Zunge, dass er sich um Himmels willen doch nicht so aufregen solle. Dann sah sie es selbst, und das Buch entglitt ihren Fingern. Der Nil hatte eine Biegung gemacht. Vor ihnen tat sich ein riesiger schwarzer Schlund auf, wie ein Maul, das sie mitsamt seiner Flusszunge zu verschlingen drohte.

Anschar drückte Veynaydro das Ruder in die Hand. »Halt das. Und, bei der Dreiheit, schlaf jetzt nicht ein!«

Mit drei langen Schritten war er bei dem Gepäck, fiel auf die Knie und wühlte in den Beuteln. Grazia stürzte zu ihm. Wo war nur das verflixte Streichholzetui? Mit fliegenden Fingern half sie ihm, die Sachen zu verstreuen, doch ihr Blick wurde immer wieder von dem drohend aufragenden Tunnel angezogen. Da hielt Anschar es in der Hand.

»Hilf ihm. Inar, hilf ihm!«

Sie brauchte einen Augenblick, zu begreifen, dass er nicht Inar meinte. Hastig raffte sie das Kleid und lief zur Ruderbank. Schon legte sich die Dunkelheit über das Floß wie ein alles erstickender Topfdeckel. Wohin, um alles in der Welt, sollte sie lenken? Sie hielt das Ruder fest und betete, das Richtige zu tun. Veynaydro keuchte ängstlich. Anschar fluchte. Das Sturhorn bewegte unruhig den Schwanz und stellte sich auf.

Das Streichholz kratzte wieder und wieder über die Zündfläche. Endlich flammte es auf. Erbärmlich klein war sein Lichtkreis, ein Funke im Höllenschlund. Anschar hielt ein Stück Stoff dagegen, der aufloderte. Mit der freien Hand legte er Scheite in die Feuerschale, darauf das Tuch. Die Felswände schälten sich aus der Schwärze. Das Sturhorn aber behinderte die Sicht nach vorn. Das tat es schon die ganze Zeit, doch störte es Grazia jetzt, denn die Felswände, obschon so weit voneinander entfernt wie zuvor, schürten ihre Beklommenheit.

Mit dem ausgelassenen Fett, weiteren Stoffstreifen und einem Ast hatte Anschar rasch eine behelfsmäßige Fackel in der Hand; mit ihr schritt er zum Bug.

»Nirgends ist etwas zu sehen, wo man anlegen könnte«, rief er. Seine Stimme hallte von den Wänden wider. Grazia sah, wie er sich die Fackel zwischen die Zähne steckte, um beide Hände für die Stakstange frei zu haben. Eine Weile tastete er den Grund ab, dann legte er sie beiseite und kehrte zurück.

»Der Fluss ist tief wie gewohnt, ich glaube nicht, dass wir uns vor Untiefen fürchten müssen. Nur vor einer weiteren überraschend auftauchenden Biegung.«

Die Fackel drückte er Veynaydro in die Hand und holte das Segel ein, denn hier wehte kein Lüftchen; den Versteinerten zwang er, sich hinzukauern. Grazia dachte daran, sich auf die Bank zu stellen, um über das Tier hinwegblicken zu können. Das schwarze Wasser war nur einen Schritt entfernt. Sie stellte einen Fuß auf die Bank, umschloss mit der einen Hand fest das Ruder und krallte die andere in Veynaydros Schulter. Beherzt stieg sie hoch und drehte sich. Wie spärlich der Lichtschein doch war! Und wie seltsam die Felsen jetzt wirkten, jede vorspringende Unebenheit schien sich im vorbeifahrenden Licht zu bewegen, Gesichter zu bilden, die drohend beobachteten, wer sich da in ihr Reich gewagt hatte. In den Rissen glitzerte es, wohl von Salzkristallen. Flechten bildeten rötliche, wilde Muster. Die Luft schmeckte salzig. Wann mochte zuletzt ein menschlicher Blick auf diese geheime Welt gefallen sein? War das je geschehen?

Unruhig schritt Anschar auf und ab. Er fertigte zwei weitere Fackeln, die eine befestigte er am Mast, die andere steckte er irgendwo in den Aufbau. Er hatte seine Bedenken gegen dieses Floß nie ganz ablegen können, aber der Weg durch die Dunkelheit schien ihn vollends nervös zu machen.

»Wenn dieser Tunnel nicht aufhört …«, hörte sie ihn murmeln.

»Dann sterben wir«, vollendete Veynaydro den Satz für sich, und das recht gelassen. Er lächelte, als erheitere ihn die Hilflosigkeit seines Entführers.

»Da vorne ist irgendetwas!«, rief Anschar. Grazia konnte nichts erkennen.

»Sicher ein Ungeheuer«, gluckste Veynaydro.

»Erzähl keinen Unsinn«, gab Anschar grollend zurück. »Hast du in diesem Wasser bisher auch nur einen Fisch gesehen? Wovon sollte es sich ernähren?«

»Mein Vater hat nichts, sich in seinem Gefängnis zu nähren, und doch lebt er dort seit Jahrhunderten. Auch der Schamindar jagt nur, weil ihn die Gier treibt, und nicht, weil er irdische Nahrung wirklich benötigt.«

Grazia wollte ihn bitten, damit aufzuhören, da schob sich ein Gebilde ins Licht. Es klebte an der Felswand, schwarz, mit rissiger, feucht glänzender Oberfläche. Wie das Überbleibsel eines verrotteten, zwei Meter großen Salamanders. Das vorbeiziehende Licht erweckte es wieder zum Leben. Grazia schauderte, denn es sah tatsächlich wie ein Ungeheuer aus, wenn auch kein allzu großes.

»Da ist noch eine von diesen Bestien«, rief Anschar. Kurz warf er einen misstrauischen Blick zu Veynaydro, der nur die Schultern zuckte. Grazia reckte den Hals. Da war nichts, nur die vom Fackellicht erhellte Wasseroberfläche. Doch, ein dunkler Schatten, diesmal im Wasser. Noch ein Tier? Langsam glitt das Floß näher heran. Der Schatten bewegte sich nicht. Aber dahinter war ein weiterer zu sehen, dann noch einer, in der Tat wie die Rücken tauchender Ungetüme …

»Bei der Dreiheit«, hörte sie Anschar raunen. »Was ist das nur? Es ist riesig.«

Er machte sich daran, die Schnüre zu lösen, die einen Speer am Podest hielten. Ein Knirschen zerschnitt die salzige Luft, und ein Ruck ging durch Grazias Körper, so dass sie fast von der Bank gefallen wäre. Das Floß stand still, gehalten von einem verborgenen Hindernis, dem Leib dieser Fabelgestalt.

Breitbeinig stand Anschar an der Floßkante, der Speer schwebte stoßbereit über seiner Schulter.

Grazia gab sich einen Ruck. Mochte sie auch leibhaftig den Schamindar gesehen haben – ganz so leicht wollte sie sich nicht ins Bockshorn jagen lassen. Sie stakste an den Rand und ging in die Knie. Was sie dort unten sah, kaum erkennbar, erinnerte sie an Sauriergerippe, die sie als Kind im Zoologischen Museum bestaunt hatte. Und so sah es auch aus: schwarze Rippenbögen lagen dort unten, einer ordentlich neben dem anderen. Aber da war noch mehr, zwei Flossen an langen Stielen, doch sie erinnerten eher an …

Anschars Hand packte ihre Schulter, bereit, sie zurückzuzerren. Ehe sie es sich versah, hatte sie die Hände ins Wasser geschoben.

»Du meine Güte. Es ist ein Schiff!« Bis zu den Achseln versanken ihre Arme im Wasser. Ihre Fingernägel kratzten über modriges Holz.

Anschar riss sie zurück. »Bist du von Sinnen? Ich sagte ja, es ist schlimm mit dir. Entweder hast du unnötige Angst, oder du langst zu, wo kein vernünftiger Mann hingreifen würde.«

»Sieh doch!« Sie hielt einen Span in der Hand, schwarz wie ein Kohlestück.

»Was ist das?«

»Holz! Einfach nur Holz.« Sie lachte und rieb sich die schmerzende Schulter, wo er zugepackt hatte. »Verstehst du denn nicht? Da unten liegt ein Schiff!«

»Weshalb soll denn hier ein …« Erkenntnis stahl sich in seine Augen. »Du meinst, das da sei eines der Schiffe, die damals nach Temenon segelten?«

»Es ist der Weg nach Temenon, oder nicht? Womöglich ist die Flotte jedes Mal hier durch diesen Tunnel gefahren.«

Er kniete neben ihr und legte äußerst zögerlich den Speer vor sich ab. »Ich habe zwar nur eine grobe Vorstellung davon, wie ein Schiff aussieht, aber doch ganz bestimmt nicht so.«

»Es liegt ja auch Jahrhunderte im Wasser. Ein Wunder, dass überhaupt noch so viel davon übrig ist. Wer weiß, wie viele Spuren jener Menschen, die damals mit untergingen, da unten noch zu finden sind? Ich brauche Licht.« Sie nahm eine der Fackeln an sich und kniete wieder am Rand des Floßes. »Jetzt müsste man tauchen können.«

»Du bist imstande und tust es«, rief Veynaydro von seinem Sitzplatz her.

»Das fürchte ich auch«, knurrte Anschar. Immerhin ließ er zu, dass sie sich ein Stück vorbeugte. Als sie sich nach etwas hell Schimmerndem streckte, hielt er sie an der Taille fest. Was sie ertastete, war eine Tonscherbe. Vorsichtig löste sie sie ab und fuhr mit den Daumen darüber, um sie zu säubern. Da, klebte da nicht auch ein Henkel am Holz?

»Du zitterst«, sagte Anschar.

War das verwunderlich? Sie machte eine archäologische Entdeckung! »Das hier ist ungefähr so, als hätte man in meiner Welt ein Schiff gefunden, das nach Troja gesegelt war. Du erinnerst dich an Troja? Die tausend Schiffe, die …«

»Ja, ja, wie könnte ich nicht. Jetzt ist es aber genug.« Kurzerhand zog er sie zurück. »Wir müssen weiter. Jede Stunde, die wir hier Zeit und Fackellicht vergeuden, könnte uns am Ende fehlen. Komm, hilf mir.«

Er nahm die Stakstange, stocherte damit im Wasser herum und versuchte das Floß von dem Wrack wegzudrücken. Derweil bemühte sich Grazia, kräftig zu rudern. Doch all das bewirkte nichts. Anschar kniete sich rücklings am äußersten Rand hin. Er atmete schwer, musste sich erst überwinden, den Fuß in den Fluss zu stecken und nach dem Hindernis zu tasten. Schließlich stand er mit beiden Beinen irgendwo auf dem Schiffsrumpf. Das Wasser umspülte seine Knie. Zunächst versuchte er das Floß mit den Händen wegzudrücken, dann mit der Stakstange herunterzuhebeln, vergebens; eher drohte sie zu brechen. Gereizt warf er sie aufs Floß. »Veynaydro, könntest du dich wohl nützlich machen?«

Kaum hatte er die Worte ausgestoßen, bäumte sich um ihn eine Welle auf, die das Floß löste und ihn umriss. Er fand Halt am äußeren Stamm und hatte sich bereits hochgezogen, als Grazia noch vor Schreck die Hand auf ihren Mund presste. Sie wartete, dass sein Zorn auf Veynaydro niederprasselte, doch er starrte ihn nur finster an.

Sie fanden einen breiten Uferstreifen, an dem sich bequem anlanden ließ. Sand gab es hier keinen, dafür feinen Kies. Es war angenehm, barfuß darauf zu laufen. Ein schmaler Weg führte ins Freie. Anschar sattelte das Sturhorn und brachte es hinauf. Grazia lief hinterher, denn der sanft ansteigende Abhang ließ sie hoffen, dass sich die Landschaft draußen verändert hatte. Doch beim Anblick der mehrere Meter hohen Gesteinsbrocken ließ sie enttäuscht die Schultern hängen. In jede Richtung konnten sie nur ein paar Schritte laufen.

Grazia kehrte in den Tunnel zurück und kletterte aufs Floß. Sie beschloss, ihre Habseligkeiten vor sich auszubreiten, zum sicherlich hundertsten Mal. Alles, was sie von dieser eintönigen Reise ablenken konnte, war ihr recht. Flüchtig kam ihr der Gedanke, dass sie sich zu einer früheren Zeit Friedrich herbeigesehnt hätte, damit er die Fundstücke mit seinem enormen Fachwissen begutachten könnte. Inzwischen fiel es ihr schwer, sich ihren früheren Verlobten mit dem dunkelblonden Haar und dem Schnauzbart vor das innere Auge zu rufen. Stattdessen dachte sie an ihren Vater – oh, wie gern hätte sie ihm dies alles gezeigt. Sie stellte sich vor, wie er die Scherben aneinanderhielt und darüber sinnierte, was die rote gewundene Linie bedeuten mochte. Es konnte der Arm eines Oktopus sein. Oder einfach ein Fisch? Eine Wasserpflanze? Eine bläuliche gewellte Linie deutete an, dass sich die Szene im Meer abspielte. Die Argaden liebten das verlorene Meer, obwohl sie all ihr Wissen darüber verloren hatten.

Ein Ächzen riss sie aus ihren Gedanken. Veynaydro schob sich halb auf der Seite liegend an den Rand des Floßes und hob, von ihr abgewandt, seinen Wickelrock. Es plätscherte. Als er sich wieder auf den Rücken sinken ließ, war der Stoff nass. Sein ganzer Körper schien wie mit Wasser übergossen. Aus seinem Mund sprudelte Wasser: Er badete, er trank, und Grazia spürte wieder den Stachel der Sehnsucht nach ihrer Gabe. Aber auch die Furcht vor dem, wozu er fähig war.

»Sag, konntest du dich wirklich nicht gegen Anschar wehren?«, fragte sie.

Er wandte den Kopf nach ihr. Rinnsale sickerten aus seinem Mundwinkel und versiegten. »Hast du Angst?«

»Ja.«

Er gab keine Antwort. Seine schweren Lider sanken hinab. Grazia legte die Scherben, den orangefarbenen Blutstein und die Bronzeklinge, die Ralaod in der Höhle gefunden hatte, und auch ihre Kaloderma-Dose zurück. Dann holte sie aus ihrer Grastasche das Stoffetui mit ihrem Schmuck. Auch diesen begutachtete sie, polierte ein wenig die blauen und goldenen Perlen und Tierköpfchen und den Ohrreif und prüfte, ob jedes Häkchen und jede Öse unversehrt waren. Es half ein wenig, die Gefahren, welcher Art auch immer, auszusperren.

»Du hast mich gefragt, ob es vorkam, dass ich kein Wasser

machen konnte«, sagte er unvermittelt. Sein Blick hing verloren an der Tunneldecke. »Einmal war es so … ja, einmal.«

Sie lauschte und wartete darauf, dass er weitersprach.

»Ich habe gesagt, ich hätte nie jemanden ausgeschickt, meinen Vater zu suchen. Das stimmt auch, aber einer meiner Enkel fand ihn. Ich weiß nicht mehr, wie lange es her ist, hundert Jahre vielleicht. Zufällig war er auf den Zugang gestoßen, in einer Schlucht, ähnlich wie unsere, nur viel kleiner. Dort unten wucherte groß und knotig das Felsengras, als wüsste es nicht, was anfangen mit dem vielen reinen Wasser. Es füllte die ganze Schlucht und täuschte über die Tiefe hinweg; er stieg hinein, um einige Wurzeln zu reißen, und fiel … Er fand einen Gang und stand plötzlich unter einer Schicht, die klar wie Wasser war, aber fest wie Glas. Und dahinter kniete der Gott.«

Wie Alice im Wunderland, dachte Grazia. In ihren Fingern lag vergessen der Schmuck.

»Er kehrte zurück, berichtete davon, und ich machte mich auf, den Gott zu sehen. Damals waren meine Knochen noch nicht so schwer. Mein Vater sah mich an, als erflehe er meine Hilfe. Ich schlug auch mit einem Messer gegen die Barriere, brachte ihr aber nicht einmal einen Kratzer bei.«

Er verfiel wieder in Schweigen, und sie wartete angespannt. Anschar mochte jeden Augenblick zurückkehren und Veynaydro kein Wort mehr sagen.

»Er weinte«, sagte er stockend. »Er … starrte mich an und … weinte. Ich habe nie ein unglücklicheres Gesicht gesehen.«

Veynaydro tat es auch. Er hob einen Finger an die Augen und wischte unbeholfen die Tränen fort. Bedauerte er wirklich das Schicksal des Vaters? Oder seines? Oder sehnte er sich nach seiner Biyu? »Sein Gesicht verfolgte mich im Schlaf. Zwei Tage wollte ich deshalb nicht die Augen zumachen.

Immer wieder sah ich ihn vor mir, wie er hinter dieser Glasschicht auf mich herabstarrte. Es quälte mich so sehr, dass mir das Wasser ausging. Wochenlang. Viele meiner Kinder starben. Ich nicht, weil sie das wenige, was sie hatten, mir gaben. Danach ließ ich die Zisterne bauen.«

Ihr stockte der Atem, ungläubig, weil er dies mit so wenigen Worten schilderte. »Ich …«, sie räusperte sich, verlegen den Schmuck befingernd. »Ich weiß nicht, was ich dazu sagen soll. Es klingt schrecklich.«

»Es ist lange her.«

Von oben hörte sie Geröll herabpoltern. Anschar war auf dem Rückweg. Veynaydro hob den Kopf. Ächzend wälzte er sich auf die Seite, dann auf den Bauch. Es sah aus, als wolle er zu ihr robben. »Ich hätte mich gegen ihn wehren können, hätte er mich nicht so erschreckt. Sieh her!« Er streckte einen Arm vor. Ein Wasserstrahl sprudelte aus seiner geöffneten Handfläche senkrecht in die Höhe. Derartige Spiele kannte sie, das hatte sie selbst vermocht, aber wie konnte man damit jemandem Schaden zufügen? Da glättete sich der Strahl und spitzte sich zu. Auf seiner Hand schwebte eine fingerdicke, gläsern wirkende Nadel. Veynaydro stemmte sich mit der anderen Hand ein Stück hoch und schleuderte sie von sich. Die Nadel fuhr in den Mast, blieb dort stecken. Grazia reckte sich danach, doch die Nadel schwand, bevor sie sie greifen konnte. Wasser troff von ihren Fingern.

Ein Schatten fiel auf das Floß, als das Sturhorn den Hang herabkam. Grazia neigte sich Veynaydro zu. »Du darfst ihm nichts tun!«, flüsterte sie. Er brummte nur, so dass sie an ihn herankroch und ihn an der Schulter rüttelte. »Versprich es mir.«

»Ich bin müde. So müde.«

»Schwöre es mir bei deinem Vater!«

Es war zu spät, Anschar war zurück. Er führte das Tier an eine bequeme Stelle und band es an einem großen Stein fest.

Hastig verstaute sie den Schmuck in ihrer Tasche und half ihm, die geschnittenen Grasbündel vom Sattel zu knüpfen und zu häkseln. Jede Ablenkung war ihr jetzt recht.

»Ich lösche das Licht«, sagte Anschar. Die undurchdringliche Dunkelheit des Tunnels legte sich über sie wie eine Schicht aus flüssigem Gips. So musste es sich anfühlen, lebendig begraben zu sein. Sie schloss die Augen – es machte keinen Unterschied. Plötzlich wurde ihr das Atmen zu einer mühsamen Anstrengung. Der Schweiß brach ihr aus allen Poren, ohne dass sie hätte sagen können, wovor sie sich fürchtete. Vor dem Unbekannten, das sie nicht sah? Oder doch Veynaydro? Sie setzte sich auf, tastete nach Anschar und erschrak, weil sie ihn nicht fand.

»Das ist schrecklich«, flüsterte sie.

»Stimmt.« Er war ganz nah. Seine Hand ertastete ihren Arm, schien ergründen zu wollen, warum sie nicht lag.

Während sie überlegte, ob sie um ein kleines Feuer bitten oder raschen Schlaf erhoffen sollte, begann der Versteinerte zu brummen und zu scharren. Ein donnerndes Röhren hallte von den Wänden wider. Anschar fuhr hoch; sie hörte seine Schritte. Kurz darauf flammte ein Span auf. Er entfachte ein kleines Feuer in der Schale, trug sie ans Ufer, und sofort beruhigte sich der Versteinerte wieder. Veynaydro, der auf dem Floß lag, war nicht aufgewacht. Als Anschar sich wieder hinlegte, versuchte Grazia die Sorge aus seinem harten Gesicht zu wischen. Sie sah, wie er sich ein beruhigendes Lächeln abzuringen versuchte, aber es gelang ihm nicht. Trotzdem schlief sie erleichtert neben ihm ein. Und erwachte gleich darauf wieder. Er hatte sie sanft gerüttelt.

»Komm, es geht weiter. Du kannst auf dem Floß noch ein bisschen die Augen zumachen, nachdem du mir beim Ablegen geholfen hast.«

Sie war todmüde und überzeugt, bestenfalls ein paar Minuten geschlafen zu haben. Das heruntergebrannte Feuer belehrte sie eines Besseren. Benommen sah sie zu, wie Anschar das Sturhorn aufs Floß führte und dann die Steinschale zurück an ihren Platz trug. Grazia begab sich achtern ans Ruder, während er das Floß abstieß und dann mithilfe des vorderen Ruders das Gefährt zurück in die Strömung brachte. Aufrecht blieb er stehen; ihr hingegen drohte der Kopf auf die Brust zu sacken.

Wie lange sollte es so weitergehen? Wie lange wollte Anschar mit dem allernötigsten Schlaf auskommen, um sie alle so rasch wie möglich durch den Tunnel zu bringen?

»Wir könnten ganz am Anfang sein und wissen es gar nicht«, sagte sie.

»Nein, denk nach«, widersprach er. »Die argadischen Schiffe gelangten nach Temenon, das wissen wir. Also muss das hier in absehbarer Zeit ein Ende haben.«

»Die waren aber besser ausgerüstet.«

Er hakte das Ruder ein und setzte sich zu ihr. »Siehst du das dort vorne? Auf der linken Seite? Jetzt wissen wir immerhin, dass es Nacht ist.«

In der Tunneldecke klaffte ein Spalt. Grazia legte den Kopf in den Nacken und saugte den Anblick des sternenbedeckten Himmels in sich auf. Nur ein Streifen, aber eine willkommene Erinnerung daran, dass es dort draußen noch eine Welt gab. Sie versuchte die Sterne zu einem ihr bekannten Bild zusammenzufügen, aber es war schwierig, denn der Spalt war schmal. Aber da huschte einer der Monde vorbei, der größere des Inar. Grazia fühlte sich in sein rötliches Licht getaucht. Und getröstet. Da Anschar das Ruder nicht bewegte, begann sich das Floß zu drehen, und sie konnte das schwache Licht, das auf die Wasseroberfläche fiel, noch eine Weile betrachten.

»Das sieht allerdings auch interessant aus«, riss er sie aus ihrer Abwesenheit. Er hatte sich umgedreht und ruderte, um das Floß auf Kurs zu halten.

»Interessant?« Ihre Müdigkeit verflog. »Das ist ja unfasslich.«

Hoch oben auf einem vorspringenden Sims lag ein zweites Schiff. Fast wie angenagelt hing es in der Felswand. Auch dieses war nur ein geborstenes Wrack, lang und schmal und ansonsten kaum erkennbar, wie die Form beschaffen war. So etwas wie einen Rammsporn schien es nicht zu geben; so weit war die technische Entwicklung nicht gediehen. Ein von Salzkristallen erstarrter Fetzen hing herunter wie ein Sintervorhang in einer Tropfsteinhöhle. Am liebsten hätte sich Grazia danach gestreckt, um nach einem Zipfel zu greifen. Aber es war viel zu weit weg, und insgeheim sagte sie sich, dass es eine Schande wäre, dieses faszinierende Gebilde zu beschädigen.

»Dort ist noch ein Spalt«, sagte Anschar. Aus seiner erschöpften Stimme sprach die Hoffnung, dass diese klaffenden Öffnungen das baldige Ende des Tunnels ankündigten. »Und es kommt mir so vor, als sei die Strömung stärker. Ob das ein gutes Zeichen ist, möchte ich allerdings bezweifeln.«

Rascher ging es voran, weitere Öffnungen in die Freiheit taten sich auf. Das Licht, das sie einließen, wurde zusehends heller. Grazia sehnte sich danach, den Kopf hinauszustrecken, sich umzuschauen, wie die Landschaft draußen beschaffen war. Vielleicht würde sie ja Zelte oder sogar Gebäude entdecken? Eine Hochebene? Menschen! Aber es half nichts, nirgends ließ sich anlegen. Und wo es möglich schien, waren sie schneller daran vorbei, als sich gegen die Strömung anrudern ließ.

Ein Zischeln und Gurgeln weiter voraus ließ Grazia aufmerken. Anschar entzündete eine Fackel, lief nach vorne und hielt sie vorgestreckt, doch der Lichtkreis reichte nicht weit. Schließlich verankerte er die Fackel griffbereit im Podest und kehrte zum Ruder zurück. »Lass uns um der Götter willen zusehen, dass wir anlegen. Mir geht die Fahrt jetzt viel zu schnell.« Er starrte Veynaydro, der im Schneidersitz an den Mast gelehnt dasaß, fragend an, als überlege er, ob dessen Wasserkraft helfen könne, ans Ufer zu gelangen. Veynaydro erwiderte den Blick.

Er lächelte. Und plötzlich wusste Grazia, dass es keinen Grund mehr gab, sich vor ihm zu fürchten – er würde endlich tun, wonach es ihn schon die ganze Zeit drängte.

Der Fluss begann um sich zu schlagen. Wellen brandeten auf, Wasserfontänen brachen zwischen den Stängeln hervor. Das Floß hob sich, sackte nieder und knarrte bedrohlich. Alles geriet ins Wanken, nur der Nihaye saß wie unbeteiligt. Seine Augen waren gerundet, sein Blick nach innen gerichtet. Seine Lippen bewegten sich, als spreche er Flüche aus. Zu hören war in all dem Tosen nichts.

Grazia war auf die Knie gefallen und suchte irgendeinen Halt. Anschar tastete sich zum Versteinerten vor, der wild an seinen Stricken zerrte. Er versuchte das Tier niederzuhalten. Zugleich schrie er Veynaydro an und deutete voraus. Grazia wischte sich die nassen Strähnen aus dem Gesicht, um zu begreifen, wovor er warnte. Der Fluss endete, wie er begonnen hatte: Er verschwand im Fels. Die Wellen stauten sich an der Kante des Schlundes und gischteten meterhoch auf.

»Was immer du da tust, lass es sein!«, schrie Anschar. Veynaydro gab keine Antwort. Das Sturhorn stampfte auf, sein Schwanz peitschte gegen die Gepäckbeutel. Einer löste sich und tanzte mit der Erschütterung dem Rand des Floßes entgegen.

Der Beutel mit der Dose und dem Schmuck! Grazia sah nur noch die Schnur über die Rundungen der Stämme huschen. Der Länge nach warf sie sich hin, griff nach der Schnur, die ihre Finger nur streifte. Sie tauchte den Arm ins Wasser, aber es war zu spät. Nein, o nein!, dachte sie und reckte sich weiter vor. Hinter ihr brüllte Anschar; sie ahnte, dass sein Geschrei ihr galt, aber da kam ihr schon die aufgewühlte Wasseroberfläche entgegen. Kälte und Nässe schlugen über ihr zusammen. Sie fand sich im nachtschwarzen Gefängnis des Wassers wieder; es zerrte an ihren Füßen, an ihren Kleidern, an ihrem Haar. Grazia schlug und strampelte. Ein fester Griff hielt sie plötzlich am Handgelenk. Ihr Kopf geriet über Wasser. Anschar ragte über ihr auf und versuchte sie zu packen. Aber er schien selbst Mühe zu haben, sich auf dem lebendig gewordenen Floß zu halten. Aufkeuchend streckte sie sich ihm entgegen. Er hob sie hoch.

Wasser war in ihre Kehle gekommen. Sie musste so kräftig husten, dass sie alles um sich herum nur verschwommen und wirr sah. Oder entsprach dieses Chaos der Wirklichkeit? Das Floß drohte in mehrere Teile zu zerbrechen, der Podestaufbau war bereits ein Trümmerhaufen, in dem Veynaydro hockte und seine Kraft wirkte. Lose Grasseile zappelten auf den Wellen. Die Feuerschale war fort; auf dem Weg in die Tiefe hatte sie ihre Asche verloren, die nun wie ein grauer Brei auf den Stämmen pappte. Der Versteinerte zerrte an seinen Fesseln und schlug mit dem Schwanz um sich. Der Mast brach aus seiner Verankerung, was dem davor sitzenden Nihaye nur ein Stirnrunzeln entlockte. Ein zweiter Hieb fegte dünnere Stängel herunter. Ein dritter klatschte gegen Anschars Kopf.

Er schlug der Länge nach hin, rollte auf den Rücken. Seine Augen waren geschlossen. Nicht auch das noch, dachte Grazia verzweifelt. Unter ihm begannen die Stämme auseinanderzudriften.

Sie rief ihm zu, er möge aufwachen; gleichzeitig ergriff sie ein Seil. Ohne dass ihr wirklich bewusst wurde, was sie tat, schlang sie es um den Rest des Mastes und kroch mit dem anderen Ende auf Anschar zu. Ihr klatschnasses Wüstenkleid schlang sich schwer um ihre Beine; mit den Füßen geriet sie zwischen die Stängel, aber sie nahm es kaum wahr. Ihre Augen brannten von dem salzigen Wasser, aber auch das war bedeutungslos. Mit zittrigen Fingern versuchte sie das Seil um seine Achseln zu winden, während sein Unterkörper ins Wasser sank. Schneller! Es gelang ihr nicht. Vor ihren Augen verschwand er. Sie konnte nur noch nach seinen Zöpfen greifen und krallte die Finger beider Hände hinein. Sie würde nicht loslassen. Niemals!

Eine Welle hob Anschar zurück aufs Floß. Mit halb geschlossenen Augen tastete er um sich, fand Halt, zog sich mit ihrer Hilfe hoch. Sie bebte vor Erleichterung, doch hatte sie Grund dazu? Was kam als Nächstes? Anschar kauerte auf allen vieren. Grazia kniete neben ihm, hatte die Arme um seine Brust geschlungen und spürte, wie sie sich heftig hob und senkte.

»Es ist der Götter Wille, dass wir nach Temenon gelangen«, stieß er hervor, warf seine nassen Zöpfe zurück und funkelte Veynaydro zähneknirschend an. »Wie willst du vor ihnen rechtfertigen, dass du uns und dich umgebracht hast?«

Der Nihaye blieb ruhig. Wie ein Buddha hockte er da, als gehe ihn das alles nicht das Geringste an. »Wenn ich vor der Totenrichterin stehe, werde ich ihr sagen, dass zweihundert Jahre nicht zu ertragen sind, wenn man im Grunde nur ein Mensch ist. Ich freue mich darauf, ewig zu schlafen. Vielleicht sollte ich dir dankbar sein. Da du mir aber zutiefst zuwider bist, bin ich es nicht.« Er wandte den Blick Grazia zu. »Um dich tut's mir leid.«

Anschar sprang auf und ergriff eine Fackel, die in einem Rest des Aufbaus steckte und wie durch ein Wunder noch nicht erloschen war. Das feurige Geschoss prallte an der von Wasser umhüllten Brust des Nihaye ab und verglühte zischend. Erneut erhoben sich die Wellen gegen das Floß.

Grazia wollte ihn anflehen, doch das wie von unsichtbarer Hand geführte Wasser klatschte ihr ins Gesicht und riss die Worte von ihren Lippen. Der schwarze Tunnelschlund kam mit atemberaubender Geschwindigkeit näher. Das Sturhorn drehte sich um die Achse und brüllte, dass es von den Wänden widerhallte und an ihre Ohren brandete. Endlich gelang es ihr, zu schreien. Es würde gewiss das Letzte sein, was sie von sich gab. Sie wollte Anschars Namen rufen, sich nach ihm strecken, ihn umfangen, um sicherzugehen, dass er im Tode noch bei ihr war. Aber die Welt schien sich von oben nach unten zu kehren. Wo sie war, wo die Felsen, der Fluss und der schmale Streifen des Himmels, das alles war wie ineinandergeknetet, wie eine Kugel, die nun fortrollte, und sie mitten darin.

Ein monströses Krachen riss sie in die Wirklichkeit zurück. Anschar hielt ein Messer in der Hand. Er schnitt die Leine durch, die das Sturhorn gefangen hielt, packte mit einer Hand die Zügel, mit der anderen umschloss er ihr Handgelenk. Das Tier sprang einer der seitlichen, sich ins Freie öffnenden Felsspalten entgegen.

Das Holz zu Grazias Füßen war fort, das Floß geborsten. Ihr Körper schlug gegen den Fels. Sie hing an Anschars Hand, ihre Füße strampelten in der Luft. Unter ihr der Fluss, er rauschte und toste und wollte sie hinabzerren. Einzelne Grasstängel tanzten auf dem Wasser, wurden von der Wand verschlungen. Wie ein aufgesperrtes Maul schien die Schwärze nach Nahrung zu gieren. Noch immer saß Veynaydro auf dem Rest des Floßes. Er riss die Arme hoch und kreuzte sie vor dem Gesicht, sein Schädel schlug gegen die Kante der Öffnung, dann war er fort. Gellend schrie Grazia auf, als sie begriff, dass die Wand auch sie verschlingen würde, sollte sie fallen. Über ihr sah sie Anschar, der den Kopf in den Nacken geworfen hatte. Auch er brüllte, jedoch waren es Befehle, gerichtet an das Sturhorn, das die Hufe in den Fels geschlagen hatte und sich hinaufkämpfte. Anschar hatte seine andere Hand in das von ihrer beider Gewicht verdrehte Halsgeschirr verkeilt. Mit den Füßen suchte er Halt im Fels, um den Zug zu mildern.

»Hoch! Hoch!«, schrie er, und das Tier röhrte, als wolle es ihm tatsächlich antworten.

Die Gewissheit, dass sie es nicht schaffen würden, ließ Grazia erlahmen. Ihre Finger wurden schlüpfrig.

Anschar sah zu ihr herunter; er schien sie mit den Augen, schmal in dem vor Anstrengung verzerrten Gesicht, halten zu wollen. Seine rissigen Fingernägel bohrten sich in ihre Hand; den Schmerz spürte sie kaum. Sie wartete einfach ab. Lauschte dem Kratzen der Krallenfüße. Dem Schnaufen des Tieres. Dem Wasser, so viel leiser als zuvor. Täuschte sie sich, oder gelangten sie weiter hinauf? Anschar stöhnte auf, als er über den Felsen geschleift wurde. Seine Beine bewahrten sie davor, dass es ihr genauso erging. Dann waren sie oben. Das Sturhorn galoppierte über die Ebene. Sand spritzte auf. Anschar verfluchte schreiend das Tier, dann endlich gelang es ihm, die Finger aus dem Geschirr zu lösen.

Grazia blieb auf dem Rücken liegen. Unter den Fingern ertastete sie Sand. Sie drehte den Kopf. Anschar lag bäuchlings neben ihr, hatte sich auf die Ellbogen gestützt und rang nach Luft. Jäh fuhr er hoch und neigte sich über sie. Prüfend strich er ihr übers Gesicht und über die Arme, wohl auf der Suche nach einer Verletzung, aber dann war er es, der schmerzerfüllt die Augen zusammenkniff.

Sie setzte sich auf. Sein Hemd war an der Seite zerfetzt, darunter die Haut aufgeschürft. Er tastete sich ab, um den Schaden zu begutachten, konnte aber nur stöhnen. »Meine Arme fühlen sich an wie aus den Schultern gerissen. Wie geht es dir?« Mühsam entledigte er sich des Hemdes, knüllte es und wischte es über seine Wunden.

»Weiß nicht … Mir sitzt der Schreck noch zu tief, um dir darauf zu antworten. Wenn …«, sie musste die Hand an den Hals legen, um das Zittern ihrer Stimme zu mildern. »Wenn ich nicht den Fluss noch rauschen hören könnte, würde ich glauben, das eben sei gar nicht passiert. Es war so unwirklich. Die ganze Fahrt war unwirklich. Hat Veynaydro das wirklich getan? Oder war es der Fluss selbst?«

Anschar schüttelte den Kopf, was wohl besagte, dass er darüber nicht nachsinnen wollte. Grazia warf die Arme um ihn und legte das Kinn auf seine Schulter.

»Er tat mir leid, auch wenn du das vielleicht nicht verstehst.«

»Ich verstehe es durchaus.«

»Es ist alles weg, ja?«

»Wir haben kaum mehr als das nackte Leben retten können.« Mit dem Hemd wischte er sich den Schweiß aus den Augen, dann zog er es wieder an und stapfte zu dem Sturhorn. Er umrundete es und führte es am Zügel zurück. Der Sattel hing halb herab, daran ein Bündel, aus dem sein Schwert ragte. Dazu ein Wasserbeutel. »Wäre ich vom letzten Ausritt nicht so spät zurückgekehrt, so dass ich zu müde zum Absatteln war, wäre auch das nicht da. Das Wasser wird zwei Tage reichen. Es sei denn, wir geben dem Sturhorn nichts, aber dann müssen wir es zuschanden reiten. Weißt du noch, wie du mir in die Wüste nachgelaufen bist, um mich zu retten?«

Sie nickte. Wüstenmenschen hatten ihn gefesselt und ohne Wasser ausgesetzt. Ohne ihre Hilfe wäre er elendig verreckt, aber dann war sie es gewesen, die der Wüstenhitze nicht mehr hatte standhalten können.

»Und dann durfte ich dich auf dem Rücken weiterschleppen. Zwei Menschen ohne Wasser – jedenfalls glaubte ich das – und ohne zu wissen, wie weit sie es schaffen können.«

Beinahe belustigt klopfte er dem Sturhorn auf die Schulter. »Wäre das Vieh nicht, käme es mir so vor, als würden wir immer noch herumirren. Als sei in der Zwischenzeit nichts geschehen.«

»Ohne Wasser«, wiederholte sie tonlos. Damals hatte sie ihr unendliches Wasser zur Verfügung gehabt.

Sie stand auf. Da war das Ende ihres bisherigen Weges, ein riesiges Loch im Felsgestein, das sie im letzten Augenblick hatten erklimmen können. Dahinter die Reste des unüberwindlichen Felsenwaldes. Sie hatten es geschafft, sie hatten ihn hinter sich gebracht. Aber was lag vor ihnen? Sie drehte sich um. Ein Meer aus erstarrten, rötlichen Wellen. Sand, Sand, Sand, flirrendes Licht, das Auge narrende Wasserflächen in den Dünentälern. Keinerlei Anzeichen, dass der Fluss irgendwo wieder herauskäme. Geschweige denn Spuren eines Meeres.

Sie machte einige Schritte, als könnte sich dadurch irgendetwas verändern. »Zwei Tage, hast du gesagt?«

»Ja.«

»Zwei Tage. Temenon könnte zwei Monate entfernt sein. Jahre. Wo soll es denn überhaupt sein?« Sie wies auf den Abgrund. »Durch den Tunnel ist die Flotte ja ganz offensichtlich nicht gefahren! Die Wracks waren Schiffe, die sich da hinein verirrt hatten. So wie wir.«

»Die Richtung mag trotzdem stimmen.«

Sie spannte den ganzen Körper an, im Versuch, es Veynaydro gleichzutun, aber es kam kein Wasser, wie schon die ganze Zeit. Ihre Nägel kratzten über ihr Gesicht, und sie heulte auf. »Es wird nie enden!« Ihr Körper zitterte heftig. »Wir sind hier auf ewig gefangen, auf ewig dazu verdammt, in der Wüste herumzulaufen. Jetzt reicht es mir, ich mache keinen Schritt mehr.«

Anschar trat vor sie und zog ihre Hände herunter. »Es ist noch zu früh zum Aufgeben.«

»Für dich, meinetwegen!«, fauchte sie ihn an. »Aber nicht für mich.«

Er packte ihr Gesicht so schnell, dass sie nur noch erschrocken aufatmen konnte. »Grazia!« Drängend schüttelte er sie. »Ich will davon nichts mehr hören, denn dein Geschrei hilft uns nicht weiter, hast du verstanden?«

»Aber …«

»Nein!« Sein Zeigefinger schwebte dicht vor ihren Augen, und dann hieß es, den Mund zu halten. Diesmal jedoch entwand sie sich mit einem Aufschrei seinem Griff und ließ die Fäuste mit aller Kraft, die sie noch in sich hatte, auf seine Brust niedertrommeln.

»Du tust alles, *alles*, um noch ein bisschen weiterzukommen. Ja, dann tu das, ich hindere dich nicht! Geh schon, geh schon! Ich mache keinen Schritt mehr. Es hat doch alles keinen Zweck! Ich kann nicht mehr!« Sie kreischte, was die Stimme hergab; ein Kampf gegen das Entsetzen, das sie irr zu machen drohte. »Ich will nicht mehr!«

Er packte sie fest an der Schulter. Seine gramgebeugten Züge zeigten einen Hauch von Bedauern, dann holte seine andere Hand aus, hielt nur kurz inne und landete mit einem Knall in ihrem Gesicht. Ihr sackten die Knie weg. Halb betäubt hing sie in seinem Arm. Er hob sie am Gesäß hoch und schleppte sie zum Versteinerten. Irgendwie kam sie mit seiner Hilfe in den Sattel, obwohl sie nichts tat, nichts tun konnte. Er saß hinter ihr auf, bedeckte sorgfältig ihren Körper mit ihrem Mantel, zog ihr die Kapuze in die Stirn. Ein Peitschenknall ertönte, und das Tier, wohl ebenso unwillig wie sie, trottete auf die tödliche Endlosigkeit zu.

9

So lange es nötig ist«, flüsterte Geeryu in die Dunkelheit ihres Gemachs. Die Worte des Meya, dass sie bleiben durfte, so lange es nötig war, gingen ihr unablässig durch den Kopf. Sie war nur ein Gast, und der Gedanke, irgendwann wieder hinauszumüssen, war in diesen Wochen zu einer Bedrohung angewachsen. Mit ihren neunzig Jahren war sie viel zu jung, an den Tod zu denken. Aber ihr verwundeter Körper erinnerte sie jeden Tag daran. Auch jetzt, als sie sich aus dem Bett schwang. Ihre Bewegungen wirkten inzwischen natürlicher – manchmal. Nach dem Erwachen war das nicht so. Es konnte wenige Augenblicke andauern, bis sie wach und fähig war, die Luft um ihren Körper zu kontrollieren; dies war meist dann so, wenn sie aus einem normalen menschlichen Schlaf erwachte. Es konnte jedoch auch Stunden währen; dann war es ein längerer Schlaf gewesen, der einer Halbgöttin. Geeryu hatte sich in ihrem Leben oft gefragt, warum das so war. Ihr Vater wusste das nicht zu beantworten, und die anderen Götter ließen sich nicht dazu herab, ihr zu zeigen, dass sie überhaupt existierten. Sie war zu dem Schluss gekommen, dass ein Nihaye ein widernatürliches Wesen war, das keinen menschlichen Schlafrhythmus hatte.

Aber es war angenehm, einen Teil des langen Lebens verschlafen zu können.

Sie schwebte einige Schritte durch das Zimmer, bis ihre Benommenheit schwand. Von einem Tisch nahm sie einen Stock und stieß damit die auf ihrer Schlafmatte zusammengerollte Leibsklavin an. Das Wüstenmädchen schreckte hoch.

»Wasch mich.«

Die junge Frau rappelte sich auf. Tamabarechme hieß sie, oder ähnlich; Geeryu konnte und wollte sich diesen barbarischen Namen nicht merken. Die Wüstenhündin war nicht sonderlich gelehrig, aber weniger schreckhaft als andere, die sich manchmal sogar geweigert hatten, Geeryu zu pflegen. Vor allem jedoch zeichnete sich Tama dadurch aus, dass sie hinkte, und das deutlich. Sklavenfänger hatten sie an einem Fuß hinter ihren Sturhörnern hergeschleift. Und so schlurfte sie durch den Raum, holte die Waschschüssel und ein Tuch und kniete mit unterdrücktem Ächzen vor Geeryu nieder. Das Duftöl, das sie in die Schüssel träufelte, war aus den Blüten der Heria gewonnen, in diesen Zeiten eine maßlose Kostbarkeit. Aber die Heria war Geeryus liebster Duft. Mallayur hatte sie mit jenen roten Blumen, dem Symbol Herscheds, geradezu überschüttet.

Tama reckte sich, wusch sie von oben bis unten, und Geeryu ließ sich dazu herab, sich umzuwenden, damit die Sklavin nicht um sie herumkriechen musste. Sanft glitt das Tuch über ihre Haut. Manchmal glaubte sie die Berührungen am rechten Bein zu spüren, dann wieder nicht. Manchmal waren sie wie ein Atemhauch, manchmal ein Kribbeln, manchmal schmerzhaft.

»Den Rest der Nacht verbringst du draußen«, ordnete Geeryu an. Sie wartete, bis Tama auf den Korridor gewankt war und die Tür hinter sich geschlossen hatte, und begab sich, von einem Korbstuhl ein Gewand greifend, auf die Terrasse. Hier, dicht an der Schlucht, strich des Nachts ein erfrischendes Lüftchen über die Haut, so dass sich Härchen und Brustwarzen aufrichteten. Geeryu streifte sich das Kleid über den Leib. Vom Hals bis zu den Knien war es blickdicht gewebt, weiter abwärts nur ein schleierfeiner Hauch und, wie es die argadischen Frauen gerne trugen, vorn geschlitzt, so dass jeder Schritt die Unterschenkel freilegte. Sie hob die nachtschwarzen Haare an und schüttelte sie. Mithilfe eines Luftpolsters unter den Füßen schwebte sie wie von unsichtbaren Händen getragen auf die Terrassenbrüstung.

In den Häusern der beiden Städte brannten noch vereinzelt Lichter. Geräusche flogen herauf, Lachen, Worte, Musik von Rasseln und Flöten, alles wirkte wie von den Händen eines Gottes in Fetzen gerissen und durch die Luft gewirbelt. Schatten zogen durch die Gassen und über den Platz jenseits der Brücke, der an seinem anderen Ende von der Umfassungsmauer des Palastes von Heria begrenzt wurde. Hier, aus der Ferne, wirkte die alte Heimat unverletzt. Leicht ließe sich denken, die Zerstörung habe nie stattgefunden.

Vergiss ihn, ermahnte sich Geeryu. Der nächste Schritt kostete Überwindung. Sie lenkte all ihre Gedanken unter sich und presste die Handfläche gegen einen der Pfeiler. Und stieß sich ab. Eine Armlänge vor der Brüstung stand sie in der Luft. Nur noch ein Stück weiter hinaus, dann hätte sie die Schlucht unter sich … Doch die schwarze Tiefe lockte nicht wie vor einigen Wochen, war weder bedrohlich noch verheißungsvoll, einfach nichts, was eine Nihaye weiter beachten musste.

Geeryu drehte sich und legte den Kopf in den Nacken. Nur nicht zögern! Nach oben!

Sie sackte hinab. Ein erschrockenes Würgen quoll durch ihre zusammengepressten Lippen. Ihre Nägel schrammten Halt suchend über den Verputz der Brüstung. Dann hatte sie sich wieder gefangen, das Luftbrett gefestigt. Sie zwang ihre Gedanken darunter, zwang sich, in ihrer Vorstellung selbst zum Wind zu werden, der sanft von unten gegen ihre Füße blies. Langsam schwebte sie hinauf.

Ihre Finger ertasteten die Kante der obersten Terrassenbrüstung. Sie spähte über den Rand und schob die Unterarme darauf. Im königlichen Gemach brannte Licht, damit hatte sie so spät nicht gerechnet. Auch nicht, dass drei Personen den Herrscher mit ihrer Anwesenheit belästigten. Ein Diener des Großkönigs, ja, aber an den Leibwächter hatte sie nicht gedacht. Sie hätte es besser wissen müssen, denn auch bei Mallayur hatte stets eine Leibwache im Schlafgemach ausgeharrt.

Schemgad war es, der Schwert und Dolch um die Hüfte trug und mit beiden Händen einen aufgepflanzten Speerschaft umfasste. Oder der andere, Buyudrar? Vor wenigen Tagen hatten beide gegen einen Mann gekämpft, der die Leibwache der Zehn hätte aufstocken sollen. Er hatte versagt, es war bei zweien geblieben. Sie glaubten, der Dritte irre durch die Wüste; sie ahnten nicht, dass er tot war. Bei flüchtigem Hinsehen hätte Geeryu glauben mögen, Anschar stehe an der Wand und sehe dem Treiben im königlichen Bett teilnahmslos zu. Schemgad trug dieselbe schwarze Kleidung und natürlich auch die schlangengleiche Tätowierung auf dem Arm. Aber seine Haare waren eine Spur heller und endeten schon im Nacken. Mehr als seine Anwesenheit störte Geeryu der entblößte Leib der Lieblingsnebenfrau, Tochter des höchstrangigen Schreibers, die im zarten Alter von vierzehn Jahren den Frauen des Meya hinzugefügt worden war. Ein mit Intarsien belegtes Spielbrett lag auf dem Bett, die Spielfiguren verstreut. Madyur neigte sich über die bäuchlings hingestreckte Fidya, liebkoste ihren Hintern und ließ ein beinernes Sturhorn darüber wandern, so dass sie kicherte und mit den Füßen in der Luft strampelte. Albernes Ding. Sie stützte sich auf die Ellbogen, bot ihm den Mund dar. Er packte ihren Nacken und küsste sie.

Geeryu spürte, wie ihre Füße den Halt zu verlieren drohten. Sie zwang ein Bein auf die Brüstung, dann das andere. Rasselnd schöpfte sie Atem.

Sonnengelb waren die Wände, zierliche Blütenornamente

in Rot und Türkis tanzten in Augenhöhe. Das Gemach war klein, das Bett nah, jedes Härchen auf den Körpern der beiden Menschen zu erkennen. Das Licht der an Bronzeketten herabhängenden Lampen ließ Madyurs aus dem schwarzwollenen Nest ragendes Glied wie aus Sandstein gemeißelt wirken. Geeryu reckte den Hals, um den mit Adern umwundenen Schaft und die purpurfarbene Spitze, auf der ein feuchter Tropfen glänzte, besser bewundern zu können.

Sie rutschte von der Brüstung und schlug mit einem dumpfen Laut auf dem Terrassenboden auf.

»Da draußen ist jemand!«, rief die Nebenfrau. Schemgad stürmte heraus. So dunkel war die Nacht nicht, dass er sich hätte orientieren müssen; schon drückte seine Speerspitze gegen Geeryus Wange. Sie knirschte mit den Zähnen, hätte am liebsten in das Metall gebissen, vor lauter Zorn über ihre Unachtsamkeit. Schlimmer noch, Fidya tauchte neben Schemgad auf, in einem rasch übergeworfenen Seidenmantel.

»Es ist Geeryu«, sagte sie.

»Nicht zu fassen«, erboste sich Madyur vom Bett her. »Schemgad! Seit wann entgehen dir ungebetene Besucher? Hab ich dich etwa nur da stehen, weil du so großartig anzusehen bist?«

Der Leibwächter räusperte sich. »Mein Meya, ich kann mir das nicht erklären.« Er lehnte den Speer an einen Pfeiler und kniete vor Geeryu. »Kannst du aufstehen, Herrin?«

Natürlich konnte sie! Aber wie das vonstatten ginge, musste er nicht sehen. Statt einer Antwort knurrte sie ihn an. Frech hob er eine Braue, rollte sie behutsam auf die Seite, und da sie keine Anstalten machte, sich zu erheben, nahm er sie auf seine muskulösen Arme und trug sie ins Gemach. Madyur deutete auf das Bett. Quer am Fußende legte der Leibwächter sie ab. Die Bettbespannung knirschte leicht, das Spielbrett fiel zu Boden. Geeryu roch einen süßlichen Duft, der in der Haut, den Haaren des Königs zu haften schien und mit seinem herberen Geruch wetteiferte.

»Was ist mit dir?«, fragte er brüsk. »Hast du dir bei deiner Herumschleicherei wehgetan?«

»Ich wollte zu dir«, flüsterte sie. Über ihr schwankte leicht eine der Öllampen, eine bronzene Frauenfigur, die eine Schale auf dem Kopf trug. Sie war nackt. Ihre Füße standen fest zusammen. Auch sie konnte nicht gehen, nur schweben.

»Was, jetzt? Mitten in der Nacht?«

Begriff er so wenig? Fidya trat ans Bett, den Mantel um sich geschlungen. Der hauchzarte Stoff konnte nicht verbergen, dass ihre Hüften seit der Geburt ihres Sohnes die alte Festigkeit nicht mehr wiedererlangt hatten. Er starrte sie über Geeryu hinweg an. Mit einem herrischen Wink befahl er sie hinaus.

»Geht. Alle.«

Fidya öffnete den Mund, schwieg aber. Ehrerbietig wartete der Leibwächter, bis sie ihm vorausging, und folgte ihr. Die Tür klappte. Die Schatten in Madyurs Gesicht bewegten sich bedrohlich, während die Ölflämmchen zuckten. Ihr scharf von der Seite fallendes Licht offenbarte jede Unebenheit. Er wirkte alt.

»Bist du über die Terrasse gekommen?«

Sie nickte. Er kratzte sich am glatt geschabten Kinn, während er sie genauestens musterte; vielleicht fragte er sich, weshalb sie sich immer so eigenartig bewegte. Konnten die Zusammenhänge für einen Menschen durchschaubar sein, wenn sie sie selbst nicht richtig begriff? Weshalb sie von jener Stelle abwärts gelähmt war, wo das Schwert sie getroffen hatte, wusste sie nicht. Sie wusste nur, es war eine menschliche Reaktion ihres Körpers.

»Du wirst dich unterstehen, das noch einmal zu tun. Inar helfe mir – dass du so etwas kannst, lässt mich daran zweifeln, ob dein Aufenthalt hier gut für uns beide ist. Ich *bin* nun einmal nicht mein Bruder.«

»Nein, schick mich nicht weg«, widersprach sie mit ehrlichem Entsetzen. »Ich kam, weil ich …«

»Ja?«

Sie schluckte. Welcher Mensch konnte ihr Angst machen? Keiner, bis auf diesen. Was aus ihr wurde, lag allein in seiner Hand. »Ich wollte dich nicht erschrecken.« Sie griff nach der Schnur, die den Ausschnitt ihres Kleides zusammenhielt, und zog daran. Der Stoff klaffte auf. Madyur blickte zur Tür, schien zu überlegen, ob er Schemgad zurückrufen solle, damit er sie forttrüge. Aber, Fidya hin oder her, er war ein Mann mit mindestens zwanzig Frauen. Geeryu schloss die Augen, damit er nicht länger von ihren Silberringen abgelenkt war. Er schob die Hand unter ihr Kleid und umschloss eine Brust. Noch war er zögerlich, als wolle er sie eher untersuchen statt zu liebkosen. Geeryu führte seine Hand zum Mund, umschloss zwei seiner Finger und begann an ihnen zu saugen. Mit einem Luftkeil zwang sie ihre Beine auseinander; ein Lufthauch ließ ihr Kleid hochflattern, bis ihre Scham frei lag. Rasch prüfte sie mit den Fingern, ob sie feucht war. Widerwillig stöhnte Madyur auf, kroch auf sie und nahm die Einladung an. Sie spürte nichts, nur eine unbestimmte Erregung im Unterleib. Das war bedauerlich, aber angesichts des Gewinns kein Grund zum Hadern.

Nie zuvor hatte sie die Wüste so sehr gehasst. Die Argaden glaubten, ihre Welt bestünde allein aus Wüste, darin nur ihr Hochland und irgendwo Temenon. Ihre Gelehrten vermuteten, die Welt sei scheibenförmig. Grazia wusste es besser. Eher dass sie und Anschar Temenon erreichten, würden sie nach diesem Ritt wohl irgendwann Argad vor sich aufragen sehen.

Wie viele Tage vergangen waren, seit sie den Fluss verlassen hatten, wusste sie nicht. Wirklich nur zwei? Eine Stunde reihte sich an die andere, ein Schritt war wie der andere, die Landschaft die ewig gleiche. Es war nicht die Todeswüste wie zuvor, denn überall wuchsen stachlige Gewächse und Felsengras, dessen Wurzeln Anschar ausgrub und zwischen Steinen zu trockenem Mus zermalmte. Es schmeckte bitter, und es war ihr gleich. Manchmal musste Anschar ihren Mund ein Stück auseinanderzwingen und den Brei mit den Fingern hineinschieben, während er sie wie ein Kind auf den Schenkeln hielt. War es der Stopfen des Trinkbeutels, erwachte sie aus ihrer Teilnahmslosigkeit und saugte gierig, nur um sofort weiter vor sich hinzudämmern. Auch dem Sturhorn gewährte er den allernötigsten Anteil, andernfalls wäre es wohl stehen geblieben, trotz der Peitschenhiebe, die er reichlich auf die Hinterläufe niedergehen ließ. Zumeist saßen sie im Sattel, denn jede Rast schmälerte die Hoffnung, so winzig sie auch war. Anschar saß stets hinter ihr, wohl weil er befürchtete, sie könne unbemerkt hinunterfallen.

Der Gedanke, im Sand zu liegen und zu schlafen, war verlockend. Weich würde er sein und kein bisschen heiß. Auch nicht bitterkalt in den Nächten, die sie ohne Decken, an den Leib des Sturhorns gekauert, irgendwie ertrugen. Sie würde den Sand mögen und ihn nicht mehr verabscheuen, wie die ganze elendige Zeit lang. Es wäre ihr gleich, dass er sich in jede Körperritze zwängte, die Haut scheuerte und die rissigen Lippen brennen ließ. Mit Bildern im Kopf würde sie einschlafen: Ihre Familie wäre bei ihr, sie sähe einen wolkenverhangenen Himmel, hörte Pfauen schreien und die Glocken einer Kirche läuten. Immer wieder stieß sie das Innere des getrockneten Mundes mit der Zunge an, um Anschar zu bitten, das Tier anzuhalten und sie ein letztes Mal hinabzulassen, aber sie schaffte es nie, die Worte auszusprechen. *Sieh, da ist ein dunkles Band am Horizont. Eine Hochebene.* Seine Stimme war ein angestrengtes Kratzen. Sie mühte sich, etwas zu erkennen, aber da war nichts Dunkles, und was der Horizont sein mochte, war zerrissen und flirrte. Anschar musste sich täuschen; er war ja genauso wenig noch Herr seiner Sinne. *Es ist noch viele Tage entfernt,* hörte sie ihn sagen. Wenn das so ist, dachte sie, ist es ja nicht mehr wichtig. Sie schloss die Augen und bettete den Kopf an seine Schulter.

Fast hoffte Anschar, dass die Hitze ihn narrte, dass es dort voraus keine Hochebene gab oder sie, falls doch, nicht Temenon war. Denn alles war leichter zu ertragen als der Gedanke, so kurz vor dem Ziel gescheitert zu sein. Er hatte seine Begleiter gequält, sich selbst und Grazia; er hatte gewütet und getötet, um diese Mission, die seine Welt retten sollte, zu erfüllen. Nun würde es zuletzt sie beide das Leben kosten. Es reute ihn, Grazia nicht mit den anderen zurückgeschickt zu haben. Das Sturhorn stand seit einer Weile still, und er wusste, dass es zwecklos war, es noch einmal anzutreiben; eher würde es sich blutig schlagen lassen. Die Vorderläufe knickten ein. Er hob Grazia auf die Arme und glitt von dem niedersinkenden Tier. Sie murmelte etwas in ihrer Sprache, das er nicht verstand. Dann sagte sie undeutlich: »Ich bin müde.« Es machte nicht den Anschein, als habe sie bemerkt, dass der Ritt zu Ende war.

»Du kannst jetzt schlafen.«

»Und wenn ich nicht wieder aufwache?«

»Ich wecke dich.«

Im linken Arm hielt er sie, während er den Sattel löste, die Satteldecke herabzerrte und im Schatten des Sturhorns ausbreitete, damit er Grazia nicht in den heißen Sand legen musste. Sanft ließ er sie zu Boden gleiten. Sie rollte sich zusammen. Ein letztes Mal prüfte er den längst geleerten Beutel, quälte den letzten Tropfen heraus und netzte ihre Lippen. Dann kauerte er an ihrer Seite. Wir sterben beieinander, dachte er, während er zusah, wie sie augenblicklich einschlief. Es dauerte ihn, dass er ihr nicht die Ehre erweisen konnte, über ihr zu weinen, aber so viel Flüssigkeit schien sein Inneres nicht mehr zu speichern. Ihre Atemzüge kamen regelmäßig. Er zählte sie mit. Wie viele noch?

Wo würden sie sich wiedersehen? Kehrte ihre Seele in ihre Welt zurück? Konnte die seine ihr folgen? Die Angst, gleich von ihr auf ewig getrennt zu sein, sprang ihn an und machte ihn hellwach. Er zwang den Kopf hoch und blickte umher, als könne sich ein unverhoffter Fluchtweg vor dem Tod auftun. Aber da war immer noch nichts als die Sandebene, mitten darauf das Sturhorn wie ein Berg.

Es war nutzlos geworden. Nein, nicht ganz. Es barg etwas, mit dem sich das Ende noch ein Stück hinauszögern ließ. Einen Tag. Zwei.

Lass es, flüsterte ihm eine Stimme ins Ohr, die ihm gehörte und doch fremd war. Er hatte sie nicht gehört, als Grazia verschwunden gewesen war, geraubt vom Sandsturm. Nicht, als sie kein Wasser mehr besessen hatten. Nicht beim Anblick der schier unüberwindlichen Felsebene. Nicht einmal in der nachtschwarzen Umarmung des Nils, als er sich dem Tode näher als je zuvor geglaubt hatte. Jetzt jedoch wurde das Flüstern eindringlich, wollte ihn überreden, endlich, endlich die Last abzustreifen.

Nein.

Er kämpfte sich auf die Füße, versuchte Grazia hochzuheben und scheiterte beinahe daran. Keine Kraft mehr … An der Kapuze zerrte er sie von dem Sturhorn fort. Danach musste er, in sich zusammengekauert, wieder zu Atem kommen, bevor es ihm gelang, sich zu dem Tier zurückzuschleppen. Vom Sattel knüpfte er sein Schwert und zog es aus der

Scheide. Das Tier ahnte nichts. Er klopfte ihm gegen den Hals. Klaglos hatte es alles ertragen und sie beide zuletzt davor bewahrt, mit Veynaydro in den Tod zu gehen. An der müde pulsierenden Ader, die sich wie ein dicker Strang an der Seite des Halses entlangwand, setzte er die Schwertspitze an. Seine Hände zitterten vor Schwäche. Ein Atemzug. Zwei. Ein letzter Gedanke: *Inar, lass es wenigstens ihr helfen*. Dann stieß er zu.

Die Morgensonne, die alte Feindin, erhob sich über dem dunkelgrauen Band in der Ferne und stach durch die Lider. Grazia legte eine Hand vor die Augen. Sie fröstelte, was wohl hieß, dass sie noch lebte. Aber es war so still … Zum ersten Mal hörte sie das Summen und Dröhnen des Nichts. Kein Geräusch störte es, kein Schnaufen des Sturhorns, kein Atmen ihres Begleiters. War er noch bei ihr? Sie drückte die Finger in den Sand und kämpfte sich hoch. Anschar kniete hinter ihr, seine Schulter lag am Rücken des Sturhorns, seine Wange auf dem Fell. Das Hemd hatte er ausgezogen und sich über den Kopf gelegt. Er schlief wohl. Einige bange Sekunden verstrichen, bis sie sah, dass seine Brust sich hob.

»Anschar?«

Er rührte sich nicht. Seine Hände waren verklebt vom Sand, fast bis zu den Ellbogen. Der Sand war rot.

Metallischer Gestank lag in der Luft. Das Sturhorn atmete nicht. Und da war ein bitterer, äußerst abscheulicher Geschmack in ihrem Mund. Grazia betastete ihr Kinn, es war klebrig. Wovon? Auf wackligen Füßen umrundete sie den Kadaver. Am Hals war getrocknetes Blut. Er hatte es abgestochen und dann … Sie wankte weiter.

Zwischen den Hinterläufen war der Leib aufgeschlitzt.

Nein, Anschar, das hast du nicht getan!, dachte sie bestürzt. Sie stolperte einige Schritte fort, würgte und krümmte sich, aber dann zwang sie sich, nichts zu erbrechen. Sie wollte leben. Neben ihm ging sie in die Knie, das Blut missachtend, schob den Stoff von seinem Gesicht und klopfte sacht auf seine von Bartstoppeln übersäte Wange.

»Anschar?« Sein Mund stand leicht offen, sie strich mit dem Daumen über die trockenen Lippen. Alles an ihm fühlte sich trocken an, rissig. Wie lange kauerte er da wohl, zu kraftlos, sich hinzulegen? »Bitte wach auf.«

Wieder beobachtete sie seine Brust. Es dauerte so lange, bis sie sich regte. Dicht drängte Grazia sich an ihn, wischte mit ihrem Ärmel seine rechte Hand ab und ergriff sie. Ihre Finger verschränkten sich mit seinen. Er schien es nicht zu spüren. Wie oft hatte sie das getan? Küsse kamen ihr in den Sinn. Vorsichtige, fröhliche, gierige. Sein Leib auf ihrem. Seine Muskeln unter ihren Fingern. Anschar, der Kämpfer, der nicht aufgab. Sie wollte ihn sich zurückholen, als er kraftstrotzend gewesen war, so voller Leben. *Dieser halbnackte Mann, der sich über sie beugte und entsetzlich stank, war doch ebenso wenig wirklich wie der auf dem Steg. Jedoch hatte sie noch nie von Gerüchen geträumt. Er schien geradezu in Schweiß zu schwimmen. Dunkelbraune Haare hingen in verschwitzten Strähnen an ihm herunter. Fast berührten sie ihr Gesicht. Sie versuchte seinem durchdringenden Blick auszuweichen und zog sich die Decke über das Gesicht … Er kehrte dem Tor den Rücken zu, dann drehte er sich noch einmal um. Seine Gesichtszüge waren das Erste, das sie in dieser Welt gesehen hatte, und sie würden das Letzte sein.*

»Ich will nicht, dass du stirbst!«

Mit aller Kraft stemmte sie sich gegen das Unvermeidliche, stieß seinen Namen aus, immer wieder. Fahrig umfasste sie seinen Kopf, strich ihm über die Haare, drückte die Lippen auf sein Gesicht. Was sie dann voller Verzweiflung von sich gab, war ein Schrei, der die dröhnende Stille zerschlug, so dass er wie ein Donnerhall wohl bis nach Temenon drang. Der Himmel musste diesen Schrei hören. So war es gewesen, als sie schon einmal geglaubt hatte, Anschar sei tot, und wieder reagierte ihr Körper auf ihr trauerndes Herz: Rinnsale sickerten aus ihren Augen, Springfluten aus den Händen. Dem Mund. Grazia hob die Hände vors Gesicht und drehte sie hin und her, weil sie es nicht glauben konnte. Glitzernd und kühl plätscherte das Wasser an ihren Armen herunter. Schon war sie nass bis auf die Haut. Sie lachte. Sie klatschte die Handflächen auf die Wangen und lauschte dem köstlich spritzigen Geräusch. Dann warf sie sich über Anschar, bog seinen Kopf zurück und küsste ihn auf die Art, die er so liebte.

DAS LAND DES ALTEN FEINDES

1

Ein Wesen, groß wie eine Faust und mit schillernder Haut bedeckt, hockte auf einem Ast, der wie aus glänzendem Stein gehauen wirkte. Das Tier war starr, nur die Augen folgten einem schwirrenden Insekt, das mit einem prachtvollen türkisfarbenen Leib lockte, als sei es sich bewusst, dass dies die Farbe Argads war, die es vor jedem Angriff schützte. Aber das Wesen scherte sich nicht darum, es ließ seine Zunge vorschnellen, und die Pracht war verschwunden. Es schluckte, kaute behäbig; dann erstarrte es. Anschar fragte sich, ob die Bewegung eine Täuschung seiner Sinne gewesen war und das, was er sah, nur eine äußerst lebensechte Skulptur. Von einem der krallenbewehrten Füße hing eine Leine und verschwand im Geäst des künstlichen Baumes. Dahinter sah er einen durchscheinenden Vorhang, der die Sonne milderte und sich in einer sanften Brise wog. Dieses Bild war so seltsam, dass ihm der Gedanke kam, in Grazias wundersamer Welt zu sein. War das Tor gekommen, um ihn, den Sterbenden, auf die Insel der Pfauen zu bringen, wie es mit seiner Mutter geschehen war? *... ein rätselvolles Eiland, eine Oase, ein Blumenteppich inmitten der Mark. Man träumte ...*

Es fühlte sich nicht wie Sterben an. Grazia hatte ihm zu trinken gegeben. An mehr erinnerte er sich nicht, nur dass sie lebte. Sie musste ja leben, wenn er es tat. Wo war sie?

Die Zunge des Tieres glitt in ein Behältnis, das zwischen den Ästen steckte, und wühlte Wasser auf. Das Plätschern ließ Anschar endgültig in die Wirklichkeit zurückkehren. Unter sich fühlte er eine weiche Unterlage, wie er sie von seinen Gemächern in Argadye kannte. Er lag auf einem Bett, über dem Unterleib ein Tuch, das so zart war wie jenes, das flatternd die Sonne im Zaum hielt. Etliche solcher Tücher hingen nebeneinander und tanzten im Wind. Was war das für ein Raum? Er schob das Tuch beiseite und setzte sich auf. Sein nackter Körper roch nicht verschwitzt, sondern fruchtig; nirgends spürte er auch nur ein Sandkorn. Wo die Haut aufgescheuert und rissig war, glänzte Salbe. Er musste sein Gesicht betasten, sich die Haare zurückstreichen, seine Tätowierung betrachten, um sich zu vergewissern, dass wirklich er es war, der aufstand und einige Schritte über den glatt geschliffenen und polierten, aber unebenen Felsboden machte. Seine Bartstoppeln waren entfernt, die Haare gewaschen und gekämmt, und auch sie dufteten nach irgendeiner fruchtigen Essenz. Sogar seine Zähne fühlten sich glatt an. Lediglich dass ihn schwindelte, erinnerte ihn daran, beinahe in der Wüste verreckt zu sein.

Inmitten des Raumes stand ein dreibeiniger Tisch, darauf eine Schale aus mattem Gold. Überall fanden sich Stoffe; sie bedeckten das Bett, einen aus Felsengras geflochtenen Sessel und hingen an den Felswänden. Nach einer Seite war der Raum offen, hier tanzten die Tücher und luden ein, näher zu treten und hinauszuschauen. Zwischen zwei der Stoffbahnen trat er hindurch und fand sich an einem Abgrund wieder. Seine Benommenheit zwang ihn, äußerst bedächtig den Oberkörper zu recken. Dies hier war kein Zimmer, es war eine riesige, in den Fels gehauene Nische, und solcherlei Nischen übersäten zu Hunderten eine Felswand. Wahrhaftig musste es die Hochebene sein, die er gesehen hatte. Nur war ihre Wand nicht steil abfallend, wie jene in Argad, sondern geformt wie eine Sicheldüne. Unten auf der Ebene breiteten sich weithin Stoffdächer aus, und auf den Terrassen sah er die bunten Tücher, Kleider auch, die im Wind trockneten. Überall hockten Menschen und ließen die Beine über die abgerundeten Kanten baumeln; manche hielten Schnüre, an deren Enden kleine, auf Rahmen gespannte Tücher im Wind wehten. Das Geschnatter, das sie veranstalteten, ließ ihn glauben, in einem gewaltigen Bienenstock zu sein.

Ein kreisrunder Lichtfleck auf dem Boden fiel ihm auf, als er in den Raum zurücktrat. In die Decke war ein Loch geschlagen. Als er den Kopf hob, blickte er in neugierige Gesichter. Zwei junge Frauen knieten über ihm, offenbar im Freien, oben auf der Klippe. Kichernd stoben sie zurück und näherten sich verstohlen wieder, nur um erneut zu prusten und die Hände vor die Münder zu schlagen. Schließlich verschwand eine, und kurz darauf spitzte ein Tuch über die Kante. Handbreit um Handbreit glitt es herab, ähnlich durchscheinend und mit Bändern in allen möglichen Farben durchwebt. Pflegten Männer hier so etwas zu tragen? Er riss es herunter, was über ihm nervöses Gelächter auslöste, und schlang es sich um die Hüften.

»Habt ihr auch passende Sandalen?«, fragte er, nur um herauszufinden, wie gut man ihn verstand. Die Sprache Temenons, so hatte Henon erzählt, war dieselbe wie die von Argad, nur dass die jahrhundertelange Trennung ihre Spuren hinterlassen hatte. Die Mädchen steckten die Köpfe zusammen und tuschelten, was seine Frage nicht beantwortete, aber da fegte eine schneidende Stimme über sie hinweg und befahl ihnen klar und deutlich, jedoch mit einem fremdartigen Akzent, nicht herumzulungern und in anderer Leute Kammern zu spähen.

Anschar überlegte, ob er nachfragen solle, wo Grazia war, doch da entdeckte er eine zweiflügelige Tür, die sich an der hinteren Wand verbarg. Er wischte eine Stoffbahn beiseite und zog an den aus Felsengras gefertigten Schlaufen. Die Tür rührte sich nicht.

Er schlug mit der Faust dagegen. Sofort erhoben sich unruhige Stimmen; offenbar hatte man darauf gewartet, dass er aufwachte. Die Tür wies Spalten und abgenutzte Ecken auf; durch eine dieser Spalten spähte er hindurch, aber dort draußen war es düster. Einige Frauen standen beieinander. Ein Mann trat heran.

»Setz dich bitte, dann öffnen wir dir«, sagte er. Anschar drückte sich von der Tür weg. Viel zu verwirrt, um sich darüber zu wundern, ging er zu dem Sessel und ließ sich in dem knarrenden Grasgeflecht nieder. Der Tisch, fiel ihm jetzt auf, sah ähnlich schäbig aus wie die Tür. Und doch auch nicht; im sichtbaren Bemühen, ihn zu pflegen und mit der goldenen Schale zu veredeln, wirkte er selbst wie eine Kostbarkeit. Anschar umfasste die Lehnen, dass sie knirschten, während er wartete. Endlich schwang die Tür auf.

Was hereinhuschte, war kein Mann, kein Krieger, kein Feind. Grazia machte zu den Leuten dort draußen beschwichtigende Gesten, dann schloss sie die Tür und wandte sich ihm zu. Zu ihr wollte er, seiner Erleichterung freien Lauf lassen, indem er sie an sich riss, doch was er sah, lähmte ihn. Sie war immer noch Grazia, übersät mit Sonnenflecken, die Haut von der Sonne gerötet, Wimpern und Brauen so hell, dass man sie auf die Entfernung kaum sah. Aber in diesem fremden Gewand, die Haare sorgfältig frisiert und zurückgebunden bis auf einige dicke, das Gesicht einrahmende Strähnen, die wohl das verschandelte Ohr verbergen sollten, wirkte sie wie eine Erscheinung, die er lange entbehrt hatte. Im argadischen Sinne war sie keine Schönheit, und die Strapazen hatten sie dünn werden lassen, aber ihr Anblick ließ ihn glauben, er könne nie mehr Durst leiden, solange er nur ihre Nähe genießen konnte. Er lehnte sich zurück. Ihr Gewand war, für ihre Verhältnisse, erstaunlich offenherzig. Durchsichtig war es nicht, aber an Schultern und längs der Arme mit fingerlangen Schnüren verbunden, die eine Handbreit ihrer Haut freiließen. Es war ein wenig verrutscht, so dass er den bloßen Bogen einer Schulter sah und auf der anderen Seite den Ansatz ihrer Achsel. Grazia tastete an sich herum und versuchte das Kleid zu richten. Ihre ungeschickten Bemühungen machten den fremden Zauber zunichte, und übrig blieb sein Feuerköpfchen, das ihn mit seiner Schamhaftigkeit in den Wahnsinn treiben konnte. Inar und alle Götter – wie er es liebte.

»Komm endlich her!« Er streckte die Arme nach ihr aus. Einen Augenblick später saß sie auf seinem Schoß und hielt seinen Nacken umschlungen. Sie duftete ähnlich wie er, eine Spur süßlicher. Ihre Haut, zuvor rissig, glänzte von heilendem Balsam. »Kannst du es wieder? Oder war das nur ein Aufflackern, aus der Not heraus?«

»Schau her.« Ihre Zunge spitzte hervor und formte sich zu einer Tülle, aus der ein Rinnsal floss. Hastig hielt er den Mund darunter und trank. Nach ein paar Schlucken schob er einen Finger in ihre Zungenrolle.

»Lass es gut sein, mir scheint, wir haben schon gebadet. Wo sind wir hier? In Temenon?«

Sie leckte sich den Mund. »Ja. Wir haben es geschafft.«

Die Worte mussten sacken. Er strich über ihre erhitzten Wangen. »Danke«, sagte er und räusperte sich, weil er so belegt klang. Zu mehr kam er nicht, denn sie war ihm so nah, dass er sie nur noch küssen konnte. Erst jetzt begriff er, dass er am Leben war.

Mit zittrigen Fingern wischte sie die Tränen von seinen Wangen. »Hab ich nicht genauso zu danken?«

»Ach, lassen wir das.« Er biss ihr in den kleinen Finger, leckte ihn und nickte schließlich zur Tür. »Was sind das für Leute, und warum haben sie mich eingesperrt? Was ist überhaupt passiert, nachdem du mir zu trinken gegeben hattest?«

»Viel habe ich davon auch nicht mitbekommen.« Sie bettete den Kopf an seiner Schulter und ließ sich von ihm halten. Der Stoff unter seinen Fingern fühlte sich kühl und glatt an, ein Genuss nach den verschwitzten Lumpen der letzten Monate. Darunter erspürte er nur ihr preußisches, vielfach geflicktes Beinkleid. »Ich hockte bei dir und wusste nicht, was tun. Gegen Abend kamen Reiter auf Sturhörnern, und als Nächstes fand ich mich in einem kühlen Raum wieder, ähnlich wie der hier. Da waren ein paar Frauen, die brachten mich in eine Felsenkammer. Darin haben sie mich gebadet. Fremde Leute! Kannst du dir das vorstellen?«

Seine Mundwinkel zuckten. »Nein.«

»Ich wurde in ein Bett gesteckt, bekam das Kleid hingelegt und etwas zu essen. Schlafen konnte ich erst, als mir ein Mann versicherte, dass es dir gut geht. Terechnon heißt er. Er meinte, dass du kurz wach geworden seist und dich gewehrt hättest, als man dich waschen wollte.«

»Wieso das? Seit wann bin ich denn jemand, der sich gegen ein Bad wehrt?«

»Du hattest wohl noch nicht begriffen, dass du nicht unter Feinden bist.«

Er erstarrte, dann schob er sie von sich herunter und stand auf. Sein Blick galt der Tür. »Ich *bin* unter Feinden. Dass sich das ändert, dafür muss ich ja erst sorgen. Habe ich jemanden verletzt? Das wäre der denkbar schlechteste Anfang.«

»Nein, so schlimm war es nun auch nicht. Die wenigen, die ich bisher gesehen habe, waren alle freundlich.«

»Du hast ihnen gesagt, woher wir kommen? Und warum?«

Eifrig nickte sie. »Natürlich. Aber keine Einzelheiten, ich wollte nur schlafen. Diese aus dem Fels gehauenen Kammern scheinen so etwas wie ein Herrschersitz zu sein.«

»Das ist eigenartig. Henon hat von prachtvollen Palästen erzählt. Aber ich habe ihn ja schon als Kind verdächtigt, seine Geschichten zu sehr auszuschmücken. Oder sind wir doch nicht in Temenon?«

»Doch! Komm«, sie zerrte an seiner Hand. Mit noch wackligen Schritten ging er zur Tür und zog an der Schlaufe; diesmal schwang sie auf. Die Frauen sprangen zurück. Auf ihren Gesichtern spiegelten sich Neugier und Furchtsamkeit. Der grau behaarte Mann bedeutete ihnen, für angemessenen Abstand zu sorgen, aber auch er wirkte unsicher, als er sich Anschar zuwandte und die Hände rang.

»Du bist willkommen, Anschar«, sagte er freundlich. »Grazia erzählte uns, wer du bist.«

»Danke. Wo ist mein Schwert?«

»Bitte versteh, dass wir es dir nicht aushändigen wollen. Du bist Siraias Sohn. Aber eben auch ... ein Argade.« Er neigte den Kopf und räusperte sich. »Der Name deines Landes steht für Gewalt und Schrecken. Es gäbe Unruhen, würdest du hier dein Schwert tragen. Sei versichert, du brauchst an diesem Ort keine Waffe.«

»Ich habe nur gefragt, wo es ist«, unterbrach Anschar ihn erstaunt. »Willst du mir sofort die Schuld meines Volkes auf die Schultern laden? Lass mich erst etwas essen, sie sind noch schwach.«

»Verzeih. Es ist nur – euer Erscheinen hat uns alle überrumpelt. Wir haben nie die Hoffnung aufgegeben, dass zumindest einige Mitglieder des großen Reisetrupps, den wir damals nach Argad entsandten, hierher zurückkehren. Nun aber ist keiner von ihnen gekommen, stattdessen ein Argade, und bei dir hast du eine Frau, die erst recht keine Temenierin ist. Das verwirrt uns. Aber ich bin unhöflich, ich überschütte dich mit Worten, statt dich zu fragen, wie es euch ergangen ist.« Er wies einladend den Gang entlang. »So folgt mir. Ihr müsst Schlimmes durchgemacht haben?«

»Die ersten Monate waren erträglich«, entgegnete Anschar, und Grazia fügte hinzu:

»Dann kam ein Sandsturm, und nichts war wie vorher ...«

Nach all den Entbehrungen kam es Anschar vor, als habe er nie ein üppigeres Essen gesehen. Frauen brachten mit Kräutern gewürztes Fladenbrot, gedörrtes Fleisch unbekannter Herkunft, dazu einen süßen Brei. Kleingeschnittene Früchte fanden sich darin, angenehm auf der Zunge prickelnd.

»Es gibt so viel zu erzählen.« Mit erhabener Geste bedeutete Terechnon einem Mädchen, nicht ihm, sondern zuerst den Gästen einzuschenken. »Aber stärkt euch erst.«

»Das ist wirklich ein Festessen«, sagte Grazia. Ihr strahlendes Lächeln, ihr Feuerhaar, ihre grünen Edelsteinaugen wärmten Anschars Herz. Er bedauerte fast, neben ihr zu sitzen, denn so konnte er nicht ausgiebig in ihrem Anblick schwelgen. Stattdessen hatte Terechnon ihm gegenüber Platz genommen, der Herrscher Temenons, jener Mann, der ihn an der Tür empfangen hatte. Keinerlei Schmuck zierte das kurz geschnittene, von grauen Strähnen durchzogene Haar. Sorgfältig war das Gesicht geschoren, die Brauen gestutzt. Sein Mantel war aus farbloser Wolle gewebt, und auch sein Rock darunter wies nur wenige rote Streifen auf, im Gegensatz zu den Gewändern der Frauen, die mit Farben nicht geizten. Anschar dachte, dass der Meya oft noch schlichter gekleidet umherlief und auch nicht wesentlich jünger war, aber sein Königtum ihn sichtbar umwehte, während Terechnon die Bescheidenheit eines Schreibers oder Leibdieners ausstrahlte.

»Es freut mich, dass du es so siehst«, erwiderte er aufgeräumt. »Die Bescheidenheit des Mahls bedauere ich, aber der Fluch der Götter zeitigt seine Wirkung. Die Ernten sind beklagenswert. Im nahen Kahlwald gibt es seit langem nur noch Kleingetier zu jagen, und Mehl ist kostbar wie Gold. Der Boden kann nur noch schlecht bewässert werden, und die Schädlinge gedeihen an dem schwachen Getreide.«

»Wir hatten keine Vorstellung davon, wie der Fluch hier

wirkt. Dass es schlimmer ist als bei uns, hätte ich allerdings nicht erwartet. Dort wird es auch bald so sein. Es brannten zuletzt viele Felder.« Anschar riss von Grazias Fladen ein Stück ab, bevor sie den eingebackenen Käfer darin bemerkte, pulte ihn heraus und tunkte das Brot in den Brei, der ihn allzu schmerzlich an vergangene Zeiten erinnerte, denn die unvermeidlichen zerriebenen Felsengraswurzeln gab es offenbar auch hier zuhauf. Grazia kaute und schluckte. Eines der gelblichen Fruchtstücke hing auf ihrer Unterlippe, so hastig hatte sie sich die Backen gefüllt. Sie schob es sich in den Mund und leckte die Fingerspitzen ab.

»Seit wann hast du solche Manieren?«, neckte er sie, worauf sie kicherte und ihm sanft den Ellbogen gegen den Arm stieß. Aus einem silbernen Becher trank sie dicken Saft, der aus ebendiesen Früchten gewonnen war.

»Wie nennt man diese Frucht?«, fragte er.

»Birne«, lachte Grazia.

»Bir…? Nein«, widersprach Terechnon ernst. »Krähenblut. Die Früchte sind anspruchslos, sonst dürften wir uns an ihnen kaum noch erfreuen. Sie gären in der Sonne, nehmen dabei eine satte gelbe Farbe an, was vor allem Krähen anlockt. Sie fressen die Früchte, veranstalten dabei einen gewaltigen Lärm und tanzen und schwanken wie betrunken. Das Fest der Krähen hat früher viele Raubtiere angelockt, und der Boden unter den Bäumen war danach ein Schlachtfeld. Manchmal mischen wir starken Wein und Käse hinzu.«

»Iiih.« Widerwillig starrte sie in ihren Becher, setzte an und trank ihn leer.

»Wie ist es in deinem Land mit dem Fluch?« Der König neigte den Kopf in ihre Richtung. »Du stammst doch ganz gewiss nicht aus Argad, mit diesem Haar und dieser eigenartigen Haut.«

Sie schüttelte den Kopf, trank noch einige Schlucke und

deutete nach oben. »Bei uns regnet's dauernd. Solch eine Architektur könnten wir uns jedenfalls nicht leisten.«

Anschar folgte ihrem Blick. Auch dieser Raum war eigenartig; mit gerundeten Ecken und Vorsprüngen war er aus dem Fels geschlagen. Runde Oberlichter über ihren Köpfen ließen Helligkeit herein. Jenseits der mehrere Handbreit dicken Raumdecke schützte ein mit Tüchern behängtes Gestell vor der Sonne. Sie warfen rötliche Schatten auf den mit Kissen und Teppichen überhäuften Felsboden. Stühle und Tische gab es hier nicht, sie hockten auf den Kissen und aßen von einem Tuch, das über die Teppiche gebreitet lag. Frauen huschten umher, mit Kannen und Schüsseln, um Durst und Hunger abzuhelfen.

»Warum wohnt ihr hier und nicht oben auf der Ebene?«, fragte er. »Wo euer Volk doch gelebt haben muss, als es das Meer noch gab. Stattdessen habt ihr Nischen und Räume in den Fels gehauen. Wo sind die Paläste, von denen Henon erzählte?«

»Henon«, hörte er eine ältere Dienerin leise flüstern, als erinnere sie sich.

»Siraias Leibdiener.« Versonnen lächelte Terechnon in seinen Becher. »Ja, ihn kannte ich noch. Klein, schmal, aber zäh. Er war also einer der wenigen Überlebenden? Du hast gesagt, er sei tot. Woran starb er?«

Anschar streckte den Rücken und nahm eine Kanne, um sich zu sammeln. Sie war geformt wie ein Ziegenkopf; am Horn griff er sie, um aus dem Maul den Saft in seinen Becher fließen zu lassen. Eher hätte er sich schlagen lassen, als zuzugeben, dass Henon in Argad versklavt worden war und durch den Hieb eines gewissenlosen Sklavenaufsehers zu Tode gekommen. Und das nur, weil er dem Befehl des Mannes, die Tür zu Anschars Gemächern zu öffnen, nicht hatte Folge leisten können. Egnasch, der herschedische Aufseher, hatte mit seinem Leben dafür bezahlt, dennoch: Anschar hatte nur einen Sklaven gerächt. Nur einen Sklaven … Diese Menschen hier verdienten es nicht, mit der üblen Wahrheit gequält zu werden, sagte er sich. »Er war alt und schwach. Aber ich habe ihn geliebt und war in seiner letzten Stunde bei ihm.«

»Ich auch«, hauchte Grazia. »Es gab kaum einen liebenswürdigeren Menschen als ihn.«

»Siraia, meine Mutter, ist ebenfalls tot.« Das, so dachte Anschar, konnte er ebenso gut gleich hinter sich bringen. »Sie starb an gebrochenem Herzen, denn sie hatte nie verwunden, nicht mehr hierher zurückkehren zu können.« Dies war nur ein kleiner Teil der Wahrheit, ein halbwegs angenehm in der Hand liegendes Bruchstück. Alles andere – dass man sie versklavt, vergewaltigt, ihr den Sohn entrissen und sie sich letzthin über all dies einen Dolch ins Herz gestoßen hatte – würde diese Menschen nur unnötig entsetzen. »Wir hatten ihren Schmuck bei uns, um ihn euch als Beweis zu zeigen. Aber wir haben ihn verloren, wie alles andere auch.«

»Ihr habt euer Leben behalten. Und es gibt keinen Grund, eure Worte anzuzweifeln, denn wüsstet ihr sonst von ihr und Henon? Aber um eurer Absicht Genüge zu tun, beschreibt doch den Schmuck.«

»Eine goldene Kette«, fing Grazia eifrig an und unterstrich ihre Worte mit Gesten. »Daran hingen Schnüre aus blauen und goldenen Perlen, und ganz unten kleine Tierköpfe. Dann zwei Ohrringe. Das heißt, wir hatten nur einen bei uns. Auch aus Gold.« Sie befingerte ihre Ohrläppchen und stutzte, als sie das Schandmal berührte. »Ein in sich gedrehter Strang, zu einem Reif gebogen, und an den Enden waren zwei geflügelte Wesen, die sich gegenseitig anschauten.«

Terechnon nickte. »Die Kinder des Himmels, Meer und Sand. Die Götter, so erzählt man hier, haderten über das Schicksal der Welt, das sie voraussahen. Meer und Sand sollten sich dereinst bekämpfen und einander in eine lebensunfähige Masse verwandeln, die alles Leben erstickt. Also riefen sie Meer und Sand zu sich und befahlen, einander Treue zu schwören. Meer und Sand nahmen Göttergestalt an und ritzten sich die Finger, dass Blut floss. Doch bevor sie ihre Finger berühren konnten, verwandelten sich die Blutstropfen in die geflügelten Gestalten Teiron und Harnon. Sie stoben davon, und da wussten alle, dass es umsonst gewesen war. Meer und Sand können nicht zueinander kommen, es wird immer eine Trennlinie geben. Was die Künstler nie daran hinderte, die Wesen einander zugewandt und verbunden zu zeigen. Irgendwann, als die Kriege zwischen Temenon und Argad begannen, deutete man im Volk die Erzählung entsprechend um. Nun stehen die geflügelten Ungeheuer für die beiden Länder und der Reif für die Hoffnung auf Frieden. Man kann dies in der Darstellung Teirons und Harnons erkennen. Als sie noch Meer und Sand waren, zeigte man sie bösartig, mit klaffenden Mäulern wie Echsen, und ihre Flügel waren gewaltig, ledrig und mit Krallen bewehrt; nicht so wie heute, da sie menschliche Gesichtszüge tragen und ihre Flügel wie die von Vögeln sind. Die Hoffnung spricht aus diesem veränderten Stil. Deshalb nahm, soweit ich mich erinnere, Siraia den Schmuck mit. Und natürlich, um zu zeigen, dass eine geachtete und wohlhabende Herrin vor den Argaden stand.«

»Der Meya weiß, dass sie das war«, murmelte Anschar, in Gedanken ergänzend, dass dies seine Zeit gebraucht hatte. Eine sehr lange Zeit. Sogleich nach ihrer Ankunft hatte sie Madyur die Botschaft Temenons überbringen wollen, er jedoch in ihr nur eine Sklavin gesehen. Erst dank Grazia hatte er es sechsundzwanzig Jahre später begriffen.

»Es ist tröstlich zu wissen, dass wenigstens Siraia und Henon ans Ziel gelangten.« Terechnon lächelte ihn unschuldig an. »Und dass sie dort ein neues Leben fanden. Wer ist dein Vater?«

Anschar erwiderte das Lächeln, was zu gelingen an dem vergorenen Saft liegen musste. »Ein fleißiger Händler. Aber frage mich nicht nach ihm, er starb ja schon früh, und ich kann mich nicht an ihn erinnern.« Da zeichnete er ein völlig falsches Bild und schaffte es dennoch, sich dicht an der Wahrheit entlangzuhangeln. Natürlich nur, sofern Terechnon nicht nachhakte, aber der tat es nicht, sondern nickte nur. In seiner Unbedarftheit glaubte er wohl auch, der Meya habe erst jetzt einen Botschafter geschickt, weil er nur Siraias Sohn als würdig erachtete, diese Mission zu erfüllen. Auch das war so gut wie wahr.

Trotzdem war es eine Quälerei, anstrengender als ein Schwertkampf. Jedes Wort wollte ausgiebig geprüft sein, und war das geschafft, drängelten die nächsten. Schwer atmete Anschar aus und trank drei mächtige Schlucke des Krähensafts. Grazia rülpste kichernd. Seine Augen weiteten sich. Das hatte sie noch nie getan! Offenbar war sie drauf und dran, es den Krähen nachzutun. Als sie erneut nach dem Krug langte, schob er ihn außer Reichweite.

»Der vergorene Saft macht den Kopf angenehm leicht«, sagte eine Dienerin, die an seiner anderen Seite kniete.

Eine zweite nickte und grinste breit. Diese Frauen verhielten sich nicht wie Sklavinnen, solche schien es hier nicht zu geben. Viel war auch nicht zu tun; sie lungerten auf dem Boden und ergötzten sich am Anblick der Fremden. »Allerdings, nun … vielleicht ist dein Weib ja immer so?«

»Nein, sie ist … Lass los.« Anschar entwand Grazia seinen Becher, nahm einen Wasserkrug und füllte ihren auf. »Trink das!«, befahl er. Empört spitzte sie die Lippen, gehorchte aber.

»Sie entstanden über einen langen Zeitraum«, drang Terechnons magere Stimme an sein Ohr.

»Was?«, fragte er verwirrt.

»Die Räume. Ihr wolltet doch wissen, wie diese Räume entstanden sind.«

»Das mag ich nicht«, murrte Grazia. »Kannst du's nicht austrinken?«

»Inar steh mir bei.« Seufzend tat er es. In der Tat schmeckte das Wasser ein wenig salzig, und er musste sich eingestehen, dass er die langen Wochen der Entbehrung schnell vergessen hatte, nun, da ihm das denkbar köstlichste Wasser wieder uneingeschränkt zur Verfügung stand. Er schob ihr den geleerten Becher hin und hoffte, dass sie ihre Kunst unauffällig ausübte. »Ja, die Räume. Ich höre zu.«

»Wirklich?« Terechnon lehnte sich in seine Kissen zurück, stützte den Ellbogen auf und verschränkte die Finger. »Nun, erst waren es schwer zugängliche Höhlen, in die sich die Königsfamilie flüchtete, wenn die Argaden kamen. Mit der Zeit wurden sie ausgebaut. Der Fluch traf das Land, es wurde heißer und heißer, so dass man sich darin auch aufhielt, wenn kein Krieg war. Mit dem sinkenden Meerespegel schlugen wir Nischen in den Fels. Und irgendwann blieb mein Volk hier.«

»Ich verstehe.« Nein, ganz verstand Anschar es nicht, irgendetwas daran klang unstimmig. Ein Plätschern lenkte ihn ab. Wasser quoll über Grazias Becherrand.

»Tut mir leid.« Sie versuchte das Tuch über der im Entstehen begriffenen Pfütze zusammenzuschieben. »Ach du meine Güte, ach du meine Güte! Es will nicht aufhören.«

»Grazia!«

»Ich mache ja gar nichts!«

Er leerte den Becher in den nächstbesten Krug und starrte hinein. Das Gefäß füllte sich nicht wieder, stattdessen kroch das Wasser zielstrebig durch die Falten des Tuches und nässte das Gewand einer knienden Frau, die erschrocken zurück in die Kissen kroch und die Beine anzog. Grazia warf den Kopf in den Nacken, gluckste und krächzte und schaukelte sich in den Kissen. Es musste ja der verdammte Krähensaft sein, was sonst …

»Wir haben wohl unterschätzt, dass ihr nach so langer Zeit des Darbens nichts mehr gewohnt seid, möglicherweise ist das der Grund für ihre Heiterkeit«, sagte Terechnon, während er auf die allmählich schwimmenden Speisen starrte. »Wo kommt bloß das Wasser her?«

Die restlichen Frauen hatten sich herangewagt, hielten ihre durchscheinenden Gewänder gerafft, beobachteten, was das Wasser tat, und stießen sich erregt mit den Ellbogen an. Auf Terechnons Wink hin räumten sie das Geschirr beiseite, zerrten das Tuch weg und rollten den ebenfalls nassen Teppich ein. Alle reckten die Hälse, in Erwartung des Anblicks der sich seltsamerweise im Boden aufgetanen Quelle.

»Nee, da is' keen Springbrunnen, da is' jar nüscht.« Grazia hielt sich lachend umschlungen. »Da kiekt ihr, wa.«

Wenn sie vergaß, Argadisch zu reden, war es wohl allerhöchste Zeit, diesen Unfug zu beenden. Anschar stand auf und zog sie mit sich hoch. Ihr nasses, auf der Haut klebendes Gewand enthüllte ihren Körper, was allein schon hätte ausreichen müssen, sie zur Vernunft zu bringen, aber sie schien es nicht zu bemerken. Als sie sich sträubte, legte er den Arm um ihre Mitte und trug sie zum Ausgang.

»Nicht doch.« Sie wand sich in seinem Griff, bis sie es geschafft hatte, die Hände hinter seinem Hals zu verschranken und sich schwer zu machen. »Ich bin brav, wirklich, du böser Mann.«

»Feuerköpfchen, du wirst das bereuen. Spätestens morgen. Aber was rede ich …«

Er blieb stehen. Ihr Lachen erstarb. Vor ihnen, beschattet vom Korridor, stand eine weitere Frau. Sie hatte die Hände an die Wangen geschlagen, ihr Blick war auf Anschar geheftet.

Ihre Augen verengten sich, angestrengt starrte sie ihn an. Dann, als habe sie ihn erkannt, keuchte sie auf und fiel vor ihm auf die Knie. Hände umschlossen seine Fesseln, Lippen drückten sich auf seine Zehen. Er musste sich beherrschen, stehen zu bleiben und dies zu erdulden.

»Jenia! Verzeiht, sie ist manchmal ein wenig seltsam.« Terechnon schob sich an ihm vorbei, die Hände ringend. »Jenia, lass das.«

Die Frau ließ ihn los und sah vorsichtig zu ihrem König auf. Sie war von eher rundlicher Gestalt, mit breiten Hüften, dabei klein gewachsen. Wie eine Kugel hatte sie sich zusammengerollt und kaute schuldbewusst auf einer Haarsträhne.

»Sie war die Leibdienerin deiner Mutter.«

Jenia wand sich auf dem Boden. »Du siehst ihr so ähnlich«, flüsterte sie. Anschar war danach, einen weiten Bogen um dieses kauernde Elend zu machen; stattdessen neigte er sich vor und bot ihr die Hand. Jenia zuckte zurück. Als er einen Schritt auf sie zumachte, kroch sie fort, sprang auf die Füße und war in der nächstbesten Kammer verschwunden.

2

Ein Sonnenstrahl traf auf Grazias Lider und wollte sich geradewegs in ihren Kopf bohren. »Au …« Ihre Hand fiel unbeholfen auf die Augen, es wurde wieder dunkel. Aber nun war sie wach. Um dem Licht zu entgehen, wälzte sie sich auf die Seite. Erschrocken ruckte sie hoch, als sie vom Bett zu fallen glaubte. Winzige Leuchtpunkte tanzten vor ihren

Augen, alles wirkte verschwommen. Sie rieb sich das Gesicht, bis sie wieder klar sehen konnte. Nur das dumpfe Pochen hinter ihrer Stirn wollte nicht enden.

»Wenn du diesen Sud trinkst, geht es dir besser.« Eine Temenierin neigte sich über sie und hielt ihr einen hölzernen Becher hin. Der Duft nach einem süßen Kraut wehte in Grazias Nase, durchaus verheißungsvoll, also trank sie gehorsam.

»Wirkt er schnell?« Sie drehte sich, um die verschwitzten Kissen und Laken zu richten und sich wieder hinzulegen.

»Nur, wenn du an die frische Luft gehst.« Die Hände der Frau hielten sie an den Schultern fest und richteten sie auf. »Komm.«

Widerstrebend zwang sich Grazia auf die Füße. Es war wohl das Beste, auch wenn die weiche Matratze mit dem Duft des Schlafes lockte. Gähnend folgte sie der Temenierin durch den bogenförmigen Eingang des Gemachs, durch Gänge und gewundene Treppenschächte. Jeder Schritt war eine Mühsal, doch zusehends verdrängte Neugier die Sehnsucht nach Schlaf. Alles hier war rundlich; harte Kanten gab es nur an den Stufen, aber auch diese waren halbmondförmig gewunden. In den Wänden glitzerten natürliche Einschlüsse von Erz: kupfrig und grünlich. Geschickt angelegte Schächte und Deckenlöcher ließen Licht und Luft herein. Als Grazia an die Oberfläche gelangte, blinzelte sie dennoch, von der Helligkeit geblendet. Sie musste sich auf die oberste Treppenstufe setzen, da sie ein Schwindel erfasste. Woher kam der nur? Sie erinnerte sich daran, lauthals gelacht zu haben.

»Ich hab geträumt, da wäre eine Frau gewesen, die Anschar anstarrte, als wäre er – was auch immer.«

Die Dienerin lächelte und unterdrückte mühsam ein Kichern. Wie hieß sie noch gleich? Iach… Iacheia? »Das hast du nicht geträumt. Jenia war Siraias Leibdienerin. Und wie ich hörte, sieht er seiner Mutter sehr ähnlich. Jenia hat ihre

Herrin sehr geliebt. Nicht verwunderlich, dass sein Anblick sie so erschreckte.«

»Das ist ja …« Grazia schlug die Hand vor den Mund.

»Ja?«

»Das ist ja furchtbar!«, vollendete sie den Satz. »Dann war das ja gar kein Traum. Alles! Das Wasser … Ich habe mich ziemlich danebenbenommen.« Donnerlittchen, da hatte sie wohl den ersten Kater ihres Lebens. Höchst beeindruckt griff sie sich an die pochenden Schläfen.

»Ja, das hast du«, kam es von irgendwoher. Sie reckte den Kopf und drehte sich auf dem Gesäß. Terechnon schritt von hinten heran, ein durchscheinendes Gewand umflatterte seine hagere Gestalt. Zwei junge Männer hasteten ihm voraus zu einer aus dem Felsen gehämmerten Steinbank dicht am Rand der Klippe. Dort errichteten sie einen Sonnenschutz aus Grasgeflecht und Tüchern, denn die niedrigen Dächer aus Stoffbahnen, welche die Bodenlöcher beschirmten, reichten nicht bis dorthin. Der König berührte Grazia an der Schulter, als er an ihr vorüberging, und auch er sagte: »Komm.«

Beschämt rappelte sie sich auf und folgte ihm. Er ließ sich im Schatten des Sonnensegels nieder und klopfte neben sich auf die Bank.

»Wir sind dir nicht böse, ganz bestimmt nicht, denn es war ja unsere Schuld, dir das Krähenblut angeboten zu haben. Vielleicht hätten wir bedenken sollen, dass es nicht jeder verträgt? Erst recht nicht, wenn er monatelang nichts als Wasser trank. Aber es ist eine Freude zuzusehen, wie sich ein Gast so vergnügt.«

Er schmunzelte in sich hinein, doch Grazia beruhigte dies kein bisschen, denn die unvermeidliche Frage würde auf dem Fuße folgen, so sicher, wie sie jetzt neben ihm saß. Verlegen glättete sie den Stoff über den Knien und fragte sich, ob ihr Kleid nass gewesen war. Klitschnass vermutlich. O Gott.

Iacheia beugte sich über einen anderen Höhleneingang und rief händeklatschend weitere Dienerinnen herbei, die Kannen und Becher brachten, um den Herrn zu erfrischen. Auch Grazia bekam ihren Anteil salzig schmeckenden Wassers, und sie hütete sich, etwas anderes zu tun, als es manierlich zu trinken.

»Es schmeckt dir nicht, hattest du gesagt?«, fragte er.

»Oh, äh, nun ja, es ist ein wenig ungewohnt.«

»Es kommt tief aus dem Fels. Dort sind uralte Kammern, die wohl schon existieren, seit es die Welt gibt. Dass es so ist, ist unser Glück, denn sonst könnten wir nicht mehr überleben. Aber der uralte Vorrat schwindet, und man muss immer tiefer in den Fels hinabsteigen. Das ist mühselig.« Er schwieg, während er nippte und dabei in die Ferne sah. Sie saßen mit dem Rücken zur Wüste, und so breitete sich über die Stoffplanen hinweg das fremde Hochland vor Grazias Augen aus. Die Luft war trüb, doch kein Wölkchen warf einen Schatten auf das Land. Zu ihren Füßen breitete sich ein gewaltiger Talkessel aus. Ein kleines Stück Weges nur hätte sie bergab laufen müssen, dann hätten ihre Füße trockene, sich endlos dahinziehende Äcker aufgewirbelt. So war es der Wind, der den Staub hob und die Luft grau färbte. Männer und Frauen arbeiteten auf der Talebene und rangen dem Boden ab, was der Fluch noch zu geben gewillt war. Andere gossen aus Beuteln und Krügen das aus der Tiefe heraufgeschleppte Wasser in kleine Bewässerungsgräben. Eine beschwerliche, nie endende Arbeit. Plötzlich kam Grazia das Wasser nicht mehr salzig vor, und das, was sie gegessen hatte, erwies sich im Nachhinein als eine Kostbarkeit.

Zur Linken begrenzte ein Wald das Tal. Er wirkte so düster und abweisend, dass sie nicht näher hinsehen wollte. Sie tat es doch und erwartete die Umrisse schwarzer Geier auf den Wipfeln hocken zu sehen. Aber da war kein Vogel, weder dort noch über dem Tal. Selbst Mücken stoben in spärlicher Zahl durch die Luft. Ein Käfer mit blau glänzendem Panzer, der über den Boden torkelte, wirkte in seiner schillernden Pracht wie nicht zu dieser sterbenden Welt gehörig. Sie dachte an das exotische Tier in Anschars Zimmer, das an ein Chamäleon erinnerte; auch dies war vielleicht das letzte seiner Art.

»Da weht kaum mehr ein Blatt an den Bäumen«, sagte Terechnon. »Und das liegt nicht nur daran, dass jetzt Sommer ist. Ist denn Sommer?« Er kratzte sich an der Stirn, als habe er angesichts ewig gleicher Monate den Überblick verloren.

»Ja. Als wir Argad verließen, war Winter.« Ein Winter, der daheim ein Sommer wäre, dachte sie.

Am Horizont, gerade eben noch im Dunst erkennbar, ragten weiße Mauern auf, gewaltige Säulen oder runde Türme. Henons Paläste.

»Weshalb seid ihr hier und nicht dort?«

»Weil das Wasser hier ist. Weil wir schwach und nur noch wenige sind. Zu wenige, um solche Gebäude mit Leben zu füllen. Es ist nicht erstrebenswert, dort zu sein und dem Zerfall hilflos zusehen zu müssen. Das jedenfalls pflegte mein Großvater zu sagen. Er hatte als Kind noch in Anburhachmenon gelebt.«

»Du warst nie dort?«

»O doch, natürlich. Zuletzt vor, hm … drei Jahren? Man braucht einen Tag, um dorthin zu gelangen. Wenn man kräftig ausschreitet. Mir ist das zu anstrengend, und was gäbe es dort zu sehen, was ich nicht schon fünfmal gesehen hätte? Die jungen Leute wollen natürlich wenigstens einmal die Stadt ihrer Ahnen gesehen haben, und dann bringen sie auch immer etwas mit. Alte Gefäße, alte Möbel. Was eben den Zerfall überdauert hat und noch nützlich ist. Und was nicht zu groß ist, denn Reittiere haben wir hier nicht – nicht mehr.

Der Fluch hat zuweilen nur kleine Auswirkungen, die aber in sich weiterwachsen: Erst fehlten die Männer, die mit Pferden und Sturhörnern umzugehen wussten, und dann fehlten die Tiere; sie verwilderten, verschwanden. Unten in der Stadt gibt es noch ein paar Sturhörner. Und natürlich die genügsamen Einhornziegen, die unsere Wolle liefern.«

Ein sterbendes Volk, dachte Grazia bestürzt. So und nicht anders würde es den Argaden ergehen, wäre Anschars Vorhaben missglückt.

»Der Palast wirkt von hier aus glanzvoller, als er noch ist. Der trockene Boden sinkt unter dem Gewicht der Mauern ab. Überall gibt es Risse, schiefe und eingestürzte Wände. Es ist eine hässliche Ruinenstadt.« Terechnon winkte ab. »Steine und verrottetes Holz, weiter nichts.« Er stöhnte leise, denn Iacheia hatte sich auf ein Kissen gekniet, hielt einen seiner Füße auf dem Schoß und begann die Sohle zu kneten. Ihre Zunge spitzte zwischen den Lippen hervor, so hingebungsvoll kam sie dem Dienst an ihrem König nach. Eine Weile sah Grazia zu, wie er es genoss, umsorgt zu werden. »Bist du eine Tochter des letzten Gottes?«, hob er dann doch den Faden wieder auf, von dem sie gehofft hatte, er sei längst fortgeweht.

»Ich bin mir nicht sicher, ob ich in das, was bei dem Mahl geschehen ist, etwas so Ehrwürdiges hineindeuten darf.«

Was soll's, dachte sie. »Ich bin, nun ja, eine Adoptivtochter, könnte man sagen. Du wirkst nicht sehr überrascht?«

»Ich hatte mich schon gefragt, wie ihr überlebt habt, ohne jede Ausrüstung und Vorräte. Und Geschichten über Nihayen kennen auch wir.«

»Wirst du jetzt von mir verlangen, die Kammern aufzufüllen?«

Er legte den anderen Fuß auf Iacheias Schoß. »Kannst du das denn?«

Was sollte sie darauf sagen? Veynaydro hätte es gekonnt.

Welch ein sinnloser Tod … »Nicht in solchen Mengen. Vor diesem Problem stand ich schon in Argad. Madyur-Meya hätte mich an deiner Stelle schon in seine Zisternen geschickt. Wenn er etwas will, kann er ziemlich hartnäckig sein.« Um es freundlich auszudrücken, fügte sie in Gedanken hinzu. Aber trotz seiner aufbrausenden Art vermisste sie den Herrscher von Argad, denn ein wenig, ein ganz klein wenig, erinnerte er sie an ihren Vater.

Terechnon lächelte. »Ach, deshalb hast du so misstrauisch gefragt, ob ich es nun verlangen würde.«

Wie anders dieser Mann doch war: so still und gelassen. Als würde er selbst dann noch mit einem Lächeln hier sitzen, wenn das gesamte Höhlensystem unter ihm einbräche. Ein Brummen entrang sich ihm, als sich Iacheia seinen Zehen widmete. Hingebungsvoll ließ sie die Fingerkuppen darum kreiseln.

»Allerdings hat er eingesehen, dass das, was ich tun kann, nur ein Tropfen auf den heißen Stein wäre.«

»Ist das eine argadische Redensart?«

»Äh – na ja«, stotterte Grazia. »Es bedeutet …«

»Oh, ich verstehe. Der Tropfen verdampft, und es ist, als ob man nichts unternommen hätte. Deshalb seid ihr ja auch hier: weil ihr wisst, dass solche Maßnahmen den Fluch nicht aufhalten. Ja, der Fluch, er trifft beide Länder.« Er wies auf die in der Ferne schimmernden Gebäude. »Unser Volk war nicht weniger groß als das des Meya, unsere Paläste sicherlich nicht weniger prachtvoll. Aber seine Männer waren stärker als unsere, sein Bestreben mehr als unseres auf Kampf und Macht ausgelegt. Er schwächte uns, trieb uns in den Boden, wo wir uns wie Höhlentiere verkrochen. Oh, ich verwirre dich, ich meine natürlich den alten, als unbesiegbar geltenden Kriegerkönig Meya, der hier an dieser Küste starb. Du kennst die Geschichte?«

Grazia nickte. »Er hatte drei Tage ununterbrochen gekämpft, seine Füße standen bis zu den Knöcheln in Blut.«

»Richtig. Zum ersten Mal fühlte er sich müde. Die Temenier hatten wenige wirklich herausragende Krieger, aber den besten hatten sie für diesen Moment aufgespart.«

»Meya versprach den Göttern das Leben seines Sohnes, wenn er diesen Kampf noch gewänne.«

Sie stockte, und er sprach weiter: »Und er gewann. Der Schamindar kam, um das Versprechen einzufordern. Meya bereute es so sehr, dass er sich selbst der Großen Bestie stellte, waffenlos. Er wehrte sich nicht, als der Schamindar ihn riss. Oh, die Temenier haben ihn gehasst, zweifellos, aber dies dürfte bei einigen Bewunderung errungen haben. Was danach geschehen sein soll, erzählt man in Argad sicher anders als hier. Der König von Temenon versammelte seine Töchter um den Leichnam seines gefallenen Kriegers, damit sie über ihm klagten und ihn so ehrten. Zehn Tage harrten sie singend und haareraufend aus, ohne jede Nahrung, ohne Wasser – du siehst also, Geschichte vermischt sich mit Legende, denn wer könnte das so lange aushalten? Der Leichnam des Meya dörrte ungeehrt in der Sonne, an einem versteckten Ort, wo die Argaden ihn nicht fanden. Am elften Tag stahl sich eine der Töchter fort und sammelte die Leichenreste auf, legte sie in ein Tuch und trug sie zu den argadischen Schiffen. Dort war man sich unschlüssig gewesen, ob man abreisen oder bleiben oder weiterkämpfen sollte. Sie nahmen das Bündel und legten ab. Das war noch nicht das Ende der Kriege; es gibt ja viele Geschichten vom Sohn und noch anderen Söhnen des Meya, die den Krieg fortsetzten … Der König verbannte seine Tochter. Sie ging an die Küste«, Terechnon berührte die Bank, als sei jene Tochter an genau dieser Stelle erschienen. »Es gab nirgends sonst einen Platz für sie, also harrte sie hier aus, sah dem Sinken des Meeres zu, und als es fort war, stieg sie hinab und begab sich in das neue Land, das rasch zur Wüste wurde.«

»Diese Geschichte habe ich wirklich noch nie gehört. Wie lange soll sie denn hier gestanden haben?«

»Nun, hundert Jahre werden es schon gewesen sein. Das Reden macht durstig.« Er hob seinen Becher, trank und lachte leise in sich hinein. »Legenden, wie gesagt … Oder die Götter gaben ihr die Stärke für ein langes Leben.«

Es klang wirklich wie eine Legende, eine Sage, fand Grazia. Ebenso wie Veynaydro eine lebendige Sagengestalt gewesen war. »Anschar hatte mir nur erzählt, dass die Argaden den Leichnam ausgehändigt bekamen und nach Hause segelten. Dort wurde er in einem großen Kuppelgrab beigesetzt, mit einem gewaltigen Goldschatz. Man kennt allerdings heute nicht mehr den genauen Standort des Grabes, lediglich mehrere leere Kuppeln, die infrage kämen. Vielleicht hat man es ja irgendwann ausgeraubt. Solche Geschichten gibt es auch da, wo ich herkomme: Mächtige Könige, die in gewaltigen Grabhäusern bestattet wurden, mit unvorstellbaren Schätzen, von denen kein einziger Zeit und Diebe überdauert hat.« In Ermangelung eines entsprechenden Wortes zeichnete sie mit den Händen eine Pyramide. »Und falls doch, wurde er noch nicht gefunden.«

Ihr fiel auf, dass bisher noch nicht die Rede von ihrer Heimat gewesen war. Natürlich würde Terechnon nachhaken. Wollte sie das? Hastig fragte sie: »Wo ist Anschar?«

»Du hast nicht lange geschlafen. Bis eben saßen er und ich noch beim Mahl. Er wollte Siraias Dienerin zwar folgen, aber sie ist wieder fortgelaufen. Vielleicht ist er ja in seiner Kammer«, er deutete in eine Richtung. »Sieh nach, wenn du willst.«

»Das würde ich gern.«

»Nun, Iacheia, es betrübt mich sehr, deine kundigen Hände zu entbehren, aber zeige Grazia den Weg.«

Sanft setzte die Dienerin seinen Fuß auf dem Kissen ab und erhob sich. Grazia griff sich an die Stirn, die wieder zu pochen begann, als sie hinter ihr herlief. Im Sitzen hatte sie nichts von der Wirkung des üblen Getränks gemerkt; jetzt kam sie sich vor wie ein Papierboot im Wind. Sie merkte kaum, wohin es ging, nur dass der Felsboden glatt, wellig und von vielen Lichtlöchern durchbrochen war. Wie leicht konnte man da hineinfallen! Und wie leicht sie verwechseln. Iacheia jedoch steuerte zielstrebig auf eines zu, nah an der Felskante, kniete sich hin und steckte den Kopf hinein.

Grazia sah den alten Holztisch mit der Goldschale darauf. Das Bett, auf dem Anschar geschlafen hatte. Den Stuhl, auf dem er gesessen hatte, mit ihr auf dem Schoß.

Iacheia richtete sich auf. »Nein, hier ist er nicht.«

Die Wandbilder in den Palästen Argads hatten ihre temenonischen Feinde durchaus prächtiger gezeichnet. Hier gab es keine Zeichnungen, keine Fresken, welche die Männer seiner Heimat darstellten. Zu malen pflegte man in Temenon offenbar wenig, was am Fels liegen mochte, der immerhin interessante Farbeinschlüsse bot; dafür waren Weberei und Knüpfwerk von großer Kunstfertigkeit. Diese Wände mit farbenprächtigen Stoffen zu verhängen, schien der hauptsächliche Grund zu sein, weshalb man so viel Eifer und Mühe in ihre Herstellung legte. Anschar befingerte filigrane Knotengebilde und zierliche Webarbeiten, während er durch die Gänge schritt. Auch wenn die Temenier sich Mühe gaben, mit all diesen Stoffen und Wandbehängen die Felswände zu tarnen, so ließ sich doch nicht leugnen, wie eigentümlich diese Wohnstätte wirkte. Früher mochte das alles anders gewesen sein, eher wie in Argad – der Schmuck seiner Mutter, wäre er hier, hätte von altem Glanz gekündet.

Der Gang mündete in einen runden Hof. Kammern reihten sich aneinander. Anschar blinzelte gegen die Sonne und hob eine Hand an die Nase. Der Gestank von Urin und der Anblick mehrerer Gruben, in denen farbige Brühen schwappten, erinnerten ihn an die Papierwerkstätten in Hersched, den denkbar übelsten Ort für einen Sklaven. Drei Monate hatte er dort an Parrad gebunden ausgeharrt, in Urin eingeweichte Grasfasern getreten, Peitschenhiebe empfangen und sein Schicksal verflucht. Seine Beine begannen zu jucken; unwillkürlich hob er eines an und kratzte sich den Unterschenkel. Er musste sich zwingen, nicht ruckartig kehrtzumachen. Aber diese Frauen hier, vielleicht zwanzig an der Zahl und jeglichen Alters, waren keine Sklavinnen. Sie schwatzten bei ihren Tätigkeiten lautstark miteinander, lachten, aßen nebenher gerolltes Fladenbrot und tranken Wasser und vergorenen Saft. Erst als sie ihn erblickten, ließ eine nach der anderen die Hände sinken und schwieg.

Die Frau, der er nachgelaufen war, lugte aus einer der Kammern. Als ihre Blicke sich trafen, überquerte sie hastig den Hof, sprang über die Becken hinweg und verbarg sich inmitten einer Gruppe arbeitender Frauen. Sie stießen sich mit den Ellbogen an und grinsten ihr zu. Wie hatte Terechnon sie genannt? Jenia?

Sie machte ein böses Gesicht. Als er näher trat, kauerte sie sich zusammen und schob das unförmige Gewand über die Knie. Nun sah er, was die Frauen taten: Sie zermahlten weiches Farbgestein zwischen runden Felsplatten zu Pulver. Andere zerstießen getrocknete Pflanzen mit dem Mörser. In etlichen Körben lagerte Wolle, gesponnen und ungesponnen, bleich und bereits gefärbt. Hier entstanden die Garne und Stoffe der Temenier. Aus den Kammern erklang das Klappern von Webstühlen. Jenia sprang auf, rannte unter einem Gestell hinweg, auf dem dunkelblaues Garn zum Trocknen lag, und verschwand in einer der Kammern. Kopfschüttelnd folgte er ihr.

Staub flirrte im einfallenden Sonnenlicht, aus Körben aufsteigend, in denen Fadenknäuel in unendlicher Farbenpracht lagerten. Dunkles Rot, das helle Rot der untergehenden Sonne, Grün in allen Schattierungen, als sei ein Garten in diese Körbe gepflanzt worden. All dies fand sich auf der Stoffbahn wieder, die eine Frau wob. Wie im Rausch glitten ihre Hände hin und her, stießen das Schiffchen zwischen den Kettfäden hindurch und ließen die Steingewichte an deren Enden gegeneinanderschlagen.

»Jenia, verschwinde«, sagte sie, ohne von ihrer Arbeit aufzusehen. Jenia wollte an Anschar vorbei wieder hinausrennen, doch er hielt sie am Handgelenk fest.

»Wie alt bist du eigentlich?«, fragte er barsch.

»Weiß ich nicht genau.« Vergeblich versuchte sie sich ihm zu entwinden.

»Du benimmst dich wie ein Kind! Hast du Angst vor mir?«

»Bestimmt nicht!« Trotzig reckte sie das Kinn vor. Nein, jung war sie nicht, aber das wohlgenährte Gesicht bisher von Falten verschont. Er ließ sie los. Diesmal lief sie nicht davon, sondern ging nur nach draußen, wo sie sich in gehörigem Abstand umdrehte. Sie schob die Arme ineinander. »Ich weiß ja, wer du bist.«

»Dann sage mir …«

»Ich hab sie geliebt«, brach es voller Wut aus ihr heraus. »Sie hat gesagt, sie käme zurück, aber sie hat mich angelogen!«

»Bei Inars Gemächt«, knurrte er. »Das liegt etliche Jahre zurück. Und da grämst du dich jetzt noch?«

»Was geht's dich an?« Sie wischte sich eine dicke Haarsträhne aus dem Gesicht, die sich in ihrem Mund verfangen hatte. Er wollte gehen und seine Absicht begraben, diese Frau über seine Mutter auszufragen, doch kaum lenkte er seine Schritte zurück in den düsteren Gang, fühlte er ihre Hand an seinem Arm. Er blieb stehen. Neugierig strich sie über seine Tätowierung und neigte sich vor, um sie aus allernächster Nähe zu betrachten. In ihrem dunkelbraunen Schopf glänzten vereinzelte weiße Haare.

»Bitte entschuldige.« Sie richtete sich wieder auf. »Dass ihr Sohn plötzlich da ist, hat mich erschreckt. Aber eigentlich muss ich dir doch jetzt dienen.«

»Um Inars willen, nein, ich brauche keine Dienerin. Erzähl mir nur von ihr. Aber nicht hier, denn dieser Gestank ist mit das Abscheulichste, was mir je in die Nase kam.«

Jenia machte große Augen und bedeckte den Mund mit der Hand.

»Was ist?«

»Dieser Widerwillen … wie du eben die Brauen gegeneinander geschoben hast, genauso hat sie's auch gemacht. Ganz genauso!« Unvermittelt brach sie in Tränen aus.

Ihr Götter, dachte er, was fing man mit so einer Frau nur an? Er rüttelte sie sanft an den Schultern, und als das nichts bewirkte, schob er sie in den nächstbesten Raum und drückte sie auf eine Sitzbank nieder. Kaum saß auch er, beruhigte sie sich, sprang ebenso überraschend auf und verschwand wieder. Er runzelte die Stirn. Allmählich wurde ihm dieses Spielchen lästig, doch da kehrte sie schon zurück, kniete vor ihm und reichte ihm einen Becher mit Wasser.

»Danke.« Er hatte keinen Durst, aber vermutlich würde er sie wieder vergraulen, wenn er nicht trank. Nach ein paar Schlucken stellte er den Becher neben sich ab, neigte sich vor und legte die Ellbogen auf die Knie. »So. Wirst du jetzt da hocken bleiben und erzählen? Ich würde dich ja fragen, ob wir einen angenehmeren Ort aufsuchen können, aber sicherlich gehst du mir auf dem Weg dahin verloren.«

Mit dem Handrücken fuhr sie sich über das verweinte Gesicht. »Ich rede nicht gern davon. Ich war noch ein Kind, als man mich hinunter in die Stadt gebracht hat, da lebte sie nämlich. Da war sie – ich glaube, zwanzig Jahre, ja. Ich hab sie liebgewonnen, als wäre sie meine Mutter. Aber zwei Jahre später ist sie dann in dein Land aufgebrochen.« Sie sprach hastig, als wolle sie es nun rasch hinter sich bringen. Bitternis umhüllte ihre Worte. »Ich – ich weiß noch gut, wie ich unten im Schatten der Felswand gestanden und ihr nachgeweint hab. Sie hatte mir versprochen, dass sie zurückkäme …«

Henon, du alter Narr, dachte er, warum hast du mir Jenia verschwiegen? Aber er kannte ja die Antwort. Henon hatte Temenon in den glühendsten Farben geschildert, um ihn, den kleinen Sklavenjungen, der unter der Knute der Küchenknechte ächzte, träumen zu lassen. In solche Geschichten passte kein trauriges, verlassenes Kind.

»Du hast Henon gekannt, ja?«, fragte er.

»Ja. Er brachte mir bei, eine gute Dienerin zu sein. Anfangs hab ich ihn nicht gemocht. Er war so … so unterwürfig, als gäb's nichts Schöneres, als einer Herrin jeden Wunsch von den Augen abzulesen. Aber als er mit Siraia fortging, war ich auch seinetwegen traurig. Er war …«

»Nein«, abwehrend hob er die Hand. »Über ihn will ich nichts hören.«

»Warum denn nicht?«

»Wohl aus demselben Grund, weshalb du nicht über Siraia sprechen magst: Es schmerzt zu sehr.«

»Du verziehst keine Miene, aber aus deinen Augen fließen Tränen«, sagte sie sichtlich erstaunt. »So etwas hab ich bei einem Mann nie gesehen.«

»So ist das bei meinem Volk.« Er lächelte verdrießlich. »Wir weinen zumeist still, wenn das, was uns dazu bringt, zum Freuen ist. Ist es etwas Übles, können wir heulen und uns wie sterbend gebärden. Bei Männern und Frauen ist da kein Unterschied.«

»Aber ihr seid doch so kriegerisch, erzählen die Sagen.«

Diesen Einwand kannte er von Grazia, und von ihr hatte er ihn schon nicht verstanden, also winkte er ab, denn was hatte die Kampfeskraft eines Mannes mit den Tränen zu tun, die er vergoss?

»Was tust du denn, seit Siraia fort ist? Stoffe färben?«

»Manchmal. Siehst du?« Sie streckte die Handflächen vor. Wo die Haut dick war, war sie dunkel von vielerlei Farben. »Aber ich spritze zu sehr herum, und dann schimpfen die anderen. Sarid hat mich in ihre Obhut genommen, sie ist geduldig mit mir. Das ist Siraias Mutter. Ihr diene ich.«

»Siraias ...« Er verstummte. Nie war ihm in den Sinn gekommen, dass jemand aus ihrer Familie noch am Leben sein könnte. Der Vater, so hatte ihm Henon gesagt, war bereits tot, und Geschwister gab es keine.

»Deine Großmutter!«, rief Grazia von oben herab. Jenias Blick flog hoch; eilig kroch sie ein Stück fort. Über eine Treppe kam Grazia herabgelaufen. Das dünne temenonische Gewand war fast bis zu den Knien hinaufgerutscht. Die letzten zwei Stufen sprang sie. »Terechnon hat mir eben von ihr erzählt! Du hast eine Großmutter! Ist das nicht schön?« Er stand auf, sie flog in seine Arme. »Keiner kennt ihr genaues Alter. Er meinte, dass man von keiner Frau wüsste, die so alt wurde.«

»Sag nicht, sie ist eine Nihaye«, erwiderte Anschar. »Die bisherigen Begegnungen mit Halbgöttern reichen mir.«

»Aber nein! Schau nicht so düster drein. Sarid heißt sie, und man sagt von ihr, dass sie sich ans Leben klammert, weil sie hofft, doch noch rechtzeitig von ihrer Tochter oder wenigstens einem argadischen Gesandten zu hören. Terechnon hat mir all das eben erzählt. Was sagst du dazu?«

»Es klingt irgendwie traurig. Passt anscheinend zu meiner Familie.«

»Immer muss er sich über irgendetwas beklagen!« Sie

klopfte auf seine Brust, während sie zu Jenia hinabblickte. »Das hast du bestimmt auch schon bemerkt, oder?«

Aus großen Augen sah Jenia hoch. Sie kauerte auf den Fersen und hatte die Arme um die Knie geschlungen. »Er mag den Gestank nicht.«

»Jenia, plappere kein unnützes Zeug«, rief Terechnon. Auch er kam die Treppe herab, allerdings wesentlich gefasster. Vor Anschar neigte er den Kopf. »Sarid wünscht, dich morgen zu sehen.«

»Darf ich ihn zu ihr bringen?«, bot sich Jenia eifrig an.

Terechnon wandte den Blick gen Himmel. »Meinetwegen, du wirst ja sowieso in der Nähe herumstreunen.«

Ihre Augen leuchteten. Sie kroch auf Anschar zu, drückte die Lippen auf sein Knie und stürzte lachend davon.

»So habe ich also eine Großmutter«, sagte er. »Was ist sie? Eine Herrscherin, Priesterin? Oder was sonst?«

»Nur eine weise Frau«, erwiderte Terechnon. »Ihre Vorfahren gehörten in der Tat zu dem alten Herrschergeschlecht, das gegen den Helden Meya kämpfte. Meine Linie stammt nicht davon ab, aber im Grunde birgt Sarid allein die Hoffnung auf das Ende des Fluches, denn sie ist der letzte Abkömmling jener alten Könige. Bin ich der König Temenons? O ja. Aber ich sehe mich vor allem als Diener Sarids.« Er machte eine weit ausholende Geste. »Alle hier tun das. Alles existiert letztlich nur noch ihretwegen. *Ihr* musst du die Hand zum Frieden reichen, nicht mir.« Er klang stolz und blickte Anschar erwartungsfroh an. »Das alles scheint dich aber nicht sehr zu beeindrucken?«

Hohn des Schicksals, so dachte Anschar, dass er als allerletzter Spross dieses Geschlechts in Feindeshand als Sklave aufgewachsen war. »Es klingt alles ein wenig verwirrend. Und ich bin einfach nur froh, meine Aufgabe erfolgreich hinter mich gebracht zu haben.«

»Darüber sind wir alle froh. Ach, es ist ein wundervoller Tag. So sehr haben wir ihn ersehnt. So sehr.« Terechnon stieg mit heiterem Schritt die Treppe hinauf, und Anschar glaubte, ihn oben pfeifen zu hören.

»Merkwürdige Menschen sind das hier! Und sag jetzt nicht, ich beklage mich schon wieder. Sie *sind* merkwürdig. Wer soll denn auch nicht in diesem Gängesystem irr werden?« Recht bald, so dachte Anschar, während seine Schultern kühlen Fels und zarte Stoffe streiften, würde es ihm ebenso ergehen.

»Sie sind freundlich«, erwiderte Grazia beschwichtigend. »Und ehrlich gesagt möchte ich gar nicht daran denken, bald wieder in die Wüste aufbrechen zu müssen. Auch wenn ich meine Gabe nicht wieder verlieren sollte, wird es entsetzlich anstrengend.«

»Dann denk auch nicht daran.« Er legte den Arm um sie. »Oder versuch es wenigstens. Ich werde dich nicht drängen; wir bleiben hier, bis du dir sicher bist. Die Aufhebung des Fluches hängt nicht davon ab, ob wir ein paar Tage früher oder später in Argad ankommen.«

»Vielleicht kehren sie ja in ihre alten Städte zurück und errichten sie neu, wenn das Land wieder fruchtbar wird. Vielleicht müssen sie das sogar? Das Wasser wird in die Wüste zurückkehren, irgendwann wird das Meer wieder da sein.«

»Aber sicher nicht zu unseren Lebzeiten.« Dies bedauerte er. Bevor er sterben würde, hätte er das Meer gern noch gesehen. Nun ja, was für ein törichter Wunsch. Es war ihnen vergönnt, den Fluch aufzuheben und eine Welt zu retten, mehr konnte ein Mann vom Leben wohl kaum erwarten. »Was deine Gabe betrifft: Hat dich Terechnon auf das, was du während deiner Trunkenheit getan hast, angesprochen?«

»Betrunken!«, entrüstete sie sich und machte sich in seinem Arm steif, aber er ging unbeirrt weiter, so dass sie mit ihm Schritt halten musste.

»Wie sollte man es sonst nennen?«, fragte er betont arglos. Ihr Ellbogen drückte sich schmerzhaft in seine Seite.

»Ich war ein wenig unpässlich.«

»Ach ja? Na, wenn du meinst. Ah!« Er rieb sich die Seite, denn ihr zweiter Stoß war heftiger ausgefallen.

»Natürlich hat er mich darauf angesprochen, wirkte aber ziemlich unbeeindruckt.« In ihrer Verlegenheit wickelte sie eine lose Haarsträhne um den Finger. »Er hat mich nicht einmal gebeten, ihm zu trinken zu geben. Dabei tut das nun wirklich jeder.«

Anschar hob die Schultern. »Er ist der Herr eines sterbenden Volkes. Hilflosigkeit macht den einen Mann zornig, wie es bei Madyur der Fall ist, und den andern gelassen. Oder gleichgültig.« Er ließ sie los, um einer vorbeieilenden Frau den verführerisch duftenden Krug von der Schulter zu nehmen. Die Temenierin begehrte nicht gegen den Diebstahl auf, sondern neigte ehrerbietig den Kopf und lief dann weiter.

»Das ist hoffentlich kein Krähenblut«, murmelte Grazia düster.

»Mit Sturhornkäse?« Er lachte.

»So ein Getränk wird auch in der Ilias geschildert. Nestor trinkt es aus einem großen goldenen Becher, den nur er allein mühelos heben kann …«

»Du und deine alten Helden. Das hier ist wirklich nur Wein. Wo trinken wir den jetzt? Ich hab mich verirrt.«

»Hier, darin haben mich die Frauen gebadet.« Grazia nahm eine Öllampe von der Wand und hob den Vorhang einer Kammer an. »Ist das nicht schön?«

Sie betraten eine Grotte. Das unbehauene Gestein an den Wänden glitzerte im Licht des Flämmchens. Ein Sims verlief rund um das Becken, darauf lagen Tücher, Schalen mit

Seifenkraut und Fläschchen, die vermutlich jene fruchtigen Essenzen enthielten, nach denen es hier duftete. Glasklar war das Wasser, Anschar sah die herausgehauenen Stufen darin zittern, als ein Lufthauch die Oberfläche sanft bewegte.

»War der Vorhang schon da, bevor du hier gebadet hast?«, fragte er. »Oder hast du gestrampelt und gejammert, bis man ihn eigens deinetwegen befestigt hat?«

Drohend hob sie den Ellbogen. »Weißt du noch, wie ich in Veynaydros Zisterne so gern ins Wasser gegangen wäre? Und hier würde ich am liebsten auch schon wieder hinein.«

»Was hindert uns denn?« Er stellte den Krug und die Lampe auf der Treppe ab, knüpfte das Hüfttuch auf und ließ es fallen.

»Wir sollten erst um Erlaubnis fragen.«

»Unsinn. Komm schon, Feuerköpfchen …« Ungeduldig öffnete er die Schnüre, die ihr Gewand an den Schultern zusammenhielten. Es sackte zu ihren Füßen zusammen. »Wir waren so lange unterwegs, wir *müssen* noch dreckig sein.«

Ihr Widerstand war so schwach, dass es keiner Worte bedurft hätte. An der Taille hielt er sie fest, um sich an ihrem Anblick zu ergötzen. Nicht einmal das silberne Sklavenzeichen zwischen ihren Brüsten missfiel ihm. Er fasste ihre Hand und zog sie mit sich die Stufen hinab. Tief war das Wasser nicht, es reichte bis zu seiner Mitte. Er warf sich zurück, um seine Haare zu nässen. Grazia löste das Band in ihrem Nacken und kämmte sich das Haar mit den Fingern aus; währenddessen ließ sie ihr eigenes Wasser aus den Händen fließen, bis die Strähnen nass an ihrem Körper klebten.

»Zu Hause müssen wir in einen kleinen Zuber, jeder nacheinander. Wenn Justus schließlich hineingeht, ist das Wasser längst nicht mehr sauber. Er nörgelt dann immer, aber so ist das bei uns. Erst das Familienoberhaupt, dann die Mutter und zum Schluss die Kinder.«

»Wer weiß, im Palast des Meya muss man es inzwischen vielleicht auch so halten.« Träge glitt er zur Treppe, zog den Stopfen aus dem Krug, hob ihn an die Lippen und trank. »Auch wenn ich sagte, wir können uns Zeit lassen – ich wünschte, wir wären bald mit der guten Botschaft zurück.«

»Erst muss deine Großmutter deine Hand ergreifen.«

»Was sie ja sicher tun wird. Ich wüsste nicht, woran die Aufhebung des Fluches jetzt noch scheitern sollte.«

»Was dann wohl passiert? Ich stelle mir vor, dass es kräftig regnet. Ihr Argaden wisst ja nicht, was ein schöner kühler Landregen ist.«

Er seufzte innerlich, denn davon schwärmte sie nicht zum ersten Mal. »Auch im Zedernwald hat es geregnet, aber das scheint der wasserverwöhnten Preußin nicht im Gedächtnis haften geblieben zu sein.«

»Ein einziges Mal! Bei uns …«

»Ja, ja, bei euch. Halt dein Mündchen und trink.«

Grazia nahm den dargebotenen Krug, aber der war wuchtig, so dass er ihr helfen musste, ihn an die Lippen zu setzen. Der rötliche Wein floss an ihrem Kinn herab. Anschar atmete schwer, denn es sah betörend aus. Unbeholfen stellte sie den Krug zurück, glitt um ihn herum und begann in seinem Nacken die gewohnte Handvoll Zöpfe zu flechten. Auf dem Sims ließ sie die Behältnisse klappern; offenbar fanden sich dort Schnüre. »Ich liebe das so an dir«, flüsterte sie in sein Ohr.

»Nur das? *Kumm man röwer, ick gew' di 'ne Birn.*«

»Ach, du!« Sie schlug auf seine Schulter, als er sie an den Rand drängte. Dort drehte er sie herum, so dass sie nichts anderes tun konnte, als die Arme auf dem Sims abzulegen. Als er ihre kleinen Brüste in seinen Händen bettete, hörte er mit Genuss, wie sie japste. Sie zappelte, und versehentlich fegte sie eine der Schälchen ins Wasser. Schließlich gestattete er es ihr, sich in seiner Umarmung wieder ihm zuzuwenden. Sie schlang die Arme um seinen Nacken und öffnete sich ihm.

»Keine Angst, dass jemand uns hört?«, neckte er sie.

»Sei halt leise«, murmelte sie in seinen Mund.

3

Wieso fühle ich mich wie ein Opfertier am Tempelsee?«, beklagte sich Anschar. »Gleich wirst du mir noch Bänder ins Haar flechten.« Er knurrte, hielt aber still, während sie den orangefarbenen Stoff über seinen Schultern glättete und jeden Zopf einzeln glattstrich. Dann ging sie um ihn herum, um den Anblick zu genießen. Man hatte ihm ein besonders prächtiges Kleidungsstück hingelegt, ein fließendes, knöchellanges Gewand mit weiten, bis zu den Ellbogen reichenden Ärmeln, wie ein orientalischer Kaftan. Es war ein Geschenk Terechnons.

»Du fühlst dich doch nur so, weil du gleich deiner Großmutter gegenüberstehst.« Grazia zupfte an den in Blau und Rot reich bestickten Ärmelsäumen und lächelte über die Anspannung, die ihn erfasst hatte. Würde es ihr denn anders ergehen?

»Du willst natürlich schlauer sein. Lach nicht!«

»Ach, Anschar.« Sie berührte mit dem Zeigefinger seine Lippen. »Ich bin ja bei dir.«

Er stöhnte. »›Was jetzt ein Sandkorn ist, ist morgen ein Kiesel und übermorgen der Hyregor‹«, zitierte er ein argadisches Sprichwort. »Also gut.« Er strich ihr über die Schläfen, als überlege er, wie sie jetzt wohl aussähe, wenn sie Siraias Schmuck trüge, wie es vorgesehen gewesen war. Welch ein Verlust.

Vor dem Gemach wartete Terechnon, um ihnen höchstselbst den Weg zu zeigen. Grazia stellte sich auf einen endlosen Marsch durch das Höhlensystem ein, doch zu ihrer Überraschung folgten sie nur dem Gang bis zu seinem Ende, durchquerten einige leerstehende Kammern und blieben vor einem mit Tüchern verhüllten Eingang stehen.

Jenia steckte den Kopf hindurch. Ihre Augen leuchteten. Sie beeilte sich, den Vorhang beiseite zu ziehen.

»Geht nur«, flüsterte Terechnon. »Ich werde hier auf euch warten.«

Anschar musste sich ducken, um eintreten zu können. Hinter ihm betrat Grazia das Gemach. Die Wand zur Wüste hin existierte noch, besaß aber zwei kleine ovale Fenster. Das beständige Summen all der Menschen, die den Felshang bewohnten, schwappte mit dem Sonnenlicht herein. All die Sitzkissen, Tischchen und aus Geflecht gefertigten Truhen wirkten wie von den Strahlen gestreichelt, und Grazia begriff, dass dies an dem vertrauten seitlichen Lichteinfall lag. Eine Deckenöffnung, die das Tageslicht einfallen ließ wie ein ausgekippter Eimer mit Wasser, gab es hier nicht.

»Kommt«, flüsterte Jenia. »Meine liebe Herrin ist wach.«

Auf einem breiten Bett mühte sich eine Gestalt, sich auf einen Ellbogen zu stemmen. Sie ächzte, denn sichtlich bereitete es ihr Mühe. Jenia eilte an ihre Seite und steckte Kissen in ihren Rücken, während sie zugleich unter ihre Achsel fasste, vorsichtig, als sei die Greisin aus Glas. Ein Tuch rutschte vom Kopf der alten Frau und offenbarte vereinzelte weiße Strähnchen an einem ansonsten haarlosen Schädel, um den sich die bleiche, von Altersflecken übersäte Haut straff spannte. Und dennoch war Grazias erster Gedanke: Sie ist schön.

Jenia ordnete die wollene Decke über dem dürren Körper der Greisin, küsste ihre Hände, hauchte ihr ein beschwichtigendes »Ja, ja, er ist es« an die Schläfe und kehrte zu Grazia und Anschar zurück. »Tretet ans Bettende«, bat sie leise. »So kann sie euch noch am besten erkennen. Ihre Augen sind sehr schlecht. Soll ich … soll ich draußen bei meinem Herrn warten?«

»Geh, Jenia«, knurrte Anschar.

Sie huschte hinaus, nicht ohne bewundernd den Saum seines Ärmels zu berühren. Angestrengt kniff Sarid die Augen zusammen, ihre Wangen und Lippen hoben sich. Ihr haarloser Kopf ruckte hin und her, im Bemühen, möglichst viel zu sehen. Endlich gab sie es auf und ließ sich mit einem so entsagungsvollen Seufzer sinken, dass es Grazia nicht verwundert hätte, wäre dies ihr letzter Atemzug gewesen.

»Es wird immer schlimmer«, knurrte sie ärgerlich und durchaus noch kraftvoll. »Hättet ihr nicht vor ein paar Monaten kommen können? Da waren meine Augen noch ausgezeichnet.« Sie deutete auf Anschar. »Tritt näher.«

Grazia fragte sich, ob Terechnon um dieser schlechten Augen willen ein Gewand in solch einer kräftigen Farbe gewählt hatte. Zielsicher langte die Greisin nach dem Stoff, als Anschar an der Seite des Bettes stand, krallte die Finger hinein und zupfte daran, damit er sich setzte. Die Bettbespannung knirschte unter seinem Gewicht. Der Finger der anderen Hand wies auf sie und dann auf einige der Kissen, die an den Wänden verstreut lagen. Grazia gehorchte, denn sie hätte ungern wie vergessen am Fußende ausgeharrt, und während sie an der Seite saß, konnte sie besser zusehen.

Sarid hielt das Gewand fest, so dass Anschar leicht vorgebeugt saß. Kurz sandte er Grazia einen hilflosen Blick. Sie lächelte aufmunternd. Was mochte in ihm vorgehen, da er dem einzigen Familienmitglied gegenübersaß, das er je besessen hatte, abgesehen von der seit langer Zeit verstorbenen Mutter, an die er nur Düfte und schattige Bilder als Erinnerung barg?

Auch von dieser Frau ging ein Geruch aus, den man nicht so leicht vergessen würde: scharf und kühl, der Pfefferminze ähnlich, vermischt mit einer Modrigkeit, die an den Tod gemahnte. Ihre dürre Hand wanderte über Anschars Arm und hinauf in sein Gesicht. Er hielt still. Die Finger fuhren seine Züge entlang und widmeten sich besonders Stirn und Brauen.

»Bist du immer so angespannt, wie du dich anfühlst?«

»Nein«, knirschte er.

Sie lächelte. Ihre Zähne waren von der Farbe nachgedunkelten Kiefernholzes. »Den Mund hast du von ihr. Aber alles über der Nase ist fremd. Wer war dein Vater?«

»Hat Terechnon es dir nicht gesagt?«

»Was frage ich denn Terechnon, wenn ich dich fragen kann?« Nun ruhte ihre Hand auf seinem Unterarm. Ob sie die Tätowierung erspüren konnte?

Grazia hatte vor Aufregung eines der Schulterbänder aufgezogen und spielte daran herum. Was immer er sagen würde, er konnte Sarid nicht täuschen. Nicht so wie Terechnon. Seine Stimme musste ihn verraten. Er schien sich dieses Dilemmas bewusst zu sein, denn er zögerte lange.

»Ich will nicht über ihn sprechen«, sagte er schließlich.

Sarid löste sich von ihm und verschränkte die Finger über dem Bauch. »Ob du willst oder nicht, du tust es doch, denn ein solcher Satz sagt einiges aus. Nun gut. Siraia war ja nicht ausgezogen, um in dem fernen Land ihr Glück zu finden. So war sie nicht. Sie ist tot, ja; das zumindest weiß ich von Terechnon. Und du? Du gehörst nicht hierher, aber auch nicht ganz nach Argad. Kein leichtes Schicksal. Hast du dort so etwas wie eine Familie?«

»Ich kannte Henon, er war mir wie ein Vater. Vielmehr wie ein Großvater, den man eher hätschelt, als ihn zu fürchten. Aber auch er ist mittlerweile gestorben.«

»Oh, Henon gelangte also ebenfalls nach Argad? Seltsam, mir schien, als hätte es stärkere Männer als ihn gegeben. Aber es ist ja Zähigkeit, nicht unbedingt Stärke, die einen ans Ziel bringt. Und sonst? Hast du eine Frau dort? Oder ist es die, die dort sitzt?«

»Sie ist es.«

Sarid wandte den Kopf in Grazias Richtung, aber ihre Blicke trafen sich nicht. »Komm her, komm her, ich kann dich nicht sehen …«

Hastig rappelte Grazia sich auf, rutschte fast mit dem Kissen aus und trat an die andere Seite des Bettes. Auf Sarids Klopfen hin setzte sie sich auf die Bettkante, und augenblicklich begann die dürre Hand zu wandern. Sie bewegte sich nicht. Überraschend sanft huschten die Fingerkuppen über ihr Gesicht.

»Ich spüre die Strapazen, denen du ausgesetzt warst, dennoch fühlen sich deine Wangen zart an«, murmelte Sarid. »Erstaunlich, dass du die Reise gewagt hast.«

»Wenn es darauf ankommt, ist sie zäh wie ein Krieger«, bemerkte Anschar. Grazia stand der Mund offen. Sie – zäh? Wirklich?

»Verzeih meine Aufdringlichkeit.« Sarids Hand glitt zurück auf die Decke. »Ständig träume ich, wie Siraia an mein Bett tritt. So wie ihr sitzt sie da und sieht mich an, und sie wartet, dass ich ein Wort sage, aber es fällt mir so schwer … so schwer. Noch mehr als jetzt bin ich nur noch Haut und Knochen, und meine Zähne sind weg, die Zunge ist ein Stück Leder, das sinnlos flattert. ›Warst du erfolgreich?‹, will ich sie fragen, aber ich kann es nicht, und so harre ich aus, dass sie von selber zu erzählen anfängt, aber sie lässt sich Zeit, und ich sterbe unter ihrem Blick hinweg, ohne die erlösenden Worte gehört zu haben … Also hab ich mir das Reden angewöhnt, damit ich's noch kann, wenn es so weit ist. Ach, törichtes Zeug, nicht wahr?«

»Das wirst du jetzt bestimmt nicht mehr träumen«, sagte Grazia.

»Oh, das hoffe ich. Ich träume noch anderes: Mein Volk geht in die Wüste, wie es das seit dem Rückzug des Meeres tut. Ich schleppe mich ans Fenster und sehe ihnen zu. Immer weniger Menschen bleiben zurück. Ich kann nicht mit ihnen gehen, denn ich muss ja auf Siraia warten. Und irgendwann bin ich allein, ich wanke durch die Gänge, meine Knochen schmerzen, und ich will rufen …« Sie hob die Hände an die Stirn und presste den Kopf ins Kissen. »Ich will rufen, rufen, ob noch jemand da ist! Aber wieder bringe ich kein Wort hervor. Niemand ist mehr zu sehen, niemand hört mein Krächzen.« Ihre Hände sackten herab. »Und dann weiß ich, Tuhrod war die Erste, die das Land verließ, und ich werde die Letzte sein, die es noch bewohnt. Ja, ich wünsche mir, dass ich endlich ruhig schlafen kann.«

Was sie damit meinte, verriet das verzückte Lächeln: schlafen. Sterben. Eigenartigerweise fand auch Grazia diesen Gedanken nicht traurig. Sie dankte Gott im Stillen, dass es ihnen gelungen war, rechtzeitig zu kommen, um dieser Frau Frieden zu bringen.

»Was hast du da gesagt?« Anschar sprach so heiser, dass Grazia ihn verwirrt ansah. Bleich war er, der Mund stand ihm offen. Seine linke Braue zuckte; fahrig strich er darüber. »Dein Volk geht in die Wüste … wie es das … seit dem Rückzug des Meeres tut?«

»Je schlimmer der Fluch hier oben wütete, desto mehr suchte mein Volk sein Heil in der Wüste. Über Jahrhunderte hinweg hat es den Lebensraum dort unten für sich erobert.

Es hat sogar das tote Land überwunden und sich über die Welt verstreut. Es ist ein anderes Volk geworden, während Temenon im Grunde längst nicht mehr existiert.« Sarid reckte sich nach ihm. »Warum hörst du dich an, als erschüttere dich dies im Innersten?«

Er wich zurück, starrte auf die ausgestreckte Hand, als verfalle sie in diesem Augenblick zu Staub und als bliebe nichts als ein Skelett, das zu berühren den Tod brachte. Rücklings entfernte er sich von ihr, stieß gegen einen Hocker, der knarrend über den Boden rutschte. Grazia ergriff die Hand der Alten und wollte flehen: *Lass es anders sein.*

Sie suchte sich in den Augenblick zurückzuversetzen, als alles noch im Lot gewesen war. Die Neugier der alten Frau, ihre Freude, ihre Erleichterung. Aber Sarids sich nach Anschar reckender Kopf machte es ihr unmöglich. Sein Keuchen in ihrem Rücken ebenso. Sein Atem kam so kraftvoll, dass er selbst das stete Summen der Menschen draußen aussperrte, denn sie vermochte nichts anderes als diese Stöße zu hören, mit denen er sich innerlich zu schlagen schien. Als sie Terechnons überraschte Frage hörte, was geschehen sei, wagte sie über die Schulter zu schauen. Anschar hatte das Eingangstuch hochgehoben; das Orange seines Gewandes blitzte auf, und er verschwand.

Grazia würgte eine Entschuldigung hervor und hastete ihm hinterher. Im Vorraum standen Terechnon und Jenia, ihre Mienen eine einzige, fassungslose Frage. Es blieb keine Zeit, sie zu beschwichtigen. Womit auch? Im langen Gang, von wenigen Lichtschächten schwach erhellt, stand Anschar; er hatte die ausgestreckte Hand gegen eine Wand gestoßen und barg das Gesicht in der Armbeuge. Ein Zittern durchlief seinen Körper und ließ sein Gewand wallen, das ihr in seiner Farbigkeit plötzlich wie eine lächerliche Verkleidung erschien. Er löste sich wieder, stapfte weiter, presste den Hintern gegen die Wand und krümmte sich, die Hände auf dem Bauch übereinandergelegt. Er würgte. Ein trüber Schwall ergoss sich aus seinem Mund. Aber er konnte sich des Aufruhrs in seinem Innern nicht entledigen, nicht auf diese Weise; er warf den Kopf zurück, wischte sich über den Mund und lief weiter.

Grazia blieb vor dem besudelten Boden stehen, machte einen Schritt darüber hinweg und folgte ihm langsam. Er war in seiner Kammer. Er tobte. Er schrie. Ein Krachen schlug gegen ihre Ohren, dass sie zusammenzuckte. Nein, was sie zögern ließ, war nicht die Furcht vor seinem Lärmen. Sie fürchtete, nutzlos dabeizustehen, während er litt.

Vorsichtig lugte sie in seine Kammer. Er saß auf dem Korbsessel, die Ellbogen auf den Knien, das Gesicht in den Händen vergraben. Die Platte des hölzernen Tisches, der Jahrhunderte überdauert hatte, war geborsten, ein Bein abgebrochen, die goldene Schale an den Eingang gerollt. Grazia wollte sie aufheben. Das Geräusch, als sie das Gefäß über den Boden schob, ließ ihn aufmerken.

Seine Hände sanken. Grazia ließ es bleiben, die Schale bergen zu wollen, und trat an den Tisch. Sag etwas, sag etwas!, wollte sie ihm zurufen, aber sie brachte kein Wort hervor. Eine Ewigkeit stand sie so da, während er sich krümmte und durch sie hindurchzublicken schien.

»Ich möchte Henon verfluchen«, sagte er tonlos. »Mich so zu täuschen. Nun weiß ich, weshalb er so wenig von diesem Land erzählte. Henons Paläste, ha! Er verriet mir ja nicht einmal, dass Temenon unter dem Fluch leidet, geschweige denn so hart! Bei Inar, der Alte war gerissener, als ich es ihm je zugetraut hätte. Tat aber immer, als müsse er vor Schwäche zusammenbrechen, wenn man ihn nur schief ansah.« Er hob den Kopf. »Die Frau, die Tochter des Königs – hat man dir die Geschichte auch erzählt?«

Sie begriff nicht. Er stemmte sich hoch, schob sich an ihr

vorbei und begann auf und ab zu laufen. Die Augen des Chamäleons, oder was immer es für ein Tier war, das angeleint in seinem steinernen Baum hockte, folgten ihm misstrauisch.

»Die Königstochter! Sie hatte die Leiche des Meya aufgesammelt. Oder das, was von ihr übrig war. Und den Argaden gebracht. Hast du den Namen gehört, den Sarid nannte? Hast du?«

Sein Stapfen machte sie verrückt; sie konnte sich nicht auf den Namen besinnen. Nein, Terechnon hatte ihn nicht genannt, und so schüttelte sie den Kopf.

»Sie hieß Tuhrod!«, schrie er sie im Vorbeigehen an. »Tuhrod! Verstehst du?«

Die Zunge klebte ihr am Gaumen, sie brachte nur ein dummes Geräusch zustande. So, genau so, musste Sarid sich in ihren Träumen gefühlt haben.

»So hieß die Herrin des Wüstendorfes. An das wirst du dich ja wohl noch erinnern, dort haben wir uns schließlich kennengelernt. Tuhrod, die Hündin, die mich in das Höhlenloch gesperrt hatte, wo mich die Hitze über Wochen hinweg garkochte!«

Wollte er allen Ernstes sagen, Tuhrod sei jene Königstochter gewesen? Aber dann dämmerte ihr, was er meinte.

»Der Name ist unter den Wüstenmenschen geläufig«, fauchte er, während er das Zimmer durchmaß. »Die Königstochter war die Erste, die in die Wüste ging. Nur die Erste. Ihr folgte im Laufe der Zeit ein ganzes Volk. Hast du denn nicht zugehört? Sarid hat es gesagt. Und dann das Bronzemesser, das du gefunden hast, entsinnst du dich? Es war kein Überbleibsel temenonischer Reisender. Oder gar der Reisetruppe meiner Mutter, ha!« Seine Worte troffen vor Hohn. »Irgendeine Nomadensippe hatte es zurückgelassen. Verstehst du endlich? Ich bin zur Hälfte ein Wüstenmensch!« Er baute sich vor ihr auf und spuckte ihr seine Schande entgegen, während er sich auf die Brust hieb. »Ich, *ich!*«

Auf ihrem Kinn kitzelte ein Speicheltropfen. Er wischte sich mit dem Handrücken über den Mund. Grazia stand unbeweglich, auch wenn alles sie drängte, sich ebenfalls übers Gesicht zu streichen. Das Kitzeln sollte aufhören. Er sollte aufhören, sich so aufzuführen. Nie hatten sie sich gestritten. Doch, gestritten schon. Aber nicht so. Es war ja auch kein Streit. Es war, als sei sie ein Stoffpüppchen, das auf der Straße lag, und ein Pferdefuhrwerk rollte über sie hinweg.

»Fällt dir außer Schweigen irgendetwas dazu ein?«, schnaufte er herausfordernd. Seine Brust hob und senkte sich, als habe ihn sein Geschrei erschöpft.

Sie reckte das Kinn und kämpfte um eine feste Stimme. »Ich will nicht, dass du dich so aufführst, und ich will nicht, dass dich diese Sache grämt. Sie verändert dich nicht.«

»Nein?« Er kam noch einen Schritt näher, bis sie sich berührten. Er lächelte kalt. »War nicht alles richtig, früher? Als ich noch ein Sklave war? Dies hier kommt mir vor, als wollten die Götter mir begreiflich machen, dass ich einer zu sein habe. Man kann es anscheinend nicht ändern, auch nicht der Meya. Er gab mir die Freiheit, und jetzt bestrafen mich die Götter mit noch Schlimmerem dafür. Denn das Zeichen am Ohr lässt sich nicht abstreifen, so wenig wie diese *abscheuliche* Herkunft!«

Wieder war er laut geworden, und das machte Grazia zornig. Bevor sie noch merkte, was sie tat, schwebte ihre Hand dicht vor seinem Gesicht. Er war natürlich schneller gewesen und hatte die Ohrfeige abgefangen. Seine Finger bohrten sich in ihr Handgelenk.

»Siehst du?« Seine Mundwinkel zuckten. Oh, wie sie dieses Lächeln hasste, mit dem er sich selbst verhöhnte! Seine tiefe Ernsthaftigkeit wäre ihr lieber, denn die war ihr vertraut.

»Sogar dir ist danach, zuzuschlagen, wenn du Wüstenpack vor dir hast.«

»Anschar! Hör endlich auf, solch einen Unsinn zu reden, ich will das nicht hören!«

Plötzlich war seine Hand in ihrem Nacken. Aufschreiend riss sie die Schultern hoch. Ehe sie es sich versah, lag sie auf den Knien. Er stand über ihr und drückte sie nieder. Sein Arm war wie ein Stock aus Eisen; sie konnte sich nicht rühren.

»Du bist immer eine Herrin gewesen.« Mehr als sein Griff ließ die Grabeskälte seiner Stimme sie schlottern. »Du weißt nicht, wie es ist, zwanghaft zu knien. So fühlt es sich an, so! Also hör auf, klüger sein zu wollen, als du sein kannst.«

Sie kniff die Augen zusammen, so weh tat es. Bitte geh weg, dachte sie.

Er ließ sie los. Seine Füße stampften über den Steinboden. Grazia wagte nur, den Kopf zu heben. Auf den Ellbogen kauernd, sah sie ihm nach, und da wandte er sich zu ihr um. Lass mich nicht so liegen!, schrie sie ihm zu, doch über ihre Lippen kam kein Laut. In einer Geste, die seinen Aufruhr verriet, warf er sich die Zöpfe über die Schulter und ging davon. Grazia ließ den Kopf hängen. Sie bebte wieder, diesmal jedoch unter ihren Tränen.

Am Abend erschien er entgegen ihrer Erwartung im Speiseraum und setzte sich in eine der runden Ecken, weitab von den anderen versammelten Gästen. Ein paar Männer in Terechnons Alter hatten sich dazugesellt, um die Fremden aus Argad in Augenschein zu nehmen. Grazia schmerzte es, dass Anschar nicht den gewohnten Platz an ihrer Seite einnahm. Den Kaftan hatte er nicht abgelegt, als wolle er sich damit verhöhnen. Ab und an ließ er sich dazu herab, ein an ihn gerichtetes Wort einsilbig und mürrisch zu erwidern. Terechnon wirkte hilflos, fehlte ihm doch die Erklärung für diesen Stimmungsumschwung. Grazia war sie ihm schuldig geblieben, Sarid konnte nichts erklären, und Anschar – nun, was sollte Anschar dazu bringen, zu reden?

»Wer wird dich verachten, außer du dich selbst?«, wisperte sie in sich hinein. »Diese Menschen nicht, denn sie gehören zu dir. Da bleibe nur ich übrig. Glaubst du, ich täte es?«

Er hörte sie nicht. Er missachtete sie, wie auch die Frauen, die sich Mühe gaben, den Gast aufzuheitern. Sie reichten ihm vergorenen Saft, Wasser, schoben die Schalen näher an ihn heran und verlockten ihn lächelnd, zuzugreifen, aber er aß nichts. Auch den Saft verschmähte er, nur den Becher ließ er sich stetig mit jenem Graswurzelbrand füllen, den Grazia schon bei ihrem Aufenthalt in Tuhrods Dorf kennen gelernt hatte. Niemanden sah er an, und wenn doch, nur mit Missfallen. Terechnon gab sich Mühe, so zu tun, als sei alles wie zuvor, und auch die anderen Männer versuchten ihn in ihre Unterhaltung über die tägliche Plage des Lebens einzubinden. Erfolglos.

In Grazias Mitgefühl mischte sich zusehends Ärger. Zum Donnerwetter! Anschar hatte Glück, dass diese Leute so duldsam waren, und überhaupt: Vergaß er jetzt, weswegen er hier war? Noch hatte er Sarids Hand nicht ergriffen, noch hatte sie nicht Absolution über sein Volk erteilt.

Sie beschloss, ihn zu locken. Mit einem unschuldigen Lächeln wandte sie sich an Terechnon: »Ich würde gern Anburhachmenon besichtigen. Ist das möglich?«

Die Männer unterbrachen ihr Gespräch. Aus dem Augenwinkel versuchte Grazia zu ergründen, wie Anschar ihren Vorstoß aufnahm, aber er wirkte so teilnahmslos wie zuvor.

»Es ist weit zu laufen, das weißt du ja«, entgegnete Terechnon.

»Ach«, sie winkte ab. »Das macht mir doch nichts aus. Ich bin das letzte halbe Jahr ja nicht nur geritten.«

»Aber weshalb willst du die Strapaze auf dich nehmen? Es sind wirklich nur Ruinen.«

»Das ist doch das Spannende! Eine versunkene Kultur! In meiner Heimat kenne ich Männer, die mich glühend darum beneiden würden. Habt ihr Papier? Ich habe hier noch keines gesehen. Dann würde ich nämlich gern welches mitnehmen und Zeichnungen von der Stadt machen.«

Verständnislos wechselten sie Blicke. »Was ist Papier?«, fragte Terechnon. Aus Anschars Richtung vernahm Grazia ein spöttisches Grunzen. Immerhin!

»Etwas, worauf man schreibt«, erklärte sie und strich über den Teppich, als wolle sie einen Bogen glätten. »Was verwendet man denn hier? Tierhäute? Wachstafeln?«

»Früher pflegte man in Tonplättchen zu ritzen. Das tun wir gelegentlich auch heute noch, aber der Ton ist von schlechter Qualität. Zu trocken. Ich kann mir auch gar nicht vorstellen, dass man darauf zeichnen kann.«

»Unser Volk hat so viel verlernt«, ergänzte ein anderer, und die Männer nickten versonnen.

»Stoffe zu färben und zu weben ist alles, was wir noch können. Doch auch das verliert sich bereits. Es sind ja immer die Besten und Tatkräftigsten, die es fortdrängt, und so werden hier bald nur noch die Alten und Antriebslosen ausharren. Es tut mir leid, dich so enttäuschen zu müssen.« Zum ersten Mal schwang etwas wie Bitternis in Terechnons Worten mit. »Wir gehen auch deshalb nicht gern nach Anburhachmenon, weil es so schmerzlich ist, sehen zu müssen, wie unser Leben früher war. Das sollte dich natürlich nicht aufhalten, nur … Es ist derzeit zu gefährlich. In den Wäldern haust ein Untier. Es ist eine … eine Art gewaltiger Hund, mit krallenbewehrten Läufen und drei Schwänzen.«

»Der Schamindar ist hier?« Anschar hatte sich vorgeneigt und den Becher neben sich auf den Boden gestellt.

Terechnon hob die Schultern. »Der Name sagt uns nichts. Wir nennen ihn den Dreischwänzigen.«

»Er ist das Schoßtier des letzten Gottes, des Wassergottes der Dreiheit. Es streift umher, wenn sein Herr gefangen ist, aus Zorn, Verzweiflung und weil er ihn sucht.«

»Das wissen wir.« Er wandte sich ihm zu und rutschte ein Stück zur Seite, wie um ihn dazu zu bewegen, sich endlich dazuzugesellen.

Anschar aber rührte sich nicht von der Stelle. »Zuletzt war er im Hyregor, wie lange ist das her? Sieben Monate. Warum ist er jetzt hier?«

»Er sucht immer wieder unser Land heim. Das jedenfalls erzählen die Legenden. Ich erinnere mich noch daran, dass einmal ein Jäger hergetragen wurde. Ihm fehlte ein Arm, und überall war Blut. Menschen umringten ihn völlig entsetzt. Ich hörte ihn von einem gewaltigen Tier stammeln, das drei Schwänze habe. Ich war sicher nicht älter als drei, vier Jahre.«

Anschar ergriff wieder den Becher, drehte ihn in den Händen und nippte gedankenverloren. Grazia fand diese Nachricht kaum weniger überraschend, wusste sie doch, dass die Argaden in ihrem Selbstverständnis als Herren der Welt glaubten, der Schamindar suche den Gott nur in ihrem Land. Aber was sollte ein unsterbliches Tier davon abhalten, auf der Suche nach seinem Herrn durch die Wüste zu wandern, wenn selbst sie das konnten?

»Seht euch die Stadt unten an«, schlug Terechnon vor. »Wir hier oben können ja nur noch herumsitzen und den alten Zeiten nachjammern, aber dort unten herrscht das pralle Leben. Meine Schwester lebt dort, sie würde euch sicher gern für ein paar Tage beherbergen.«

Grazia nickte. Sie fand, dass es verlockend klang. Für Anschar sicherlich nicht. Diese aus Zelten errichtete Stadt würde ihn viel zu sehr an andere Wüstensiedlungen erinnern.

»Seit wann ist er hier?«, fragte er, als habe er die Einladung überhört.

»Das wissen wir nicht genau. Vor fünf oder sechs Wochen fand man die übel zugerichtete Leiche eines Bauern. Seitdem hält er sich wohl in der Nähe auf, dort im kahlen Wald, und lauert auf Beute. Offenbar ist es noch zu keinem weiteren Unglück gekommen, denn die Menschen bleiben aus Angst nachts in ihren Höhlen. Tagsüber lässt sich der Dreischwänzige nie blicken.«

»Und er kommt nachts nicht hier herauf?«

»Das tat er noch nie. Die Wildnis ist sein Zuhause. Trotzdem ist seine Anwesenheit eine Belastung für uns alle.«

Mit einem Mal stand Anschar auf. Er nahm einen verschlossenen Krug an sich, einen von den großen, die man über der Schulter trug, und stapfte wortlos aus dem Raum. Die Männer sahen ihm nach und blickten dann verlegen vor sich auf die Schalen und Becher. So ein Stoffel!, dachte Grazia. Doch jäh kam ihr ein Gedanke, was es war, das ihn umtrieb. Sie kam auf die Füße und hastete mit gerafftem Kleid hinter ihm her durch den dunklen Flur zu seinem Gemach.

»Anschar!« Sie rannte ihm nach und fiel ihm in den Arm. Seine Muskeln spannten sich an, wollten sich ihr mit einem heftigen Ruck entziehen, aber sie ließ es nicht zu. »Bitte sag jetzt nicht, dass du darüber nachdenkst, den Schamindar zu erlegen!«

»Was?« Widerstrebend wandte er sich ihr zu. »Natürlich nicht. Warum sollte ich so etwas Verrücktes tun?«

»Ich dachte nur ...«, murmelte sie und blickte zu Boden. Ihr kamen die Tränen, ob sie es wollte oder nicht. Sollte sie nicht vielmehr wütend sein? Eine Entschuldigung fordern, weil er so grob gewesen war? Stattdessen stand sie vor ihm wie ein Kind, das irgendetwas Dummes getan hatte.

Mit der freien Hand umfasste er ihren Nacken, sah sie

traurig an und neigte sich vor, bis seine Stirn ihre berührte. Sein Atem roch nach Alkohol.

»Ich liebe dich doch, wie du bist«, flüsterte sie. »Weißt du, wie schrecklich es meine Mutter fand, als ich von deiner Tätowierung erzählte? So etwas trägt bei uns nur Verbrechergesindel, sagte sie. Ich habe auch noch nie einen anständigen Mann gesehen, der so bemalt war. Trotzdem hat es mich an dir nie gestört, nicht einmal, als ich dich zum ersten Mal sah. Was soll mir *das* jetzt also ausmachen?«

Seine Lider senkten sich herab. »Ich muss über all das nachdenken. Allein. Geh du hinunter in die Zeltstadt, du sollst nicht meine Launen aushalten müssen.« Er straffte sich. Diesmal hielt sie ihn nicht. Sie konnte nur zusehen, wie er fortging.

4

Bis in die tiefe Nacht hinein war das Zelt Hanaids, der Schwester Terechnons, von Musik, Händeklatschen und dem Licht zahlloser Öllampen und Talglichter erfüllt. Die braunen Stoffplanen, die das Zelt unterteilten, schwangen hin und her; unentwegt stolperten die Feiernden in ihrer Alkoholseligkeit dagegen, rannten Kinder hindurch, huschten Dienerinnen in die verborgenen hinteren Kammern. Und sie alle tanzten. Sogar Grazia tanzte, entschlossen, Anschars unwürdiges Auftreten wenigstens eine Zeit lang zu vergessen. Die Frauen hatten ihr Kupferreife an die Füße gesteckt; die Schellen daran klirrten mit jedem Schritt. Grazia stampfte wild und gab sich alle Mühe, mit den Flöten, Trommeln und Rasseln mitzuhalten. Ihr kleiner Busen wippte ohne Halt, ihr Haar war längst offen und wirr, ihr Kleid flog bis zu den Knien hoch. Sie fühlte sich wie eine heidnische Baalspriesterin. Morgen würde sie sich zu Tode schämen. Ja, morgen!, dachte sie, innerlich lachend. Was hatte ein anderer Tag damit zu tun, dass sie jetzt das frivole Amüsement genoss?

Hanaid, über und über mit Kupferschmuck behängt, kam ihr hüftenschwingend entgegen und reichte ihr einen Becher mit Krähenblut. Grazia trank, hielt dabei aber nicht still, und so ergoss sich ein Teil des mittlerweile dritten oder vierten Bechers auf ihr Kleid. Sie fühlte sich leicht, aber die Kontrolle über sich und ihre Fähigkeit verlor sie diesmal nicht.

Als sie in einen Berg duftender Kissen fiel, dämmerte schon das Tageslicht durch die Ritzen der Zeltplanen. Und als sie nach einem erschöpften Schlaf erwachte, war Ruhe eingekehrt. Sofern man von dem geschäftigen Treiben der Stadt, dem Kinderlachen von irgendwoher und dem Stampfen eines Mörsers absah.

Grazia störte das alles nicht. Genüsslich räkelte sie sich in den Kissen. Die kostbaren Lichter waren gelöscht, der Raum lag in erdfarbenem Dämmer. Hanaid, die es sich ebenfalls gemütlich gemacht hatte, schenkte ihr ein freundliches Nicken. Hinter ihr kniete ein Mädchen, kämmte ihre ergrauten Haare und flocht sie zu einem Zopf, mit rot gefärbten Fellstreifen darin. Eine andere rieb die faltige Haut ihrer Arme mit einer glänzenden Creme ein und schob sodann eine Unzahl von Reifen darüber, aus Kupfer, Leder, mit farbenprächtigen Halbedelsteinen und kleinen Muscheln behängt. Eine dritte schminkte ihre Lider mit dicken schwarzen Strichen und einer rotbraunen Paste.

Wie eine barbarische Stammesherrin, so ganz anders als ihr Bruder, dachte Grazia. Terechnon schien das alte Volk der

Temenier zu verkörpern, seine Schwester das jetzige, das zur Wüste gehörte.

»Wie geht es dir?«, fragte Hanaid.

Grazia stemmte sich auf die Ellbogen, in Erwartung eines heftigen Kopfschmerzes, doch bis auf ein verhaltenes Pochen blieb er diesmal aus.

»Gut, denke ich.« Sie wackelte mit den Füßen. »Könnte … könnte mir jemand diese Dinger abnehmen?«

Eines der Mädchen sprang herbei, öffnete die Verschlüsse und zog die Reife ab. Grazia kämpfte sich in eine sitzende Haltung auf und sah an sich herab. Das Wüstenkleid war mittlerweile getrocknet. Sie fragte sich, was die Nässe wohl alles unter dem ohnehin schon dünnen Stoff offenbart hatte. Ach, was soll's, beschwichtigte sie sich. Niemand hier scherte sich um preußische Damentugenden.

»Hast du Hunger?«, fragte Hanaid. »Wenn uns Inarvid gewogen ist, werden wir nachher richtig feiern.«

»Richtig?«, murmelte Grazia. »War das heute Nacht etwa keine Feier?«

»Ohne ein Festmahl? Draußen im Sand gart seit heute früh ein Zicklein in einem Teigbett.«

»Das klingt gut.« Sie lauschte auf ihren Magen, der sich leer anfühlte. »Wer ist Inarvid?«

»Ihr nennt sie Hinarsya, glaube ich. Hier ist sie nicht so mächtig, denn kein Gott ist mächtiger als der Herr des Windes, aber wir rufen sie als Geburtshelferin an. Und wenn die Dicke glücklich geboren hat, wird weitergetanzt.«

Grazia bezweifelte, dass sie zwei solche Nächte durchstand. Hanaids Fuß zuckte indes schon erwartungsvoll. Ob Tante Charlotte, die Schwester ihres Vaters, die ihrem Oberstleutnant nach Tansania gefolgt war, wohl ähnlich inmitten des eingeborenen Volks thronte?

Von einem Mädchen bekam Grazia eine Schale mit frisch

gestampftem und gewürztem Graswurzelbrei in die Hand gedrückt. Offenbar war man sich auch im königlichen Schwesternzelt nicht zu schade, sich davon zu ernähren. Ergeben begann sie den Brei zu löffeln.

»Es ist so weit!« Ein Junge stürzte ins Zelt. »Die Dicke kriegt ihr Kind!«

Er hüpfte vor Hanaid auf und ab, bis sie ihm ärgerlich eine Kopfnuss verpasste. Ihn schien das nicht zu stören. Er rannte zu Grazia, riss ihr die Schale aus den Händen und zerrte an ihrem Gewand.

»Das musst du sehen, fremde Frau!«

Ihr blieb nichts anderes übrig, als sich auf die Füße zu kämpfen; der Steppke zerrte mit solcher Kraft an ihrem Arm, dass sie willenlos aus dem Zelt stolperte. Gekrümmt lief sie hinter ihm her, denn ihre Blase war zum Bersten voll. Schon bald wurde sie von einer wogenden Menschenmenge geschluckt. Das Gewimmel all dieser Männer, Frauen und Kinder mitsamt ihren Tieren machte sie vollends wach. Weshalb, um alles in der Welt, sollte sie bei einer Geburt anwesend sein? Eine Lücke tat sich auf, und sie sah den Hintern eines Sturhorns aufragen. Der schenkeldicke, zwei Meter lange Schwanz war zurückgebogen und der Kuh an den Leib gefesselt. Die Hinterläufe waren gespreizt. Aus ihrem Geschlecht quoll ein Tau aus glänzendem Schleim.

Grazia hielt sich die Nase zu. Das Tier stank nicht, und falls doch, war der Geruch der Zeltstadt und ihrer Menschen ohnehin stärker. Trotzdem fürchtete sie, ihr würde übel werden, wenn sie nur einen tiefen Atemzug täte. Sie wollte ins Zelt zurückkehren, doch wie gebannt beobachtete sie, wie zwei Männer zugleich ihre geölten Arme in den Leib der Kuh schoben, an irgendetwas ruckten und zerrten, während ein dritter sich abmühte, den austretenden Schleim abzuziehen. Die Kinder kreischten bei jeder Bewegung; die anderen

Temenier betrachteten den Vorgang eher gelassen. Auch die Kuh gab sich ruhig, nur ihr Kopf mit dem Nasenhorn wogte von einer Seite zur anderen. Ihr ganzer gewaltiger Leib war nass, als habe man etliche Wassereimer auf ihr niedergegossen. In kleinen Strömen troff der Schweiß aus dem verklebten Fell.

Eine Zuschauerin hielt sich den hochschwangeren Bauch. Ihre Brüste waren bedeckt, auch ihre Hüften, nur die Kugel mit dem vorstehenden Nabel glänzte ungeschützt in der Sonne. Dies fand Grazia noch faszinierender als das kalbende Sturhorn. Nie, auch in Argad nicht, hatte sie einen unbedeckten schwangeren Frauenleib gesehen. Der Anblick tat ihr weh, so dass sie für einen Augenblick alles um sich herum vergaß. Sie selbst würde nie in andere Umstände geraten, solange Anschar sie nicht ehelichte. Und wenn er es irgendwann tat, war sie gewiss zu alt.

Die Frau lachte aufgeregt, als die Arme der Männer weiß verklebt zum Vorschein kamen. In den Händen hatten sie zwei Füße. Deutlich waren die dicken Hornzehen zu erkennen. Während sich Grazia noch fragte, wie das ganze Kalb herauskommen sollte, glitt es innerhalb weniger Sekunden ans Licht der Welt. Eilig zerrten die Männer das mit hellem Stimmchen fiepende Neugeborene von der Mutter fort, denn diese begann dem Namen ihrer Gattung alle Ehre zu machen, sich um die eigene Achse zu drehen und zu brüllen. Die Menschen sprangen zurück, aber beunruhigt wirkte niemand; offenbar war dies ein übliches Verhalten. Mit den Seilen, die um den Hals geschlungen waren, hatten sie das Tier rasch gebändigt.

Grazia hielt nach dem Jungen Ausschau. Ein Mann umfasste ihre Hand. Sie erschrak. Nur wenige Schritte entfernt lag das Kälbchen, noch ganz von Schleim bedeckt. Er drückte ihr ein Büschel getrockneter Bastfasern in die Hand und machte über dem Bauch des Tieres eine kreisende Bewegung. Konnte er nicht sprechen? Oder glaubte er, sie sei so fremd, dass sie ihn nicht verstand? Offenbar gehörte zum Geburtsritual, dass eine Frau das Kalb säuberte.

»Nein, danke.« Sie nötigte ihn, das Bündel wieder an sich zu nehmen. »Das kann ich nicht.«

Er grunzte enttäuscht und wandte sich der Schwangeren zu, die erfreut die Garbe an sich nahm. Grazia rang sich ein gequältes Lächeln ab und machte, dass sie weiterkam. Ein Sturhorn zu säubern! Es war ja niedlich, aber … Sie schüttelte sich. Wo war der verflixte Bengel? Na schön, das Zelt der königlichen Schwester wiederzufinden, sollte nicht allzu schwierig sein.

Aber sie konnte es nicht entdecken, und in dem Gewirr ringsum erschien ihr jedes Zelt anders und doch gleich.

Die Welt dieser Stadt nahm sie gefangen. Ein Chaos aus Zelten, dazwischen Gehege, in denen langhaarige Ziegen ihre gedrehten Einhörner reckten. Sie geriet in eine Art Marktgasse, gesäumt von Stoffdächern und auf den Sandboden ausgebreiteten Matten. Was sich aus Felsenbast, Steinen, Mineralien, Ton, dem Leder kleiner Wüstentiere oder der dichten Wolle der Wüstenschafe herstellen ließ, wurde lautstark feilgeboten. Auch aus Kupfer gab es einiges zu kaufen, aber man sah den Gefäßen und Werkzeugen an, dass sich nur wenige Menschen auf Metallbearbeitung verstanden. Bronzene Gegenstände entdeckte Grazia nicht; dieses Wissen schien inzwischen verlorengegangen zu sein. Oder es fand sich in Temenon kein Zinn mehr, das für die Legierung nötig gewesen wäre. Und Gold und Silber gab es offenbar allein in den königlichen Räumen hoch droben.

Ihres Haares wegen wurde Grazia überall angestarrt. Sie kam sich schäbig vor. Ihr Kleid war fleckig, ihre Bastsandalen staubig. Nun, das kümmerte hier niemanden, aber ihr verging die Lust, sich in dieser Stadt aufzuhalten. Sie überlegte, jemanden zu bitten, sie zu Hanaids Zelt zurückzuführen. Da war sie mit einem Mal am Ende der Stadt angelangt. Ein einsames Zelt stand abseits; Uringestank biss ihr in die Nase. Dies und die in dunklem Grün gefärbten Planen ließen sie an heimische Toilettenhäuschen denken, die man ihres Grundrisses wegen scherzhaft Café Achteck nannte. Vielleicht war ja auch das hier eine Bedürfnisanstalt. Sie hastete hinüber. Die Eingangsplane war verknotet, also kauerte sie sich im Schutz der rückwärtigen Wand nieder und raffte das Kleid übers Gesäß. Vor ihr breitete sich majestätisch die weiße Wüste aus. Irgendwo dort waren sie dem Tode nahe gewesen … Wie es Anschar jetzt erging? Was er wohl tat?

Grazia richtete sich auf, spreizte die Beine ein wenig und rollte das Kleid weiter hoch. Sie beugte sich vor, betrachtete ihre braun gebrannten Schenkel und stellte sich vor, wie kühles Wasser an ihnen entlangfloss. Kurz darauf geschah es wirklich, wie sie es gewohnt war. Welche Erleichterung, dies wieder tun zu können! Sie öffnete das Bändchen ihres Halsausschnittes, legte eine Hand auf den Kopf und nässte sich von oben bis unten. Wohlig seufzte sie auf.

Plötzlich war ihr, als starre sie jemand an. Sie drehte den Kopf. Am Zelteck stand ein Mann. Sein Kinn war herabgesackt.

»Ach du heiliger Strohsack«, flüsterte sie. Was bot sie da für einen Anblick? Fast nackt und klitschnass? Er würde sie für verrückt halten.

Er riss den Arm hoch und schleuderte ihr etwas entgegen. Es klatschte gegen ihre Schulter. Der Kadaver eines pelzigen Tieres! Kreischend rannte sie davon. Der heiße Sand drang in ihre Sandalen und ließ sie taumeln. Sie wandte sich um und presste eine Hand auf ihr wild schlagendes Herz. Was war dem Kerl nur eingefallen, sie so zu erschrecken? Gottlob war er nicht mehr zu sehen. Ein Stück weiter, in der Felswand, entdeckte sie eine Treppe, die nach einigen Stufen in einem schwarz gähnenden Loch verschwand; sicherlich führte hier ein Gang hinauf zu den Höhlen. Nichts ersehnte sie jetzt mehr, als in die kühlen Gemächer Temenons zurückzukehren. Sie machte einen weiten Bogen um das schreckliche Zelt und hielt auf die Treppe zu. Erleichtert aufatmend, erklomm sie die Stufen, tauchte in die Dunkelheit ein und ließ all die wilden Geräusche und Gerüche hinter sich.

Nach einer schier endlosen Wanderung durch die unterirdischen Gänge und Treppen kam sie ermattet an der Oberfläche zum Vorschein. Sie hockte sich hin, genoss die Brise auf ihren zitternden Muskeln und betrachtete das Gewimmel unter sich. Nur ein wenig ausruhen … Dann würde sie zu Anschar gehen, der sich hoffentlich wieder ein wenig beruhigt hatte. Sie sehnte sich nach seiner Gegenwart. Vielleicht hätte ihm der Aufenthalt in der Zeltstadt gut getan. Nein, wohl nicht; zu sehr erinnerte sie an das Dorf der Wüstenmenschen, in dem er gefangen gehalten worden war.

»Sturkopf, Stiesel, Bullerkopp!«, sagte sie laut; zugleich wollte ihr das Herz vor freudiger Sehnsucht zerspringen. »Man könnte ja den Homer auf dich umdichten: ›Du aber bist ganz unbiegsam, Anschar! Nie doch fülle der Zorn die Seele mir, welchen du hegest, Starker zu Weh! Wer anders genießt dein, auch in der Zukunft, wenn du nicht die Argeier … die Argaden vorm schmählichen Jammer errettest? Grausamer!‹«

Gleich würde sie eine der Frauen bitten, hinabzugehen und sie bei Hanaid zu entschuldigen. Vielleicht hatte Hanaid ja schon jemanden ausgeschickt, sie zu suchen. Wie unhöflich von dem Bengel, einfach so zu verschwinden! Sie musste dafür sorgen, dass dieser Fauxpas rasch aus der Welt war.

Grazia kämpfte sich auf die Füße und richtete ihr Kleid.

Keine der Frauen, auch nicht Terechnon oder einer der Männer, war zu sehen; jetzt in der Hitze des frühen Abends hielt sich niemand hier oben auf. Die Bodenlöcher waren ganz in der Nähe. War hier, am äußersten Rand, nicht auch Anschars Kammer? Grazia tauchte unter die leise knatternden Sonnensegel und warf einige vorsichtige Blicke in die Löcher. Hatte sie da nicht eben seine Stimme gehört? Irgendwo unter ihren Füßen musste er sein. Und – war da eine Frau bei ihm?

Eine tief aus ihrem Innern aufsteigende Warnung wollte sie abhalten, weiterzugehen. Aber wie von selbst setzte sie einen Fuß vor den anderen, und wie von selbst fand sie die richtige Deckenöffnung. Sie ging in die Knie. Ihre Handflächen schoben sich an den Rand des Oberlichts. Die Haare rutschten ihr über die Schultern, so dass sie zunächst wenig sehen konnte und einen Teil hinter die Ohren schieben musste. Da war das Bett, auch der Tisch, achtlos beiseite geschoben. Unmittelbar unter ihr stand Anschar. Seine Waden drückten Halt suchend gegen die Kante des Bettes. Vor ihm kniete eine Frau. Grazia sah nur ihren Schopf, erkannte jedoch Jenia. Ihre Hand ruhte auf der Schulter, befingerte zögernd eine der Gewandverschnürungen.

»Mach schon«, knurrte er.

»Ich …«

»Was, du zierst dich? Du hast meiner Mutter gedient. Da wirst du ihrem Sohn diesen Gefallen ja wohl tun können. Und, nein, du läufst jetzt ausnahmsweise nicht weg.«

Jenia zog an einem Band. Dann am nächsten. Schließlich rutschte der Stoff an ihrer Haut hinab. Anschar reckte sich nach einem Becher auf dem Tisch und trank. Der Krug, den er vom Mahl mitgenommen hatte, lag auf dem Boden: unverschlossen, leer.

Geh weg, befahl sich Grazia. Aber sie fühlte sich eins werden mit dem Stein: schwer, kühl, leblos.

»Ich hab's noch nie mit einem ... Wüstenhündchen getrieben.« Er sprach heiser, stockend. »Doch. Einmal. In den Papierwerkstätten. Es war ... ekelhaft. Sie hat gestunken. Wie eine ganze Sturhornherde. Ich hab mir geschworen, es nie wieder zu tun. Aber was schert mich jetzt so ein sinnloser Schwur.«

Er zog das Gewand über den Kopf und warf es beiseite, dann nestelte er am Knoten seines Wickelrocks. Jenia hatte sich bis zur Taille entblößt. Ihre Brüste waren voll und schwer, mit riesigen dunkelbraunen Höfen. Ganz anders als meine, dachte Grazia. Die Dienerin rutschte näher an ihn heran, so dass er sich nur vorzubeugen brauchte, um eine dieser Brüste in die Hand zu nehmen und zu reiben. Ein säuerlicher Geschmack kroch in Grazias Kehle, und sie überkam der Drang, zu husten und zu spucken. Ein rasselndes Keuchen entglitt ihr, aber dort unten hörte es niemand.

Sie starrte auf das Muskelspiel seiner Schultern. Das war er, wahrhaftig er, der einerseits die Brust der Frau hielt und mit der anderen Hand den Rock abstreifte. Schon begann er zu keuchen.

Ist es das, was bei deinem Nachdenken herausgekommen ist?, dachte Grazia bitter. Sie wischte sich über die Augen, um die Tränen zurückzuhalten. Sollte sie etwas sagen? Rufen? Sollte sie sich überhaupt bemerkbar machen? Dass er ihr auf diese Weise Schmerzen zufügen konnte, traf sie gänzlich unvorbereitet. Sie schrie sich zu, wenigstens zurückzuweichen, wenn sie es schon nicht wagte, diese Sache zu unterbrechen. Aber jegliche Bewegung würde Kraft kosten, die mit jedem Atemzug nutzlos aus ihr sickerte.

»Was ist mit deiner Gefährtin?«, fragte Jenia und hob den Kopf von seinen Lenden.

»Sprich nicht über sie! Sprich nicht ...« Er lachte voll von Hohn auf. »Ich hatte ihr gesagt, dass ihr erster Mann ihrer nicht wert sei. Hab ihn dennoch aufgefordert, sich ihrer wert zu erweisen. Was war das für ein schlaffer Köter, selbst du hättest ihn mit dem kleinen Finger umgestoßen. Und wie hasste ich den Gedanken, dass er sie haben könnte. Aber ich bin ihrer ebenso wenig wert. Die Götter mögen mir beistehen, aber ich bin es nicht ...« Er schlug eine Hand vor die Augen. Weinte er? Nein, er langte nach dem Krug und warf ihn mit Geschrei an die Wand. Jenia zuckte zusammen, als es hinter ihr klirrte. »Ich bin ein Wüstenhund, gerade gut genug für eine wie dich! Also mach weiter!«

Er richtete sich auf. Mit einer Hand tastete er über das Bett hinweg hinter sich, fand die Wand und stützte sich ab. Plötzlich warf er den Kopf in den Nacken. Grazia zuckte zusammen. Wären seine Lider nicht genussvoll geschlossen, weil ein fremder, weicher Mund seine Unaussprechlichkeit in sich barg, würde er ihr in die Augen blicken. Sie schwankte zwischen dem Wunsch, dass er sie jetzt öffnen möge, und dem, dass um Himmels willen gerade dies nicht geschah. Seine Züge verzerrten sich, und er knurrte, keuchte, stöhnte zwischen den zusammengepressten Zähnen.

Er ließ den Kopf wieder sinken, mit einem langsamen, lauten Atemzug. »Du hast ja keine Ahnung, wie anstrengend sie ist«, sagte er heiser. »Nicht im Hellen; nicht, wenn einer uns hören könnte; nicht von hinten und überhaupt am besten so, dass ich sie dabei nicht berühre. Ein totes Stück Holz kann einem mehr Vergnügen bereiten. Und jetzt dreh dich um und neig dich vor.«

Grazia duckte sich auf den Felsboden. Wie sie es schaffte fortzukriechen, wusste sie nicht. Auch nicht, wie sie wieder auf die Füße kam, langsam einen Schritt vor den anderen setzte und dann, als sie sich weit genug entfernt glaubte, loslief.

Sie rannte. Schneller. Immer schneller. Ihre Sohlen trommelten auf den Stein. Wasser quoll in Strömen aus ihren Lidern und machte sie fast blind.

Ein totes Stück Holz.

Nur einmal fiel sie hin, als der Weg abschüssig wurde. Die Knie scheuerte sie sich auf. Erde geriet hinein – irgendwo hier begannen die trockenen Äcker. Sie lief weiter, Staub aufwirbelnd. Doch selbst, dass sie im Laufen hustete, nahm sie kaum wahr. Fort, nur weiter fort. Fort von diesem Bild: Anschar und die kniende Frau. Aber es blieb bei ihr und rannte höhnisch hinter ihr her.

Als sie ein zweites Mal hinfiel und in ein Dornengestrüpp fasste, brachte der Schmerz sie zur Besinnung. Grazia sank hin, die blutende Fingerkuppe im Mund, und schöpfte Atem nach dem langen Lauf. Es dämmerte bereits. Die erhöhte Felsenebene, das Heim der Temenier, war nur noch ein düsterer Strich am Horizont, darüber ein rötlicher Himmel. Erste Sterne blinkten, einer der Monde stand voll über ihr. Seine pralle Schönheit wirkte hochmütig. Vielleicht hätte sie der Anblick vertrauter Sterne getröstet. Oft hatte Anschar ihr die Sternbilder gezeigt – das Götterpaar in trauter Umarmung. Der Schamindar. Die vielbrüstige Hinarsya, die dem Land Fruchtbarkeit schenkte. Die vielarmige Hinarsya, die als Totenrichterin die Seelen in den Händen hielt und auf ihre Plätze verwies. Nichts davon war zu sehen, nur der Mond, der den in luftiger Höhe schwebenden Staubteppich durchbrach. Geflüsterte Worte schlüpften zwischen ihren Lippen hervor:

»Mein Herze, glaubt's, ist nicht erkaltet,
Es glüht in ihm so heiß wie je,
Und was ihr drin für Winter haltet,
Ist Schein nur, ist gemalter Schnee.

Doch, was in alter Lieb' ich fühle,
Verschließ ich jetzt in tiefstem Sinn,
Und trag's nicht fürder ins Gewühle
Der ewig kalten Menschen hin …«

Der Rest des fontanschen Gedichtes geriet ihr schief, denn es gelang ihr nicht, gegen die über ihre Wangen sickernden Tränen anzukämpfen. Eine angenehm warme Brise strich über ihr erhitztes Gesicht und trocknete ihren Leib. Sprach etwas dagegen, die Nacht hier im Freien zu verbringen? Nicht, wenn man es schon hunderte Male getan hatte.

Grazia entsann sich ihrer zweiten Begegnung mit Anschar. Gefangen hatte er in einer Höhle ausgeharrt; die Wüstenmenschen hatten sie zu ihm gesteckt, damit er sie die Sprache lehrte. Sein Hass gegen diese Leute hatte sie erschreckt. Er war der einzige Überlebende jenes Trupps, der ausgeschickt worden war, den letzten Gott zu finden. Die anderen waren von den Wüstenmännern getötet worden, denn für gewöhnlich begaben sich nur Sklavenjäger so tief in die Wüste. All das hatte Grazia noch nicht gewusst, als Anschar sie in seinem Gefängnis widerwillig in Empfang genommen hatte. Er war ihr wilder erschienen als die Wüstennomaden. Mit einem Wortschwall hatte er sie bedacht, dann sich ihr genähert. Sie berührte ihr Gesicht, stellte sich vor, es seien seine Finger, wie sie ihre Sommersprossen betasteten, dann hinunter wanderten, zum Ausschnitt ihres räudigen Wüstengewandes, und es hinabschoben, um sie zu entblößen. Er lächelte gequält. Sie wehrte ihn ab. Beschimpfte ihn. Weinte. Nochmals berührte er sie, unterhalb der Augen mit dem Daumen – oh, wie oft würde er dies noch tun –, und zeigte ihn ihr. Meinte er den Daumen? Oder …

»Tränen. Verstehst du? Tränen.«

»Trä-nen.«

»Ja.«

»Ja?«

»Ja. So, und jetzt versuchen wir das mit dem Namen noch einmal. Ich heiße Anschar.« Er wies auf sich. »Anschar.«

»Grazia.«

»Welch ein ungewöhnlicher Klang. Ungewöhnlich wie alles an dir …«

Was er sagte, sollte sie erst im Nachhinein begreifen; vorerst blieb ihr nur, sein Mienenspiel zu beobachten. Wie es war, wenn er sich überheblich zeigte. Stolz, müde oder zornig. Oder erfreut.

»Ist ja eine Plage, das auszusprechen. Daran werde ich mich erst gewöhnen müssen, Feuerköpfchen.«

Er hatte ein zweites Mal in ihr Gesicht gefasst, um die Tränen unter dem anderen Auge abzuwischen. Sehr viel Zeit hatte er sich genommen und es doch nicht lassen können, mit dem Finger ihre Wange hinab bis zum Kinn zu streichen. Aber dieses Mal hatte sie keine Furcht mehr verspürt.

Grazia setzte sich auf. Die Enttäuschung kehrte wie ein eiskalter Guss zurück. Nichts auf dieser Welt konnte sie dazu bringen, wieder zurückzukehren. Morgen vielleicht, morgen würde sie ja müssen. Aber nicht heute. Wenn sie ihm in die Arme liefe! Nicht auszudenken. Aber wohin sollte sie jetzt? Wirklich hier im Freien bleiben? Oder an eine Bauernkate klopfen? Wo gab es denn so etwas? Sie stand auf. Als sie sich umwandte, sog sie erschrocken die Luft ein. Der kahle Wald tat sich unmittelbar vor ihr auf. Allzu bedrohlich wirkte er jedoch nicht; die Bäume, tatsächlich ohne jedes Blattwerk, standen weit auseinander. Sie waren auch nicht so mächtig wie argadische Zedern oder heimische Eichen. Fast wirkte der Wald wie ein riesiger verwilderter und dann abgestorbener Garten. Oder wie ein heidnischer Hain, in dem man Götter verehrte. Unter ihren Füßen raschelte knöchelhoch altes Laub. Schimmerte da nicht ein Gebäude tief im Wald? Sie meinte einen von dem Mondlicht erhellten Mauerkranz aufblitzen zu sehen. Gehörte dies zu Anburhachmenon, dem verlassenen Palast? Nein, auch wenn ihre Füße sich anfühlten, als sei sie tatsächlich einen ganzen Tag gelaufen, konnte dies nicht Anburhachmenon sein. Sie hielt auf das Gebäude zu und versuchte sich auf das zu besinnen, was Terechnon erzählt hatte. Ab und zu knisterte das Laub, gewiss von kleinen Tieren, die sich für die Nacht verbargen oder umherhuschten, um Insekten zu jagen.

Furcht verspürte sie trotzdem. Aber die hielt sie nicht zurück, sondern schürte nur ihre Wut auf Anschar, denn es war seine Schuld, dass sie hier umherirrte, hier in diesem toten Wald.

»So tot wie ich!«, schrie sie und schlug gegen einen trockenen Ast, dessen Rinde unter ihrem Hieb barst. Sie malte sich aus, wie Anschar sich über ihren toten Körper beugte, gestorben vielleicht an einem Schlangenbiss. Er würde trauern müssen, und das geschähe ihm recht! Sie schrie auf, als sie eine Berührung im Rücken zu spüren glaubte, und sprang ein paar Schritte vor. Nein, da war nichts. Oder doch?

Ihr Fuß stieß gegen einen Stein. Aufjaulend ging sie in die Knie und rieb sich die Zehen, so weh tat es. Wütend raffte sie den Stein auf und schleuderte ihn fort. »Du Schuft!«, schrie sie, so laut sie konnte. »Schuft, Schuft, Schuft! *Du* bist schuld, dass ich hier herumstolpere!« Sie wollte Anschar vor sich sehen, um ihm ihre ganze ohnmächtige Wut ins Gesicht zu schleudern. Schlagen wollte sie ihn, so schnell und fest, dass er nicht mehr imstande war, ihre Hand abzufangen.

Die Bäume wichen einer großen Lichtung. Das Laub roch plötzlich modrig, als verdecke es verwesendes Aas. Bleiche Gebeine lagen inmitten der Lichtung. Und da fiel es ihr wie Schuppen von den Augen – der Schamindar! Wie hatte sie den nur vergessen können? Grazia machte sich stocksteif und lauschte. Der Wald war still. Sollte sie nicht doch zurücklaufen? Bestimmt nicht! Sie straffte sich und schritt weiter. Sie ahnte, dass sie nur deshalb so ruhig blieb, weil ihr verwundetes Herz von Schmerz und Enttäuschung ausgefüllt war. Das Gebäude war nicht fern, dort würde sie Schutz finden.

Entschlossen raffte sie das Kleid und hastete darauf zu. Längst waren die letzten Sonnenstrahlen dem Licht von Inars Mond gewichen. Blattlose Sträucher knarrten und knisterten, als sie sich hindurchschob, auf eine sicherlich drei Meter hohe Mauer zu. Sie war aus Ziegeln errichtet und ehemals verputzt gewesen; jetzt bedeckte nur noch die obere Hälfte eine weiße Putzschicht, auf der die Reste roter Ornamente von der früheren Pracht erzählten. Grazia tastete sich an der Wand entlang. Irgendwo hier musste es eine Tür geben … Als sie ein Geräusch vernahm, hielt sie inne. Da, wühlte im Wald nicht jemand mit großen Schritten das Laub auf? Brummte es da nicht? Sie lauschte. Stille.

Sie hätte wohl doch besser kehrtgemacht. »Ach, was«, sprach sie sich Gelassenheit zu. Mit der Faust klopfte sie gegen die Mauer, während sie daran entlanglief, um ein Eck herum. Endlich fand sie den Eingang: ein leeres Tor, an dessen Zapfen nur noch Holzreste hingen.

»Ist hier jemand?«

Ein gepflasterter Hof tat sich vor ihr auf, die Wände von Ranken überwuchert. Hinter einem entwurzelten Baum, der im Fallen die rückwärtige Hofwand eingerissen hatte, entdeckte sie eine Treppe, die zu einem Pfeilergang hinaufführte. Unzweifelhaft war dieses Haus seit Generationen verlassen, hier hausten sicherlich keine Bauern. Vielleicht war es sogar älter als der Wald, der Landsitz einer längst vergessenen Familie. Wenn es nur nicht verschlossen war!

Die Stufen waren gebrochen, als habe hier vor langer Zeit

die Erde gebebt. Abgestorbene Wurzeln hatten sich mit den Pflastersteinen verwoben. Grazia musste aufpassen, dass sie nicht stolperte. Hinter den Pfeilern fand sie eine breite, nur angelehnte Tür. Der dazugehörige Zugring lag auf dem Boden. Als sie die Kante des Türblattes umfasste, bröselte das Holz unter ihren Fingern. Aber es ließ sich leicht öffnen.

Grazia erwartete, in Dunkelheit zu treten, doch das Dach der Halle bestand nur aus Resten; ungehindert strömte das Mondlicht herein. Sie lief über knirschendes Geröll, hereingewehtes Laub, gebrochene Fliesen. Zwei Türen gab es an einer Seitenwand, öffnen ließen sie sich nicht. Am anderen Ende des Zimmers führte eine Treppe in den zweiten Stock eines Anbaus, aber die sah so brüchig aus, dass Grazia darauf verzichtete, die Räumlichkeiten weiter erkunden zu wollen.

Müde verkroch sie sich unterhalb der Treppe in ein düsteres Eck, hinter einem Haufen alten Schutts. Fest zog sie die Knie an den Bauch und hielt den Atem an, um zu hören, was sich draußen tat. Aber da war kein Grollen mehr. Kein Knacken.

Kühles Mauerwerk drückte sich in ihren Rücken. An den beiden Längswänden leisteten ihr die Reste gemalter Figuren Gesellschaft. Die alten Männer und Frauen Temenons waren nicht so leichtfüßig gemalt wie auf den Fresken in Argad. Sie wirkten in ihren steifen Gewändern urwüchsiger, wie gerade wachsende Bäume. Das Haus musste wirklich Jahrhunderte alt sein, denn der Stil, in dem Siraias Schmuck gefertigt worden war, war so viel feiner. Einer dieser Männer trug ein Amulett auf der Brust, einen runden Stein, gehalten von jenen abscheulichen geflügelten Wesen, von denen Terechnon erzählt hatte. Teiron und Harnon, Meer und Sand.

Grazia ertastete ein Bruchstück in ihrem Rücken und hielt es gegen das Mondlicht, denn eine Seite fühlte sich glatt an. Eine gemalte Ranke war zu erkennen. Wie aufregend müsste es sein, diesen Ort zu erkunden – doch wie nichtig kam ihr die Begeisterung für alte Kulturen jetzt vor. Was war das alles denn wert, wenn der Mann, den man liebte, einen mit Füßen trat? Sie legte den Stein beiseite, kauerte sich ins Eck und schloss die Augen.

Als sie erwachte, war sie sich sicher, Stunden geschlafen zu haben. Ihre Glieder waren steif, ihre Augen verquollen, und sie entsann sich vielerlei wirrer Traumbilder. Dieses Brummen jedoch gehörte nicht dazu. Wie ein Donnerschlag kehrte die Wirklichkeit zurück. Anschar … das zerfallene Haus … der Schamindar …

Die Umrisse seines gewaltigen Körpers füllten den Eingang wie der Zerberus. Er schnaufte, witterte. Setzte eine krallenbewehrte Pfote vor die nächste. Klack, klack, klack.

Grazia presste sich so dicht ins Eck, wie es ihr nur möglich war, lautlos ein Stoßgebet wispernd. Aber sie wusste, er hatte sie entdeckt. Sie sah seine leuchtenden Augen; sie waren auf sie gerichtet. Das drohende Knurren des Ungeheuers drang durch den Steinboden in ihre erkalteten Glieder.

Anschar erwachte mit dem Gesicht auf einem Teppich. Er fühlte sich, als hätte ihn jemand niedergeschlagen. Mühevoll stemmte er sich auf die Knie. Von irgendwoher stach der üble Geruch nach Erbrochenem in seine Nase. Vor seinen Augen flirrte es, und der Geräuschpegel aus der Stadt und den Terrassen erschien ihm lauter als sonst, selbst jetzt in der Nacht. Was war mit ihm geschehen? Da lag der geleerte Krug inmitten einer Lache des scheußlichen Wurzelbrandes. Das Bett war unberührt. Aber hatte er nicht …

»Inar soll mich schlagen.«

Er kämpfte sich so hastig auf die Füße, dass ein Brennen seine Brust hochstieg. Noch halb blind tastete er nach einem Wasserkrug, aus dem er trank und sich den Rest über den

Kopf schüttete. Inar, lass es nicht wahr sein, dachte er, doch mit jedem Augenblick, den er länger darüber nachsann, schrumpften die Zweifel. Er raffte das sonnenfarbene Gewand auf, aber sich in diese Stofffülle zu zwängen, war ihm jetzt zu umständlich; so warf er es wieder fort und langte nach einem der überall herumliegenden Tücher. Während er zum Ausgang wankte und hinaus auf den Korridor, knotete er es sich um die Hüfte. Diese verfluchten dunklen Gänge! »Jenia«, keuchte er, und seine Schulter streifte die Wand. Mehrmals musste er innehalten und einen tiefen Atemzug tun. Endlich fand er eine schnarchende Frau in einer Gangnische.

»Wo ist Jenia?«, rief er.

Schlaftrunken deutete sie auf eine Kammer. Darin fand er die Dienerin auf einer Matte liegend. Anschar stürzte auf sie zu. Sie fuhr hoch und öffnete den Mund zu einem Schrei, doch da hatte er sie schon auf die Füße gezerrt und schüttelte sie.

»Au, du tust mir weh.«

Er lockerte seinen Griff, ließ sie jedoch nicht los. Sein Blick glitt an ihr hinab. Viel sah er nicht, denn es war dunkel, aber … hatte er sich wirklich, *wirklich* an ihr vergangen?

»Warst du bei mir?«

Sie nickte. »Du hast mich gleich danach aus deiner Kammer geworfen.«

»Ihr Götter«, stöhnte er. »Habe ich dir Schmerzen bereitet?«

Diesmal schüttelte sie den Kopf. Er atmete auf. Wenigstens diese Schande blieb ihm erspart.

»Betrachte es als nie geschehen! Sollte ich mich dir je wieder nähern, was nicht der Fall sein wird, wenn den Göttern noch irgendetwas an mir liegt – dann läufst du weg. Das kannst du doch so gut! Hast du verstanden?«

Jenia nickte benommen und gähnte. Er kehrte in den

Gang zurück, suchte eine Treppe, die an die Oberfläche führte. Sein Kopf klärte sich zusehends. Die nächtliche Kühle empfing ihn, als er das Höhlensystem verließ. Nur wenige Schritte, und er konnte hinabblicken auf die Zeltstadt und das Gewirr zahlloser Lämpchen und Kochfeuer. Irgendwo dort unten saß sie und genoss das Fest, ahnungslos, unschuldig.

Früher, als er allein gewesen war, hatte er wahllos Frauen in seine Gemächer mitgenommen; allein daran hatte Grazia schwer zu schlucken gehabt. Was würde sie hierzu sagen?

»Tu irgendetwas«, flüsterte Grazia. »Verschwinde oder bring mich um, aber hör auf, mich anzustarren.« Wollte das Untier ewig so stehen bleiben? Der eine Mond war jenseits des Hallendachs verschwunden, und der andere mochte sonst wo sein. Grazia sah nur einen schwarzen Schatten in der Düsternis, darin das Augenglitzern.

Sie ertrug es nicht mehr. Sie erhob sich und glitt auf wackligen Knien an der Wand entlang. Vielleicht war das Biest ja zu Stein erstarrt, wie die Figuren auf der Prachtstraße von Argadye. Nein, sein Kopf folgte ihr. Das verhaltene Grummeln wurde lauter. Und dann wandte es sich ihr gänzlich zu und trottete ihr hinterher.

Grazia machte einen Schritt auf die Bestie zu.

»Na, mach schon!«, schrie sie. »Ich hab's satt! Alles! Lass mich in Ruhe, hörst du?«

Sie raffte einen Gipsbrocken auf. Ein erbostes Fauchen ließ ihn ihren Fingern entgleiten; polternd schlug er zu Boden. Der Schatten reckte das Haupt, kam näher, schien an dem Brocken schnuppern zu wollen. Ohne wirklich zu wissen, was sie tat, hielt sie ihm die Handfläche hin. Wasser troff hervor. Der Kopf zuckte zurück und näherte sich wieder. Barthaare – hart wie Bronzedraht, so hatte Anschar sie beschrieben – kratzten über ihre Haut. Eine Zunge, kaum weniger hart, leckte über ihre Handfläche. Mehr Wasser, mehr, dachte Grazia gehetzt. Ein dicker Strahl ergoss sich auf die Schnauze, und die Zunge bewegte sich schneller. Der Schamindar prustete genüsslich. Sie spürte die Haut ihres Handtellers wund werden, spürte die Rundung der Fangzähne. Alles in ihr drängte danach, die Hand zurückzureißen. Sie hielt still. Als er seinen Durst gelöscht hatte, wich er zurück. Grazia glaubte, er wolle wieder anfangen, sie mit seinem Blick zu bannen, doch jäh machte er einen Satz seitwärts und trottete aus der Halle.

»Donnerlittchen«, murmelte sie benommen und sackte auf den Hintern. Seit sie vor anderthalb Jahren auf der Pfaueninsel in das Tor gefallen war, hatte sie in dieser Welt weiß Gott einiges erlebt, aber dies war gewiss das Erstaunlichste. Plötzlich brach die Anspannung entzwei wie ein hingefallener Krug. Sie schlug die Hände vors Gesicht und heulte auf.

»Papa«, jammerte sie. »Ach, Papa!« Sie umschlang sich, wollte fühlen, dass es ihr Vater wäre, der sie hielt und tröstete. Mit aller Kraft stellte sie sich seinen strammen Bauch vor, und als sie den Saum ihres Gewandes hob und an ihrer Wange rieb, wünschte sie, dass es seine Weste war. Aber die Illusion gelang nur für winzige Augenblicke, dann war sie wieder allein in diesem schrecklichen Wald, mitten in der Nacht.

»Wo soll ich hin?« Erneut warf sie die Hände vors Gesicht. Es war nass. Ihr ganzes Gewand war durchnässt. Bald würde sie frieren, doch sie konnte nicht aufhören, Sturzbäche zu weinen. Wie stets, wenn Schmerz, Trauer, Angst übermächtig wurden, quoll das Wasser aus ihr wie eine Springflut. »Bitte, lieber Gott, schick mir das Tor. Bitte. *Bitte!*«

Fäuste schlugen im Innern ihres Kopfes um sich. So heftig waren die Kopfschmerzen, die anfangs immer dann gekommen waren, wenn sie allzu verkrampft Wasser zu schaffen versucht hatte, seit langem nicht gewesen. Sie sank vornüber, schlug die Hände über sich zusammen und rieb sich die Kopfhaut. Ihre Knie versanken in einer gewaltigen Wasserlache. Ihr eigenes Wasser machte sie frieren.

Dies alles war zu viel … Sie vergaß die Bedrohlichkeit um sich herum und ergab sich all dem Schmerz. Das Tor, das Tor, schick mir das Tor, erflehte sie im Takt des Hämmerns in ihrem Schädel und streckte die Hände vor. Siraia hattest du den Wunsch erfüllt. Lass mich nicht im Stich.

An ihren Handflächen wurde es kühl. Hell schimmerte es durch ihre geschlossenen Lider. Grazia blinzelte. Weißes, milchiges Licht, das sie umschloss … Sie riss die Hände zurück und kroch vor Schreck fort, aus dem Licht heraus. Sanft pulsierte es, viel sanfter, als sie es in Erinnerung hatte. Lücken waren in der Lichtsäule, als könne das Tor sich nicht entscheiden, sich endgültig zu festigen oder wieder zu verschwinden. Als warte es darauf, dass *sie* entschied.

Sie berührte das Licht, und die fehlenden Stellen begannen sich zu schließen. Das Tor schien eigenes Leben zu besitzen: ein intelligentes Wesen, das ihr freundlich zuflüsterte: *Komm. Komm, ich lindere dein Leid. Ich bringe dich nach Hause.*

Nach Hause …

Grazia erhob sich. Langsam, beinahe feierlich glättete sie das am Körper klebende Gewand. »Danke«, flüsterte sie und trat in das Licht.

Anschar wunderte sich zutiefst, dass ihm die Wahrheit über die Temenier nicht bereits in den Sinn gekommen war, als er zum ersten Mal von seiner Kammer herab diese Zeltsiedlung gesehen hatte. Sie war gewaltig, hundertfach größer als das größte Nomadendorf, aber nichtsdestotrotz eine wilde Ansammlung roter, ockerfarbener, brauner Zeltdächer, zwischen denen ein Lärmen herrschte, dass es die Marktplätze von Argadye in den Schatten stellte. Die Menschen hier besaßen nicht den erdigen Hautton jener Nomadensippen, die seit Generationen die Wüstensonne auf sich herabbrennen ließen. Aber unverkennbar sah er jetzt, da er durch dieses Gewirr schritt, die Gemeinsamkeiten: ihre Gesichtszüge und dunklen Bärte, ihre dicht gewebten Gewänder, die besser vor der Sonne schützten als die feinen Stoffe, die man oben in den Felsenkammern trug. Die Art, wie die Männer vor den Zelten hockten und sich dem Müßiggang ergaben, während die Frauen und Kinder um Herdstellen saßen und die Zeltplanen mit ihrem Geschnatter zum Flattern brachten. Schmuck aus Ton und Stein klimperte an den Handgelenken der Frauen, als sie Wurzelgras zu Brei und kostbares Mehl zu Teig klopften. Bei manchen schaukelten an Schläfen oder Gürteln die Fellstreifen seltener Tiere, welche auch bei den Stämmen dort draußen als wertvoll galten. Dass die Temenier kein Münzwesen besaßen, war in den Sagen nie erwähnt worden. Wie denn auch; zu Zeiten des Helden Meya hatte man in Argad ebenfalls keine Münzen gekannt.

»Dort, bei der Sturhornherde, ist unser Ziel«, erklärte Terechnon. Anschar runzelte die Stirn. Drei ausgewachsene Tiere und ein neugeborenes Kalb konnte man kaum eine Herde nennen. Träge kauerten sie beieinander und dösten, angeleint an einen wie ein Finger aus der Erde stoßenden Felsblock. Dahinter erhob sich ein Rundzelt, ein wenig größer als die umstehenden. Die hellbraunen, mit Quasten verzierten Planen sahen aus wie über Jahrzehnte hinweg in der Sonne gebleicht.

Ein vor dem Eingang lungernder Knabe merkte auf und huschte durch die Planen. Kurz darauf kam ein Mann heraus und senkte ehrerbietig den Kopf. Um seine wuchtigen Schultern, die langjähriges Nichtstun verrieten, spannte sich ein fleckenloses weißes Gewand. Ein Gürtel aus Kupferscheiben, zwischen denen rot gefärbte Fellstreifen eingearbeitet waren, hing unterhalb seines vorspringenden Bauches. Er schnaufte.

»Inarvid sei mit dir, Herr. Und mit dem, äh, Fremdländer ebenso.« Er trat beiseite und wies ins Zelt. Eine Frau raffte die Eingangsplane, damit sie eintreten konnten. Im Innern schlugen Anschar und Terechnon die Kapuzen ihrer Mäntel zurück, mit denen sie sich vor der Sonne geschützt hatten. »Wasser, Wasser«, rief der Weißgewandete und klatschte in die Hände. Der Junge und die Frau hoben den Deckel eines gewaltigen Tongefäßes, tunkten zwei hölzerne Becher hinein und trugen sie herbei. Anschar trank hastig, denn der Aufenthalt in dieser aus allen Nähten platzenden Zeltstadt war ähnlich schweißtreibend wie draußen im toten Land.

»Malachs Söhne hatten dich und Grazia gefunden«, sagte Terechnon, und der Mann, Malach, strich sich stolz über seinen geölten Bart. »Sie sind unsere besten Krieger, und was auch immer hier geschieht, entgeht Malachs wachen Augen nicht.«

»Aus deinem erhabenen Munde verdiene ich kein Lob, Herr.« Malach verneigte sich erneut. »Aber so ehre mich doch und lass dich nieder.«

Terechnon hockte sich in einen Kissenstapel. Es war hier nicht viel anders als in seinen Höhlenräumen: Stoffe, Teppiche, Kissen allüberall, dafür weniges aus Holz gefertigt. Malach gab der Frau einen Wink, und sie machte sich daran, dem Haupt Terechnons mit einem Bastfächer Kühlung zu verschaffen. Dem Jungen gab Malach einen Klaps auf den Hinterkopf und eine gemurmelte Anweisung, so dass dieser ins Freie stob.

Anschars Ungeduld wuchs zusehends; er konnte sich kaum überwinden, sich ebenfalls zu setzen, aber schließlich tat er es. Seit Terechnon ihn gebeten hatte, Malachs Zelt aufzusuchen, hatte er sich darin geübt, an alles zu denken, nur nicht an den Grund ihres Hierseins. Selbstverständlich war es ihm kaum gelungen, und er ballte die Faust über dem Knie, weil er das Warten und die Untätigkeit, zu der er gezwungen war, nicht mehr ertrug. Er spürte Malachs Blick auf sich, halb mitleidig, halb widerwillig.

»Gleich«, sagte Malach und strich sich die schweißfeuchten Handflächen an seinem Gewand ab. »Ah, da ist er schon.«

Ein Mann stolperte geduckt herein. Er bot einen erstaunlichen Gegensatz zu Malachs wohlhabender Erscheinung: ein grauer Kittel schlackerte um eine magere Gestalt, ein ebenso grauer Bart stand ihm wirr von allen Seiten ab. Ein beißender Geruch ging ihm voran, so dass Malach die Nase rümpfte und von ihm abwich.

»Orach der Gerber«, erklärte er verdrossen. »Er hat dein Weib zuletzt gesehen. Und wohl auch vertrieben.«

Der Gerber wand sich. »Gesehen, ja, Herr.« Seine schwarzen Augen huschten über den teppichbedeckten Boden. Mit vorgeworfenen Schultern stand er da, als sei er sich seiner Schäbigkeit inmitten dieses Überflusses allzu deutlich bewusst. »Aber ich bin ganz bestimmt nicht der Grund, warum sie weggelaufen ist.«

»Erzähl's ihnen!«

Sehnsüchtig blickte Orach zurück zum Eingang. Er seufzte auf. »Sie stand auf einmal an meinem Zelt«, begann er so leise, dass sich Malach mahnend räusperte. Orachs Worte kamen gekrächzt. »Mit Feuerhaaren und Augen wie junges Felsengrasgrün. Sie hob die Hände an ihren Scheitel, und da floss plötzlich Wasser heraus. Eine Dämonin oder ein Sandgeist – ich musste das doch glauben! Ich … ich hab mit einer toten Pelzechse nach ihr geworfen, weil sie mir solche Angst machte. Und da ist sie davongerannt. Vor zwei Tagen war das.«

Anschar rieb sich mit dem Daumennagel übers Kinn, während er das Gehörte ordnete. Seit zwei Tagen suchten er und die Temenier das Höhlensystem und die umliegende Gegend nun schon ab. Terechnon hatte Malach und dessen Söhne beauftragt, die Zeltstadt zu durchkämmen, und Anschar war überzeugt gewesen, dass Grazia sich in irgendeinem Zelt auffand, vielleicht krank von der Hitze. »Ihr habt sie also verjagt«, sagte er. Sein innerer Aufruhr ließ seine Stimme beben. »Weil ihr tumbe Sandgräber seid, die wegen roter Haare vor Furcht zerfließen.«

»Ich verstehe deine Verzweiflung, aber nicht deinen Zorn«, erwiderte Malach händeringend.

»Meinen Zorn?«, schrie Anschar. »Den kennst du nicht!«

Er bezwang sich, als er Terechnons betretenen Blick bemerkte, obwohl alles in ihm noch viel lauter aufschrie. Kein Kampf konnte schwieriger sein als dieses Ausharren, dieses Warten auf nichts.

»Orach, du hast den Gästen unseres Herrschers Schande bereitet.« Malachs Miene zeigte keine Regung, als er sich Anschar zuwandte, nur seine Hände fuhren fort, sich zu kneten. »Entscheide du, womit er dich entschädigen soll. Er besitzt allerdings nicht viel. Nur drei Töchter, die sind alle noch im Kindesalter und niemandem versprochen.«

Anschar stieß einen verächtlichen Laut aus. Der Gerber warf sich zu Boden. »Ich kann doch meine Töchter nicht dem Fremdländer geben! Er wird sie mit sich in die Wüste nehmen!«

»Damit würde er nur dem Beispiel unserer Vorfahren folgen«, erwiderte Malach. »Unsere Kinder, unsere Enkel werden gehen und Orte suchen, die weniger karg sind, als dieser es bald sein wird. Du kannst sie ja jetzt schon kaum ernähren! Wer bringt dir denn noch eine Haut oder sogar ein Fell? Gib ihm deine Kinder und wasche damit wenigstens deine Schuld ab.«

»Herr des Windes, hilf mir, nein …«

»Hört auf, ich will diesen Unsinn nicht länger anhören.« Anschar neigte den Kopf und rieb sich die Nasenwurzel, denn diese Auseinandersetzung und die stickige Luft ermüdeten ihn. Malach wies den Gerber mit einer Kopfbewegung hinaus, und dieser verließ das Zelt so überhastet, dass er fast gegen die Frau prallte, die soeben das Zelt betreten wollte. Eine Entschuldigung ausstoßend, drückte er sich mit gesenktem Kopf an ihr vorbei.

»Hanaid.« Terechnon breitete die Arme aus. Die Frau, deren Gesichtszüge den seinen glichen, erwiderte salbungsvoll die Umarmung. Grauhaarig war sie, aber nicht dürr wie er. Ihre Brüste wogten üppig, und unter den Oberarmen schwang der Speck. So übertrieben geschminkte Augen hatte Anschar unter dem Wüstenvolk bisher nie gesehen, und sie war mit Schmuck überhäuft. Zu seiner Verwunderung ging die stolze Frau in die Knie, näherte sich ihm in kauernder Haltung, hob die Hände an die Wangen und krümmte vor ihm den Rücken.

»Ich fürchtete, vor dich zu treten. Ich war deiner Gefährtin eine schlechte Gastgeberin, dass sie mir so einfach verloren ging.«

Behutsam ergriff er ihre Schultern und richtete sie auf. »Dir gebe ich keine Schuld. So ist Grazia: Etwas weckt ihre Neugier, sie läuft hin und findet sich nicht mehr zurecht. Das konntest du nicht wissen.«

Der Kupferschmuck, mit dem ihre Arme überhäuft waren, klirrte, als sie sich fahrig eine Strähne aus dem Gesicht wischte. »Sie gab sich fröhlich, aber ich merkte, im Innern empfand sie nicht so. Mein Enkel zerrte sie hinaus, und ich dachte, es ist gut, dass sie sich die Geburt ansieht. Und dann kam sie nicht wieder. Das ist leider alles, was ich dir dazu sagen kann.«

Er zögerte. »Kam danach niemand aus dem Haushalt deines Bruders zu dir?«

Kurz sah Hanaid zu Terechnon hinüber, der reglos zuhörte. »Wen meinst du?«

»Ich weiß nicht«, erwiderte Anschar angespannt. »Eine seiner Töchter, eine Dienerin, irgendjemand.«

»Nein.«

Er nickte. Hanaids Antwort erleichterte ihn, wenngleich es die Last auf seinen Schultern keinen Deut schmälerte. Wüsste Grazia von dem, was er getan hatte, wäre sie ohne Weiteres weggelaufen. Doch sie konnte es nicht wissen, sie war in der Zeltstadt gewesen, und er hatte sämtliche in Frage kommenden Frauen befragt, ob sie hinuntergelaufen wären und mit ihr gesprochen hätten. Sie hatten es verneint, und nun bestätigte Hanaid, dass Grazia nichts zugetragen worden war.

Sie hätte es ohnehin nicht geglaubt, dachte er, und seine Schande ließ ihn leise aufstöhnen.

»Ich wünsche dir so sehr, dass du sie findest«, murmelte Hanaid mitleidig, seinen Seufzer falsch deutend. Sie rutschte an Terechnons Seite und verfiel in trübes Schweigen, wie auch die Männer. Anschar sprang auf und baute sich vor Malach auf.

»Deine kriegerischen Söhne – kennen sie Anburhachmenon?«

Misstrauisch krauste Malach die Stirn. »Ja.«

»Dann gib mir einen mit, damit er mich dorthin begleitet.«

»Du glaubst wirklich, sie könnte dort sein?«, warf Terechnon ein.

»Ich kann mir nicht vorstellen, dass sie in die Wüste gelaufen ist. Zu Anburhachmenon fällt mir immerhin ein, dass sie es sich ansehen wollte. Auch wenn ich keine Erklärung dafür finde, weshalb sie allein und heimlich losgezogen sein sollte.«

Malach schluckte, nickte aber. »Fahrod ist der wendigste und kräftigste meiner Söhne, und er war auch am häufigsten in der Ruinenstadt. Er wird es gern tun. Glaubst du wirklich, sie ist dort?«

Anschar musterte Malachs schweißfeuchtes Gesicht, das kaum verbergen konnte, wie unangenehm ihm diese Angelegenheit war. Dann das Terechnons, der sich hilflos das Kinn rieb. Hanaids Reife klickten, da sie nervös daran herumfingerte. »Ich kann es mir nicht vorstellen. Aber es ist das Einzige, was mir noch zu tun bleibt. Eines ist immerhin klar: Hier unten ist sie nicht, und sie ist auch nicht in der Wüste, wenn ich nicht glauben will, dass eure Sandgeister sie fortgetragen haben.«

»Sie könnte in den Kahlwald gelaufen sein«, gab Terechnon zu bedenken. »Das ist der einzige Ort in der Nähe, den ich aus verständlichen Gründen nicht habe durchsuchen lassen.«

»Und da ist sie auch nicht, denn dafür gibt es nicht den geringsten Grund«, rief Anschar. »Genug davon!« Er wandte sich an Malach. »Sag Fahrod, dass er bei Sonnenuntergang oben sein soll. Bis dahin will ich versuchen, etwas Schlaf zu finden.«

»Du – du willst in der Nacht loslaufen?«

»Spenden die Monde nicht Licht genug? Ich bin des Wartens müde.«

Er entsann sich der Gefahr durch den Schamindar. Aber, bei allen Göttern, was scherte ihn Gefahr?

Er war müde wie ein geprügelter Hund, denn in den letzten zwei Tagen hatte er den Göttern geopfert und ihre Gnade erfleht und war mit temenonischen Männern umhergelaufen, in deren Beisein er in irgendwelchen Ecken hockend vergeblich versucht hatte, ein Auge zu schließen. Jetzt hatte er Gelegenheit, zu schlafen, aber wie es ihm gelingen sollte, war ihm rätselhaft. Vielleicht vertrieb ein Bad die Gedanken aus seinem Kopf. Er suchte die schillernde Grotte auf, wenngleich die Erinnerung an sein Beisammensein mit Grazia ihm den Genuss des Wassers vergällte. Allmählich kroch Schwere in seine Glieder. Mit matten Schritten kehrte er, ein Tuch um die nassen Hüften gewunden und die Kleider über der Schulter, in seine Kammer zurück. Seit er mit Jenia hier zugange gewesen war, hatte er diesen Raum nicht mehr betreten. Mit der Schulter am Eingang lehnend, hob er den Vorhang. Alles war seitdem unberührt, der geleerte Krug lag, wie er ihn hatte fallen lassen. Lediglich sein Erbrochenes hatte jemand aufgewischt. Der steinerne Baum war unbewohnt. War das Tierchen ausgerissen? Oder hatte man es fortgebracht, aus Furcht, es könne ein Opfer seiner Wut werden? Hätte er jetzt sein Schwert, wäre der Steinbaum vielleicht nur noch Schutt.

Hinter sich hörte er Füße tapsten. Er sah über die Schulter. »Jenia, lauf mir nicht nach.«

»Ich will nur … Bin doch deine Dienerin, Sohn Siraias«, wisperte sie. »Ich hole dir zu essen, wenn du magst.«

»Weck mich, sobald die Sonne den Horizont berührt, dann bring mir meinetwegen etwas mit. Aber jetzt lass mich allein.«

»Ja, Herr.« Sie trollte sich. Er betrat die Kammer und warf den Vorhang hinter sich zu. Das Lärmen der Stadt drang dumpf an seine Ohren. Seine Zehen stießen gegen die goldene Schale; die hob er auf, setzte sich aufs Bett und reckte sich nach dem geborstenen Tisch, um sie auf der schräg abfallenden Platte abzusetzen. Sie rutschte ein wenig ab. Ein vielleicht Jahrhunderte altes Tischlerwerk mit einem Tritt zerstört – in Grazias Augen ein Frevel.

Er hob eines der abgebrochenen Beine auf und drehte es in den Händen. Sein Blick fiel auf die linke Handinnenfläche. Eine feine Linie war von jenem Moment geblieben, als er das eigene Blut geopfert hatte, um in der Wüste einen Weg aus der Not zu finden. Die Götter hatten geholfen. Die ganze Hand wäre er zu geben bereit, um seinen Beischlaf mit Jenia ungeschehen zu machen.

»Inar und Hinarsya, und auch Grazias Großer Gott. Ich muss vieles von euch erflehen, aber jetzt nur dieses: Schenkt mir ein wenig Schlaf, sonst kriege ich heute Nacht keinen Fuß vor den anderen.«

Das Holzstück warf er schwungvoll fort, so dass es sich an einem der Wandtücher verfing und zu Boden schlug. Am Bett fand er einen Wasserkrug. Das Wasser roch abgestanden, aber er trank ein paar Schlucke. Dann stellte er ihn zurück und griff nach der zerknüllten Decke, um sie anzuheben.

Im einfallenden Licht glänzte etwas kupfern auf, verfangen im Wollstoff. Anschar zog es ab. Es war ein Haar. Lang, wellig, rot.

»Feuerköpfchen, wann warst du hier?« Äußerst vorsichtig spannte er es und ließ es zwischen den Fingerspitzen hindurchgleiten.

Er sah hinauf zum Oberlicht. Die Erkenntnis prallte auf ihn wie ein Meer kochenden Wassers. Langsam sackte er nach vorn, schlug die Fäuste an die Schläfen und heulte auf.

Er fand Terechnon in einer kleinen Kammer. Der König hatte den Kopf an die geflochtene Rückenlehne eines Sessels gebettet. Als Anschar eintrat, ruckte er hoch. Er lehnte sich vor, kniff stöhnend die Augen zusammen und ließ sich von seiner Leibdienerin auf die geschwollenen Füße helfen.

»Warum bist du … Es dauert doch noch eine Weile, bis die Sonne den Horizont berührt. Aber du hast sicher schlecht geschlafen.« Er wankte zu einer Wandnische, wo verschiedenste Gefäße standen. Mit einem Becher trat er vor Anschar. »Trink das, es wird eine Weile die Müdigkeit vertreiben. Damit halte ich mich in den letzten anstrengenden Tagen über Wasser.«

Der Becher war gefüllt mit einem Sud, der nach irgendeinem Kraut roch. Anschar schluckte das Gebräu. In seinem Zustand, so dachte er säuerlich, fragte man nicht mehr, was es war. Immerhin spürte er eine gewisse Belebung in der Kehle.

»Fändest du es immer noch verwerflich, wenn ich dich um mein Schwert bitte?«

Der König von Temenon räusperte sich verlegen. »Selbstverständlich nicht. Es ist sogar hier verwahrt.« Er ging zu einer Truhe, deren Alter wie so viele andere Möbel ihre Herkunft aus dem verlassenen Palast verriet. Die runden Griffe an den Seiten erinnerten mit ihren geflügelten Wesen an Siraias Ohrringe. Unter Stofflagen grub Terechnon das Schwert aus und reichte es ihm. Anschar schnallte es sich um die Hüfte, über seine gewohnte argadische Kleidung, die die Frauen mit temenonischer Kunstfertigkeit ausgebessert und nachgefärbt hatten.

»Ich habe die Dienerinnen angewiesen, dir und Fahrod Proviant zusammenzupacken; es liegt einiges bereit. Aber noch ist Zeit, er wird ja nicht früher kommen.«

»Das ist mir recht. Denn ich möchte vorher zu Sarid.«

Terechnon nickte. »Ja, auch Sarid bittet dich zu ihr. Es ist ja, nun …«, er unterbrach sich und rang um Worte.

»Es ist möglich, dass wir uns nicht mehr sehen«, half Anschar ihm aus. »Sie oder ich könnten bald sterben, und daher sollten wir vorher den Streit unserer Völker beilegen.«

»Wie nüchtern du das sagst. Aber ja, so ist es. Sie ist schwächer geworden in den letzten Tagen, als wisse ihr Körper, dass er nicht mehr kämpfen muss.« Terechnons Züge glätteten sich. Er lächelte gedämpft. »Ich mag meine Freude angesichts deiner Sorgen nicht so deutlich zeigen. Aber du hast für deine Mutter das Ziel erreicht. Vielleicht ist es dir ein Trost.«

Darüber hatte Anschar bisher keinen Gedanken verloren. »Ja«, sagte er nur.

Terechnon streckte feierlich beide Hände aus. »Alle Götter mögen über dir wachen. Es war mir eine Ehre, den Sohn Siraias hier zu haben.«

Anschar ergriff sie. »Es klingt wie ein Abschied.«

»Wir können ja nicht wissen, was geschieht. Irgendwie kann ich nicht daran glauben, dass du Anburhachmenon durchstöberst und mit gipsbestäubten Schultern hier wieder auftauchst.«

»Er geht weg?«, kam es ängstlich aus dem Gang.

»Das tue ich, Jenia.«

Fragend blickte sie zu Terechnon, und als dieser nickte, trat sie ein, eine Schale mit Brot und gedörrten Früchten an sich gedrückt. »Hier.« Mit gesenkten Lidern trat sie vor Anschar. »Du wolltest doch etwas essen.«

Anschar nahm das Brot, riss ein großes Stück ab und legte den Rest zurück. In Jenias Augenwinkeln glänzte es feucht. »Was ich mit dir getan habe, tut mir leid«, sagte er. Ob Terechnon diese Worte zu deuten wusste, war ihm gleich.

»Wieso? War doch schön.«

»Ach, Jenia.« Flüchtig strich er ihr über die Wange. So viel Arglosigkeit vereint in einem einzigen Menschen hatte er selten gesehen.

Sie tat, was sie am besten konnte, sie rannte fort.

Auf dem Weg zu Sarids Schlafkammer aß er das Brot. Terechnon gedachte wie bei seinem ersten Besuch hier in der Vorkammer zu warten und hob den Vorhang. Diesmal war keine Dienerin zugegen. Sarid lag auf der Seite und schlief. Ihr Atem kam rasselnd. Der Vorhang vor den beiden runden Fensteröffnungen war zurückgezogen; das einfallende Sonnenlicht hatte ihren Körper erhitzt, so dass die Stoffe den Schweiß ausdünsteten. Anschar erkannte den scharfen Geruch wieder, der ihr anhaftete. Sofort fühlte er sich um drei Tage zurückversetzt, als er die fürchterliche Wahrheit über seine Herkunft erfahren hatte. Er trat an das Bett und ließ sich langsam auf die Bettkante nieder. Die Bespannung knarrte. Sarid entrang sich ein zischender Laut, als sie erwachte.

»Anschar?«, flüsterte sie.

»Ich bin hier.«

Mühsam wälzte sie sich zu ihm herum. Ihre suchenden Augen brauchten eine Weile, bis sie sich klärten. »Ah, ich sehe dich.« Im Lächeln zeigte sie ihre gelben Zähne. »Sicher hat dir Terechnon gesagt, dass ich jeden Augenblick sterben muss. Aber gerade jetzt fühle ich mich gut. Und du? Hast du dich wieder beruhigt?«

»Was weißt du eigentlich, Sarid? Was hat man dir erzählt, seit ich …« Betreten sah er zu Boden. »Seit ich hinausgelaufen bin.«

»Hinausgestürzt bist du. Alles hat man mir erzählt. Ja, glaubst du denn, ich hätte kein Interesse an den eigenartigen Umtrieben meines Enkels?«

»Dann weißt du auch, dass Grazia vermisst wird.«

Sie nickte und warf den Kopf in die Kissen, da ihre Brust von einem trockenen Husten geschüttelt wurde. Nein, alles konnte sie nicht wissen. Anschar sah ihr zu, wie sie mit sich kämpfte, und plötzlich wusste er, dass er nicht schweigen durfte.

»Ich habe sie verjagt. Ich habe sie verhöhnt und entehrt.«

Sarid keuchte. Allmählich beruhigte sie sich. »Weißt du, so etwas habe ich mir schon gedacht.«

Er hob die Brauen. »Wie kommst du darauf?«, fragte er scharf. Aber Sarid winkte nur müde ab.

»Ich fürchte, mein aufbrausender Enkel, ich kann dein Friedensangebot nicht annehmen.«

»Bist du von allen guten Göttern verlassen?« Er wollte aufspringen, bezwang sich aber. »Was glaubst du denn, weshalb ich hier bin? Und ich muss gleich fort, vielleicht sehen wir uns nicht wieder, also …«

»Hör dir selbst zu«, unterbrach sie ihn. »Dann verstehst du es vielleicht.«

»Ich verstehe kein Wort.«

Sie stemmte sich aus den Kissen auf, so weit es ihr möglich war, und hob die rasselnde Stimme. »Leg dein Schwert ab und stell es irgendwo an die Wand!«

Er hatte schon eine harsche Erwiderung auf der Zunge und wunderte sich, dass er aufstand und ihr gehorchte. Das Schwert legte er auf eine Truhe. Als er wieder an das Bett treten wollte, hob sie die Hand.

»Hast du dich wieder beruhigt?«

»Ich …« Das sollte dieser Unfug bezwecken? Inar!, dachte er ärgerlich und nahm einen tiefen Atemzug. »Ja.«

»Dann komm her«, gebot sie ihm. Als er wieder bei ihr saß, berührte sie besänftigend seinen Handrücken. »Lass mich versuchen, es zu erklären. Schon vor Jahrhunderten schickte mein Volk Boten zu deinem aus. Wir wussten nie, was mit ihnen geschah, denn es kam ja nie eine Antwort. Aber die Überlegungen, die Träume, was geschehen könnte, die hatten wir. In ihnen kam ein Gesandter, ein starker Mann, der imstande gewesen war, die Wüste zu durchqueren. Ein Mann, der sich uns weinend zu Füßen warf und im Namen seines Königs um Verzeihung flehte. Wir wollten ihn aufrichten, ihn trösten und bewirten und uns mit ihm freuen. Gekommen ist dieser Mann nun tatsächlich. Oh, und er ist sogar Siraias Sohn, der Sohn beider Völker! Und er weint auch, aber aus Zorn. Er vertraut sich uns nicht an, und seine Worte sind leer und ausweichend.«

Sein Blick ruckte hoch. War er ein so erbärmlicher Lügner?

»Er verachtet uns«, fuhr sie unbeirrt fort. »Er schlägt um sich. Er hat unterwegs reichlich Blut vergossen. Er verjagt seine Gefährtin. Und ohne zu wissen, was geschehen ist, beschuldigt er *uns!*«

»Gibt es irgendetwas, das man dir nicht eiligst zugetragen hat?«, knurrte er.

Sie winkte ab. »Verstehst du, wir sehen zu und können darüber nur staunen. Du bist gekommen, aber es ist nicht so, wie es sein sollte. Aber das ist nicht alles. Du verschweigst etwas, das zu übel ist, gesagt zu werden. Daher kann ich deine Hand nicht ergreifen.«

»Du weist mich ab?«, fragte er fassungslos. »Aber ich bin nicht …«

»Du bist nicht dein Volk, meinst du das? Bist du mit deiner Verachtung für uns denn eine Ausnahme in deinem Volk?«

Er schwieg.

»Hat dich der Wunsch nach Frieden durch die Wüste geführt?« Ihr Tonfall schwang um. Sie klang zutiefst empört. »Oder war es deine stolze argadische Seele, die eine Aufgabe bewältigen wollte, zur Ehre deines Herrn?« Sie schlug die Hände auf ihrem Bauch übereinander und räusperte sich entschieden. »Ich kann einfach nicht glauben, dass du es als Schande empfindest, zu meinem Volk zu gehören, und gleichzeitig erwartest, dass ich deine Hand ergreife. So viel Überheblichkeit ist mir noch nie untergekommen. Noch nie!«

»Störrisches altes Weib, wofür hältst du dich? Für eine Göttin, die alle Fäden zieht?« Er sprang auf, weil er es nicht mehr ertragen konnte, bei ihr zu sitzen. Doch kaum hatte er zwei Schritte in Richtung des Ausgangs getan, dämmerte ihm, dass er im Begriff war, ein zweites Mal diesen Raum im Zorn zu verlassen. Am Bettende blieb er stehen. »Ich kann nicht einfach abwerfen, was ich empfinde. Zu viel ist zwischen mir und den Wüstenmenschen geschehen. Dein Volk hat mich über Wochen hinweg in einer winzigen, stinkenden Höhle gefangen gehalten. Es hat mich gefesselt in der Wüste ausgesetzt, damit ich verrecke!«

Er starrte zum Ausgang. Nach diesem Ausbruch konnte er nicht bleiben. Fort konnte er aber ebenso wenig. Wenn er es tat, würden zwei Welten untergehen.

»Wüstenmänner haben dich hierher begleitet«, erinnerte sie ihn. »Haben vielleicht ihr Leben gegeben, um dir zu helfen. Hatte Grazia nicht auch erwähnt, du hättest eine Zeit lang unter ihnen gelebt? In einem Zedernwald? Und einer sei dein Freund?«

»Ja, und?« Er wandte sich ihr wieder zu. »Das ist er ja nicht, weil er ein Wüstenmann ist. Ihr Götter, er ist völlig unbedeutend! Bin ich es nicht auch? Ich bin gekommen, um das Friedensangebot des Meya zu überbringen. Es hängt von ihm ab und nicht von mir.«

»Warum glaubst du, er sei wichtiger als du? Er hat den Fluch genauso wenig zu verantworten. Auch nicht Siraia. Und trotzdem hätte kein Einziger versagen dürfen.«

»Ich habe nicht versagt. Ich bin hier, oder nicht?«

»Ja, du bist hier, und nun, da du weißt, wer wir sind, verachtest du uns. Glaubst du, so einer könnte eine ganze Welt miteinander versöhnen?«

Er schüttelte den Kopf. »Inar steh mir bei, aber ich verstehe dich immer noch nicht. Warum bürdest du *mir* die Last auf, dies tun zu müssen?«

Sie hob die Hände. »Ich möchte doch nur, dass wenigstens einer aus deinem Volk begreift. Wie sollte ich es deinem Herrn sagen? Oder einem anderen? Nur du bist hier. Aber es ist jetzt zu viel Aufruhr in dir; ich könnte reden und reden, und es wäre ja doch nutzlos. Du siehst eine Wand vor dir, die du durchschreiten sollst, aber du weißt nicht, wie.«

»So fühlt sich das alles an, in der Tat.«

»Ich kann dir nichts raten. Nur dies: Versöhne dich mit deiner Gefährtin. Vielleicht siehst du ja klarer, wenn du das, was dich jetzt so verzweifeln lässt, aus der Welt geschafft hast.«

»Nichts täte ich lieber. Wenn ich nur wüsste, wo sie ist.« Wenn ich ihrer wert wäre, fügte er in Gedanken an. Er trat an eines der Fenster und verschränkte die Arme. Die stetig an der Wand entlangstreifende Brise, ähnlich der an der argadischen Hochebene, kühlte sein vor Scham erhitztes Gesicht. »Und du bist dann tot und nicht mehr da für meine Hand, die sich nach dir streckt. Hast du daran auch gedacht?«

»O ja. So lange habe ich ausgeharrt, und nun muss es wohl doch ein anderer für mich tun. Komm her.« Sarid winkte ihn heran, also setzte er sich wieder zu ihr. »Von woher stammt Grazia? Terechnon wusste das nicht so recht zu sagen.«

»Aus einer ganz anderen Welt. Ihr Land dort heißt Preußen.«

Er stellte sich auf endlose Fragen ein – was das für eine Welt war und wie es Grazia hierher verschlagen hatte. Sarid nickte nur langsam. »Du musst dich mit ihr versöhnen. Die Götter werden nicht hinnehmen, dass es auch noch mit einer dritten Welt Streit gibt.«

»Oh, bitte, Sarid, was reimst du dir da zusammen …«

»Nicht. Nicht …«, sie hob einen Finger an die Lippen und berührte sein Knie. Er spürte, dass sie weiter nichts ergründen wollte, nur Trost geben. Ermattet ließ er den Kopf hängen. Dies war ein guter Augenblick, seine Starre endlich aufzugeben und mehr Tränen zu vergießen als jemals zuvor, doch seine Augen blieben tot.

5

Grazia fühlte sich von Wärme umhüllt. Es war nicht die Gluthitze der Wüste, es war eine andere, längst vergessene Wärme. Sie lag in einem Kokon aus Federn, an den Füßen ein angenehm heißer Klumpen. Mit den Zehen ertastete sie ein steinhartes Oval in einer gehäkelten Umhüllung. Wozu benötigte man in Temenon Bettpfannen? Und wieso pfiff ihre Kehle beim Ausatmen ein nervtötendes Lied? Woher dieses Kratzen in der Brust …

»Achduheiljabimbam.«

Sie warf das Federbett zurück und holte Luft. Dann schlug sie die Augen auf. Eine weiß getünchte Zimmerdecke, in den Ecken von einem grauen Schleier überzogen und mit Stuck verziert. Der Anblick war ihr vertraut, sie war damit groß geworden. Nur die dicke, schwarze Schnur an der Decke gehörte nicht hierher. Nicht in …

»Mein Zimmer!«, flüsterte sie. Ruckartig setzte sie sich auf und schwang die Beine über die Bettkante. Die Vorhänge vor dem Fenster waren zugezogen, aber draußen war Tag. Hell genug, um im Spiegel über der Frisierkommode auf eine fremde Frau zu stoßen. Grazia betastete sich. War das wirklich sie? Dieses schmale, stark gebräunte Gesicht, von einer volantverzierten Schlafhaube eingerahmt, aus der ein ordentlich geflochtener Zopf ragte? Das spitze Kinn, die eingefallenen Backen unterhalb deutlich hervortretender Wangenknochen? Keine wohlgenährte junge Dame von zwanzig Jahren, sondern eine erwachsene, vom Leben gezeichnete Frau blickte sie an. Völlig fasziniert davon, nach sechs argadischen Monaten wieder in einen richtigen Spiegel schauen zu können, streifte sie das Beinkleid herunter und hob das Nachthemd an. Dass sie während der Reisestrapazen dünner geworden war, wusste sie ja, aber all diese Knochen, Muskeln und Sehnen waren ihr nicht aufgefallen. Schöner war sie jedenfalls nicht geworden! Bevor die Erinnerung an Jenias Rundungen sie belästigen konnte, ordnete sie hastig die Nachtkleidung. Sie drehte sich um. Alles sah aus wie früher: der Kleiderschrank, das in den Raum hineinragende Bett, ihr kleiner Schreibtisch, alles aus dunklem Eichenholz … Aber diese Schnur! Das schwarze Ding führte zu einer Deckenlampe, von der eine dünnere Zugschnur hing. Man hatte irgendwann elektrisches Licht verlegt.

Wann?

Ihr Morgenmantel hing wie gewohnt am Haken hinter der Tür. Im Hinausgehen zog sie ihn an, überquerte den Flur und legte die Hand an die Klinke der Salontür. Kein Laut war zu hören, nur das Ticken der Standuhr. Die Furcht, niemanden vorzufinden, ließ sie die Tür aufdrücken.

Ihr Herz schlug bis zum Hals. Alles, alles war wie früher. Da war das Kanapee vor der Fensterfront zur Straße hinaus, daneben die Balkontür. Die riesige Eichenbibliothek gegenüber, davor die Cocktailsessel mit dem Teetischchen und der große Esstisch. Nur die Geigenfeige fehlte. Eigenartig, wie vertraut alles wirkte. Ihr kam es so vor, als seien nur ein paar Tage verstrichen. Vielleicht war es ja wirklich so? Nein, sie war im September hier gewesen; jetzt bullerte im Eck der gusseiserne Ofen. Vor den Büchern auf der Bibliothek standen die kleinen Engelchen aus dem Erzgebirge. Ein Tannenzweig mit zwei roten Glocken hing vom Deckenlüster. Und auf dem Tisch stand Bismarck, der alte Nussknacker.

Eine ausgebreitete Zeitung schwebte neben dem Tisch. Darunter schauten zwei gespreizte, in Tuchhosen steckende

Schenkel heraus, und darüber kräuselte sich ein Rauchfähnchen.

Mehr als alles andere war es der Zigarrenduft, der sie in die Vergangenheit zurückschleuderte. Grazia stürzte zu ihrem Vater, riss ihm die Zeitung aus den Händen und warf sich an seine Brust.

»Papa«, schrie sie heiser. »Papa, Papa!« Sie bedeckte sein Gesicht mit Küssen; er hatte gerade noch Zeit, die Zigarre in den Aschenbecher zu legen. Er gluckste erfreut, umfing sie und hielt sie mit einem Arm auf dem Schoß, während er aus der Westentasche ein Taschentuch fischte und sich die feuchten Augenwinkel trocknete. Auch ihr tupfte er die Tränen ab und rieb seine stoppelige Wange an ihrer, dass sie quiekte.

»Reinschnäuzen«, befahl er und hielt es ihr vor die Nase.

Sie gehorchte und rüttelte an seiner Weste. »Los, sag noch mehr! Ich hab so lange kein Deutsch gehört.«

»Was soll ich denn sagen?«, lachte er. »Soll ich dir etwas vorlesen?« Er griff nach der Zeitung auf dem Tisch und rückte die Brille zurecht, die sich unter ihrem Ansturm verschoben hatte. »Nun denn: ›Bedauerlicherweise wurden tausend Zuschauer Zeugen eines schmählichen Untergangs unserer tapferen Mannen. Da half auch der beste Kampfgeist nicht, die Niederlage gegen eine imponierende englische Elf abzuwenden. 2:13 lautet somit das wenig ruhmreiche Ergebnis …‹«

Sie wagte kaum, sich die Zeitung näher anzusehen. »Seit – seit wann bin ich weg?«, fragte sie zaghaft.

»Seit vier Jahren und zwei Monaten. Das neue Jahrhundert steht vor der Tür.«

»Vier … o Gott.« Sie umschlang ihn und presste ihre Wange an die seine, steckte die Nase in den Hausmantel und sog seinen Geruch ein, so weit es ihr der Schnupfen erlaubte. Am liebsten hätte sie sich in ein Kätzchen verwandelt, damit sie auf ihm herumkrabbeln und sich an seiner Brust einkuscheln konnte. »Das tut mir so leid.«

»Ja. Als ich damals, nachdem du durch dieses geheimnisvolle Tor gegangen warst, von der Pfaueninsel wieder nach Hause kam, habe ich mich an deine Worte geklammert, du könntest möglicherweise gleich zurückkehren. Die Zeit in der argadischen Welt vergeht, wie sie will, aber hier kämest du möglicherweise zum selben Zeitpunkt zurück – sofern sich das Tor zwischenzeitlich nicht schließt; in dem Fall könnten Jahre vergehen. So hast du es gesagt, und ich bin wirklich bei jedem Türklingeln hochgeschreckt … Anfangs bin ich ein paar Mal auf die Insel gefahren, weil ich dachte, vielleicht bist du ja dort. Aber ein Tag verging, noch einer und noch einer, die Hoffnung schwand, und als ich dann auf dem Steg war und diesen Lichtschimmer nicht mehr wiederfand, hab ich sie vorerst begraben.« Er strich ihr sanft übers Haar. »Kindchen, als es dann gestern klingelte, und du warst tatsächlich vor der Tür, wollte mir das Herz stehen bleiben.«

»Wie kam ich denn her?«

»Wundert mich nicht, dass du das in deinem benommenen Zustand nicht wahrgenommen hast. Schutzmänner haben dich hergebracht.«

»Ach du jrüne Neune!«

»Na, neun waren's nicht, nur zwei. Der Meier hat dich auf der Insel herumlaufen sehen, dich ins Fährhaus gebracht, und der Fährmann hat die Polizisten geholt.«

»Ah ja.« Sie erinnerte sich, vom Steg herunter und dem Meier in die Arme gelaufen zu sein, nass, steifgefroren. Er hatte sie in seinen Mantel und seine Stiefel gesteckt; bibbernd war sie neben ihm hergelaufen. Dann im Fährhaus war irgendwann ein Polizist aufgetaucht, dem hatte sie ihre Adresse genannt. Auch die eiskalte Fahrt in der Kutsche fiel ihr wieder ein. Und hatte sie sich nicht noch gewundert, dass an der Haustür elfenbeinerne Klingelknöpfe angebracht waren? Der Fortschritt hatte Einzug ins Mietshaus gehalten.

»Wie hat Mutter reagiert, als ich vor der Wohnungstür stand? Ich kann mich nicht erinnern, sie gesehen zu haben.«

Sie spürte, wie er sich versteifte, sein Griff auf ihren Schultern fester wurde. Unwillkürlich pochte ihr das Herz bis zum Hals.

»Deine Mutter ist vor drei Jahren gestorben.«

Grazia keuchte auf. »Nein, das stimmt nicht!«

»Doch, Kind, doch. Sie ist einfach morgens nicht mehr aufgewacht. Herzversagen, hatte Doktor Golz festgestellt.«

»Aber sie war gesund!«

»Nun ja, anscheinend nicht.« Der Vater verfiel in Schweigen. Das Kinn auf seiner Schulter, betrachtete Grazia die goldgeprägten Titel der geliebten Bücher, ohne sie wirklich wahrzunehmen. Die Mutter tot … Sie konnte es nicht glauben, konnte sich nicht vorstellen, wie das Leben hier ohne sie verlaufen war und noch würde. An ihrer Wange kitzelte eine Träne. War sie heimgekommen, um wieder weinen zu müssen? Aber der Schmerz war fern und unwirklich, und sie drängte ihn zur Seite. Fürs Erste.

»Aber jetzt warte einen Augenblick.« Er schob sie von seinem Schoß herunter, tappte aus dem Raum – sein Gang war nicht mehr ganz so kraftvoll wie früher – und kehrte mit zwei Pantoffeln und einem Tellerchen zurück. Die Schuhe stellte er vor ihr ab. »Was kalte Füße sind, hast du in Argad wohl vergessen, hm? Du bist erkältet, Kindchen, und dass du dir auf der Pfaueninsel keine Lungenentzündung geholt hast, ist unverschämtes Glück. Der Fährmann meinte, du hättest unter den warmen Decken schlimmer geschwitzt als eine ganze Kompanie mit vollem Marschgepäck im Sommer; richtig getröpfelt hättest du.« Er strich ihr über die Haube und berührte prüfend mit der Handkante seine Nasenspitze. »Kann es sein, dass du noch ein bisschen gewachsen bist?«

»Vielleicht bist du ja kleiner geworden«, sagte sie keck.

»Ich schrumpf doch nicht!« Er setzte sich, stellte den Teller auf den Tisch und zog sie wieder auf den Schoß. Grazia starrte auf die Brotscheibe. Eine Leberwurststulle! Beinahe ehrfürchtig griff sie zu, und erst als sie wirklich, wirklich überzeugt war, diese Kostbarkeit in Händen zu halten, biss sie mit wollüstigem Knurren hinein. Im Handumdrehen hatte sie das Brot verschlungen.

»So, und jetzt erzähle, weshalb du hier bist. War der *Richtige* nicht der Richtige?«

Grazia kaute auf der Unterlippe. Und schüttelte den Kopf. »Ich habe mir deine Begegnung mit ihm in den schönsten Bildern ausgemalt, immer wieder. Hab mir vorgestellt, wie ich zurückkehre und ihn dir vorstelle. Wie ihr euch die Hände reicht und ich vor Stolz platze. Und jetzt bin ich hier und … siehst's ja, ich bin allein. Das tut so weh.«

»Ja, das ist so.« Er knetete ihre Hand und strich ihr über die Arme. »Ich hätte den homerischen Wunderknaben gern kennengelernt. Oder darf ich ihn jetzt nicht mehr so nennen?«

»Phh, nur zu.« Bitter lachte sie auf. »Feinde besiegt er ja wie gewohnt mit dem kleinen Finger. Ich könnte dir Geschichten erzählen …«

»Die mir ganz schön an die Nieren gehen würden, stimmt's?« Zielsicher strich er ihre Schlafhaube hinters Ohr und zupfte an ihrem Ohrläppchen. Er hatte also das Sklavenzeichen längst bemerkt. »Und dass du sehnig wie ein neuzeitlicher Olympionike bist, wird ja auch seinen Grund haben.«

»Neuzeitlicher Olympionike?«

»Ach, darüber weißt du ja auch noch nichts. Ich sehe schon, wir werden Tage, ach, was sage ich, Monate brauchen, um unsere Wissenslücken aufzufüllen. Aber erst versorg deinen Herrn Papa mit einer neuen Zigarre. Du weißt doch noch, wie das geht?«

»Ist mir klar wie Kloßbrühe!« Sie rutschte von seinem Schoß, holte aus dem Regal die Zigarrenschachtel und klappte sie auf.

»Ich glaube, sie hielt nichts im Leben.« Der Vater rieb sich die behandschuhten Hände und stieß weiße Atemwolken in die winterliche Friedrichhainer Luft. »Nachdem du fort warst, hatte sie nur noch schlechte Laune und stritt mit jedem. Vor allem mit mir, sie warf mir vor, dass ich dich habe gehen lassen. Glaub mir, ich warf es mir am meisten vor. Kein vernünftig denkender Mensch sieht zu, wie seine Tochter ins Wasser springt und nicht mehr auftaucht.«

Sie starrte auf die Blume, die sie im Schoß hielt. Sie wollte ihm mit der Hand die Sehnsucht, die Sorgen und Vorwürfe aus dem Gesicht wischen, konnte sich aber nicht rühren.

»Kindchen, auch wenn der Kopf sagt, das ist alles wahr, das ist wirklich der Weg in eine andere Welt, so sagt das Herz doch, dass das Unfug ist und dass du am Grund des Sees liegst und tot bist. Mir hat es das andauernd gesagt, und irgendwie glaube ich, dass Luise ihr Herz verstummen lassen wollte. Sie verstummte ja selbst; nach einiger Zeit sprach sie nur noch das Allernötigste mit uns und zum Schluss gar nichts mehr.«

Wie Siraia, dachte sie.

»Fast den ganzen Tag saß sie im Schlafzimmer und starrte auf den Hinterhof hinaus. Und wir konnten nichts dagegen tun. Justus ist ihr nur noch aus dem Weg gegangen, und ich … Gott verzeih mir, ich irgendwann auch.«

Er drückte ihre Hand, erhob sich von der Bank und schlenderte ein paar Schritte über den verschneiten Weg. Grazia sah ihm nach, genoss das Gefühl der Zuneigung und litt unter dem Vorwurf, den sie sich machte. So oft hatte sie in der Wüstenglut das Heimweh geplagt, aber wie oft hatte sie sich denn gefragt, wie die Familie mit dem Verlust fertig wurde?

Sie schnappte nach Luft und nieste kräftig. »Das ist alles meine Schuld«, murmelte sie in ihr Taschentuch.

»Na, nun nimm dich nicht so wichtig, Schwesterchen.« Justus, der am Wegrand gelangweilt Steine getreten hatte, schlenderte heran, mit den Händen in den Taschen seines Stutzers. Gestern war sie in ihre Welt zurückgekehrt, gestern hatte sie ihn wiedergesehen; wie verdattert hatten sie sich gegenübergestanden, endlos angestarrt und sich vorsichtig umarmt. Dass dieser hochgeschossene Halbwüchsige der kleine Bruder war, der ihrem Zeitgefühl nach immer noch mit der Zwille in der Hosentasche herumlaufen und nachts heimlich Abenteuerbücher lesen sollte – nein, das konnte sie noch nicht glauben. Sein Haar war dunkler geworden, sein Gesicht spitz und kantig. Von den Pickeln abgesehen, die ihm auf Stirn und Wangen sprossen, sah er mit seinen beinahe fünfzehn Jahren fast erwachsen aus.

Er setzte sich neben sie. Sein Blick glitt ins Leere, irgendwohin, wo sie ihm noch nicht folgen konnte.

»Du kannst nichts dafür, dass wir nicht damit zurechtgekommen sind«, sagte er. Seine Stirn krauste sich, als er in den weißen Himmel sah. »Du hattest eine prima Gelegenheit, den Zwängen hier zu entfliehen. Die hätte ich an deiner Stelle auch genutzt.«

Sie staunte über seine Ausdrucksweise, die alles Kindliche verloren hatte. Seine kratzige Stimme ähnelte schon der des Vaters. »Hast du doch. Potzblitz, dass Papa dich voriges Jahr auf die Deutsche Schule in Athen geschickt hat, weil du hier zu viele Flausen im Kopf hast …«

»Auf die Hauptkadettenanstalt gehen zu wollen, sind keine Flausen. Ich will ›des Königs Rock‹ tragen. Stattdessen muss ich bis zum Steinerweichen Latein und Griechisch und Geschichte lernen, und wenn es nach unserem alten Herrn geht, soll ich das Zeug auch noch studieren. Ich habe aber kein archäologisches Blut in den Adern wie du. Ich will Reserveoffizier werden und mich dann fürs Offizierspatent qualifizieren. Aber der alte Herr meint, es gäbe genug Uniformträger auf den Straßen.«

Ist er nach der Mutter geraten?, dachte sie. »Sei nicht so respektlos. Was wäre ich an deiner Stelle glücklich gewesen, nach Athen gehen zu dürfen. Aber für mich hat's ja nur zur Höheren-Töchter-Schule gereicht.«

»Die Welt ist ungerecht.«

»Ja.«

»Was willst *du* zukünftig hier machen?«, wollte er wissen. »Oder gehst du wieder nach Argad zurück?«

»Ich weiß nicht«, murmelte sie. Ihr Gang durchs Tor war keine wohlüberdachte Entscheidung gewesen, aber ließe er sich rückgängig machen? Das Tor brächte sie sonst wo heraus, vielleicht in Argadye, vielleicht im weit entfernten Praned, vielleicht in der tödlichen Wüste. Einmal hatte sie es gewagt, als Anschar von den Herscheden gefangen genommen worden war. Ein zweites Mal? Nein. So sehr sie Argad liebte – Argad war Anschar, und ihn hatte sie verloren.

Doch das allein war es nicht. »Nein, ich denke nicht. Justus, sieh mich an. Ich bin anderthalb Jahre älter geworden. Du und Papa vier. Was ist denn, wenn ich gehe und irgendwann wieder zurückkehre? Bin ich dann immer noch eine junge Frau, und du hast Kinder, und Papa ist tot?«

»Klingt ganz schön gruselig.«

»Da sagste wat.« Grazia stand auf, denn der Vater kehrte zurück. Sie schritt zum Grab der Mutter und legte die Nelke darauf. Ihr Vater blieb in angemessener Entfernung stehen und breitete die Arme aus. Sie lief zu ihm; Justus ließ sich mehr Zeit. Dann aber hatte er um beide die Arme gelegt. Sein Gesicht war gerötet, die Augen verquollen, aber das mochte an der Kälte liegen.

»Meine Kinder«, sagte er feierlich, während sie Seite an Seite über den Friedhofsweg spazierten. »Wir müssen jetzt alle drei zusammenhalten und die Köpfe zusammenstecken. Nur wir und Adele wissen, wo Grazia war. Das heißt, wir brauchen für sie ein Curriculum Vitae.«

»Was hast du denn erzählt, während ich weg war?«

»Erst warst du krank. Dann bei entfernten Verwandten in Pommern. Und dann, nachdem das Tor verschwunden war, hast du nach Russland geheiratet. Sankt Petersburg, um genau zu sein.«

»Is' nich' wahr!«

»Streng genommen nicht, nein. Aber was blieb uns denn anderes übrig? Das Dumme ist nur, dass du jedes Mal wie ein begossener Pudel dastehen wirst, wenn jemand Konversation mit dir machen will. Du kannst dich natürlich schweigsam geben, aber eben nicht stumm. Daher müssen wir dir etwas auf den Leib schneidern, das dir besser passt.«

»Sie war in den Kolonien«, sagte Justus sofort.

»Ach ja? Welche Plätze an der Sonne haben wir denn?«

»Deutsch-Ostafrika, Deutsch-Südwestafrika, Deutsch-Neuguinea …«

»Ist doch Mumpitz!«, beschwerte sich Grazia. »Soll ich erzählen, mit nackten Eingeborenen getanzt zu haben?«

»Kannst dir ja Buschmänner im Tiergarten ansehen. Deren Anblick soll recht anregend auf die Damenwelt wirken, hörte ich.«

»Justus!« Der Vater verpasste ihm eine milde Kopfnuss. »Es geht nur so: Ihr Mann ist recht bald gestorben, und dann ist sie nach Athen gegangen. Weil er dort Verwandte hatte – na, das müssen wir noch ausarbeiten. Grazia, du warst zwar auch nie in Griechenland, aber wenigstens passt es besser zu dir und deinem Teint. Und der Flegel hier ...«, er rüttelte an Justus' Schulter. »Justus, du wirst die Weihnachtsferien nutzen, deine Schwester über Athen mit allem Drum und Dran ins Bild zu setzen.«

Justus blähte ergeben die Backen. Das kann ja alles heiter werden, dachte Grazia und erkannte mit Schrecken, dass sie nicht nur den Faden des alten Lebens aufnehmen, sondern auch weiterspinnen musste. Ihr Herz war noch in Argad, dem sonnigsten Platz, den sie kannte. Sie gäbe einiges darum, in Griechenland um Argad trauern zu dürfen.

»Apropos Kolonien«, sagte der Vater. »Tante Charlotte kommt die Tage aus Tansania zurück. Sie hat telegraphiert, dass sie uns gleich einen Besuch abstatten will.«

»Ich wette, sie kommt mit perlweißem Gesicht aus Afrika zurück«, stichelte Grazia. »Nicht so wie ich.«

»Ja, die Nuss, die du mit meiner Schwester zu knacken hast, wird ganz schön hart werden.« Er lachte und klopfte ihre Schulter. War es ein Freudenfunken, was da in Grazias Herz sprang, weil ihr Vater munter klang? Sie fragte sich, wie lange es dauern würde, dass sich ihr Inneres an dieser winterkalten Welt wieder entzündete. Auch hier daheim hatte sie stets den Sommer mehr gemocht.

»Apropos iterum: Ich habe eine Einladung zu einer Silvestersoirée im Hause eines Professorenkollegen. Anhang dringend erwünscht.«

»O nein«, entfuhr es ihr.

»Doch, du musst ins kalte Wasser springen. Wir werden das Kind schon schaukeln«, verkündete er mit frischem Tatendurst in der Stimme.

6

Entweder hatte Malach schamlos gelogen, als er behauptet hatte, den besten seiner Söhne zu schicken, oder der traurige Rest des temenonischen Volkes vermochte keinen besseren Mann aufzubieten. Der junge Fahrod redete unentwegt nutzloses Zeug, während er neben Anschar herstapfte und dabei den Kahlwald nicht aus den Augen ließ. Viel zu sehen gab es nicht, lediglich eine schwarze Wand, aus der jederzeit, so behauptete er, der Dreischwänzige über sie herfallen könne. Anschar ließ das der Furcht entspringende Geplapper über sich entgehen. Er würde es ohnehin nicht lange ertragen müssen.

»Man sagt, seine Augen leuchten im Dunkeln«, berichtete Fahrod. »Wenn ich ihn heranpreschen sehe, ziele ich einfach auf ein Auge.« Mit beiden Händen hielt er den Speerschaft umklammert, der auf seiner Schulter ruhte. Anschar fragte sich, ob er damit je anderes erlegt hatte als ein altes, zwei Schritte vor ihm aufragendes Sturhorn.

»Ein wenig leuchten sie, ja«, erwiderte er. »Aber er lässt einem keine Zeit, auf sie zu zielen. Er hat seine Fänge so schnell in einen Menschen gebohrt, dass dieser sich erst im Sterben daran erinnert, eine Waffe zu besitzen. Falls er sie dann noch trägt.«

»Woher … woher weißt du das?«

Anschar zuckte nur mit den Schultern, als sei es für einen argadischen Krieger das Selbstverständlichste, einmal dem Schamindar entronnen zu sein. Fahrod krächzte betreten und schwieg für die nächsten hundert Schritte.

»Er bleibt ja im Wald«, meinte er dann. »Wir laufen hier mitten auf dem Feld. Aber ich meine, wir hätten … also, am Tage …«

»Tags treibt es einem nur allen Schweiß aus den Poren. Ist nicht sehr angenehm.«

»Wenn du meinst«, murmelte Fahrod und fragte sich zweifellos, wie man die nächtliche Gefahr der Sonne vorziehen konnte. »Wir könnten ein wenig schneller laufen.«

Anschar ließ die Worte an sich abprallen. Gefahr … Terechnons Bedenken, seine Rückkehr betreffend, waren in der Tat verständlich. Grazia war spurlos verschwunden, warum sollte ihm nicht das Gleiche widerfahren? Mochten auch die offenen Äcker nicht das nächtliche Ziel des Schamindar sein, so wusste ja letztlich niemand, wo genau er sich aufhielt. Anschar war sich sicher, dass Terechnon insgeheim glaubte, Grazia sei vom Dreischwänzigen gerissen worden. Er selbst konnte das nicht ausschließen. Natürlich nicht. Vielleicht wanderte sie irgendwo in der Ruinenstadt umher. Vielleicht jenseits davon. Auch das war nicht völlig undenkbar. Sollte der letzte Gott jedoch wieder befreit sein und willens, seiner gepeinigten Adoptivtochter zu helfen, so wie damals Siraia, war sie nicht mehr in Temenon.

»Ich sollte dir jetzt wohl sagen, dass Anburhachmenon nicht mein Ziel ist.«

»Was?« Fahrod blieb stehen.

Anschar deutete zum Wald. »Dort will ich hin. Die Männer erwähnten ein altes Anwesen, in dessen Nähe der Schamindar öfter gesehen wurde.«

»Du – du meinst das Haus der Jalaraia?«

»Wenn das der Name der Gemahlin eines eurer Könige ist … Sie soll vor fünfhundert Jahren dorthin verbannt worden sein.«

»Ja, ja, das stimmt. Sie hatte ihn mit anderen Männern

betrogen. Der ganze Palast wusste davon.« Fahrod schien erleichtert, wieder ein Thema zu haben, über das zu reden seine Furcht milderte. »Nur dem König hatte man nichts verraten, er galt nämlich als recht jähzornig. Er soll sie fürchterlich geliebt haben. Es heißt, sie habe zehnmal nacheinander in seinen Armen versehentlich einen anderen Namen genannt.« Er lachte nervös. »Sie hat sich aber immer herausreden können. Beim elften Namen soll ihm aufgefallen sein, dass sie alle zu den Palastkriegern gehörten. Er erkundigte sich nach den noch fehlenden Namen, und als sie sich zum zwölften Mal verplapperte, war es einer von diesen. Er ließ sämtliche Männer hinrichten, sogar die, die sie noch nicht genannt hatte.«

»Kaum zu glauben, dass euer braves Völkchen solche Geschichten kennt. Du weißt, wo das Haus ist?«

Fahrod schluckte hörbar. »Es ist leicht zu finden, die hellen Mauern kann man auch nachts weithin sehen.«

»Ich sehe von hier aus aber nichts. Komm schon.« Anschar schlug den Weg in Richtung des Waldes ein. Es dauerte eine ganze Weile, bis er Schritte hinter sich hörte. Leise schnaufend schloss Fahrod zu ihm auf. Das Bedürfnis, sich reden zu hören, war ihm offenbar vergangen.

Im Näherkommen zeigte sich, dass der Wald nicht so undurchdringlich war, wie es den Anschein gehabt hatte. Kein Vergleich zu dem gewaltigen, dem Hyregor vorgelagerten Zedernlabyrinth. Die Bäume standen so weit auseinander, dass das Mondlicht die Pfade gut ausleuchtete. Anschar betrat einen dicken Teppich jahrealten Laubes. Das Rascheln unter seinen Füßen war so laut, dass er meinte, eine Tänzerin springe neben ihm her und halte eine Rassel an sein Ohr. Er zog sein Schwert und ließ den Blick schweifen. Fahrod stakste wie ein langbeiniger Vogel durch das Laub und konnte doch nicht verhindern, dass seine Schritte weithin zu hören waren.

»Da«, wisperte er so leise, dass Anschar ihn beinahe überhörte. »Siehst du die Mauer? Das ist das Haus.«

Anschar brummte zustimmend. Das durch die Bäume schimmernde Weiß war unauffällig, jetzt in der Nacht hätte man es auch für einen großen Felsen halten können. »Gut. Dann solltest du jetzt wohl gehen.«

»Du willst dich ihm allein stellen?«

»Er ist zu gefährlich für dich.«

»Ich bin der beste Krieger Temenons!«

»Ha, wie käme ich dazu, das anzuzweifeln! Der Schamindar aber ist Argads Tier, darum gebührt es mir, ihn zu töten. Ist er zu stark für mich, ist er es auch für uns beide. Also geh.«

»Du willst ihn töten? Das schaffst du nie! Bitte lass uns weitergehen. Nach Anburhachmenon. Du wolltest doch nach Anburhachmenon.«

Anschar fuhr herum, denn Fahrod hatte seinen Arm ergriffen. »Verschwinde endlich!«

Fahrod nickte langsam. Er wagte es nicht, ihn anzusehen. »Aber nur, weil es dein Wunsch ist.«

»Natürlich. Grüß deinen Vater.«

Rücklings tat Fahrod einige Schritte, dann machte er auf der Ferse kehrt und rannte, das Laub bis zu den Knien aufwirbelnd.

Das Schwert fest in der Hand, hielt Anschar auf die Mauer zu. Sie schien aus dem Dunkel zu wachsen, denn nur ihre obere Hälfte schimmerte hell; die untere, unverputzte, verschmolz mit der Dunkelheit. Sein Herz schlug wild, denn sollte Grazia diese Mauer von fern gesehen haben, so hätte nichts sie davon abgehalten, das Gebäude zu betreten.

Eine Lichtung öffnete sich ihm. An ihren Rändern staute sich das Laub in großen Haufen; in der Mitte war der Boden weitgehend unbedeckt, als habe das wütende Schnauben des Schamindar die Blätter fortgeweht. Uralte Knochen kleiner

Tiere lagen verstreut. Etwas blinkte silbern. Er ging darauf zu.

»Ihr Götter«, hauchte er, als er danach griff. Er kauerte sich hin, legte das Schwert beiseite und zog die Kette durch die Finger. Eine unangenehmere Mahnung an das, was er getan hatte, konnte es kaum geben, denn Grazia hing an diesem Schmuckstück und hätte es zuvor niemals fortgeworfen. Keinen Augenblick erwog er, dass der Schamindar es ihr vom Hals gerissen haben könnte. Er war überzeugt, warum auch immer, dass Grazia nicht sein Opfer geworden war. Sie hatte diese Welt verlassen.

Er zog die Heria ab und hakte sie in der Öse seines Ohrhakens ein. Die Kette ließ er zurück.

Gedörrtes Fleisch lag in Fetzen verstreut. Es stank – ähnlich wie jene Opferstelle im Zedernwald, wo ihn einst Mallayur hatte anbinden lassen. Zwischen den kahlen Stämmen war kein Leben zu erkennen. Die Bäume standen auch hier weit auseinander, dazwischen nur Unterholz, nicht weniger kahl und dürr. Was grünte, war das allgegenwärtige Felsengras; es spross zwischen den wie weiße Schädel verstreuten Steinblöcken hervor.

»Du wirst Hunger haben«, sagte Anschar leise. »Der Wald gibt nichts Gescheites für dich her, nicht wahr?«

Wo mochte sie hingesunken sein, um von dem Gott das Tor zu erflehen? Hier vielleicht? Auch er ging in die Knie und schob das Schwert zurück in die Scheide.

»Gott ohne Namen, ich bitte dich, öffne auch mir das Tor. Anscheinend bist du wieder frei, dass du Grazia einen Weg auftun konntest. Ich *will* glauben, dass es so war! Wenn sich in den letzten zwei Tagen nichts daran geändert hat, so tu es auch für mich.«

Er wartete. Die Nacht blieb dunkel.

Er reckte die Arme hoch. »Du weißt, dass ich dich brauche.

Oder soll ich mich den abwandernden Wüstenmenschen anschließen, in der Hoffnung, dass es mich irgendwann nach Argad verschlägt? Allein der Gedanke lässt mich den Tod ersehnen. Der Weg zurück, ohne Grazias Wasser? Unendlich lange, im Gefolge dieser Menschen? Die mich vielleicht doch irgendwann wieder gefangen setzen?«

Nichts geschah. Der eine volle Mond des Inar schien ihn zu verhöhnen, da sein Licht keiner erstrahlenden Torsäule weichen musste. »Kannst du es wirklich nicht tun?«, schrie Anschar. »Oder bin ich nicht würdig? Ist es das?«

Er entfernte den Schwertgurt, wickelte den Rock ab und zog sich das Hemd über den Kopf. Auch die Sandalen schnürte er auf. Alles warf er achtlos beiseite. Nur den Dolch behielt er. Die Spitze setzte er an die Kuhle seines Schlüsselbeins.

Er schloss die Augen. Presste die Zähne zusammen und zog die Dolchspitze nach unten. Eine feurige Linie öffnete seine Haut, entließ sein Blut. Die Waffe reckte er in den Himmel. Blut netzte seine Finger. »Bin ich es nicht wert? Dann richte mich, Gott ohne Namen! Und wenn du es nicht kannst, weil du in deinem Gefängnis sitzt, schicke dein geliebtes Tier. Der Held Meya hatte sich ihm dargeboten, um zu sühnen, und wer bin ich im Vergleich zu ihm, dass ich davor zurückschrecken sollte? Also schick mir den Schamindar – oder das Tor!«

Aufkeuchend ließ er den Dolch fallen. Zu anderem benötigte er ihn nicht. War es richtig getan? *Die Götter wollen keine Menschenopfer*, entsann er sich seiner irgendwann vor Mallayur hingeworfenen Worte. Davon war er überzeugt gewesen, und er war es auch jetzt. Aber der Schamindar, ihr blutrünstiger Bote, scherte sich gewiss nicht darum, und es lag in ihrer Macht, ihn aufzuhalten.

Dies war vielleicht der eigentliche Irrsinn: die Götter erpressen zu wollen, noch dazu mit unwürdigem Blut. Er entstammte einer Wüstenfrau! Allein für diese Anmaßung würden sie ihn zerreißen lassen. Nun, sollte er auf *diese* Weise Grazia wiederfinden – irgendwann in der Unterwelt –, war es wenigstens nicht umsonst getan.

Kälte und Furcht schlugen über ihm zusammen, und er schlang die Arme um den nackten Leib. Hatte er da nicht ein Knurren und Schnaufen gehört, irgendwo hinter sich? Witterte die Große Bestie den Blutköder? Da lag sein Schwert, nur drei, vier Schritte entfernt. Nein, er würde es nicht ergreifen. Er ballte die Fäuste unter den Achseln. Nein!

Er musste sich kalten Schweiß aus den Augen blinzeln. Als er wieder sehen konnte, betrat der Schamindar die Lichtung. Ein tiefes Brummen ging ihm voraus. Gemächlich, mit aufreizender Eleganz, kam er näher. Dies war ihre dritte Begegnung, und wieder vergaß Anschar angesichts dieser brutalen Schönheit für einen Augenblick seine missliche Lage. Muskelstränge, dick wie Finger, spielten unter dem glänzenden Fell der Schnauze, als die Bestie ihre Fänge entblößte. Die drei quastenbesetzten Schwänze peitschten hin und her. Der Schamindar war zornig. Das Mondlicht glitt über den katzenhaften Körper, gewaltig wie der eines Stieres. Sorgsam setzte er eine krallenbewehrte Pfote vor die andere. Die Krallen schimmerten wie lackiert. Sie waren imstande, mit einem Hieb einen Körper aufzureißen, und Anschar entsann sich des Schmerzes, als diese Krallen in seine Schulter gefahren waren. Wie stets fragte er sich auch diesmal, wie es sein konnte, dass der sanftmütigste aller Götter das wildeste aller Tiere so sehr liebte.

Der Schamindar machte einen Satz. Der Nachthimmel schwärzte sich. Eine brüllende Welt schien über Anschar einzustürzen.

Er warf sich zur Seite, rollte über seine Sachen hinweg, bekam den Griff des Schwertes zu fassen und hielt es einen

Herzschlag später in der Hand. Fast mehr noch als diese Naturgewalt erschütterte ihn seine Wankelmütigkeit. Er war nicht der große, standhafte Meya, der kaltblütig sein Leben für das seines Sohnes gegeben hatte. Er kauerte auf den Knien, das Schwert in den ausgestreckten Händen, und flehte alle Götter an, ihm die Kraft zu geben, es wegzuwerfen.

Die Bestie warf den Schädel hoch. Wie ein Donnerschlag durchschlug ihr Gebrüll die Luft, peitschte die Bäume und hallte von ihnen wider. Sie wandte sich Anschar zu. Er stemmte sich auf die Füße. Keinesfalls wollte er fliehen. Aber dieses Geschöpf töten, sofern er sich den Gedanken gestattete, es überhaupt zu vermögen, wollte er ebenso wenig. Das Schwert vor sich haltend, wich er Schritt für Schritt zurück.

Er schrie sich zu, stehen zu bleiben, doch zugleich glitt sein Blick umher, auf der Suche nach einer Fluchtmöglichkeit. Das Haus? Rückwärtsgehend zwang er sich durchs Unterholz. Dornen kratzten über seine Schenkel. Seine Schultern stießen gegen die Mauer, an der er sich entlangschob. Er fand einen Hof, mit einer offenen Seite. Irgendwo dort hinten war der Eingang ins Haus.

Und im Innern ein Licht.

Er wagte es nicht, genauer hinzuschauen, denn die Bestie folgte ihm so langsam, wie er sich von ihr fortbewegte, leise und wie zuvor bedrohlich knurrend. Das Licht verbarg sich tief im Gebäude, kaum erkennbar. Aber war es nicht wie eine dicke, glatte, pulsierende Säule? Anschar wagte einen weiteren Blick. Er täuschte sich nicht. Er durfte sich nicht täuschen, denn andernfalls war dies der grausamste Irrtum, dem er je erlegen war.

Der Schamindar sprang. Anschar drehte sich seitwärts, beugte die Knie und holte mit dem Schwert aus. Er spürte die Spitze irgendwo eindringen. Der massige Leib streifte ihn, so dass er zurückgeschleudert wurde. Einer der Schwänze schlug gegen seinen Kopf. Als er sich benommen auf die Knie hob, stand die Bestie wie zuvor, grollte und röhrte im Zorn, dass er es gewagt hatte, sie wie ein Insekt zu stechen.

Die Wucht hatte Anschar das Schwert entrissen. Er fand es nicht.

Das Untier beobachtete ihn. Wusste es, dass sein Opfer nicht entkommen konnte? Unbändige Wut schien mit zur Schau getragener Gemächlichkeit zu wechseln. Der Schamindar verhöhnte seine Hilflosigkeit.

Anschar sprang hoch und rannte in Richtung des Lichtes. Steine, Wurzeln, abgebrochene Äste drückten sich unangenehm in seine Fußsohlen und beraubten ihn seiner Schnelligkeit. Schon hörte er hinter sich die Bestie. Doch jetzt zählte allein das Licht. Er versuchte es mit seinem Willen heranzuzwingen. Der schlüpfrige Boden machte seine Schritte schwer. Er taumelte, fiel auf ein Knie und warf sich hoch. Endlich war er nah genug heran, um in dem Licht tief in der Halle wahrhaftig das Tor zu erkennen: eine Lichtsäule, groß wie zwei Männer, sich in der Höhe verlierend, glänzend wie milchiges Glas. Keinen Augenblick bezweifelte er, dass Grazia hier hineingegangen war. Sie hatte den Gott um das Tor angefleht, und er hatte sie, wie seinerzeit Siraia, erhört. Auch ihn jetzt? Oder hatte der Gott es nur stehen lassen? Gleichgültig!

Die Bestie kam schnaufend heran, die Krallen schlugen auf den Boden. Vor Anschar tat sich ein Hindernis auf, ein mächtiger umgestürzter Baumstamm, der ihm bis zur Mitte reichte. Hinter ihm das Fauchen, das den Sprung der Bestie verriet. Er hastete über den Stamm hinweg und blieb liegen, an das Holz gepresst. Nur zwei Schritte entfernt schlugen die krallenbewehrten Läufe auf. Der Schamindar wirkte verwirrt, als habe er nicht gesehen, wohin sich sein Opfer geflüchtet hatte. Anschar wagte kaum zu atmen, als er sich unter den Stamm schob. Auch hier lag Laub, und er konnte nicht verhindern, dass es unter ihm knisterte. Die Bestie warf den Kopf herum.

Anschar kroch auf der anderen Seite des Baumes hervor und lief am Stamm entlang. Der Schamindar beobachtete ihn. Wollte er ihn tatsächlich vom rettenden Tor fernhalten? »Bleib, wo du bist, du hirnloses Ungeheuer«, flüsterte er. »Dein Herr kann doch nicht wollen, dass ich es nicht schaffe.«

Er schob sich am Wurzelballen entlang, der mannshoch vor ihm aufragte. Da erbebte der ganze Stamm. Er musste nicht hinsehen, um zu wissen, dass der Schamindar auf dem Baum entlanglief. Aus tiefster Kehle kam ein Knurren, bedrohlicher als das Gefauche zuvor. Die Schwänze klatschten gegen das Holz. Die Bestie hatte genug von ihrem Spiel.

Er setzte über den Graben hinweg, den der entwurzelte Baum hinterlassen hatte, sprang die Eingangsstufen hoch und stürmte in die Halle. Brüllend setzte der Schamindar ihm nach. Wenige Schritte nur ... wenige Schritte ... An seinen Ohren tobte das Tier, sein Atem strich ihm heiß über den Nacken.

Anschar warf sich in das Licht.

An seinem ganzen Körper begann eine Kraft zu zerren, wollte ihn von den Füßen heben. Er sah noch den Schamindar, wie er die Säule umrundete, dann riss es ihn nach oben, dass sich ihm der Magen umdrehen wollte. Über ihm erblickte er ein rundes Gebilde, wie eine schwarze Scheibe vor dem nächtlichen Himmel schwebend. Es war die Wasserwand, die seine Welt von der Grazias trennte. Oh, er wusste einiges über das Tor, dennoch schlug ihm das Herz angesichts der Tatsache, so völlig unvorbereitet diesen Weg nehmen zu müssen, bis zum Hals. Rasend schnell kam die schwarze Wand näher, und er wollte sich krümmen, weil er befürchtete, sich an ihr den Kopf zu stoßen. Kräftig holte er Luft.

Es war, wie in die tiefste Tiefe der Welt einzutauchen, nur andersherum. Allumfassende Dunkelheit schloss ihn ein. Tausend Pfeile durchbohrten ihn. Inar, was war das? Davon hatte Grazia nichts erzählt! Wenigstens sah er das Licht, zuckend schloss es ihn ein, und was ihn umgab, fühlte sich wie Wasser an. Aber diese Kälte … sie war wie ein riesiger Stein, der ihn zermalmen wollte, die Dunkelheit wie der Weg ins Totenreich. Grazias Erzählungen nach sollte er längst den Lichtschimmer der anderen Welt über der Wasseroberfläche erkennen können. Hielten ihn die Götter zurück? Bestraften sie ihn doch noch für seine Taten?

Es drängte ihn, Luft zu holen, aber er wusste, das wäre wirklich sein Tod. Falls er nicht ohnehin längst dorthin gezogen wurde, wo Hinarsya auf ihn wartete, um ihn vielarmig zu umfangen und ihm in die Augen zu schauen. Er glaubte ihren Mund zu sehen, wie er sich öffnete und die Worte formte, die jeder Mensch fürchtete. Und wie jeden Menschen würde sie ihn mit den Händen zu einem winzigen Wesen zusammendrücken und die vier Seelendämonen – die Habgier, den Zorn, Hochmut und Gleichgültigkeit – aus ihm herauspressen, während sie den Richtspruch aus ihrem schönen Mund donnern ließ, so dass die ganze Unterwelt aufhorchte. Dies würde Nihar wecken, den Erdgott, den zweiten Richter, die letzte Hoffnung für die Seele. Er deckte die allerletzten, tief verborgenen Geheimnisse im Herzen eines Menschen auf …

Anschars Kopf stieß gegen ein Hindernis. Seine Finger kratzten an einer glatten, noch kälteren Oberfläche: eine durchscheinende Platte, hinter der es um eine Winzigkeit heller war. Jäh begriff er, dass dahinter Grazias Welt lag und dass es Nacht war. Er drückte gegen das Hindernis, es gab nach, doch er konnte es nicht anheben. Sein Körper bebte wie unter Hieben, als er dem Drang, endlich zu atmen, irgendwie Herr zu werden versuchte. Da fand seine linke Hand eine Öffnung. Luft, so kalt wie alles hier, strich über seine Haut. Er suchte sich an der Kante der Platte festzuhalten, doch sie splitterte unter seinem Griff. Sein Kopf geriet über Wasser. Schreiend holte er Luft.

Ihm war, als zerre Hinarsya an seinen Füßen, um ihn wieder hinabzuziehen. Oder war es die Kraft des Tores? Neben sich sah er etwas aufragen.

Der Steg! Er warf die Arme hoch, bekam das Holz zu fassen. Mit einem Schrei entzog er sich dem Griff der Göttin und wuchtete sich auf die knarrenden Bretter. Schwer atmend blieb er liegen, das Gesicht auf dem Holz. Aber schon im nächsten Moment begann er zu zittern. Wild schlug sein Herz gegen den Hals. Es war die Kälte. Eben noch die Hitze Temenons, jetzt dies … Fast war er versucht, zurück ins Wasser zu springen, um wieder in angenehmere Gefilde zu gelangen. Er starrte über den Rand. Das Tor war noch da, es leuchtete schwach. Ein schimmernder, pulsierender Kreis. Ein rötlicher Punkt tauchte auf, schien aber nicht aus der Tiefe zu kommen, sondern sich im Wasser zu spiegeln. Ein Knall ertönte, und er zersprang in unzählige Einzelteile.

Anschar blickte über die Schulter. Sterne stiegen in den nachtschwarzen Himmel. Sie zogen schlangengleiche Schweife hinter sich her, barsten knallend und verwandelten sich in glitzernde, farbige Wolken. Er hatte keine Kraft, sein Entsetzen herauszuschreien, aber er schaffte es, auf die Füße zu kommen. Hastig lief er über den Steg und tauchte in die Schwärze von Büschen und Bäumen ein. In ihrem Schutz beobachtete er das eigenartige Himmelsschauspiel. Im Licht der fallenden Sterne sah er das Meer. Das Meer! Es war groß, aber … nein, dies war ein Fluss, erinnerte er sich. Es war die Havel, von deren gegenüberliegender Seite die Sterne aufzusteigen schienen. Er fragte sich, ob dort der eine Gott dieser Welt irgendein Spiel trieb oder ihn verscheuchen wollte. Aber die Lichter näherten sich nicht.

Er rief sich in Erinnerung, was er über die andere Seite des Tores wusste. Ganz hier in der Nähe musste das Grab seiner Mutter gewesen sein, das Henon für sie ausgehoben hatte. Und ein Weg, der zu einer Stelle führte, wo Schiffe anlandeten. Dahinter begann die Stadt.

War es nicht besser, zurückzukehren und erneut durchs Tor zu gehen, in der Hoffnung, einen wärmeren Tag zu erwischen? Er schlang die Arme um die nassen Schultern. Nein, solange das Tor offen war, würde in seiner Welt viel Zeit vergehen, hier aber nach wie vor Winter sein. Allein der Gedanke, diese Tortur zu wiederholen und beim nächsten Versuch vielleicht doch zu sterben, schreckte ihn. Er war jetzt hier; also würde er Grazia suchen. Die Lichter, die noch immer in den Himmel aufstiegen und zu herabsegelnden Punkten und Fäden zerbarsten, erhellten ein wenig seine Schritte. Ihr Lärmen störte ihn, aber er hielt sie nicht mehr für bedrohlich.

Er fand einen Weg und wählte eine Richtung. Grazia hatte von einer wasserspeienden Säule erzählt, der *Fontäne*, die er auch bald erspähte. Doch statt des Wassers ertastete er im Becken eine harte Fläche. Nun begriff er, dass das Hindernis im Fluss Eis gewesen war. Das gab es auch tief in den Kellern des Palastes von Argadye, wenn die Winter alle paar Jahrzehnte besonders kalt waren. Schwach konnte er sich daran erinnern, als Junge in den Kühlbecken eine solche Schicht vorgefunden zu haben, jedoch war sie hauchzart gewesen und gesprungen, als er sie berührt hatte. Gemocht hatte er die Kälte an seinen Fingern damals schon nicht; und nun fühlte er sich davon eingehüllt wie von tausend Klauen, die an ihm zerrten, in seine Nasenlöcher stachen und ihm die Haut abziehen wollten.

Er hastete weiter. Unwillkürlich spähte er in die Büsche. Aber jetzt in der Nacht würde er nicht das Glück haben, einen der Königsvögel zu sehen. Sein Blick fiel auf den Fluss. Um wie vieles größer er doch als der Nil war! So gewaltig stellte er sich das Meer vor. Jeden unnützen Gedanken hielt er fest, um sich davon abzulenken, dass zu frieren sich wie Sterben anfühlte. Hinter der kahlen Vegetation erhob sich ein fahlweißes Gebäude, auf das er zuhielt und es umrundete. Ein Tor schien ins Innere zu führen, doch es war eine Täuschung; als er davor stand, ertastete er nur bemaltes Mauerwerk. Dann fand er Stufen, die zu einer echten Tür führten. Er schlug gegen das Holz, aber niemand öffnete. Es überraschte ihn nicht. Nach allem, was er über die Preußen wusste, war es kein Menschenschlag, der nachts einen Mann, der noch dazu nichts am Leib trug, ins Haus ließ.

Aber da waren noch andere Häuser. Eines davon, niedrig und lang, mit einem keilförmigen Dach, fand er ebenfalls still und verschlossen vor. Er suchte sich einen Stein, mit dem er eines der gläsernen Fenster einschlug. Ob er etwas Verbotenes tat, jemanden aufschreckte oder sich selbst in Gefahr begab – es war ihm alles gleich, solange er nur Schutz vor der Kälte fand.

Es schien niemand im Haus zu sein. Er stolperte durch mehrere Räume und tastete sich an Möbeln entlang. Allerlei Dinge fielen unter seinen zittrigen Händen zu Boden. Mochte für die Preußen diese Witterung selbstverständlich sein, für einen Argaden war es, als zöge man ihn ins Totenreich hinab, und er war sich sicher, dass genau das geschehen würde, wenn er nicht wenigstens eine Decke oder trockene Kleider fand.

Da berührte er einen vertrauten Gegenstand.

Fast wäre ihm der winzige Feuerholzbehälter entglitten. Mühsam fingerte er eines der Hölzchen heraus, tastete nach der Zündfläche und zog es darüber. Es kostete ihn einige Versuche, bis er endlich ein brennendes Scheit hochhielt.

Rasch sah er sich um. Eine schmale Pritsche mit einem bräunlichen Laken, ein wuchtiger Tisch, von dem er Papiere, Stifte und anderes heruntergefegt hatte. Ein gepolsterter Stuhl, auf dem eine Decke lag. Ein rundes Ding aus schwarzem Metall, dessen Zweck ihm unbekannt war. Daneben gestapeltes Holz.

Eine Ewigkeit schien zu verstreichen, bis er in einem metallenen Eimer ein Feuer entzündet hatte. Als es geschafft war, hockte er sich, die Decke um sich geschlungen, auf die Pritsche. Allmählich ließ das Beben seines Körpers nach. Kalt war es immer noch. Sein Atem kam als Nebel aus seinem Mund. Seine Füße, die ihm während des Weges wie abgestorben erschienen waren, glühten. Und er verspürte Durst, aber hier gab es nichts, dem abzuhelfen. Es kam ihm wahnwitzig vor, inmitten dieser seltsamen Welt zu sein, ohne ausreichendes Wissen, wie man sich darin bewegte. Allein!

Aber dann sagte er sich, dass die Dinge nachts immer doppelt schwer wogen. Am Tage, wenn es weniger kalt war, wenn er sehen konnte, was dort draußen vor sich ging, würde sich die Sache sicherlich anders gestalten. Irgendwie würde er den Fluss überwinden und sich dann zu Grazia durchfragen. Oder zu ihrem Vater. Mochte er der Sprache kaum mächtig sein, er kannte ihre Namen. Er musste den Preußen nur zeigen, dass er friedfertig war – den Fehler, sich unbotmäßig zu verhalten, wie er es in Temenon getan hatte, würde er nicht wiederholen.

Tief sog Grazia die eiseskalte Nachtluft ein, als sie auf die Veranda trat. So viel Krach, so viele Menschen war sie nicht mehr gewohnt. Drinnen tanzte man Marschpolkas, lief man eine Polonaise nach der anderen und schmetterte unablässig die neuesten Paul-Lincke-Gassenhauer. Sie hatte mit einer Art Kolloquium gerechnet, mit einem gemütlichen Beisammensein älterer Herren, bebrillter asketischer Studenten und braver Damen, denn immerhin fand die Feier in einer altehrwürdigen Villa am Wannsee statt; der Hausherr entstammte altem Adel und hatte in des Kaisers jährlichem Frühlingskorso einen der besten Plätze. Stattdessen steppte im Salon der Bär. Und ihr Herr Vater mittendrin, er hockte am Klavier, mit aufgesprungenem Hemdkragen, und schlug in die Tasten, während fünfzig Kehlen verkündeten, was die Berliner Luft, Luft, Luft sei.

Grazia trank einen Schluck Burgeff Grün und verlagerte ihr Gewicht. Kräftig hatte sie mitgetanzt und sich dank der ungewohnt harten Schuhe Blasen an den Füßen eingehandelt. Der Vater war ausgelassen, er durfte das, für ihn war die Mutter seit langem tot. Sie selbst jedoch kam sich schäbig vor, dass sie nichts als ein dumpfes Gefühl der Leere in sich empfand. Ihr Blick glitt die gusseisernen Säulen hinauf und streifte einen Eiszapfen.

Ähnelte er nicht Veynaydros gehärtetem Nadeldolch aus Wasser? Sie reckte sich und brach ihn von der Decke. An ihre eigene Fähigkeit hatte sie, seit sie hier war, nicht mehr gedacht. Konnte sie es noch? Sie neigte sich vor und spie einen Strahl übers Geländer. So weit, so gut. Sie konzentrierte sich darauf, ihn zu festigen, ihn wie dieser Eiszapfen werden zu lassen. Aber er schwappte nur hin und her, als stupse ihn jemand an.

»Woran denken Sie gerade? Sie halten den Eiszapfen, als wollten Sie jemanden erstechen.«

Erschrocken schluckte sie das Wasser herunter und drehte sich auf dem Absatz um. Das Licht des Salons beleuchtete dunkelblondes, mit duftendem Öl in Form gebrachtes Haar. Ein breites, recht hübsches Gesicht mit einem Grübchen im Kinn. Kein Schnurrbart bedeckte die volle Oberlippe. Als er lächelte, spürte sie den eigenen Mund zucken, obwohl sie sich töricht vorkam, wie sie so dastand, das Sektglas in der einen, den schmelzenden Zapfen wie ein Messer in der anderen Hand.

»Vielleicht mich?« Ein zweiter Mann erschien, ebenfalls blond, doch heller, ebenfalls ansehnlich, mit Bart.

Glas und Eis wollten ihr entgleiten. Abrupt kehrte sie ihm den Rücken zu. Sie würde einfach die Augen schließen und so tun, als sei sie nicht da.

»Grazia?«

Sie drehte sich um und entblößte die Zähne zu dem verzweifeltsten Lächeln, dessen sie fähig war. »Friedrich? Du bist hier, na, das ist ja eine Überraschung!«

Er hatte sich nicht verändert seit jenem Tag, als er an der Absperrung von Siraias Grab gestanden und einsam in die Tiefe gestarrt hatte, nur dass er heute ein elegantes Rauchjackett trug und kein Regen auf ihn niedertröpfelte, der ihn bedrückt aussehen ließ. Sie warf den Zapfen über das Geländer und reichte ihm die Hand. Dann begrüßte sie auch den Dunkelblonden, der darauf zu warten schien, dass ihr Handrücken sich ihm entgegenhob und er einen angedeuteten Kuss darauf hauchen konnte. Sie machte einen Schritt zurück und legte den Ellbogen auf das kalte Geländer. Contenance!, befahl sie sich.

»Wie geht es dir?«, fragte sie.

»Danke der Nachfrage«, erwiderte Friedrich steif. »Ich war ganz überrascht zu hören, dass du aus … Athen zurückgekehrt bist.«

Die bedeutungsvolle Pause war ihr nicht entgangen. Wie dreist von ihm! Sie nippte am Sekt und tat so, als sei es viel interessanter, den Jungen im Park, der die Villa weitläufig umrahmte, beim Knallfroschwerfen zuzusehen. Ob der mit Pomade geschniegelte Justus unter ihnen war? Oder war derlei unter seiner Würde, und er stieg schon jungen Röcken hinterher? Vereinzelt blitzten letzte Feuerwerksfäden am Nachthimmel auf.

Friedrich wollte nicht aufhören zu starren. Sie fühlte sich wie auf einem Zahnarztstuhl.

»Und dein Schwertträger, wie geht es dem?«

Ja, ja, reibe mir nur unter die Nase, dass du so viel weißt!, dachte sie zornig. »Ich meine mich zu erinnern, dass du nichts über ihn zu hören wünschst.«

Sie hoffte, in ihrer Stimme möge genug Schärfe liegen, um ihn zu vertreiben. Endlich deutete er eine Verbeugung an und machte kehrt. Sie erlaubte sich, einen tiefen Atemzug zu tun.

»Sie haben einen Schwertträger?«, fragte der Dunkelblonde. »Was muss man sich denn darunter vorstellen?«

»Das … das war nur eine Art Wortspiel.«

»Soso.« Er nippte an seinem Glas. »Wir kommen gerade von einer anderen Feier. Hätte ich gewusst, welch nette und hübsche Dame sich hier im Alleinsein gefällt, wären wir früher aufgebrochen. Ich zumindest.«

Nett! Hübsch! In Gedanken äffte sie seine Worte nach, die Augen rollend. »Dass ich Herrn Mittenzweys Verlobte war, haben Sie auch nicht gewusst, was?«

»Doch, bei ›die Anmutige‹ dämmerte es mir. Wie gut, dass er und ich uns vor vier Jahren noch nicht kannten.« Er lachte ein wenig selbstgefällig, was ihm gut stand. Sein Querbinder lag offen um seinen Hals, den obersten Knopf des Vatermörders hatte er geöffnet. »Sonst wäre unsere Freundschaft einem ernsten Problem ausgesetzt gewesen. Darf ich raten? Sie haben die Verlobung gelöst, weil der linkische Kerl Ihnen dauernd auf die Füße getreten ist. Tanzen kann Ihr Verflossener nicht.«

Nicht? Sie hatte *ihn* nie tanzen sehen. Außer mit Schwert oder Speer in der Hand. Sie dachte an fliegende Zöpfe, an einen herrlichen Körper, der sich geschmeidig wand und bog und höher sprang wie kein Zweiter.

Er spreizte den Ellbogen ab. »Darf ich versuchen, es besser zu machen?«

»Darf ich denn erfahren, wer es besser zu machen wünscht?«

Sein Mund lächelte breit. »Wie unhöflich von mir. Ich bin der Sohn des Hauses. Studiere Archäologie bei Kekulé von Stradonitz. Mittenzwey habe ich in Athen kennengelernt. Zuletzt war ich damit beschäftigt, Wilhelm Dörpfeld auf Leukas zur Hand zu gehen. Er glaubt, diese Insel sei das eigentliche Ithaka, die Heimat von Odysseus. Für dieses Jahr haben wir umfassende Ausgrabungen geplant.«

»Alle Wetter, Sie halten sich wohl für einen halben Heinrich Schliemann?« Sie hatte zu viel getrunken, eindeutig. Ganz eindeutig. Anders konnte es nicht sein, dass sie ihre Manieren sämtlich in der anderen Welt gelassen hatte.

»Ah, die Dame kennt sich aus.«

»Hören Sie!«, rief sie gereizt. »Ich bin die Tochter von Professor Zimmermann, seines Zeichens geachteter Altphilologe und Autor zahlreicher in Fachkreisen hochgelobter Werke, wie etwa ›Von Homers Welt und Werk‹, und da wollen Sie mich loben, weil mir Heinrich Schliemann ein Begriff ist? Wenn Sie mir Gelegenheit geben, die Namen seiner Diener aufzuzählen, die er nach griechischen Sagenhelden benannt hatte, oder an welchem Tag er die erste seiner vier Grabungsperioden in Hisarlik begann, *dann* dürfen Sie mich loben.«

Er schluckte. »Verzeihen Sie meinen Fauxpas. Wie nennt man den ersten Gesang der Ilias?«

»Menis – der Zorn.«

»Und den, hm, neunten?«

»Presbeia – die Gesandtschaft. Ich gerate nicht aufs Glatteis, keine Angst.« Donnerlittchen, dachte sie, Friedrich hatte sie nie solche Sachen gefragt.

Er warf einen bedeutungsvollen Blick auf seinen Ellbogen. »Mir wird der Arm steif. Lassen Sie uns beim Tanzen über Homer und seine Helden plaudern. Falls wir uns bei dem Radau nicht anschreien müssen. Übrigens, ich bin wirklich ein halber Schliemann: Ich heiße Heinrich.«

»Du kriegst die Motten. Huch«, sie schlug sich die Fingerspitzen vor den Mund, ihr war ein Bäuerchen entwischt. Morgen würde sie in den Spiegel schauen und sich abgrundtief schämen. Vielleicht auch nicht. Sie machte einen Schritt auf Heinrich zu, verkniff es sich, an ihre Füße zu denken, und hakte sich bei ihm ein.

Die ganze Nacht hindurch nickte Anschar ein, nur um immer wieder vom Zittern seines Körpers geweckt zu werden. Als der Morgen graute, war ihm, als habe er eine ganze Woche nicht geschlafen. Er lauschte, ob die Erde noch immer Sterne in den Himmel spuckte, aber es war totenstill.

Das Feuer war verloschen. Er schälte sich aus der Decke. Das Laken teilte er in zwei Hälften; die eine knotete er sich um die Hüfte, um wenigstens seine Blöße zu bedecken, die andere riss er in Streifen und umwickelte damit seine Füße. Nun fühlte er sich etwas besser. Aus einer Papierumhüllung auf dem Tisch schaute etwas heraus, das er erst als Brot erkannte, als er hineinbiss. Ein gelber Belag klebte dazwischen, hart und trocken, es mochte Käse sein. Er aß das Brot bis auf ein kleines Stück, das er in das Papier wickelte und zwischen Bauch und Laken klemmte. Nun noch ein wenig Wasser am Fluss trinken. Als er nach der Decke griff, um sie sich um die Schultern zu werfen, hörte er Schritte auf dem Kiesweg. Eilige Schritte – dass es drei Männer waren, wusste er, noch bevor der erste in den Raum stapfte.

Er sollte erleichtert sein, auf jemanden zu treffen, doch er fühlte sich wie ein Tier in der Falle. Er wich einige Schritte zurück. Schlagartig endete das Beben seines Körpers; unwillkürlich fuhren seine Hände an die Hüften, als suchten sie eine Waffe.

Zwei Krieger des Königs stapften herein, das erkannte er an ihren gekrümmten Schwertern in den Gürteln und den Helmen, auf denen metallene Spitzen pfeilgleich nach oben ragten. Solche Kopfbedeckungen hatte er in Grazias Büchern gesehen. Beide trugen dicke Mäntel, um die er sie sofort beneidete. Ihre dichten Oberlippenbärte erinnerten ihn an Friedrich, jenen Mann, an den Grazia einstmals gebunden gewesen war. Die Krieger wirkten einigermaßen überrascht, als sie ihn sahen. Sie musterten ihn lange, wobei sie seiner Tätowierung besondere Aufmerksamkeit schenkten. Das taten gewöhnlich auch die Argaden, jedoch sprach aus den Blicken dieser Männer keine Bewunderung.

Der Dritte, ein alter Mann, deutete auf ihn, fuchtelte mit den Armen und stieß erboste Laute aus.

Anschar streckte die Handflächen vor. Ich bedauere es, dachte er, in dein Haus getreten zu sein, aber ich hatte keine Wahl … Nicht ansatzweise vermochte er dies in ihrer Sprache wiederzugeben. Er musste schweigen.

Die beiden anderen wechselten einige Worte, wobei sie ihn nicht aus den Augen ließen. Anschar lauschte angestrengt. Der Klang der Sprache, all dies Gezische und Gekeckere, war ihm von Grazia vertraut. Hätte er geahnt, was auf ihn zukam, so hätte er beizeiten mehr gelernt als die wenigen Brocken, die bei seinen Bemühungen, sie das Argadische zu lehren, abgefallen waren. Deutlich hörte er jede Silbe, jeden Laut, aber die Bedeutung blieb ihm fremd.

Einbruchsachbeschädigunglandstreichereidakommtwaszusammen.

Einer der Krieger baute sich vor ihm auf. Obwohl er einen Kopf kleiner war, zeigte er keine Furcht. »Mitkommen!«

»Ich will … Grazia Zimmermann«, brachte Anschar endlich zustande.

Der Behelmte runzelte nur die Stirn, murmelte einige Worte und zog aus seinem Gürtel einen Stock. Anschar musste sich beherrschen, ihn nicht finster anzustarren. Der Stock war schwarz, glatt und mit einer Schlaufe versehen, an der der Preuße ihn scheinbar achtlos hängen ließ. Jedem blickte Anschar ins Gesicht. Sie begriffen nicht, dass er bereit war, sich ihnen anzuvertrauen. Schweren Herzens sah er sich zu der einzigen Geste gezwungen, die man überall verstand. Er ging vor ihm auf die Knie und neigte den Kopf.

Auch das war falsch. Er merkte es an ihrer stillen Verblüffung. Nur sein Atem war zu hören, der schwer kam, weil es ihm unerträglich war, sich vor anderen als dem Meya so zu demütigen. Inar, flehte er, lass es nicht umsonst sein.

Die gerundete Spitze des Stockes drückte gegen seinen Hals und hob prüfend die Heria an. Wieder wechselten die Männer Worte.

»Aufstehen!«, bellte es über ihm.

Ein Wortschwall ergoss sich auf sein Haupt, zugleich führte der Mann die Hände aneinander, als wolle er zeigen, was er von ihm erwartete. Dann langte er in eine Tasche seines Mantels und zog eine metallisch klirrende Gerätschaft hervor. Ihr Zweck war unzweifelhaft, Hände zu fesseln. Mittlerweile hatte sich der zweite Behelmte genähert; er wollte mit seinem Stock hinter Anschar treten. Anschar griff nach dem Schwert des Ersten, riss es im Aufspringen heraus, stürzte zwischen ihnen hindurch und drehte sich um, die Waffe vorgestreckt.

Ist sie nicht viel zu schmal?, schoss es ihm durch einen Winkel seines Kopfes. Nein, diese gekrümmte Klinge bestand aus Eisen, sie würde nicht brechen. Er war in Grazias wundersamer, eiserner Welt.

»Warum bedroht ihr mich?«, brach es aus ihm auf Argadisch heraus. »Weil ich hier eingedrungen bin? Ich war in Not. Das müsst ihr doch erkennen!«

Beide schrien ihn an und zerrten aus Halterungen an ihren Gürteln äußerst fremdartige Gegenstände, mit denen sie auf ihn deuteten. Er hatte nicht die geringste Ahnung, was sie damit bezweckten, aber es waren bedrohliche Gesten. Schneller, als sie sich zu rühren vermochten, holte er mit dem Schwert aus. Eines der Dinger fiel zu Boden. Der Mann starrte auf den Schnitt auf seinem Handrücken.

Anschar hielt ihnen die blutige Schwertspitze entgegen. Der erste Kontakt zu diesen Menschen war gründlich misslungen. Er musste die Sache abbrechen, musste nach Argad zurückkehren und sich für den zweiten Versuch den einzigen Menschen holen, der ihn durch diese verwirrende Welt leiten konnte. Falls er von hier fortkam!

Er wich zum Eingang zurück, ohne sie aus den Augen zu lassen. Sie standen starr, nur der Alte prallte mit schreckgeweiteten Augen gegen die Wand und sackte an ihr nieder. Auf der Türschwelle wirbelte Anschar herum.

Er stürzte aus dem Haus. Am Ufer lag ein Schiff. Es war an einem Seil befestigt, das quer über den Fluss gespannt war, und machte im Vergleich zu jenen aus Grazias Erzählungen einen recht unscheinbaren Eindruck. Dennoch, ein Schiff. Zum ersten Mal sah er eines, und es blieb ihm keine Zeit, es zu bestaunen. Er hastete den Weg entlang. Was war nur in diese Männer gefahren? Was hatte er getan, das solche Feindseligkeit hervorrief? Sie brüllten hinter ihm her. Er verstand die Worte. Sie verlangten, dass er stehen blieb. Wo war die Säule? Der Weg war ein anderer, doch ihn zu verlassen, wagte er nicht. Keinesfalls durfte er blindlings herumirren.

Ein ohrenbetäubendes Knallen zerriss die Luft. Etwas biss in sein Bein. Er knickte ein und fiel fast vornüber. Sogar die Tiere dieser Welt, oder was es gewesen war, stellten sich gegen ihn. Keines war zu sehen, aber das musste nichts heißen, also sprang er wieder auf die Füße und hastete weiter.

»Stehen bleiben!«

Wieder das Knallen. Der Länge nach warf er sich hin, um dem unsichtbaren Angriff zu entgehen. Kam wieder auf die Füße. Rannte weiter und spähte zwischen den Bäumen hindurch. Kahl, grau und neblig umhüllte der preußische Morgen die Insel. In Argad fand man Nebel nur in den Hyregor-Bergen; hier lag er auf der Havel, als flösse ein zweiter, unwirklicher Fluss über dem ersten: als schwebten heimatlose Seelen miteinander verwoben umher, auf der Suche nach einem Eingang zur Unterwelt. Vögel tauchten darin ein und ließen sich auf dem Wasser nieder; sie scheuten die Kälte nicht. Anschar dauerte es, der kalten Schönheit keinen zweiten Blick widmen zu können. Er fand den Steg. Schnell musste er sein, damit die Verfolger nicht sahen, wohin er verschwand. Unter seinen Schritten erbebte das morsche Holz, und er drängte den Gedanken beiseite, mit dem Fuß steckenzubleiben und zu einem hilflosen Ziel zu werden.

Als er die Stelle erreichte, von der er vermutete, dass es die richtige war, blickte er wild um sich. Verfluchtes Tor!, schrie es in ihm. Wo bist du? Noch hatten die Männer ihn nicht entdeckt, doch er hörte ihre Schritte. Da endlich sah er den Lichtreif, im einsetzenden Tageslicht kaum erkennbar. Er stockte, um sich für die eiseskalte Umarmung zu sammeln. Schleuderte das Schwert fort. Und sprang.

7

Wenn man fällt, meint man, unten zu zerschellen. Doch es kommt anders. Grazias Worte bestätigten sich. Eine unsichtbare Kraft bremste abrupt seinen Fall, riss ihn in eine Ohnmacht, aus der ihn der verhältnismäßig milde Aufprall sogleich wieder weckte.

Mild? Er schlug mit dem Rücken hart auf, eingehüllt von Klirren und Scheppern. Menschen schrien auf. Bei der Dreiheit, was ist das?, dachte er, während er sich zu orientieren versuchte. Die schlagartige Rückkehr in die Hitze raubte ihm den Atem. Er brauchte einige Augenblicke, bis sich die Luft nicht mehr anfühlte wie erwärmte Stoffknäuel, die man ihm in Mund und Nase stopfte. Als er sich herumwälzte, drückten Scherben in seine Haut. Er lag in einem Bett von tönernen Schalen, Bechern, Töpfen, neben sich ein Tisch, den er offenbar umgerissen hatte.

»Da ist ja nicht ein Stück mehr heil!«, dröhnte ein Mann. Mit an den Kopf geschlagenen Händen geriet er in Anschars Sichtfeld. Seine Augen waren rund. »Wo bist du bloß hergekommen?«

»Er ist da heruntergefallen«, rief eine Frau. Anschar sah sich nach ihr um. Sie deutete nach oben. Alle, sicherlich zwanzig Menschen, starrten hinauf, aber da hatte sich die Lichtsäule schon aufgelöst, und die Frau rieb sich verwirrt den offenen Mund, als sei sie sich nun nicht mehr sicher, sie gesehen zu haben.

Der Händler fasste sich. »Wenn du das alles bezahlst, Fremder, will ich … Bei Hinarsyas Brüsten, du bist ja ein Sklave!

Wer ist dein Herr? Hoffentlich nicht jemand, der Schwierigkeiten macht, wenn er für den Schaden aufkommen soll, den du angerichtet hast. Ruiniert wäre ich sonst! Man kann heutzutage ja kaum mehr ein Stück Brot bezahlen!«

»Er muss über das Dach gekommen sein«, sagte jemand.

»Ach, und wer läuft denn über Dächer? Doch nur einer, der flüchten will.« Der Händler warf einen fahrigen Blick auf das Hüttendach aus festem Grasgeflecht. Leintücher hingen an den Seiten herab und beschatteten den Teil seiner Ware, der ungeschoren davongekommen war. Daneben kauerte ein dösendes Sturhorn, das abgestumpfte Horn bemerkenswert kunstvoll mit geschnitzten Blütenreliefs verziert. Anschar kam auf die Füße und wischte sich die Scherben vom Leib. Vom Knie pflückte er ein größeres Stück, glasiert mit blauen Fischen und Wellen: Bilder des vergessenen Meeres, wie es sein Volk so liebte.

Dies war nicht Temenon, nicht die tödliche Wüste. Dies war Argad.

»Danke, ihr Götter«, flüsterte er, sich zittrig die Nässe aus dem Haar wischend. Irgendwo am Ellbogen zwickte es, und auch dort fand er noch einen Splitter, der ein wenig blutig war. Als er dem Schmerz an seinem Unterschenkel nachging, griff er in eine offene Wunde. Der Angriff auf der Insel … Er ertastete eine Kerbe im Fleisch. Noch geschwächt von seinem Gang durch die Unterwelt, machte er zwei wacklige Schritte. Unter seinen umwickelten Sohlen knirschte der tönerne Scherbenhaufen. Über ihm wölbte sich der vertraute tiefblaue Himmel. Er reckte sich der Sonne entgegen. Welch eine Wohltat …

»Hiergeblieben, Sklave.« Eine feiste Hand langte nach seinem Arm. »Uh, du bist ja kalt wie ein Fisch aus dem Großen See. Wem gehörst du? Bist du wirklich geflohen? Ich rufe nach den Marktwächtern, wenn du dich aufsässig zeigst.«

»Ich bin kein Sklave.«

»Wehe, du fliehst. Wehe!«

»So halte ihn doch jemand fest«, kam es aus der Menschenmenge. Heftig rüttelte der Händler an seinem Arm. Endlich begriff Anschar, was sich um ihn abspielte. Er befand sich auf einem riesigen Markt; endlos breiteten sich die Hütten, Tücher, Baldachine in vielerlei Farben auf einem staubigen Gelände inmitten einer Stadt aus. Das Lärmen Hunderter Menschen brandete an seine Ohren. Er sah einen Wasserverkäufer mit dicken Beuteln an den Hüften; eine Frau, die in einem Bauchtuch einen Säugling trug. Eine andere hatte zwei Kinder im Arm, in deren Fingern süßes Gebäck klebte. Aus der Grastasche einer Greisin schauten Fische heraus. Dicht an dicht standen sie, um sich das Schauspiel, einen Sklaven fliehen und wieder überwältigt zu sehen, nicht entgehen zu lassen.

Fische? Er fuhr zu dem Händler herum. »Ist wirklich der Große See in der Nähe?«

»Das musst du doch wissen.«

»Ich weiß es nicht. Ist dies der Markt von Arichye, der Stadt am See?«

»Tut gerade so, als sei er vom Himmel gefallen.« Wer immer das gesagt hatte, erntete Gelächter. Nur der Händler rang die Hände. Seine wohlbeleibte Gestalt erinnerte an Veynaydro, doch bewegte er sich flink, und sein Doppelkinn wackelte empört.

»Genug jetzt!«, schrie er. »Wo ist dein Herr? Peitschen soll er dich, dass dir Hören und Sehen vergeht!«

»Mein Herr ist Madyur-Meya. Ich bin *nicht* sein Sklave.« Anschar packte ihn am Ausschnitt seines Kittels und zog ihn zu sich heran. Ebenso laut donnerte er auf ihn herab: »Und nun sag mir, wie die Stadt heißt!«

»Es – es ist Arichye«, stotterte der Dicke. »Du musst verrückt sein, dich auf den Meya zu berufen.«

Anschar drehte die Faust, ohne den Kittel loszulassen, und hob den Ellbogen. »Sieh hin. Sagt dir das nichts? Die Zeichnung des Meya, die meinen Schwertarm in ihrem Besitz hält, damit ich ihn schütze, solange ich imstande bin, ein Schwert zu führen?«

Der Händler beäugte die Tätowierung, was nicht einfach war, da Anschars Faust sein Kinn hochdrückte. »Ist arg verblasst, eh?«

»Achte auf deine Worte.«

»Aber – aber du hast das Sklavenzeichen.«

»Ja. Es ist wirklich eine Plage, mit zwei Zeichen von so unterschiedlicher Bedeutung versehen zu sein. Anscheinend hat man in dieser Gegend nie davon gehört, dass unter den Zehn ein Sklave war.« Er wandte den Kopf den Zuschauern zu. »Wenn man hier ja nicht einmal diese Tätowierung zu kennen scheint!«, fauchte er sie an. Verunsichert blickten sie zu Boden. Er wollte den Händler von sich stoßen, doch dann ließ er ihn halbwegs sanft los. »Ist das dein Sturhorn? Ich brauche es.«

»Das wird ja immer schöner.« Der Händler riss sich die Bastmütze vom Kopf und fächelte sich Luft zu. »Was sind das nur für Zeiten! Weshalb komme ich eigentlich noch her? Einen Markt kann man das hier ja sowieso nicht mehr nennen! Die paar Leute, die sich hierher verirren«, abfällig winkte er in Richtung der Menschenmenge, »die kaufen nur wenig. Und jetzt willst du mich nicht nur auf meinem Schaden sitzen lassen, sondern auch noch berauben?«

»Die Äcker rund um den See waren verbrannt, sein Pegel gesunken. Hat sich das alles verschlimmert?«

»Wie man es nimmt. Verbrannt ist hier kein Getreide mehr, denn es war nichts mehr da. Ja, ein paar Fische kann man noch aus dem See holen, aber die sind so teuer, dass ich der Frau dort raten würde, ihren Einkauf nicht so nach Hause zu tragen, dass ihr jeder in die Grastasche starren kann.« Mit beiden Händen presste er die Mütze an die Brust. »Ich werde verhungern, meine Kinder sich als Mietsklaven verdingen müssen …«

»Komm schon, drück wenigstens ein paar einem Argaden angemessene Tränen heraus, damit es mir leichter fällt, dich zu bedauern. Aber schick eine Botschaft an den Meya, er wird dich dreifach bezahlen. Sag ihm, dass du Anschar, dem Ersten der Zehn, geholfen hast.«

»Anschar …«, hauchte der Händler. Endlich schien er zu begreifen, wen er vor sich hatte.

Nach all den Herabwürdigungen war es Anschar geradezu ein Genuss, einen Menschen ehrfürchtig aufschauen zu sehen.

»Warum wendest du dich nicht an den Statthalter, dass er dir hilft?«, schlug der Händler vor.

»Weil mir dazu die Geduld fehlt. Ich muss so rasch wie möglich nach Argadye.« Anschar überschlug die Zeit. Der Große See, der die grünen Inseln der Verstorbenen umschloss, und Arichye lagen einen strengen Ritt von drei Wochen von der Hauptstadt entfernt. Drei Wochen. Dreißig Tage! Ein paar Tage ließen sich einsparen, wenn er sogleich in die Berge ritte, zum Ausgangspunkt des Tores, doch er konnte nicht in Argad auftauchen und dann gleich wieder verschwinden, ohne dem Herrscher den unangenehmen Bericht zu erstatten, dass Temenon erreicht, die Aufhebung des Fluches jedoch in weiter Ferne war. An die Möglichkeit, dass sich das Tor noch in Temenon befand, verbot er sich zu denken.

»Es ist dein«, murmelte der Händler überrumpelt.

»Hast du auch Wasser? Irgendetwas zu essen?« Anschar ging zu dem Tier. Es trug das Geschirr und die Decke aus Grasgeflecht, lediglich den Sattel musste er noch aufwerfen und festknüpfen. Das Blut an seinem Bein störte ihn, aber darum würde er sich unterwegs kümmern. Jählings überfiel ihn Übelkeit, so dass er einen Arm auf die Kruppe des Tieres legen und sich mit der anderen Hand am Sattel festhalten musste. Die Lider wollten ihm zufallen. Er nahm einige tiefe Atemzüge. Der Wechsel von Hitze zu Kälte und zurück hatte ihn seiner Kräfte beraubt.

»Willst du dich nicht erst ausruhen?«

Ein Mann hatte sich genähert und sah ihn besorgt an. Auch andere umringten ihn, als wollten sie da sein, falls er fiele. Anschar schüttelte müde den Kopf.

Der Wasserverkäufer hatte zwei seiner Beutel abgenommen und legte sie zu seinen Füßen. Einige Frauen kramten in ihren Körben und förderten Teigfladen und Gemüse zutage, das sie in eine Grasmatte rollten, wiederum andere hoben alles auf und knüpften es am Sattel fest. Eine junge Frau kniete vor ihm, holte aus ihrer Tasche ein Tuch und begann die Wunde zu säubern. Als sie einige Streifen abriss und das Bein zu verbinden versuchte, schob eine Greisin sie beiseite und erledigte das geschickt und schnell. Dankend nickte er ihr zu und wuchtete sich in den Sattel. Er hatte Glück, das Sturhorn zeigte sich gefällig und reagierte auf seinen Zügelgriff. Die Menschen machten ihm Platz. Nur die junge Frau hob sich auf die Zehenspitzen und streckte eine Faust hoch. »Die Götter mögen dir beistehen«, sagte sie. Unwillkürlich nahm Anschar entgegen, was sie ihm hinhielt. Im Losreiten öffnete er vorsichtig die Hand an seinem Bauch, doch die roten Blüten einer getrockneten Heria waren gebrochen und wehten fort.

Er rieb trockene Flechten vom Haupt des Inar. Die hüfthohe Statue des Herrn der Welt war uralt, die Oberfläche porös, die linke Hand weggebrochen. Man musste genau hinsehen, um in diesem Grenzstein die Schönheit des Gottes zu erahnen: der muskulöse Oberkörper nackt, Hüften und Beine bis hin zu den Fußknöcheln von einem steifen Wickelrock umhüllt. Die Fransen, die ihn wie eine Schlange umwanden, waren nicht mehr zu erkennen. In der Rechten hielt er einen Stab, deren Spitze wie eine halb geöffnete Blüte geformt war. Fingerdicke Wülste stellten seine Haare dar, sie umwallten großzügig seine Schultern. Das schwarz gefärbte Holz, das seine riesigen Augen einstmals zum Leben erweckt hatte, war verwittert. Dennoch musste jeder, der hier vorüberging, in Ehrfurcht verharren. Und wer des Lesens mächtig war, konnte so eben die Schriftzeichen unter seinen Füßen entziffern: *Diese Stadt ist mein, sie steht unter meinem Schutz.*

»Das hast du vor langer Zeit gesagt. Inar, ich flehe dich an, kehre dich wieder deiner Welt zu und lasse sie nicht zuschanden werden. Hilf mir, die Last zu tragen.«

Er kauerte vor der Statue nieder und küsste Lippen und Zehen des Gottes. Dann kehrte er zu seinem Reittier zurück und stieg auf.

Die Stadtmauer Argadyes leuchtete in der Sonne, die farblose Ebene beherrschend. Er knüpfte seinen Wasserbeutel vom Sattel und hob ihn an die Lippen. Er war über Bäche geritten, die er als Flüsse in Erinnerung hatte, und über trockene Gräben, die Bäche gewesen waren. Dass das Tor ihn in die Übergangszeit von Sommer zu Winter geworfen hatte, wusste er nur, weil er irgendjemanden danach gefragt hatte. Sechs Monate waren in der einen Nacht, die er in Preußen verbracht hatte, in Argad vergangen. Wenige Blüten am Wegesrand erfreuten das Auge. Die Hochebene würde bald genauso sein wie jene am anderen Ende des toten Landes: eine einzige kahle Fläche, im Sterben liegend. Auf den Flachdächern der Häuser pflegten nur noch wenige Menschen die argadische Sitte, unter aufgespannten Tüchern zu sitzen und müßig die Blicke schweifen zu lassen. Sie verkrochen sich stattdessen in ihre Häuser und ersehnten verzweifelt den Regen. Monate, so hatte man ihm erzählt, lag der letzte erbärmliche Schauer zurück.

In einem der Dörfer hatte er einen vielfach geflickten Mantel erhalten, dessen Kapuze er sich nun zum Schutz vor der Sonne in die Stirn zog. Dann ergriff er die Zügel und ließ das Sturhorn weitertraben. Da er kein Geld bei sich hatte und auch sonst nichts von Wert, war er auf das Wohlwollen der Argaden angewiesen. In ihren Häusern, manchmal auch Ställen, hatte er übernachtet und sich ihre Sorgen angehört. Wohl dem, der einen Brunnen besaß oder nutzen durfte und sein kleines Stück Land davor bewahren konnte, zu Staub zu werden. Dort gab es noch fette Tiere und Brot zu essen, während die anderen sich hauptsächlich von Graswurzelbrei ernährten. Anschar war sich sicher, den scheußlichen Brei nie mehr aus dem Gedächtnis zu bekommen.

Er trieb das Tier an, hinein in die Menschenmenge, die Argadye wie ein kochender Strom durchfloss. Kaum war er durchs Nordtor, ließ er sich von dem Wirt einer offenen Bierhütte einen Becher heraufreichen. Wie lange hatte er dies entbehrt! Und es schmeckte, wie er es in Erinnerung hatte – dies war ein Moment, in dem er gern glauben wollte, dass die Welt noch nicht verloren war.

Auf den ersten Blick schien die Stadt so zu tun, als lache sie, ganz im Gegensatz zu Arichye, über den Fluch. Wie er es nicht anders kannte, sah er die argadischen Frauen stolz ausschreiten, mit Krügen auf Köpfen und Schultern. Edle schwebten in überdachten Sänften dahin, Sklaven in hellen Hüfttüchern liefen hinter ihren Herren her und mühten sich, die aus Geflecht oder teurer Seide gefertigten Sonnenschirme über ihre Köpfe zu halten. Huren ließen leuchtend geschminkte Brustwarzen aufblitzen, Kinder spielten in den

Gassenmündungen, Alte saßen vor ihren Türen, Männer gingen ihren Beschäftigungen nach, und alles war überlagert von einem Stimmengewirr, dass es einem in den Ohren schwirrte. Aber zunehmend spürte er auch hier die Veränderung. Die sonst so vielfältigen Düfte nach Gebratenem, Gebäck und reifen Früchten wehten nur gelegentlich herüber. Die Hausdächer waren von sämtlichen Pflanzenkübeln geräumt. Von den zuvor an allen Ecken und Enden herumstehenden Wasserträgern, welche die Vorbeikommenden für ein winziges Entgelt von ihren Vorräten trinken ließen, waren nur wenige zu sehen.

»Ein Kupferstück für einen Becher, den du nicht einmal bis zum Rand füllst?«, keifte eine Frau. »Verfaulen soll dein Wasser. Und deine Zähne gleich mit!«

»Ich denk mir die Preise nicht aus, Frau.«

»Dafür krieg ich ja in dem Bierhaus da drüben meinen Durst gelöscht!«

»Ha, vor zwei Jahren vielleicht!«

»Ich gehe in den Palast, mich über euch Halsabschneider beschweren.«

»Tu's doch, sind ja nur tausend Leute vor dir dran. Die Schreiber wird's freuen. Willst du jetzt Wasser oder nicht?«

»Ganz sicher nicht von dir!«

»Dann geh mir … Bei der Dreiheit, da ist Anschar! Der Erste der Zehn!«

Ehe Anschar es sich versah, geriet Bewegung in die Menge. Von dem Ruf herbeigelockt, näherten sich die Menschen dem Sturhorn, reckten die Arme und berührten das Tier.

»Hast du Temenon erreicht?«

»Hast du getan, weswegen der Meya dich schickte?«

»Warum regnet es nicht?«

»Hast du versagt? Die Götter mögen uns verzeihen! Hast du versagt?« Fordernd berührten sie seine Schenkel, stellten sich ihm in den Weg, begannen zu klagen und zu weinen. Er sah in verzweifelt geöffnete Augen, gekrauste Stirnen, gekrümmte Münder. »Hilf uns«, riefen sie flehentlich, nur um ihm sogleich vorwurfsvoll hinzuwerfen: »Auf Sklavenschultern liegt unser Überleben, wie soll das denn auch gelingen? Der Meya tat nicht recht daran!«

Anschar gab den geleerten Becher zurück und zwang das Tier, weiterzulaufen. Unwillig brummend senkte es den Kopf und teilte mit seinem verzierten Horn die Menschenmenge. »Lasst ihn doch!«, rief der Wirt und zerrte einige Leute beiseite. Anschar bog in die große Prachtstraße ein, ließ den Tempelsee hinter sich und lenkte das Tier die sanft ansteigende Straße hinauf, an deren Ende der Herrscherpalast thronte. Erfreulicherweise herrschte hier weniger Trubel, und niemand beachtete ihn. Rasch kam er an den zwanzig aus Sandstein gefertigten Statuen des Schamindar vorbei, die sich paarweise gegenüberstanden, wie zum Sprung, einen der drei Schwänze gereckt. Türkise Bänder, die Farbe Argads, waren um die Schwänze gewickelt. Auf den Sockeln saßen ein paar Kinder, schaukelten mit den Füßen und spielten mit den Enden der Bänder, gänzlich unbeeindruckt von der Kraft, welche die Figuren ausstrahlten. So nah ritt er an einer Reihe vorüber, dass er nur den Arm auszustrecken brauchte, um die Schnauzen zu berühren. Der Stein war warm und rau.

»Ich grüße nur einen alten Bekannten«, sagte er zu den verwundert aufschauenden Kindern. Er musste lächeln. Trotz seines Versagens war es ein gutes Gefühl, wieder zu Hause zu sein.

Die Türwächter erstarrten, als er näher kam. Herzschläge verstrichen, bis das Leben in sie zurückkehrte und sie an den Bronzeringen zogen. Die Türflügel schwangen auf. Anschar hätte es vorgezogen, jemanden in den Empfangsraum zu schicken, wo der Meya die Gesandten aus allen Winkeln der Hochebene um sich versammelte, doch es war ihm lästig, darauf zu hoffen, dass ein Bote in absehbarer Zeit zum Thron des Herrschers vordrang. Zwei Palastdiener sprangen von seitlichen Bänken auf, wollten sich ihm in den Weg stellen. Auch sie blieben erschrocken stehen und zogen sich wieder zurück. Bedächtig schritt Anschar über das türkisfarbene Meeresmosaik. Keiner von den mehr als zwanzig Besuchern bemerkte ihn. Sie umringten den Thron und sprachen miteinander. Während er ihren Worten lauschte, betrachtete er die Wandfresken. Sie zeugten von der Sehnsucht seines Volkes nach dem verlorenen Meer, über das es so wenig wusste. Fische und Pflanzen in allen Farben, eigentümliche Tiere mit acht Fangarmen, stachlige Kugeln. Wesen, die man nur noch aus den Sagen oder seltenen, in den Stein gepressten Abdrücken kannte – vielleicht hatte die Meereswelt ganz anders ausgesehen. Die an den Fluch gemahnenden Muscheln suchte man auf diesen Bildern vergebens.

Heute brauchte es keine Muscheln mehr, um an den Fluch zu denken. Anschar hörte unangenehme Nachrichten aus den Worten heraus. Ein Scherachede berichtete von Unruhen in seinem Land, hervorgerufen durch schlimme Missernten. Heftig gestikulierte er seine Not heraus, und seine künstlich gelockten Haarsträhnen wackelten. Auch aus Praned kamen Nachrichten, die nicht anders klangen. Schlimmer noch: »Sklaven hatten sich zusammengerottet«, berichtete ein Bote in der eigentümlichen Aussprache jenes fernen Landes im Norden. Im Gegensatz zu allen anderen Anwesenden war dieser Mann in eng anliegende, passgenau geschnittene Gewänder gekleidet, die an den Säumen mit Pelzborten geschmückt waren. Ihr Anblick allein genügte, ins Schwitzen zu kommen. Unablässig wischte sich der Mann mit einem seidenen Tuch über das kahle Haupt, während er sprach.

»Hunderte. Sie waren von ihren Besitzern nicht mehr ausreichend ernährt worden, weil alles so teuer geworden ist. Man hat sie alle töten müssen.«

»Unverständlich!«, rief ein anderer, an seinem perlenbesetzten Kinnbart als Herschede erkennbar. »Gibt's dort oben etwa kein Felsengras mehr? Seine Wurzeln sind nahrhaft und für Sklaven gut genug.«

»Doch, gewiss.« Der Pranede hob die Schultern. »Aber wenn ein Tier bockt, macht es die ganze Herde unruhig, und wenige Sklaven, die aufbegehren, sorgen dafür, dass man bei allen mit harter Hand durchgreifen muss. Nie sind so viele Sklaven hingerichtet worden wie in letzter Zeit.«

»Habt ihr schon einmal für längere Zeit nichts als Graswurzelbrei gegessen?«, fuhr Anschar dazwischen. Alle Köpfe flogen zu ihm herum. Die Anwesenden erstarrten. Nur die beiden Sklaven, die hinter dem Thron standen, hielten nicht inne, dem Haupt des Herrschers mit ihren Federnfächern Kühlung zu verschaffen. In ihren Gesichtern war Neugier zu lesen, auch wenn sie sich Mühe gaben, teilnahmslos zu wirken. Anschar trat näher. »Probiert es aus, vielleicht versteht ihr dann ja, warum ein Mensch Wahnsinniges tut, um dem zu entgehen.«

Er sah sich aus vielen Augenpaaren gemustert. »Ein Mensch«, versetzte der Pranede mit gerunzelten Brauen; er schien sich wie alle anderen zu fragen, wie ein Mann in derart zerlumpter Kleidung in den Thronsaal geraten konnte. »Wir reden hier von Tieren.«

Buyudrar und Schemgad, die beiden Leibwächter des Königs, waren rechts und links des Throns nach vorne getreten und hatten ihre Speere gesenkt. Nun, da sich das Erkennen in ihre Gesichter stahl, wichen sie zurück. Freude stand in ihren Augen, aber auch sie verstanden es, sich zu beherrschen. Der Einzige, der sich nicht rührte, war der Meya. Lediglich seine

Hände verrieten die innere Erregung; weiß traten die Knöchel hervor, als er die Finger auf die vergoldeten, der Gestalt des Schamindar nachempfundenen Seiten seines Thrones presste.

Anschar kniete und neigte den Kopf. »Ruhm und Ehre in alle Ewigkeit für dich, Herr.«

»Lasst uns allein«, sagte Madyur-Meya, und nur, wer ihn gut kannte, mochte seine Fassungslosigkeit heraushören. »Geht, alle.«

Die Männer verneigten sich vor dem Thron und verließen die Halle. Um Anschar machten sie einen Bogen, dennoch fühlte er sich in eine Wolke verschiedenster Düfte gehüllt, die aus den edlen Stoffen und geölten Haaren quollen. Zuletzt gingen auch Buyudrar und Schemgad. Im Vorbeigehen berührten sie Anschar an den Schultern. Lediglich die Diener und Sklaven blieben zurück; schweigsam wie Möbelstücke verharrten sie an Wänden und Pfeilern.

Madyur schlug die Hände auf die Lehnen und stemmte sich hoch. Er machte einen langen Schritt vom Thronpodest herunter und kam auf Anschar zu. Der blaue, mit Königsvogelfedern besetzte Seidenmantel umwehte seine Schritte.

»Du dürftest noch nicht hier sein.« Mit einem herrischen Wink befahl er ihm, sich zu erheben. Aus sorgsam mit schwarzen Strichen umrandeten Augen musterte er ihn von den unordentlichen Haaren bis hin zu den in räudigen Bastsandalen steckenden Füßen. »Du hast unterwegs aufgeben müssen und alle deine Begleiter verloren, auch dein Feuerköpfchen. Oder ist Temenon näher, als wir glaubten?«

Die tief in seine Haut gegrabenen Falten verrieten die Sorgen, unter denen er litt. Sein Leib, unter dem kostbaren Mantel nur mit einem schlichten weißen Wickelrock bedeckt, wirkte nicht mehr ganz so straff, die kurz geschnittenen Haare ein wenig grauer. Doch er war laut geworden, wie Anschar es von ihm kannte.

»Ich habe Temenon erreicht«, erwiderte Anschar. »Und dabei meines Wissens keine Verluste erlitten. Die Sklaven, die ich …«

Gereizt hob Madyur eine Hand. »Vergiss die Sklaven, was kümmert es mich, ob sie überlebt haben? Du warst also wahrhaftig in Temenon? Inar und alle Götter! Was hat man dort gesagt?«

Annähernd acht Monate waren vergangen, seit er Parrad und die anderen zurückgeschickt hatte. Waren sie umgekommen? Oder hatten sie die Gelegenheit genutzt, sich in die Freiheit davonzumachen?

Was hätte sie dazu bringen sollen, es nicht zu tun?, fragte er sich. Er hatte sie aus seiner Obhut entlassen; hatte er denn wirklich geglaubt, sie kehrten nach Argad zurück, nur um freiwillig in der Sklaverei zu bleiben?

Anschar suchte nach Worten. Sein Kopf war plötzlich wie ausgehöhlt. Er sah sich um. Ein Sklave stand hinter einem mit Tontafeln, Papierrollen, Bücherkästen und Schreibzeug übersäten Tisch. Statt einer Antwort stapfte er zu ihm. Der junge Mann duckte sich vor Furcht. Anschar ergriff seinen Oberarm und zerrte ihn vor den Meya.

»Sieh ihn dir an, Herr!« Er packte den Kiefer des Jungen und zwang seinen Kopf nach oben. »Ein Sklave, ein Tier. Man hat ihn eingefangen wie ein Tier und gefügig gemacht wie ein Tier. Er ist weniger wert als ein Sturhorn. Er ist vielleicht schon hundertmal an dir vorbeigelaufen, und trotzdem sagt dir sein Gesicht nichts.«

»Er dient einem meiner Schreiber. Doch, sein Gesicht sagt mir etwas.« Mit verkniffenen Augen musterte der Meya den zitternden Jungen, dann ihn. »Anschar, was soll das?«

»Er ist ein Temenier«, sprach Anschar die Ungeheuerlichkeit aus. »Temenon gibt es nicht mehr. Nicht das Temenon aus unseren Legenden. Es ist nicht mehr der würdige Gegner, der es zu Meyas Zeiten war. Es ist eine heruntergekommene Felsensiedlung, in der nur noch die Letzten ausharren. Wären wir in zehn, zwanzig oder fünfzig Jahren dorthin aufgebrochen, hätten wir vielleicht keinen einzigen Menschen mehr angetroffen.«

»Und wo … sind sie stattdessen?«

»In der Wüste.«

Unter seinem Griff spürte Anschar kalten Schweiß. Er ließ den Sklaven los und fuhr mit der Hand über sein Hüfttuch. Madyurs Blick wanderte weiter von einem zum andern.

»Ich habe so eine dunkle Ahnung, was du mir damit sagen willst«, grollte er. »Allein, es ist zu unfasslich, dass ich es aussprechen könnte. Also tu du es! Und, bei allem, was mir heilig ist, ich hoffe, ich höre doch etwas anderes.«

»Nein, Meya, es ist so. Die Menschen, die wir versklaven, sind dieselben, mit denen wir uns versöhnen müssen.«

»Das – das ist eine Umkehrung der Weltordnung.«

»Ja, das ist es.«

Das Blut wich aus dem Gesicht seines Königs. Madyur schüttelte den Kopf. Er folgte dem Sklaven, der geflüchtet war und nun wieder gekrümmt und unschlüssig am Schreibtisch stand, und stützte sich auf den Tisch. Schwer schnaufte er, rieb sich Gesicht und Haare, dass sein goldener Stirnreif verrutschte und er ihn von sich riss und achtlos zu Boden warf. Vielleicht würde er die Wahrheit von sich weisen. Vielleicht schreien. Vielleicht den Sklaven niederschlagen. Alles hielt Anschar für möglich.

Madyur fegte mit der Faust einen der Stapel vom Tisch. Ton klirrte zu Boden; Steine, die zum Beschweren aufgerollten Papiers dienten, schlitterten bis an die Wände. Die Sklaven bückten sich und begannen sie einzusammeln, wobei sie so lautlos vorgingen, dass Anschar beinahe glaubte, sie wagten nicht einmal zu atmen.

»Nein«, stöhnte Madyur. »Nein, nein, nicht schon wieder! Damals, als deine Mutter sich mir vor die Füße warf und sich mir erklären wollte, ließ ich sie einfach links liegen. Ich hatte ja keine Ahnung ... Als dann Grazia zu mir kam und erzählte, wer Siraia war, habe ich es bitterlich bereut. Doch ich glaubte, so ein Fehler könne einem Menschen nur einmal unterlaufen.« Er fuhr zu ihm herum. »Anschar, Anschar! Du kommst wie aus dem Nichts daher und sagst mir ins Gesicht, ich hätte noch einen viel größeren Fehler begangen? Und nicht nur ich – sondern auch all meine Vorgänger, mein ganzes Volk?«

»Ich fürchte, ja. Strafe mich dafür, es ändert nichts.«

Er kehrte zu Anschar zurück, baute sich vor ihm auf und schien mit einem Mal zu schrumpfen. »Ihr Götter! Das ist mehr, als ein Mann tragen kann.«

»Mein Meya, wenn es einer kann, dann du.«

Madyur begann zu weinen. Unwillkürlich legte Anschar in einer unbotmäßig vertraulichen Geste die Hände auf dessen Arme, da er befürchtete, sein König werde niedersinken.

Anschar durchmaß seine Gemächer zweimal, dreimal. Die wenigen Wochen, die er hier mit Grazia verbracht hatte, bevor sie in die Wüste aufgebrochen waren, hafteten in seinem Gedächtnis als eine Abfolge herrlicher Stunden, von keinerlei Drangsal unterbrochen. Sie hatten ihre Wunden gepflegt und sich geliebt. Beide hatten sie den Gedanken verdrängt, von ihrer gefahrvollen Reise vielleicht ohne den anderen zurückkehren zu müssen. Überall fanden sich Grazias Spuren: ihre Kleider in einer Truhe, unter dem Bett ein Kamm. Eine lederne Rolle mit Zeichnungen, die er herausnahm. Gegenseitig hatten sie sich gezeichnet; Frauen, Männer, Tiere, der Schamindar waren unter ihren Fingern entstanden, und sie hatten das Gefühl tiefer Verbundenheit genossen. Dann war

Grazia eine Frage in den Sinn gekommen, die ihm jetzt wie ein Mahnmal erschien:

»Was tätest du, wäre ich nicht mehr da?«

»Was ich schon in meiner Hütte im Zedernwald getan habe, als du fort warst: Ich male mein Sehnen weg.« Mit einem Finger war er das lange gewellte Haar einer Frauenfigur nachgefahren. »Nur dass es nicht gelingt.«

Anderes noch hatte ihr auf der Seele gebrannt: dass sie nicht seine Frau werden konnte. Für einen Leibwächter des Großkönigs durfte es keinen Menschen geben, an den er sich band, nicht mit dem Herzen und erst recht nicht mit einer Heirat. Der Meya hatte jedoch die wenigen Wochen ihres Beisammenseins geduldet und gesagt: Wie ihr es danach in der Wüste haltet, sehe ich ohnehin nicht.

»Du wirst nicht ewig Madyur-Meyas Krieger sein.«

»Das stimmt, Feuerköpfchen. Aber bis dahin vergehen noch viele Jahre, und so weit voraus sollte man nichts planen. Ich will dich zur Frau, mehr als alles andere. Aber ich will nicht daran denken, wann das sein wird, und nicht wissen, was alles bis dahin geschehen könnte.«

Jetzt wusste er es.

Er blieb vor dem Wandbord stehen und berührte den in Leder eingeschlagenen Buchrücken der *Wanderungen durch die Mark Brandenburg*. »So gehört sich das«, hatte Grazia auf seine Frage geantwortet, warum das Buch aufrecht auf diesem Brett stehen musste, von zwei Vorratstöpfen gestützt. In ihrer Welt stünde ein Buch neben dem anderen, Hunderte gar. Er nahm es herunter, schlug es auf und betrachtete die geschwungenen Schriftzeichen, die Grazias Vater hineingeschrieben hatte, eigens für ihn. Und zum tausendsten Mal jagte der Vorwurf wie eine hitzige Welle des Entsetzens durch seinen Körper: Warum hast du ihr das angetan …

Am Eingang räusperte sich jemand. Zwei Sklavinnen warteten, mit gesenkten Köpfen. Er hatte sie draußen auf dem Korridor mit sich befohlen und sogleich vergessen. Bedauerlich, dass es ihm nicht vergönnt war, ein wenig mit sich hier allein zu sein. Er hatte Madyur von den Geschehnissen in Temenon unterrichtet, und dieser hatte ihm befohlen, sich in seinen Gemächern zur Verfügung zu halten, denn selbstverständlich würde auch die Königin ihn sehen wollen.

»Möchtest du das Badebecken gefüllt haben, Herr?«, fragte eine der Frauen, da er schwieg. Er klappte das Buch zu und stellte es zurück.

»Nur eine Waschschüssel.«

Eilfertig nickten sie; eine rannte wieder fort, die andere holte Tücher aus den Truhen seines Schlafgemaches, schlug die Decke vor der Badekammer zurück, die Grazia hatte anbringen lassen, und stieg die Stufen hinunter. Die zweite Sklavin kehrte alsbald mit einem Eimer zurück. Steif stand Anschar da und lauschte auf das Tun der beiden. Dann waren sie fertig und standen vor ihm. Schweigend warteten sie auf eine Geste oder einen weiteren Befehl.

Ich bin einer von euch, dachte er.

»Geht!« Sich innerlich schüttelnd, wandte er sich ab und stapfte die Stufen hinunter. Nicht nur, weil die Zeit fehlte, wollte er nicht baden. Es waren die Erinnerungen. Wie *sie* hier gesessen und gesungen und er draußen gelauscht hatte, an jenem Tag, als er aus den Papierwerkstätten zurückgekehrt war. Wie er hinabgestürzt war, noch in den Kleidern, um sie an sich zu reißen. Und dann die vielen Male später … Mit Grazia zusammen zu sein, hieß, eine lange Zeit durch Sand und Schmutz zu laufen – oder mit ihr zu baden und von ihr getränkt zu werden. Er widmete den Fliesen an den Wänden, die Fische und Wellenmuster bildeten und ihr so sehr gefallen hatten, nur einen flüchtigen Blick, während er sich auszog und über der Schüssel wusch. Dann im Schlafgemach holte er frische Kleidung, das übliche schwarze, ärmellose Hemd und einen schwarzen Wickelrock, an den Säumen gefranst und mit Goldfäden bestickt.

Auf der Terrasse legte er die Unterarme auf die Brüstung und ließ den Blick über das Häusermeer gleiten. Hier hatte er Grazia nächtens stehen sehen, als er noch drüben in Heria gewesen war, in Mallayurs Diensten. Hier hatte er Egnasch, den Mörder Henons, hinabgestoßen. Hier hatten sie … Aufstöhnend strich er sich die feuchten Haare aus der Stirn. Mach weiter so, dachte er, wenn du dich quälen willst.

Warum hast du ihr das angetan …

Eine Hand legte sich auf seine Schulter. Anschar fuhr herum und starrte in die Augen des Meya. Er wollte sich verneigen, doch die Hand hielt ihn mit festem Griff zurück.

»Man sollte meinen, an den gefürchtetsten Krieger des Landes könne man nicht einfach von hinten herantreten, ohne dass er es merkt. Wie ich sehe, hast du dich gewaschen. Gut. Setz dich.«

Inmitten des Wohnraumes stellte ein Sklave einen Korbstuhl auf. Was es damit auf sich hatte, erkannte Anschar, als ein Mann einen Kasten auf dem Boden abstellte, ein Gefäß, eine lange Nadel mit dickem Griff und einen Stapel Tücher entnahm. Anschar begrüßte die eintretende Königsgemahlin mit einer Verbeugung, bevor er sich setzte. Sildyu lächelte ihm hoheitsvoll zu. Sie ließ sich auf der Steinbank neben einem der mit Weinranken bemalten Pfeiler nieder, schlug ein Bein über das andere und ordnete ihr Gewand, wie stets ein fließendes, durchscheinendes Gewebe in priesterlichem Weiß. Blutspritzer hatten sich auf den Gewandsaum verirrt, offenbar war sie von einer Opferzeremonie gekommen. Nur die Arme waren bloß und mit goldenen Reifen und Türkisen geschmückt. An ihren Ohren baumelten goldene Figürchen: am rechten Inar, am linken Hinarsya. Die kleinen goldenen

Götter lächelten, als erfreuten sie sich an den verzweifelten Bemühungen der Menschen, ihres Fluches Herr zu werden.

»So hat sich also wahrhaftig das Tor für Grazia geöffnet, und sie hat das Angebot des Gottes angenommen?«

»Ja, Herrin.«

»Ihr Heimweh war immer stark. Aber so stark? Erstaunlich. Nun ja, wer kann wirklich in das Herz eines so fremdartigen Menschen blicken?«

»Ich wusste, dass sie bedeutend ist«, warf Madyur grimmig ein. An seinen Verzweiflungsausbruch erinnerte nichts. »Sie hingegen hat sich ja immer klein gemacht und nicht wahrhaben wollen, dass der letzte Gott ihr eine große Aufgabe zugedacht hat. Sie hätte nicht fliehen dürfen! Pflichtbewusstsein … Erzählte sie nicht, dies sei eine Eigenschaft, die ihrem Volk zu eigen ist?«

»Sie ist eine junge Frau«, widersprach Sildyu. Anschar senkte den Kopf und sah zu, was der Mann tat, der an seiner Seite kniete. Den wahren Grund für Grazias Flucht hatte er verschwiegen und lediglich angedeutet, dass er grob zu ihr gewesen war, weil ihn die Erkenntnis über seine Herkunft hatte kopflos werden lassen. Nicht unter der Folter würde er verraten, was sie tatsächlich von ihm fort und in die Umarmung des Tores getrieben hatte.

Der kahl geschorene Schädel machte den Mann als einen der Palastärzte kenntlich. Ein Sklave brachte eine Schale mit Wasser, diese stellte er auf dem Boden ab; der Arzt tauchte ein Tuch hinein und säuberte Anschars Arm mit sanften Bewegungen. Dann öffnete er das tönerne Gefäß, tauchte das Instrument hinein und begann den Arm vom Ellbogen ausgehend mit Stichen zu martern. Sorgfältig und mit großem Geschick zeichnete er die Tätowierung nach.

»Du warst wirklich in Grazias Welt?«, kam es von der offen stehenden Tür her. Fidya, die Lieblingsnebenfrau des Königs, eilte herein. Hastig verneigte sie sich vor der Königin, doch ihr Blick galt Anschar. »Wie ist es da? Hast du die Wunder gesehen, von denen sie erzählt hat?«

Auf ihrem Arm strampelte ein Kind. Sie ging zwischen den Männern in die Hocke und stellte es vorsichtig auf die Füße. Anschar brauchte einen Moment, sich darauf zu besinnen, wer dieser Junge war. Zu Beginn der Reise war Miyar wenige Wochen alt gewesen. Der jetzt einjährige Königssohn erinnerte ihn schmerzlich an jene üble Nebenwirkung, die ein Gang durch das Tor mit sich brachte: Die Zeit raste davon. Miyar gurrte, tapste mit erhobenen Ärmchen auf seinen Vater zu. Erfreut brummend legte Madyur die Hand auf den mit dichtem Glanzhaar bedeckten Hinterkopf, um ihn zu stützen. Anschar neigte den Kopf, da er nicht aufstehen konnte, um Fidya die Ehre zu erweisen.

»Herrin, ich war nur auf der Insel der Königsvögel und konnte sie nicht verlassen. Und es war Nacht. Aber ich sah ein Wunder, ein leuchtendes Blütenmeer am Nachthimmel.«

»Ein Blütenmeer?«

»Es ist leider unmöglich zu beschreiben.«

Sie runzelte die Stirn, zupfte fahrig an ihrer gelben Federnhaube und schwieg. Er wunderte sich, dass sie ihn nicht bestürmte, Einzelheiten zu erzählen. Das muntere Vögelchen war ein Anblick, der stets Freude weckte, aber heute wirkte es betrübt. Auf den Wink des Meya hin hob Fidya den Sohn hoch und ließ sich auf einem Bodenkissen nieder.

»Geh zu Grazia, Anschar«, sagte er drängend. »Geh zu ihr!«

»Das habe ich vor. Aber, Herr, damit ist es nicht getan. Sarid wollte, dass ich mich in eine Art Bote des Friedens verwandele. Die Temenier haben keinerlei Ahnung von dem, was hier vorgeht! Ich habe ihnen nicht erzählt, weshalb Siraia ihre Botschaft nicht überbringen konnte. Oder weshalb sie nicht zurückkehrte. Sie glauben, es brauche nur einen Handschlag zum Frieden.« Er nickte in Richtung des Sklaven, der still wie eine Hockstatue in der Nähe des Arztes kniete, bereit, einen Befehl entgegenzunehmen. »Und ohne dass sie es wissen, bekriegen wir sie weiterhin.«

»Sklaven zu halten, ist Krieg?«, fragte Fidya, ohne den Blick von Miyar zu nehmen, der in ihrem Schoß lag und mit allen vieren strampelte. Er lachte seine Mutter an. Sie zog das Kettchen, das auf ihrer Ohrmuschel ruhte, herunter und schwenkte den goldenen Schmetterling, der daran hing, über seinem Gesicht. Ihre Miene blieb ausdruckslos. Was mochte sie plagen?

»Nenne es ein Zerwürfnis, Herrin. Was es auch ist, es ist kein Frieden.«

»Das ist Unfug«, knurrte Madyur. »Ich kann doch nicht in ganz Argad verkünden lassen, dass es von heute auf morgen widerrechtlich ist, Wüstenmenschen zu versklaven? Das können die Götter nicht verlangen!«

»Die schicken dir zehn Plagen, wenn du das Sklavenvolk nicht ziehen lässt.« Auf den verwirrten Blick des Meyas hin winkte Anschar ab. »Das ist nur eine von Grazias Geschichten.«

»Ach? War denn Preußen in einer ähnlichen Lage? Dort gibt es ja keine Sklaven, oder? Was waren das denn für Plagen?«

Anschar rieb sich nachdenklich die Schläfe. »Zu viele Frösche, Insekten … herabregnende Steine aus Eis … Wasser, das sich in Blut verwandelte; Tage, die zu Nächten wurden. Und die erstgeborenen Söhne starben, wenn ich mich recht entsinne. Nun ja, das Land blutete aus. Wie unseres.«

Madyur stand der Mund offen. »Und *diesen* Gott nannte sie friedfertig?«

»Ich glaube, er ist wirklich sehr mächtig. Aber die unseren auch, daher …«

»Daher bleibt uns keine Wahl? Was sagst du dazu?« Madyur setzte sich zu Sildyu und legte eine Hand auf ihr Knie. Auch die Hohe Priesterin zeigte wenig Regung, nur kannte man dies von ihr.

»Nun, offenbar können wir keinen Frieden mit Temenon bekommen, solange unser Volk das andere versklavt«, erwiderte sie ruhig. »Da die Temenier nichts davon wissen, könntest du sie betrügen. Jedoch nicht die Götter. Und der Fluch liegt nun einmal in deren Händen.«

»Aber dir ist schon klar, welche Umwälzungen es für unser Land brächte, wenn wir sämtliche Sklaven in die Wüste entlassen?« Madyur warf die Hände hoch. »Allein der Gedanke!«

»Wir sind kein armes Volk, wir können ihnen anbieten, freiwillig zu bleiben. Wenn der Regen zurückkehrt, ist das Hochland wieder eine fruchtbare Ebene. Für jeden, der in die Wüste zurückkehrt, wird einer kommen, sobald sie begriffen haben, dass ihnen nichts Übles droht.«

»Nichts Übles? Wir reden immer noch von …« Er neigte sich vor und rieb sich die Wangen.

»Von Tieren? Meintest du das?«

»Ja«, ächzte er.

Sie wies auf Anschar. »Er ist einer von ihnen.«

Anschar sprang auf, so sehr entsetzte es ihn. »Ah!« Er griff an seinen Arm, wo die Nadel schmerzhaft hängen geblieben war. »Herrin, das bin ich nur zum Teil. Und der argadische Teil von mir ist der stärkere. Ich sah in mir nie einen Temenier, niemals. Und mich als Tier zu bezeichnen, ist etwas, das ich auch von dir als Beleidigung auffassen muss.«

Madyur schnappte nach Luft, und eine zweifellos heftige Erwiderung lag ihm auf der Zunge, aber Sildyu hielt ihn mit einer Berührung zurück.

»Das habe ich nicht getan«, erwiderte sie ruhig. »Du hast

das nur herausgehört, weil dein verbittertes Herz es hören wollte.«

»Setz dich und halt still, wenn du nicht willst, dass die Zeichnung verdirbt«, brummte sein Herr. Sildyu sah Anschar so arglos an, dass sein Zorn verrauchte. Er ließ sich zurück in den Stuhl fallen und legte den Arm auf die Lehne.

»Wir sahen in den Wüstenmenschen nicht mehr als das«, sprach Sildyu weiter. »Nun müssen wir erkennen, dass sie von einem Volk abstammen, das uns gleichwertig war. Es wird viel Zeit brauchen, bis wir das begriffen haben. Für meine Ohren klingt das ebenso unfasslich.« Sie wandte den Kopf Madyur zu. »Unter keiner anderen Herrschaft als unter deiner hätte all dies geschehen dürfen, mein Lieber. Du wirst dieses Problem lösen, daran zweifle ich nicht.«

Madyur schnaubte und nickte zu Anschar. »Das hat er auch schon gesagt.«

»Siehst du«, nun lächelte Sildyu in sich hinein. »Er war ein Sklave, und du hast ihm die Freiheit geschenkt. Hat es dir geschadet? Oder brannte nicht danach sein Herz umso mehr für dich?«

Er schmunzelte. »Und ich dachte immer, das Denken der Frauen sei verzwickter als das unsere. Wirklich schade, dass Grazia nicht hier ist. Vielleicht hätte sie erzählen können, wie der Preußenkönig dieser zehn Plagen Herr geworden ist.«

»Erkläre, warum du so handelst, und die Argaden werden dir folgen. Sie werden es widerwillig tun, nicht unbedingt, weil sie ihrer Arbeitskräfte verlustig gehen, sondern weil sie in den Wüstenmenschen niemanden sehen, den man irgendwie belohnen muss. Aber es sind Temenier, das werden sie irgendwann begreifen. Es braucht Zeit. Und überhaupt, unterschätze nicht deinen Ruf.«

»Dich unterschätze ich vor allem nicht. Du wirst bei mir sein müssen, wenn ich die Sklavenhändler empfange und ihnen mitteile, dass sie bald arme Männer sein werden. Die Edelsteine, mit denen sich Fergo so reichlich behängt, werden angesichts dieser Schreckensnachricht verblassen! Aber die größte Sorge bereitet mir, dass die Argaden meiner Anweisung folgen werden, im Vertrauen darauf, dass sie die Fruchtbarkeit zurückbringt, aber es trotzdem nicht regnet, weil Anschar an seiner eigenen Hürde ja immerhin scheitern könnte. Was, wenn er Grazia nicht findet? Dieses Preußen scheint mir ein schwieriges Land zu sein. Geradezu unheimlich.«

»Ich finde sie«, sagte Anschar.

Madyur nickte langsam und erhob sich. »Ruh dich aus, sobald du das hinter dir hast«, er deutete auf die allmählich wieder in kräftigem Schwarz erstrahlende Tätowierung. »Kommt.« Dann stapfte er aus dem Raum. Fidya folgte ihm, und auch Sildyu verließ den Wohntrakt. Anschar wies den Arzt mit einer Handbewegung an, innezuhalten, und stand auf.

»Herrin«, hielt er Sildyu auf der Schwelle zurück. Sie wandte sich um. »Ich war unverschämt zu dir«, sagte er. »Es tut mir leid.«

Sildyu nickte. »Ich habe dir schon verziehen, da warst du noch gar nicht verstummt. Für dich muss das alles ja am schlimmsten sein. Alles scheint sich ausgerechnet auf deinen Schultern abzuladen, nicht wahr? Ich will für dich im Tempel opfern, und wenn du dir die Zeit nimmst, komm und tu es an meiner Seite.«

»Nein. Ich will jetzt nur noch in den Garten, dort ein paar Stunden schlafen, und morgen früh muss ich weiter.«

Hoheitsvoll neigte sie den Kopf. »Die Götter mögen dich schützen.« Dann wollte sie weitergehen, doch er hob die Hand.

»Herrin, dass Temenier und Wüstenmenschen eins sind,

hast du so seltsam leicht hingenommen. Weshalb? Du bist doch nicht weniger Argadin als alle die, die es entsetzen wird.«

Nachdenklich tupfte sie mit dem Finger an ihr Kinn. »Nun, vielleicht, weil mein Priesteramt mich den Göttern so nahe stehen lässt. Warum sollte ich nur einen Gedanken daran verschwenden, mich ihrem Willen zu widersetzen? Wir halten sie für kalt und herzlos, weil sie sich abgewandt haben, aber sie überließen uns die Wahl, und wenn wir das Richtige tun, werden sie uns verzeihen.«

Sildyu wartete, denn sie ahnte wohl, dass er noch nicht fertig war. Schwer aufatmend stützte er sich am Türrahmen ab. »Mir fällt jedes Wort schwer, aber …« Die Worte waren nicht nur schwer, sie waren wie Mühlsteine, er brachte sie kaum durch die Kehle. »Ich gehöre zu diesen Menschen, und das bekomme ich nicht in meinen Kopf! Der Gedanke macht mich schwindelig, und ich möchte ihn herausreißen und nie wieder etwas davon wissen. Aber da das nicht möglich ist, bleibt nur, es hinzunehmen. Doch auch das scheint mir unmöglich! Verrate, wie es mir gelingen kann.«

Sie betrachtete ihn lange. »Wusstest du, dass die Wüstenbewohner glauben, nach dem Tod als Sandgeister mit ihren Familien zu wandern, um über sie wachen zu können?«

Er nahm an, dass Parrad ihm etwas darüber erzählt hatte, aber er konnte sich nicht darauf besinnen, also hob er die Schultern.

»Am Tempelsee geriet ich einmal in ein Gespräch mit einem Sklaven, der auf seinen Herrn wartete«, fuhr sie fort. »Er vertraute mir an, dass er sich vor ihm fürchtete. Sein Herr ging anscheinend besonders hart mit ihm um.«

»Er hatte es gewagt, dich anzusprechen?«

»Nun, nicht ganz. Er hatte es gewagt, sein blau geschlagenes Gesicht mit dem Wasser des Sees zu kühlen. Ein Tempeldiener wollte ihn fortscheuchen, aber ich war neugierig. Der Sklave fragte mich, ob eine argadische Seele nach dem Tode stark genug sei, die Seele eines Wüstenmenschen einzufangen und mit sich auf die Inseln der Toten zu zerren, um sie weiterhin zu versklaven. Er war von dieser Furcht ganz erfüllt. Ich sagte, dass ich das nicht wisse, nur dies: Hass überdauert den Tod nicht. Nun denke das weiter: Wenn es so ist, und sicher ist es so, warum sollten wir uns in unserem kurzen Leben an einen Hass klammern, wenn es den im jenseitigen Leben, das ewig währt, gar nicht mehr gibt?«

»Ich fürchte, ich muss dich wieder um Verzeihung bitten.« Ungeduldig wollte Anschar die Arme verschränken, aber der frische Wundschmerz seiner Tätowierung hielt ihn davon ab. »Aber es klingt, als hättest du dir diese Geschichte eben erst ausgedacht, um mir irgendeinen Trost anbieten zu können.«

Zu seiner Überraschung lachte sie fröhlich auf. »Kann ich dir denn irgendetwas anbieten, das du nicht mit Händen und Füßen abwehrst?«

Er fühlte sich entwaffnet und konnte nicht verhindern, ebenfalls zu lächeln. Sie kam auf ihn zu, wischte ihm über die Schulter, als wolle sie Schmutz herunterstreichen, und berührte die silberne Heria an seinem Ohr.

»Grazia hat dies gemocht … Hehre Worte aussprechen kann ich gut, was leider nicht zwangsläufig bedeutet, dass mir das Umdenken leicht fällt. Umso schwerer muss es dir fallen. *Das* ist es, was du hinnehmen musst. Zwing dich nicht unnötig, sondern warte einfach auf den Moment, in dem du erkennen wirst, dass du deine Herkunft nicht hassen musst. Die Götter werden dir schon den Weg dahin weisen.«

Er nickte langsam. All diese Worte waren Balsam für seine Seele. »Du bist weise, Herrin. Ich danke dir.«

»Schön.« Sie nickte. »Ich hoffe, dass das Tor bei deiner Rückkehr nicht zu viel Zeit verstreichen lässt, ich bin nämlich jetzt schon furchtbar neugierig auf deine Geschichten aus der fernen Welt.«

»Es könnte ein Tag sein oder ein Jahr.«

»Was ist das schon gegen mehr als tausend Jahre Krieg?«

8

Schritte weckten ihn. Er fuhr von der steinernen Bank hoch, auf der er ein wenig Schlaf gesucht hatte, hier in einem der Palastgärten. Im Schein der zwei Monde sah er eine Frau herantreten. Es war hell genug, die Farbe ihres Gewandes zu erkennen, das sie umflatterte. Fidyas Gelb. Ihre Kappe hatte sie abgelegt. Unordentlich hingen Strähnen aus ihrem hochgesteckten Haar. Hinter ihr schritt eine Dienerin, das Kind auf dem Arm. Das dürre Gras knisterte unter ihren Schritten.

»Anschar?«, rief Fidya leise in gebührlichem Abstand. Wie so viele Menschen schien auch sie zu glauben, dass ein überraschter Krieger möglicherweise erst um sich schlug, bevor er nachsah, wer sich genähert hatte. Er stand auf und verneigte sich. »Warum schläfst du denn hier und nicht in deinen Gemächern?«, fragte sie.

»Zu viele Erinnerungen.«

Verständnisinnig senkte sie die Lider. »Ach so, ja. Aber ich bin so froh, dass du da bist«, flüsterte sie und versuchte zu lächeln. »So gern hätte ich dieses … dieses Blütenmeer gesehen. Aber ich hätte mich bestimmt ein bisschen erschreckt.«

Fast hätte er gelacht. Er versuchte sich gar nicht erst vorzustellen, wie er dem Entsetzen einer nassen, frierenden Fidya, die nur knapp dem Wassertod entronnen wäre, hätte Herr werden sollen. »So erging es mir auch.« Er nahm einen Tiegel zur Hand, tauchte zwei Finger hinein und begann seinen Arm mit einer Heilsalbe einzureiben, wie der Arzt es ihm angeraten hatte. »Ich hoffe, mein nächster Besuch dort verläuft beschaulicher.«

Kurz blitzte ihre alte Unternehmungslust hinter der bekümmerten Miene auf. »Am liebsten würde ich dich begleiten.«

»Ich hab dich fröhlicher in Erinnerung, Vögelchen.«

Aufseufzend verschränkte sie die Arme. »Sag, wie soll ich jetzt eigentlich meine Sklavinnen behandeln? Muss ich befürchten, dass ich jedes Mal, wenn ich mit ihnen schimpfe, den Fluch noch schlimmer mache?«

»Weißt du denn, wie man schimpft?«, versuchte er zu scherzen.

»Natürlich«, erwiderte sie mit einer so kläglichen Stimme, dass er alles glauben würde, nur nicht das. Sie trat an einen der künstlich angelegten Badeteiche und ließ den Kopf hängen. Kein Wasser befand sich darin. Mit den Zehen schob sie welke Blüten über die Steinkante. Schniefte sie? Oder narrte ihn das Zirpen der Grillen? »Ich muss mit dir reden«, begann sie und brach in Tränen aus. Er fasste sie am Ellbogen, damit sie sich zu ihm auf die Bank setzte. Geduldig wartete er, bis ihr Weinen verebbte. »Da ist eine Frau in Madyurs Leben getreten …« Sie stockte.

»Du hast den Rang der Lieblingsnebenfrau verloren? Fidya, ich befürchte, das sind Dinge, die ich nicht regeln kann.«

»Nein, nein!« Sie schob die Hand in seine Armbeuge, als suche sie Schutz. Mit der anderen betastete sie an seinem Mittelfinger den ledernen Ring, den er sich in Temenon angefertigt hatte, eine ständige Erinnerung an Grazia und was er getan hatte. Fidyas Stimme wurde zu einem ängstlichen Flüstern. »Die Frau, die Nihaye, die du getötet zu haben glaubtest – sie lebt. Sie ist hier.«

»Was redest du da? Ich habe ihr das Schwert in die Brust gestoßen. Kein Mensch, auch keine Halbgöttin, kann das überleben. Du musst dich irren.«

Fidya sprang auf und baute sich vor ihm auf. »Du bist wie er! Mir sagt er, dass ich mich nicht so haben soll.« Sie schlug sich gegen die Stirn. »Ich bin nicht dumm, ja?«

»Verzeih, Herrin. Aber …«

»Ich sah sie damals nur ein- oder zweimal aus der Nähe. Mag also sein, dass ich sie mit einer andern verwechseln könnte, obwohl sie schon sehr ungewöhnlich aussieht. Aber sie hat die silbernen Augen! Sie heißt Geeryu! Und ich habe auch einmal gesehen, wie sie ihre Kraft wirkt. Sie schritt hier durch den Garten. Dort drüben«, sie deutete in die Dunkelheit. »Das heißt, eigentlich schritt sie nicht. Sie bewegt sich immer so merkwürdig. Da war ein Sklavenmädchen im Weg; und plötzlich flog es weg, als hätte jemand von der Seite dagegen getreten. Deshalb hat Madyur sie ja hier im Palast aufgenommen! Er weiß zwar nicht, wie ihm ihre Kraft dienlich sein kann, aber er sagt, er wäre ja verrückt, eine Nihaye einfach wegzuschicken. Und ich weiß auch, dass er mit ihr geschlafen hat. Sie macht mir Angst!« Fidya schlug die kleinen Fäuste auf seine Schultern und versuchte an ihm zu rütteln. »Anschar, du musst irgendetwas tun!«

Er war noch unfähig, das Gehörte zu begreifen. »Was sagt denn Sildyu dazu?«

»Ach, nichts.« Fidya sank zurück auf die Bank. »Du kennst sie doch. Sie ist so erhaben, dass man meint, sie nehme solche Dinge gar nicht wahr. Sie hat nur gesagt, es sei seine Entscheidung.«

Sie zog die Beine an, vergrub das Gesicht in den Knien

und begann sich in ihrer Verzweiflung zu wiegen. Ein Stück entfernt greinte der Junge. Die Amme ließ sich im Gras nieder, entblößte eine Brust und legte ihn an. Bilder stürzten durch Anschars Inneres. Ein anderer Garten, eine andere Nacht: erhellt von Fackeln, die den letzten Gott, gefangen in Wasser und einer Luftsäule, erstrahlen ließen. Erhellt von einem Feuer, das er, Anschar, gelegt hatte. Der Ohrring seiner Mutter, der im Licht aufblitzte, an Geeryus Hals. Die blutigen Wassertropfen vor seinen Augen, als schwebten sie in der Luft. Sein Schwert, das seinen Weg suchte und fand, mitten in ihre Brust. Nein, kein Mensch, auch keine Halbgöttin, konnte das überleben.

»Wo ist sie jetzt?« Der aufsteigende Zorn machte seine Stimme heiser. Zorn über ihre Dreistigkeit, sich hier einzunisten. Den nach menschlichem Ermessen tödlichen Stich überlebt zu haben.

»Im Bankettsaal.« Fidya wischte sich über die Augen. »Glaube ich.«

Er stand auf. Gerne hätte er ihr versprochen, das Problem zu lösen, aber das war nicht möglich, er konnte es nur versuchen. Wortlos umfasste er ihre Schläfen. Der gelbe Puder, mit dem sie ihre Brauen bestäubt hatte, klebte nass im ganzen Gesicht. Er berührte tröstend mit den Lippen ihre Stirn. Dann machte er sich auf den Weg zurück in den Palast.

Nur wenige Menschen begegneten ihm, als er die verschachtelten Treppenschächte und Korridore überwand. Ehrfürchtig machten sie ihm Platz. Als er vor irgendeiner Tür einen Wachtposten stehen sah, ließ er sich den Schwertgurt aushändigen und schnallte ihn sich im Weitergehen um die Mitte. Von einem anderen nahm er den Speer.

Das Portal zur großen Halle, in der der Hofstaat zu speisen pflegte, stand offen. Wächter standen hier keine, nur ein Sklave war damit beschäftigt, mit einem Netz einen Gelbschwanz zu fangen, der sich in den Korridor verirrt hatte. In der Halle brannten noch die Öllampen und Fackeln an den Wänden und ließen das polierte Gestein der vier Stufenpodeste glänzen. Dunkle Schatten flatterten durch die offene Hallendecke: Vögel auf der Suche nach vergessenen Krümeln des Abendmahls. Ihre gelben Schwänze blitzten auf, wenn sie in den Lichtkegel gerieten, um sich in den mannshohen Palmgewächsen niederzulassen. Es war ein vertrautes, friedliches Bild, würde die Nihaye es nicht mit ihrer Anwesenheit entweihen.

Sie lag hinter dem Tisch des unteren Podestes, hingestreckt auf der mit Kissen gepolsterten, aus dem Gestein geschlagenen Sitzbank. Ihre Hand stützte den Kopf, geschmückt mit einer Haube aus blauen und silberbestäubten Federn. Darunter quollen ihre tiefschwarzen Haare hervor. Sie lauschte der Musikantin, die sich auf dem Tisch niedergelassen hatte und auf einer Harfe spielte, begleitet vom Geschnatter der allgegenwärtigen Vögel. Das rot lackierte Instrument ruhte auf der Schulter der Frau; ihre Füße hielten den Stützstock fest. Quasten hingen daran und pendelten im Takt der Melodie. Die gespreizten Ellbogen führten dazu einen Tanz auf, während sie sich wiegte und ganz in ihrem Spiel aufging. Zwei Sklaven waren noch dabei, die Arme mit dem Essgeschirr vom Nachtmahl zu beladen. Sie bemühten sich, es leise zu tun.

Geeryus düsterer Blick war in weite Ferne gerichtet, ihre Miene erstarrt. Vielleicht schon, seit sie von seinem Erscheinen erfahren hatte.

»Verschafft dir die Musik keine Ablenkung?«, rief er. Sie rührte sich nicht, aber ihre Silberaugen, sicherlich so kalt wie das gefrorene Wasser auf der Havel, suchten ihn. Ihr Blick ließ ihn frösteln. Langsam setzte sie sich auf. Die Musikantin ließ die Hände sinken.

Er bedeutete der Frau, die Halle zu verlassen. Sie warf einen fragenden Blick zu Geeryu, und als diese nickte, glitt sie vom Tisch und eilte, das Instrument sorgsam auf dem Arm, an Anschar vorbei. Er wartete, bis auch die Sklaven draußen waren, dann schloss er die Türflügel. Durch die senkrecht angebrachten Bronzegriffe schob er den Speer. Bei all dem ließ er die Nihaye nicht aus den Augen.

Langsam stand sie auf. Ihre Fingerspitzen berührten die Tischplatte. »Ich hielt dich für tot«, sagte sie, die Stimme tonlos und nicht weniger kalt.

»Ich dich auch.«

»Und nun? Holen wir nach, was wir versäumt haben?«

Darum bin ich hier, erwiderte er in Gedanken. Nur flüchtig stellte er sich die Frage, weshalb sie ihn tot geglaubt hatte. Er machte einige gemächliche Schritte auf sie zu und stürzte plötzlich seitwärts zu einer der Öllampen, riss sie aus ihrer Halterung und schleuderte sie in ihre Richtung. Wie erwartet hatte sie bereits eine unsichtbare Barriere aus Luft errichtet. Träge troff das Öl daran herab und machte sie sichtbar. Anschar rannte daran vorbei, tat so, als wolle er über die seitliche Treppe hinauf, doch dann hielt er auf das untere Podest zu. Er riss das Schwert aus der Scheide und spannte die Beinmuskeln für den Sprung an.

All dies geschah so schnell, dass Geeryu ihm mit geweiteten Augen zusah. Doch dann, wie von einer Riesenfaust weggestoßen, flog der Tisch von der Plattform. Anschar musste sich unter ihm hinwegducken und stieß mit der Schulter gegen das Podest. Was die Sklaven noch nicht fortgetragen hatten, Schüsseln, Schalen, blaufarbene Gläser, prasselte auf ihn nieder und zerschellte auf dem Steinboden.

Einen Herzschlag lang war er erschüttert von dieser Urgewalt. Über sich sah er den Saum ihres Gewandes aufflattern. Er stieß sich vom Boden ab, drehte sich und ließ die Bronzeklinge dicht über das Podest wirbeln, um sie von den Füßen zu holen. Das Schwert teilte den weit herabhängenden Stoff ihres Kleides; er ersehnte den Aufprall und ihren Schmerzensschrei, doch es kam auf der anderen Seite wieder hervor.

Geeryu lächelte auf ihn herab. Wutentbrannt reckte er sich, um den linken Arm um ihre Beine zu legen, und stieß zugleich die Schwertspitze nach oben. Dann eben so!, dachte er, obwohl er wusste, dass sie es ihm niemals so leicht machen würde. Seine Hand prallte gegen die altbekannte Barriere. Gleichzeitig schrammte die Klinge kreischend an ihr entlang.

Die Nihaye legte den Kopf in den Nacken. Vom dritten Podest rutschte der Tisch über die Kante und erhob sich in die Luft. Anschar blieb keine Wahl, als von Geeryu wegzuspringen. Der Tisch prallte mit einem ohrenbetäubenden Knall neben ihm auf, so dass er für einen Moment nichts mehr hören konnte. Geeryus Mund stand offen. Sie schien zu lachen.

Sollte dieser Kampf etwa genauso verlaufen wie jener in Mallayurs Palastgarten, als sie ihn mit ihren unsichtbaren Hieben schier in den Wahnsinn getrieben hatte? Er war diesmal gewappnet gewesen, hatte geglaubt, ihr beizukommen, wenn es ihm nur gelang, ihre Luft sichtbar zu machen und schnell zu sein. Aber inzwischen war sie imstande, Gegenstände – Tische! – mittels ihrer Kraft zu heben.

Mehr noch machte ihn wütend, dass sie dies im Hause seines Herrn tat. Er kam auf die Füße, hob sein Schwert. Doch statt damit auf sie zuzustürzen, schleuderte er es ihr entgegen. Überrascht wankte sie zurück; es prallte nur eine Fingerbreite von ihrer Nase entfernt ab. Der Schwertgurt enthielt einen Dolch, den er zog und folgen ließ. An ihrer anderen Wange schrammte die Waffe entlang und hinterließ einen blutigen Strich. Hätte er nur mehr, um ihre Verwirrung zu nutzen! So konnte er nur zu den Fackeln hasten und sie schleudern. Es kostete zu viel Zeit. Auf halbem Wege fielen die Fackeln zu Boden, glimmende Grasfäden zerstreuend.

Neben ihm glitt einer der Palmkübel in die Höhe. Der Anblick erschien ihm immer noch unglaublich, so dass er nur starren konnte. Dahinter tauchte ein alter Sklave auf, der sich an der Wand zusammengekauert hatte, die Arme schützend über dem Kopf kreuzte und schlotterte. Sein Sklavenrock klebte eingenässt am Unterleib. In seiner Hand zitterte ein Bündel verdorrter Blätter.

»Inars Augen!«, knurrte Anschar. »Wieso bist du nicht draußen? Verschwinde!«

Er zerrte den Alten auf die Füße und stieß ihn in Richtung des Ausgangs. Der Sklave wankte vorwärts, stolperte auf die Knie und schleppte sich der Tür entgegen, wo er an den Griffen rüttelte und unbeholfen den Speer wegzuziehen versuchte. Für einen winzigen Moment erwog Anschar, den nutzlosen Kampf abzubrechen und ihm zu folgen. Er war starr, während der Kübel ebenso in der Höhe still zu stehen schien. Als die Blätter zuckten, warf er sich zur Seite. Quer durch die Halle schoss der Kübel gegen die andere Wand und zerbrach. Scherben, Erdbrocken, Verputz prasselten herab.

Der Sklave schrie heiser. Von draußen erklangen die Stimmen mehrerer Männer. Ihre Fäuste schlugen gegen die Tür und ließen den Speer klappern. Beinahe gelang es dem Alten, ihn zu lösen, doch unter dem Druck verkantete er sich. Anschar fluchte innerlich. Irgendwie musste er dies schnell und erfolgreich beenden. Wieder wollte er auf die Nihaye zustürzen, da sah er seinen Dolch auf sich zufliegen. Geeryu hob beide Hände, wie es Grazia gelegentlich tat, um ihre Konzentration zu stützen. Offenbar war es ungleich schwieriger, einen Dolch unter Kontrolle zu bringen, um ihn mit der Spitze voraus sein eher kleines Ziel finden zu lassen: sein Herz. Anschar wich einige Schritte zurück und schlug, als der langsame Dolch fast seine Brust erreicht hatte, nach dem Griff. Erleichtert sah er ihn fallen.

Geeryu schnaubte vor Enttäuschung. Der nächste Tisch hob sich.

Anschar warf sich nach hinten. Dicht über sein Gesicht hinweg flog der Tisch. Hinter sich hörte er den Aufprall und den erstickten Schrei des Sklaven. Er rollte herum. Der Alte lag vor der Tür. Die Kante der riesigen Platte drückte gegen seine Brust.

»Hündin!«, schrie Anschar.

»Was geht da vor?«, kam es aus mehreren Kehlen von der anderen Seite der Tür her, darunter die unverkennbare Stimme seines Herrn. Anschar lief zu dem Sklaven und hob den Tisch von ihm herunter. Der Alte heulte vor Schmerz und krümmte sich. Anschar reckte sich nach dem Speer, da schlug ein Gewicht gegen seinen Rücken und zwang ihn zu Boden. Es fühlte sich an wie der nächste Tisch, doch als er erkannte, dass es allein sein Schatten war, der auf den Sklaven unter ihm fiel, wusste er, dass es blanke, gehärtete Luft war.

Der Sklave lag auf dem Rücken. Seine Augen waren geschlossen, seine Brust hob und senkte sich flatternd und stand plötzlich still. Der Druck des Nichts zwang Anschars Kopf nah an den seinen, so dass er jede Furche, jede Ader, jeden Altersflecken sehen konnte. Kaum ein Haar bedeckte den Schädel des Alten. In der leblosen Handfläche neben seinem Kopf klebte noch ein welkes Blatt. Schmächtig war er, hatte vielleicht nur noch die Pflanzen gepflegt, weil er damit überfordert gewesen war, die schweren Schüsseln zu tragen. Ein jüngerer hätte den Angriff vielleicht überlebt. Anschar war es, als läge Henon unter ihm, ein zweites Mal gemordet, weil er eine Tür nicht hatte öffnen können. Er konnte nicht anders, er musste die Wange des Alten berühren, während er zitternd der unmenschlichen Schwere standzuhalten versuchte.

»Hündin!«, keuchte er erneut. Mit einem Aufschrei warf er sich zurück. Er kam auf die Füße und stob herum. Überrascht sah er Geeryu sich nähern. In der Tat waren ihre Bewegungen eigenartig. Er wusste das nicht zu deuten. Schwebte sie? Warum? Nicht minder war sie überrascht, dass es ihm gelungen war, sich des Gewichts zu entledigen. Sie funkelte ihn an, hob die Hände; doch da packte er sie an den Schultern und warf sich mit ihr zu Boden. Einen Herzschlag später hielt er den Dolch an ihren Hals.

Wiederum zu spät. Es war ihr gelungen, sich mit einer Barriere zu schützen. Aber sie war dünn.

»Du bist völlig hilflos, selbst wenn du jetzt zustoßen könntest«, sagte sie ruhig. »Denn was würde Madyur dazu sagen, wenn er mich tot hier fände?«

»Was, wenn er mich fände?«

Sie starrten sich an. Geeryus Haare waren zurückgeglitten und entblößten die Narbe, die einstmals ihr Ohr gewesen war. Er hatte es abgeschlagen. Er hatte ihre Brust durchbohrt. Wie konnte sie leben?

Mit der freien Hand wollte er den Stoff ihres Kleides beiseitezerren, um das Rätsel zu lösen. Ein unsichtbarer Hieb gegen seine Stirn ließ ihn zurückprallen. Er schlug die Hände vors Gesicht und taumelte zurück. Der Schmerz sandte schreiende Blitze durch seinen Schädel. Er wankte von ihr fort, wartete auf den tödlichen Schlag.

Als er wieder sehen konnte, war sie verschwunden. Er sank auf die Knie und erlaubte sich, zu Atem zu kommen und dem Schmerz nachzufühlen, der allmählich verebbte. Wie es schien, war sie von Podest zu Podest geschwebt und hatte auf diese Weise die Halle verlassen.

»Ich werde zurückkehren, Hure!«, schrie er in die Höhe und stöhnte sogleich auf, denn die eigene Stimme brachte seinen Kopf zum Schwingen.

Er stemmte sich hoch. Der Speerschaft barst, die Tür flog auf. Drei Krieger, unter ihnen Buyudrar, betraten mit den Händen an den Schwertgriffen die Halle. Rasche Blicke flogen umher. Sie stiegen über den Toten hinweg, auch Madyur, der fassungslos das Durcheinander betrachtete.

»Hat *sie* das getan?«, fragte er gefasst, doch unter der Haut brodelte hörbar sein Groll.

»Du beherbergst sie und weißt nicht, was sie alles zu tun vermag?« Noch immer rieb sich Anschar die Stirn, noch immer zitterten seine Armmuskeln. »Gibt dir das nicht zu denken?«

Madyur kehrte zu dem Sklaven zurück, beugte sich über ihn und berührte seine Wange. »Und er hier? Wer hat ihn getötet?«

»Das musst du wirklich fragen?«, rief Anschar hitzig; es war ihm schier möglich, den ohnmächtigen Zorn auf Geeryu, den er nirgends loswerden konnte, noch länger zu unterdrücken. »Aber jetzt sage mir, du weißt wirklich nicht, was sie für Kräfte hat?«

»Sie ist hier seit mindestens einem halben Jahr, und wenn ich darüber wenig weiß, dann deshalb, weil sie so etwas noch nicht getan hat.« Madyur richtete sich auf. »Ich könnte auch sagen, weil sie es bisher nicht für nötig erachtet hat, so etwas zu tun.«

»Du hättest mir sagen müssen, dass sie hier im Palast ist!«

»Bin ich dir Rechenschaft schuldig? Glaubst du das, weil ich dich freiließ?«

»Du schuldest mir nichts. Nur Aufrichtigkeit.«

»Mäßige dich!«

»Das Land zu retten ist eine Aufgabe, die mir so schon unmöglich erscheint, da kann ich es nicht gebrauchen, dass mein Herr mir in den Rücken fällt.«

Eine Zornesader schwoll am Hals des Meyas. »Und um

dieser Aufgabe willen lasse ich dich für deine Dreistigkeit nicht peitschen. Und ich vergesse, dass du sie anscheinend grundlos angegriffen hast. Geh endlich.«

Anschar beschlich der Verdacht, dass Madyur um seiner Herkunft willen wieder einen Sklaven in ihm sah. Aber das bildete er sich vielleicht nur ein, weil es ihn selbst abstieß. »Ich tat es, weil ich einer der Zehn bin, die leben, dich zu schützen«, sagte er zähneknirschend. Mit einem letzten aufgebrachten Blick auf seinen Herrn verließ er die Halle.

Anschar verstaute die wenigen Proviantbeutel am Sattel und prüfte den Sitz der Gurte. Der Hengst schnaubte unruhig und warf den Kopf hoch, so dass die Federn und Quasten an seinem Zaumzeug zitterten. Aus dem Augenwinkel sah er einen schwarz tätowierten Arm sich nähern. Eine Hand langte nach seiner Schulter.

»Gehst du wirklich im Zorn?«

»Ich zürne dem Meya nicht, Buyudrar. Er mir auch nicht, das weiß ich.« Anschar klopfte den Hals des Hengstes. »Hat sie in dir nie den Wunsch geweckt, die Hände um ihren Hals zu legen?«

»Es steht mir nicht zu, so zu denken.«

»Du bist sein Leibwächter!«

Buyudrar rollte die Augen. »Für gewöhnlich pflegt man Frauen, die sich der Meya ins Bett holt, nicht zu töten. Das gilt sogar für uns.«

»Nicht für mich. Was tut sie mit ihm? Schlägt sie ihn, wenn sie auf ihm sitzt?«

»Wie kommst du auf so etwas?«

»Mit Mallayur hat sie es getan. Hat ihm gefallen. Man kommt ja auf mancherlei Ideen im Bett, aber ich war auch ganz erstaunt, als ich das zum ersten Mal gesehen habe.«

»Ich fand's schöner, der Herrin Fidya zuzusehen.« Buyudrar senkte ein wenig die Stimme und lächelte. »Sie hat immer gute Laune verbreitet, so dass ich danach selber Lust hatte, mir in der Stadt eine Frau zu suchen. Auch wenn Geeryu ihn nicht schlägt – mir scheint das Gemächt bei ihrem Anblick eher zu schrumpfen. Sie ist eine schöne Frau, aber diese Augen!«

Anschar lachte grimmig. »Ich kann verstehen, dass es derzeit kein Vergnügen ist, in seinem Schlafgemach Wache zu stehen. Buyudrar, pass gut auf ihn auf. Das sage auch Schemgad und den Palastkriegern.«

»Werde ich tun. Sag, musst du wirklich jetzt in Grazias Welt überwechseln?«

»Ich will und ich muss.«

»Über diese Welt bekam ich in der Zeit, als ich gemeinsam mit Darur als Grazias Leibwächter abgestellt war, so einiges zu hören, denn Fidya ließ sie andauernd davon erzählen. Es kostet sicher Mut, dort hinzugehen, aber ich beneide dich darum.«

Es kostet noch mehr Mut, wenn man bereits dort war, dachte Anschar. Er verabschiedete sich und schwang sich aufs Pferd. Doch als er das Palastgelände verlassen hatte und von fern die Brücke sah, lenkte er es dorthin. Hier saß er ab und ließ es in der Obhut eines der Palastwächter zurück. Das Holz der Brücke war hell und roch noch frisch. Auch die eckigen Torpfeiler hatte man wieder errichtet und gefliest, sogar mit bronzenen Zapfen versehen, obwohl hier sicher niemals wieder Torflügel eingehängt werden würden wie zuletzt in den Kämpfen zwischen den beiden Ländern, die so lange zurücklagen wie jene gegen Temenon. Nun, da es keinen König oder Statthalter von Hersched gab, waren die Zwillingsstädte wahrhaftig eins geworden.

Anschar strich über die glatte Brüstung, während er hinüberging. Die Erinnerungen an dunkle Zeiten jenseits der Brücke kehrten zurück. Dort war der Platz, von kleinen

Läden gesäumt, und gegenüber der Eingang zum Palast von Heria. Jede Wandmalerei, jedes Relief erinnerte ihn an die Feuersbrunst, die er damals eigenmächtig ausgelöst hatte, denn entweder waren die Flächen frisch getüncht und von strahlender Helligkeit oder alt und dunkel von den Rauchspuren. Er wollte den Weg zur schwebenden Stadt einschlagen, als er die Bodenluke vor der Weinhandlung geöffnet sah. Kurzerhand stieg er die Stufen hinab. Hier hatte er mit Grazia ausgeharrt, kurz bevor sie sich aufgemacht hatten, den letzten Gott aus der Gewalt der Nihaye und ihres Liebhabers zu befreien. Er umfasste sein linkes Handgelenk, als hoffe er, plötzlich dort die Kette mit der Uhr zu spüren. Kopfschüttelnd ging er weiter, hinab in den Fels. Die Stufen waren sauber gekehrt; offenbar war der neue Besitzer dieses Ganges ein ordentlicherer Mensch, als es Schelgiur gewesen war. Eine Fackel in ihrer Wandhalterung erhellte den Weg eines Sklaven, der auf dem Buckel einen hüfthohen leeren Tonkrug heraufschleppte. Verwundert hob er unter seiner Last den Kopf, aber er wagte es nicht, das Wort an ihn zu richten. Anschar drückte sich an die Felswand, bis der Sklave vorbei war, und gelangte in den Vorratsraum. Hier stapelten sich weit weniger Tongefäße als zuletzt. Eine Grasmatte verhüllte die Felsöffnung. Auch dies war neu. Er packte sie und atmete tief ein. Eine neue schwebende Stadt erwartete ihn dort draußen. Ob sie so schön wie die alte war?

Er hob die Matte an und machte einen Schritt abwärts. Doch die Stufe hinab in den Schankraum war tiefer geworden, so dass er vorwärts stolperte, gegen einen Jungen, der auf den Hintern fiel und zwei tönerne Becher fallen ließ. Klirrend brachen sie entzwei.

Anschar sah an sich hinunter. Hemd und Rock waren mit Bier besudelt. Ärgerlich wischte er die klebrigen Getreidekörner ab.

»Was hattest du da drin zu suchen?«, rief ihm der Wirt zu, nur um sich sogleich seinem Sklaven zu widmen. Er versetzte dem Jungen einen Schlag gegen die Wange, dass es Anschar nicht verwundert hätte, wäre der Kopf von den Schultern geflogen. »Nichtsnutz, sieh dir die Sauerei an! Mit dir hab ich wirklich einen Fehlkauf getan.«

Er holte ein zweites Mal aus. Der Sklave warf sich vollends auf den Boden und legte die Hände auf den Kopf. Anschar berührte den Arm des Wirts.

»Das reicht wohl, oder?«

Mürrisch starrte der Mann ihn an. »Muss es ja, wenn der Erste der Zehn meint, seinesgleichen schützen zu müssen. Du warst ja schließlich selbst ein Sklave. Was willst du?«

»Ein Felsenbier. Und sei froh, dass ich ›seinesgleichen‹ überhört habe.«

Der Wirt nickte, immer noch grimmig. »Ich bringe es dir. Und du«, er beugte sich über den Jungen und deutete zur Tür. »Geh die Treppe draußen putzen, da kannst du wenigstens nichts falsch machen. Falls doch, ist es dein Genick, das du dir unten in der Ebene brichst, nicht meins.«

Anschar trat hinaus ins Freie, auf die wacklige Treppe, und sah sich um. Wie ein Teppich hing die schwebende Stadt an ihren zahllosen starken Grasseilen in der steil abfallenden Felswand. Das Muster dieses Teppichs erschien ihm geordneter, nicht über lange Zeit wild gewachsen wie die alte Stadt, die in Feuer aufgegangen war. Die Menschen belebten sie wie Bienen ein Haus im Baum; sie stiegen über die Treppen und hielten das Gebilde in ständiger Bewegung. Unten in der Tiefe brummten und röhrten die angebundenen Sturhörner. Einen aus der Wüste kommenden Sklavenzug sah er diesmal nicht, aber sonst wirkte alles, wie es sein sollte. Doch die Schönheit dieser neuen Stadt wirkte nicht auf ihn. Ohne Schelgiur war sie wie ein neu geschmiedetes Silberband, dem ein Edelstein fehlte. Er kehrte in den Schankraum zurück und ließ sich dort nieder, wo er früher am liebsten gesessen hatte, in der äußersten Ecke, den Raum gut im Blick. Die Hütte war ein wenig größer, die Decke höher; eine verborgene Kammer über den Köpfen, wo er *sie* zum ersten Mal geküsst hatte, schien es nicht mehr zu geben, denn keine Treppe führte hinauf.

Durch die offene Tür sah Anschar den Sklavenjungen auf der Außenplattform knien und dem Schmutz mit einer harten Bürste und einem Bronzeschaber zu Leibe rücken. Der Wirt, ein kräftiger Herschede, dessen Bartschnur ihm fast bis zum Bauch reichte, kam an den Tisch und stellte einen großen Becher ab.

»Gibt's umsonst«, sagte er betont aufgeräumt. »Ich hatte mich schon gefragt, wann du hier erscheinen würdest, denn man sagte mir, du seist gern hier gewesen.«

Anschar hatte wissen wollen, was für ein Mensch es war, der Schelgiurs Nachfolge angetreten hatte, und nun stellte er fest, dass es ihn nicht mehr interessierte. Aus dem Beutel an seinem Schwertgurt holte er einen Münzenstrang, zog von der Schnur ein Kupferstück, den alten Preis für diese Sorte Bier, und legte es auf den Tisch. »Dir will ich nichts schuldig bleiben.«

Der Wirt nahm die Münze, befingerte sie und bohrte einen langen Fingernagel durch das mittige Loch. »Habe ich dich wirklich beleidigt? Das …«

Anschar winkte ab, ohne ihn eines Blickes zu würdigen. »Nein.«

Achselzuckend kehrte der Wirt an seine Arbeit zurück, füllte Becher und Krüge und versorgte die fünf, sechs Gäste, die sich derzeit hier aufhielten. Verstohlen schauten sie herüber. Anschar beobachtete den Jungen, wie er den Rücken krümmte, die Bürste vor und zurück bewegte, immer wieder an sein Ohr griff und dabei das Gesicht verzog, als habe er dort Schmerzen.

Warum stehen Sklaven große Ohren?, erinnerte er sich an einen alten Palastküchenwitz. *Weil man das eine gut markieren und das andere gut schlagen kann.*

Wieder einmal ersehnte er sich, die unheilvolle Kenntnis über seine Herkunft nie erfahren zu haben. Warum konnte nicht alles so sein, wie es immer gewesen war? Aber zu der wohlfeilen Vergangenheit seiner selbst und des Hochlandes gehörte auch der Fluch; das eine gab es nicht ohne das andere. Und was half die gewohnte Weltordnung, wenn die Welt zugrunde ging?

Er stürzte das Bier die Kehle hinab und verließ die Hütte. Als er den Jungen sah, stellte er sich vor, wie er ihm versprach, hier nicht mehr alt werden zu müssen, und das nicht etwa, weil sein Herr ihn doch noch eines Tages in seinem Zorn hinunterstieß. Aber das vertraute Gefühl der Abneigung war stärker; er begrüßte es wie einen alten Freund. Er stieg über den Sklaven hinweg. Nun hatte er genug von der schwebenden Stadt. Es drängte ihn, endlich in Richtung des Hyregor aufzubrechen. Eilends stieg er die Stufen hinauf.

»Anschar! *Anschar!*«

Irgendwo einige Hütten weiter stand ein Mann und winkte. War das möglich? Anschar glaubte seinen Augen nicht zu trauen. »Parrad? Ihr Götter!«, schrie er zurück. Der Wüstenmann stand auf einer der Treppen und hielt die Arme hochgereckt. Hinter ihm waren die anderen, Oream, die zahnlückige Ralaod … Es musste ein Traum sein.

Anschar deutete nach oben und hastete die Treppen hinauf. Wie zu erwarten, konnten sie nicht so rasch folgen, denn Sklaven hatten beiseite zu treten, wenn es eng auf den Wegen wurde. Er musste warten, und als er endlich Parrad auftauchen sah, reckte dieser den Anhänger, den er an der Bronzekette am Hals trug. »Ohne das Rollsiegel des Königs hätten wir es nicht geschafft«, rief Parrad. »Ständig musste ich es vorzeigen. Beim Herrn des Windes, an das Gefühl, wenn einem die Leute plötzlich so etwas wie Respekt entgegenbringen, könnte ich mich gewöhnen. Vielleicht sind wir nur deshalb zurückgekehrt: um das zu spüren.«

Dann stand er vor Anschar, noch zerlumpter und ledriger, wie dieser ihn in Erinnerung hatte. Sein Bart war um einiges länger geworden, der grauen Haare waren es mehr. Die schwarzen Augen glänzten vor Freude. Mit gespreizten Armen kam er auf ihn zu. Anschar hob seinerseits die Hände, und im nächsten Augenblick fand er sich in der Umarmung des Wüstenmannes wieder.

»Du stinkst, Parrad.«

»Und du bist freundlich wie stets.«

»Wie kommst du hierher?«, fragte Ralaod.

Parrad löste sich von ihm. »Ja, wie? Ihr habt tatsächlich einen kürzeren Heimweg gefunden?«

Wohlweislich überhörte Anschar diese Frage. »Ich hatte geglaubt, ihr hättet euch davongemacht. Warum habt ihr es nicht getan?«

Der Wüstenmann wechselte mit seinen Begleitern bedeutungsvolle Blicke. »Das wollten wir tun. Wir waren sogar schon einige Tage in Richtung unserer Dörfer unterwegs. Ich weiß, wo sich mein Stamm zu dieser Jahreszeit aufhält, es wäre ein Leichtes gewesen.«

»Und dann? Hast du kalte Füße wegen deiner drei Frauen, unzähligen Kinder und Enkelkinder bekommen?«

Parrad grinste wehmütig und wischte die zotteligen Strähnen beiseite, die ihm der Wind ins Gesicht drückte. Sein Kinn reckte sich stolz nach oben. »Dass wir dich im Stich lassen, hättest du wohl gern geglaubt, wie? Das Wüstenpack, das nicht weiter als bis zum nächsten Sandhügel denkt, ja? Nein, wir wollten dir und deinem König zeigen, wozu wir imstande sind, und dass wir Ehre im Leib haben.«

»Das habt ihr«, gestand Anschar ihm mühelos zu. »Und das, obwohl du mich, seit wir in die Wüste aufbrachen, ganz selten nur *Freund* genannt hast, wie du es früher so ausnehmend gern tatest. Parrad – ich muss wieder weg, nach Berlin.«

Dem Wüstenmann klappte das Kinn herab. »Was willst du denn da?«

»Grazia ist dort.«

Anschar wappnete sich gegen die nächste unvermeidliche Frage, doch Parrad sagte nur: »Lass mich dich begleiten.«

»Nähme ich jeden mit, der wollte, wäre halb Argadye leergefegt, so scheint es mir. Dort ist es so kalt, dass du augenblicklich zu Stein erstarren würdest. Ich hab's kaum ausgehalten, wie müsste es dann einem Wüstenmann ergehen? Ich danke dir für deine Treue, aber bleibe du hier und rede mit dem Meya.« Anschar umfasste sein Handgelenk, nickte den anderen zu und ging ein paar Schritte von ihnen fort.

»Mit dem König reden?«, rief Parrad ihm hinterher. »Mein Freund, was sollte er denn jetzt, da du hier warst, noch mit mir bereden wollen?«

Anschar wandte sich im Weitergehen kurz um, dann sagte er nur: »Das wirst du schon sehen!«

9

Fast anderthalb Jahre waren vergangen, seit er diesen Weg zurückgelegt hatte. Damals hatte er Grazia zum Tor gebracht, im vermeintlichen und somit kaum erträglichen Wissen, sie niemals wiederzusehen. Auf der Flucht waren sie gewesen, zu Fuß durchs abseitige, unwegsame Gelände gelaufen; jetzt trug ihn das Pferd innerhalb eines Tages auf der Straße dorthin.

Er durchquerte einen schmalen Pass und ritt durch den Talkessel, königlich begrenzt von den Felswänden des Hyregor. Im Norden sah er das dunkle Band des Waldes, von großen ockerfarbenen Flächen durchbrochen: Der Fluch hatte den Zedernwald erreicht. Auch die Anhöhe im Vordergrund, die zu der Einsiedelei führte, trug kein saftiges Grün mehr, stattdessen hatte sich das Gras in eine harte Strohmatte verwandelt. Darauf stand Benedikt, bei sich eine alte Frau.

Der Priester jenes fernen, keine Götter neben sich duldenden Gottes gestikulierte; den herüberwehenden Satzfetzen war zu entnehmen, dass er die Behandlung irgendeiner Krankheit erklärte. Ab und zu kamen Menschen hierher und baten um seinen Rat in vielerlei Dingen; deshalb und weil er sich wie ein hiesiger Priester in Weiß zu gewanden pflegte, nannte man ihn den heiligen Mann. Überrascht entdeckte Anschar im Hintergrund einen zweiten Weißgekleideten. Dieser war ein halbwüchsiger Junge, so drahtig wie sein Herr, mit ungewöhnlich kurz geschnittenem Haar. Er trat an die schräg aufragende Karstfelswand, an deren Fuß die kleine, von Kiefern umrundete Einsiedelei stand. Unter die in Augenhöhe aus dem Fels sprudelnde Quelle stellte er einen Eimer. Auch sie war mittlerweile zu einem Rinnsal geschrumpft. Während er wartete, dass sich der Eimer füllte, hob er sein Gewand und kratzte versonnen an einer schorfigen Stelle am Knie herum.

Die Greisin verneigte sich tief, so dass ihre strähnigen Grauhaare fast den Boden berührten, und bedachte ihren Wohltäter lauthals mit Dankesworten und dem Versprechen, den Göttern ein Tier zu opfern. Benedikt lächelte gequält. Anschar hatte nie ganz verstanden, was diesem Mann an der

Hochebene und ihren Menschen lag. Seine Klagen über das gottlose *Heiden*volk, das sich in Götzenverehrung und Blutopfern gefiel, riss nicht ab, und nichts an dieser Welt verabscheute er mehr als die Götter, deren Existenz er selbst dann noch leugnen würde, stünden sie neben ihm und schlügen ihm auf die Schulter.

An der forteilenden Frau vorbei ritt Anschar die Anhöhe hinauf. »Ist das Tor da?«, rief er.

»Ich denke doch. Vor ein paar Tagen habe ich nachgesehen, da flimmerte es friedlich vor sich hin.«

»Dank den Göttern!«

Benedikt grub die Finger in seinen Haarkranz und kratzte darin herum. Leicht vorgebeugt stand er da, offenbar unfähig zu begreifen, wen er vor sich hatte. »Solltest du nicht weit weg sein? Ich meine – *ganz* weit weg?«

»Sollte ich, ja.«

»Herr im Himmel!« Er beschrieb mit den Fingern das Zeichen seines Gottes. »Du bist wirklich zurück. Und Grazia, geht es ihr gut? Ich habe täglich für das Gelingen eures unglaublichen Vorhabens gebetet. Wie ist es ausgegangen?«

»Noch gar nicht.« Anschar sprang vom Pferd. Er wartete, dass der Junge herbeigelaufen kam, um es zu übernehmen und zu versorgen, doch der stand nur an der Quelle, den Eimer selbstvergessen in der Hand, und glotzte. »Seit wann hältst du dir Sklaven?«

»Sklaven?«

»Na, er!«

Benedikt folgte Anschars Fingerzeig. Wieder hob er den Blick gen Himmel und schlug die Hände gegeneinander. »Herr, gib mir ein gerüttelt und gedrücktes Maß Gelassenheit, Demut und Ruhe. Denn wie du siehst, ist der engstirnigste Mann ganz Argads wieder hier.« Er winkte den Jungen heran und schob ihn an den Schultern vor sich. »Das ist

Eraesch: der fruchtbare Boden, auf dem endlich, endlich ein Samenkorn des Wortes Gottes gedeiht. All die Jahre meines Dienstes in dieser Welt waren nicht umsonst, wenn nur eine einzige Pflanze sprießt, die nicht wieder vom nächsten Windhauch fortgeweht wird. Ich hoffe, der Herr wird's mir eines Tages vergelten, dass ich mir so viel Mühe gab.«

»Du sprichst wie immer in Rätseln«, erwiderte Anschar. »Eines habe ich immerhin verstanden: Ich muss mein Pferd selber versorgen.«

Benedikt lächelte. »Natürlich nicht. Eraesch?«

Der Junge nickte eifrig, riss den bewundernden Blick von Anschar und führte das Pferd an den Zügeln zu dem kleinen Stall, in dem schon Benedikts Pferd an der karg bestückten Heuraufe zupfte. Eraeschs Hinterkopf wies eine kahle runde Stelle auf, um einiges kleiner als jene auf Benedikts Kopf. Anschar schüttelte angesichts solch eigenartigen Brauches den Kopf und ließ sich von Benedikt an den grob zusammengezimmerten Tisch bitten, der auf der Lichtung seiner Blockhütte stand.

»Aber tu mir den Gefallen und mach dich erst sauber.« Der Priester tupfte an seine Stirn. »Du hast da etwas, was ich da nicht sehen mag, solange du mein Gast bist.«

Anschar rieb sich über das Gesicht. Hatte er das Blut der Krähe, die er unterwegs geopfert hatte, nicht sorgfältig genug abgewischt? Er ging zu der Quelle, wusch sich und löschte den Durst.

»Du hast sicher auch Hunger«, sagte Benedikt. »Eraesch versteht sich wunderbar auf die Zubereitung von Vogelpasteten. Er wird sich mit Freuden darum kümmern.«

»Wo hast du den Jungen aufgelesen?«

»In Heria, damals nach der schrecklichen Feuersbrunst, als ich den verzweifelten Leuten beizustehen versuchte. Er war so neugierig auf den einen wahren Glauben wie nie jemand zuvor. Und da er sich für alt genug hielt, in die Welt hinauszuziehen, folgte er mir. Er ist gewissermaßen mein Schüler. Wer weiß, vielleicht wird es eines Tages hier doch noch ein *Kloster* geben.«

Anschar verzichtete darauf, nach der Bedeutung dieses Wortes zu fragen. »Mein Magen könnte zwar einiges vertragen, aber das mit der Pastete dauert mir zu lange.«

»Dann hole ich rasch Brot. Warte kurz.« Benedikt eilte in seine Hütte, aus der er rief: »Ich kann kaum erwarten zu hören, was du zu berichten hast! Warum ist eure Mission noch nicht beendet? Wenn du hier bist, muss das doch heißen, dass ihr Temenon gefunden habt? Ist euch auch wirklich nichts zugestoßen?«

Mit einem beladenen Korb kehrte er wieder zurück und stellte drei hölzerne Brettchen, Becher, Brot, Schalen mit getrockneten Beeren und kleinen, fast schwarzen Würsten und eine Tonflasche auf den Tisch.

»Ich muss nach Berlin«, sagte Anschar. »Das heißt, du und ich.«

Der Priester hielt inne. »Nach – Berlin?«

»Ja. Grazia ist dort. Ich war auch dort, aber mein Versuch, sie zu finden, scheiterte schon im Ansatz.«

»Sie ist dort …«, wiederholte er gedehnt. »Das heißt, sie musste dich verlassen, und das hört sich nicht gut an.«

»Nein. Das tut es nicht.«

Langsam löste Benedikt die Hand von der Flasche, umrundete den Tisch und berührte Anschars Arm. Betrübt sah er zu ihm auf. »Dann gibt es wohl noch einiges mehr zu erzählen. Aber ich habe mich doch da eben verhört? Dass du auch in Berlin gewesen sein willst? Das ist nicht dein Ernst! Wann soll das alles überhaupt passiert sein? Hätte ich das nicht merken müssen? Ich bin seit einem halben Jahr wieder hier und war in der Zeit nur selten unterwegs.«

Anschar stapfte zum Stall und kramte in seiner Satteltasche. Mit dem Papierfetzen, den er von der Insel mitgebracht hatte, kehrte er zu Benedikt zurück. Der faltete das von der Nässe gewellte Papier auseinander und hob es hoch.

»Allmächtiger Gott.« Seine Augen weiteten sich, und er lachte fassungslos auf. »Die *Deutsche Allgemeine Zeitung!* Und da steht sogar, von wann. Einunddreißigster Dezember …«, las er und lachte wieder. »Sagen dir die Zahlen etwas? Da?« Er deutete auf eine Zeichenfolge.

»Eins, acht, neun, neun. Nein, sagt mir nichts.«

»Dort ist man inzwischen im nächsten Jahrhundert angelangt!«

Anschar vermochte das Erstaunen darüber nicht zu teilen, also schwieg er. Benedikt grunzte sichtlich enttäuscht.

»Wo hast du das her?«

»Es war Nacht. Ich fand es in einem Haus auf der Insel, an der Stelle, wo man auf die andere Flussseite übersetzt. Weiter habe ich es nicht geschafft.«

Benedikt klopfte auf seine Schulter und widmete sich wieder der Zeitung. »Natürlich nicht! Wie hättest du denn auch ohne Hilfe über den Fluss gelangen sollen? Du kannst Gott danken, dass es Nacht war und du klug genug warst, sofort wieder kehrtzumachen. Am Tage laufen da jede Menge Spaziergänger herum. Es wäre nicht gut, wenn sie dich gesehen hätten.«

Anschar verzichtete darauf, ihm zu sagen, dass genau das geschehen war. Benedikt legte das Papier auf den Tisch und versuchte es glattzustreichen, als sei es eine Kostbarkeit. Kaum konnte er den Blick davon losreißen, während er Eraesch herbeiwinkte. Der Junge rutschte an seine Seite auf eine der beiden Bänke. Anschar ließ sich gegenüber nieder, auch wenn ihn alles danach drängte, sein Essen im Stehen hinunterzuschlingen und die Felswand hochzustürmen. So begnügte er sich, hinaufzublicken. Zu sehen war nichts, das Tor war gut dort oben im unwegsamen Gelände verborgen.

Benedikt schob das Papier beiseite und stellte die Brotschale darauf, damit es nicht fortwehte. Eraesch lud einen Fladen auf sein Brett, riss ein Stück ab und führte es zum Mund. Ein tadelnder Blick Benedikts ließ ihn erstarren; er schluckte leer, errötete und legte das Brot wieder hin. Dann stützte er die Ellbogen auf den Tisch und legte die Hände aneinander. Auch Benedikt tat dies. Mit gesenktem Kopf sprach er das Gebet an seinen Gott, dessen Worte eigentümlicherweise nicht nach der deutschen Sprache klangen, obgleich Anschar sich da nicht sicher war. Kaum hatte sein Gastgeber das Gebet beendet, sagte er: »Hast du überhaupt begriffen, dass ich sagte, du sollst mit mir kommen?«

Einladend wies der Priester auf die Brotschale. »Ich denke schon, auch wenn ich mich gerade überrollt fühle und fürchte, gleich noch mehr Überraschungen zu hören. Ist sicher eine lange Geschichte, die du zu erzählen hast.«

»Lang und scheußlich.« Anschar widmete sich der Flasche, die hoffentlich guten Hyregorwein enthielt. »Aber ich werde mich kurz fassen, denn ich will endlich durch das Tor. Wer weiß, ob es nicht im nächsten Augenblick wieder verschwindet.«

Anschar hockte auf dem Tisch, die Füße auf einer der Bänke, und sah in den tiefblauen Himmel. Damals hatte Benedikt erklärt, dass das Tor ein Oben und ein Unten habe. Oben war Grazias Welt, das Wasser der Havel, unten irgendein Ort, welchen auch immer das Tor wählte. Ihre Welt, so Grazias Worte, war unvorstellbar weit entfernt. Am besten, sagte er sich, dachte man über derlei Absonderlichkeiten nicht nach, wollte man nicht den Verstand verlieren.

Aus dem Augenwinkel sah er Eraesch näher treten. Ein

Blauschwanz zappelte in seinen geschlossenen Händen und piepste ängstlich. Benedikt pflegte Vögel zu fangen und mit dem Verkauf ihrer schillernden Federn seinen spärlichen Lebensunterhalt zu verdienen; in einem Käfig an der Hüttenwand flatterten etliche vor sich hin. Aus diesem Vorrat hatte sich der Junge wahrscheinlich bedient. Er streckte die Hände vor. Während des Essens hatte er keine drei Worte gesprochen, und auch jetzt brachte er kaum heraus, was ihm auf der Zunge lag.

»Ich möchte ihn opfern – um deinetwillen.«

Anschar hob die Brauen. »Welchem Gott denn? Seinem?« Mit dem Daumen wies er über die Schulter zur Hütte, in der Benedikt verschwunden war, um einige Sachen zu packen. »Hat er dir nicht schon hundertmal gesagt, dass man seinem Gott keine Tiere opfert?«

»Doch.« Verlegen senkte Eraesch den Blick. »Aber ich frage mich dann immer, ob der Gott nicht vielleicht doch darauf wartet. Schließlich hat er sogar das Blut seines Sohnes opfern lassen.«

Das zu begreifen, hatte Anschar aufgegeben. Er wusste nur, dass Benedikt und Grazia dies ganz, ganz anders sahen. In ihrer Welt gab es dafür einen hübschen Ausdruck: *zwei Paar Schuhe.* »Was nur, bei Inars Augen, gefällt dir an dieser unverständlichen Religion, dass du dafür bereit warst, dein altes Leben zu verlassen und dir Löcher ins Haar zu schneiden?«

»Mir gefällt, dass alle Menschen als gleichwertig gelten. Zwischen Sklaven und hohen Herren gibt es keinen Unterschied.«

Träumerei, wollte Anschar abfällig erwidern, aber sein neu gewonnenes Wissen hielt ihn davon ab.

»Und mir gefällt, dass ich, wenn ich diesen Gott verehre und sonst keinen, nach meinem Tod nicht auf die Inseln des Großen Sees muss.« Der kleine Herschede fasste Mut, doch zugleich errötete er. »Bruder Benedikt hat mir das versprochen. Ich habe mich nämlich immer gefragt, ob da nicht ein großes Gedränge herrscht. Was, wenn man an den Rand gestellt wird und Angst haben muss, ins Wasser gestoßen zu werden? Der Ort, an den die Seelen seines Gottes hingehen, ist so weitläufig und hell, wie man es sich nicht vorstellen kann.«

Anschar schnaubte. Der Junge mochte um die fünfzehn Jahre zählen; er war sich sicher, in diesem Alter nicht über solche Dinge nachgedacht zu haben. Glücklicherweise enthob Benedikt ihn einer Antwort, denn er kam aus der Hütte getreten, ein dickes Bündel an einem Grasseil über der Schulter. Hastig kehrte Eraesch ihm den Rücken zu und ließ den Vogel fliegen.

»So.« Benedikt legte den Packen aus Lederhaut auf den Tisch. »Darin sind einige Sachen, die hoffentlich trocken bleiben. Denn wenn wir im Winter ankommen, was ja wohl geschehen wird, müssen wir uns schnellstens umkleiden. Und dies hier …«, er langte in eine Tasche seines Gewandes und begutachtete, was auf seiner Handfläche lag. »Ein paar alte Münzen: *Groschen*. Weit kommen wir damit nicht, aber besser als nichts. Als ich damals durchs Tor ging, um Grazia von deiner Festnahme zu berichten, war ich doch ziemlich entsetzt, was man so für eine einfache Fahrt inzwischen verlangt.«

»Einfache Fahrt?«

»Stell dir vor, du stehst am Palast und möchtest zum Tempel, hast aber zum Laufen keine Lust. Dann mietest du dir eine Sänfte.«

»Bis hierhin kann ich dir folgen.«

»Wenn du die Träger nur für den Hinweg bezahlst, ist das eine einfache Fahrt.« Benedikt musterte ihn, als sehe er ihn zum ersten Mal. »Du hattest mich damals gefragt, was ›Zeig ihr, dass du es wert bist‹ auf Deutsch heißt. Wie viel hast du eigentlich von Grazia seitdem gelernt?«

»*C'est la vie. Du bist schön. Frischers Fitze fischt fische Frische.* Benedik, halte mich nicht hin; was ich nicht weiß, kriegst du in mich jetzt nicht mehr eingebläut.«

Benedikt rollte die Augen. »Das ist nicht unbedingt eine ... nun ja, brauchbare Auswahl, die sie da getroffen hat. Gehen wir also davon aus, dass du leidlich wenig verstehst.« Er ließ die Münzen zurück in sein Gewand gleiten. »Hat sie dir erzählt ...«

»Genug jetzt. Wenn du so weitermachst, sitze ich morgen noch hier.« Anschar sprang auf und griff nach der Schlaufe, um den Packen zu schultern. Benedikt hob die Hand.

»Dein Schwert lass bitte hier.«

Ungeduldig schnallte Anschar den Schwertgurt ab. Allerdings nahm er den Dolch an sich und schob ihn in seinen Rockbund, was Benedikt mit einem ergebenen Blick in den Himmel zur Kenntnis nahm. Anschar warf sich das Bündel über die Schulter und entfernte sich einige Schritte, um ihm zu verstehen zu geben, dass er nicht gewillt war, eine weitere Verzögerung hinzunehmen. Der Priester wandte sich seinem Schüler zu, legte die Hände auf seine Schultern und schenkte ihm zum Abschied eine lange Liste von Anweisungen, die Eraesch mit ernster und auch ein wenig trauriger Miene zur Kenntnis nahm. Sicherlich war es für ihn, der bisher nur die vor Leben strotzende Hauptstadt Herscheds gekannt hatte, nicht leicht, nun für eine ungewisse Zeit allein hier auszuharren.

»Geh ins nächste Dorf, wenn du es nicht mehr erträgst. Aber halte dich von den Baalen und Ascheren fern! Gott schütze dich.« Gewichtig legte Benedikt eine Hand auf Eraeschs Stirn. Dann endlich schloss er sich Anschar an. Gemeinsam stiegen sie einen fast unsichtbaren Pfad in die Wand hinauf, wobei sie ab und zu die Hände zu Hilfe nehmen mussten. Auf halbem Wege blieb Anschar stehen, damit der Ältere zu Atem kommen konnte.

»Eines sollte ich dir vielleicht noch sagen. Als ich dort war, geriet ich unter eine Schicht aus Eis.«

»Oh, das ist wirklich geschickt von dir, mich auf diese Gefahr zu einer Zeit hinzuweisen, in der ich wohl kaum noch zurück kann.« Benedikt keuchte, drückte die Hände in den Rücken und schaute zu ihm auf. Schweiß sickerte durch die Furchen seines Gesichts. »Aber ich weiß ja, dass der Winter so kalt werden kann, dass die Havel gefriert. Wir müssen dann zusehen, dass wir zurück in den Sog geraten und das Tor uns wieder hinabzieht. Und wir dürfen uns nicht loslassen! Einer achte auf den anderen.«

Anschar nickte. Sie gingen weiter und hatten bald die Anhöhe erreicht. Wenige Schritte über unwegsames Geröll fehlten noch, dann standen sie vor der Lichtsäule. Das Tor strahlte Unschuld aus, als flüstere es ihm sanft zu, immer hier gewesen zu sein und niemals dort in Temenon, wie ein Kind, das einen Streich abstritt. Er wollte Benedikt greifen und mit sich in die leuchtende Umarmung ziehen, doch der rüttelte sich frei.

»Nicht so überstürzt! Erst muss ich dir noch ein paar Dinge erklären. Verhaltensmaßregeln, die äußerst wichtig sind.«

»Allmächtige Hinarsya!«

Benedikt winkte ab. »Ich verstehe ja deine Ungeduld, aber wenn du nicht willst, dass die Sache schlecht für dich ausgeht, hör jetzt zu. Du wirst immer in meiner Nähe bleiben. Du tust nur, was ich dir sage. Rede nach Möglichkeit nur, wenn uns niemand hört. Gestikuliere nicht in der Gegend herum. Du darfst den Leuten in die Augen sehen, aber starre sie nicht an.« Er unterbrach sich und stieß die Luft aus. »Es wäre mir sowieso am liebsten, wenn du dich unsichtbar machen würdest.«

»Ich gebe mir Mühe«, knurrte Anschar.

»Jetzt kommt das Wichtigste: Du darfst dich nie, und damit meine ich ›nie und unter keinen Umständen‹, auf deine Rolle als Leibwächter besinnen. Du bist ein Bursche vom Land, der nichts weiß und nichts kann, anders gehst du dort nicht durch. Dass du ein Krieger bist, musst du vergessen, und wenn es dich noch so sehr in den Fingern juckt.« Erst nachdem Anschar genickt hatte, fuhr er fort: »Wenn wir dort sind, müssen wir irgendwie deine Tätowierung verbergen; sie würde Aufsehen erregen.«

»Bist du endlich fertig?«

»Nein. Deine Haare – du wärst nicht vielleicht bereit, sie abzuschneiden?«

Anschar starrte ihn so entsetzt an, dass er sofort die Hände hob.

»Also nicht. Hätte mich auch gewundert. Wenn wir dort sind, bleibst du erst einmal versteckt, bis ich Kleider für dich besorgt habe.«

»Tut es nicht ein weißes Gewand, wie du es trägst?«

»Du meinst, du spielst einen Mann Gottes? Das lassen wir doch lieber, die Sache ist so schon wahnwitzig genug.«

»Bei Inar, du gebärdest dich, als ginge ich geradewegs zu meiner Hinrichtung!«

»Ich weiß ja nicht, was Grazia dir alles erzählt hat, aber ich fürchte, du hast in Wahrheit keine Ahnung. Willst du nicht doch hierbleiben?«

»Das kannst du vergessen. Ich will sie wiederhaben. Mächtiger Inar, ich *muss* zu ihr!«

»Das dachte ich mir.« Benedikt murmelte, den Blick nach innen gerichtet, einige unverständliche Worte, derweil er das Zeichen seines Gottes, das ihm vom Gürtel hing, fest umklammert hielt. Dann küsste er es. »Also los, möge der Herr uns beistehen.«

Kaum hatte er das gesagt, packte Anschar ihn am Arm und steckte die andere Hand in die schimmernde Lichtröhre. Der Sog ließ seine Finger erzittern. Er trat in das Licht, den heiligen Mann an sich gedrückt. Die Kraft des Tores zerrte an seinem Körper. Er warf den Kopf in den Nacken und erblickte weit, weit oben das schwarz gähnende Loch, den Weg in die andere Welt.

DIE EISERNE WELT

1

Anschar reckte sich nach dem Steg. Prustend schüttelte er das Wasser aus den Augen. Er vergewisserte sich, dass Benedikt bei ihm war, und schwang sich hoch.

»Schnell«, keuchte Benedikt. »Ich spüre den Sog, es droht mich wieder hinabzuziehen.«

Rasch schob Anschar die Hände unter Benedikts Achseln; er musste alle Kraft aufbieten, die ihm noch verblieben war, um ihn der Gewalt des Tores zu entreißen. Strampelnd kämpfte sich Benedikt mit seiner Hilfe hinauf und blieb auf allen vieren an seiner Seite liegen.

»Danke«, schnaufte er. »Leider ist der dumme Steg zu hoch für einen alten Mann wie mich. Und schwimmen – ich weiß gar nicht, wie ich es das letzte Mal geschafft habe, ans Ufer zu kommen, ich kann es ja nicht.« Er legte eine Hand auf seine sich heftig hebende und senkende Brust und lachte befreit auf. »Aber wenn Gott einem eine Mission auferlegt, wächst man über sich hinaus, und dies ist eine wahrhaft große! Sieh, wir haben Glück! Es ist Tag, und wir haben uns nicht die Köpfe am Eis gestoßen.«

Anschar erlaubte sich, die Lage zu erfassen. Das Eis war noch da, hatte das Uferschilf in seinem Griff, trieb in Stücken über den Fluss. Jetzt am Tage war es nicht ganz so kalt, aber kalt genug, um seinen Körper durchzuschütteln. Er setzte sich auf und schlang die Arme um sich. Kein Sternenschauspiel; dennoch war er vom Anblick des Himmels tief beeindruckt. Derartiges hatte er noch nie gesehen, nicht einmal im Winter im Hyregor. Diese dicht an dicht gedrängte Ansammlung düsterer Wolken schien die Existenz eines blauen Himmels dahinter leugnen zu wollen.

Er half Benedikt auf die Füße und über den brüchigen Steg. Auf der Insel war es der Priester, der ihn am Arm fasste. Bevor sie den Weg betraten, spähte Benedikt vorsichtig in alle Richtungen. Sie tauchten in das Wäldchen gegenüber ein. Der kahle Bewuchs machte es nicht leicht, eine geschützte Stelle zu finden. Unter einem mächtigen Nadelbaum entkleideten sie sich und rissen die Naht des ledernen Bündels auf. Zwei wollene Decken, ein weißes und ein schwarzes Gewand quollen heraus.

»Die sind für dich.« Benedikt gab ihm die Decken, während er die trockenen Gewänder über seinen sehnigen, für einen Bewohner des Hochlandes erstaunlich blassen Körper streifte. Anschar fand es befremdlich, ihn in Schwarz zu sehen. »Das ist eine *Kukulle*«, erklärte Benedikt. »Bei meinen Leuten trägt man das so, wenn es kalt ist. In Argad war das ja nicht nötig.«

Anschar kauerte sich nieder, in die Decken gehüllt, von denen er bezweifelte, dass sie ihn ausreichend wärmen konnten. An einigen Stellen waren sie feucht geworden. »Ich hoffe, es gelingt dir schnell, mir Kleider zu besorgen.«

»Ich tue, was ich kann. Ich bete nur, dass Grazia oder ihr Vater auch da sind, sonst …«

»Du willst zu ihr?« Anschar schnellte hoch und packte seinen Arm. »So war das nicht ausgemacht! Glaubst du, ich wollte mich hier von ihr aufstöbern lassen, nackt und verborgen wie ein geprügelter Sklave? Falls sie überhaupt kommt! Nein, *ich* werde ihr gegenübertreten.«

Zögernd nickte Benedikt. »Du hast Recht. Nur bis ich dir anderswo etwas zum Anziehen besorgt habe, so fast ganz ohne Geld, das kann dauern.«

Anschar ließ ihn mit einem ergebenen Knurren los. »Ich werde mich nicht von der Stelle rühren.«

»Gut.« Benedikt warf die Kapuze über den Kopf und machte sich in seinen nassen Sandalen auf den Weg, die Finger in den Achseln vergraben. Ein Mann und eine Frau schlenderten Arm in Arm den Weg entlang; beide drehten die Köpfe, als er an ihnen vorbeihastete. Offenbar war es auch in dieser Welt nicht selbstverständlich, einem Priester zu begegnen. Als das Paar sich näherte, drückte sich Anschar dicht an den Stamm, froh, dass die Wolle der Decken von unauffälliger Farbe war. Sie schauten interessiert umher, entdeckten ihn jedoch nicht. Ihre Kleidung war ihm nicht fremd, denn er kannte Ähnliches aus Grazias dünnem Büchlein und den *Photographien* ihrer Familie. Lediglich ihre Farbigkeit war neu und überraschend. Von leuchtendem Rot war der Oberkörper der Frau umhüllt. Noch lange sah er den Farbfleck zwischen den kahlen Stämmen, als die sandfarbene Gewandung des Mannes längst mit der Umgebung verschmolzen war.

Die ungewöhnliche Natur, so kalt und abweisend wie schön, nahm ihn gefangen, so dass er seine erbärmliche Lage vergaß. Bäume, mit dicken Knoten besetzt, streckten gezackte Äste von sich, als fege ein Sturm hindurch. Wie Nadeln stach das Unterholz überall in die Höhe; hindurch schimmerte das Wasser, mächtig wie ein Meer und so grau wie die Wolken, die es spiegelte. Weiße Vögel glitten darauf, mit langen, geschwungenen Hälsen. Er wollte sich erheben, um mehr zu sehen, als ein Schrei ihn herumfahren ließ. Wenige Schritte entfernt beäugte ihn der größte und farbenfroheste Vogel, den er je erblickt hatte.

Der Kopf auf der Spitze eines blau schimmernden Kegels reckte sich in die Höhe. Ein Kamm stellte sich auf. Zwei schwarze Augen, von Weißflecken geschmückt, blinzelten. Der Pfau machte einige Schritte seitwärts. Welch eine gewaltige Schweifschleppe … Plötzlich warf er den Schweif hoch, entfaltete ihn zu einem Halbkreis. Hundert, zweihundert

Königsvogelfedernaugen stierten Anschar an. Wiegten sich vor und zurück. *Mea, mea*, durchschnitt die klirrende Stimme des Königsvogels die Winterluft. War er zornig über das Eindringen des Fremden in seiner Welt? Anschar konnte kaum glauben, dass der alte harmlose Henon imstande gewesen war, ein solches Tier zu erschlagen, um es nach Argad mitzunehmen und dem Meya die schönsten Federn zu verschaffen, die ein König je getragen hatte. Der Königsvogel schien Gefallen daran zu finden, seinen Schwanzfächer zu zeigen, denn er drehte sich halb, stolzierte einige Schritte und ließ seinen Zuschauer dabei nicht aus den Augen. Dann hielt er still. Und hob sich plötzlich in die Luft. Die Fülle der Federn umrauschte ihn, machte ihn schwerfällig. Er wählte einen Baum, ließ sich auf einem Ast nieder und erstarrte.

Der Tag schleppte sich in quälender Langsamkeit dahin, bis endlich Benedikt zurückkehrte. An den Füßen hatte er lederne Schuhe, und um den Hals trug er einen dicken Wollschal. »Tut mir leid, dass du so lange warten musstest.« Schnaufend legte er ein Bündel zu Boden und knüpfte es auseinander. »Meine Brüder hatten nichts Passendes, und andere Gotteshäuser schlagen einem wie mir eher die Tür vor der Nase zu.«

»Klingt nicht sehr gastfreundlich.«

»Ach, denk dir nichts dabei. Ich war ja erfolgreich. Hier, das ist nur ein Unterhemd, aber es müsste gut passen.« Er reichte Anschar ein weißes Kleidungsstück. Es war ganz ähnlich geschnitten wie seine gewohnten Hemden, nur dass es Ärmel besaß und runde Verschlussstücke am Ausschnitt. Die waren ihm von Grazias Kleidung vertraut, dennoch fand er sie höchst befremdlich. Er musste sich überwinden, sich aus den warmen Decken zu schälen. Rasch zog er das Hemd über den Kopf. Angenehm weich schmiegte es sich an die Haut.

»Das nennt man *Hose*«, erklärte Benedikt, als er ihm das nächste Kleidungsstück reichte. »Erwähne dieses Wort nie gegenüber einer Frau.«

Anschar wickelte seinen Rock ab und stieg in die röhrenförmigen Hüllen. »Warum, was passiert dann?« Sie kratzten, versprachen aber ein wenig Wärme. Den Dolch steckte er sich wieder im Rücken in den Bund.

»Nichts passiert. Man tut es einfach nicht. Und jetzt die hier: *Strümpfe.*« Zwei Hüllen folgten, diese waren dick, noch viel kratziger, und bedeckten seine Füße mitsamt den Unterschenkeln. Darüber kam eine weitere Hose, die ihm nur bis unterhalb der Knie reichte. Benedikt bückte sich, um mit metallenen Schließen zu hantieren, die sie stramm sitzen ließen. Anschar zog eine ähnliche, größere Schließe um seine Mitte fest. Dann nahm er die Schuhe entgegen. Wenigstens die waren ihm nicht fremd, ähnelten sie doch denen, die Grazia getragen hatte, nur waren sie viel wuchtiger und abgenutzt. Er stieg hinein und schnürte sie zu.

»Gut siehst du aus«, sagte Benedikt. Dies bezweifelte Anschar, aber das war seine geringste Sorge. Er zupfte an der Hose herum. Die Hose darunter hatte irgendwo Falten geworfen, die drückten. Überall drückte es. Auch seine Füße fühlten sich an, als steckten sie in ausgehöhlten Steinen. »Alles Gewohnheit«, meinte der Priester leichthin. »Und jetzt der Mantel.«

»Ihr Preußen schleppt an euren Kleidern wie Bauern an vollen Kiepen.«

»Willst du lieber frieren?«

»O nein. Welchen Tod die Götter mir irgendwann bereiten werden, ich nehme ihn hin, solange ich nicht erfrieren muss.«

Benedikt reichte ihm den Mantel. Schwarz war er, mit Flicken an den Ellbogen versehen und nur bis zu den Oberschenkeln reichend, aber dafür dick. Ein Brustpanzer aus

Bronze war angenehmer zu tragen, befand Anschar, als er ihn angezogen und geschlossen hatte.

»Einen Schal habe ich leider nicht auftreiben können. Aber wenigstens dies hier.« Benedikt gab ihm eine aus dunkelgrauer Wolle gefertigte Mütze, die sich Anschar über den Kopf zog. Fest saß sie auf dem Kopf, bedeckte seine kalten Ohren jedoch nur zum Teil. »Versuch deine Zöpfe darunter zu verstecken. Und nimm um Himmels willen den Ohrschmuck ab!«

Anschar löste die Heria von seinem Sklavenhaken und steckte sie in eine Hosentasche. Die Zöpfe wollten unter der Mütze nicht halten. Schließlich schlug Benedikt ihm den Mantelkragen hoch.

»Na gut, so sieht man sie auch nicht. Und jetzt das Beste!« Er reichte ihm zwei wollene Hüllen, die wie Hände geformt waren. »Handschuhe. Die verbergen deine Tätowierung. Und? Wie fühlst du dich in den Sachen?«

»Als wäre ich nicht mehr ich selbst.« Anschar zog einen der Handschuhe an und spreizte die Finger. Alles war dicht mit schwarzer Wolle umhüllt, nur die Finger blieben zur Hälfte frei. »Ihr seid schon ein verrücktes Volk, solche albernen Dinge zu ersinnen.«

»Albern, Unsinn! Das alles schützt dich vor der Kälte. Albern ist nur die Frauenmode.«

Anschar schulterte das Bündel mit ihren alten Sachen, und sie marschierten los. Wenngleich all diese dicke Kleidung schwer und beengend auf der Haut lag, war es doch ein gutes Gefühl, der Kälte etwas entgegensetzen zu können. Hier nackt herumgelaufen zu sein, erschien ihm jetzt als das Absurdeste, was er je getan hatte.

Sie betraten einen der Wege aus festgetretener Erde. Ein weiteres Pärchen spazierte ihnen entgegen. Er fühlte Benedikts Finger am Ellbogen.

»Nicht starren, sagte ich.«

»Aber …« Anschar beherrschte sich, doch als die beiden Preußen vorüber waren, konnte er sich nicht beherrschen, einen Blick zurückzuwerfen. »Hast du *das* gesehen?«

»Mache ich den Eindruck, blind neben dir herzustolpern?«

»Sie hat sich rundherum als ein Tier verkleidet!«

»Pelz wärmt.«

Anschar schüttelte den Kopf. Zukünftig würde er die Pelzborten an den Gewändern der Praneden nicht mehr so eigentümlich finden. Auf dem Weg lag eine Königsvogelfeder, die hob er auf, strich die Feuchtigkeit herunter und schob sie unter den Mantel. Auf den Wegen und zwischen dem Unterholz, das ihn an den Kahlwald in Temenon erinnerte, entdeckte er keine Pfauen mehr. Saßen sie irgendwo in den Bäumen? Er krauste die Stirn, denn mit einem Mal fielen kalte Tropfen vom Himmel.

»Wie schnell die Wolken sind … ich habe noch nie Wolken fliegen sehen. Sie gebärden sich, als wollten sie irgendetwas dahinter verteidigen. Als könne man, falls sie es nicht schaffen, einen Blick auf die Götter werfen.«

Benedikt folgte seinem Blick. »Verzeih, wenn ich das sage, aber mit dir hier zu laufen, ist, als hätte man ein Kind bei sich.«

Anschar konnte sich ein Grinsen nicht verkneifen. »Und ich dachte eben, wenn ich anfange, überall hinzustarren und Sachen aufzulesen, benehme ich mich wie Grazia. Du weißt aber schon, was so eine Feder bei uns wert ist?«

»Natürlich.«

»Es ist schön hier, auch wenn vieles so abgestorben wirkt, als habe Argads Dürre zugeschlagen. Ich verstehe, warum Grazia die Insel mag.« Dass er so empfinden könnte, hätte er sich nach der grässlichen Nacht hier nicht träumen lassen. Hausten wirklich Schlangen im Unterholz, die die Vorüberkommenden ins Bein bissen? Es schien ihm unwirklich, auch wenn ihn die Narbe ewig daran gemahnen würde, dass er sich nicht getäuscht hatte.

Sie kamen an kahlen Beeten, kleinen Äckern und Gebäuden vorüber, die mit gläsernen Fenstern protzten. Da war auch schon das weiße Haus mit den runden Türmen, das irgendwie nicht vollendet wirkte, und jenes, in dem er Schutz gesucht hatte. Das von ihm zerstörte Glas war ausgetauscht worden. Obwohl es so klar war, als sei es nicht vorhanden, schien es kein kostbares Material zu sein, denn der Bau wirkte schäbig. Benedikt klopfte an eine Tür; sie schwang auf, und er trat ein. Kurz darauf kam er mit dem Hauseigner heraus. Eine dicke Falte erschien auf der Stirn des Alten, als er Anschars ansichtig wurde.

Geeryu öffnete den Vorhang ihrer Sänfte einen Spalt, um die Vögel zu betrachten. In großen Körben flatterten sie, krallten sich ins Geflecht oder hockten erschöpft auf dem kotbesudelten Boden. Ein Tempelhüter mit schwarz schillerndem Gefieder und langen, umeinander geschlungenen Schwanzfedern in Rot und Grün stach ihr ins Auge. Er hatte sich zu einer Kugel aufgeplustert und äugte misstrauisch umher.

»Diesen.« Sie schob den Vorhang weiter zurück. »Diesen will ich.«

»Eine gute Wahl, Herrin«, pflichtete der Händler sichtlich erfreut bei. »Nur vier Silberstücke. Meine Leute mussten weit ins Gebirge vordringen, um dieses Prachtexemplar zu fangen. Einer brach sich sogar ein Bein, als er …«

»Erspare mir die Geschichte. Drei genügen, und kein Wort mehr.«

Er senkte den Kopf. »Wie könnte ich dich erzürnen wollen? Deine Großzügigkeit macht mich glücklich.« Ein Mädchen öffnete auf seinen Wink hin den Käfig. In Windeseile hatte sie den Tempelhüter gepackt und herausgezogen, ohne einen der anderen Vögel entkommen zu lassen. Geeryu zog von ihrer Münzenschnur drei Silberstücke ab und ließ sie in die geöffnete Hand des Händlers fallen. Breit lächelnd blickte er zu ihr hoch. Ihre Silberaugen konnten ihn nicht schrecken, denn sie hatte sie unter einem Seidenschleier verborgen. Er legte den Kopf schräg, als frage er sich, was sie veranlasste, das Gesicht zu verhüllen. Keine Frau tat das, es sei denn, sie war entstellt.

Das Mädchen brachte den Vogel, der nun in einem engen Ball aus Grasgeflecht steckte. Es hielt ihr eine Schnur hin, damit sie nicht die Finger ins Geflecht stecken musste.

»Welchem Gott du den Vogel auch opfern willst, er wird wohlgefällig darauf schauen«, versicherte der Händler mit breitem Lächeln. Angewidert schürzte Geeryu die Lippen und zog den Vorhang vor. Sie lehnte sich zurück. Mit dem Griff ihres Fliegenwedels klopfte sie auf die Armlehne. Der Tragstuhl hob sich in die Höhe. Vier Sklaven trugen sie fort vom argadyischen Markt. Der Vorhang enthob sie der lästigen Bürde, das Gedränge der Menschen anschauen zu müssen; gleichwohl entging es ihr nicht, dass sie irgendwann über die Brücke getragen wurde. Die Schritte klangen anders, der Vorhangstoff bauschte sich stärker, es war leiser für einen Moment.

Ich opfere dir nicht, Vater, ich rufe dich auch nicht mehr an, dachte sie. Ihre Hand lag auf dem Käfig. Und täte sie es doch, so würde sie den Ball verächtlich über die Brüstung werfen. Ihre Finger krallten sich ins Geflecht. Der Vogel hackte nach ihr, aber das störte sie kaum.

Durch Heria ging es, hinaus aus der Stadt. Trotz der Vorhänge drang der Staub des trockenen Landes in Geeryus Nase. Nach einiger Zeit endete die Schaukelei, der Stuhl wurde abgestellt. Sie öffnete den Vorhang und schwang die Beine hinaus. Ruckartig stand sie. Ein herschedischer Krieger hatte sich genähert: ein Totenwächter. Den Speer auf die Schulter gelegt, neigte er den Kopf.

»Ich will zu Mallayur«, sagte sie knapp. Er nickte, machte kehrt und schritt voraus auf einem Pfad, der sich zwischen weiß getünchten Kuppelbauten schlängelte. Scheinbar ohne jede Ordnung wuchsen sie wie riesige Zähne aus dem verdorrten Gelände, das noch vor wenigen Jahren eine Wiese gewesen war. Manche blendeten mit ihrem frischen Verputz; andere, uralte, waren dem Zerfall preisgegeben, auf ihren Spitzen wucherte Vogelkot. Vor einer strahlend weißen und doppelt mannshohen Spitzkuppel blieb er stehen.

»Ich hole den Totenpriester …«

Sie schüttelte den Kopf.

»Aber nur Priester dürfen die Gräber betreten!«

»Glaubst du, ich könnte die Ruhe des Toten stören? Ich, die ich seine Geliebte war? Geh, lass mich allein.« Sie wischte den Schleier beiseite. Dem Wächter klappte das ziegenbärtige Kinn herab. Er machte zwei Schritte rückwärts, haspelte eine Entschuldigung und eilte fort. Geeryu musterte das Grab. Die Tür war so schmucklos wie der Bau. Argadische Kuppelgräber waren mit allerlei Reliefs und Bildwerken verziert, die vom Leben des Toten kündeten, hier jedoch fanden sich nur Namenszüge über den Türen. Läge Madyur-Meya hier, so wäre die Kuppel mit Gold überzogen. Soweit Geeryu wusste, hatte er nie ein Wort darüber verloren, dass sein Lieblingssklave seinen Bruder getötet hatte. Ja, er hatte Mallayur nicht geschätzt und auch nicht geliebt, dennoch hätte er Anschar strafen müssen! Stattdessen hatte er ihn mit der Freiheit und einer Aufgabe belohnt, die ihm großen Ruhm einbrachte. Er, Anschar, der sie Hündin und Hure nannte und töten wollte! Ihre Schultern erbebten vor ohnmächtigem Zorn.

Sie riss die Faust hoch. Der Querbalken vor der Tür löste sich und flog seitwärts; fast wäre er in einem anderen Kuppelbau eingeschlagen. Tief atmete sie ein und zwang sich zur Ruhe, denn an totes Gestein, totes Holz wäre ihre Kraft vergeudet. An einem kupfernen Ring zog sie die Tür auf.

Es roch nicht nach Tod. Nur ein wenig stickig. Wie jedes Kuppelgrab wurde auch dieses von einer inneren Mauer unterteilt, die den Verstorbenen von den Lebenden, die ihn verehren wollten, trennte. Hier endlich war angemessene Pracht zu sehen. Auf der Mauer reihten sich kunstvolle Reliefs aneinander: Mallayur auf seinem Thron, Gesandte empfangend. Mallayur auf der Jagd. Mallayur im Tempel. Geeryu reckte sich nach ihm, fuhr die Linie entlang, die unterhalb seines Kinns den Spitzbart darstellte.

»Hast du eigentlich gewusst, dass dein Bruder langweilig im Bett ist? Durch und durch Herrscher, der sich gerade einmal eine Stunde am Tag gönnt, nicht ans Herrschen zu denken. Er will tatsächlich die Sklaven entlohnen und es ihnen anheim stellen, ob sie bleiben oder gehen wollen. Wer zukünftig einen Sklaven peitscht, soll eine Entschädigung zahlen! Und weißt du, warum? Weil sein ehemaliger Sklave es so will. Angeblich müsse das so sein, weil der Fluch sonst nicht aufgehoben werden könne. Ich glaube, der Sklave will sich nur wichtig machen, ausprobieren, wie weit er gehen kann.«

Schwarze Flecken auf der festgestampften Erde erinnerten an die Blutopfer früherer Besucher. Vor der Wand stand ein Altar, auf dem ein Messer lag. Über dem Opferstein, in Augenhöhe, befand sich ein Scheinfenster in der Mauer. Es war nur ein versenktes Relief, gefüllt mit einer Malerei, in der der Tote von einem weißen Gewand umhüllt auf einem Stuhl saß. Ein blühender Baum ihm gegenüber erinnerte daran, dass seine Seele auf den grünen Inseln der Toten wohnte.

»Er lebt. Er will mich umbringen. Die Bitte, ihn und sein Weib zu töten, konnte oder wollte mein Vater nicht erfüllen. Nie wieder werde ich ihn um etwas bitten! Er ist so schwach wie sein wässriger Bruder. Ach, Mallayur …« Sie legte den Käfigball auf den Altar. Der Tempelhüter zappelte erschöpft; sein Schnabel stand offen, wie bei einem hechelnden Hund. So eng war der Ball, dass man das Opfermesser bequem hindurchstechen konnte, ohne das Tier festhalten zu müssen. Auch so eine neue Sitte, für Leute, die Blutvergießen scheuten. Als Geeryu losließ, bemerkte sie Blut an ihren Fingern. Sie leckte es ab.

»Ich habe dir etwas mitgebracht, siehst du?« Ihre Finger glitten über die wunderbar zarten Schwanzfedern, die zitternd aus dem Geflecht ragten. Seit langen Zeiten nistete eine Kolonie dieser Waldvögel in verborgenen Winkeln des großen Tempels von Argadye, weshalb sie als den Göttern wohlgefällig und glückbringend galten. »Ich lasse den Käfig liegen, damit du dich eine Weile an dem Tierchen erfreuen kannst. Ein Priester mag es dann töten.«

Sie wandte sich ab. An der Tür blickte sie zurück.

»Er will sein Weib holen und wiederkommen. Das wird er schaffen!«

Draußen stieß sie die Tür zu und ließ den Balken heranschweben. Mit einem Knall schlug er in seine Halterung. Ja, Anschar würde zurückkehren, daran zweifelte sie nicht. Das sollte ihr im Grunde keine allzu großen Sorgen bereiten, denn er musste – *musste* – sich ihrer Kraft beugen. Aber der Zeitpunkt lag in seiner Hand; und so unermesslich war seine Überheblichkeit nicht, dass er erneut gelassenen Schrittes den Raum betreten würde, in dem sie sich aufhielt. Wenn er nicht völlig mit Dummheit geschlagen war, würde der nächste Angriff von Argads größtem Krieger hinterrücks erfolgen.

»Ha' ick Sie nich' neulich jesehn?« Der Mann kratzte sich unter der Mütze. Anschar missachtete ihn, und endlich schüttelte er den Kopf und stapfte auf das Schiff zu.

»Hast du mir etwas zu sagen?«, murmelte Benedikt.

»Was denn?«, fragte Anschar unschuldig.

»Du hast ihn ...«

»Ja. Aber sei jetzt ruhig. Ich muss hierauf mein Augenmerk richten.« Er fasste nach der Seitenwand des Schiffes und stellte einen Fuß auf eine darin eingelassene Stufe. Nun war er froh um seine Erfahrung mit der Floßfahrt. Wie sähe es aus, würde er hier zögern? Er machte einen entschlossenen Schritt. Der Preuße nahm von Benedikt den geforderten Preis in Empfang, streifte Handschuhe über die schwieligen Finger und packte das Seil, das über den Fluss gespannt war. Daran zog er das Schiff ans andere Ufer; schon stand Anschar wieder auf festem Boden und stapfte neben Benedikt her.

»Das war die erste Schifffahrt meines Lebens. Aber ich schätze, der Einzige, der das erwähnenswert findet, bin ich.«

»Dich werden noch ganz andere Fahrten beeindrucken, mein Lieber. Aber die da nutzen wir nicht.«

Benedikt wies mit dem Kinn zu zwei schwarzen Wagen, vor die jeweils ein Pferd gespannt war. Die Wagenlenker hockten hoch oben vor den Kästen, duckten sich in ihre Decken und hatten ihre eigentümlichen Topfhüte fest in die Stirnen gedrückt. Augenscheinlich warteten sie, ähnlich wie die Sänftenträger in Argadye, auf Leute, die ihre Dienste in Anspruch nahmen. Aus einem Waldweg kam ein weiterer Wagen, brachte wohl Müßiggänger zur Anlegestelle. Von der Stadt war nichts zu sehen. Entweder war sie in Nebel gehüllt oder weiter entfernt, als Anschar angenommen hatte. Vereinzelt tauchten zwischen den Bäumen Häuser mit schrägen Dächern auf, wie es sie in Argad nur im regenreicheren Hyregor gab; diese jedoch waren aus Stein, allesamt mit Glasfenstern versehen. Sie überquerten eine Brücke zwischen zwei Seen, in die nicht nur ein Steg ragte, sondern zwanzig, dreißig. Boote lagen dicht an dicht.

Sie liefen auf einer Straße. Ihr Grund war dunkel und steinhart, überaus schlanke Säulen mit Glaskästchen auf den Spitzen säumten ihren Rand. Hufe klapperten, Räder knirschten, Menschen schritten. Sie alle strebten auf ein Gebäude zu oder davon fort. Es wirkte verschachtelt, die unterschiedlich hohen Spitzdächer reckten sich mit allerlei Streben und Stangen in den Himmel. Weitere Wagen standen davor. Andere kamen, wieder andere fuhren ab.

»Das nennt man *Bahnhof*«, erklärte Benedikt. »Es sind besonders große und schnelle Gefährte, die von hier abfahren.«

Wannsee, konnte Anschar die ihm aus Grazias Büchern vertraute Schrift entziffern. Sie betraten das Gebäude durch eine gläserne Tür. In Holznischen hockten Männer und nahmen von den Menschen, welche die schnellen Gefährte nutzen wollten, Münzen in Empfang. Ordentlich standen sie hintereinander und warteten, und auch Benedikt reihte sich ein. Anschar entging nicht, dass einige den Priester missbilligend musterten. Als er wieder zurück war, ging es weiter zur Rückseite des Hauses. Eine weit weniger beeindruckende Tür führte hinaus, bewacht von einem Mann, der die Menschen einen nach dem anderen hindurchschleuste. »Hier, dem zeigst du das«, Benedikt drückte Anschar ein winziges gelbes Ding in die Finger. Es fühlte sich an wie Grazias Photopappe und war mit Schriftzeichen versehen. Der Türhüter schob die Pappe in ein Werkzeug, das an die Zangen erinnerte, mit denen Sklaven das Ohrloch ausgestanzt wurde. Nachdem das getan war, standen sie im Freien. Aber damit war die Prozedur der Reisevorbereitung noch nicht beendet, denn Benedikt suchte einen gläsernen Kasten auf, der an der Wand hing und ein riesiges beschriftetes Papier enthielt.

»Hier merkt man wieder, wenn die Augen schlechter werden«, murmelte er, während er sich vorneigte. »Ah, da haben wir es ja.« Er deutete auf eine weithin sichtbar auf einer Säule thronende Uhr. »Wir müssen noch eine halbe Stunde warten. Das ist, wenn der große Zeiger …«

»… unten ist, ich weiß. Werden wir es denn heute zu Grazia schaffen?«

»Gewiss. Es sei denn, sie ist nicht zu Hause. Dann werden wir bei meinen Brüdern in Moabit nächtigen. Bevor du fragst: Das sind meine Brüder im Glauben, keine richtigen. Aber ich bete, dass es nicht nötig sein wird und wir mit einem Dachzimmer im Haus der Zimmermanns vorliebnehmen dürfen. Ich möchte mit dir weiß Gott nicht länger als nötig durch die Stadt streifen müssen.«

Anschar konnte es verstehen, denn so nutzlos war er sich noch nie vorgekommen. Er rieb sich die Arme, denn im Stehen nahm die Kälte rasch wieder von ihm Besitz. »Ich habe dich nie gefragt, ob du mir deine Hilfe schenken willst. Es ist wohl an der Zeit, dir zu danken für all das, was du für mich und Grazia bereits getan hast.«

Benedikt lächelte spröde. »Weigere nicht, dem Bedürftigen Gutes zu tun, wenn deine Hand es vermag, sagt Salomo. Komm«, er winkte ihn mit sich. »Hier ist noch etwas Gutes.«

Dick vermummt hockte ein Mann vor einer Pfanne, die auf einem metallenen Gestell ruhte. Rauch quoll an den Seiten hervor. Münzen wechselten den Besitzer, und stolz hielt Benedikt ein zu einem Kegel geformtes Papiertütchen hoch. »*Maronen!* Die paar *Pfennige* machen uns nicht ärmer, und wenn man sie sich in die Taschen steckt, hat man warme Hände.« Das tat er indes nicht, sondern befreite die Früchte von ihren dunkelbraunen Schalen und verspeiste eine mit dramatischem Seufzen. »Weißt du, es gibt Dinge, die sind einem so fest eingebrannt, dass selbst achtzehn Jahre in der Fremde sie nicht vergessen machen können.«

Die mehligen Dinger waren Anschar nur ein Schulterzucken wert, aber er war froh darum, etwas in den Magen zu bekommen. Sie schlenderten unter einer langen Reihe grauer Flachdächer hindurch, die auf ebenso dunklen, mit blattähnlichen Ornamenten verzierten Säulen ruhten. Eisen, dies war Eisen. Aber ihm blieb keine Zeit, sich darüber zu wundern, dass man Säulen aus Metall fertigte, denn Benedikt stieg eine Treppe hinab, marschierte durch einen Korridor und gelangte auf einem anderen Platz wieder an die Oberfläche. Auch dieser füllte sich zusehends mit Menschen.

Zielstrebig zogen die Preußen ihrer Wege. Die Männer nutzten glänzende Stöcke, als seien sie gebrechlich. Sie schritten, stampften, rannten aneinander vorbei, ohne sich zu berühren. Geschah dies doch, warfen sie sich mürrische Blicke zu oder hoben ihre Kopfbedeckungen. Kaum ein Kopf war zu sehen, den nicht irgendetwas zierte. In Argad trugen nur Bauern aus Bast gefertigte Kappen, und jene Federnhauben, die Fidya so liebte, waren Wohlhabenden vorbehalten. Anschar griff sich an die Mütze, um zu prüfen, ob sie fest saß. Sie wärmte kaum, daher nahm er an, dass auch die anderen Menschen nur darauf aus waren, sich zu schmücken. Zumindest bei den Frauen war das deutlich; ab und zu sah er Hüte mit abenteuerlichem Aufputz, den selbst das Vögelchen aus der Fassung gebracht hätte.

»Sie wirken nicht fröhlich«, sagte er. »Woran liegt das? Meinem Gefühl nach an dem grauen Himmel. Er liegt wie eine steinerne Platte über dem Land. Aber vermutlich empfinde nur ich es so, weil ich es nicht gewohnt bin.« Grazia hatte erzählt, dass es mitunter Wochen dauerte, bis sich die Sonne wieder blicken ließ. Die preußische Woche war kürzer, dennoch war ihm unvorstellbar, wie man das so lange ertragen konnte. »Und blass sind sie auch, als seien sie krank. Das allerdings ist mir von Grazia vertraut.«

»Meine Landsleute glauben, in der besten und in der schlechtesten aller Welten zugleich zu leben. Sicher sind sie auch fröhlich, aber sie tragen ihre Gefühle nicht auf die Straße.«

Es waren schmerzliche Worte, denn sie passten zu Grazia. Sie hatte sich nach ihrer Heimat gesehnt, aber nicht nach all den Zwängen darin. Für ihn, so hatte sie gesagt, sei es sogar unmöglich, hier zu leben.

Benedikts Schulter prallte gegen die eines Mannes mit erstaunlich hellem Haar; dieser wandte sich im Weitergehen um und musterte ihn voller Abneigung. »Pass auf, Papist!«

Die Worte, voller Verachtung ausgestoßen, hörten sich wie Steine an, die man gegen eine Mauer warf. Anschar drängte es, den Mann am Nacken zu packen und kräftig durchzuschütteln, denn dies war mit voller Absicht geschehen.

»Achte nicht darauf«, murmelte Benedikt und zog ihn am Arm weiter. Die Maronen lagen auf dem Boden verstreut.

»Weshalb verachtet er dich?«

»Ach, wie soll ich das erklären? Ich versuch's einfach zu machen: Der Glaube dieses Landes ist in zwei Lager gespalten. Ich gehöre zum einen. Der Kerl da«, er wies mit dem Daumen über die Schulter, »der gehört offensichtlich zum anderen. Solche findet man hier viel häufiger, während mein, äh, Lager eher anderswo zu finden ist. Es hat schon Kriege deswegen gegeben. Also früher. Aber das, nun ja … nimm es nicht so ernst. Er wollte nur die Gelegenheit zum Pöbeln nutzen.«

»Die des anderen Lagers verehren einen anderen Gott? Das findet dein strenger Gott sicher furchtbar.«

»Höre ich da einen Anflug von Spott heraus?«

»Möglich.«

»Es gibt nur einen Gott. Und der kann nichts für die Dummheit der Menschen; das müsstest sogar du verstehen, denn das trifft sogar auf deine Götzen zu.« Benedikt schnaubte und hob in einer dramatischen Geste die Hände. »Was tue ich hier! Ich rechtfertige mich gegenüber einem Heiden und Götzenanbeter, wie er in der Bibel steht! Ich kaufe noch ein Tütchen, ja?«

»Nicht meinetwegen. Aber gibt es hier Wasserverkäufer?«

»Du hast Durst?« Benedikts Miene erhellte sich, als erfreue es ihn, ihm wieder etwas zeigen zu können. Er führte ihn zu einem hüfthohen Steinbecken, aus dem ein Metallrohr ragte, tastete daran herum und schlug darauf. »Eingefroren! So ein Pech. Also, wenn wir unseren Durst nicht löschen können, wird es wirklich Zeit, zu Grazia zu kommen, nicht wahr?«

»Du weißt von ihrer Gabe?«

»Nun ja.« Der Priester schob die Hände in seine Ärmel. »In den paar Wochen, in denen ich mich in Heria aufhielt, war es ja kaum möglich, den Geschichten über die vermeintliche Wassernihaye zu entgehen, die Argadye davor bewahrte, ebenfalls in Flammen aufzugehen. Ein Wunder Gottes, fürwahr! Ich bin neugierig, das bald sehen zu dürfen. Falls sie es mir zeigt. Das tut sie doch, oder?«

»Ganz sicher. Ich freue mich schon auf dein Gesicht; denn dann wirst zur Abwechslung du es sein, der staunen muss.« Anschar runzelte die Stirn. Vielleicht sollte er nicht davon ausgehen, dass sie voller Freude ihre Tür öffnete. Denn wenn sie …

Ein schepperndes Geräusch fuhr ihm durch die Glieder. Dreimal hallte es über den Platz, was die Menschen aufmerken ließ. Ein Mann lief entlang eines den Platz der Länge nach querenden Grabens, den Arm in die Höhe gereckt. Mit volltönender Stimme rief er einen Befehl, der alle veranlasste, von dem gemauerten Graben zurückzuweichen.

»So, na dann auf ins nächste Abenteuer«, sagte Benedikt heiter. »Erschrick dich jetzt nicht, denn …«

Anschar wich rückwärtsgehend vor dem, was auf ihn zukam, zurück. Nur, was kam da? Ganz sicher nicht das angekündigte Gefährt! Dieses gewaltige Ding stampfte, spuckte eine Qualmwolke aus, dröhnte und donnerte wie etwas heran, das sich ein Mensch nicht einmal in seinen Albträumen ausdenken konnte. »Ihr Götter, was ist das? *Was ist das?*«

Benedikt hastete ihm nach, langte nach seinem Arm. »Ein Reisegefährt, das habe ich dir doch gesagt. Bleib stehen.«

»Das da? Bist du wahnsinnig? Das ist …«

»Großer Gott, nicht!«

Anschar trat ins Leere. Schmerzhaft landete er mit dem Rücken auf einer länglichen Erhebung. Er tastete danach, so kalt und hart wie Eis war sie. Über sich, am Rande des Grabens, sah er Benedikt knien. Männer, Frauen, Kinder näherten sich und blickten erschrocken herunter; offenbar war es alles andere als üblich, in diese Gräben zu fallen.

Benedikt streckte sich nach ihm. »Steh auf. Um alles in der Welt, steh auf!«

Das Metall unter Anschars Körper schien sich mit Leben zu füllen. Er rollte auf die Seite. Ein zweites schwarzes Ungeheuer näherte sich. Er hatte sich schon gefragt, was die eigenartige Anordnung von dicken hölzernen Bohlen und metallenen Streben auf einem Bett aus Geröll denn darstellen solle. Es war eine Straße eigens für dieses Ding; es preschte darauf heran, Geräusche ausstoßend, die alles in den Schatten stellten, was er je in seinem Leben gehört hatte.

»Um Gottes willen.« Benedikt machte Anstalten, zu ihm hinabzuklettern.

Pfeifen, Kreischen, preußisches Geschrei, von überall her. Anschars Ohren schienen zerreißen zu wollen. Er kam auf die Knie. Spitzes Geröll bohrte sich hinein. Seine Finger waren taub. Es *war* ein Albtraum, denn er glaubte sich unendlich langsam zu bewegen. Dann stand er, stieß Benedikt zurück und warf sich auf den steinernen Rand des Grabens. Noch war das Ungeheuer nicht heran, während das andere bereits den Bahnhof eroberte. Beide würden sie alles niederreißen!

Anschar stemmte sich hoch und rannte.

»*Sklave!* Stehen bleiben und auf die Knie!«

Ruckartig hielt er inne und sackte nieder. Benedikt war bei ihm, umfasste seine Schultern, rüttelte sie. Anschar presste die Hände an die Ohren, um dem Lärmen zu entgehen. Es half wenig. Er musste sich beherrschen, nicht um sich zu schlagen. Einige Menschen waren stehen geblieben, starrten ihn an und schüttelten missbilligend die Köpfe. Wahrhaftig scharten sie sich um ihn, nicht um die beiden Ungetüme, die jetzt still standen und verhalten vor sich hin zischelten. Er begriff, dass er aufstehen musste. Kaum hatte er das geschafft, nötigte ihn Benedikt, die Treppe hinabzusteigen. Er fand sich in der Dunkelheit des Kellers wieder, die Hände noch immer auf die Ohren gepresst. Benedikt zerrte an seinen Handgelenken.

Nur langsam ließ Anschar die Hände sinken. Die Wirklichkeit kehrte zurück, klar und scharf sah er die bleichen Züge des Priesters vor sich.

»Alles in Ordnung?« Benedikt klopfte ihm die Wange.

»Nein … ja. Nein.«

»Ich dachte, Grazia hätte dir davon erzählt?«

Vielleicht hatte sie es, Anschar konnte sich nicht darauf besinnen. Sein Inneres bebte noch immer.

»Setz dich hierher.« Benedikt drückte ihn auf die untersten Treppenstufen. Willenlos ließ sich Anschar auf dem kalten Stein nieder und lehnte die Schulter an die Wand. »Unsere Sachen sind noch oben, du hast sie verloren. Kann ich dich für einen Moment allein lassen?«

Er nickte und hörte ihn die Treppe hinaufhasten. Seine Finger bebten, als er sich durchs Haar fuhr. Er knetete sie, um sich zu beruhigen. Oben wiederholte sich das Lärmen, wie vielleicht hundertmal am Tag. An der Schulter spürte er das Zittern der Mauer. Eine der Bestien verließ den Bahnhof.

Benedikt kehrte zurück und drückte ihm die Mütze in die Hand. Das Bündel schulterte er selbst. Gemeinsam kehrten sie ins Gebäude zurück, in eine Halle; hier reihten sich Holzbänke an den Wänden, müßig saßen Menschen herum, unterhielten sich leise oder lasen in Papierbögen, die sie ausgebreitet vor sich hielten. Hier war es nicht ganz so kalt. Anschar öffnete seinen Mantel. Er fühlte sich ohnehin in kalten Schweiß getaucht.

»Verzeih mir das mit dem Sklaven, ich wusste mir anders nicht zu helfen.« Benedikt legte das Bündel auf eine Bank und setzte sich. Mit dem Ärmel fuhr er sich über die Stirn. »Da haben wir ja ganz schön für Aufsehen gesorgt. Das hätte anders ausgehen können! Ruhen wir uns hier ein wenig aus, bis du dich beruhigt hast, und derweil erkläre ich dir, was es mit diesen Gefährten auf sich hat.«

Anschar ließ sich neben ihm nieder. »Lässt sich die Fahrt nicht vermeiden?«

»Hast du die Frauen und Kinder gesehen? Selbst die steigen da hinein. Es ist wirklich ganz harmlos.«

»Die haben keine argadischen Ohren. Ich weiß nicht, was schlimmer war: diese Scheußlichkeiten, die du so harmlos ›Gefährte‹ nennst, oder das Getöse, das sie machen. Ich fühle mich um Jahre gealtert.«

Nachdenklich rieb sich Benedikt das Kinn. »Aber sie sind wirklich … ach, was soll ich dich denn überreden, nehmen wir halt eine *Droschke*, einen der Wagen dort draußen. Leider sind sie teuer. Sonst hätte ich ja eine gemietet, gleich nachdem wir von der Insel herunter waren.« Aufmunternd klopfte er ihm auf die Schulter und stand auf. »Aber ich werde mich eben rasch nach den Preisen erkundigen, vielleicht kommen wir so wenigstens ein Stück weit in die Stadt, und den Rest laufen wir eben. Warte, ich bin gleich zurück.«

»Benedik?«

»Ja?«

»Es tut mir leid. Ich bin dir nutzloser Ballast.«

»Schon gut.« Der Priester lächelte. »Dir beizustehen, bin ich ja hier, also mach dir keine Vorwürfe.«

Die Tür klappte, er war fort. Allmählich entspannte sich Anschar. So weit entfernt konnte das Ziel nicht sein, dass er es sich nicht erlaufen hätte, und Benedikt war zäh, dem würde ein Fußmarsch nicht viel ausmachen. Bedauerlich nur, dass sie vermutlich bei Nachteinbruch noch nicht bei Grazia sein würden. Er legte den Arm auf dem Bündel neben sich ab. Was würde sie sagen, wenn sie ihn hier sitzen sähe? Würde sie vergessen, was er ihr angetan hatte, wenigstens für einen Moment? Alle Götter mochten ihm die Gnade gewähren, sie zu sehen, mit ihr zu sprechen. Sie in die Arme zu schließen. Nichts sonst ersehnte er sich.

Auch hier gab es hinter Glas eine Scheibe, welche die Zeit maß. Jeder schaute ab und zu hin, sogar diejenigen, die eigene kleine Uhren aus ihren Taschen holten und sie neu ausrichteten. Das war ihm nicht fremd, er hatte es bei Grazias Uhr getan. Er stellte fest, dass er ebenfalls anfing, die verschnörkelten Zeiger zu beobachten. Sie schienen stillzustehen, doch sah man nach einer Weile wieder hin, hatte der größere seine Position verändert. Dies geschah in ewig gleicher Geschwindigkeit; niemals, das wusste er, würden die Zeiger springen. Gleichmütig beherrschten sie den Rhythmus dieses Raumes, zwangen die Menschen unter ihre Herrschaft, ließen sie kommen und gehen. Nur Benedikt kehrte nicht zurück.

2

Anschar hielt sich den Mantelkragen zusammen. Es dämmerte. Es wurde kälter. Derzeit stand keine Droschke am Straßenrand, das Treiben hier draußen hatte sich gelichtet. Einen der Lenker hatte er nach Benedikt gefragt. Die Antwort war jedoch so unverständlich ausgefallen, wie es wahrscheinlich seine Frage gewesen war.

Plötzlich begann es in den Glasgehäusen der Säulen zu flackern. Und dann entzündeten sich in ihnen allen zugleich grelle Lichter. Anschar straffte sich, bereit, davonzulaufen. Erneut brach ihm der Schweiß aus. Dies sah aus wie das Werk eines Gottes. Aber dann ermahnte er sich, das Wunder hinzunehmen, denn selbstverständlich schenkten die Preußen um ihn herum den Lichtsäulen keinerlei Aufmerksamkeit. Wer beinahe von einem kreischenden Metallungeheuer überrollt worden war, sollte vor diesem Glaslichtspiel keine Angst haben. Er kehrte in die Halle zurück. Ein Greis harrte hier noch aus, faltete dann sein Papier zusammen und stakste auf einen Stock gestützt fort. Eine Wandlampe brannte, sicherlich ebenfalls von unsichtbarer Hand entzündet. Die Uhr verkündete, dass Benedikt seit einer Stunde fort war. Doch was nützte dieses Wissen? Anschar war danach, das Ding herunterzureißen.

Er wartete.

Ein Mann erschien. Sprach ihn an und deutete hinaus.

»Ich verstehe nicht.«

»Hier wird nicht übernachtet!« Der ausgestreckte Arm war nicht misszuverstehen. Anschar schnappte sein Bündel, gab den unfreundlichen Blick zurück und verließ den Bahnhof. Draußen schlug er die Faust gegen eine der Säulen. Auch wenn er Benedikt bisher keine große Hilfe gewesen war, so hätte er auf ihn aufpassen müssen, denn dies war keine freundliche Welt! Was sollte er jetzt tun? Die Hoffnung auf Benedikts Rückkehr wollte er nicht aufgeben. Keinesfalls durfte er sich entfernen. Er ging an drei Wagen vorbei, überquerte die Straße und lief zu einer Bank. Nur wenige Schritte war der See entfernt. Kälte schien vom Wasser aufzusteigen und geradewegs ihn als Ziel zu wählen. Die Bank, auch sie aus Metall, war kalt wie Eis. Die Verspieltheit ihrer Seitenwände wollte zu der kriegerischen Macht, die das Eisen verströmte, nicht recht passen.

Er steckte die Fäuste in die Manteltaschen. Das unnatürliche Licht erhellte seine Atemwolken. Nur noch wenige Menschen kamen aus dem Bahnhof, und niemand suchte ihn mehr auf. Aber weiter entfernt standen andere Wagen. Schatten liefen zwischen den Bäumen am See herum. Vier Männer traten auf die Straße, öffneten die hintere Tür eines schwarzen Wagens und hoben einen langen, mit Schnitzwerk verzierten Holzkasten heraus. An glänzenden Griffen trugen sie ihn zurück in das Wäldchen. Bald darauf kehrten sie mitsamt dem Kasten wieder, an dem sie nun sichtlich schwerer schleppten, und schoben ihn zurück in den Wagen. Einige Männer waren ihnen gefolgt, darunter solche mit pfeilspitzenbewehrten Helmen; sie redeten leise und gefasst miteinander. Einige Vorüberkommende blieben stehen und sahen mit ernster Miene zu, dann verloren sich alle in den letzten wartenden Droschken, die mit lautem Hufgeklapper anfuhren, und zurück blieb nichts als Stille.

Schritte ließen ihn aufmerken. Durch die Lichtkegel liefen drei jüngere Männer, unterhielten sich und lachten dabei.

Sie strahlten unangemessene Selbstgefälligkeit aus, wie es Männer diesen Alters wohl in allen Welten taten. Sie achteten nicht auf ihn, als sie an ihm vorbeiliefen. Das Licht fing sich in hellem Haar.

»He!«, rief Anschar und stand auf. Sie drehten sich um, kurz nur, und wandten sich achselzuckend wieder ab. Anschar aber hatte den Mann erkannt, der Benedikt zuvor angepöbelt hatte. Mit langen Schritten war er bei ihm und zerrte ihn am Mantel zu sich heran.

»He!«, rief nun auch dieser und versuchte sich aus dem Griff zu befreien. Anschars Hand zuckte nach der Waffe in seinem Rücken, doch Benedikts Ermahnung, in jedem Fall friedlich zu bleiben, hielt ihn davon ab, die Dolchspitze an die Kehle des Mannes zu setzen. Also packte er dessen Kinn und bohrte seine Finger in die Wangen.

Die anderen versuchten Anschar mit Geschrei in den Arm zu fallen. Ohne weiter auf sie zu achten, hieb er den Ellbogen seitwärts. Ein gurgelndes Stöhnen verriet ihm, dass sie sich künftig zurückhalten würden.

»Hiiier«, krächzte der Hellhaarige. Fahrig tastete er an sich herum und hielt etwas Ledernes hoch, das Anschar achtlos beiseite schlug.

»Bruder Benedik!«, zischte er. »Mann … schwarz.«

»Waaa…?« Die Augen seines Opfers weiteten sich, ebenso sein gewaltsam aufgezwängter Mund. Die Zunge stieß in die Luft. Hilflos zappelte der Kerl in seinem Griff, den Kopf weit zurückgebeugt, die Finger zerrten vergeblich an Anschars Arm. Endlich sah Anschar das Begreifen in seinen Augen, und er lockerte die Finger.

»Bruder? Du meinst den Mönch?«, japste der Hellhaarige. »Was soll mit dem sein?«

»Wo … wo ist er?«

»Woher soll ich das wissen?«

Es hörte sich nicht so an, als sei der Mann bereit, es zu verraten. Anschar drückte wieder fester zu. Ein ängstlicher Schmerzenslaut gellte in den Nachthimmel. Aufgescheuchten Vögeln gleich, liefen seine Gefährten hin und her und flehten und jammerten.

Abrupt stieß Anschar ihn von sich. Er durfte seiner Wut, die doch nur grenzenloser Hilflosigkeit entsprang, nicht freien Raum lassen. Rücklings fiel der Preuße hin und stieß die Fersen in den Boden, um von ihm wegzukriechen. Seine Freunde packten ihn an den Achseln und zogen ihn hoch, ohne Anschar aus den Augen zu lassen.

Aus dem Mund desjenigen, den er getroffen hatte, quoll Blut. »Weg hier«, rief er, und der andere, kaum dass sie für Abstand gesorgt hatten, spuckte Anschar zornig vor die Füße: »Verfluchter Penner!« Dann hasteten sie fort, den Gepeinigten in ihrer Mitte.

Anschar blickte über die Schultern. Niemand war hier, niemand hatte den Vorfall bemerkt. Als er sich umwandte, knirschte es unter seiner Sohle. Er hob auf, was der Mann ihm hatte zeigen wollen, ein kleines ledernes Behältnis. Er schüttelte Münzen und eines jener bunt bemalten, kostbaren Papiere heraus, wie es auch Grazia bei sich gehabt hatte, stopfte alles in die Manteltasche und warf das Behältnis ins Gebüsch. Was sollte er jetzt tun? Es erschien ihm sinnlos, länger zu warten. Sich einfach zu entfernen, jedoch ebenso. Auf einer Eisenbank, die nicht von einem der unnatürlichen Lichter erhellt wurde, ließ er sich nieder. Wenigstens die Nacht musste er hier ausharren. Und hoffen, dass Benedikt zurückkam, obwohl er nicht mehr daran glaubte.

Es war seine zweite Nacht in dieser Welt, und sie war schlimmer als die erste. Er versuchte sich auf der Bank so klein wie möglich zu machen und mit seinen Decken zu schützen, aber es blieb doch nur, sich der Kälte hinzugeben. War es nicht mehr auszuhalten, lief er einige Schritte, bis ihn die Müdigkeit wieder auf die Bank zwang. An Schlaf war jedoch nicht zu denken. Und als wollte ihn der fremde Gott für sein Hiersein strafen, kamen die Schmerzen in den Narben des Schamindar hinzu. Er schob eine Hand unter das Hemd und rieb seine Schulter, aber es half wenig. Als ihn Erleichterung durchflutete, war nicht Benedikt zurückgekehrt, sondern der Morgen. Nur der Morgen.

Die Halle füllte sich. Anschar schenkte der Uhr keinen Blick. Sie würde ihm nicht verraten, was mit Benedikt geschehen war. Niemand würde es. Niemand schenkte ihm Beachtung. Aber er glaubte zu spüren, dass die Leute es nicht mochten, von ihm beobachtet zu werden.

Er zog die Pfauenfeder hervor und begann sie in den Fingern zu drehen. Es war nicht weiter verwunderlich, dass allein der Meya eine solche Pracht tragen durfte. Anschar fragte sich, ob er nicht den Versuch wagen sollte, zwei dieser Vögel mitzunehmen, eine Henne und einen Hahn. Doch das war schwierig. Henon hatte seinen Königsvogel vorher erschlagen – konnte man sie überhaupt lebend durch das Tor bringen? Nicht zu vergessen, dass er Grazia festhalten musste; nur so kämen sie an gleicher Stelle in seiner Welt an. Für zwei solch riesige Vögel war gewiss kein Platz, denn wie er Grazia kannte, würde sie Etliches an nutzlosem Zeug mitnehmen.

Falls sie gewillt war, mit ihm zu kommen.

Aus dem Augenwinkel sah er es rötlich aufblitzen. Allmächtige Hinarsya! Ein Kind hatte an der Hand seiner Mutter die Halle betreten. Es trug einen Hut, der seine rote Lockenpracht nicht bändigen konnte. Ein Fleckenschwarm trieb es in seinem Gesichtchen so wild, wie er es von Grazia kannte. Unter dem Hut der Mutter spitzten braune Strähnen hervor. Sie sah sich um. Alle Bänke waren besetzt, nur die nicht, auf der er saß. Sie nahm darauf Platz. Aus einem Täschchen nahm sie ein Buch und vergrub die Nase darin.

Das Mädchen hockte jenseits seines Bündels; es baumelte mit den Füßen. Waren Jahre vergangen, und er betrachtete soeben Grazias Tochter? Nein, diese entzückende äußerliche Eigenart, rief er sich in Erinnerung, war hier nicht häufig, aber auch nicht allzu selten. Das kleine Feuerköpfchen bemerkte ihn, denn es wandte sich ihm zu und lächelte vorsichtig. Wie zufällig legte er die Pfauenfeder auf sein Bündel, so dass die Federästchen die Nase des Mädchens berührten. Es kratzte sich; das Lächeln wurde breiter. Er zog die Feder zurück und legte sie mit dem Schaft voran auf sein Bündel. Das Mädchen begriff. Behutsam umschlossen seine Finger die Feder. Fragend blickte es hoch. Er nickte.

Die Frau sah von ihrem Buch auf, zischte Worte. Das Mädchen deutete auf ihn. »Nein!« Sie zupfte die Feder aus dem Händchen und ließ sie auf das Bündel fallen. Kräftig schlug sie das Buch zu, packte die Hand des Kindes und stand auf. Doch einen anderen Platz wählen, falls ihr Sinn danach stand, konnte sie nicht. Ihr Gesicht erhellte sich, als ein rothaariger Mann herantrat. Sie hakte sich bei ihm ein und verließ mit der Tochter die Halle.

Anschar legte den Ellbogen auf sein Bündel, stützte das Kinn auf die Faust. Tränen rannen über sein Kinn. Ein rothaariges Wesen gesehen zu haben, verschaffte ihm das Gefühl, nah am Ziel und doch endlos weit davon entfernt zu sein. Er schob die Feder zurück in den Mantel, nahm sein Bündel auf und erhob sich. Was sollte er noch zögern?

Am rückwärtigen Ausgang versperrte ein Mann ihm den Weg.

»Ohne Billett oder Bahnsteigkarte dürfen Sie nicht auf den Bahnsteig.«

Was galt es jetzt zu tun? Anschar wühlte in seiner Manteltasche und hielt ihm das Pappding hin, erntete jedoch nur Kopfschütteln und weitere unbekannte Worte. Gewichtig zupfte der Mann an seinem Oberlippenbart und reckte das Kinn, als sei nicht er es, der einen Kopf kleiner war. Er winkte andere Reisende heran.

»Weißt du«, sagte Anschar auf Argadisch und hielt ihm die Pappe unter die Nase. »Auch ich habe nicht viel Geduld. Inar möge dich mit Ausschlag strafen! Die Fahrt ist schon bezahlt!«

Das Gesicht des Preußen rötete sich vor Entrüstung. Er sperrte den Mund auf. Bevor er losbrüllen konnte, legte sich eine Hand auf Anschars Schulter.

»Benedik?«

Nein, ein Fremder war an ihn herangetreten, beschwichtigte den Türwächter mit sanften Gesten und streckte zwei gelbe Pappstücke vor. Lautlos entwich dem Wächter die Luft, und er stanzte brummelnd Löcher hinein. Dann trat er beiseite.

Ein Eisenungetüm schob sich durch den Graben und kam langsam zum Stillstand, begleitet von all den Geräuschen, die Anschar so gepeinigt hatten. Mit der freien Hand hielt er sich den aufgestellten Mantelkragen fest zu, um den Lärm etwas zu dämpfen. Er zwang sich zur Gelassenheit. Die Eisenbahn war lang, sehr lang. Es musste an den Fenstern liegen, dass sie ihm nicht mehr so widernatürlich vorkam wie zuvor, denn inzwischen war ihm der Anblick des überall verbauten Glases vertraut.

Er wandte sich dem Fremden zu. »Danke«, sagte er auf Deutsch.

»Sehr viel mehr verstehen Sie nicht, oder?«

»Nein.«

Der Mann lüpfte seinen Hut. Er hatte kurz geschnittene, hellbraune Haare, wie so viele Männer. Er sagte etwas, von dem Anschar annahm, dass es sein Name war.

»Kommen Sie!«

Hatte er eine Wahl? Der Preuße steuerte auf eine geöffnete Tür in der Eisenbahn zu, setzte den Fuß auf eine Stufe und blickte auffordernd zurück. Anschar stockte. Alles in ihm wollte sich weigern, auf das leise, nichtsdestotrotz drohend zischende Monstrum zuzugehen. Wohin würde es ihn überhaupt bringen?

»Berlin?«, schrie er gegen den Lärm an.

»Natürlich! Kommen Sie!«

Graue Vögel spazierten am Rande der Grube. Ihnen fehlte jegliche Scheu, das Gefährt straften sie mit Missachtung. Den seitwärts austretenden Qualm schienen sie sogar zu genießen. Der Schamindar soll mich zerreißen, dachte er. Wenn nicht einmal diese Vögel Respekt zeigten, sollte er dann hier stehen bleiben? Entschlossen presste Anschar die Zähne zusammen und stapfte auf das Ding zu. Hinter dem Mann erklomm er die Stufen und folgte ihm in einen Raum mit gepolsterten Bänken. Wenige Reisende saßen hier, sie alle zeigten keine Furcht. Draußen gab es Pfiffe, Rufe, unter Anschars Füßen begann es zu hämmern. Als sich die Menschen draußen zu verschieben begannen, als stünden sie auf einem Teppich, an dem jemand zog, ließ er sein Bündel fallen und sackte auf die nächstbeste Bank. Er musste sich an der Lehne festkrallen und den Rücken ins Polster drücken. Wegschauen, hinschauen, den Kopf schütteln, nichts half. Erst als er begriff, dass es nicht die Welt dort draußen war, die sich vorwärtsbewegte, schrumpfte die Übelkeit auf ein erträgliches Maß.

»Man könnte meinen, Sie wären noch nie Bahn gefahren. Sind wohl nicht von hier?« Der Fremde hatte sich ihm gegenüber niedergelassen. Er schlug die Beine übereinander. Aus seiner Manteltasche nahm er ein Feuerholzbehältnis und etwas, das aussah wie ein gerolltes Stück Ziegenkot. Genüsslich roch er daran und hob es fragend hoch. »Auch eine?«

Anschar verzog die Lippen.

»Polack, Zigeuner, Ostjude? Russe vielleicht? Nein, nichts davon.« Dem Fremden musste unerträglich kalt sein, denn er wollte den Dung in Brand setzen. Das Ende begann zu glühen. Er saugte daran und stieß streng riechenden Qualm aus dem Mund. »Na, das finden wir schon noch heraus.«

Was mochte ihn bewegen, ihm zu helfen? Konnte er helfen? Die Stadt war groß und beherbergte eine Zahl von Menschen, die jene von Argadye um ein Vielfaches übertraf; Grazia würde er kaum kennen. Während Anschar darüber nachsann, sah er die Landschaft vorüberziehen. Der Wald, ein See, Schilfränder, einzelne Häuser. Reiter, Pferdegespanne auf einem Weg. Noch ein See.

Der Fremde ließ den kümmerlichen Rest des Kotstücks in einem metallenen Wandkästchen verschwinden. Sein Blick glitt über die Bankreihen hinweg, wo, am anderen Ende des Wagenkastens, eine Handvoll Reisende saß. Dann setzte er sich an Anschars Seite. Langsam hob er eine Hand, schien auf Widerspruch zu warten, aber da Anschar sich nicht rührte, griff er ihm mit äußerster Bedachtsamkeit, als fürchte er, ein scheues Tier zu verjagen, in den Mantel und zog die Pfauenfeder hervor. Genießerisch roch er daran, gebärdete sich, als halte er eine duftende Blume. Eine Frage stand in seinen Augen, die Anschar nicht zu deuten wusste. Eine Ahnung hatte er, aber, bei den Göttern, dies war eine fremde Welt, es mochte alles bedeuten. Der Fremde holte ein ledernes Behältnis aus seinem Mantel und zog ein Geldpapier heraus. Mit verschwörerischem Gehabe ließ er es in Anschars Manteltasche verschwinden. Anschar spürte fremde Finger auf seinem Handrücken. Über seine Wange strich rauchiger Atem, unverständliche Worte kitzelten sein Ohr: »Lass mich deine Tränen trocknen.«

»Adele?«, rief Grazia, das Korsett verwünschend. »Mach hinne, sonst stehe ich noch hier, wenn die Tante klingelt!«

»Komme ja schon.« Das Dienstmädchen hastete ins Zimmer, wischte sich die Hände an der Schürze ab und nahm hinter ihr Aufstellung. »So was verlernt man wohl in, äh … Griechenland?« Mit wenigen kräftigen Griffen hatte sie das Korsett in Form geschnürt. »Zu stramm?«

»Es …«, Grazia probierte, ob sie ordentlich Luft holen konnte, »… geht. Meinetwegen brauchte ich es nicht mehr. Aber wenn du mich weiter mit Essen vollstopfst, bleibt mir ja kaum etwas anderes übrig, als mich damit wieder abzuplagen.«

»Das dauert noch, bis Sie ordentlich Speck auf den Rippen haben. Aber Sie sehen schon viel besser aus. Richtig schöne Wangen haben Sie wieder.« Adele hielt ihr das Unterkleid hin und half, eines der alten Kleider überzustreifen. Dann legte sie das Nachthemd sorgfältig zusammen, um es unter der Bettdecke zu verstauen. »Sagen Sie, Fräulein«, sie zog unter dem Bett eine Schachtel hervor und streckte sie ihr hin. »Haben Sie das wirklich getragen?«

Grazia griff hinein, entfaltete das temenonische Kleid und ließ es wieder in sich zusammenfallen. »Das ist da so üblich.«

»Ich nehme an, das soll nicht in den Ofen.« Adeles Tonfall nach war der Ofen der einzig denkbare Aufenthaltsort für ein derart unzüchtiges Kleidungsstück. »Sie heben ja solche antiken Sachen gerne auf. Soll ich's zu dem Mantel tun? Da oben in den Koffer auf dem Kleiderschrank?«

Der Mantel aus Argad! Grazia hatte ganz vergessen, dass sie ihn bei ihrer ersten Rückkehr mitgebracht hatte. Sie versagte sich den Wunsch, ihn anzuschauen und über den blau glänzenden Stoff, die Stickereien und die Verzierungen aus schwerem Gold zu streichen. Das edle Kleidungsstück würde sie daran gemahnen, dass Argad keine Vergangenheit war, die sich leicht abstreifen ließ. Zumal nicht eine so schöne, schreckliche, leidenschaftliche Vergangenheit. Sie nickte, richtete ihre Haare, und da klingelte es. Adele lief hinaus. Eilig setzte sich Grazia zwei große Perlen, von kleineren umrandet und in Gold eingefasst, in die Ohrläppchen. Das zweite Ohrloch hatte ihr Adele vor ein paar Tagen gestochen, denn mit nur einem lief eine Dame nicht herum. Aber da das alte Loch viel zu groß war, hing der schwere Stecker ein wenig traurig herab.

Sie trat auf den Flur. Aus einem edlen Staubmantel schälte sich mit Adeles Hilfe eine Fülle knisternden Violetts.

»Die kleine Grazia!« Tante Charlotte eilte heran, eine schwere Parfümwolke wogte ihr voraus. Zwei von der Kälte klamme Hände umfassten ihren Kopf, eine dick gepuderte Wange drückte sich an ihre. »Du bist in den sechs Jahren ja wirklich erwachsen geworden, wer hätte das gedacht?« Sie kniff ihr ins Kinn und wandte sich dem Vater zu, der gebügelt und gestriegelt im Durchgang zum Salon stand. »Carl! Für jemanden, der sich ständig hinter seinen Büchern verkriecht, siehst du prächtig aus!«

»Und du erst, Lottchen«, schmunzelte er. »Aber lass uns Luft holen, ja?«

Sie versammelten sich am Esstisch; Adele deckte Kaffeetässchen auf und goss frisch aufgebrühten Mokka ein. Die Tante nippte mit gespitzten Lippen. Roter Lippenstift blieb am Rand kleben. Tante Charlotte war eine attraktive Dame. Kaum ein Fältchen störte das wohlgenährte Gesicht. Ein zierliches Samtbarett schmückte ihre ausladende Frisur.

»Du hast dich gar nicht verändert«, platzte Grazia heraus.

»Danke.« Charlotte strahlte. »Wenn nur die Tränensäcke nicht wären. Aber weshalb sollte ich mich denn verändert haben?«

»Na ja, du hast recht lange in einem fremden Land gelebt. In einer ganz anderen Kultur, und nichts davon merkt man dir an.«

»So fremd geht es bei uns in Dar-es-salaam auch wieder nicht zu. Und schwarze Boys in Burnussen kann man ja noch keine Kultur nennen. Nett und fleißig sind sie, ja.« Sie tastete nach einer gelösten Locke über der Stirn. »Aber ich bin wirklich froh, hier wieder einen Winter genießen zu dürfen. Sechs Monate Regen, sechs Monate gar kein Regen! Dem Gustav macht das alles nichts aus, dem bereitet es Vergnügen, mit Strohhut und ungebügelter Jacke über Baumwoll-, Kokos- und Sonstwas-Plantagen zu reiten. Er ist wieder für fünf Jahre in den Verwaltungsrat der Handelsgesellschaft berufen worden. Tja! Die muss ich halt auch noch durchstehen.«

Sie setzte die Tasse ab und unterzog Grazia einer genaueren Musterung. »Du hast dich in Athen nicht sorgfältig vor der Sonne geschützt, hm? Du bestehst ja nur noch aus Sommersprossen. Dagegen gibt es doch Bleichmittel.« Mit gepflegten Nägeln zupfte sie an Grazias Bluse. »Trägt man dort noch solche großen Puffärmel? Ich finde die neue Mode mit schlanken Ärmeln und an den Hüften anliegendem Rock viel eleganter. Ein bisschen lebt man, was das betrifft, in Dar-es-salaam hinterm Mond. Die Zeit hier will genutzt sein! Vor allem, da Gustav in ein paar Tagen zu seinen Verwandten nach Rostock möchte. Rostock ist langweilig, also wirklich, da muss ich Berlin vorher erst so richtig genießen. Gleich geht's in die Stadt, ich brauche unbedingt ein neues Kleid und ein paar hübsche Accessoires. Er will mich heute ins Metropol-Theater ausführen, wir wollen endlich die *Frau Luna* sehen. In Tansania hat man's nicht so mit der neuesten Musik.«

Sie lachte wie über einen gelungenen Scherz. »Vielleicht kaufen wir uns hier ein Grammophon, das soll ja die Musik ganz naturgetreu abspielen. Grazia, magst du mich nicht in die Stadt begleiten? Unter den Linden flanieren und Boutiquen unsicher machen? Ich schätze, wir brauchen beide ein paar modischere Sachen.«

»Das ein oder andere könnte ich in der Tat gebrauchen, nur …«

»Na siehst du. Das Bleichmittel kaufen wir dann auch gleich. Und den neuen großen Wertheim müssen wir erforschen, der soll ja kolossal sein. Den kennst du sicher schon.«

»Nein, ich …«

»Und wenn noch Zeit ist, gehen wir in den Tiergarten. Und natürlich zwischendurch in ein Café.«

»Wird das nicht ein bisschen zu viel? Ich habe Blasen an den Füßen.«

»Du bist doch nicht aus Zucker. Gut, streichen wir den Tiergarten. Aber was ist denn mit euch beiden?« Tante Charlotte wedelte auffordernd mit der gepflegten Hand vor dem Gesicht ihres Bruders herum. »Habt ihr denn gar nichts zu erzählen? Grazia-Kind, sag schon, was hast du in Athen so alles erlebt?«

Grazia wechselte mit ihrem Vater einen ergebenen Blick. Er nickte aufmunternd. Nun, mit ein wenig Glück würde sie nicht viel erzählen müssen, aber dafür war das Tantchen in anderer Hinsicht eine harte Nuss.

Zwischen den Sitzbänken kauerte der Fremde und hielt sich den Bauch. Am Ende des Wagenkastens waren die Reisenden aufgesprungen. Eine Frau presste eine umhüllte Hand an den Mund. Ihr Schrei steckte in der Kehle fest.

»Bitte nicht«, keuchte der Preuße. Sein Gesicht war schmerzverzerrt. Mit dem Ellbogen stützte er sich auf ein Sitzpolster und versuchte sich zu erheben. Anschar machte einen drohenden Schritt auf ihn zu, tat so, als wolle er mit dem Fuß dort treffen, wo seine Faust schon ihr Ziel gefunden hatte.

»Nicht!« Der Mann sprang auf und warf sich gegen eines der Fenster. Er hängte sich an irgendetwas; augenblicklich begann das Gefährt wie ein Sturhorn zu bocken und seine hässlichen Geräusche auszustoßen. Die Frau japste. Alle schwankten, suchten im Fallen Halt. Anschar landete mit den Knien voraus auf einer der Bänke. Über die Rückenlehne hinweg gab er seinen spärlichen Mageninhalt von sich. Erleichterung erfasste ihn, als er bemerkte, dass das Ungetüm stand. Nur hinaus hier, nur hinaus! Er schnappte sein Bündel. Der Fremde hatte die Tür geöffnet; Anschar riss ihn beiseite und sprang ins Freie.

Er blieb einen Augenblick stehen, bis er sicher war, dass seine Knie wieder fest waren. Hinter ihm ertönten Rufe, und er rannte in den Schutz des Waldes. Nadelbäume, den heimischen Kiefern ähnlich, gefallenes Laub, Nadelteppiche, all das wirkte nach dieser Fahrt angenehm vertraut. Nach einigen Schritten wandte er sich um. Die Eisenbahn stand still. Nur er hatte sie verlassen, niemand folgte ihm.

»Das war dann wohl eine ›einfache Fahrt‹«, brummte er. Die Feder war fort. Stattdessen ertastete er in der Manteltasche das Geldpapier, das sich zu dem anderen gesellt hatte. Dass die Preußen ihr Geld so schnell hergaben, hätte er sich nicht träumen lassen. Eines jener Droschkengespanne ließ sich damit wohl bezahlen, aber es war weit und breit keines zu sehen. Ob sich irgendwo ein Reitpferd mieten ließ? Der Wald wirkte verlassen. Dann eben zu Fuß! Er rückte die Mütze zurecht, warf sich das Bündel über die Schulter und stapfte weiter.

Tante Charlotte tippte mit dem Finger an die mit Reklameplakaten übersäte Litfaßsäule. »Hör dir das an: ›Schöne volle

Körperformen durch orientalisches Kraftpulver. Magerkeit ist dem Manne ein Ärgernis und fällt sehr unschön ins Auge.‹ Grazia, das solltest du beherzigen.«

»Ich futter ja schon, was die Küche hergibt.«

Charlotte hakte sich bei ihr ein. Sie spazierten weiter. »Dass dich dein Korsett stört, liegt nur daran, weil es an den Knochen reibt. Hier«, sie klopfte sich auf den Rock. »Die Beckenknochen müssen verschwinden. Oder du trägst so etwas.« Sie wies auf das Schaufenster einer Schneiderei, in der dürre Puppen die neuesten Reformkleider zeigten. »Unter diesen Säcken braucht man kein Korsett mehr, aber man sollte sich auch nicht einbilden, dass ein Mann herschaut.«

»So hässlich finde ich die gar nicht. Einige jedenfalls.«

Das Tantchen hob die Brauen fast bis zum Haaransatz. »Ein *bisschen* Eitelkeit sollte man sich schon leisten.«

Grazia lachte. Es war schön, wieder hier zu sein, Teil dieses Menschengewimmels, das über die Straßen quirlte und die Luft zum Brodeln brachte. Es gab mehr Kraftdroschken, und sie erregten weit weniger Aufmerksamkeit als noch vor vier Jahren. Sogar motorgetriebene Omnibusse hupten sich den Weg frei. Ihr fiel auf, dass man mehr Radfahrer als früher sah. Sogar Frauen, deren Röcke mittig wie Hosen geteilt waren, radelten über das Kopfsteinpflaster, sehr zum Verdruss der Fußgänger. Grazia hatte überlegt, Reitstunden zu nehmen, um sich ein wenig die in Argad gewonnene Freiheit zu erhalten. Auf Pferden hatte sie mit Anschar gesessen, sogar auf galoppierenden Sturhörnern, und hier sollte sie immer still in Droschken und in Straßenbahnen sitzen? Aber der Radfahrersport sah auch interessant aus.

»Da!« Abrupt fühlte sie sich von der Tante in Richtung eines anderen Schaufensters gezerrt. »Grazia, das ist es, das musst du haben.«

»Das ist doch viel zu teuer!«

»Und ob. Aber erstens wird es deinen Herrn Professor daheim nun weiß Gott nicht an den Bettelstab bringen. Und zweitens ist eine gute Investition niemals zu teuer.«

»Soso, eine Investition. Verrätst du mir auch, wo das Geld wieder herkommen soll?«

»Aus dem gut situierten Hause derer von Neideritz natürlich.«

»Tante Charlotte!«

»Was denn?« Die Tante schlug unschuldig die sorgfältig geschminkten Wimpern nieder und schob sich dicht heran. »Sieh es, wie es ist«, raunte sie verschwörerisch. »Du hast die Verlobung mit dem Herrn Mittenzwey gelöst. Eine russische Witwe bist du mit deinen zwanzig Jahren auch schon. Kommt dir denn gar nicht in den Sinn, dass das an deinem Leumund kratzt?«

»Ich hatte in den letzten Monaten wirklich andere Sorgen!«

Charlotte ließ sich nicht beirren. »Wenn dann ein adliger Gelehrtensohn, der nicht weiß, wohin mit seinem Geld – und der ganz nebenbei ein fescher Kerl ist –, ein Auge auf dich wirft, solltest du alles tun, damit er auch das zweite herausrückt. Dir diesen seidenen Traum zu kaufen, wäre zum Beispiel ein Anfang. Es sieht sogar so aus, als würde es dir passen. An der Taille müsste man vielleicht die Nähte ändern.«

Grazia starrte das Kleid an. Bordeauxfarbene Seide schmiegte sich eng an die Schneiderpuppe, um in Kniehöhe plötzlich in alle Richtungen weit aufzuspringen und schwarze, keilförmige Einlagen zu zeigen. Eine Schärpe mitsamt seitlicher Schleife bedeckte den Busen. Die Kanten des Ausschnitts und der Ärmel waren mit zarten schwarzen Spitzen eingefasst. Ein Traum, in der Tat.

Sie lauschte in sich hinein, ob der Gedanke an Heinrich irgendetwas in ihr erklingen ließ. Sein Interesse hatte ihr geschmeichelt, in dieser Hinsicht war er ganz anders als Friedrich, der nie über den eigenen Tellerrand hatte hinausschauen können. Und Charlottes Argumente waren nicht von der Hand zu weisen. Wenn nicht Heinrich, wer dann?

»Das kommt alles viel zu früh«, sagte sie düster. »Ich kämpfe noch mit dem Verlust meines ... meines früheren Mannes. Er hat überhaupt nicht zu mir gepasst. Überhaupt nicht! Aufbrausend, leidenschaftlich, jedes Fettnäpfchen gehörte ihm ...«

»Ja, ja, so sind die Russen.«

»Einen wie ihn kriege ich kein zweites Mal.« Wie es ihm wohl in Temenon erging? Lebte er dort? Sie wusste nicht einmal, wie viel Zeit in der anderen Welt verstrichen war. Vielleicht hatte er sich ja doch nach Argad aufgemacht: allein, mit einem Wasserbeutel über der Schulter. Zuzutrauen wäre es ihm. Er würde laufen, bis er tot war, und dann noch ein Stück laufen.

Sie spürte Nässe in den Handschuhen. Eilig verschränkte sie die Hände im Rücken, damit Charlotte nichts bemerkte. Da war sie in der Wüste erst im allerletzten Moment fähig gewesen, Wasser zu schaffen, und jetzt kam es aus ihr heraus, wenn sie nur an ihn dachte? Wozu diente ihr jetzt diese Fähigkeit? Hier drohte niemand zu verdursten. Die Gabe war zum Relikt ihrer Vergangenheit geworden, wie eine alte Photographie, die man ständig mit sich trug. Schmerzlich und nutzlos.

Du hast die Macht, dem zu helfen, der den Fluch beenden kann. Aber es steckt mehr dahinter als nur das.

Die Worte, die ihr der letzte Gott unhörbar in den Kopf gehaucht hatte, blieben rätselhaft.

»Lass uns weitergehen.«

»Wie du meinst. Ich bin ja wirklich die Letzte, die jemanden zu irgendetwas drängen will«, erwiderte Charlotte freundlich. Sie schritten weiter, zur Kreuzung Friedrichstraße, wo aufgeputzte Damen in die Cafés strömten. Charlotte stöhnte laut. »Eine Pause, bevor wir in den Wertheim gehen, täte uns jetzt gut. Hoffentlich ist der Kaffee besser als die Suppe, die euer Dienstmädchen aufbrüht. Und dann erzählst du mir von deiner Nilkreuzfahrt, ja?«

Nilkreuzfahrt? Da konnte sich nur Justus verplappert haben. Na, dem würde sie die Hammelbeine lang ziehen!

3

Anschars Stirn krauste sich, als er in den Himmel blickte. Immer noch dieses drückende Grau. Dass ihm der Magen knurrte, machte seine Laune nicht besser; auch nicht, dass ihm die ungewohnten Schuhe während des langen Marsches schwerer und schwerer geworden waren. Drei Droschkenlenker hatte er nach Grazia gefragt, und alle hatten nur die Achseln gezuckt. In den Wochen ihres Beisammenseins in Argadye hatte Grazia das Äußere ihres Hauses geschildert; doch seine Hoffnung, dies könne ihm nützen, zerstob angesichts eines monströsen Häusermeeres, das seine Vorstellungen von Berlin um ein Vielfaches übertraf. Schiffe groß wie Paläste? Spätestens jetzt war es an der Zeit, seine Verwunderung darüber abzulegen. Jedes dieser Häuser glich einem Palast. Sie reihten sich zu Schluchtenwänden aneinander, mit schrägen Dächern, die weiße Rauchwolken ausstießen. Überall gab es Schmucksteine, verschnörkeltes Metall, spielerisch vorspringende Simse, vorgetäuschte Pfeiler, Reliefs an den

Fensterumrandungen. Doch das Material war selten farbig. Wandmalereien, wie es in Argad üblich war, entdeckte er keine. Es musste an der feuchten Witterung liegen, dass man hier der Schönheit – oder was man dafür hielt – durch Formen und nicht durch Farbe Ausdruck verlieh. Er wusste nicht, ob er diese Dinge schön finden sollte. Zu wuchtig, zu groß war alles um ihn herum. Und zu mächtig, denn es behinderte seine Suche.

Er steuerte einen am Straßenrand stehenden Pferdewagen an. Dem Wagenkasten entstiegen Menschen und zerstreuten sich. Reisende. Er ging vor zum Lenker.

»Grazia Zimmermann? Carl Philipp Zimmermann?«

»Hat er denn ooch 'ne Adresse dazu?«

Anschar verstand nicht. Er wiederholte seine Frage. Eine zweite Antwort blieb aus. Der Mann zog aus seiner Manteltasche ein Papier, entfaltete es und begann zu lesen.

Also weiter. Anschar überlegte, dass er zunächst seinem Hunger abhelfen musste, auch war seine Kehle trocken. Die Luft war anders hier, voll von Gerüchen, die er nicht zu deuten wusste, und schwer zu atmen. Draußen an einem der Seen hatte er sich ins Schilf gezwängt, Eisstücke zerschlagen und Wasser getrunken. Oder war es ein Meer gewesen? Wie löschte man in dieser Landschaft aus Stein und Eisen seinen Durst? Er hielt nach einem Becken Aussschau, ähnlich jenem, das ihm Benedikt gezeigt hatte, fand aber keines. Auch keinen Wasserverkäufer, wie es sie in Argadye an jeder Gassenecke gab. Da war eine in wallende Röcke gehüllte Frau, die Maronen feilbot. Ein Junge hatte ein Bündel dicht beschriebenes Papier unter dem Arm; eines hielt er hoch. Ein Mädchen kauerte vor einer Kiste, in der Schächtelchen mit Feuerhölzern lagen. Der Anblick dieses vertrauten Gegenstandes war in all der Wirrnis eine Freude. Anschar holte aufs Geratewohl eine Münze hervor und tauschte sie gegen eine der Schachteln.

Das zahnlückige, überaus breite Lächeln des Mädchens verriet ihm, dass er die falsche Münze gewählt hatte.

Er gab das Lächeln zurück und schlenderte weiter. Auf einem Tisch hantierte ein Mann in einer riesigen Pfanne. Was immer darin war, qualmte und zischte und ließ seinen Magen wütend aufbegehren. Ein beschriftetes Papier hing vom Tisch herunter. Unterhalb der Schriftzeichen prangte die Zeichnung eines Fisches.

»Bei Inars Augen!« In Argadye gab es nur getrockneten oder sonst wie haltbar gemachten Fisch, und der war so teuer, dass selbst reiche Leute selten welchen aßen. Was da in der Pfanne schwamm, sah frisch aus. Er legte eine Münze auf den Tisch. Da er des Handelns nicht mächtig war, würde er sein Geld auf diese Art schneller wieder loswerden, als er es bekommen hatte, doch zu seiner Überraschung erhielt er eine andere Münze zurück. Bald darauf hielt er ein gefülltes Papier in den Händen, aus dem Fett troff. Er biss in die Teigumhüllung. Sie war zu heiß, aber das störte ihn nicht. Er fühlte sich um einige Jahre zurückversetzt, als er den Meya in einen der Orte am Großen See begleitet hatte, die bisher einzige Gelegenheit, frischen Fisch kosten zu dürfen. Und hier bot man ihn auf der Straße an, als sei es nichts als eine Schale Wurzelbrei.

Er hockte sich auf eine Bank. In einem Pferdewagen klapperten metallene Behältnisse, groß wie die Tonkrüge in Schelgiurs Vorratsnische. Ein Mann schlängelte sich auf zwei dürren Rädern über die Straße. Gegenüber hatte ein anderer einen Kasten herangekarrt und begann ihm mit drehenden Bewegungen entsetzlich jaulende Geräusche zu entlocken. Ein Stück die Straße hinunter schlugen Männer auf die Pflastersteine ein; ein großes Loch hatten sie bereits gerissen. Ein Pferdegespann zog einen Berg schwarzen Schutts, Kinder anlockend, die herunterfallende Brocken in ihren Kleidern bargen. Frauen putzten die gläsernen Fenster, Männer den

Weg. Ein stolz ausschreitender Schwarzbehelmter ließ sich von den Blicken aller bewundern. Die Menschen sprachen nicht viel miteinander, und sie taten es leise. Die Mütter hielten ihre Kinder an den Händen und zogen sie mit sich, als seien es kleine Erwachsene. Manchmal lachte und plapperte eines der preußischen Kinder, aber zumeist schwiegen auch sie. Er dachte an das Geschnatter auf den heimischen Straßen. Die preußischen Geräusche entstammten eher irgendwelchen Dingen, keinen Menschen. Ständig klingelte, klapperte und krachte etwas.

Am erstaunlichsten jedoch fand er die Eigenart der Preußen, alles und jedes zu beschriften. Und sie gefielen sich darin, ihre Schriftzeichen zu verzieren, vielfältiger zu malen als jene in Grazias Büchern, so dass er nur weniges entschlüsseln konnte. *Kaffee* war das einzige Wort, das er auch verstand. Soviel er wusste, war dieses Getränk nicht geeignet, seinen Durst zu löschen.

Er spuckte die letzten Gräten auf die Straße, warf das Papier hinterher und kehrte zu dem Fischverkäufer zurück. »Wo ist Wasser?«

Der Mann deutete auf die andere Straßenseite, schräg gegenüber. Aus einem Haus wehte der Duft frisch gebackenen Brotes heran. Anschar warf einen Blick durch die niedrig gelegenen Fenster. War das, was da in Körben und Regalen lagerte, wirklich alles Brot? Und er hatte vor Veynaydro mit zehn Brotsorten geprahlt? Er lief zum nächsten Haus. Stufen führten zu einer Tür hinab, die mit Schriften übersät und beschrifteten Tafeln flankiert war. Erdfarbene Knollen lagerten in Körben, auch sie mussten der Beschriftung nicht entbehren. Anschar drückte den Türgriff hinunter.

Sogar die Tür machte klingende Geräusche. Das Geschäft empfing ihn mit neuen, so viel angenehmeren Düften. Vollgestopfte Regale bedeckten zur Hälfte die Wände, bunte

Tafeln die andere. Eine auf dickem Papier aufgemalte Frau in rotem Kleid lächelte ihn an, ein weißes Stängelchen haltend, über dem sich eine Rauchfahne kräuselte. *Sulima Cigaretten. Burgeff Grün. Senf. Nur zwei Mark. Colonialschocolade.* Mehr mühte er sich nicht zu lesen; es war anstrengend, und er verstand ohnehin nichts. Vor einem wuchtigen Tisch aus dunkelbraunem Holz standen Körbe, gefüllt mit dem, was man in dieser Welt erntete. Nichts davon ähnelte argadischer Nahrung, aber dass von der Decke Kräuterbündel und Würste hingen, erkannte er immerhin. Gläser, Schachteln, Dosen reihten sich aneinander, alle beschriftet. Was immer darin war, eine solche Vielfalt war ihm fremd. Er legte sein Bündel auf den Boden, zog die Handschuhe herunter, roch an einer Wurst, grub die Finger in eine weiße Pulvermasse, deren Zweck ein Rätsel blieb, und betastete Gefäße, von denen er nicht wusste, was er mehr bewundern sollte: das unglaublich reine Glas oder die daran klebenden, mit Schriftzeichen und Zeichnungen übersäten Papierchen.

Das knackige Schnattern der drei Frauen, die einen Mann, vermutlich den Händler, umringten, war merklich leiser geworden. Er befingerte die Spitzen seines Bartes, während sein Blick Anschar festzunageln schien. Auch als er fortfuhr, an seinem Tisch Waren in Papier zu hüllen, welche eine Frau in ihrem Korb verstaute, ließ er ihn nicht aus den Augen.

»Wasser?«, fragte Anschar.

Der Händler schürzte die Lippen, als begreife er nicht. Doch dann bückte er sich. Glas klirrte aneinander. Mit einem durchsichtigen Gefäß in der Hand tauchte er wieder auf, stellte es auf die Tischplatte und winkte ihn näher. Wieder musste Anschar aufs Geratewohl eine Münze wählen. Ungeduldig murrend schob der Händler sie zurück. Die nächste stellte ihn zufrieden, sie verschwand in einem mit Schnörkelzierrat übersäten Kasten.

Anschar hielt das Behältnis gegen das Licht einer der Deckenleuchten. Noch immer versetzte ihn die Klarheit des Glases in Erstaunen. Es ließ ihn an Geeryus gehärtete Luft denken, und fast erwartete er den letzten Gott im Wasser sich winden zu sehen.

Der Hindernisse war noch kein Ende, denn er wusste das Gefäß nicht zu öffnen. Er deutete auf den metallenen Verschluss.

Mit einem raschen Handgriff war es getan. Der Händler gab es zurück. Anschar setzte die Öffnung an die Lippen und trank so gierig, dass es ihm am Kinn herunterlief. Es prickelte in der Kehle, schmeckte anders als alles, was er bisher getrunken hatte, und war doch Wasser.

»Diese jungen Leute heutzutage. Kein Benimm. So was hätt's früher nich' jejem.«

»Von hier ist der aber nicht.«

Die Frauen starrten ihn an. Er stieß auf. Sie schnappten nach Luft. Diese Preußen! In jeder Geste, in jedem Blick glaubte er etwas von jener Grazia zu erkennen, die er anfangs kennengelernt hatte. Und mit jeder Stunde, die er hier war, wuchs sein Staunen darüber, dass sie mit ihm in einer Hütte im Wald gehaust hatte. Mit ihm durch die Wüste gewandert war. Durchs Feuer gegangen.

Er trank den Rest und knallte das Gefäß auf den Tisch. Hastig belud eine der Frauen ihren Korb und verließ unter Geklingel die Handlung.

Der Händler ging gewichtigen Schrittes zur Tür und hielt sie auf. Die Sprache seiner Augen war unmissverständlich. Anschar rief sich die Liste von Benedikts Ermahnungen in Erinnerung. Nicht auffallen. An der Tür fiel ihm sein lästiger Beutel ein. Als er sich danach bücken wollte, las er einen Schriftzug über einem der Körbe.

»Birnen?« Er hob eine der Früchte hoch und deutete

darauf. »*Das* ist Birne?«, fragte er den Händler, der sich zusehends versteifte. »Ein bisschen … kurz, eh?«, fügte er auf Argadisch an. »Ich bin enttäuscht.«

Wenigstens probieren wollte er sie. Er legte sie auf den Tisch. Dem Händler entquoll ein gereiztes Grunzen, sein Bart zuckte; er stapfte hinter den Tisch, wickelte die Birne in Papier und nahm die Münze im Empfang. Schon stand er wieder an der Tür.

Anschar steckte die Birne in eine Manteltasche. Am Ausgang wandte er sich noch einmal um. Er bedauerte es, diesen Raum voller hübscher Kostbarkeiten verlassen und wieder in die kalte Steinwelt dort draußen treten zu müssen. Die beiden Frauen hatten die Köpfe zusammengesteckt und tuschelten. Ihre schlaffen Halsfalten wackelten erregt.

»Inar!« Er schob den Händler beiseite und stapfte zwischen ihnen hindurch. In einem Regal hinter dem Tisch stapelten sich goldfarbene Dosen übereinander, eine nahm er heraus: wahrhaftig eine Kostbarkeit. Seine Daumen fuhren über die geprägte Schrift. *Kaloderma.* Vielleicht sollte er ihr eine Dose mitbringen? Er warf den Kopf hoch und lachte laut und gallig. Sie mochte sein Lachen? Sie würde sie ergreifen und an seine Stirn werfen.

»Grazia Zimmermann!«, donnerte er durch den Raum, dass sie zusammenzuckten. »Kennt sie denn niemand? Seid ihr alle nur hier, um nutzlos in meinem Weg zu stehen? Glotzen könnt ihr, und sonst?«

Endlich waren *sie* es, die sich an einer fremden Sprache die Zähne ausbissen. Schimpfend zahlten die Frauen ihre Ware und marschierten hinaus. Der Händler zog ein Tuch aus seiner Hosentasche und wischte sich damit über den Bart. Dann schloss er die Tür. Er betätigte einen Mechanismus, der, das war Anschar klar, dafür sorgte, dass sie sich nicht mehr öffnen ließ.

»Schön, und nun? Ich weiß ja, dass ihr Preußen es liebt, euch hinter Türen wegzusperren. Und was hat das mit mir zu tun?« Er umrundete den Tisch, hockte sich auf einen der Körbe und verschränkte die Arme. »Ja, ja, ich passe dir nicht. Keine Ahnung, wieso. Weil ich ein bisschen laut war? Einer wie du würde auf den Märkten meiner Welt keinen halben Tag überleben.« Verächtlich winkte er ab. »Schlaffe Köter seid ihr, ich sagte es ja.«

Der Händler ging, ohne ihn aus den Augen zu lassen, in eine Ecke. Was er an der Wand tat, war Anschar gänzlich schleierhaft: Dort hing ein Holzkasten, aus dem seitlich ein Griff ragte; diesen drehte er, dann hob er von einem Haken an der anderen Seite einen Stab mit metallenem Ende und hielt ihn sich ans Ohr. Er wandte sich ab und begann zu reden.

»Und jetzt redest du mit der Wand?« Mit schmalen Augen verfolgte Anschar diese eigenartige Tätigkeit. »Ah, ich weiß! Damit kann man mit jemandem sprechen, der ganz woanders ist. Ist ja nicht so, als wüsste ich nichts über eure verrückte Welt.«

Der Preuße hakte den Stab wieder ein. Steif blieb er stehen, wo er war. Anschar holte seine Birne hervor, roch daran und biss hinein. Die Frucht war süß, aber hart. Draußen drückte ein Junge den Türgriff, presste die Nase an das Glas, klopfte mit dem Fingerknöchel, aber da sich der Händler dazu entschieden hatte, zu einer Statue zu erstarren, trollte er sich achselzuckend.

Anschar überlegte, welche Möglichkeiten ihm jetzt blieben. An der Sprache scheiterte es, sollte er also den Mann an die Tür prügeln, dass er sie öffnete? Ihm den Dolch an die Kehle setzen? Oder einfach das Glas eintreten? Er kratzte ein Schalenstück zwischen den Zähnen hervor. Benedikt – konnte nicht *er* es sein, der unverhofft an dieser Tür klopfte? – würde ihm den Kopf mit Nägeln waschen. Allerdings fand er nicht, dass er irgendetwas falsch gemacht hatte. Jedenfalls nicht … allzu falsch. Er warf das Kerngehäuse auf den Boden, wischte die feuchten Finger an den Schenkeln ab und wollte sich erheben, um seinen Gefangenenwärter mit sanfter Gewalt zur Tür zu schieben, als sie sich verdunkelte.

Der Händler rannte an ihm vorbei und öffnete sie. Eigenartig vertraut kam es Anschar vor, wie die beiden behelmten, mit Stöcken und Schwertern bewehrten Krieger den Raum betraten, und das mit einer Gewichtigkeit, als seien sie Könige. Worte flogen hin und her. Langsam stand er auf.

Ein zweites Mal würde er nicht vor diesen Leuten knien.

Schnarrender Befehlston prasselte auf ihn hernieder. Sie wollten, dass er mitkam. Er ging nach draußen, die Stufen hoch. Seine Finger zuckten. Ein Reiter wartete, davor ein Pferdegespann. Der grün gestrichene Wagen wies nur Sehschlitze auf, nicht die üblichen Glasfenster. Ein Kasten, der jeden verschlucken und zu einem Nichts verdauen würde. Unmissverständlich machten seine behelmten Begleiter ihm klar, dass er einzusteigen hatte. Anschar legte die Hände an den geöffneten Einstieg und versteifte sich. Auf der Höhe seiner Nieren spürte er den Druck des Stockes.

Er stieß den Mann weg, riss zugleich den Stock an sich und schlug ihn gegen den Oberschenkel des anderen. Dieser sackte auf den Hintern und hielt sich das Bein; sein Geschrei war wie das Schrillen einer Frau. Der andere suchte noch sein Gleichgewicht. Anschar packte sein Gesicht und stieß ihn mit dem Hinterkopf gegen den Wagenkasten, wo er bewusstlos niedersackte. Dies alles geschah so schnell, dass der Dritte, der Reiter, noch unbeweglich im Sattel saß. Er gewann seine Fassung wieder, tastete nach seinem Stock oder was auch immer er am Gürtel trug. Doch bevor er danach greifen konnte, hatte Anschar ihn aus dem Sattel gezerrt. Ein Schlag gegen den Hals fällte ihn.

Nur einen Augenblick später war Anschar im Sattel. Der Händler war gegen seine Tür zurückgeprallt, gleich würde sie unter seinem Gewicht nachgeben. Die drei Krieger wälzten sich am Boden oder lagen still. Waren diese behäbigen Männer wirklich Krieger? Ihre grauen Mäntel spannten sich um ihre Bäuche, ihre schwarz glänzenden, mit protzigem Zierrat übersäten Helme lagen auf der Straße.

Das Reittier war wuchtiger als argadische Pferde; längs des Halskamms besaß es eine Mähne, die man in kleine Knoten verwandelt hatte. Es zeigte sich bockig, drehte sich im Kreis, wollte sich nicht beherrschen lassen.

Der Reiter hatte es geschafft, sich auf die Knie zu erheben. »Stehen bleiben!«, krächzte er, die Hand an der Kehle.

»Ihr macht es euch immer zu einfach«, knurrte Anschar in sich hinein. »Benedik wusste, wie es geht.«

Unverändert suhlte sich die Straße in ihrem Krach. Ein Gefährt tauchte vor ihm auf. Das Fehlen eines Zuggespanns ließ es lächerlich wirken, wie es, den Bemühungen seines Lenkers folgend, der wild an einem Rad zwischen seinen Knien drehte, über die Straße schlingerte. Es stieß knallende Laute aus, als furze eine ganze Sturhornherde. Das Pferd stieg, ein Huf knallte gegen die rot lackierte Hülle. Anschar zwang den Kopf seitwärts, um es niederzuhalten; er neigte sich vor und drückte die Fersen in die Flanken. Vor ihm schrie der Lenker, hinter ihm die Krieger. Endlich sprengte das Pferd vorwärts, sämtliche Preußen aus dem Weg scheuchend.

Er ritt durch eine Straße, überquerte eine Kreuzung. Die nächste Straße. Weiter. Weiter. Zusehends wichen die Häuserschluchten niedrigeren Gebäuden mit weniger Zierrat, dafür schmutzigeren Fassaden. Hier fuhren keine Gespanne, dafür rannten Kinder über die Straße, einen Ball mit Füßen tretend. Ein gebeugter Greis schleppte Metallkannen, eine Frau kehrte Müllhaufen zusammen. Ihre Gesichter waren grau und müde. Es war ruhig hier, das Hufgetrappel bald das einzige laute Geräusch. Wie nah waren die Verfolger? Den Preußen mit ihren erstaunlichen Dingen traute er zu, wie aus dem Nichts hinter ihm aufzutauchen und ihn vom Pferd zu reißen. Er brachte es zum Stehen, sprang ab und gab ihm einen Schlag auf die Kruppe, dass es fortstob.

Wohin jetzt? Auch hier führten Stufen in Kellerräume, und auch hier lockten Schriften, einzutreten. Aber es schien kein Händlerhaus zu sein, denn die Fenster waren klein und verhangen. Anschar betrat einen schummrigen Raum. An Tischen hockten Männer; sie tranken, unterhielten sich und verqualmten mit ihrer Sitte, an weißen Stängeln oder gerolltem Kot zu saugen, die Luft. Seine Lungen mühten sich damit ab, doch ihn erfasste Erleichterung: Dies war ein Haus, in dem Bier ausgeschenkt wurde. Eine *Spelunke, Kaschemme* und was es noch der Worte waren, mit denen Grazia Schelgiurs Hütte bedacht hatte.

Er setzte sich an einen Tisch, mit dem Rücken zur Wand und den Eingang gut im Blick. In der Tasche fand sich nur noch ein einzelner Handschuh. Sollte er ihn über seine tätowierte Hand ziehen? Nach nur einem Tag war er es bereits leid, sich zu verhüllen. Er zog die Mütze ab und schüttelte seine Zöpfe aus.

»Bier«, sagte er, als der Wirt an seinem Tisch stand.

»Weizen, Pilsner, Bock?«

Müdigkeit erfasste Anschar, und das lag nicht an seinem fehlenden Schlaf. Konnte der Mann ihm nicht einfach irgendein Bier bringen, statt Fragen zu stellen, die er nicht verstand? Er deutete auf die Gläser, aus denen am Nachbartisch getrunken wurde. Wortlos machte sich der Wirt daran, das Geld der anderen Gäste einzustreichen. Hier zahlte man die geforderten Preise, das hatte Anschar inzwischen begriffen.

Bestenfalls gab es Murren, wo man in Argad gestritten hätte. Als er schon glaubte, er werde nie ein Bier bekommen, stellte der Wirt es vor ihm ab.

Er trank einen Schluck. Das weiße Zeug obenauf störte nur, er wischte es angewidert von den Lippen. Die honigfarbene Flüssigkeit war noch kälter als Schelgiurs Felsenbier und enthielt nicht ein einziges Getreidekorn. Vom Geschmack her durchaus erträglich.

Eine Frau kam aus einem hinteren Raum. Die Röcke raffend, kniete sie vor einem schwarzen Eisending, wie er es in jenem Haus auf der Insel der Pfauen gesehen hatte. Auch hier lagerten Holzscheite daneben. Sie öffnete ein Türchen, kratzte mit einem Eisenhaken darin herum, schichtete schmale Scheite und geknülltes Papier übereinander und entzündete es. Nach einiger Zeit legte sie dickere Scheite nach und schloss die Tür. Wärme begann sich auszubreiten, so dass er es wagte, den Mantel zu öffnen. Der Gedanke, dass er auf der Insel eine warme Nacht hätte verbringen können, verblasste angesichts der Tatsache, dass die Unterarme der Frau tätowiert waren.

So etwas trägt bei uns nur Verbrechergesindel ... Er hatte Grazias Worte, vielmehr die ihrer Mutter, nicht vergessen. Allerdings hielt er sie für übertrieben, denn kein vernünftig denkender Mensch, nicht einmal ein Preuße, würde sich unübersehbar zeichnen, wenn er es eher darauf anlegen sollte, nicht aufgestöbert zu werden.

Ein Mann trat ein, hockte sich an einen Tisch und legte den Hut neben sich ab. Der dritte Mensch in dieser Welt, der rotes Haar und Flecken im Gesicht trug. Diesmal war es die tätowierte Frau, die an ihn herantrat und nach seinem Begehr fragte. Die Hände an den Seiten, drückte sie das Becken vor und ließ es geschehen, dass er über die Falten ihres Rockes strich. Eigenartig, dachte Anschar. Sie war vollständig verhüllt wie jede preußische Frau, nicht geschminkt, nicht geschmückt, und dennoch war deutlich, dass sie sich kaufen ließ. Zuvor hätte er geschworen, dass es in dieser Welt keine Huren gab. Vielleicht diente die Tätowierung ja als Kennzeichen?

Mumpitz. Er zupfte abgeschälte Haut von seiner frischen Zeichnung. Der Mann hatte seine Haare mit einer Substanz gebändigt, die recht klebrig wirkte. Der Frau schien er zu gefallen. Spielerisch rüttelte sie an seiner Bartspitze, schlenderte davon und brachte ein Bier. Er bemerkte, dass er angestarrt wurde, denn er erwiderte Anschars Blick. Er lächelte, hob sein Glas und nickte auffordernd. Anschar glaubte zu begreifen, aber er hütete sich, seines ebenfalls zu heben. Wer mochte wissen, was das nun wieder auslöste – für heute war er es leid, durch die Stadt zu hetzen.

Die Frau kam an seinen Tisch. »Ein Schultheiss, ein Kindl, einen Rachenputzer, der Herr? Oder will er sich noch länger am selben Bierglas festhalten?«

Anschar schloss die Augen und machte ein Schnarchgeräusch.

»Schlafen wollen Sie? Mit mir oder nur so?«

Er hob die Schultern. Sie schürzte die Lippen, schien zu überlegen. Dann machte sie kehrt. Mit dem Tablett, auf dem sie das Bier getragen hatte, klopfte sie gegen ihren Rock. Sollte das irgendetwas ausdrücken? Nachdenklich rieb er sich über das Kinn. Hier hätte auch Benedikt nicht mehr weiter gewusst.

Sein Blick fiel auf eine Gerätschaft, die der im Haus des Händlers ähnelte. In einem Eck, durch mannshohe Bretter abgetrennt, hing sie an der Wand. Ein Tisch stand darunter. Anschar erhob sich. Sofort war die Frau wieder da. Ihrer auffordernden Geste nach verlangte sie Geld; offenbar glaubte sie, er wolle verschwinden. Er bezahlte und betrat den Verschlag.

Es hatte einfach ausgesehen. Anschar rief sich die Tätigkeiten in Erinnerung: den Griff drehen, den Stab vom Haken nehmen und mit der Metallscheibe ans Ohr halten.

»*Vermittlung, was beliebt?*«

Fast hätte er den Stab fallen lassen. Eine Stimme war in ihn gedrungen, kratzig und unwirklich.

»*Mit wem darf ich Sie verbinden?*«

Er warf einen Blick über die Schulter. Bei der Dreiheit! Jeder dort draußen konnte ihm helfen, wüsste er nur, was er sagen sollte.

»Wo ist Grazia Zimmermann?«, brachte er endlich heraus.

»*Bitte? Wen möchten Sie sprechen?*«

Lächerlich! Woher sollte dieser Kasten wissen, wo sich Grazia befand? Es sei denn, ein Gott hatte hier seine Finger im Spiel. Aber diese Stimme schien weder einem Menschen noch einem Gott zu gehören.

»Grazia Zimmermann«, wiederholte er angespannt.

»*Sie müssen ins Mikrophon sprechen!*« Ein schauriges Wesen redete da zu ihm. Dennoch eindeutig weiblich. »*Hören Sie?*«

Er musste sich auf dem Tisch abstützen, denn ihm wurde übel und schwindlig.

»*Hallo? Sind Sie noch am Apparat?*«

»Benedik?«, zischte er dem Kasten zu.

»*Benedikt? Tut mir leid, aber es ist kein Herr Benedikt ans Netz angeschlossen.*«

Es machte ihn rasend, nicht die richtigen Wörter zu finden. Unter seinen Fingern fand er ein Papierbündel, das er zerknüllte. Argadisches entschlüpfte ihm, und da hörte er ein Knacken. Die Stimme war verstummt.

Er wollte den Stab einhängen, als er einen der Graugekleideten sah. Der Krieger schlenderte durch den Raum, mit auf dem Rücken verschränkten Händen. Gehörte er zu den dreien? In ihren Mänteln und mit ihren Bärten sahen sie alle gleich aus. Anschar kehrte dem Raum den Rücken zu, senkte den Kopf und hielt sich das nutzlose Ding ans Ohr. Als die Tür klappte, hakte er es ein und kehrte zu seinem Bier zurück. Ein Blick aus den verhangenen Fenstern verriet ihm, dass die Nacht nahte. Die nächste Nacht, die er irgendwo im Freien verbringen musste, die Kälte und das Land verfluchend. Decken, um sich notdürftig zu schützen, besaß er keine mehr, denn sein Bündel lag im Haus des Händlers.

Wenn Schelgiur keine Lust mehr verspürt hatte, für seine letzten Gäste Lampenöl zu vergeuden, hatte er sie einfach hinausgeworfen. Anschar ließ sich ein weiteres Bier bringen und beschloss, auszuharren, bis es hier für ihn so weit war. Allmählich leerte sich der Raum. Der Wirt putzte Gläser, die Frau öffnete das Türchen des Metallherdes, entzündete einen Span und hielt ihn an einen der weißen Stängel. Sie schlenderte heran. Anschar wollte sich erheben, doch sie legte eine Hand auf seine Schulter und setzte sich zu ihm.

»Ist mir nicht entgangen, dass du dem Schutzmann den Rücken gekehrt hast. Hast was auf dem Kerbholz, hm?« Der Stängel wippte, wenn sie sprach. Sie schob seinen Hemdsärmel hoch. Ihre Finger glitten über seinen Unterarm. »So ein Muster hab ich noch nie gesehen.«

Er hielt still, atmete flach. Plötzlich musste er lachen. »Es ist nicht so, dass ich in dieser Welt keine Antworten bekomme. Es scheinen aber immer die falschen zu sein. Niemand begreift, was ich will.«

»Du bist schon ein merkwürdiger Vogel.« Rauch entstieg ihrer Nase, als glühe ein Feuer in ihrem Kopf. Er wandte den Kopf ab, hustete. »Kommst von weit her, wa?«

»Ich will zu Grazia, seit ich hier bin, aber ich weiß nicht, wie. Niemand kennt sie. Es ist, als müsse ich die Wüste durchsieben, um einen Edelstein zu finden. Inar, ich bin nicht einmal imstande, dich zu fragen, ob man hier auch übernachten kann.«

»Dabei machst du gar nicht den Eindruck, als wärst du auf Krawall gebürstet. Bist ein kleiner Taschendieb, hm? Ich wette, du weißt nicht wohin in dieser Nacht.« Sie erhob sich und nickte in Richtung eines hinteren Ausgangs. Was sie wollte, war ihm fast gleich, solange es ihn in der Wärme hielt. Den Wirt schien es nicht zu interessieren. Sie führte ihn eine schmale Treppe hinauf, die unter seinen Tritten so laut knarrte, dass er einzubrechen glaubte. Einen ebenso engen Flur ging es entlang, wo sie eine Tür aufschloss. Die Kammer war kaum breiter als das Bett, das darin stand.

»Kannst hier schlafen. Klo ist draußen. Da«, ihr Finger wies auf eine Tür am Ende des Ganges. »Strullern, pissen.« Sie griff sich zwischen die Beine. »Klar?«

Sie wollte gehen, doch er hielt sie zurück. »Ich – suche – Grazia Zimmermann. Carl Philipp Zimmermann.«

»Kenn ich nich'.«

Er machte eine hilflose Geste. Ihre langen Nägel kratzten über ihr dunkelbraunes, zotteliges Haar.

»Ich schick den Steppke von Schulzes zum Postamt, ja? Kriegen wir schon hin. Ach, was rede ich, verstehst ja nüscht.«

Sie verschwand. Er riss sich die Schuhe von den Füßen und legte sich auf die Matratze. Sogar die Bespannung knirschte metallisch. Den Mantel nutzte er als Decke, denn warm war es hier nicht. Aber er dankte den Göttern, ein Dach über dem Kopf zu haben.

Es war nicht die Kälte, die ihn vom Schlaf abhielt. Die Matratze, das ganze winzige Zimmer hatte die rauchigen Gerüche der Stadt gespeichert. Er kauerte sich an die Wand, den Mantel über die Knie gelegt, und sah zu, wie sich das Morgenlicht durch das halbblinde Fenster zu quälen begann. Das

Haus erwachte zum Leben; unten im Schankraum rumorte und schimpfte der Wirt. Die Treppe knarrte. Dann die Tür.

Die Frau baute sich vor ihm auf und hielt ihm einen Zettel hin. »Da haste es. Brauchst dich nicht zu bedanken.«

Die Schrift zu entziffern, war ihm nicht möglich, aber dass es nicht Grazias Name war, der dort stand, erkannte er. »Was soll ich damit?«, sprach er sie auf Argadisch an, wohl wissend, dass sie nicht antworten konnte.

»Sieh mal.« Sie öffnete ihr Kleid bis zum Rand ihres Korsetts. Eine Girlande aus Blüten wand sich um ihre Schultern und bedeckte ihre Brust. Stolz zeigte sie ihm den Rücken, der, so weit er erkennen konnte, mit Blumen und Bildern übersät war. »Das hat mir mein verstorbener Mann gemacht. Schön, nicht?« Näher rutschte sie heran, mit schneller Hand hatte sie den Mantel von seinen Knien gezerrt und warf ihn beiseite. Geschickt öffnete sie seinen Schritt, während sie sich an ihn lehnte. Ihre Finger begannen ihn zu reizen.

Anschar ließ es geschehen. Trotz seiner Vermutung, sie sei eine Hure, war er überrascht. Flink hatte sie sein Glied endgültig befreit; inmitten ihrer Rockfülle kämpfte sie sich auf die Knie und beugte sich vor.

Er brach in heiseres Gelächter aus. »Da kriegte ich aufs Schärfste beigebracht, welch ein züchtiges Volk ihr seid, und in Wirklichkeit muss ich mich anscheinend jeden Tag eurer Hände erwehren. Wer hätte das gedacht? Lass es gut sein«, er drückte sie von sich. Sie wischte sich über die Lippen. Enttäuscht über seine Zurückweisung wirkte sie keineswegs. Ohne ihr Kleid zu richten, sprang sie vom Bett.

»Augenblick!« Er packte ihr Handgelenk und drückte so fest zu, dass sie aufstöhnte und die Hand öffnete. Sein Geldpapier fiel heraus. Seltsamerweise beruhigte ihn, dass es ihr nur darum gegangen war – dies hätte auch in Argadye geschehen können. Preußisches Gekeife ging auf ihn hernieder;

rückwärtsgehend wich sie von ihm, verschwand im Flur und knallte die Tür hinter sich zu. Er griff dorthin, wo er den Druck ihres Mundes noch zu spüren glaubte, warf sich auf den Bauch und ächzte seine Sehnsucht nach Grazia in das dreckige Laken.

4

Ganz überraschend war am vorigen Abend ein Postbote erschienen und hatte ein Schmucktelegramm überreicht: Sie möge die Ehre und Freude erweisen, am nächsten Tage das Haus derer von Neideritz mit ihrer Anwesenheit zu beehren, um der klassischen Archäologie willen. Und sich warm ankleiden. Und so war eine hauseigene Droschke erschienen und hatte sie zur Villa am Wannseeufer gebracht. Sie stieg mithilfe des Kutschers aus und ordnete ihren pelzgefütterten Winterpaletot. Am Eingangsportal der Villa erschien Heinrich von Neideritz, stieg die Stufen herab und neigte den Kopf.

»Wertes Fräulein Zimmermann, ich bin hocherfreut.« Auch er war eine angenehme Erscheinung. Den Kragen seines Jacketts hatte er auf einer Seite verwegen hochgestellt. Sie erwiderte den Gruß mit damenhaftem Lächeln und ließ sich an seinem Arm ins Haus führen. Ihre Stiefeletten klackten über den Marmor. Ein Dienstmädchen nahm ihr den Mantel von den Schultern; seine blitzsaubere und gestärkte Schürze ließ vermuten, dass Gäste zu empfangen seine einzige Aufgabe war. Grazia betastete ihre hochgesteckte Frisur, die nach der neuesten Mode noch viel zu niedrig war, sowie das Samthütchen darauf und hoffte, dass nirgends Gesichtspuder haftete, wo er nicht hingehörte.

»Sie sehen entzückend aus.« Bedeutungsvoll ließ Heinrich, wie sie ihn in Gedanken bereits nannte, den Blick an ihrem dunkelroten Kleid hinabwandern. Adele in Windeseile in die Stadt geschickt und eine Nähfrau zum Abändern aus dem Hinterhof herbestellt zu haben, kaum dass sie das Telegramm gelesen hatte, war eine Entscheidung der Vernunft gewesen.

»Danke«, entgegnete sie hoheitsvoll. »Ich bin sehr gespannt, was es mit dem archäologischen Grund auf sich hat.«

»Natürlich. Der findet sich in der Bibliothek. Wenn ich vorausgehen darf?«

Das durfte er, denn so konnte sie ungehemmt den Blick schweifen lassen. Eine breite Eichentreppe führte zu einer Galerie hinauf, wo sich geschnitzte Türen aneinanderreihten. Die Wände waren so weiß wie die Schürze des Mädchens; die Decke der Empfangshalle zeigte Malereien im klassizistischen Stil: Wolken, ein Sonnenwagen, Apoll und Artemis. Dann die Bibliothek – so groß, so voll! Sogar das hohe Erkerfenster war von dunklen Regalen eingerahmt. Ihre Schuhe wurden stumm, als sie über Schichten farbenprächtiger Orientteppiche schwebte. An wenigen freien Stellen hingen Ölporträts der Familie und des Kaisers.

Und so ein reicher Knopf interessiert sich für *mich*?, fragte sie Heinrichs Rücken. Was sagten seine Eltern dazu? Die hatten sie hier herzlich begrüßt, dies allerdings an Silvester, wo jeder in allerbester Laune gewesen war. Heute schienen sie nicht anwesend zu sein.

Heinrich bot ihr Erfrischungen an; sie bescheidete sich mit einer Limonade. Er zog einen gepolsterten Stuhl vor den Schreibtisch in altenglischem Stil, der unterhalb des Fensters die Bibliothek zu beherrschen schien, und bat sie Platz zu nehmen. Von einem der Tischchen nahm er ein Zigarettenetui, klappte es auf und hielt es ihr hin. Sicher wollte er sie prüfen, denn rauchten Damen in Adelskreisen Zigaretten? »Danke«, lächelte sie. »Aber ich durfte einmal an der Zigarre meines Vaters ziehen, und das hat mir für den Rest meines Lebens gereicht.«

»Sie haben Recht.« Er legte das Etui beiseite und umrundete den Schreibtisch. »Man sollte ohnehin nicht rauchen, wenn man sich im gleichen Raum wie ein dreitausend Jahre altes Artefakt befindet, nicht wahr?«

»Sie machen es wirklich spannend.«

Auf dem Tisch lag eine überaus lange Schachtel. Heinrichs Finger glitten darüber, bis sie endlich an den Längsseiten innehielten.

»Trommelwirbel bitte.«

»Drrrrr«, machte sie.

Er hob den Deckel ab und legte ihn beiseite. Dann schlug er seidiges Papier und eine Lage weichen Leinenstoffes zurück. Ihr Hals wurde lang.

»Ein Schwert!« Sie sprang auf und neigte sich darüber. »Ein mykenisches Schwert … und so gut erhalten.«

»Möchten Sie es in die Hand nehmen?«

»Da lasse ich mich nicht zweimal bitten.« Rasch streifte sie Handschuhe und Handtäschchen ab und legte die Finger um den mit ornamentierter Goldblattfolie belegten Griff. Die Ränder der Bronzeklinge sahen aus wie abgenagt, einige der Ziernieten fehlten, und der Griff fühlte sich stellenweise hohl an. Darunter war offenbar Elfenbein oder was davon übrig war. Sie schob die andere Hand unter die Klinge und hob das Schwert von seinem Polster. »Dass ich so etwas anfassen darf, hätte ich mir nie träumen lassen. Wo ist es her? Leukas?«

»So ist es. Wir fanden es in einem Schachtgrab. Dörpfeld

nannte es ›Schwert des Odysseus‹. Was es natürlich nicht ist, ebenso wenig wie die Goldmaske Agamemnon gehörte.«

»Das müssen Sie mir nicht erklären«, erwiderte sie spitz und ohne aufzusehen.

»Verzeihen Sie, ich vergaß: kein Glatteis. Aber wirklich ausschließen können wir ja nicht, dass die alten Helden diese Dinge getragen haben. Arthur Evans schickt sich im Frühjahr in Kreta an, der minoischen Kultur ans Licht zu verhelfen. Wer weiß, was in Leukas alles zum Vorschein kommt?«

Sie ließ die Klinge los und streckte das Schwert vorsichtig in die Luft. Dann reckte sie es vor und schwang es langsam hin und her, während sie sprach:

»Stets willfährig geschirmt; doch jetzo erhascht mich das Schicksal!
Daß nicht arbeitlos in den Staub ich sinke, noch ruhmlos,
Nein, erst Großes vollendend, wovon auch Künftige hören!
Also redete jener und zog das geschliffene Schwert aus,
Welches ihm längs der Hüfte herabhing, groß und gewaltig;
An nun stürmt' er gefaßt, wie ein hochherfliegender Adler,
Welcher herab auf die Ebne gesenkt aus nächtlichen Wolken
Raubt den Hasen im Busch, wo der hinduckt, oder ein Lämmlein:
Also stürmete Hektor, das hauende Schwert in der Rechten.«

»Vorsicht, ich habe schon einen Schmiss«, rief Heinrich in gespielter Furcht.

»Den sieht man kaum.«

»Nicht?« Er befingerte sein kantiges Kinn mit dem schmucken Grübchen darauf und ließ sich in den Schreibtischsessel fallen. Seine Hände hingen über den Lehnen. »Der, dessen Name ich in Ihrer Gegenwart unerwähnt lassen möchte, meinte, Sie wären ganz versessen darauf, einmal bei einer Ausgrabung dabei zu sein. Erzählte irgendetwas von einem Grab auf der Pfaueninsel, das sich als riesiger Fehlschlag entpuppte ...« Verächtlich winkte er ab. »Er hat kein Händchen für die richtigen Stellen, er wird nie etwas Bedeutungsvolles finden.«

»Ich finde Sie nett. Über Ihren Freund schlecht zu reden, steht Ihnen nicht.«

Er neigte sich vor und legte die Unterarme auf den Tisch. »Werden Sie wieder nach Athen zurückkehren?«

»Ich denke nicht, nein.«

Sein Blick wurde versonnen. »Eigentlich schade, wobei es mich natürlich freut. Das heißt, wenn ich in Athen bin, wird es mich nicht freuen. Kennen Sie dort ...«

Sie tat so, als gleite ihr das Schwert aus der Hand, was ihn zumindest für ein paar Sekunden aus der Fassung brachte, und legte es in die Schachtel zurück. Ihm den Rücken zukehrend, nahm sie von einem der Tischchen ihr Limonadenglas und hielt sich daran fest. Na wunderbar!, dachte sie. Ausgerechnet Heinrich konnte jederzeit aufdecken, dass sie über Athen nichts wusste. Der faule Justus hatte ihr bisher wenig erzählt, und natürlich ausgerechnet Dinge, die einen Jungen, aber keine Dame interessierten. Heinrich würde sie bestimmt nicht fragen, wo man rund um die Deutsche Schule am besten bolzen konnte.

Weshalb nur war sein Interesse an ihr so groß? Warum das schnelle Vorpreschen? Konnte es sein, dass ... nein, den Gedanken wollte sie sich verbieten, denn Männer gerieten nicht zu Fall, wenn sie eine Verlobung lösten oder sonst etwas Unschickliches taten, das war den *Effi Briests* dieser Welt vorbehalten. Heinrich war eine gute Partie. Als Adelssohn und

Reserveoffizier hatte er einen hervorragenden Stand. Gut, er studierte schon sehr lange, wie ihr Vater neulich erzählt hatte; er war ein bisschen faul, ein Schlendrian, ein Salonlöwe. Einer, der lieber den Ausgehzylinder als die Studentenmütze trug.

»Ich will offen sein. Dieses Schwert war natürlich nur ein Vorwand«, sagte er unvermittelt. »Grundlos schickt es sich nicht für eine Dame, den Herrn in seinem Hause aufzusuchen.«

»Sie verstehen es, einen zu überraschen.«

Heinrich grinste. »Und Sie können überrascht schauen. Ich wollte einen Ausflug mit Ihnen machen. Heute ist mir ein prächtiger Vogel ins Haus geflogen.«

»Unerhört!«

»Nein, nein«, beschwichtigend hob er die Hände. »Das missverstehen Sie.« Statt einer Erklärung bückte er sich und stellte eine Hutschachtel auf den Tisch. »Erlauben Sie mir, Ihnen ein Geschenk zu machen?«

»Hach, diese Neugier«, seufzte sie und trat an den Tisch. Unter seinem durchdringenden Blick zog sie das Band auf, schob den Deckel herunter und hob einen cremefarbenen, breitkrempigen Hut heraus. Ein Seidenschal lag darüber, mit Nadeln festgesteckt. »Wieso schenken Sie mir einen Hut?«

Eine Antwort blieb aus. Er lehnte sich zurück und zog neben dem Fenster an einer Klingelschnur. Kurz darauf erschien ein Hausdiener.

»Jetzt wäre es so weit«, sagte Heinrich, ohne den Blick von Grazia zu nehmen.

»Wie der Herr wünschen«, schnarrte der Diener und fuhr auf dem Absatz herum. Das wurde ja immer rätselhafter. Heinrich stand geschwind auf und reichte ihr wieder den Arm. Ihr blieb nichts übrig, als das Spielchen mitzumachen, wollte sie das Geheimnis erfahren.

Ach, weg mit all den Bedenken! Hoheitsvoll schritt sie neben ihm her. Er half ihr in den Mantel und setzte ihr höchstselbst den Hut auf, nachdem sie ihr eigenes Barettchen aus dem Haar genestelt hatte. Sie band die Enden des Schals unterhalb des Kinns zu einer Schleife. Dann führte er sie aus dem Haus. In der Nacht hatte es geschneit, so dass sie froh über seinen festen Arm war, denn der Weg, der zu einem abseits gelegenen Wirtschaftsgebäude führte, war festgetreten und rutschig. Das Tor, von dem sie annahm, dass es in einen Reitstall führte, stand weit geöffnet. Knatternde Geräusche drangen heraus.

Heinrich schien vor Stolz platzen zu wollen, als sie vor dem Motorwagen standen. »Das ist der Vogel, heute früh wurde er geliefert: ein Daimler Phönix. Sechs Pferdestärken, vierzig Kilometer in der Stunde. Startvorgang nur zehn Minuten – machen Sie das mal mit Pferdedroschken, junge Dame! Wie sieht's aus, Fritz?«

»Ist gleich fahrbereit.« Der Diener hatte sich einen grauen Kittel übergeworfen. Er stand vor der geöffneten Klappe einer Abdeckung, unter der ein Motor lautstark seine Arbeit verrichtete und öligen Gestank ausstieß, und hantierte an Ventilhähnen. Zärtlich glitt Heinrichs Blick über die strahlend weiß lackierte Abdeckung, die Karbidlampen aus Messing, das rote Lederpolster. Dieses Automobil musste ein Vermögen gekostet haben. Von einem Wandhaken nahm er einen Mantel aus braunem Saffianleder, ebensolche Handschuhe und eine Kappe. Mit gewichtiger Geste kleidete er sich an, richtete den bis fast über die Schultern reichenden Kragen und legte sich ein rotes Halstuch um. Zuletzt setzte er eine Schutzbrille auf. Zwei schwarze Froschaugen in einer ledernen Maske starrten Grazia an. Darunter wuchs sein voller Mund zu einem spitzbübischen Grinsen. Er schob die Maske herunter, so dass sie ihm locker um den Hals hing.

»Wie sehe ich aus?«

»Verwegen.«

Das Grinsen verbreiterte sich. Er streckte ihr einladend die Hand entgegen. Der Diener wischte sich mit einem Lappen über die Finger. Sein Kittel war voller Ölspritzer. Er hakte die Klappe ein, zog aus dem Motorblock eine Kurbel und trat zurück. Grazia raffte die Fülle ihres Stoffes und nahm auf der vibrierenden Sitzbank Platz. An ihrer Seite schob Heinrich das Bein um eine aus dem Fußraum ragende Stange und umfasste das hölzerne Steuerrad.

»Falls Sie ein Stoßgebet sprechen möchten, wäre jetzt die letzte Gelegenheit. Ansonsten würde ich sagen: festhalten!«

Seine Hand zog und schob außen liegende Hebel, seine Füße drückten gegen die Pedale, als säße Justus am Klavier. Das Gefährt begann stärker zu rucken. Plötzlich schoss es ins Freie. Grazia fühlte sich in den Sitz gedrückt. Ihre Finger umklammerten die Lehne. Der Wagen bog in Richtung Eingangstor ab, das bereits weit offen stand. Kies spritzte auf, als sich das Gefährt in die Seite legte. Ein Postbote kam hereingeradelt und verlor fast sein Gleichgewicht, als er sich verzweifelt aus dem Weg strampelte.

»Um Gottes willen!«, schrie Grazia gegen den Lärm an. »Das ist ja ein Höllending. Die Lehne ist viel zu niedrig, ich werde hinausfallen! Mir wird ganz blümerant.«

»Sollte Ihnen übel werden, müssen Sie weiter vorausschauen, zum Horizont. Als würden Sie in der Eisenbahn sitzen und in die Ferne blicken.«

»Ich wünschte, da wäre ich jetzt!«, lachte sie. Heinrich bog auf eine Waldstraße ein, bewegte einen Hebel. Der Wagen röhrte auf, nahm an Geschwindigkeit zu. Hastig band Grazia die Schleife unter dem Kinn fester, dann umfasste sie wieder die Lehne. Heinrich drückte die Ballonhupe, scherte aus und überholte einen Kremser. Schnee spritzte auf. Grazia sah das

Pferdegespann unruhig tänzeln; dann waren sie auch schon vorbei. Der röhrende Motor verschluckte das Schimpfen des Kutschers.

»Wir haben ein neues Jahrhundert«, rief Heinrich wie trunken vor Begeisterung. »Irgendwann wird man sagen: Wer fährt denn heute noch mit der Eisenbahn?« Er schien tatsächlich in seiner eigenen Welt zu leben. Wo sollten denn all die Motorwagen hin? Es war ja jetzt schon kein Durchkommen in den Straßen. Aber hier, auf den Wegen durch den Grunewald, flog der Phönix ungehindert vorwärts, rutschte über den Schnee, warf sich in die Kurven, so dass Grazia gegen die Lehne, dann gegen Heinrich gedrückt wurde. Die Sitzbank war nicht eben breit; beständig spürte sie seine Hüfte an ihrer.

»Ist Ihnen noch schlecht?«, fragte er.

»Nein, es macht mir Spaß!« Sogar so sehr, dass sie die Arme in den Himmel strecken wollte. »Wenn Sie nur bitte die Kurven etwas weniger garstig nehmen würden?«

»Ich versuche es. Aber versprechen kann ich nichts!«

Die Welt hatte sich verändert. Anschar suchte das passende Wort für diesen Umbruch. Grazia hatte es ihm genannt, ganz sicher, aber mit einer Beiläufigkeit, die ihn jetzt, da er es sah, zutiefst erstaunte. Sie liebte das Wasser, den Regen, hatte ihren Herzenswunsch, überschüttet zu werden, vor sich hergetragen. War dieses so viel gewöhnlicher? Er konnte es nicht glauben. Einige Male nur hatte sie … *Schnee* erwähnt.

Als er das Wirtshaus verlassen hatte – durchs Fenster und einen Hinterhof –, war ihm bereits aufgefallen, dass die Luft sich zu verändern begann. Wolken sah er keine, stattdessen eine einzige hellgraue Schicht, die sich anschickte, sich tief über das Land zu legen. Die Straßen, dann Wege hatten ihn aus der Stadt herausgeführt; eher unfreiwillig war er ihnen gefolgt, denn er wusste ja, dass Grazia nicht in den einsameren Gegenden wohnte. Er musste wieder zurück. Zurück? Wie? Fände er einen Bahnhof, gelänge ihm dies vielleicht. Hin und wieder rollte eine Droschke an ihm vorbei. Nicht alle hatten Räder, einige rutschten auf glatten Eisenstangen hinter den Gespannen her. Rotwangige Frauen, Kopf und Hände in Pelzhüllen vergraben, lehnten an den Schultern ihrer Begleiter und reckten die Nasen in die Luft. In der Tat milderte der Schnee die Gerüche von Staub, Rauch und all dem anderen, das er nicht deuten konnte.

Nicht zum ersten Mal an diesem Tag überquerte er eine Brücke. Diese war klein, nicht aus Eisen; solche Brücken fanden sich auch in Argad. Er legte die Arme auf das Geländer. An den Ufern des Flusses, der hier wahrscheinlich nur als Bach galt, klebten Eisplatten. Schnatternde Vögel spazierten darauf herum, schüttelten sich die niedersinkenden Flocken aus den Augen. Anschar wischte über das Holz. Auf seiner Haut schmolz der Schnee zu Wasser, und zurück blieb Kälte, die schmerzte.

Hatte Grazia nicht gesagt, Schnee sei schön? Es war eine Schönheit, die ihn zurückwies. Sie war nicht für ihn gemacht. Sie umhüllte ihn, raubte ihm die Orientierung, erstickte seine Gedanken. Die Stille, die er herbeigesehnt hatte, ließ ihn sich schutzlos fühlen, als könne sich jederzeit jemand anschleichen, und er würde es, trotz des Knirschens unter den Sohlen, nicht hören. Sie passte zu dieser Welt, sie war eisern.

Und sie flüsterte ihm mit ihrer eiseskalten Stimme zu, dass er Grazia heute finden musste, andernfalls würde sie ihn schlucken, nein, verschlingen. Als er das Sturhorn getötet hatte, um Grazia einen letzten Aufschub vor dem Tod zu verschaffen, hatte er geglaubt, unter heißem Sand begraben zu werden. Nein, manche Dinge änderten sich nicht. Und manche kamen gänzlich anders.

Er grub die Hände in die Taschen und stapfte weiter. Seine Augen tränten. In seiner Nase ballte sich ein Gefühl, das dort nicht hingehörte, und in seiner Kehle begann es zu kratzen. Weiter voraus, auf einer Flusswiese, trotzten zwei Bretterverschläge dem Schneefall. Hier wand sich ein Weg, der wieder etwas belebter war. Eine Greisin kam ihm entgegen. Kopf und Schultern waren in einen löchrigen Schal gehüllt, die Handschuhe so lumpig wie seine. Auf dem Rücken trug sie eine Kiepe mit Holz. Sorgenvoll blickte sie in den weißen Himmel.

»Warte«, sagte Anschar, als sie auf seiner Höhe war. »Wo ist Bahnhof?«

»Bahnhof, Bahnhof«, nuschelte sie in ihren Schal. Ihre ohnehin schon kalte Miene zeigte Abwehr. »Wehe, du Wermutbruder klaust mir das gute Holz!« Sie fuchtelte mit der Faust, packte ihre Tragriemen fester und eilte mit wehenden Röcken weiter. Nackte Beine ragten aus hölzernen Schuhen. Die Menschen, die er mit seiner ewig gleichen Frage nach Grazia behelligt hatte, waren ihm gewohnt schweigsam und abweisend begegnet. Selten, dass jemand überlegte, was er denn eigentlich wollte. Diese Frau jedoch schien verrückt zu sein.

Ein Mann zerrte einen Karren hinter sich her. Wie Anschar es schon in der Stadt beobachtet hatte, liefen auch hier zwei Kinder hinterdrein. Diesmal warteten sie nicht, bis ein schwarzer Brocken herabfiel, sondern rannten geduckt näher, schnappten sich, was ihre kleinen Hände tragen konnten, und rannten weg. Drohend reckte der Bestohlene die Faust.

Anschar hob einen der Steine auf. Was, bei Inar, war daran so begehrenswert? Das Zeug bröselte und schwärzte seine Finger. Er wollte das Ding wegwerfen, als sich eines der Kinder vor ihm aufbaute. Fordernd reckte es die Hand. Anschars Magen knurrte so laut, dass es die Augen aufriss. Es nahm den Stein an sich, griff nach seinem Ärmel und deutete zu den Hütten.

Sie erwiesen sich als Wagenkästen, zwar auch fensterlos, doch versprachen sie ein wenig Wärme. Die Tür war so niedrig, dass er sich bücken musste. Ein zahnloser Mann, der sicherlich dreimal so alt wie Henon war, reckte den Schädel aus einer Decke.

»Woas tuste uns bringa?«

»Er hoat Hunger, Grußvoater.«

»Und woas soll'n mir geewen?« Der Alte winkte ihn herein. In den Ecken erwachten Deckenbündel zum Leben; zwei jüngere Männer schälten sich heraus. Auch eine Frau, die sich von ihnen lediglich darin unterschied, dass sich Brüste, fett wie Schläuche, unter den Kleidschichten wölbten. Sie nahm die Steine in Empfang, kroch zu einem Metallkasten, in dem ein erbärmliches Feuer loderte, und schob sie hinein.

»Zigeuner, hast wohl deine Sippe verloren?« Einer der Jüngeren kramte ein Stück Brot hervor und gab es ihm. Aus einem Papierbogen wickelte er eine Wurst. Mit gewichtiger Geste hob er seine Faust. Eine Klinge sprang heraus. Er schnitt die Wurst in Stücke, und sofort langten alle zu. Anschar streckte die Hand aus, versuchte ihm begreiflich zu machen, dass er sich diese ungewöhnliche Waffe ansehen wollte – was der Mann anscheinend begriff, denn er warf entrüstet den Kopf in den Nacken und rief verneinende Laute.

Das Wurststück, das Anschar in die Hand gedrückt bekam, stank wie Abfall. Er schlang es ungekaut hinunter. Den Greis schien es zu erheitern; er neigte sich vor, deutete auf den Wurstrest und machte ein bellendes Geräusch. Alle lachten.

Die Frau schnappte nach einem Insekt, das sich in ihr Kleid genistet hatte. Plötzlich hielt sie eine schwarz bestäubte, nach Kot riechende Handfläche vor. »Do koannst mer aus der Hoand lasa. Koannst de doach?«

Ein Schlag auf ihren Arm ließ sie zurückweichen. »Finger weg von den Kerlen!« Der Fuß eines der Männer zuckte, als wolle er sie treten. Sie zeigte ihm den Rest ihrer Zähne.

Das ist eine Gegend voller Verrückter, dachte Anschar. Dagegen waren Männer wie Friedrich ja nachgerade Menschen, die man leicht verstand. Er hustete. Besser war es, wieder zu verschwinden, bevor das fremde Getier auf ihn übersprang.

»Trink!« Der Mann streckte ein Glasgefäß vor und klopfte sich an die Brust. »Das wärmt dich.«

Das glaubte Anschar verstanden zu haben. Da die Flüssigkeit nicht verschmutzt aussah, beschloss er, es zu wagen. Kurz darauf war ihm danach, alles auszuspucken. Aber der Fremde behielt Recht.

Mit schmerzendem Schädel aufzuwachen, war ihm, die Götter wussten das, nicht fremd; er hatte es erst in Temenon erlebt, nach seinem unseligen, von Wurzelbrandgenuss begleiteten Beischlaf mit Jenia. Neu war, dass er bäuchlings in eiseskalter Nässe lag. Er drückte die Hände in den Schnee und stemmte sich hoch. Auf den Knien rutschte er herum, schüttelte sich die Nässe aus dem Gesicht. Die Wagen, sie waren fort. Nur Radspuren im dreckigen Schnee erinnerten an ihre Anwesenheit.

Mühevoll wuchtete er sich auf die Füße. Hatte er sich wirklich so heftig betrunken? Mit *diesen* Leuten? In der Not tat man ja einiges, aber … Woher der Schmerz in seinem Hinterkopf herrührte, vermochte er nicht zu erspüren. Doch er meinte eine Beule zu ertasten. Und angesichts der Tatsache, dass er seinen Mantel nicht mehr trug und somit nun doch sein Geld verloren hatte, erschien es ihm wahrscheinlicher, niedergeschlagen worden zu sein.

»Inar verfluche euch! Und mich strafe er für meine Dummheit.«

Er presste die Augen zusammen. Wenigstens die Schuhe hatten sie ihm gelassen. Und im Rücken, unter dem Hemd, war noch der Dolch verborgen. Handschuh und Mütze waren verloren. Über die Brücke wankte er zurück in den Wald. Aufs Geratewohl wählte er einen Weg, von dem er annahm, dass er ihn zuvor nicht gegangen war. Lange konnte er in der Eisnässe nicht gelegen haben, andernfalls, davon war er überzeugt, hätte er das nicht überstanden. Wann mochte es dämmern? Der wie mit Gips überzogene Himmel verriet nichts. Von der Sonne hatte er noch nicht einen Strahl gesehen; dass sie der argadischen fast gleich war, wusste er nur, weil Grazia es ihm erzählt hatte. Der eine silberfarbene Mond? Wochen, Monate würde er durch die preußische Nacht irren müssen, um ihn – vielleicht – einmal zu sehen. Wie er dieses Land hasste!

Weiter stapfte er. Sinnlos erschien ihm jeder Schritt, aber wenn die Wüste ihn nicht dazu gebracht hatte aufzugeben, würde es auch der Kälte nicht gelingen, und wenn sie noch so kräftig in seine Haut biss. Allerdings machte ihm der kratzige Schmerz in seiner Kehle Sorgen. Was braute sich da in ihm zusammen? Er schob die Hände in die engen Hosentaschen. Die Heria war noch da; offenbar waren seine zwei Geldpapiere sehr wertvoll gewesen, dass die Diebe in ihrer Freude nicht mehr auf den Gedanken gekommen waren, den Rest seiner abgewetzten Kleidung zu durchsuchen.

Schnee knirschte unter den Sohlen, fiel von den Ästen wie aus Ralaods mehlbestäubten Fingern, rutschte in Brocken von Hausdächern. Dort war eine feste Straße. Verlassen von allen Göttern, aber eine Straße. War das Berlin? Oder eine andere, kleinere Stadt? Bald hatte er das erste Haus erreicht; ein niedriger Zaun umschloss es. So sehr war er darauf bedacht, sich vorwärtszujagen, dass er sich nicht mit der Überlegung beschäftigen wollte, irgendwo anzuklopfen. Eine Kraft trieb ihn vorwärts, wie er sie auch in der Wüste verspürt hatte. Eine Kraft, die bald aufgebraucht war.

Apotheke, las er an einem Haus. War das ein Geschäft, wie jenes im Keller? Die Front sah ähnlich aus, übersät mit Schriftzeichen, jedoch fehlten die Körbe am Eingang. Er öffnete die Tür. Sie begrüßte ihn mit ihrem Gebimmel.

Hier prahlten wenige Tafeln mit ihrer Buntheit; vor den Regalen waren keine Früchte aufgeschichtet, von der Decke hingen keine Würste, ansonsten ähnelte dieser Raum dem anderen. Die Gerüche indes waren noch seltsamer. Es herrschte wohltuende Ruhe. Über einen Tisch, gleichfalls den Raum in zwei Häften teilend, beugte sich ein weißhaariger Mann. Er kritzelte etwas auf ein kleines Stück Papier, die Nase berührte es fast. Als er aufsah, wurden seine wässrigen Augen schmal. Eilends begann er zwischen Dosen, Gläsern, Papierschächtelchen herumzukramen; dann hatte er das Gesuchte gefunden, eine runde Glasscheibe, von Metall eingefasst.

Er klemmte sie sich vors Auge und reckte den dürren Oberkörper. »Der, äh … Herr wünschen?«

Anschar trat an den Tisch. Der Mann schwankte zurück. Die Pupille hinter dem Glas wanderte misstrauisch nach oben.

»Ich …«, begann Anschar auf Deutsch. Er spreizte die Arme und sagte auf Argadisch: »Ich habe kein Geld. Ich habe Hunger, mir friert der Schwanz in der Hose ein. Dass ich jemanden suche, brauche ich erst gar nicht zu erwähnen. Wie auch immer, ich müsste dich anbetteln und bin nicht einmal dazu fähig.«

Er kehrte ihm den Rücken zu, rieb sich die schmerzenden Schulternarben. Sein Kopf fühlte sich an wie mit Wolle zugestopft. Hinter seiner Stirn pochte es. Der Zwang, kräftig zu husten, schüttelte ihn.

Eine Hand berührte seinen Arm. Der Händler hatte sich

ihm mit äußerstem Bedacht genähert. Dann rief er etwas über die Schulter. Eine Frau erschien in einem rückwärtigen, mit einem Vorhang verhüllten Durchgang. Klackernde Worte wurden gewechselt. Hinter seinem Tisch holte er einen Hocker hervor und stellte ihn vor einen schwarzmetallenen Herd. Einladend wies er darauf.

Anschar setzte sich. Aus den zahllosen Gefäßen, welche die Regale füllten, wählte der Mann eines aus braunem Glas. Im Näherkommen ließ er zähe Tropfen in einen Löffel fallen, den er ihm hinhielt. »Inar«, sagte Anschar und hob eine Hand. »So schnell schlucke ich keine Flüssigkeiten mehr, die ich nicht kenne.«

Der Alte schlurfte wieder hinter seinen Tisch, musterte seinen Löffel und schob ihn sich achselzuckend selbst in den Mund. Den Becher, den die Frau brachte, nahm er entgegen und hielt ihn unter Anschars Nase. »Zitronentee«, spuckte er das fremde Wort mit plötzlicher Bestimmtheit aus. Das Gebräu lockte mit Hitze. Anschar beschloss, es zu wagen, auch wenn sein Misstrauen nicht ausgeräumt war.

Der erste Schluck schien sämtliche Nässe aus seinem Körper zu ziehen und in seinem Mund zu versammeln. Er stöhnte, wusste nicht, ob er diesen Geschmack lieben oder hassen sollte.

Der heiße Becher ließ seine Hände angenehm glühen. Im Rücken spürte er die Wärme des Herdes. Er fasste wieder Mut, den einen Satz zu äußern, der ihn wohl noch bis an sein – vielleicht nicht mehr fernes – Lebensende im Schlaf verfolgen würde.

»Ich suche Grazia Zimmermann.«

Grazia betrachtete sich in ihrem Klappspiegelchen, ohne die Hand vom Lenkrad zu nehmen. Die Frisur hatte während der wilden Fahrt nicht gelitten; der eigens für den Automobilsport angefertigte Hut, wie Heinrich ihr erklärt hatte, saß fest. Vom Gesichtspuder jedoch war nicht mehr viel zu sehen. Es würde ewig dauern, bis die in der Wüste zur Vollkommenheit erblühten Sommersprossen wieder blasser wurden. Ob sie wirklich mit einem Bleichmittel nachhelfen sollte?

»Soll ich nicht doch aussteigen?«, fragte sie.

»Nein«, schnaufte Heinrich hinter ihr. »Das wäre ja noch schöner … dass die Dame durch den Schnee … laufen muss.«

»Wie Sie meinen. Und woran liegt es nun?«

»Der Tank ist leer. Fritz hat … nicht richtig kontrolliert … oder … der Schwimmer im Tank … hängt.«

Sie konnte sehen, wie er sich abplagte, den Wagen die Straße entlangzuschieben. Seufzend klappte sie den Spiegel zusammen und konzentrierte sich wieder auf ihre Aufgabe. Ihre Fingerspitzen trommelten auf dem Lenkrad. »Zu Fuß könnten wir schon im nächsten Ort sein.«

Der Wagen stand still. Sie drehte sich im Sitz. Heinrich hatte eine Hand ins Kreuz gestützt, mit der anderen wischte er sich mit seinem Halstuch über das Gesicht. Allmählich kam er wieder zu Atem. »Ich will das Automobil nicht einfach herumstehen lassen, das sagte ich doch schon. Am Ende spannen es irgendwelche Zigeuner vor ihre Gäule, und weg ist es.«

Er machte sich wieder an die Arbeit. Die Gummiräder rutschten über den Schnee. Eine Droschke war nicht vorbeigekommen, allerdings hätte die wohl auch nicht helfen können. Und wenn doch, hätte Heinrich es vielleicht abgelehnt. Man bedenke, ein Automobil im Schlepptau einer Pferdedroschke! Vernehmlich seufzte Grazia auf. Ihr war kalt, der Saum des neuen Kleides nass vom hochgespritzten Schnee, und sie hatte Hunger. Glücklicherweise ließen sich in einiger Entfernung die ersten Häuser blicken.

»Fräulein Zimmermann … wenn Sie so nett wären und …

weiter lenken würden?«, kam es von hinten. Sie fuhr fort, dafür zu sorgen, dass Heinrich den Wagen nicht an den Waldrand schob, und bekam für ihre Bemühungen ein Lob: »Das machen Sie im Übrigen … hervorragend! Wirklich!«

Sie hob die Brauen. Als ob es so schwierig wäre, ein bisschen an diesem Rad zu drehen. Da hatte ihr Anschar ganz andere Sachen zugetraut. … *ich dachte, eine Floßbauerin kann das.* Was Heinrich wohl dazu sagen würde, wüsste er, was sie alles schon getan hatte, im Angesicht großer Gefahr? »Das ist ja schön und gut. Aber wie kriegt denn so ein flügellahmer Phönix seinen Durst gelöscht? Wo kann man Benzin kaufen?«

»In Apotheken«, keuchte er, während er durch den Schnee stapfte. »Vielleicht haben wir … in der dort vorn Glück.«

Der Alte war hinter seinen Tisch zurückgekehrt, hatte wieder zu seinen Zettelchen gegriffen. Das Paar sah sich an, raunte sich den Namen zu und schüttelte die Köpfe. Schließlich holte er aus irgendeinem Fach ein Papierbündel, ähnlich jenem, das im Wirtshaus gelegen hatte. Er versuchte zu lesen, pflückte schließlich mit ungeduldiger Geste das Glas vom Auge und neigte sich tief über die Blätter. Wispernd formten seine dünnen Lippen Grazias Namen. Wenngleich Anschar nicht wusste, was es mit diesen Papieren auf sich hatte, keimte Hoffnung in ihm – die sogleich zerstob, als der Händler sich aufrichtete und den Kopf schüttelte. Die Frau warf etwas ein; er zupfte nachdenklich an seinem spitzen Kinnbart, der, wäre er um Geringes länger, eines Herscheden würdig gewesen wäre. Anschar überlegte, ob er nach einem jener Orte fragen sollte, die Grazia hin und wieder aufsuchte. Aber das war ja ebenso sinnlos; Wochen, Monate konnten vergehen, bis sie es wieder tat.

Ein Klingeln ertönte. Gewichtigen Schrittes marschierte ein Mann herein, von einem dunkelbraunen Ledermantel umhüllt. Er schlug den Kragen herunter, entledigte sich seiner Handschuhe und lockerte den eigenartigen Zierrat um seinen Hals. Dann zerrte er eine lederne Kappe vom Kopf, wischte sich mit dem Handrücken über das gerötete Gesicht und die hellbraunen Haare. »Panne!«, schnaufte er, dann etwas ruhiger: »Ich brauche Benzin für mein Automobil. Haben Sie das?«

»Aber ja.« Der Händler steckte sich das Glasding ins Gesicht, wobei er sich ein Lachen zu verkneifen suchte. »Diese neumodischen Sachen versagen doch immer, wenn man sie braucht, ist's nicht so?«

Langsam hob Anschar den leer getrunkenen Becher. Dann stellte er ihn mit einem Knall auf dem Herd ab.

Der Fremde wandte ihm den Kopf zu. Röte wechselte zu Blässe, sein Kinn sackte herab.

»Ich – ich – ich brauche es schnell«, stotterte er und schluckte, während er Anschar erschrocken anstarrte. Er wich zwei Schritte zurück, um einen raschen Blick durch die Tür zu werfen.

»Immer langsam mit die jungen Pferde. Ach, Sie haben ja keine«, lachte der ältere Mann und verschwand hinter dem Vorhang.

»Sehr witzig«, knurrte der Fremde, der weder die Tür noch Anschar aus den Augen lassen wollte. Plötzlich kam er so schnell näher, dass Anschar sich zu seiner ganzen drohenden Größe erhob. »Wo ist der Hinterausgang? Schnell!« Der Mann zerrte an Anschars Hemd, dass es am Ausschnitt einriss, und versuchte ihn in Richtung des Vorhangs zu schieben, vorbei an der Frau, die schreckerfüllt zurückwich. Anschar begehrte auf, packte ihn am Kragen und zog ihn mit sich auf einen düsteren Hof.

Seine Finger bohrten sich in den Hals des Mannes. Seine Rechte hob die Dolchklinge dicht vor eines der ängstlich aufgerissenen Augen und drehte sie bedeutungsvoll hin und her. Dann schob er sie in ein Nasenloch und drehte sie auch da. Der Preuße heulte auf. Diese Männer, so dachte Anschar, mussten erst Schmerzen erleiden, bevor sie sich Tränen erlaubten.

»Aufhören!«, kam es in erbärmlichem Gewimmer. »Ich wollte doch nur, dass Sie hier ein paar Minuten warten.«

»Schsch. Ich verstehe dich ja nicht.«

»Bitte – bitte lassen Sie mich gehen, draußen wartet meine Dame …«

»In der Eisenbahn habe ich dir gestattet, mir zu nahe zu kommen, weil du mich überrumpelt hast. Einmal sollte genügen.« Anschar senkte die Waffe, bis er mit der Klingenspitze das fremde Gemächt ertastete. »Falls nicht, werde ich dich gern von dem befreien, was dich plagt. Verstehst du *mich?*«

»Gott steh mir bei.« Schweiß quoll dem Mann aus sämtlichen Poren, die hellbraunen Augen waren weit aufgerissen. Unter seinem Griff spürte Anschar, wie der Mann verzweifelt zu schlucken versuchte. Er hob den Dolch an, bis er ein entsetztes Quieken vernahm, und ließ dann von ihm ab.

Mit einer Hand rieb sich der Preuße den Hals, mit der anderen prüfte er, ob seine Manneskraft keinen Schaden genommen hatte. Nach Atem ringend, tastete er sich zurück ins Haus, nicht ohne die üblichen Schimpfwörter auszuspucken.

Anschar warf den Dolch hoch und fing ihn wieder auf. Sollte er warten, bis der Fremde fort war, und dann in die *Apotheke* zurückkehren? Nein. Zweimal hatte man Hilfsbereitschaft nur vorgetäuscht. Beim dritten Mal würde er vielleicht ohne Schuhe dastehen. Er schob die Waffe unter sein Hemd und folgte dem Gang ins Freie. Rechts hörte er die Tür klingeln – eine Frau war in das Geschäft getreten, er sah noch ihren dunkelroten, mit schwarzen Einsätzen verzierten Rock durch den Türspalt schlüpfen. Er verschränkte die Arme, um sich ein wenig zu wärmen, und lief dann weiter, vorbei an einem jener eigentümlich aussehenden Gefährte, die ihre Zugkraft von sonst woher nahmen, nur nicht von Pferden. Er war sich des Zwiespalts bewusst, in dem er sich befand: Er *musste* sich irgendjemandem anvertrauen. Wem, nur, wem?, richtete er die schwierige Frage an den Steinhimmel, hinter dem sich vielleicht die Götter verbargen. Konnten sie ihn hören? War dies die Welt, in die sie gegangen waren? Eine der Welten? Sahen sie, wie er sich von seinem Ziel, den Fluch abzuwenden, immer weiter entfernte?

In der Apotheke war es angenehm warm, an der Wand brummte ein Ofen. Es roch nach Arzneien und Zitrone. Hinter der Theke, an einem vorhangverhängten Durchgang, stand die Apothekersfrau. Grazia grüßte und überlegte, da sie nun einmal hier war, wegen des Bleichmittels um Rat zu fragen. Und überhaupt, weshalb dauerte das mit dem Benzin so lange? »Wo ist denn der Herr im langen Ledermantel?«, fragte sie die Frau, die hinter sich deutete und den Mund zu einer Erwiderung öffnete; da flog der Vorhang auf, und Heinrich taumelte herein. Blut quoll aus seiner Nase und troff in langen Fäden auf den Boden.

»Herr von Neideritz!« Grazia stürzte zu ihm und umfasste sein Gesicht. »Um Gottes willen! Was ist denn mit Ihnen passiert?«

Er war totenbleich, zerrte an seinem Halstuch, bis er es in der Hand hielt und auf die Nase pressen konnte. Japsend drückte die Apothekersgattin die Hand unter den Busen und suchte mit der anderen irgendwo Halt, vergebens. Sie sank zu Boden. Ihr Mann kam durch den Vorhang gelaufen und drehte sich hierhin und dorthin, als wüsste er nicht, wo er zuerst zu Hilfe eilen sollte. Grazia schob Heinrich in Richtung des Stuhls, wo er niedersackte. Sie drückte die Daumen auf seine Wangen, um sich den Schaden anzusehen, aber bis auf die Unmenge klumpiges Blutes ließ sich nichts erkennen. Ihre Hand zuckte, schon wollte sie das Blut aus Heinrichs Gesicht waschen, aber rechtzeitig besann sie sich.

Der Apotheker klapperte mit Glasfläschchen und hielt, dem aufkeuchenden Geräusch nach zu urteilen, seiner Gattin ein Riechsalzfläschchen unter die Nase. Dann brachte er ein Blechdöschen, in dem eine Wattewolke saß. »Schnäuzen Sie sich«, wies er Heinrich an. Grazia knüpfte sein rotes Halstuch ab und hielt es ihm vors Gesicht. Gehorsam leerte er seine Nase; schnell zupfte der Apotheker ein großes Stück Watte ab, zwirbelte es in den Fingern und drückte es dem wehklagenden Heinrich in das Nasenloch.

»Nicht so fest!«, jaulte er.

Der Apotheker ließ sich nicht beirren; bald war Heinrichs Nase zu doppelter Größe angewachsen. Die Blutung hörte auf.

»Was war denn nun?«, fragte Grazia händeringend.

»Ein Überfall«, erwiderte der Apotheker. »Dabei wirkte der Kerl erst ganz harmlos, auch wenn er weiß Gott nicht so aussah.« Er griff aus einem Regal eine Kräuterschnapsflasche und drückte den Bügelverschluss zur Seite. Kurzerhand setzte er sie sich an die Kehle und hielt sie dann Heinrich hin, der ebenfalls trank, aber mit zittriger Hand, so dass der dunkelgrüne Schnaps über sein Kinn rann.

»Er hat mir ein Messer in die Nase gerammt«, näselte Heinrich, sich vorsichtig betastend. »Ganz ohne Grund.«

»Und Sie wissen nicht, wer das war?«, fragte Grazia.

Er schüttelte den Kopf und presste die Augen zusammen, da die Bewegung zu heftig gewesen war. »Irgendein Ausländer.«

»Sie müssen die Polizei rufen«, rief sie über die Schulter. »Sie haben doch sicher einen Telephonapparat?«

Der Apotheker wollte sich abwenden, um ihrem Wunsch nachzukommen, aber da war Heinrich aufgesprungen.

»Nein, das ist unnötig.«

»Aber Herr von Neideritz …«

»Nein! Wozu denn? Der Kerl ist längst über alle Berge. Das ist er doch, oder?« Er wankte zur Tür und blickte in alle Richtungen, ohne sie zu öffnen.

»Er wollte Sie umbringen!«

»Unsinn. Er wollte nur … mein Geld.« Er griff in seinen Mantel und förderte seine Brieftasche zutage. »Ist aber noch alles da, er hat kalte Füße gekriegt und ist abgehauen. Es ist niemand zu Schaden gekommen, daher lohnt es sich nicht, jetzt noch die Pferde scheu zu machen.«

»Es ist niemand zu Schaden gekommen?«, wiederholte sie fassungslos. »Ihr Gesicht ist voller Blut.«

Hastig wischte er an sich herum, konnte es aber nicht ganz entfernen, da es bereits angetrocknet war. »Ich möchte jetzt eigentlich nur eines: nach Hause fahren. Fräulein Zimmermann, ich muss sie förmlich um Verzeihung bitten, dass unser Ausflug so unschön verlaufen ist. Ich hoffe, ich kann das wieder gutmachen.« Gefassten Schrittes ging er zur Theke. »Wenn ich um das Benzin bitten dürfte?«

Der Apotheker holte hinter dem Vorhang eine große Messingkanne hervor. Heinrich bezahlte, entschuldigte sich höflich für die Umstände, nickte der leichenblassen Apothekersfrau zu und trug die Kanne eigenhändig zur Tür, die er für Grazia aufhielt. Aber ganz so rasch, wie er tat, konnte er seine unangenehme Begegnung nicht wegstecken; noch immer hatte er keine Farbe im Gesicht, und seine Gedanken waren nach innen gerichtet, denn er wirkte steif.

»Ich finde wirklich, Sie sollten …«

»Nein«, schnitt er ihr das Wort ab und rang sich ein unbeholfenes Lachen ab. »Ich habe das fast schon wieder vergessen. Man darf sich nicht von jedem dahergelaufenen Haudrauf den Tag verderben lassen.« Er klappte das Sitzpolster hoch und goss das Benzin in den darunter liegenden Tank. Die leere Kanne reichte er dem Apotheker. »Danke. Es lag wirklich am Schwimmer, man sieht ihn nämlich nicht. Das muss ich reklamieren.«

Er gab dem Apotheker die Hand, dieser nickte ihm und Grazia zu und hastete ins Haus zurück. Sie ließ sich von Heinrich zurück in den Wagen geleiten.

»Dann wollen wir den Jungen wieder fliegen lassen, hm?«, gab er sich gut gelaunt. »Sie sind übrigens ganz schön hart im Nehmen.«

»Ich? Wieso?«

»Na, ich hätte erwartet, dass *Sie* umkippen und es, wenn überhaupt, die Apothekersfrau ist, die mir ohne mit der Wimper zu zucken in meine ramponierte Nase starrt.«

Weshalb war er darauf bedacht, so zu tun, als ob nichts gewesen wäre? Diese Männer mit ihrem dummen Stolz!, dachte sie. Dass sie jetzt Angst haben musste, weil der Täter ja vielleicht noch in der Nähe war, daran schien er nicht zu denken. Seltsamerweise verspürte sie keine Angst. Als sei dies nicht geschehen. Sie fragte sich, warum sie so empfand. Heinrich öffnete die Motorverkleidung, holte eine Kurbel hervor, die er irgendwo vorne einsteckte, bückte sich und begann kräftig zu kurbeln, bis der Wagen sich dazu entschied, spuckend und knurrend wieder zum Leben zu erwachen. Während sie ihn beobachtete, kam ihr die Antwort: Jemandem ein Messer in die Nase zu stoßen – etwas so Archaisches passte nicht in diese Welt.

Er umklammerte die Eisenstangen so fest, dass er glaubte, seine Haut werde an ihnen festfrieren. Er presste das Gesicht dagegen. Sollte die Haut nur reißen, wenn dann der Schmerz das Gefühl überlagerte, von der Kälte innerlich entzweigeschlagen zu werden. Aber sie tat es nicht. Seine Knie knickten ein, sanken in den zu Schlamm getretenen Schnee; seine Hände glitten an den Stangen des eisernen Tores entlang. Jenseits eines Aufweges schwebten erhellte Fenster in nebligem Dämmer.

Die Krallen der kommenden Nacht kratzten schon an seinem Rücken. Der preußische Tag verging so schnell. Anschar warf den Kopf hoch. Konnte er das Tor übersteigen? Die Eisenstangen endeten dicht unter dem Portal in speerartigen Spitzen. Er zog sich hoch, rüttelte daran. Ein Schatten glitt auf der anderen Seite heran, verwandelte sich in einen knurrenden Hund.

Anschar zwang sich, an der Mauer entlang weiterzulaufen. Ewig wollte sie nicht enden, auch nicht niedriger werden. Doch abrupt bog sie ab, und er stand vor einem Zaun aus Eisendraht. Fast hätte er in eine der von Schnee halb bedeckten Dornen gegriffen, die in regelmäßigen Abständen daran angebracht waren. Einen der Drähte trat er nieder, den anderen drückte er hoch und schlüpfte hindurch. Die Dornen kratzten über seinen Rücken, rissen sein Hemd auf, aber es kümmerte ihn nicht. Er hatte nur das weitläufige Gebäude vor Augen, das den Geruch warmen Mists ausdünstete.

Die Mauer bestand aus einem Holzbalkengitter, in das Ziegel vermauert waren. Hier gab es keine Glasfenster. Er fand eines aus Brettern. Mit einer Schaufel drückte er es auf, zog sich hoch und sprang in einen Lagerraum. Leitern, Bretter, gestapeltes Holz, Werkzeuge, metallene Gerätschaften. Der Weg in den Stall war nur durch eine halbhohe Tür verschlossen. Er hakte sie auf.

Er hatte gehofft, Pferde vorzufinden. Ein Pferd zu stehlen, hätte ihn in *Teufelsküche*, aber immerhin auch vorwärts gebracht. Hier aber standen nur Rinder. Er zählte zwölf, die ihre Köpfe durch ein Gestänge geschoben hatten und aus langen Trögen fraßen. Vor einer Tränke fiel er auf die Knie und schöpfte Wasser. War es die unnatürliche Hitze in seinem Körper, die ihn ständig zum Trinken oder Essen des Schnees zwang? Dass er in den letzten Tagen kaum etwas gegessen hatte, erschien ihm als das geringste Übel. An der Wand kauerte er sich auf einer dicken Heuschicht zusammen. Im Heu steckte etwas Weißes, eines dieser Dinger, die sich die Leute hier in den Mundwinkel steckten. Nein, es war ein Stück Kreide, diente wohl zum Beschriften der Tafeln an den Wänden. Er lehnte die Schulter an das Holz und fuhr mit der Kreide darüber, immer wieder, doch weder die Bewegung noch die aus den Rinderleibern dampfende Wärme wollten das Leben in seine kalten Glieder zurückkehren lassen. Irgendwann entsann er sich der Feuerhölzchen. Brennbares gab es hier genug, ein Metalleimer oder Ähnliches würde sich gewiss finden. Er zog die Schachtel aus der Hosentasche. Die feuchte Pappe bröselte unter seinen Fingern.

Anschar schrie, warf die Arme um sich. Unter der Achsel ballte er die nutzlosen Späne. Hieb um Hieb brachte ihm diese Welt bei, bis er begreifen würde, dass sie stärker war.

Er taumelte auf die Füße, zu einer der Kühe, zerrte sie an ihrem Halsband vom Gestänge fort, um ihren Hals zu umschlingen. Sie brummte nur verdutzt und hielt still, während er sich an ihren warmen Körper presste. Es half, und irgendwann wusste er nicht mehr, weshalb er dennoch zitterte. Weil er krank war oder aus ohnmächtiger Wut?

Sprach da jemand? Die Stimme, die ihm in der größten Wüstenhitze zugeflüstert hatte, sich hinzulegen, nichts mehr zu tun? Er warf den Kopf zurück, lauschte. Nein. Sie hatte begriffen, dass nichts, nichts, *nichts* den Ersten der Zehn zum Aufgeben zwingen konnte. Entschlossen stemmte er sich hoch. Kehrte in den Raum zurück, den er anfangs durchquert hatte. Fand eine Axt. Ein dünnes Seil. Ledergurte.

Die Kuh führte er am Nasenring zum Stalltor. Es war unverschlossen. Das mochte darauf hinweisen, dass jederzeit ein Mensch erscheinen konnte, aber das kümmerte ihn jetzt nicht. Willig trabte sie neben ihm her. Mehrere Bäume begrenzten das Feld, er wählte den, von dem ein niedriger Ast kräftig abstand. Er band sie am Stamm fest, warf ein Seil über den Ast und wand es fest um den Rumpf. Auch die Läufe fesselte er aneinander. Die Kuh blieb friedlich.

Anschar streichelte das weiche Fell, kraulte sie hinter dem Ohr. »Schade um dich. Aber du stirbst ehrenvoll.«

Schnee war auf den Hals des Tieres gefallen, er wischte ihn herunter. Dann packte er mit beiden Händen die Axt. Es würde keine leichte Arbeit werden.

»Inar, Hinarsya!«, schrie er. Die Ruhe, die ihn eben noch erfasst hatte, wich wieder wohltuendem Zorn. Nicht nur auf diese Welt, sondern auch auf die Götter, die ihn hierzu zwangen. In der frischen Winterluft würde der Blutgeruch schnell zu ihnen aufsteigen. Sie würden schnuppern, würden ihn sehen und sich schämen, dass sie seine Not nicht bemerkt hatten. Er schwang die Axt über die Schulter und haute sie mit einem markerschütternden Brüllen nieder.

5

Es war schön, im Arbeitszimmer des Vaters zu sitzen und eine Zweisamkeit zu genießen, die sich nicht daran störte, dass er ihr den Rücken zugekehrt hatte und in seine Arbeit vertieft war. Sein Tintenfederhalter kratzte übers Papier.

An einem Ende des die gesamte Längswand einnehmenden Schreibtischs stand eine Schreibmaschine, auch eines der Dinge, die in den letzten Jahren neu hinzugekommen waren. Sonst war alles wie immer, der Tisch ächzte unter Papier und Büchern, der Stuhl unter dem Gewicht des Vaters, wenn er sich bewegte. Ab und zu kratzte er sich nachdenklich den Hinterkopf und stieß brummelnde Laute aus.

Grazia steckte die Nase in ihr Buch, obwohl sie die traurige Geschichte der Effi gar nicht lesen mochte. Gestern war sie in dieselbe Buchhandlung gegangen, wo Theodor Fontane es ihr seinerzeit zum Geschenk gemacht hatte. Warum nur hatte sie es gekauft? Sie blätterte, drehte es in den Händen. Diese Ausgabe war nicht von Herrn Fontane signiert, sie war nicht abgegriffen, die Seiten nicht von der Sonne nachgedunkelt, und es steckten keine Sandkörner im Falz. Von all den Gegenständen, die sie auf dem Weg von Argad nach Temenon mitgenommen oder aufgesammelt hatte, war dies der einzige, von dem sie geglaubt hatte, er ließe sich zurückholen.

Ich bin zurück, habe meine Familie wieder, dachte sie. Warum nur fühlte es sich an, als hätte sie alles, buchstäblich alles verloren? Theodor Fontane war tot, Effis Geschichte nichts als eine Aneinanderreihung von Wörtern. Ihr eigenes Abenteuer war zu Ende, zu einer Geschichte geworden, wie die in den alten Sagenbüchern.

Sie tat einen tiefen Atemzug und schlug das Buch zu. Der Vater richtete sich auf und drehte sich auf dem Stuhl zu ihr um.

»Na? Was geht dir im Kopf herum?«

Ihr Daumen strich über den goldgeprägten Buchrücken. »Ich sagte einmal zu Anschar, von einem Buch gebe es Tausende. Er konnte sich das nicht vorstellen. Mir kommt es jetzt auch seltsam vor.« Hierzu schwieg er, so dass sie fragte: »Und was denkst du gerade?«

»Mhm.« Er nahm die Brille ab und rieb sich die Nase. »Nicht viel. Ich sehe nur, dass du ihn nicht so leicht vergessen kannst, wie wir das vielleicht alle erhoffen. Das ist ja nicht weiter verwunderlich. Erinnerst du dich, dass ich dir einmal sagte, du solltest eine Reiseerzählung schreiben? Damit das alles aus dir herauskommt? Da«, er reckte sich nach der klobigen Maschine und klopfte darauf. »Kannst du ruhig benutzen. Ich komme mit dem Ding sowieso nicht zurecht.«

Unwillkürlich musste sie prusten. »Ich kann Flöße und neuerdings Automobile lenken, aber bestimmt keine Schreibmaschine bedienen.«

»Apropos stinkende, knallende, rauchende Fußgängerbedrohungen: Wie steht sich denn die Sache mit dem Herrn Automobilisten?«

»Ich weiß nicht, was ich von ihm halten soll. Sag du mir das bitte.«

»Ich? Er ist eine gute Partie. Natürlich Reserveoffizier, wie könnte es auch anders sein, aber wenigstens trägt er den nicht vor sich her, was ich recht angenehm finde; du weißt ja, dass ich von zu viel Offiziersgehabe nicht so viel halte, schließlich liegt der letzte Krieg lange zurück, Gott und dem Kaiser sei's gedankt. Heinrich gräbt aus Vergnügen in Leukas herum und nicht wegen ›Ruhm, Ehre und Dienst am Vaterland‹. Damals glaubte ich, Friedrich wäre der Passende für dich. Wäre dir dein Abenteuer nicht in die Quere gekommen, säßest du jetzt wahrscheinlich unglücklich an seinem Tisch. Das hätte ich nicht gewollt. Kindchen, wie soll ich jemandem wie dir, der so viel erlebt hat, sagen, was er von Heinrich von Neideritz halten soll?«

»Ich mag ihn, aber kann mir nicht erklären, warum er hinter mir her ist. Wenn ich wenigstens umwerfend hübsch wäre, aber so?«

»Wer hat dir um alles in der Welt eingeredet, du seist nicht hübsch? Etwa die Argaden? Du bist das hübscheste Mädchen, das man sich denken kann!«

»In den Augen der Argaden bin ich tatsächlich nicht schön. Sie fanden meine Haarfarbe aufregend, den hellen Teint befremdlich, und vor den Sommersprossen hatten sie regelrecht Angst.«

»Deine Großmutter war auch so ein gesprenkelter Karottenkopf wie du, und sie konnte sich vor Verehrern nicht retten. Papperlapapp, dummes Zeug, das alles! Wenn Heinrich meine Tochter unansehnlich findet, soll er bleiben, wo der Pfeffer wächst. Das verbitte ich mir, und da könnte er mir mit noch so vielen Offizierspatenten unter der Nase wedeln.«

Seine wohltuende Empörung ließ sie lächeln. »Das hat er ja gar nicht gesagt. Er macht mir den Hof, aber irgendwie … ach, ich weiß auch nicht.«

»Vielleicht findest du ja die Antwort, indem du dich fragst, was *du* empfindest. Nun?«

»Ich mag ihn.«

»Nein, das meinte ich nicht, diese lasche Behauptung hast du eben schon aufgestellt. Sei ehrlich. Und lass die Finger aus dem Mund.«

Sie ließ die Hand sinken. Dass sie wieder an den Nägeln zu knabbern angefangen hatte, war ihr nicht aufgefallen. »Eigentlich empfinde ich nichts.«

Er brummelte etwas in sich hinein. Schweigen breitete sich aus, und er wuchtete sich wieder in Richtung Schreibtisch. Eine Weile kratzte er vor sich hin, während Grazia versunken dasaß. Schließlich stand sie auf, lehnte sich an seinen Rücken und schob die Arme über seine Schultern. Flüchtig tätschelte er ihren Arm, ließ sich jedoch nicht beirren, den Papierbogen mit Tinte zu füllen. Es war ein Aufsatz, sicherlich für das heutige Treffen, das zweiwöchentlich bei einem der bedeutendsten Philologen in Charlottenburg abgehalten wurde. Als es an der Wohnungstür schellte, zog er seine Taschenuhr aus der Weste.

»Charlotte ist ja überpünktlich. Ich hoffe, du hast nichts dagegen, dass ich sie zum Kaffee herbat? Ich lasse dich ungern allein. All das, was du in der anderen Welt erlebt hast, und jetzt dieser Raubüberfall!«

»Das Tantchen soll verhindern, dass ich in Gefahr gerate?«, fragte sie erheitert, während sie mit ihrem Vater zur Tür ging.

»Nein, das Tantchen soll dir ein bisschen Normalität bringen, darum geht es mir. Oder willst du das nicht?«

»Ach, ich finde sie unterhaltsam. Solange sie mir nicht irgendwelche Sachen aufdrängen will, die Frauen angeblich dringend brauchen.« Sie schmiegte sich an ihn, dankbar, dass er sich um sie sorgte; dann traten sie auf den Flur hinaus und ließen die überschwängliche Begrüßung Charlottes über sich ergehen. Adele brachte den teuersten Kaffee, den man in Friedrichshain kaufen konnte, und kaum saßen sie am Tisch versammelt, als sich der Vater in den Mantel helfen ließ.

»Die *Graeca* wartet auf mich, meine Damen.«

»Jetzt schon?«, maulte Grazia.

»Einen Disput über die homerische Frage kann man nie zu spät beginnen. Außerdem, das Charlottchen zu unterhalten, ist Sache der Frauen. Au revoir, meine Damen.« Im Hinausgehen setzte er sich den Hut auf, und weg war er. Charlotte machte ein pikiertes Geräusch.

»So war er schon immer«, sagte sie. »Wenn einer seiner Kollegen mit einem Gespräch über alte Griechen oder Ähnliches winkt, rennt er hin. Und da sie ständig darüber reden wollen, nutzt er es weidlich, den weniger angenehmen Verpflichtungen zu entkommen.«

»Aber Tante, du bist doch keine unangenehme Verpflichtung. Außer du willst wieder zu Wertheim.«

»Nein. Aber den Tiergarten haben wir ja neulich nicht

geschafft. Und dann wollte ich in der Nähe in einen Laden, der …« Sie stutzte, musterte Adele, die duftenden Butterkuchen auftrug, von oben bis unten, dann Grazia. »Ist doch ganz gut, dass Carl weg ist, so etwas kann man ja schlecht in Anwesenheit eines Herrn besprechen.« Sie fischte aus ihrer Handtasche einen Zeitungsausschnitt. »Hör zu: ›Wenn die Büste zurückgeblieben oder infolge Krankheit oder Wochenbett entschwunden ist, erlangen Sie in vier bis sechs Wochen eine feste Büste von normaler Fülle. Zunahme schon nach der ersten Anwendung des Präparates.‹ Wie findest du das?«

Grazia und Adele schauten an sich hinunter. »Und das hilft?«, fragte Adele.

»Muss es ja, wenn sie einem eine Geld-zurück-Garantie geben.« Charlottes Blick auf Grazias Busen war vielsagend. »Ich selber hätte auch nichts einzuwenden gegen ein bisschen, äh, mehr.«

»Meine Büste ist nicht zurückgeblieben«, verwahrte sich Grazia. »Andererseits – Adele könnte es ja für uns ausprobieren.«

»Nee!« Das Dienstmädchen flüchtete mit dem leeren Tablett in die Küche. Charlotte ließ den Zettel zurück in die Handtasche fallen und nahm die Gabel zur Hand, um ihr Butterkuchenstück zu bearbeiten.

»Wie geht es eigentlich Herrn von Neideritz' Nase?«, fragte sie und blätterte mit der freien Hand die vom Frühstück liegen gebliebene Tageszeitung um.

»Weeß ick nisch.« Zwei Tage lag es zurück, dass der Ausflug mit dem Motorwagen sein unrühmliches Ende genommen hatte. Seitdem hatte Heinrich nichts von sich hören lassen, wie auch? Er würde ja jetzt nicht ständig Telegramme schicken; ob ihm das Briefeschreiben lag, wusste sie nicht, und anrufen konnte man hier nicht, außer im Geschäft nebenan.

»Dass man sich heutzutage draußen nicht mehr sicher sein

kann!«, schimpfte Charlotte. »Heute früh hörte ich ... Einen Augenblick, sicher steht es auch hier drin ...« Sie blätterte weiter. »Ah, genau! ›Dreißigjähriger Mann im Grunewald ermordet aufgefunden‹.« Ihr gepflegter Finger tippte auf die Schlagzeile. »Das ist da passiert, wo ihr herumgefahren seid. Ist das nicht schrecklich?«

Grazia räusperte sich. Die Annonce für *Kaloderma*, welche über dem Artikel prangte, hatte sie abgelenkt. »Ja, schrecklich. Möchtest du noch Kaffee?« Sie stand auf, um an die Kanne zu gelangen, und trat an Charlottes Seite, um ihr einzuschenken.

»Danke, Kind. Sieh dir das an, nur Mord und Totschlag da draußen, man sollte gar nicht weiterlesen. ›Kuhmörder in Spandau ... schlachtete die Kuh eines Bauern ab ... widerliche Blutthat eines Ausländers, Zigeuners wahrscheinlich, versetzte die Leute vom Spandauer Dahlke-Hof in Schrecken. Der Thäter, dessen Arm nach Zeugenaussage tätowiert ist, ist flüchtig‹ ...«

»Du hast Recht, das sollte man nicht lesen.« Grazia wollte sich setzen. Am Arm tätowiert? Sie knallte die Kanne auf den Tisch.

»Zeig mir das!« Kurzerhand riss sie der Tante die Zeitung aus der Hand und wühlte darin herum. Wo hatte das gestanden? Wo nur? Da sah sie es. Mehr als das, was die Tante vorgelesen hatte, stand jedoch nicht darin.

Grazia ließ die Zeitung sinken. »Am Arm tätowiert«, murmelte sie. Aber was besagte das? Bei einem Zigeuner war das nichts Besonderes, das waren merkwürdige Leute. Aber so merkwürdig, dass sie auf eine fremde Weide liefen und eine Kuh töteten, auch wieder nicht. Oder doch?

Oder doch? Verzweifelt versuchte sie sich einzureden, dass nichts davon auf Anschar hindeutete. Nichts. Gar nichts.

Sie sackte auf ihren Stuhl.

»Du bist ja plötzlich ganz blass!« Charlotte tätschelte ihre Hand. »Was ist denn mit dir?«

»Ich kenne ihn«, japste Grazia, die Hand auf die Brust gepresst. Ihr schwindelte.

»Was, wen?«

»Der das getan hat.« Sie hielt die Zeitung hoch und deutete auf den Artikel.

»Das ist doch Unsinn. Woher denn? Du kannst in den letzten vier Jahren unmöglich solche Leute kennengelernt haben?« Plötzlich schnappte Charlotte nach Luft, als habe sie nun erst begriffen. »Du weißt, wer das ist? Gute Güte! Was hast du mit solchem Verbrechergesindel zu schaffen?«

»Das ist er nicht!«

»Nicht?« Sie warf einen vielsagenden Blick auf die Zeitung.

»Nein!« Grazia zerrte das Batisttüchlein aus ihrem Ärmel und wischte sich über die Augen, die viel zu heftig tränten; das Tuch vermochte die Nässe nicht zu bändigen. Was Anschar zu dieser Tat getrieben hatte, konnte sie sich mühelos denken. »Ich schäme mich so. Die Arga… sein Volk hat mich aufgenommen, wie ich war, ich musste mich nicht verbiegen. Im Gegenteil, sie hatten Interesse an meiner Andersartigkeit gezeigt. Und er …«

»Das ist ja nun nicht verwunderlich. Auch die Neger im Busch bestaunen ihre Herren und möchten ihre Kleider am liebsten ständig anfassen. Schrecklich!« Charlotte hob die Tasse an den Mund und nippte. »Diese primitiven Leute sind leicht zu handhaben, wenn man freundlich zu ihnen ist. Ist man es notgedrungen nicht, werden sie wild, was dieser Irre ja passabel bewiesen hat.« Sie stutzte und setzte die Tasse ab. »Moment, du kannst ihn nur aus Athen kennen, und dann ist er ja Grieche. Oder nicht?«

»Er ist nicht verrückt«, rief Grazia in ihr Taschentuch. »Er wusste sich nur nicht anders zu helfen. Es war ein Tieropfer.«

»Ich kenne mich ja in deinem Metier wirklich nicht aus«, sagte Charlotte verdattert. »Aber dass man in Griechenland in der Antike geopfert hat und nicht heute, also, *das* weiß ich.«

Grazia kehrte ihr den Rücken zu und zwang sich, den Tränenfluss einzudämmen, bevor sie im nassen Kleid dastand. Vor allem musste sie aufhören, sich um Kopf und Kragen zu reden. »Du hast ja Recht«, presste sie hervor, ihre hässlichen Fingerspitzen betrachtend. Hatte sie in letzter Zeit wirklich so heftig mit den Zähnen daran gewütet? »Der, den ich meinte, kann das nicht gewesen sein. Ein Irrer war das, ganz bestimmt.«

Charlotte tat einen erleichterten Atemzug und zog sich die Zeitung wieder heran. »Deine Tante so zu erschrecken! Oh, hör dir das an: ›Report-Cream-Sommersprossenentferner, tausendfach erprobt, garantiert unschädlich.‹«

»Himmel, das Thema hatten wir doch schon.«

»Hier steht: bei Nichterfolg Betrag zurück. Das können wir auch gleich besorgen. Aber wisch vorher deine Augen trocken, hm?«

Grazia straffte sich. »Ist gut.« Sie ging in die Küche, wo Adele soeben frisch aufgebrühten Kaffee durch ein Sieb goss, und schloss die Tür hinter sich.

»Adele, tu mir einen Gefallen. Geh nebenan zu Pfefferbergs.«

»Und was soll ich da?«

»Nüscht. Komm wieder und sag, Herr von Neideritz hätte für mich angerufen, er möchte mich gleich an der Suppenschüssel treffen.«

Adele kicherte, ohne von ihrer Tätigkeit aufzusehen. »Der Treffpunkt der Verliebten.« Hastig räusperte sie sich. »Aber das geht nicht!«

»Wieso nicht? Früher haben immer welche bei Pfefferberg-

Möbel angerufen, wenn sie uns sprechen wollten. Hat sich das in den letzten Jahren geändert?«

»Nein, aber dann muss ich ja lügen. Und außerdem wäre es unschicklich! Der feine Herr sollte gefälligst herkommen, statt seine Dame schon wieder irgendwohin zu pfeifen.«

»Dann lüg halt mal! Adele, ich habe für solche Feinheiten gerade wirklich keinen Sinn. Und jetzt ein bisschen zackig, ich hab's eilig.« Grazia trat zur Seite und reckte den Arm in Richtung des Salons. Verdutzt stellte Adele die Kanne ab.

»Potzblitz, Sie haben sich ja wirklich verändert … Und was mach ich mit der Frau Tante, wenn Sie weg sind? Am Ende schleppt sie mich mit in die Stadt, und ich darf ihre Taschen tragen.«

»Ist mir schnurzepiepe.«

Wie war er nur nach Spandau gekommen?, fragte sie sich. Er musste sich hoffnungslos verirrt haben. Und das Opfer? In welche Notlage war er geraten, dass er ein Rind gestohlen hatte? An das Aufsehen, das er damit erregen würde, hatte er gewiss nicht gedacht. Und was hatte er seitdem getan? Vielleicht war er längst woanders, er konnte inzwischen überall sein. Wie es war, eine fremde Welt erkunden zu müssen, wusste sie ja, aber diese war für ihn so ungleich schwieriger. Allein die Vorstellung, Anschar dort draußen zu wissen, allein offenbar, im Grunde hilflos, schnitt ihr ins Herz.

In Spandau stieg sie aus dem Zug und mietete sich einen Kremser, der bald darauf vor dem Tor des dahlkeschen Bauernhauses hielt. Grazia bat den Kutscher, auf sie zu warten. Er sprang ab und machte sich daran, seine Rappen abzudecken; sie richtete ihren Winterpaletot und das Pelzbarett, griff durch die Gitterstäbe des Tores und zog kräftig an einer Glockenschnur. Ein Hund schlug an. Aus dem Haupthaus tapste breitbeinig ein rundlicher Mann die drei Stufen hinunter. Im

Laufen zündete er sich eine Zigarette an. »Gnä' Frau?« Er öffnete das Tor. »Auch eine?«

»Danke.« Grazia behielt die Hände in ihrem Zobelmuff. War es vor vier Jahren auch schon üblich gewesen, einer wildfremden Dame eine Zigarette anzubieten? Sie konnte sich nicht erinnern. »Ich hatte in der Zeitung von diesem ... also, was da in Ihrem Stall passiert ist. Sie wissen schon. Ich würde gern mehr darüber erfahren.«

»Wieso denn dit?«

Über eine Antwort auf ebenjene Frage hatte sie sich auf der Herfahrt den Kopf zerbrochen, bedauerlicherweise umsonst. Sie war ja schließlich kein Kriminalpolizist. »Es interessiert mich sehr«, sagte sie fest. »Wenn Sie so nett wären?«

»Sie haben ja seltsame Steckenpferde.« Er stopfte das Zigarettenpäckchen in die Brusttasche seiner gefütterten Weste. »Dann kommen Sie man, meinetwegen können Sie sich das gerne ansehen. Immer mir nach, die Dame.«

Ansehen? Was denn, um Himmels willen?, dachte sie erschrocken. Der Kadaver war ja sicherlich längst beim Abdecker. Was hatte Anschar denn noch angestellt? Während sie neben dem Bauern herlief, der flink über den Aufweg stapfte und auf ein Seitentor zuhielt, sah sie sich um. Alles wirkte unauffällig, da liefen Hühner herum, und ein buckliger Knecht schob mit seinem Besen derart behäbig den frisch gefallenen Schnee über die Pflastersteine, dass man glauben konnte, er schlafe dabei. Durch das Tor ging es hinaus auf eine eingezäunte Wiese und geradewegs zum Stall. Eine dicke Magd kam ihnen entgegen, mit einem Tragjoch im Nacken. Aus den Eimern duftete es nach Milch.

»Hat denn jemand den Mann gesehen, der die Kuh getötet hat?«, fragte Grazia.

»Ich nicht«, schnaufte die Magd, und schon war sie vorbei.

»Ich auch nicht.« Der Bauer deutete zu einer Baumreihe

am Stacheldrahtzaun. »Da drüben war's, da hat der Kerl die Wilhelmine festgebunden.«

Ihr schauderte es, obgleich der Neuschnee jegliche Spuren verdeckt hatte. Hinter dem Bauern, der noch schnell drei Züge tat und dann den Zigarettenstummel in den Schnee warf, betrat sie durch das offen stehende Tor den Stall. Ein junger Knecht war dabei, Mist auf eine Schubkarre zu schaufeln. Und weiter hinten kauerte eine Magd und schrubbte mit einer Bürste die Stallwand.

»Marthchen, komm mal von der Wand da weg«, rief der Bauer durch den Stall. »Die Dame hier möchte sich die Schmiererei ansehen.«

Grazia achtete nicht auf den stechenden Gestank, als sie an den Hintern der Kühe vorbeiging; das Herz wollte ihr in die Kehle springen, als sie sah, dass die Wand über zwei, drei Meter hinweg mit Zeichnungen übersät war. Fassungslos stand sie davor. Hier hatte er gekauert, seine Hand war es gewesen, die mit Stallkreide all diese ihr wohlvertrauten Bilder gefertigt hatte, jedoch ohne jede Ordnung, zittrig hingeworfen, ein roher Ausdruck seiner Ohnmacht. Dennoch unverkennbar der argadische Stil, der Augen unnatürlich groß zu machen pflegte, die Hüften überaus schmal; die Haare waren nichts als dicke Linien. Ähnlich wie ägyptische Künstler wäre auch er nie auf die Idee gekommen, ein Gesicht anders als im Profil darzustellen. Sie raffte ihr Kleid und ging in die Knie. Ihre Fingerspitzen berührten die Kreide. *Ich male mein Sehnen weg.* Da war sie, in einem argadischen Kleid, keinem preußischen, wie er sie damals im Wald gemalt hatte. Sie stand an seiner Seite auf einem Grasfeld, ihre Haare flatterten wie ein welliges Banner. *Nur dass es nie gelingt …* Da war auch er allein, er kniete und hielt sich einen Dolch an die Kehle. Ihm gegenüber – der Schamindar? So vieles war unkenntlich.

Sie presste die Hand vor den Mund, kämpfte um ihre Fassung und richtete sich wieder auf.

»Ganz schön verrückt, was? Dringt hier ein, malt an der Wand herum und schlachtet dann meine Kuh.« Der Bauer winkte den Knecht herbei. »Der Otto, der hat den Schmierfinken gesehen. Erzähl's der Dame.«

Der junge Mann stieß die Forke in den Mist und kam herbeigelaufen. Er riss sich die Mütze vom Kopf und deutete einen Diener an. »Ich hab die Kuh brüllen gehört, wie eine Kuh noch nie gebrüllt hat, nicht mal beim Schlachter, und bin hergelaufen. Da lag sie schon am Boden. Der Kerl hatte sie an den Baum gefesselt, der Ast war gebrochen. So viel Blut hab ich mein' Lebtag noch nicht gesehen. Ich bin hingelaufen, und da ist er aufgestanden.« Seine Augen weiteten sich in der Erinnerung, die, das konnte sich Grazia lebhaft ausmalen, für viele Alpträume ausreichte. »Ich dachte erst, das ist kein Mensch. Sein Gesicht sah aus, als hätte er es ins Blut getaucht. Er war ganz schön groß, und ich bin kleiner, jedenfalls wollte ich dann doch lieber weg. Er kam mit der Axt auf mich zu, und ich dachte, mein letztes Stündlein hat geschlagen.« Er wischte sich mit der Mütze übers Gesicht, was es nicht sauberer machte, und setzte sie wieder auf.

»Und?«, fragte Grazia atemlos.

»Na ja, ich lebe noch. Mit ausgestrecktem Arm ist er auf mich zugestürzt und hat mir's mit der flachen Hand gegeben.« Er tippte sich mittig auf die Stirn. »Danach war's zappenduster. Zwei Tage musste ich im Bett liegen, weil mir so schwindelig war. Als ich der Polizei die Geschichte erzählte, hab ich denen vor die Füße gekotzt.«

»Die Polizei hat ihn nicht gefunden?«

»Nee, die wollten sich melden, in dem Fall«, antwortete der Bauer. »Oder wenn er in der Nähe weiterwütet.«

Ein zweites, solch großes Opfer? Argaden pflegten für

gewöhnlich Kleintiere zu opfern, nur schwerwiegendere Probleme und gefahrvolle Unternehmungen verlangten größere Opfer. Bis hin zu Menschenopfern, wie es in früherer Zeit geschehen war. Was auch Anschar weiterhin widerfuhr, so bald würde er kein zweites Tier dieser Größe opfern. Selbst der Meya, der die Last stemmte, das ganze Hochland zu beherrschen, tötete für gewöhnlich nur am jährlichen Götterpaarfest ein Sturhorn. Grazia versuchte sich die Gesichter des Bauern und seines Knechts vorzustellen, würde sie dies erzählen.

»Und, die Dame?«, fragte der Bauer und wedelte seinen Knecht zurück an die Arbeit. »Hat es sich gelohnt?« Er pfiff nach der Magd, die fortfuhr, mit der Bürste Wasser an die Wand zu klatschen und Anschars Bilder auszulöschen.

»Es ist ein bisschen wie in einer heidnischen Grabkammer«, murmelte Grazia. Sie krächzte einen Dank und machte kehrt. Wie betäubt setzte sie ihre Schritte durch das Anwesen, passierte das schmiedeeiserne Tor und ließ sich vom Kutscher den Schlag öffnen. Sie wies ihn an, aufs Geratewohl über die umliegenden Feldwege zu fahren, und stieg ein. Die metallbeschlagenen Räder rutschten über den fest getrampelten Schnee.

Wo dort draußen mochte Anschar jetzt sein? Sie rief sich die Gegend in Erinnerung: Wäldchen, der Stadtforst, verschlungene Seen und Flüsschen, ein Artilleriegelände und dieser Hof. Mitten darin er. Ein Tier in der Falle. Angestrengt starrte sie nach rechts und links, verfolgte jede Bewegung, und wenn es nur eine auffliegende Krähe war.

Die Wagentür flog auf. Anschar sprang herein und ließ sich neben sie auf den Sitz sinken.

Oben auf dem Bock schimpfte der Kutscher; er schien nicht bemerkt zu haben, dass sich jemand genähert hatte.

»Das ist schon in Ordnung, ich kenne ihn!«, rief Grazia,

ohne den Blick von Anschar zu nehmen. In ihrem Kopf schwirrte es. »Bitte fahren Sie weiter.«

Er war es.

War er es?

In dieser Kleidung kam er ihr so fremd vor. Er trug eine Kniebundhose, dicke Wollstrümpfe darunter und Schnürstiefel. Und am Oberkörper nur ein aufgerissenes, langärmeliges Unterhemd, das kaum noch verriet, dass es einmal weiß gewesen war. Bräunliche, von Nässe verschmierte Blutflecken erzählten beredt von seiner Tat. Merkte er die Kälte nicht mehr? So bleich hatte sie ihn noch nie gesehen; ja, sie hätte zuvor nicht einmal geglaubt, dass er so bleich werden konnte. Auch nicht, dass er so starren konnte: als sähe er sie nicht richtig oder als fräße er sie auf. Seine Haare hingen in schmutzigen Strähnen offen herab. Ein Wilder, dem die Kleider der Zivilisation nicht passten. Dies war der Mann, vor dem ihre Mutter sie gewarnt hatte.

Grazia schob sich an ihm vorbei, um den Schlag zu schließen. Er stank wie ein nasser Hund, sie musste sich bezwingen, nicht ihr Spitzentaschentuch an die Nase zu pressen. Gottlob fuhr der Kremser wieder an.

»Du siehst schlimm aus«, sagte sie endlich, nur um diese schreckliche Stille zu überwinden.

»Ich bin an deiner Welt gescheitert.« Er klang, als hätte er eine Feile im Hals sitzen, die mit jedem Wort an seinen Stimmbändern rieb. In einer zittrigen Geste, aus der große Erschöpfung, aber auch Zorn sprach, wischte er sich die Haare nach hinten. Am Mittelfinger bemerkte sie einen Ring aus schwarzem Leder. Was mochte es damit auf sich haben? So etwas hatte er früher nie getragen. »Dein Land ist wie ein gewaltiges, gehässiges Kind. Ich fühle mich, als hätte es mich an den Füßen gepackt und gegen eine Wand geschlagen, wieder und wieder. Das Tieropfer war alles, was mir noch zu tun blieb.«

»Anschar, wie konntest du es wagen hierherzukommen? Noch dazu allein? Das hättest du niemals tun dürfen.« Was, um alles in der Welt, sollte sie jetzt mit ihm machen?

Er schüttelte nur ermattet den Kopf. »Zu früh für solche Fragen. Ich brauche etwas zu essen.«

Daran hatte sie gottlob gedacht. Sie kramte in ihrer Handtasche und förderte drei große Butterstullen zutage. Er zerrte das Papier beiseite und schlang sie so schnell hinunter, dass er sich fast verschluckte. Mit dem Ärmel wischte er sich über die Bartstoppeln. »Hast du auch Wasser?«

Sie holte einen Zinnbecher aus der Tasche und streckte ihn gefüllt vor. Anschar zögerte, starrte den Becher beinahe widerwillig an, so dass sie sich unwillkürlich fragte, ob er ihn ihr gleich aus der Hand schlagen würde, wie damals in der Wüstenhöhle. … *doch nicht so, Feuerköpfchen. Küss mich auf die Art, die ich so liebe.*

Er nahm ihn und trank. Dann drehte er ihn in den Händen. »Ich kam nicht allein. Nur beim ersten Mal.«

»Beim *ersten* Mal? O Gott!«

»Ich entdeckte in Temenon das Tor und ging hindurch. Deine Welt ließ es sich nicht nehmen, mir sogleich zu zeigen, was in ihr steckt.« Er warf den Kopf in den Nacken und trank den Rest. »Also kehrte ich zurück, um Benedik zu Hilfe zu holen. Er besorgte mir, was ich jetzt trage. Aber kaum waren wir dort, wo die … jetzt komme ich auf das Wort nicht mehr … diese riesigen schwarzen Gefährte stehen …«

»Meinst du *Züge?*«

»Nein.«

»*Eisenbahnen?*«

»Ja. Dort verloren wir uns aus den Augen. Das war vor vier Tagen. Seitdem habe ich versucht, dich zu finden, aber es war mir nicht möglich.«

Jetzt schluckte sie doch. Vier Tage Umherirren. Ohne

Hilfe, ohne Obdach. Und das bei diesem Wetter! Ein Ruck ging durch seinen Körper. Er neigte sich vor und ließ den Kopf hängen, als wolle er sich erbrechen. Ein donnernder Laut kam aus seinem Mund.

»Was hast du?«, fragte sie bang.

Seine Faust schlug gegen die Brust, aus der es rasselte. »Ich weiß nicht, was das ist«, krächzte er. »Aber es ist scheußlich.«

»Ach du meine Güte«, murmelte sie. Er, der große Krieger, der den Widrigkeiten die Schulter zeigte, der allein gegen zehn Männer bestand und den nicht Peitschenhiebe noch Demütigungen hatten fällen können, musste sich einer Erkältung beugen – absurd! Das ist nicht schlimm, wollte sie sagen, aber traf das auf einen argadischen Körper zu? Er musste schleunigst ins Warme. Wie gut, dass sie dafür gesorgt hatte, dass Adele nicht zu Hause war, und zum Glück dunkelte es. Die Leute träfe der Schlag, sähen sie ihn ins Haus gehen. Sie öffnete das Fenster und rief dem Kutscher zu, er möge sie nach Friedrichshain bringen.

Der Rest der Fahrt erschien ihr endlos, denn sie schwiegen sich an. Kaum war die Kutsche vor dem Haus zum Halten gekommen, öffnete sie den Schlag und hieß ihn schnell und leise aussteigen. Der Kutscher tat zumindest so, als sei ihm die männliche Begleitung unbemerkt geblieben, und sie gab ihm ein großzügiges Trinkgeld. Eilends öffnete sie die Haustür und hastete mit gerafften Röcken nach oben. Nur das Licht, das durch die Treppenhausfenster schien, erhellte ihre Schritte. Niemand war zu sehen. Dennoch atmete sie erst auf, als sie mit Anschar in der Wohnung war und die Tür hinter sich zugestoßen hatte. Als Erstes drehte sie das Wohnzimmerlicht an, öffnete das Cognacschränkchen und holte die Flasche heraus, dazu einen der Schwenker. Ihre Hände zitterten, als sie den Cognac hineingoss. Klirrend stieß die Flasche gegen ein anderes Glas, als sie sie zurückstellte. Dann holte sie tief Atem und wandte sich um.

Er hatte die Arme um sich geschlungen. Seine Augen waren schmale Schlitze, während er hinauf zum Kronleuchter sah. Aber er sagte dazu nichts, als sei er es müde, ständig von solchen Dingen beeindruckt zu werden.

»Hier, trink das.« Sie reichte ihm das Glas. »Das wärmt dich.«

Er tat es, ohne der dunklen Flüssigkeit einen Blick zu widmen. Er schüttelte sich nicht einmal, kniff nur die Augen zusammen und stöhnte leise. »Ich hoffe, es wirkt schnell. Die Kälte ist grauenhaft.«

»Du musst aus den feuchten Sachen heraus.«

Er zog einen Dolch hervor und legte ihn auf den Esstisch. Äußerst langsam begann er sich zu entkleiden, so dass Grazia darauf wartete, seine kalten Knochen knarren zu hören. Mit einem unwilligen Knurren machte er sich an der Kniehose zu schaffen, die für einen Mann seiner Welt eine lästige Angelegenheit darstellen musste. Die preußische Enge und die argadische Archaik passten nicht zusammen.

»Nicht«, sagte sie, als er die Unterhose abstreifen wollte. Es kam ihr absurd vor, dass er gleich nackt wie eine griechische Statue mitten im Wohnzimmer ihrer Eltern stehen würde, also führte sie ihn in die Küche, damit er sich dort vollends entblößen konnte. Die Sachen warf sie in die Spüle, und die vor Dreck strotzenden Stiefel stellte sie hinter die Tür. Anschar hielt sich die Schultern und zitterte.

»Das Zeug wirkt nicht«, beklagte er sich. Ein Hustenanfall schüttelte ihn durch. Verzweifelt rang Grazia die Hände.

»O Himmel, was tue ich nur mit dir?«

Seine Stirn krauste sich, als er schuldbewusst den Blick hob. Seiner Blöße überdeutlich bewusst, war es Grazia, die dem nicht standhalten konnte. Sie kehrte ihm den Rücken zu, reckte sich nach Adeles Schürze am Wandhaken und trocknete ausgiebig die Finger. Aus ihrem Zimmer holte sie eine dicke Wolldecke und brachte sie ihm. Eingehüllt ließ er sich auf einen Stuhl sinken. Derweil machte sie sich daran, den Herd zu befeuern. Wieder spürte sie seinen Blick im Rücken, wieder erbebten ihre Hände, so dass sie laut mit den Töpfen klapperte und das Wasser so stark aufdrehte, dass es spritzte.

»Wasser aus der Wand«, krächzte Anschar. »Ich wollte das immer sehen. Ist dein Geheimnis noch eines, hier in deiner Welt?«

Sie wuchtete die Töpfe auf den Herd und hoffte, das Wasser möge schnell heiß werden. »Ja. Ich hatte keine Veranlassung, darauf zurückzugreifen.« Wie nüchtern dies klang. Verstohlen warf sie einen Blick über die Schulter. Er sah völlig entkräftet aus, wie er nun gekrümmt am Tisch hockte, die Ellbogen aufgestützt und das Gesicht in den Händen, in die er schniefte. Sie legte ihm ein Taschentuch hin. Dann zog sie aus einer Zimmerecke die Zinkwanne vor den Herd.

»Du warst wirklich noch nie erkältet, oder?«

Er schob einen Arm aus der Decke und griff nach dem Taschentuch. »Doch, einmal als Kind, als man mich zur Strafe zwei Tage irgendwo im kalten Palastkeller einsperrte, da hatte ich eine dicke Nase.« Er schnäuzte ins Tuch. »Aber dieses Kratzen im Hals und dass man ständig ein Insekt aus der Luftröhre husten möchte, wo es sich festgebissen hat – das kannte ich nicht.«

Aus dem Arzneischrank an der Wand holte sie ein Glasfläschchen, schüttelte eine Tablette auf die Handfläche und hielt sie ihm hin.

»Was ist das?«

»Heroin, ist gut gegen Husten. Schluck das.« Sie erschrak über die Strenge in ihren Worten. Fast so, als hätte ihre Mutter gesprochen. Warum machte seine Hilflosigkeit sie so wütend? Sie wollte, wenn er schon einmal hier war, den starken Anschar sehen, der sich nicht um die argadische Hitze scherte, während sie darüber jammerte und klagte. Der sie mit unfasslicher Rücksichtslosigkeit durch die Wüste getrieben und vor dem Tod bewahrt hatte. Dies hier kam ihr so falsch vor.

Die Topfdeckel klapperten. Grazia bereitete ihm einen Tee und schüttete das Wasser in den Zuber. Dann füllte sie mit kaltem Wasser auf. Anschar ließ alles mit sich tun; er hockte sich hinein und begann sich langsam mit dem dargebotenen Seifenstück zu waschen. Sie half ihm bei den Haaren und dem Rücken, massierte die geröteten Narben des Schamindar, brachte ihm Zahnsalz und ihre Zahnbürste und tat alles, damit ihre Hände beschäftigt waren. Zwischendurch ermahnte sie ihn, den Tee zu trinken. Eine glitzernde Grotte kam ihr in den Sinn. Sein starker Leib, wie er sich zwischen ihre Schenkel gedrängt hatte, so dass sie sich machtlos gefühlt hatte. Angenehm machtlos.

Sie kämmte seine nassen Haare aus und wollte sie wie gewohnt teilen, um ihm Zöpfe zu flechten. Aber was ging sie noch an, wie er seine Haare trug? Trotzdem musste sie sich zwingen, die Finger zu lösen. Sie hatte diese Zöpfe so sehr geliebt.

Unweigerlich kehrte auch jener Augenblick zurück, da sie Anschar zuletzt gesehen hatte. Die brutale Rücksichtslosigkeit, mit der er alles, was sie beide verband, niedergetrampelt hatte. Verströmt in den Mund einer anderen Frau. Grazia eilte auf den Flur, schloss die Tür und lehnte sich an die Wand, um lautlos zu weinen.

Sie rührte sich erst, als sie ihn aus der Wanne steigen hörte. Aus dem Schlafzimmer der Eltern holte sie ein großes Badetuch und brachte es ihm. Ihr gerötetes Gesicht würde er hoffentlich auf die Hitze schieben, die in der Küche herrschte. Falls er es überhaupt wahrnahm. Er schlang sich das Tuch um den Leib.

»Du musst ins Bett«, sagte sie. »Morgen früh geht es dir bestimmt besser, und dann schauen wir weiter.«

»Du hast dein zweites Ohr verschandelt«, stellte er fest. Sie sagte dazu nichts, er kannte den Grund. Die Decke glitt von seinen Schultern. Seinen kräftigen, breiten Schultern, die sie so oft genässt hatte. Sein wohliges Stöhnen, wenn ihr Wasser an ihm herunterrann, hatte sie jetzt noch im Ohr. Sie entzündete eine Kerze und führte ihn in Justus' Zimmer. Dort zerrte sie die Tagesdecke herunter, schüttelte das Kopfkissen auf und schlug die Decke zurück. Dann ließ sie ihn allein.

Was mochten die anderen denken, wenn sie zurückkehrten? Grazia wälzte diese Gedanken, während sie Anschars Kniebundhosentaschen durchsuchte. Da war ihre Heria. Wann hatte sie die denn verloren? Auf einem aufgeweichten Zettel stand, kaum noch kenntlich, ihre Straße. Irgendjemand musste sie ihm aufgeschrieben haben, und er hatte nichts damit anzufangen gewusst.

Sie schüttete reichlich Persil in die Spüle und wusch die Hose aus. Alles andere hatte sie in den Mülleimer gestopft. Das Wasser war nur lauwarm, da sie es schnell hinter sich bringen wollte. Am besten, sie trocknete die Hose hier am Ofen, nicht oben auf dem Trockenspeicher, wo es bei dieser Kälte ewig dauerte.

Die Kälte. Sie versuchte sich vorzustellen, wie es Anschar ergangen war. Allein das Auftauchen in der eiseskalten Havel musste ein Schock für ihn gewesen sein. Hatte er schlotternd gewartet, während Bruder Benedikt losgezogen war, um etwas zum Anziehen zu besorgen? Und dann der Schnee, die hohen Häuser, der Verkehr. »Ach, Anschar«, flüsterte sie. »Warum bist du nicht geblieben, wo du warst? In Temenon … Du hattest doch alles erreicht. Was soll ich denn noch in deinem Leben? Das Tor ist da, du kannst ohne mich nach Argad zurückkehren.«

Nein, nein, nein! Was sollten diese Fragen? Sie hatte sich entschieden, vor Tagen schon. Anschar war die Vergangenheit; sie aber, sie gehörte dorthin, wo es Schnee, hohe Häuser und Verkehr gab. Wo ihre Familie war.

Sie ließ das Wasser ab und wrang den Stoff aus, bis ihre Hände glühten. Aus einer Ecke holte sie das hölzerne Gestell, auf dem Adele Tücher trocknete, warf die Hose darüber und stellte es in die Nähe des Ofens. Bevor sie in ihrem Zimmer verschwand, drückte sie ein Ohr an Justus' Tür. Deutlich war Anschars rasselnder Atem zu hören.

Auf ihrem Bett sitzend, flocht sie notdürftig einen Zopf für die Nacht. Mit schleppenden Bewegungen kleidete sie sich aus und schlüpfte in ihr Nachthemd. Die Müdigkeit fiel auf sie wie ein Stein. Doch kaum hatte sie das elektrische Licht gelöscht und sich unter den noch kühlen Decken ausgestreckt, hielt der Wirrwarr, der durch ihren Kopf ging, sie wach. Unmöglich konnte sie schlafen, während zwei Türen weiter der Mann lag, den sie liebte – geliebt hatte. Grazia warf sich herum. Bis morgen warten?

Sie warf die Beine über die Bettkante. Im Dunkeln tapste sie an seine Tür. Lauschte wieder. Drückte so lautlos wie möglich die Klinke hinunter.

Er hatte die Kerze nicht gelöscht; sie flackerte im Luftzug auf dem Nachttisch. Grazia trat ans Bett, verwirrt darüber, dass nichts als die Schondecke auf dem Drahtgestell zu sehen war. Die Matratze lag auf dem Boden, darauf das Federbett. Von Anschar war nichts zu sehen, nicht einmal eine Haarsträhne.

Sie beugte sich nieder und zupfte an der Bettdecke. »Warum hast du denn die Matratze auf den Boden gelegt?«

Hitze stieg auf, als er die Decke hob. »Entweder habe ich mir den Kopf oder die Füße gestoßen.« Mit der anderen Hand rieb er sich die Augen. »Komm her, wenn du mich schon weckst.«

Sie wollte ihm die kalte Schulter zeigen, aber zu verlockend war die kleine Höhle, die er ihr bot; sie raffte das Nachthemd bis zu den Knien und schlüpfte an seine Seite. Sofort ließ er die Decke sinken.

Für eine kleine Weile, wenn sie die Augen schloss, war es wie früher. Seine bloße Haut, die Wärme der anderen Welt. Ich sehne mich nach der argadischen Wärme ebenso wie du, dachte sie. »Wie geht es dir jetzt?«

»Gut.« Er zuckte nur die Achseln, als wäre das nicht mehr wichtig. »Die Schmerzen in der Brust sind weg, und mein Kopf fühlt sich an, als läge er auf Wasser. Meine Nase ist trocken. Deine Arznei ist erstaunlich … Aber weshalb widerfuhr mir das nicht, als ich das erste Mal hier war?«

»Das ist eben ganz unterschiedlich. Mach dir keine Gedanken, diese Krankheit ist nicht schlimm. Wir kriegen sie jeden Winter.«

»Nicht schlimm?«, wiederholte er und klang dabei empört. »Ich finde, es hatte etwas von langsamem Dahinsiechen.«

»Nun übertreibe nicht.«

»Ich übertreibe *nicht!*«

»Argadischer Dickschädel.«

»Preußische Rechthaberin! Ah, mein Kopf!« Er schob die Decke ein Stück herunter und hielt sich die Stirn. Dann betrachtete er seine Hand und streifte den Ring vom Mittelfinger. Zu ihrer Verblüffung riss er ihn mit einer ruckartigen Bewegung auseinander. Längs der Innenseite verlief eine Naht, die er ebenfalls ein Stück aufriss. Was er aus dem Lederstreifen zog, war ein kupfern schimmerndes Haar.

Er hielt es hoch. »Du hast zugesehen, durch das Loch

in der Decke.« Seine Finger spreizten sich, das Haar fiel herab.

Vor Scham schoss ihr die Röte ins Gesicht. Da half es auch nicht, dass er es war, der sich schämen musste. »Ich …«, sie schluckte. »Ich geriet eher zufällig dorthin.«

In ihrem Kopf schrie es auf: Du Schuft! Scher dich zurück! Müsste sie ihn nicht von sich stoßen, aus dem Zimmer stürmen und die Tür hinter sich zuwerfen, dass es krachte? Stattdessen genoss sie es, ihn an ihrer Hüfte zu spüren, an der Schulter. In sich suchte sie die Wut, diese grenzenlose Enttäuschung, das Gefühl der Erniedrigung. Doch all dies, obschon vorhanden, wurde überlagert von dem Bild, wie die Decke von seinen Schultern glitt und er ihr einen Blick zuwarf, in dem seine ganze Schuld lag.

Zaghaft drehte sie den Kopf nach ihm. Sie erwartete gesenkte Lider, doch er sah sie so unverwandt an, dass sie erschrak. Ja, er schämte sich, sie sah es, aber es brachte ihn nicht dazu, ihrem Blick auszuweichen. So war er eben nicht. Sie war es, die wegsehen musste. Auf der Lippe kauend, starrte sie zur Zimmerdecke. Warum schleuderte sie ihm nicht einfach entgegen, dass sie niemals mehr ihre Heimat verlassen würde? Denn ihr Entschluss geriet nicht ins Wanken. Kein bisschen.

Ihre Finger spielten mit dem Lederstreifen. »Warum hast du ihn zerrissen?«

»Brauche ich denn ein Andenken an dich, wenn ich dich wieder habe?«

»Das hast du aber nicht.«

Er entwand ihr das Leder und warf es beiseite. Seine kräftige, große Hand umschloss ihre beiden Hände. »Deine Finger sehen übel aus. Bleibst du hier und ich gehe, hast du sie irgendwann ganz abgenagt.«

Anmaßend kam er ihr vor, wie er so dalag, den Kopf auf

der Faust. Sie schüttelte seine Hand ab und verschränkte gewichtig die Arme. So leicht nicht, Freundchen. So leicht nicht!

6

Grazia ruckte hoch. Anschar lag bäuchlings neben ihr und hatte den Kopf in den verschränkten Armen vergraben. Wann sie beide eingeschlafen waren, wusste sie nicht zu sagen. Ein wenig hatten sie noch geredet, belangloses Zeug, und sich tunlichst nicht angefasst. Jetzt tat sie es, sie strich mit den Fingerspitzen über die Tätowierung, die er sich hatte neu stechen lassen. Eine Ahnung von dem, was er hier erlebt hatte, war in sein Gesicht gegraben. Sacht fuhr sie über eine Braue, die im Schlaf zuckte, und fragte sich, ob es irgendetwas gab, das der Schönheit dieses Gesichts etwas anhaben konnte.

In der Tür rappelte ein Schlüssel.

»Scheibenkleister!« Schlagartig war sie hellwach, und auch Anschar wälzte sich schlaftrunken herum und hob sich auf die Ellbogen. »Bleib um Gottes willen hier drin«, flüsterte sie ihm zu, hoffte, dass er es begriffen hatte, und eilte auf den Flur.

»Guten Morgen, das Fräulein. Hab ich Sie geweckt?« Adele schälte sich aus ihren Wintersachen, deutete einen Knicks an und marschierte schnurstracks in die Küche. »Dann mache ich Ihnen doch gleich ein leckeres Frühstück. Huch, was ist das denn?«

Na, das ging ja schnell, dachte Grazia und rollte die Augen.

Als sie die Küche betrat, hatte sich Adele bereits über den Wäscheständer gebeugt. »Frollein, man könnte ja glatt auf den Gedanken kommen, hier hätte ein Mannsbild übernachtet.«

»Mumpitz. Ich hab die …«

»Nich'!« Sie hob einen Finger an den Mund.

»Die Hose, Adele, meine Güte, es ist eine Hose, eine *Männerhose*, hab dich nicht so.«

Das Mädchen schnappte nach Luft. »Sie haben sich wirklich da unten in Argad, Verzeihung, Athen verändert, also wirklich. Wo kommt die denn her?«

»Ich habe sie gefunden.«

»Gefunden?«, echote Adele verblüfft. »Wo findet man denn so etwas?«

»Auf der Straße. Sie sieht schließlich noch gut aus, da muss man ja nicht drüber hinwegsteigen, nicht wahr?«

»Ich hab ja schon einiges im Rinnstein gefunden«, Adele hielt die Hose mit spitzen Fingern hoch. »Darunter ein Bügeleisen und eine Kaiser-Bartbinde, aber so was noch nie.«

»Nun ist's aber gut.« Grazia nahm ihr die Hose aus der Hand. »Sag mal, wieso bist du eigentlich hier, ich hatte dich doch zu deinen Eltern geschickt?«

»Ja, gestern. Und was hat das mit heute zu tun?«

Grazia seufzte. Knarrte da nicht Justus' Zimmertür? Mit sanfter Bestimmtheit schob sie das Mädchen zurück zur Wohnungstür und hoffte, es möge sich nicht umwenden. »Ich hatte natürlich gemeint, dass du dort heute noch bleibst. Du brauchst hier wirklich nichts zu tun. Mein Herr Papa ist noch bei seinem Kolloquium, Justus sonst wo, ich habe höchstens Lust auf eine Butterstulle – und außerdem kommt gleich wieder das Tantchen und sucht jemanden für in die Stadt.«

»Oh!« In Windeseile war Adele wieder in ihrem Mantel und drückte sich das Hütchen auf. »Dann will ich natürlich nicht stören. Auf Wiedersehen.«

Mit einem tiefen Atemstoß schloss Grazia die Tür. Charlotte hatte sich nicht angekündigt, aber wann war eine Notlüge gerechtfertigter gewesen? Als sie sich umwandte, stand Anschar im Flur, wie seine Götter ihn geschaffen hatten, und wischte sich das ungebändigte Haar aus dem zerknitterten Gesicht.

»Du solltest warten! Wenn wir diese Situation irgendwie schadlos überstehen wollen, musst du auf mich hören.«

Er kam auf sie zu und tippte ihr schmerzhaft den Zeigefinger auf die Brust. »Ich werde diesen Unfug, mich vor deinen Leuten zu verstecken, kein zweites Mal mitmachen.«

»Anschar!«

»Was!«

Sie verschränkte die Arme und sah an ihm vorbei. »In deiner Lage könntest du dich ruhig etwas zerknirschter geben. Und laufe nicht nackt herum, du bist krank …«

Er stapfte in die Küche, drehte den Hahn auf, dass es nur so spritzte, und bückte sich, um am Strahl wie ein Tier zu saufen. Dann machte er kehrt und donnerte auf sie herab: »Ich werde hier noch öfter einen *Fauxpas* begehen! Es liegt nicht an mir; deine Welt ist so gemacht, dass das passieren muss. Dich hat man in Argad aufgenommen, wie du warst, niemand hat sich an deinem Unwissen gestört. Sogar die Wüstenhündin Tuhrod hatte sich Mühe mit dir gegeben. Hier aber wird jeder finster angestarrt, wenn er zwangsläufig verrät, dass er fremd ist!«

»Du übertreibst.«

Er neigte sich vor, so dass sein Finger dicht vor ihren Augen schwebte. »Du bist nicht anders als sie alle! Hast du so wenig gelernt, als du in Argad warst?«

Sie hielt seinem Blick stand, kam sich aber ganz klein vor. Von seinem Kinn troff das Wasser. Keine Tränen diesmal. Sie ging in die Küche, um den Hahn zu schließen.

»Wenn du die richtigen Worte gewusst hättest …«, begann sie.

»Wie lauten sie? Wie?«

Sie fuhr zu ihm herum. »Zum Beispiel: ›Bitte helfen Sie mir.‹ Aber ich kann mir sehr gut ausmalen, wie du die Leute böse angestarrt hast, nur weil sie nicht begreifen konnten, was du willst!«

»Ach, Grazia.« Entgegen ihrer Erwartung polterte er nicht zurück. »Wenn ein Mensch nicht in den Augen eines anderen lesen will – nicht einmal dann, wenn er vor ihnen *kniet* –, was nützen da Worte?«

»Du hast gekniet?«, flüsterte sie. Er schwieg.

Anschar verschaffte sich mit seinem Schwert einen Weg durch das mannshoch wuchernde Felsengras. Es wuchs so dicht und üppig, wie er es nie gesehen hatte. Jedes Mal, wenn sein Schwert die Stängel teilte, entwich ein Duft, der ihn an all die Tage gemahnte, in denen er nichts als Wurzelbrei zu fressen gehabt hatte. Ihm war, als stapfe er durch die Urinbecken der Papierwerkstätten, und die dürren Blätter des Grases glichen den geflochtenen Bändern, deren Enden man jeweils zwei Sklaven um den Hals legte, um ihre Fluchtgedanken im Keim zu ersticken. Er blickte hinter sich, ob Parrad noch bei ihm war. Nein, den Wüstenmann hatte das gierige Gras verschluckt. Anschar hielt sich nicht mit dem Gedanken auf, ihn zu suchen; andernfalls würde auch er sich im Gräserwald verirren. Er schlug sich seine Bahn, Hieb um Hieb, die Schmerzen missachtend. Sein ganzer Körper schien von innen heraus zu glühen, als drehe jemand einen in Feuer erhitzten Stab in seiner Brust herum.

Sein Schwert zerschellte an einem Hindernis. Er warf den nutzlosen Griff beiseite und teilte die Gräser. Eine Felswand wuchs vor ihm in den sandfarbenen Himmel. Wie hatte er sie übersehen können? Und wohin jetzt? Er wandte sich nach rechts. Nach einigen Schritten schob sich seine Hand in einen Eingang: ein nachtschwarzer Weg, der in die Tiefe führte.

Er blickte an sich hinunter. Er trug die gewohnte Kleidung der Zehn, das schwarze Hemd und den schwarzen Wickelrock. Da gab es keine eingenähte Tasche, in die man ein Feuerholzschächtelchen stecken konnte. Gleichwohl, er zögerte nicht; er schob einen Fuß in den Schlund und tastete sich vorwärts. In seine bloßen Füße drückten sich Geröll, kleine Knochen, der Abfall jagender Tiere. An den Händen spürte er den unregelmäßigen, mit scharfen Kanten durchsetzten Fels. Bald jedoch glätteten sie sich, auch der Boden war übergangslos von jeglichem Schmutz befreit. Es ließ sich leicht auf ihm dahinlaufen.

In der vollkommenen Dunkelheit blitzten Bilder auf. Er sah Menschen, nur für einen winzigen Lidschlag, so dass er sich nicht sicher war. Henon. Anschar wollte sich nach ihm strecken, ihn berühren, seinen kahlen Schädel, an dem nur noch einzelne Strähnchen in alle Richtungen abstanden, streicheln und küssen. Aber der alte Sklave schwand, stattdessen stand Sarid dort. Sie schaute aus einem durch die Felswand ihres Gemachs geschlagenen Fenster. Und als bemerke sie ihn, wandte sie sich um und hob die Hand zu einem stummen Gruß.

»Seit zwei Tagen träume ich meinen alten Traum weiter«, hatte sie ihm erzählt, nachdem sie seine Hand nicht hatte ergreifen wollen. »Du erinnerst dich, darin bin ich die Letzte meines Volkes, die hier ausharrt, weil sie auf Siraia wartet. Ich träume, dass sich eine Schlinge um meinen Hals legt. Jemand zerrt daran. Ich sehe nie sein Gesicht, aber ich glaube, du bist es. Du zerrst mich die Treppen hinunter, und ich stürze plötzlich hinab, so dass mein ganzer Körper erbebt und es mich aus dem Schlaf reißt. Wenn ich dann weiterträume, liege ich bäuchlings auf dem Rücken eines Sturhorns, das du reitest. Ich blicke zurück und sehe eine rothaarige Frau hier an diesem Fenster stehen. Ich will dir zurufen, dass du nicht fortreiten sollst, aber mein Mund bekommt wieder nur kehlige Laute heraus.«

Vielleicht würde sie *jetzt* zugreifen. Er streckte ihr die Hand hin, und da schwand sie. Keine Bilder mehr, nur Schwärze. Die kalte Schwärze des Todes. Er lief weiter.

Was war das? Ein Lichtstrahl brach sich Bahn, als halte jemand im Fels eine Lampe an einen Spalt. Das Licht zuckte, wanderte, schien ihn zu suchen. Und erlöschte. Zögernd setzte er die nächsten Schritte; er war sich sicher, dass der Weg hier endete. Ja, seine ausgestreckten Hände berührten das Ende des Felsenganges. Wie glatt es war … wie die Eisplatten, die ihn in der Havel fast das Leben gekostet hätten.

Plötzlich flammte das Licht dahinter wieder auf. Doch kein Strahl – tausend Strahlen. Kein Licht – ein Gott.

»Gott ohne Namen«, flüsterte Anschar. Hinter den zusammengepressten Lidern sah er die strahlende Gegenwart des Gottes. »Lass mich dich ansehen.«

Es wurde schwächer. Langsam wagte er es, die Augen wieder zu öffnen. Sanftes Blau hatte sich ausgebreitet, nun sah er auch die Wände und den Weg, den er gekommen war. Hinter der Eisplatte stand der letzte Gott dieser Welt. Die Strukturen im Eis verzerrten seine Gestalt, seine Gesichtszüge. Nicht aber die weit geöffneten Augen.

Der Gott schlug mit den Händen gegen die Barriere. Wie es ihm wohl gelang, sie bisweilen zu durchbrechen? Sein Freiheitsdrang war stark, aber heute, das erkannte Anschar, würde er eher sich selbst zerbrechen als diese Wand. Die Lippen des Gottes bewegten sich. Anschar hörte nichts, aber die Augen waren auf ihn gerichtet, flehentlich.

Aus dem Bund seines Rockes zog er den Dolch und stieß

zu. Die Klingenspitze kreischte an der Barriere entlang wie an Geeryus Luftschilden. Wieder und wieder hieb er auf das Hindernis ein. Nicht ein Kratzer, nicht einer! Erschöpft sackte er nieder. Auch der Gott ging in die Knie. Anschar hämmerte gegen die Barriere, als könne dies etwas bewirken. Dann öffnete sich seine Faust, er presste die Handfläche auf das Eis. Auch der Gott tat dies. Flog da ein kaum wahrnehmbares Lächeln über sein Gesicht? Wie um für die schwachen Bemühungen zu danken, wenigstens dies? Doch die Qual in den schönen Augen löschte es nicht aus.

Grazia bedankte sich beim Amtsfräulein und hängte den Telephonhörer wieder an den Apparat. Das Sankt-Paulus-Kloster der Dominikaner in Moabit besaß keinen Anschluss. Insgeheim hatte sie gehofft, Bruder Benedikt höchstpersönlich an den Apparat zu bekommen, was natürlich unsinnig war, denn keinesfalls würde er im Kreise seiner Ordensbrüder untätig Däumchen drehen, wenn er wusste, dass Anschar durch Berlin lief.

»Vielen Dank, Herr Pfefferberg, das war sehr freundlich von Ihnen.«

»Gerne geton, Frailein Zimmermann.« Herr Pfefferberg, der über einen geöffneten Sekretär gebeugt stand und an den Scharnieren herumschraubte, lüpfte seine Schiebermütze, ohne aufzusehen.

Grazia trat hinaus auf die Straße. Ihre Schultern fröstelten, ihre Schritte zurück zum Nachbarhaus waren schwer. Dort oben, die schmeideeisernen Balkone, ihres Vaters Wohnung. Mitsamt einem orientierungslosen Anschar darin. Erzählt hatte er bisher wenig: dass er das Tor durchschritten hatte und fast unter einer Eisplatte ertrunken war; dass die Kälte den ihm vertrauten Peitschenhieben gleichgekommen war. Er, allein auf der Pfaueninsel. In der Neujahrsnacht!

»Sterne, die zum Himmel aufsteigen?«, hatte sie verständnislos gefragt und dann begriffen: »Ein Feuerwerk. Das hast du wirklich gesehen? Du hast dich bestimmt fürchterlich erschreckt.«

»Die Eisenbahn war schlimmer.«

»Ach, Anschar, was hast du nur durchgemacht?«

»Ich habe es ja überstanden.«

Er hatte mit den Achseln gezuckt, und dies war im Grunde alles, was sie über seinen verschlungenen Weg nach Spandau wusste. Vor wem er sich kniend erniedrigt hatte, gleich einem Sklaven, hatte er für sich behalten. Auch über sein schändliches Verhalten in Temenon schwieg er sich aus. Und sie würde sich eher die Zunge abbeißen, als ein einziges Wort darüber zu verlieren.

Aber wo war Bruder Benedikt? Und wo bekam sie *jetzt sofort* Kleidung für Anschar her? Nichts aus den Schränken ihres Vaters würde ihm passen, und das Geschäft eines Herrenausstatters zu betreten, war für eine Dame ohne den entsprechenden Herrn an der Seite undenkbar. Sie blickte die Straße hinauf und hinunter und zerrte an den Fingern, als könne ihr dies zu einem rettenden Einfall verhelfen.

»Justus!«

Ihr Bruder kam die Straße entlanggeschlendert, die Hände in den Manteltaschen. Ausgerechnet jetzt!

»Schwesterherz. Was ist denn? Du wirkst so aufgelöst.«

»Wieso bist du schon zurück?«

»Ich schulde dir keine Rechenschaft«, antwortete er muffig. »Dass das mal klar ist.«

»Entschuldige, aber … auch das noch!« Von der gegenüberliegenden Straßenseite sah sie Adele durch den von zahllosen Hufen, Wagenrädern und Pferdeäpfeln verschmutzten Schneematsch heranstapfen. »Adele! Hatte ich dir nicht gesagt, dass du deine Eltern besuchen sollst?«

Adele hob herausfordernd das von der Kälte gerötete Gesicht. »Ja, Fräulein Grazia, aber das mit der fremden Sie-wissen-schon hat mir keine Ruhe gelassen, und da wollte ich …«

»Mir nachspionieren?«, entrüstete sich Grazia.

»Nein, bestimmt nicht! Ich mache mir nur Sorgen.«

»Was ist eine Sie-wissen-schon?«, fragte Justus.

»Das, was du untenherum anhast«, schnappte Grazia.

Adeles Stimme wurde schrill. »Da hört's der junge Herr! Verändert hat sich das Frollein, ich sag es ja.«

»Dass Frauenzimmer immer dramatisieren müssen«, gab Justus sich erhaben und befingerte sich oberhalb des Mundes, als könne er den ersehnten Flaum sprießen fühlen. »Wem gehört denn diese Hose?«

»Das geht dich …«

»Hat uns der Vermieter gekündigt, dass ihr allesamt auf der Straße steht?«, rief der Vater. Alle drei Köpfe flogen zu ihm herum. Grazia hatte nicht bemerkt, dass ein Kremser herangefahren war. Er hielt sich am Schlag fest, stieg aus und hob den Hut in Richtung des Kutschers, der die Zügel schnalzen ließ und wieder auf die Straße ausscherte.

»Papa, ich dachte, du bist noch bei deinem Disput«, sagte Grazia matt.

»Das klingt wie: ›Könntest du bitte noch dort sein?‹«, schmunzelte er.

»Sie hat oben eine …«

»Adele!« Sie warf dem Mädchen einen scharfen Blick zu. Den Vater schien es nicht zu bekümmern, er fingerte in der Hosentasche nach seinem Schlüsselbund, während er zur Haustür schritt, Adele und Justus wie an der Kette gezogen dicht hinter sich. Grazia schlug die Hände vors Gesicht und folgte ihnen die wenigen Stufen zur Beletage hinauf.

»Papa.« Sie schob sich am Vater vorbei und drückte den

Rücken gegen die Wohnungstür. »Ich glaube, es ist besser, wenn erst einmal ich hineingehe.«

Er runzelte die Stirn. »Um *was* zu beseitigen, mein Fräulein?«

»Nichts.« Ihr Gesicht glühte, sicherlich war es tiefrot. Ach, es hatte ja doch keinen Zweck. »Es ist nur so … Anschar ist da.«

»Anschar? Dein wilder Krieger?« Er blickte von Adele zu Justus, als wüssten die eine Erklärung, und wieder zu ihr. »Er ist hier? *Hier*? Potzblitz, die Überraschung ist dir gelungen. Na los, mach Platz! Ich will den Wunderknaben doch kennenlernen!«

»Ja, aber lass mich ihm erst sagen, wie er sich jetzt verhalten soll. Er würde bestimmt gerne vorher wissen, dass er dir gegenübersteht.«

»Papperlapapp. Der einstudierten Höflichkeit zieht mein altes Forscherherz eine unverfälschte Reaktion vor. Und jetzt weg da, sonst lasse ich mich auf meine alten Tage doch noch dazu herab, dir den Hintern zu versohlen.«

Grazia gab es auf. Gegen eine unverfälschte Begegnung hatte sie nichts einzuwenden, sie betete nur darum, dass Anschar die Hose trug. Aber wie sie ihn kannte, hatte er es vorgezogen, sich nackt in ein Dutzend Decken zu hüllen.

Das Gesicht ihres Vaters schien vor Aufregung zu leuchten, und Justus und Adele reckten neugierig die Köpfe, als er die Wohnungstür öffnete. »Nicht drängeln«, sagte er leise. »Wir wollen ihn nicht erschrecken.«

Beinahe hätte Grazia gelacht. Wer würde hier gleich wen erschrecken? Sie blieb dicht hinter ihm. Offenbar war Anschar noch immer im Salon, also deutete sie auf die Verbindungstür. In Windeseile hatte der Vater Hut und Mantel ausgezogen und sie mitsamt Gehstock in Adeles Arme gedrückt. Dann legte er eine Hand auf die Klinke. »Auch wenn das mein Wohnzimmer ist – einfach hereinzuplatzen wäre wohl unangemessen?«

Innerlich rang Grazia die Hände. Es war ihr nun fast alles gleich. Schließlich klopfte er zaghaft an.

»Weiß er überhaupt, was das Klopfen bedeutet?«, fragte er, da nichts zu hören war.

»Ja. Vielleicht ist er eingenickt«, erwiderte sie, was sie nicht glaubte, denn das Erscheinen so vieler Menschen hätte Anschar nicht überhört. War er vielleicht gar nicht da?

Der Vater drückte die Klinke herunter und betrat das Zimmer. Unter seinen Schritten knirschte es, und er blieb stehen.

»Was, um alles in der Welt, ist denn hier geschehen?«

Grazia drückte sich gegen seinen Arm, um hineinsehen zu können. Sie glaubte, sie träfe der Schlag. Was auf dem Esstisch gestanden hatte, lag nun zerbrochen auf dem Boden, mitsamt der Tischdecke, die geknüllt in zwei umgekippten Stühlen hing. Die Tür der Vitrine war eingeschlagen, die Gläser und Vasen darin waren herausgefegt, zerschellt. Auf dem Kanapee saß Anschar, ins Leere starrend. In den Händen, die zwischen seinen gespreizten Schenkeln ruhten, hielt er ein Sektglas, darin eine schwarze Flüssigkeit. Es musste der Rest vom gestrigen Nachmittagskaffee sein.

Justus pfiff beeindruckt durch die Zähne; dies weckte Anschar aus seiner Erstarrung. Langsam drehte er den Kopf nach ihnen. Ebenso langsam erhob er sich. Das Glas glitt ihm aus der Hand, der Kaffee sickerte in den Teppich.

»Adele, holen Sie einen Besen und kehren Sie die Scherben auf«, murmelte der Vater, der wie auf Stelzen zwei Schritte ins Zimmer machte, ohne den Blick von Anschar zu wenden. »Und du, Töchterlein, verrate uns, was da passiert ist.«

»Ich habe keine Ahnung«, krächzte Grazia.

»Da geh ich bestimmt nicht rein«, erklärte Adele.

Grazia wollte im Boden versinken, als Anschar auf sie zukam. Er war nackt, nur um die Hüften hatte er sich ein Handtuch geschlungen, das jederzeit herabzurutschen drohte. Sogar er vermochte in dieser spärlichen Aufmachung nicht zu frieren, denn er hatte kräftig den Ofen befeuert, so dass eine Hitze herrschte, die des argadischen Hochlandes würdig gewesen wäre. Auf seiner schweißfeuchten Brust klebte Erbrochenes, ebenso auf dem Teppich, und verströmte einen bitteren Geruch.

Er schien nur sie zu bemerken, als er wackligen Schrittes vor sie trat. Nichts von dem, was er warum auch immer getan hatte, stand in sein Gesicht geschrieben. Ehe sie es sich versah, hatte sie ihn geohrfeigt. Sein Kopf flog zur Seite. Sie erschrak, weniger über sich selbst als darüber, dass es ihr gelungen war, ihm diesen Schlag zu versetzen, zum ersten und vermutlich einzigen Mal.

Es half nichts; er wirkte immer noch, als verweile sein Inneres an einem anderen Ort. Als er mit dem bloßen Fuß in eine Scherbe trat, entlockte ihm das nur ein Stirnrunzeln. Er schwankte, als er zum Sofa zurückging und sich wieder hinsetzte. Er legte einen Arm auf die Lehne und den Kopf auf die Schulter.

Grazia schlug die Hände vors Gesicht und schüttelte den Kopf. »Ich weiß nicht, was ich dazu sagen soll.«

»Aber ich.« Der Vater hatte sich ächzend gebückt und hielt ein kleines Arzneifläschchen hoch. »Könnte es damit zu tun haben?«

Sie nahm das Heroinfläschchen entgegen. Leer war es nicht, aber es war nicht zu übersehen, dass Anschar mehr als eine Tablette genommen hatte. »Ich hatte ihm gestern etwas davon gegeben, weil er so unter seinem Husten litt. Er erträgt die Kälte nicht.«

»Sohnemann. Lauf schnell und hole Doktor Golz.«

»Ja.« Justus hastete aus dem Zimmer. Adele folgte ihm und

kam mit Besen, Schaufel und Handkehrer zurück. Sich zur Arbeit überwinden konnte sie jedoch nicht; sie starrte nur fortwährend zu Anschar hinüber.

Schlief er jetzt? Seine Augen waren jedenfalls geschlossen. Der Vater entledigte sich seines Jacketts und Hemdkragens, während er einen Blick zum laut rumpelnden Ofen warf. »Kindchen, vielleicht bist du ein bisschen zu vertrauensselig, ihm zu erklären, wie man ein Feuer anmacht, hm?«

»Das habe ich ja gar nicht getan.«

Vorsichtig näherte er sich Anschar und neigte sich vor. »Kaum zu glauben. Da hockt tatsächlich ein antiker Krieger, der aus meinem Wohnzimmer eine überhitzte Opiumhöhle gemacht hat. Ich würde vorschlagen, du gehst auf dein Zimmer, solange dieser Mann nichts Anständiges am Leib hat.«

»Ach, weißt du, Papa«, entgegnete sie und dachte, dass es darauf nun auch nicht mehr ankam. »Ich hab ihn schon mit weniger gesehen.«

Adele schnappte nach Luft, und als hätte dieses Geständnis ihre Erstarrung gelöst, begann sie die Scherben aufzukehren. Der Vater schnaufte vernehmlich. »Kein Wort mehr darüber. Lassen wir die losen Sitten, wo sie hingehören, nämlich in Argad, ja?«

»Tut mir leid«, murmelte Grazia. Aus der Küche holte sie eine Schüssel mit Wasser, tauchte einen Lappen hinein und säuberte Anschars besudelte Brust und sein Kinn, dann breitete sie eine Wolldecke über ihn. Die Zeit des Wartens nutzte sie, um den Vater über Benedikts Verschwinden aufzuklären; dann war der Arzt auch schon da. Doktor Golz ließ sich von Adele Hut und Mantel abnehmen und setzte sich sogleich auf das Kanapee. Grazia lag irgendeine Erklärung auf der Zunge, weshalb der Patient nichts am Leib hatte, aber das hätte alles nur noch schlimmer gemacht. Auf des Vaters Erklärung, was geschehen war, klemmte sich der Doktor einen Kneifer auf die Nase, legte die Fingerspitzen an Anschars Wange, drehte ein wenig seinen Kopf und hob die Augenlider. Grazia hielt den Atem an, doch Anschar ließ die Musterung teilnahmslos über sich ergehen.

»Können Sie mich hören?«, fragte der Arzt. Sie trat an Anschars andere Seite und wiederholte die Frage auf Argadisch.

»Es war … wie … Veynaydro … sagte«, murmelte Anschar. »Der Gott … im Fels.« Jedes Wort schien ihn Kraft zu kosten. Was mochte er damit meinen?

»Das Kauderwelsch verstehe ich nicht. Aber er ist ansprechbar.« Doktor Golz schob die Decke so weit beiseite, dass er nach Anschars Puls tasten konnte. Dann klopfte er den Brustkorb ab. Seinem Köfferchen entnahm er ein Stethoskop, rückte den Bügel in den Ohren zurecht und schob das Bruststück unter die Decke. Betretenes Schweigen begleitete seine Untersuchung.

Er nahm das Stethoskop herunter. »Nun. Er atmet normal, wenn man davon absieht, dass seine Lunge ganz schön rasselt. Sein Herz schlägt langsam, was auf die Tabletteneinnahme zurückzuführen ist, aber eben auch darauf, dass er ein kräftiger junger Mann ist.« Nachdenklich zupfte er an seinem grauen Spitzbart, während er sich im Zimmer umsah. »Mir wäre neu, dass ein paar Tabletten dieses neuartigen Schmerzmittels so eine Reaktion hervorrufen können.«

»Und was nun?«, fragte Grazia.

Doktor Golz packte sein Instrument wieder ein. »Er war über Stunden allein, sagten Sie? Was immer in dieser Zeit mit ihm war, er hat es überstanden, und für mich gibt es nichts weiter zu tun. Er wird sicher noch einige Zeit todmüde sein. Lassen Sie ihn schlafen. Und wegen seiner Erkältung sollte er doch besser konventionelle Mittel bemühen.« Er erhob sich, die Tasche unter dem Arm. »Gehe ich recht in der Annahme, dass dieser Herr nicht krankenversichert ist?«

»Schicken Sie mir die Rechnung.« Der Vater berührte ihn am Ellbogen, geleitete ihn mit einer aufgeräumten Geste zur Tür und winkte Adele heran, dass sie dem Doktor in den Überzieher half.

Justus stand über Anschar gebeugt, musterte ihn fasziniert und hob eine dunkelbraune Haarsträhne. »Wie kann man nur die Haare so lang wie ein Pferd tragen?«

»Justus«, mahnte Grazia. »Nur weil der Doktor nahe an ihm dran war, solltest du das nicht auch tun.«

»Wieso?«

Anschars Hand schoss vor und packte ihn am Hemd. Fast fiel Justus auf ihn. »Wo ist Benedik?«, brüllte Anschar auf Deutsch und schüttelte ihn. Sie wollte dazwischengehen, doch er ließ so unverhofft los, wie er zugegriffen hatte.

»Deshalb«, sagte sie.

Der Vater kam von der Wohnungstür zurück, wo er den Doktor verabschiedet hatte. »War er das, der da so laut geschrien hat? Sohn, geh weg da.« Er sackte auf einen der Essstühle, wühlte ein Taschentuch aus seiner Weste und tupfte sich die Wangen. Grazia ging in ihr Zimmer, um Kamm, Schere und eine Kordel zu holen. Kurz darauf kniete sie auf dem Kanapee und drückte Anschars Rücken so weit vor, dass sie an seinen Nacken herankam. Mit dem Kamm fuhr sie ihm durch die Haare, teilte Strähnen ab, flocht die kleinen Zöpfe und band sie zusammen. Adele sah kopfschüttelnd zu und fuhr fort, die Scherben in einen Eimer zu schütten. Nur die zwei Hälften eines Tellers aus Meißner Porzellan legte sie anklagend auf den Tisch. Da lag auch ein Dolch. Grazia kannte ihn nicht, aber er sah argadisch aus. In den prüfenden Händen des Vaters wirkte er wie die Nachbildung eines antiken Fundstücks.

»Das sollten wir wohl wegschließen, bevor er damit auch noch auf die Polster eindrischt«, sagte er.

Grazia setzte sich zu ihm. »Papa, er ist friedlich. Das lag nur an der Droge.«

Er streichelte ihre Hand. »Das glaube ich dir ja. Trotzdem mag ich jetzt nicht das Haus verlassen, um der Sache mit Bruder Benedikt nachzugehen. Jemand muss nach Moabit fahren.« Sein Blick suchte den Sohn. »Das wäre eine Aufgabe für dich.«

Justus zog eine Grimasse. »Jetzt, wo es hier ausnahmsweise einmal spannend ist, soll ich weg?«

»Stammt diese Antwort aus dem Fundus derer, die du dir schon für die Hauptkadettenanstalt zurechtgelegt hast?«

Leise in sich hineinbrummelnd, erhob sich Justus, nahm Fahrtgeld entgegen und trollte sich.

»Und Sie, Adele«, winkte der Vater das Dienstmädchen heran. »Sie gehen ins Hinterhaus zur Näherin Müller und bitten Sie, uns ordentliche Kleidung zu besorgen. Ihr Mann hat die passende Statur, da wird sie sich kaum vertun.« Auch hierfür legte er Geldscheine auf den Tisch. Im Gegensatz zu Justus konnte Adele nicht schnell genug die Wohnung verlassen; hastig machte sie einen Knicks und verschwand. Dankbar schmiegte sich Grazia an den Arm des Vaters.

7

Grazia sah zu, wie Anschar sich mit dem Rasierzeug ihres Vaters die Bartstoppeln entfernte. Oft musste er innehalten, weil seine Hände nicht ruhig blieben. Als er es geschafft hatte, wischte er sich mit einem feuchten Tuch über das Gesicht. Dann machte er sich eher widerwillig daran, über das graue Unterhemd das weiße Herrenhemd zu ziehen. Grazia verwarf den Gedanken, ihm den Kragen anzuknöpfen, doch als er seine Hose verweigerte, sagte sie: »Du kannst nicht mit einem Handtuch um die Hüften vor meinen Vater treten.«

Er schloss nur einige Knöpfe des Hemdes, und die Manschetten ignorierte er völlig. »Sind solche Feinheiten jetzt noch von Belang? Nach dem, was passiert ist?«

Eine weitere geschlagene Stunde hatte er auf dem Kanapee geschlafen, und als er so weit erwacht war, dass er wieder hatte laufen können, hatten Grazia und ihr Vater ihn in Justus' Bett verfrachtet, wo er noch ein wenig geruht hatte. Nach wie vor war er benommen, seine Augen schläfrig, der Atem flau. Sein Aufzug war gelinde gesagt unmöglich, dennoch flackerte Stolz in ihr auf. Sie warf den Kragen aufs Bett, öffnete die Tür und geleitete Anschar zurück in den Salon, wo sie ihn zu warten hieß. Dann eilte sie zum Arbeitszimmer des Vaters und klopfte an. Er trat heraus, drückte ihr einen feuchten Kuss auf die Stirn. Sie zog ihn hinter sich her.

»So«, sagte sie, als die beiden Männer sich endlich gegenüberstanden. »Darf ich vorstellen? Carl Philipp Zimmermann, Anschar von Argad.« Dies wiederholte sie auf Argadisch, und endlich geschah, was sie sich so oft in ihren Tagträumen ausgemalt hatte: Die beiden reichten sich die Hände.

»Vergessen wir, was geschehen ist«, erklärte der Vater und zupfte an seinem Hemdkragen, da es nach wie vor heiß im Zimmer war. Er hatte es sich nicht nehmen lassen, ordentlich in Weste und darüber einem goldfarbenen Hausmantel zu erscheinen, während Anschar mit bloßen Füßen auf dem Teppich stand. »Ein Begrüßungstrunk wäre nicht schlecht. Verträgt denn ein argadischer Mann Alkohol?«

»Mit Bier machst du nichts falsch«, warf Grazia schnell ein.

»Sie haben's gehört, Adele.«

Das Dienstmädchen, das sich nicht entscheiden konnte, Anschars Beine oder die eigenen Füße anzustarren, huschte in die Küche. Der Vater wies einladend zum Tisch, wo sie sich niederließen. Steifes Schweigen breitete sich aus. Anschar schien das nicht zu stören, er hatte einen Ellbogen auf den Tisch gelegt und hockte breitbeinig da. Das Bierglas, das Adele ihm hinstellte, leerte er augenblicklich zur Hälfte. Grazia wartete, die Finger um ihre Berliner Weiße gekrampft, dass er aufstieß; stattdessen begann er kräftig zu niesen. Mit verkniffenem Gesicht schob er die Hand ins Hemd und rieb sich die Schulternarben. Die andere fasste an die Stirn. »Ihr Götter«, beklagte er sich. »Deine Welt hat einen alten Mann aus mir gemacht.« Bevor sie ihm ein Taschentuch reichen konnte, hatte er sich mit dem Hemdsärmel übers Gesicht gewischt.

»Papa …«, murmelte sie.

»Schon gut. Ich sage mir einfach, das hier ist ein bisschen so, als säßen wir in einem griechischen Zelt vor Troja. Da haben sie sicher auch keine Untersetzer unter ihr Bier gestellt.« Mit zwei Fingern griff er in die Westentasche und holte sein Streichholzetui hervor. Aus der von Adele rasch herbeigetragenen Havannakiste entnahm er eine Zigarre, knipste das Ende ab und legte es in den Aschenbecher. Grazia bemerkte, dass Anschar diesen Verrichtungen mit wachsender Geringschätzung zusah, und als der Vater die Zigarre in den Mund nahm, entschlüpfte ihm ein angeekeltes Knurren.

»Was …?« Der Vater musterte Grazia, doch sie konnte nur mit den Achseln zucken. Er klopfte die Zigarre wieder aus. »Ich rauche ohnehin zu viel.«

Es schellte, kurz darauf stürmte ein frische Winterluft mit sich führender Justus herein. »Ich hab's herausgefunden«, keuchte er. Um Anschar machte er einen vorsichtigen Bogen, als er sich auf einen freien Stuhl setzte. Die Mütze legte er vor sich und begann sie zu kneten.

»Rede schon«, befahl der Vater.

»Also. Ich war in Moabit. Und man wusste auch, wen ich meinte. Ein Dominikaner erklärte mir, dass vor ein paar Tagen die Polizei bei ihnen gewesen wäre. Einer musste mit ins Leichenschauhaus …«

Grazia schrie auf. Ihr blieb die Luft weg. Nein, lieber Gott!, dachte sie, die Hände vors Gesicht gepresst. Anschar war so heftig aufgestanden, dass sein Stuhl am Boden lag; er umrundete den Tisch und packte ihren Kopf. Sie konnte nicht anders, als die Arme um seine Mitte zu werfen. Seine Finger kneteten ihren Nacken. »Was hat er gesagt?«, drängte er sie, und als sie nicht antwortete, weil ihr die Kehle zugeschnürt war, rüttelte er unsanft ihre Schulter. »Rede!«

»Bruder Benedikt«, würgte sie hervor. »Er ist tot.«

Justus räusperte sich. »Man hat ihn beim Bahnhof Wannsee gefunden.«

»Das habe ich verstanden«, sagte Anschar, bevor sie übersetzen konnte. »*Bahnhof Wannsee*. Dort verlor ich ihn.«

Grazia schluckte mit aller Gewalt die Tränen hinunter. »Kannte ihn dort noch jemand?«, fragte sie Justus. »Es ist ja etliche Jahre her, dass das Tor ihn nach Argad brachte.«

»Scheint so. Jedenfalls wusste der Mönch, mit dem ich sprach, wen ich mit Benedikt meinte. Aber mehr hat er mir nicht gesagt; ich weiß nicht, was die Todesursache war.«

Sie erklärte Anschar, was Justus gesagt hatte, und da ließ er sie los und stapfte in die Mitte des Raumes. »Diese Welt hat sich seiner bemächtigt, wie es auch beinahe mir erging!«, rief er, vor Zorn erzitternd. »Man hat ihn gehasst, und ich verstehe, o ja, ich verstehe sehr gut, warum er nie hierher zurückwollte. Hatte er nicht erzählt, man habe das Haus, in dem er und seine Leute früher gelebt hatten, niederreißen wollen?«

Grazia kannte die üble Geschichte: Aufgehetzt von protestantisch gesinnten Zeitungen, hatte ein Mob das damalige

Klostergebäude gestürmt und einige Mönche verletzt. »Aber das war vor mehr als dreißig Jahren, ich glaube nicht …«

»Er konnte nie verstehen, dass wir unseren Göttern Blut opfern«, fuhr er ihr in die Rede und schlug die Hand auf den Tisch, dass die Gläser wackelten. »Aber man hat ihn in Argad in Ruhe gelassen. Ihr streitet über euren einen Gott bis aufs Blut. Nur dass es euer eigenes ist!« Er fuhr sich durch das Haar, schüttelte sich und stöhnte enthemmt auf. Grazia konnte nur wie versteinert zusehen, wie er seiner argadischen Trauer freien Lauf ließ. »Er war an meiner Seite«, schrie er unter Tränen, den Kopf in den Nacken werfend. »Ich, der Erste der Zehn, der Leibwächter des Meya, habe zugelassen, dass man ihm Leid antat!«

Er fauchte Adele aus dem Weg und stapfte aus dem Salon. Grazia hörte die Tür von Justus' Zimmer schlagen.

»Potzdonner«, murmelte Justus.

»Was für ein Spektakel.« Adele rollte die Augen und drückte die Hand auf die Brust. »Wenn *das* die gnä' Frau noch erlebt hätte!«

»So viel Riechsalz hätten wir nicht gehabt.« Der Vater steckte sich die Zigarre in den Mund, griff nach den Streichhölzern, und erst, als er zu merken schien, was er da tat, legte er sie kopfschüttelnd wieder zurück. Grazia schnäuzte in ihr Taschentuch. Unwillkürlich malte sie sich aus, wie Anschar das Zimmer auf der Suche nach Farbe durchwühlte, Justus' Tuschkasten fand und sich blaue Farbe ins Gesicht schmierte. Die Tränen würden Furchen durch die Farbe ziehen: die argadische Sitte, einen Toten zu beklagen.

Als sie aufstehen wollte, um das zu verhindern, war Anschar zurück. Gefasst trat er vor ihren Vater.

»Es tut mir leid«, sagte er ruhig. »Bei Inar! Du gewährst mir Gastfreundschaft, und ich vergesse, dass du mein Verhalten nicht verstehen kannst. Ich aber sollte eures halbwegs verstehen, denn ich kenne Grazia lange genug.« Sein Blick gab ihr zu verstehen, dass sie es übersetzen solle, was sie rasch tat, woraufhin der Vater sich erhob.

»Na schön«, er streckte die Hand vor. »Dritter Versuch! Willkommen in meinem Haus.«

Anschar schlug ein, und Grazia hätte vor Erleichterung weiterheulen mögen.

»Nicht dass er mir unsympathisch wäre, Töchterlein.« Der Vater zwinkerte ihr zu. »Aber ich denke, mir wird ein ordentlicher Stein vom Herzen fallen, wenn er wieder dort ist, wo er hingehört.«

Tante Charlotte tupfte sich am Küchentisch frischen Puder auf, öffnete ihr Täschchen und sprühte sich Eau de Cologne auf den Hals. »So schlimm ist er doch gar nicht. Deinen Andeutungen nach musste man ja damit rechnen, dass dieser Grieche einen gleich als Amuse-Gueule verspeist, aber er ist doch halbwegs kultiviert. Ein bisschen … rustikal, das gebe ich zu. Er könnte seine Erkältung gerne etwas weniger zelebrieren. Wenn er niest, wackelt ja das Haus! Und dann diese Haare! Kann man das eine Frisur nennen? Aber jetzt sag mir, warum hast du verschwiegen, dass er zur Leibgarde König Georgs von Griechenland gehört?«

Grazia lächelte gequält. Hätte sie geahnt, dass das Tantchen aus heiterem Himmel auftauchen würde, dies auch noch pünktlich zum festlichen Abendessen, wären ihr bessere Geschichten eingefallen. Wie gut, dass Anschar reden konnte, was er wollte; was Charlotte zu hören bekam, lag allein in ihrer Hand. Aber – bei Inar! – es war wirklich anstrengend. Als er berichtet hatte, dass in der Wüste der ganze Reisetrupp nach dem Verspeisen eines unbekannten Tieres tagelang unter heftigstem Durchfall gelitten hatte, war ihr gar nichts mehr eingefallen.

Sie half Adele, das Hauptgericht aufzutragen. Eine Platte mit blauem Karpfen fand auf dem Tisch Platz, dazu Kartoffeln, braune Butter. Fisch, hatte sie auf die Frage ihres Vaters entgegnet, sei das, was das Herz eines Argaden am Esstisch höher schlagen ließe. Anschar starrte auf den Karpfen.

»Stimmt etwas nicht?«, murmelte ihr Vater.

»Ich denke, dass ihn die Größe erstaunt.«

Er stand auf, um der Tante den Stuhl heranzuschieben. Als alle wieder saßen, zerteilte Adele den Fisch und legte jedem auf. Neben Anschar stehend, streckte sie die Arme, um ihm nicht zu nahe zu kommen. Grazia war unbehaglich zumute, doch er griff nicht mit den Fingern zu, sondern tat, was alle taten. Und das so vollkommen, als hätte er geübt. Nur sie, das wusste sie, bemerkte seinen aufmerksamen Blick. Bedauerlicherweise gab es niemanden, der derzeit anschaulich machen konnte, wie man sich bei einer Erkältung verhielt. So hustete und nieste er ungebührlich vor sich hin, und sie war nur froh, dass sie ihm beizeiten nahegelegt hatte, ausschließlich sein Taschentuch zu nutzen.

Er trug ein ordentliches Jackett, und auch in eine lange, schwarze Hose hatte er sich bemüht. Dennoch war er der Einzige, dem die Ofenhitze nicht den Schweiß aus den Poren trieb. Nach dem Essen seufzte Charlotte vernehmlich und wedelte sich mit der Serviette Luft zu. Als Adele begann, das Geschirr abzutragen, öffnete sie ihre Handtasche. »Wie gut, dass ich mir vorsorglich diese Formamint-Tabletten besorgt habe«, erklärte sie, während sie eine Tablette auf ihre Hand schüttelte. »Sie schützen gegen Epidemien, Influenza, Masern, Scharlach und Husten. Wollt ihr auch welche? Grazia, frag doch den Herrn …«

»Lieber nicht, Lottchen«, sagte der Vater schnell.

Achselzuckend steckte sie sich die Tablette in den Mund.

»Was tut eigentlich ein Leibwächter? Immer neben des Königs Kutsche herreiten?«

»Gewiss«, erwiderte Grazia. »Das tut er.«

»Und kommt es auch manchmal zu Zwischenfällen, bei denen er eingreifen muss? Attentate?«

»Ich glaube nicht, Tante.« Dennoch übersetzte Grazia. Anschar zuckte mit keiner Wimper.

»Es gab immer Sklaven, die den Tod durch mein Schwert suchten«, sagte er.

Grazia hüstelte gegen ihre Finger. »Er meint, es kam schon vor, dass er jemanden, der aufdringlich wurde, in den Schwitzkasten nehmen musste.«

»Ich habe sie nicht gezählt.«

»Zwei- oder dreimal ...«

»Wie aufregend«, befand Charlotte. »Seltsam, ich hätte gedacht, dass Griechisch anders klingt. Carl, wieso verstehst du ihn eigentlich nicht?«

»Weil ich nur Altgriechisch beherrsche.« Der Vater atmete erleichtert auf, als Adele das Tablett mit Birne Helene brachte. Wiederum hielt sie Abstand zu Anschar, der sie stirnrunzelnd beobachtete.

»Das ist eine Birne«, flüsterte Grazia.

»Ich dachte es mir.« Seine Hand umfasste Adeles Arm, so dass sie erschrocken zuckte und beinahe das Tablett fallen ließ. »Sie ist keine Sklavin, oder?«

»Adele? Natürlich nicht, das weißt du.«

»Ihr entlohnt sie? Arbeitet sie gern hier? Oder mit Widerwillen?«

»Nein, sie tut es gern.« Grazia versuchte sich vorzustellen, Adele wüsste von dem, was Anschar da anscheinend im Kopf herumging. Nein, besser, sie stellte es sich nicht vor. »Es sei denn, jemand erschrickt sie und hält sie grundlos fest, als sei sie eine Puppe.«

Er ließ das Dienstmädchen los, das sich den Arm rieb und eilig wieder für Abstand sorgte. »Wie kam jener König aus deinen Geschichten damit zurecht, dass er seine Sklaven ziehen lassen musste?«

»Welcher König? Du meinst … Ramses?«, lachte Grazia entgeistert auf. »Warum willst du das alles wissen?«

Die klingelnde Wohnungstür unterbrach sie. Adele hastete hinaus und kehrte mit einem Kuvert zurück. »Ein Telegramm für das Frollein.«

Grazia stand auf und nahm es entgegen. Mit fliegenden Fingern riss sie es auf, während sie nervös hin und her lief. Heinrich, natürlich, wer sonst schickte ihr Schmucktelegramme? »Herr von Neideritz möchte morgen mit mir einen Ausflug in den Tiergarten machen.« Sie ließ den Zettel sinken. »Was mache ich denn jetzt? Verprellen möchte ich ihn keinesfalls, aber der Zeitpunkt für solche Vergnügungen könnte nicht ungünstiger sein.«

»Du verprellst ihn doch nicht«, erklärte Charlotte. »Wenn ein Herr einem den Hof macht, darf man sich ohnehin nicht allzu bereitwillig zeigen. Auch ein von Neideritz muss lernen, sich zu bezähmen.«

»Du hast sicher Recht, Tante.« Grazia war beruhigt. Sie steckte das Papier in den Umschlag zurück und wollte wieder an den Tisch; da stand Anschar vor ihr und hielt sie an der Schulter fest.

»Ich habe dich das gefragt, weil es dem Meya jetzt nicht anders als Ramses ergeht. Dies ist eine Bewährungsprobe, wie Argad sie wohl noch nie erlebt hat. Grazia! Du weißt das alles noch nicht … Kurz bevor ich Temenon durch das Tor verließ, das der Gott dir geschickt hatte, war ich noch einmal bei Sarid. Sie hat meine Hand zum Frieden nicht ergriffen. Der Fluch ist immer noch entfesselt.«

»Was sagst du da?«, hauchte sie.

»Sie wollte es nicht tun, weil ich ihr Volk verachte. Und da sie in ihrem wirren, alten Kopf meinte, ich stünde in der Verantwortung für ganz Argad, läge es ihr zufolge auch an mir, diese Verachtung abzulegen. Sie hat gefordert, dass ich dich zurückhole. Als hätte sie geahnt, dass dein Volk genau das Richtige ist, einem Argaden das Kreuz zu brechen.« Er lächelte spöttisch. »Allerdings ist mein Kreuz nicht so gemacht, dass es sich leicht brechen lässt; ich fürchte, die Preußen hätten öfter versuchen sollen, draufzuschlagen.« Seine Miene wurde wieder ernst. »So, nun weißt du es.«

»Kindchen?« Der Vater, Charlotte, Justus, auch Adele schienen darauf zu warten, dass sie übersetzte. Sie holte tief Luft.

»Er will, dass ich mit ihm gehe.«

Das Schweigen war wie Donnerhall. Hilfesuchend blickte sie zum Vater, aber der rührte sich nicht. Wenn er weder zum Weinglas noch zur Zigarre griff, dann wollte selbst ihm nichts einfallen.

Es ist nicht richtig!, wollte sie Anschar hinwerfen. Er wollte sie holen, weil es Sarids Wunsch war? Nicht seiner? All die Mühen, der Weg hierher und dass er vor irgendwem gekniet hatte – nur weil Sarid es verlangte?

Du bist nur wegen des Fluches hier?, fragte sie ihn stumm.

Ein totes Stück Holz.

Sie schüttelte den Kopf. Hinauslaufen wollte sie, heulend, jammernd, damit jeder erkannte, in welcher Notlage sie sich befand. Ihn schütteln, damit er begriff, wie sehr er sie verletzt hatte, immer noch verletzte. Aber dann sah sie in seine nassen Augen und wusste, dass ihr verletzter Stolz ihr nur etwas vorgaukelte. Er hob die Hand, so zögerlich wie anfangs in der Höhle, legte sie an ihre Wange und strich mit dem Daumen unterhalb ihres Auges entlang.

Als er sie losließ, war ihr, als tue sich der Boden auf. Nichts war da, woran sie Halt finden konnte. Nur seine Hand. Sie starrte darauf, während er an seinen Platz zurückkehrte. Erst Charlottes Räuspern brachte sie wieder zur Besinnung. Die Tante hatte den Kopf schräg gelegt und musterte unter hochgezogenen Brauen Anschars nackte Füße.

»Rustikal, ich sagte es ja.«

Sie griff um die aufragende Steinplatte herum und befingerte eine auf der feucht duftenden Erde abgelegte Blume. Die rotweißen Blüten waren winzig, aber ihre gekräuselten Kanten von stolzer Fülle. Fast so schön wie eine Heria. Weshalb hatte die Frau sie fortgeworfen? War die Blüte ein Opfer und dieser Stein ein Altar? Viele solcher Steine standen aufrecht an den Wegrändern, und kaum einer entbehrte Blütengebinde und grüne Gewächse, die entfernt an Kiefern erinnerten, und Kerzen hinter Glas. Geeryu ließ die Blume fallen. Ihre Hand glitt um den Stein und ertastete auf der Suche nach Halt erhabene Schriftzeichen. Wie lange hatte sie geschlafen? Es gab in dieser Welt keine Schatten, keine Sonne, sie zu werfen. Der Himmel war unverändert. Ihrem Gefühl nach lag es Tage zurück, dass sie Anschar und den heiligen Mann auf das Schiff hatte steigen sehen. Übers Wasser schwebend, war sie ihnen gefolgt, unschlüssig, ob sie sie sofort töten oder sich von ihnen zu der Rothaarigen führen lassen sollte. Tage war es her, dass sie den Priester mit ihren unsichtbaren Händen erwürgt hatte, weil sie von ihm inmitten des Menschengewühls entdeckt worden war. Sie hatte sich verbergen müssen, wie danach noch oft, hatte wieder geschlafen, denn die Andersartigkeit dieser Welt war anstrengend, und dann war Anschar fort gewesen.

Nun, dies war nur eine Verzögerung. Sie konnte diese Welt ohnehin nicht wieder verlassen, wenn die Rothaarige noch in ihr lebte. Vielleicht war Anschars Weib doch nicht so schwach, wie Geeryu anfangs geglaubt hatte. Vieles hatte sie im Palast über die Rothaarige und ihre Welt aufgeschnappt. Hier gab es Dinge, die ein Mensch mit normalem Verstand nicht zu erfassen vermochte. Machtvolle Dinge, selbst in den Händen einer schwachen Frau … Nein, Geeryu durfte nicht darauf vertrauen, dass die Rothaarige an ihrer Trauer um den Sklaven von allein zugrunde ging.

Sie krallte sich an dem Stein fest und zog sich hoch. Mit wackligen Bewegungen schwebte sie zurück auf den Weg. An der nächsten Wegkreuzung begegnete ihr ein alter Mann. Er taumelte zurück und sank auf eine Bank, als Geeryu an ihm vorbeischwebte. Immer glotzten sie! Und das lag nicht allein an ihren Silberaugen. Die Kleidung dieser Leute war so völlig anders. Es kam hier augenscheinlich nie vor, dass eine Frau in fließendem, ärmellosem und durchscheinendem Gewand, barfuß und mit offenen Haaren umherlief. Die Menschen mussten sich in dicke Stoffe hüllen, um der Kälte trotzen zu können. Geeryu nahm im Vorbeischweben von einem der aufragenden Steine eine Handvoll des weißen Zeugs auf, das zu Wasser wurde, wenn man es berührte. Sie steckte es sich in den Mund.

Die Kälte in der Kehle war unangenehm. Ansonsten störte sie sich nicht daran. Anfangs war sie entsetzt gewesen; willenlos hatte sie gezuckt und gezittert. Aber schnell hatte sie herausgefunden, dass eine dünne Luftschicht um ihren Körper genügte, sich zu wärmen. Sie brauchte nichts. Keine Kleidung, hin und wieder Nahrung, wenn sich etwas fand, aber selbst das war nicht wichtig. Ihre Luftfinger rissen Grasbüschel aus dem Boden, die aß sie, wenn es nicht mehr auszuhalten war. Schlimmer war die Orientierungslosigkeit. Ob der Sklave damit auch seine Schwierigkeiten hatte? Nein, vermutlich wusste er, wo sein Weib zu finden war. Die Rothaarige hatte Madyurs Nebenfrau viel erzählt, wie Geeryu von den Sklavinnen wusste. Viele Wörter – *Schloss Bellevue, Berliner Weiße, Lustgarten, Wannsee* –, eines so unverständlich wie das andere. *Erzähl von dem Wasser, das einen Hügel hinabfließt. Von der großen Steinschale. Von der goldenen Frau auf einer Säule. Von dem Pferdegespann auf einem Tor.* Alles, alles, hatte sich Geeryu von der Sklavin Tama zusammentragen lassen. Aber half es ihr?

Sie bog in einen anderen Weg ein. Vor einer der Steinplatten kauerte eine schwarz gewandete Frau. Ihre schwarzen Finger zupften an grünem Gewächs in einer Tonschale. Sogar ihr Gesicht war schwarz, ein bis zu ihrem Mund reichender Schleier verbarg es.

Im Heranschweben schlug Geeryu mit der Hand aus. Rücklings fiel die Frau in das weiße Wasser. Ihr Mund öffnete sich zu einem Schrei. Geeryu verstopfte ihn mit einem faustgroßen Stein. Sie schwebte um die Achse. Niemand sah, was hier vor sich ging. Hinter einer besonders großen Steinplatte, auf der eine geflügelte Statue stand, verbarg sie sich und die Frau. Die schwarze Kleidung an sich zu nehmen und selbst anzulegen, war mühselig. Auf die Schuhe verzichtete sie. In einer kleinen Tasche fand sie Münzen. Geeryu erhob sich, betrachtete die silberfarbenen Scheiben. Es waren doch Münzen?

Sie suchte das vergitterte Portal, fand es aber nicht, und so schwebte sie über das Mäuerchen. Über einen Kiesweg gelangte sie zu einer größeren Straße. Ja, dort war das Portal, und dort warteten auch drei Wagen hinter schwarzen Pferdegespannen. Dass sich diese mieten ließen, hatte sie bereits gegenüber der Insel der Königsvögel erkannt, wo solche Gefährte warteten. Sie richtete den Hut mitsamt dem Schleier und bemühte sich um unauffällige Bewegungen, als sie auf einen der Wagen zuhielt. Der Wagenlenker schaute auf. Er hob seinen Topfhut. Was hatten sie hier nur für lächerliche

Kopfbedeckungen! Darunter kratzte er sich. Er sprach sie an, sichtlich verwirrt. Geeryu griff sich an den Schleier. Leuchteten ihre Augen trotz des Stoffes zu deutlich? Oder worüber wunderte er sich? Gleichwohl, sie hob ihm auf der geöffneten Handfläche die Münzen hin. Es waren in der Tat Münzen, denn der gierige Blick, den sie erzeugten, war wohl in allen Welten gleich.

Er sagte etwas in seiner Sprache, welche die Ohren mit ihren harten Lauten beleidigte. Natürlich, er wollte das Ziel wissen. Aber was war das Ziel? Wo konnte sie den Sklaven und die Rothaarige finden? Sie kramte in Tamas Erzählungen.

»*Onkel Toms Hütte.*«

Die Worte gingen schwer über die Lippen, und sie fragte sich, ob er sie überhaupt verstanden hatte. Doch er ließ das Geld in eine Tasche seines Mantels gleiten, sprang ab und öffnete die Tür des Wagens. Geeryu raffte die Stofffülle um ihre Hüften und schwebte hinein.

»Sie sind ja barfuß!«

Was mochte ihn nun in Erstaunen versetzen? Geeryu war versucht, den Schleier zu heben. Aber wenn er davonstürzte, würde ihr das auch nicht weiterhelfen, also saß sie starr und wartete, dass der Wagenlenker sich an die Arbeit machte. Endlich verschloss er die Tür. Der Wagen schaukelte, als er auf seinen Platz stieg, und dann setzte sich das Gefährt in Bewegung.

Vielleicht täuschte sich Geeryu, und die beiden würden gar nicht an diesem Ort erscheinen. Aber von allen Orten mochte die Rothaarige diesen anscheinend besonders. Und da keine andere Möglichkeit blieb, würde Geeryu dort auf sie warten. O ja, warten konnte sie gut. Zeit spielte keine Rolle. Nicht für eine Nihaye.

Sie wollte dem Sklaven ins Gesicht sehen, mit Schrecken sollte er sich bewusst werden, dass sie da war – dass *sie* ihn besiegte. Danach würde sie dafür sorgen, dass die Rothaarige vor seiner Leiche kniete, während ihr Griff sie langsam erwürgte.

Grazia schob sich nah an Anschar heran und spielte mit dem Gedanken, ihre Hand in seine Manteltasche zu stecken. Er hatte die Arme verschränkt. »Siehst du«, wisperte sie ihm zu, weißen Atem verströmend. »Der Winter kann auch schön sein.«

»Ich hoffe, du willst nicht, dass ich *das* mit dir tue. Keine drei Sturhörner kriegen mich darauf.«

Hellauf lachte sie. Da stand sie neben dem gefährlichsten, unerschrockensten Mann weit und breit, und er war der Einzige, der nicht aufs Eis wollte. Zwei, drei Dutzend Paare zogen Hand in Hand ihre Kreise über die Krumme Lanke. Die klirrend kalte Abendluft war so ruhig und friedlich, dass man die Kufen knirschen hörte. Und endlich blinkten Lichtflecken auf dem Eis. Kein Stahlblau herrschte über ihren Köpfen, doch wenigstens zeigten sich ein paar Lücken in der Wolkendecke. Der ewig graue, selbst für einen Menschen ihrer Welt drückende Himmel war ihr fast schon peinlich gewesen.

»Mein Herz war so grau wie die Wolken.« Er blinzelte in die untergehende Sonne. »Ich hatte viel überlegt. Die Straße zu finden, wo dein Großkönig entlangfährt, und sich ihm vor die Füße zu werfen. So machen es manchmal Leute bei uns, wenn der Meya zum Tempel getragen wird. Aber diese zu finden, war ebenso unmöglich.«

»Hasst du uns?«

Er nieste, verzog angewidert das Gesicht und wischte sich mit seinem Taschentuch über die Nase. »Deine Familie weiß das zu verhindern. Inar sei Dank, dass diese Krankheit endlich abklingt. *Die* hasse ich.«

So war er: Er schmierte sich fremdes Blut ins Gesicht, aber ekelte sich vor seinem eigenen Schnupfen. Ein ganzes Leben brauchte es, ihn zu verstehen.

»Allmächtige Götter, hätte das alles nicht im Sommer passieren können?«

»Damit du hier halbnackt herumläufst? Nein! Und jetzt hör auf zu nörgeln.«

»Ich nörgele?«, fragte er entgeistert. »Inar! Das steht dir wirklich besser. Trotzdem hätte ich nichts dagegen, wieder ins Warme zu kommen. Ich habe genug gesehen.« Er kehrte dem See den Rücken und stapfte die Anhöhe zum nächstgelegenen Sandweg hinauf.

Im Zoologischen Garten waren sie gewesen, er hatte Giraffen, Elefanten, Löwen bestaunt und angesichts der Papageien und der Strauße im ägyptischen Tempelchen anerkannt, dass auch diese Welt Vögel in großer Pracht besaß. Grazia war entschlossen, das Bild, das er gewonnen hatte, geradezurücken. In das pulsierende Leben Unter den Linden, des Pariser Platzes mitsamt dem Brandenburger Tor oder der Charlottenburger Chaussee hatte sie ihn nicht zwingen können; aberwitzig hohe Steinschluchten aus Häusern, so seine Worte, hatte er genug sehen. Im Charlottenburger Schlossgarten waren sie gelaufen, hatten auf dem Friedhof Benedikts Grab besucht, am Wannsee die Villen betrachtet und sich die Pfaueninsel vom Lustschloss bis hin zur Klosterruine erobert. Auf dem Steg hatten sie gestanden und festgestellt, dass Eis das Tor verbarg.

»Die Winterluft lässt meinen Magen aufbegehren«, erklärte er, als sie wieder im offenen Landauer saßen und sich weiter durch den verschneiten Grunewald fahren ließen. »Ich könnte sogar Schelgiurs furchtbaren Braten in Essig verzehren.«

»Ganz in der Nähe ist mein Lieblingswirtshaus, dort essen wir etwas.«

Gänzlich unverhofft schlug er ein anderes Thema an: »Ich sah Bilder.« Sein Kopf ruckte zu ihr herum. »Traumbilder. Ich träumte so, wie Veynaydro von seinem Vater träumt. Der letzte Gott hinter seinem Gefängnis. Eine Scheibe wie das Eis an den Seen, nur dass es sich nicht so kalt anfühlte. Ich wollte es zertrümmern, aber es gelang nicht. Dass ich es doch irgendwie schaffte, allerdings nur mit den gläsernen Möbeln deiner Familie, merkte ich erst, als ich wieder zu mir kam.« Er verstummte, versank in Gedanken. Angespannt lauschte sie, und schließlich fuhr er fort: »Der Gott wollte zu mir sprechen. Ich vernahm kein Wort, aber seine Stimme war in meinem Kopf. Es waren nur wirre Silben, Wortfetzen. Vielleicht lag es an der Barriere. Ich glaubte aber dies herauszuhören: dass er es nicht mehr ertragen könne; zu schwach sei er inzwischen, um auch nur einen weiteren Ausbruch zu wagen. Er wird erst wieder freikommen, wenn die Götter den Fluch von meiner Welt nehmen und ihm gestatten, das Land zu bewässern. Ich kann dieses verzweifelte lautlose Geschrei jetzt noch hören.«

Der Gott hatte zu ihm gesprochen, mittels einer Droge? Konnte sie das glauben? »Anschar, ist dir klar, dass du hier festsitzt, wenn unter dem Eis derzeit gar kein Tor sein sollte, weil der Gott gefangen ist?«

Er zögerte, dachte nach. »Öffnen kann er es nur in Freiheit. Aber es kann offen bleiben, wenn er wieder gefangen ist. Erinnere dich, du bist damals durchs Tor gegangen, als er längst in Mallayurs Gewalt war. Gehen wir also davon aus, dass es diesmal auch so ist. Was sein wird, wenn es geschlossen ist und er nie mehr freikommt, daran werde ich keinesfalls denken. Ich habe nicht vor, ihn und Sarid und meine ganze Welt zu enttäuschen. Auch wenn ich immer noch nicht begreife, was Sarid sich eigentlich von mir erhoffte. Dass ich meinen Zorn ablege? Hier?«

Er schlug den Pelzkragen hoch, drückte sich den Borsalino in die Stirn und betrachtete die vorbeiziehende, weiß bepelzte Waldlandschaft ohne jede Gemütsregung. Nur seine Faust, die auf dem Schlag ruhte, ballte sich, dass das Handschuhleder knirschte. Allein seine Haltung verriet den Argaden in ihm, darüber vermochte die hiesige Kleidung nicht hinwegzutäuschen. Grazia wollte sich zu ihm neigen, seine Faust umschließen und ihn beruhigen, aber sie rührte sich nicht. Was war ihre kleine verletzte Seele gegen die große Aufgabe auf seinen Schultern, dass sie hadern musste? Ach, warum musste alles wieder so verwirrend sein?

Der Pferdewagen hielt mitten im Wald vor einem mit niedrigem Holzzaun umrandeten Anwesen. Die drei, vier Gebäude waren so verschachtelt wie viele hier, besaßen schräge Dächer, von denen der meiste Schnee heruntergerutscht war, und weiß verputzte, von dicken Balken durchzogene Wände. Derartiges wie die runde Strohhütte am Ende des Hofes hatte er jedoch noch nie gesehen. »Im Sommer stehen hier draußen überall Tische«, erklärte Grazia, während sie unterhalb eines hölzernen Torbaus das Gelände betraten. »An denen habe ich schon als kleines Kind auf Vaters Schoß gesessen. Wir sind in der warmen Jahreszeit so oft hier!«

Konnte man jemanden, der mit glühender Zuneigung von diesem für preußische Verhältnisse unscheinbaren Ort schwärmte, wieder in eine andere Welt locken?

»Die Strohhalle dort hinten«, raunte sie ihm zu. »Dort war es. Erinnerst du dich? Der *Neandertaler*? Den Friedrich mir dort an den Kopf warf?«

»Friedrich? Wer war das noch gleich …«

»Sei nicht so selbstgefällig.«

»Ich entsinne mich. Du hast ihm daraufhin den seinen mit Nägeln gewaschen. Ja, das hätte ich wohl gern gesehen.«

Sie schritten einige Stufen ins Haupthaus hinauf. Ordentlich standen in mehreren Reihen weiß bedeckte Tische, und an den meisten saßen Menschen und speisten unter grellen Leuchtkugeln. Ihr Stimmengewirr und das Klappern des Geschirrs füllten den Raum, und die vielfältigen Düfte ließen seinen Bauch rumpeln. Grazia führte ihn an einen freien Tisch, an den er sich setzte. Sie öffnete ihr Mäntelchen und streifte es ab. Sofort war ein schwarz gekleideter Diener zur Stelle und nahm es entgegen. Er rückte ihr den Stuhl zurecht und bedachte Anschar über ihren Kopf hinweg mit einem missbilligenden Blick.

»Willst du den Mantel nicht ablegen?«, fragte sie.

»So warm ist es hier nicht.«

»Aber Anschar«, raunte sie ihm zu. »Kein Mensch isst im Mantel. Nimm wenigstens den Hut ab.«

Das tat er. Die Handschuhe stopfte er in die Manteltaschen. Wahrhaftig, auf ewig den kniffligen Unbilden dieser Welt ausgesetzt zu sein, würde irgendwann seine Geduld vollends erschöpfen. Der Preuße riss den Hut an sich und trug ihn mitsamt Mantel fort. Grazia stützte die Ellbogen auf und legte das Kinn auf die verschränkten Finger. Anschar genoss es, sich so durchdringend von ihr betrachten zu lassen. Wohlwollend. Stolz. Die kalte Luft hatte ihre Haut gerötet, die Flecken wirkten blass. Gelöste rote Strähnen streichelten ihre Wangen. Ergeben lächelte sie in sich hinein, als habe sie aufgegeben, ihn durch das Wirrwarr ihrer Sitten und Gebräuche zu geleiten.

Der Diener kehrte zurück, neigte den Kopf zuerst in ihre, dann in seine Richtung, reichte zwei dünne Bücher und entfernte sich wieder.

»Was möchtest du essen? Ich lese es dir vor.« Sie öffnete das Buch, während er seines beiseite legte. »*Aal in Gelee?* Das ist Fisch, ich liebe ihn. Für den Hunger eines Kriegers ist vielleicht *Eisbein mit Erbspüree* das Richtige. Aber ob ein argadischer Magen das verträgt? *Hackepeter mit Teltower Rübchen* …«

»Du wirst mich ins kalte Wasser stoßen müssen. Bring mir etwas, das mich sattmacht.«

»Das macht doch der da.« Kichernd wies sie mit einem hinter der Hand versteckten Finger auf den Schwarzgekleideten, der alsbald wieder erschien. Sie nannte ihm zwei dieser fremden Gerichte und noch anderes, und er verschwand mit den Büchern auf dem Arm und leichtem Kopfschütteln. Schon wieder ein *Fauxpas?* Vermutlich war es nicht Aufgabe der Frau, den Essenswunsch zu äußern. Recht bald brachte er zwei gefüllte Gläser und stellte sie mit gewichtiger Geste auf den Tisch.

»Ist dir immer noch nicht warm? Du bist wirklich eine *Frostbeule*, wie man hier sagen würde.« Grazia stand auf und hängte sich ihr Täschchen an den Arm. »Ich gehe eben zur … dahin, wo sich Frauen frischmachen.«

»Du bist frisch.«

»Aber ich muss auch mal. Du weißt schon.« Sie schritt mit vorsichtig gerafftem Rock zwischen den Tischen hindurch und ging durch eine schmale Seitentür. Auch diese war mit irgendeinem Wort beschriftet. Verworrene Welt, dachte er, nahm sein Glas und trank. An das Bier könnte er sich allerdings gewöhnen.

Im Eingang erschien eine Frau. Schwarz gewandet, nicht ungewöhnlich. Doch die Art, wie sie sich bewegte, erinnerte ihn an große Gefahr. Sie trat heran, nein, sie schwebte heran, auf eine wohlvertraute Art. Er ermahnte sich, dem keine Bedeutung beizumessen. Aber weshalb blieb sie vor seinem Tisch stehen? Schaute auf ihn herab? Setzte sich auf Grazias Stuhl? Selbst als er ihre silbernen Augen durch einen Schleier schimmern sah, wollte er ihre Anwesenheit leugnen. Langsam setzte er das Glas ab. Irgendwo an seinem Hals pochte es. Er krampfte die Finger zur Faust.

»Wie ist das möglich?«, krächzte er.

»Dass ich hier bin? Was für eine lächerliche Frage. Du bist ja auch hier, oder nicht?« Sie sprach mit schleppender Stimme. »Sieh mich an.« Die Finger schlugen in den Stoff und rissen ihn herunter. »Meine göttlichen Augen sollen das Letzte sein, was du in deinem Leben noch wahrnehmen wirst.«

Seine Gedanken rasten. Sie war durch das Tor getreten, um ihn zu töten. Und zweifellos auch Grazia. Hatte sich irgendwie durchgeschlagen. Ihr Zustand verriet, dass es auch ihr nicht leicht gefallen war, sich in dieser Welt zurechtzufinden. Sie verströmte den sauren Gestank eines ungewaschenen Leibes. An wem sie sich schadlos gehalten hatte, um an dieses schlecht sitzende Kleid mit rissigen Säumen und losen Fäden zu kommen, wollte er gar nicht wissen. Laub und Dreck hafteten an dem schwarzen Stoff. Die Schulternaht ihres Oberteils war gerissen, einer der Verschlüsse fehlte. Die Haare hatte Geeryu gemäß der hier herrschenden Mode hochgesteckt, aber unordentlich und strähnig. Auch darin hing Laub. Es schien, als habe sie da draußen im Unterholz geschlafen. Unverhüllt bot sich ihre abstoßende Narbe dar. Das Eigenartigste ihrer grotesken Erscheinung war jedoch der flache, schief sitzende Hut. Eine Nadel saß darin; ihre Spitze ragte auf der anderen Seite heraus. Weshalb hatte sie diese Unbill auf sich genommen, statt in Argad auf ihn zu warten? Weil sie nicht wusste, wann und wo er dort erscheinen würde, gab er sich die Antwort.

Unauffällig rückte er an den Tisch, so weit es möglich war. Ein wenig drehte er den Oberkörper. Die rechte Hand ließ er offen auf der Tischplatte, während er die linke langsam unter seinen Mantel schob. Er musste die Nihaye dazu bringen, nicht sofort loszuschlagen.

»Ist Eraesch noch am Leben?«

Ihre Brauen hoben sich verwundert. »Eraesch?«

»Der Junge am Tor.«

»Ah. Er lebt nicht mehr. Hätte ich zulassen sollen, dass er geradewegs nach Argadye läuft? In den Palast?«

»Wie hast du es getan? Komm schon, verrate es.«

»Er wollte nicht sagen, wo das verfluchte Tor ist. Hat seinen Gott um Hilfe angeschrien und mir ein lächerliches Amulett unter die Nase gehalten. Als ich ihn kopfüber schweben ließ, sprudelten die Worte nur so aus ihm heraus.« Allmählich sprach sie schneller und deutlicher, als schüttele sie die Müdigkeit ab; dennoch wirkte sie, als sei sie noch nicht ganz bei sich. »Und dann ließ ich ihn fallen.«

»Und was war bei Benedik der Grund?«

Mürrisch heftete sie den Blick auf die Tischplatte. »Das war nicht geplant.« Flüchtig sah sie zu der schmalen Tür in der Raumecke, durch die Grazia gegangen war. Die Nihaye wusste, wo sie war! Die Mordlust stand in ihren Augen, sie würde auch vor Grazia nicht haltmachen. Und sie hatte es, das begriff er nun, nicht eilig. Sie hoffte, dass Grazia hinzukam und sah, was sie mit ihm tat. Er fragte sich, warum die Hündin ausgerechnet diesen Ort gewählt hatte. Vielleicht glaubte sie, er werde hier nicht wagen, sie anzugreifen. Aber die Folgen scherten ihn nicht. Mochte es sein, dass er danach in Schwierigkeiten sein würde, das nähme er mit Freuden hin, wenn sie dann nur endlich besiegt war. Seine Finger hatten den Griff des Dolches erreicht, umschlossen ihn, begannen ihn mit unerträglicher Langsamkeit zu ziehen. Geeryu drückte die Hände auf den Tisch und machte Anstalten, sich zu erheben. Dann würde sie nichts mehr daran hindern, ihre Kraft auf ihn zu werfen.

»Gelten dir Menschenleben nichts?«, fauchte er sie an, so dass sie innehielt.

»Das fragst du? Wie viele Menschen hast du umgebracht?«

»Ich tötete Sklaven.«

»Sklaven, Menschen, Temenier! Das scheint ja alles gleich zu sein. Diese neuen Ansichten durchdringen den Palast und verunsichern alle. Und das nur, weil du dein Volk befreien willst.«

Glaubte sie das wirklich? Dass er, der frühere Sklave, seinen König angelogen hatte, um seine Leidensgenossen frei zu bekommen? Ja, sie glaubte es. Sie lebte in ihrer eigenen Welt, vermochte menschliches Denken nicht richtig zu durchdringen. Darin war sie ganz wie Veynaydro, wie vielleicht jeder Nihaye.

»Aber sie sind nur Tiere«, fuhr sie fort. »Du hast Tiere getötet. Ich töte Menschen, denn ich bin mehr als ein Mensch. Schulde ich dir also Rechenschaft?«

Nun war er es, der für einen Moment vergaß, was er plante. Die alte, wahre Geeryu kam zum Vorschein, wie sie hochmütig das Kinn hob und die Lippen zusammenpresste. Er sah sie wieder in Mallayurs Garten sitzen, eine düstere, unwirkliche, alterslose Schönheit. Glaubte ihre kalte Hand auf dem Schenkel zu spüren. Musste sich ein Halbgott in der Welt der Menschen nicht ähnlich fühlen wie er in seiner Zeit im Dorf der Wüstenmenschen? Und ähnlich unerträglich sein?

Mittlerweile lag der Dolch auf seinem linken Schenkel. Er schob ihn auf den rechten, mit dem Griff voran, um ihn in die Wurfhand überzuwechseln. Seine Erfahrung sagte ihm, dass ihm die Preußen unwillentlich zu Hilfe eilen würden – jeden Augenblick.

Erneut schickte sie sich an, sich zu erheben. Ihre Hand glitt drohend in die Höhe.

»Gib dir Mühe, Hündin. Sonst schaffe ich es nicht mehr, in dir die mächtige Nihaye zu sehen. Du stinkst, Geeryu.«

Zornig ballte sie die Faust, und er spürte an seinem Gesicht die Luft sich erhärten. Seine Armmuskeln spannten sich an, um den Dolch hochzureißen.

Eine Hand legte sich auf ihre Schulter. Der Mann in Schwarz gab ihr mit fremden, dennoch unmissverständlichen Worten zu verstehen, was er von einer Person in solch zerlumptem Zustand erwartete: dass sie sich entfernte. Seine andere Hand wies zur Tür. Geeryu war zusammengezuckt; die Luft fühlte sich an wie zuvor. Anschar dankte im Stillen dem Diener, sprang auf und schleuderte den Dolch.

Grazia reckte ihrem Spiegelbild die gebleckten Zähne entgegen, hauchte gegen ihre Hand und schnupperte. Alles in Ordnung, dachte sie zufrieden und zupfte an den gelösten Haarsträhnen. Dann biss sie sich auf die Lippen, um sie zu röten. Sie kam sich wie ein Backfisch vor, der sie doch längst nicht mehr war, schließlich hatte sie an der Seite des Mannes, dem sie so zu gefallen wünschte, Dinge erlebt, für die zehn andere Leben nicht ausreichten. Und verziehen hatte sie ihm schon gar nicht. Ha! So leicht durfte sie es ihm nicht machen.

Ein Schrei, der keiner menschlichen Kehle zu entspringen schien, ließ sie zusammenfahren. Sie brauchte sich nicht zu fragen, ob dies etwas mit Anschar zu tun hatte. Selbstverständlich hatte es das! Eilends riss die die Tür auf. Was sie erblickte, ließ ihr das Blut in den Adern gefrieren. Ihr eigener Schrei ging in all den vielen Schreien unter, die aus den Kehlen der Gäste sprangen.

An ihrem Tisch stand eine Frau in heruntergekommener Kleidung; in ihren grotesk geweiteten Augen pulsierte es silbern. Aus ihrer Wange ragte ein Dolch. Anschars Dolch. Blut troff aus dem aufgerissenen Mund. Die Hände hatte sie erhoben, die Finger gespreizt. In eigentümlicher Bewegung, wie eine Puppe, von einem Kind gehalten, ruckte ihr Körper hin und her. Geduckt stand Anschar auf der anderen Seite des

Tisches, als wolle er auf sie zustürmen. Zu seinen Füßen kauerte der Kellner auf allen vieren und starrte zu Geeryu hoch.

Grazia blieb keine Zeit, sich zu fragen, wie diese Frau hierhergekommen war. Ein Stuhl flog in die Höhe, als habe eine unsichtbare Riesenfaust ihn hochgestoßen. Ein zweiter, ein dritter. Erneut hallten Entsetzensschreie durch den Raum. Und dann brach ein Chaos aus, wie es wilder nicht sein konnte. Männer, Frauen, Kinder stürzten zugleich zur Tür, zerrten und drängten, heulten und kreischten, während wie von Geisterhand die Möbel an die Decke flogen. Es regnete Teller, Schüsseln, Gläser; was von den hochschnellenden Stühlen abprallte, schlug an den Wänden vollends zu Bruch. Eine der Deckenlampen barst, Glassplitter fegten durch die Luft. Die Menschen taumelten und fielen, da sie sich gegenseitig behinderten und wegstießen. Grazia sah hochgereckte Hände, in denen Splitter steckten. Ohnmächtige Leiber. Unter den wenigen Tischen, die noch an Ort und Stelle standen, kauerten einige der Gäste, die Gesichter gegen die Knie und die Hände an die Ohren gepresst. Mitten in all dem Tohuwabohu stand die Nihaye, ihr schmerzverzerrtes Gesicht wie zu einer Wachsmaske erstarrt. All das schien eine lebendig gewordene Schauerszenerie aus Castans Panoptikum zu sein. Langsam umfasste Geeryu den Dolch und zog ihn heraus. Trotz des Getöses glaubte Grazia ein ekelerregendes Geräusch zu hören, als die blutige Klinge das Fleisch verließ.

Plötzlich war Anschar bei ihr, drängte sie in die Toilette zurück und warf die Tür hinter sich zu.

»Draußen ist kein Durchkommen«, sagte er. Grazia warf sich herum und umklammerte den Griff des Toilettenfensters. Sie glitt ab, denn ihre Hand war nass. Ihr Unterhemd fühlte sich an wie in einen Waschzuber getaucht. Es musste der Schreck sein, der das Wasser aus ihrem Körper jagte, ganz so, wie es ihr damals im Lager der Sklavenjäger geschehen war. Anschar öffnete das Fenster. Mit einem Satz war er im Freien, hob sie an den Achseln auf die Fensterbank und zog sie hinaus.

Aus der Eingangstür sah sie Leiber herausquellen. Die Menschen stürzten in ihrer Panik auf den Hof. Frauen stolperten über ihre Kleidsäume. Bedienstete kamen aus irgendwelchen Türen, um dem Lärm nachzugehen, und hasteten wieder fort, als Geeryu mit erhobenem Dolch herauskam. Sie reckte ihn wie eine Fackel, nicht wie eine Waffe, als begreife sie selbst nicht, was geschehen war. Ihre linke Gesichtshälfte war vollkommen gerötet, ebenso ihre Brust. Das Blut ließ ihre Jacke glänzen. Suchend glitten die Silberaugen umher. Als ihre Blicke sich trafen, glaubte Grazia in all dem Blut Zähne aufblitzen zu sehen. Die Nihaye lächelte.

Sie ging, nein, sie schwebte über den von Gaslampen erhellten Hof, ohne die schreienden Menschen eines Blickes zu würdigen. Ihre andere Hand schnellte vor. Grazia fühlte sich von Anschar umfasst und zu Boden geworfen. Was immer die Nihaye geschleudert hatte, prallte in einem dumpfen Schlag irgendwo ab.

»Wir müssen weg, bevor sie uns erschlägt«, rief Anschar und riss Grazia im Aufspringen mit sich hoch. Sie raffte ihr Kleid, während ihre andere Hand in seiner lag. So schnell war er, dass sie kaum ihr Gleichgewicht behielt. Er rannte auf eine der Droschken zu, stieß sie zum Schlag und zerrte die Decke von dem eingespannten Rappen. Ehe sie es sich versah, hatte sie das Türchen geöffnet und war hineingestolpert. Aber sie wollte protestieren, denn weit und breit war kein Kutscher zu sehen, und er konnte das Gefährt nicht bedienen.

Er konnte es. Er löste den Bremshebel. Ruckartig fuhr die Droschke an, so dass Grazia in den Sitz geworfen wurde. Ein dicker Ast schlug gegen die Seitenwand, wie von einem Sturm herangeweht. Der Wagenkasten schwankte. Sie hörte

Anschars Geschrei, das Knallen der Peitsche, das Rasseln des Geschirrs, das Schnauben und Stampfen des Pferdes. Halb stand er, halb saß er auf dem Kutschbock, die Zügel in der Hand. Die winterkahle Havellandschaft geriet träge, dann schneller in Bewegung; der Tumult aus der Gastwirtschaft ging im Donnern ihrer Flucht unter. Grazia wagte einen Blick durch das Heckfenster. Geeryu stand an der Straße, die Arme erhoben, wie eine eigentümlich verkleidete Erinys.

8

In den Straßen Zehlendorfs hielt Anschar die Droschke an. Der Schlag schwang auf. Grazia fühlte sich von ihm an der Taille gepackt und auf das Kopfsteinpflaster gehoben. »Wir brauchen einen anderen Wagen«, sagte er gehetzt. »Wenn ich diesen bis zu dir nach Hause lenke, gibt es ja doch irgendeinen Zwischenfall.«

»Ganz davon abgesehen, dass wir die Droschke dann gestohlen hätten. Komm!« Sie fasste seine Hand; gemeinsam rannten sie zum Bahnhof, wo drei Droschken auf Reisegäste warteten. Grazia nannte einem der Kutscher ihre Adresse.

»Bis nach Friedrichshain?«, gab sich dieser knurrig. »Und da wollense nich' den Zug nehmen?«

Dies erwog sie nur flüchtig, denn Anschar war angesichts der soeben in den Bahnhof rauschenden Lok erstarrt. »Ich denke nicht, nein«, erwiderte sie, woraufhin er ergeben seinen Zylinder hob, und stieg ein. Anschar ließ sich neben ihr in den Sitz fallen und schloss den Schlag. Die Droschke fuhr an. Ein letzter Blick hinaus: keine unheimliche Nihaye, nur ein paar Spaziergänger, die noch nichts ahnten von dem, was sich wenige Kilometer entfernt abgespielt hatte. Aufatmend sank Grazia in sich zusammen. Das war doch nicht wirklich passiert? Irgendjemand musste an ihr rütteln, damit sie aufwachte. Sie verschränkte die Finger ineinander, damit sie zu zittern aufhörten. Es war kalt, ihr Paletot in der Wirtschaft geblieben. Nie wieder würde sie dort unbefangen sitzen können, nie wieder.

»Sie hat Benedik getötet.«

Nur langsam drangen die Worte zu ihr durch. »Sie hat ... Gott steh uns bei.« Ihre Zähne klapperten. Sie schlug sich mit den Fäusten auf die Knie. Bruder Benedikt, umgebracht von dieser Irren? »Alles meine Schuld«, flüsterte sie und heulte auf, heulte um ihn und seltsamerweise auch um die Mutter. Plötzlich war ihr, als knie sie wieder nackt am Rand einer Felsspalte, die Sklavenjägerfinger bohrten sich in ihre Arme und drückten und schoben, damit sie in die Tiefe stürzte. »Ich hätte nicht durchs Tor gehen dürfen. Dann wäre sie jetzt nicht hier. Wenn sie uns folgt? Wenn sie zu Hause auftaucht?«

»Dann hätte sie das längst getan. Sie muss zufällig in der Nähe gewesen sein. Folgen kann sie uns nicht! Du hast ja gesehen, in welch einem Zustand sie war; ihr erging es anscheinend nicht viel anders als mir.« Anschars Hand drückte sich unsanft auf ihren Mund. »So schlimm der Schmerz auch ist, wir sollten ihn leise gewähren lassen«, raunte er in ihr Ohr. »Oder kann der Wagenlenker uns nicht hören? Nicht dass er uns hinauswirft.«

Grazia erkämpfte sich ihre Fassung zurück. Sie barg das Gesicht in seinem breiten Fuchsfellkragen und schob die Arme unter seinen Mantel, um sich zu wärmen. Die Furcht schwand aus ihr wie herausgeschnitten, der Hufschlag, das

Rattern der Räder ließen sie sich angenehm ermattet fühlen. Wie von selbst öffneten sich ihre Lippen, als Anschars Mund suchend über ihr Gesicht wanderte. Der Kuss erhitzte sie wie ein Ofen, in den ein Schürhaken fuhr.

Draußen donnerte es.

»Was war das?« Er sah aus dem Fenster. »Wenn Geeryu …«

»Nein.« Sie zerrte an ihm, damit er sich ihr wieder zuwandte. Es war nur ein Gewitter. Ein Wintergewitter. »Wolken, aus denen Lichtstrahlen zu Boden fahren. Kennt man das in Argad nicht?«

»Kann mich nicht erinnern, so etwas je gesehen zu haben.« Er entspannte sich ein wenig und fuhr fort, sie zu liebkosen. »Feuerköpfchen … Und wenn es nun ihr Vater war?«, flüsterte er in ihren Mund.

»Nein, es schneit ja wie verrückt, sieh nur.« Sie japste kurz nach Luft. »Und jetzt hör auf, mir Angst zu machen.« Ihre Fäuste rissen Hemd und Unterhemd aus seinem Hosenbund. Ihre Finger spreizten sich und glitten darunter, über seine vom Laufen erwärmte Haut, erspürten die Muskeln und arbeiteten sich nach oben, bis hinauf zu seinen Brustwarzen, die sie kräftig rieb. Sie neigte sich zur Seite, wand sich, um irgendwie mit dem Mund dorthin zu gelangen.

War sie denn närrisch? War sie es, die zuließ, dass er sie in den Sitz drückte, nicht minder wild ihren Rock mitsamt Unterrock durchwühlte, ihre Beine rücksichtslos spreizte und den Schlitz des Beinkleides auseinander riss? Sie biss in seine Hand, die er ihr vor den Mund hielt, weil sie – nicht er – zu schreien drohte, als er sie ins Polster stieß, immer wieder. Anschar, wollte sie ihm zuwerfen, Anschar, Anschar … Nie war ihr aufgefallen, dass sie kein Kosewort für ihn hatte, so wie er für sie. Er war Anschar. Sie ließ die schweren Lider sinken, gab es auf, so stark sein zu wollen wie er. Sie umfasste seine entblößten Hüften, während sie ihn gewähren ließ. Sein

Gesicht schwebte über ihr, seine Augen nur eine Handbreit entfernt. Er küsste sie nicht, blickte sie nur an. Schweiß troff von seiner Stirn. Sie sah zu, wie sich seine Züge verkrampften, und genoss seine Freude, die er an ihr fand. Dann war sie es, die sich betrachtet sah, während sie sich erlaubte, zu krampfen und zu zittern.

Den Rest der Fahrt brachten sie damit zu, den Atem wiederzuerlangen. Sich anzublicken. Kein Wort fiel über Bedrohungen und Ungewissheiten. Sie hatten wieder ihre Kleider gerichtet, nur seine Hemden hingen vorne über den Bund. Grazias Hand war daruntergeschlüpft, ruhte auf seinem flachen Bauch. Seine Hand lag auf ihrer. Lass nicht los, dachte sie und meinte ihn und sich. Andernfalls würde sie in eisigem Wasser ertrinken …

Die Kutsche hielt. Grazia reckte sich. Dort draußen gab es noch eine Welt, und sie war wieder in frisches Weiß gehüllt. Anschar bekundete mit einem Knurren, dass er kein Freund des Schnees war, öffnete die Tür und stieg aufs Trottoir.

Er half ihr hinaus. Es war Nacht. Im Licht der Laternen tanzten die herniederfallenden Flocken wie Glühwürmchen. Grazia bezahlte die Fahrt und kramte nach dem Schlüssel in ihrem Handtäschchen. Sie stutzte. Am Straßenrand stand ein knatternder Phönix.

Und vor der Haustür Heinrich.

»Fräulein Zimmermann?« Er lüpfte den Hut und neigte den Kopf. Kreuz und quer flogen ihre Gedanken: Sie hatte seine Einladung vergessen. Er würde ihr ansehen, was in der Kutsche geschehen war. Sie schämte sich. Er war dreist, ungebeten herzukommen.

»Was wollen Sie denn hier?«, rutschte es ihr unbotmäßig heraus.

»Das muss ich wirklich erklären?« Seine Züge spannten sich im Versuch, sich die Enttäuschung nicht anmerken zu lassen. Auf seiner Nase lag eine dicke Puderschicht. »Wertes Fräulein Zimmermann, ich hatte mit Ihnen heute über die alten Griechen plaudern wollen, über Schwerter und über Athen …«

»Athen! Oh, ich – ich wüsste wirklich nicht, was ich lieber täte. Aber ich bedauere, Herr von Neideritz«, gab sie sich zerknirscht. »Ich bekam überraschenden Besuch, und da habe ich Sie vergessen. Das ist wirklich unverzeihlich.«

Er schaffte es, sein breites, hübsches Grinsen zu zeigen. »Es ließ mir keine Ruhe, und ich war gerade in der Nähe. Wiedergutmachen lässt es sich ja leicht, werte Dame. Morgen hätte ich Zeit für einen zweiten Versuch.«

Flucht nach vorn! Sie hob die Hand, damit Anschar näher trat. »Darf ich Ihnen den Herrn vorstellen? Das ist der Leibwächter König Georgs von Griechenland, Anschar …« Verflixt, wie lautete noch gleich der Nachname, den sie sich für ihn zurechtgelegt hatte? Heinrich würde ihr diese Leibwächtergeschichte sowieso nicht abkaufen. Und Anschar hatte sich offenbar dazu entschieden, ihr die Sache nicht zu erleichtern, denn seine Fäuste steckten tief in den Manteltaschen. Er machte keinerlei Anstalten, Heinrichs ausgestreckte Hand zu ergreifen.

»Das ist …«

»Ja, das ist wirklich der Leibwächter …«

»Das ist der Kerl, der mich in der Apotheke überfallen hat!«, brüllte Heinrich.

»Bitte?«, rief sie. Anschars Gesicht zeigte keine Regung, was ihr verriet, dass Heinrich sich nicht täuschte; andernfalls hätte Anschar längst zu wissen verlangt, was diesen Mann so aufbrachte. Trotzdem, wie konnte das sein? »Weshalb hätte er das tun sollen?«

»Um mich auszurauben? Das wissen Sie doch!«

Beschwichtigend hob sie die Hände. »Bitte, Herr von

Neideritz, könnten wir das nicht im Haus besprechen? Das Motorengeräusch macht mich ganz nervös.«

»Ist dieser Grieche satisfaktionsfähig? Dann schicke ich morgen einen Sekundanten.«

»Um Himmels willen, machen Sie uns nicht alle unglücklich!«, rief sie, nun wirklich entsetzt. Anschar knurrte. »Er will dich zum Zweikampf herausfordern«, erklärte sie ihm. »Eine alte, ziemlich dumme Sitte unter hochrangigen Kriegern.«

»Das hätte ich nicht gedacht.« Er schien ehrlich erstaunt. »Die preußischen Krieger machen eher den Eindruck, als würden sie ihre Schwerter zum Brotschneiden nutzen.«

»Was redet er da?«, fuhr Heinrich dazwischen.

»Sag ihm, dass wir das sofort erledigen können.« Anschar nickte zur Haustür. »Drinnen bei den Treppen. Ich habe zwar nur meine bloßen Hände, bezweifle aber, dass mehr nötig ist.«

Grazia schlug die Hände vor die Augen und schüttelte den Kopf. Dann straffte sie sich und wandte sich so ruhig wie möglich an Heinrich: »Er ist nicht satisfaktionsfähig. Er ist weder adlig noch Offizier und Student schon gar nicht. Ich bitte Sie inständig, die Sache auf sich beruhen zu lassen.«

Sie wappnete sich gegen seine Zurückweisung, denn diese Bitte war ja auch zu ungeheuerlich. Zu ihrer Überraschung verpuffte sein Zorn, und er nickte. Beinahe verzweifelt rieb er sich übers Kinn. »Wenn er die Angelegenheit für sich behält, bin ich einverstanden.«

»Ich danke Ihnen«, murmelte sie. Seine Lippen waren fest zusammengepresst; sein Blick huschte über die Hausfassade, nur ihr vermochte er nicht ins Gesicht zu blicken.

»Verschwinden Sie, Hurensohn!«, donnerte Anschar auf Deutsch und wischte mit der Hand durch die Luft, wie um ihn einem lästigen Sklaven gleich fortzuwinken. Heinrich zuckte zurück, Grazia glaubte schon, dass die Auseinandersetzung hiermit von vorn beginnen würde, doch er eilte großen Schrittes zu seinem Motorwagen. Mit flatterigen Bewegungen wischte er den Schnee vom Ledersitz, wuchtete sich hinters Lenkrad und begann wild zu drehen. Die Gummiräder rutschten über den Schnee, spritzten graue Brocken hoch und beschmutzten den Rock einer vorübereilenden Frau, die etwas wie »Automobilistenunfug« in sich hineinschimpfte. Dann endlich hatte er es geschafft, das Gefährt auf die Straße zu bringen. Keinen Blick warf er in Grazias Richtung, als er an ihr vorbeifuhr. Er wischte sich über die Nase. Weinte er?

Sie schloss die Tür auf. Anschar war mit wenigen Schritten oben an der Wohnungstür, wo Justus den Kopf herausstreckte und einen Satz rückwärts machte, als er sich an ihm vorbeischob.

»Wo ist Papa?« Im Flur begrüßte sie ihr leicht zerzaustes Spiegelbild. Das Hütchen war verloren, die mühevoll aufgesteckten Locken hatten sich gelöst.

»In seinem Arbeitszimmer. Der alte Herr hat nichts mitgekriegt, falls du deshalb fragst.«

»Tu ich, Schlauberger.«

»Ich hab's aber gehört, wie wahrscheinlich die ganze Straße«, raunte er ihr zu. »Wo dein antiker Krieger *das* wohl aufgeschnappt hat?« Er prustete in sich hinein. »Ich schätze, du musst jetzt nicht mehr überlegen, welchen der beiden Herren du erhören willst, denn den von Neideritz hat er ordentlich vergrault.«

»Justus.« Sie spreizte die Finger. »Dass du das bloß nicht irgendwann nachmachst!«

Im Salon hatte Anschar seinen Mantel auf den Tisch geworfen und betrachtete angelegentlich die aufgereihten Buchrücken, den von Adele nicht sorgfältig abgestaubten Nippes und die glaslose Vitrine, als sei er an dem Geschehen auf der Straße unbeteiligt gewesen. Herausfordernd stemmte Grazia die Hände in die Seiten.

»Anschar! Wie konntest du nur?«

Die pastosen Pinselstriche des Gemäldes neben der Vitrine reizten ihn, darüberzustreichen. »Du meinst den *Hurensohn*? Ich habe keine Ahnung, was das heißt.«

»Nicht das! Du hast ihn angegriffen? Wieso?«

»Er war mir nur im Weg.«

»Herr im Himmel! Du kannst doch nicht jedem, der dir vor den Füßen herumsteht, einen Dolch in die Nase bohren?«

»Sturhörnchen. Vergiss ihn einfach. Was wollte er überhaupt von dir?«

»Er hat Interesse an mir.«

Anschar schüttelte erheitert den Kopf, und sie begriff, dass jedes Wort an ihm abprallte; wer oder was Heinrich war, interessierte ihn kein bisschen. »*Vincent*. Sogar eure Wandbilder beschriftet ihr. Verworrene Welt!«

In dieser Nacht war ihr, als könne sie niemals wieder einschlafen. Das Herz hämmerte ihr gegen die Rippen, wenn sie nur die Augen schloss. So viele Bilder zuckten herum, so viele Gerüche steckten in ihrer Nase. Der von Braten und fetten Soßen in der Wirtschaft, der des Waldes, der Pferdeäpfel, das Leder des Droschkengeschirrs. Ein Hauch von Schweiß auf Anschars Haut. Sie selbst. Ihre Finger berührten sich. Sie selbst …

Das Haus lag still da, nur ihr Wecker tickte. Und klappte da nicht die Wohnungstür? Sie horchte.

Im Treppenhaus, auf halber Höhe, rauschte die Toilettenspülung. Grazia strampelte die Decke zurück und schlich zur Tür. Alles war still. Langsam drückte sie die Klinke hinab und zog sie auf. Gottlob quietschte und knarrte nichts. Der Flur lag im Dunkeln. Sie huschte hinaus, wandte sich um und schloss die Tür ebenso sorgfältig. Als sie dann einige Schritte machte, stand ein gewaltiger Schatten wie aus dem Boden gewachsen vor ihr.

Erschrocken holte sie Luft. Seine Hand verschloss ihren Mund, und fast zugleich hatte sie die ihre gehoben, um ihn ebenso am Sprechen zu hindern. Sie ertastete den Fuchsfellkragen, darunter nichts. Wohin jetzt?, dachte sie. Zu mir oder zu dir? Er enthob sie der Entscheidung, indem er einen Arm um ihre Taille legte und sie mit sich in den Salon zog; hier hatten sie für ihn eine Matratze hingelegt, damit er am Ofen schlafen konnte. Wenn er die Tür nur leise schloss! Das tat er, ohne sie loszulassen. Im Licht der Gaslaterne, das durch die Fenster fiel, schimmerte seine Haut und zwang sie zum Anfassen. Sie strich über seine Brust, fuhr hinauf, so dass sein Mantel ihm von den nackten Schultern glitt. Er indes knöpfte ihr Nachthemd auf und enthüllte ihre Brüste. Sanft umschloss er sie, berührte mit den Daumen die Spitzen. Sie drückte sich ihm entgegnen, stolz, und sie war es, nicht er, die das Nachthemd über den Kopf zog und fallen ließ. Keine Ungewissheit mehr, ob er der Richtige war. Sie wollte lachen, ihn anfassen, überall.

Ihr Lachen kam lautlos. Nur ihrer beider Atem war zu hören, dazu das leise Bullern. Es kam ihr freundlich vor, als wollte der Ofen sagen, er passe auf, dass niemand störe.

Ein letztes Mal versuchte sie das Bild, wie er Jenia bei sich gehabt hatte, zurückzuholen, um zu prüfen, was es bewirkte. Aber es war tot, ein hölzernes Ding, das sich nur noch greifen ließ, um es in den Ofen zu stecken, und als die Flammen es einschlossen, knackte es nicht einmal mehr. Anschar ging vor ihr in die Knie. Sie wollte die Hände heben, um seine Schläfen zu umfassen, sich vorzuneigen und ihm den Wasserkuss zu geben, den er so liebte. Doch er ergriff ihre Handgelenke und hielt sie an den Seiten fest. Sein Atem strich über ihren Bauch und wanderte abwärts. Seine Lippen, samtig und warm, berührten ihre Scham, zupften an ihren Härchen und ließen ein kleines Feuer auflodern, das wuchs, je tiefer sie sich vortasteten. Grazias Beine erzitterten, als hätte jemand eine kräftige Hand in ihre Kniekehlen gedrückt. Was Anschars Zunge mit ihr tat, ließ sie schwanken, beinahe das Oben und Unten vergessen, und nur der Griff seiner Hände bewahrte sie vor dem Sturz.

Jetzt will ich trinken, vermeinte sie seine Stimme in sich zu hören. Er schob sich unter sie, weit spreizte sie die Beine. Das Zittern verstärkte sich, als sei sie stundenlang gerannt, ihm hinterher. Sein Mund verschloss ihr Geschlecht, und sie erschuf für ihn Wasser.

Endgültig knickten ihre Knie ein. Er hielt sie, schob mit einer Hand das Federbett beiseite und half ihr, sich mit ihm auf der Matratze auszustrecken. Von seinen Lippen tropfte das Wasser. Sie hob die Hand und streifte es ab. Hatte sie wirklich etwas so … Anstößiges getan? Ja. Und sie fand nichts daran schrecklich. Aus der Kutsche war eine endgültig andere Frau gestiegen.

Ihre Finger ertasteten sein Gesicht. Es lag im Dunkeln; das fahle Licht ließ nur die Linien seines Körpers erkennen. Was dachte er? Hatte auch er jene unangenehme Erinnerung geprüft und verworfen? Es war kein Wort nötig, um das zu wissen.

Sie liebkoste seine Brust. Diesmal wollte sie nicht stillhalten; sie wollte tanzen, und wenn es ihre Finger auf seiner Haut waren. Tiefer wagte sie sich vor, grub die Fingerspitzen in krauses Haar, genoss die Unaussprechlichkeit in ihrer Handhöhle und sein überraschtes Aufkeuchen.

Er hob ihren Schenkel auf seine Hüfte. Die Wölbung seiner Hand stützte ihr Gesäß. Langsam ließ sie sich füllen, und heraus quoll die Lust. Stumm wiegte sie sich mit ihm und schrie innerlich auf. Und als sie sich in seinen Armen drehte, um ihm die schutzlose Kehrseite darzubieten, glaubte sie endlich zu erkennen, was er daran mochte: Nie hatte sie sich ihm ausgelieferter und zugleich näher gefühlt. Doch dies, so zeigte er ihr, war nur eine von vielen Möglichkeiten.

»Anschar?«, flüsterte sie. Er grunzte im Schlaf, und erst, als sie sacht auf seine Schulter klopfte, reckte er sich und wälzte sich auf sie. Sie genoss es, seine schweißfeuchte Brust zu küssen, ihm das wirre Haar aus dem Gesicht zu streichen und den verräterischen Duft tief in sich aufzunehmen. Das ganze Zimmer roch nach dem, was sie getan hatten. »Wir müssen jetzt etwas machen, was du schrecklich finden wirst.«

»Hm?«

»Wir müssen lüften.«

»Die Dreiheit steh mir bei.« Er ließ sich wieder auf die Seite fallen. »Mach du das, ich verkrieche mich derweil unter den Decken.«

»Frostbeule!« Sie sprang auf, zog sich das Nachthemd über und öffnete eines der Fenster. Die Nachtluft war wie ein kalter Guss, der sie zurück unter die Decke jagte. Sie schmiegte sich an Anschars duftenden Körper. Er hielt sie im Arm, war jedoch nicht ganz erwacht. Was war das? Ihre Zehen rieben über eine wulstige Stelle an seiner Wade. Diese Narbe kannte sie nicht. Was ist denn da schon wieder passiert?, fragte sie ihn im Stillen, während sie seine Schulter küsste, die Narben des Schamindar dort erspürte. Würde er denn jedes Mal nach einer Zeit des Getrenntseins eine neue Verletzung aufweisen?

Anschar stemmte sich auf einen Arm, blickte auf sie hernieder und spielte mit ihren Lippen. »Entsinnst du dich? Wir beide im selben Bett, und danach wartete der Feind?«

»O ja.« Sie schob seine Hand beiseite. »Hätte mir damals jemand gesagt, dass sich das wiederholt, hätte ich dich beizeiten in die Wüste geschickt. Warum, denkst du, ist uns Geeryu gefolgt?«

Er ließ sich wieder fallen. »Das habe ich mich auch schon gefragt, es erscheint unsinnig. Aber sie kann nicht in Argad auf uns warten. Sie weiß ja nicht, wann wir zurückkehren. Vor allem aber würde mein oder dein Tod dort für Aufsehen sorgen. Wenn wir hier sterben, erführe Madyur niemals, wer uns auf dem Gewissen hat. Wir blieben einfach fort.« Er tat einen schweren Atemzug, aus dem seine Enttäuschung sprach. »Ich weiß nicht, wie man ihr beikommen kann. Nur mit Schnelligkeit. Aber bisher war ich immer zu langsam. Wenn ich einen zweiten Dolch gehabt hätte … Du musst mir welche besorgen. Besser drei.«

»Gleich drei?« Sie warf sich auf die Seite, ihm den Rücken zukehrend. »So viel Gewalt«, brach es erbärmlich aus ihr heraus. »Ich halte das nicht mehr aus.«

»Ruhig, Feuerköpfchen.« Er umfasste ihre Schulter; seine Brust drückte gegen ihren Rücken. »Was ist dir alles im Voraus als unüberwindlich erschienen? Aber du hast es ertragen, und es hat dich nicht gebrochen, denn deine Schultern sind nicht aus Glas. Diesmal wird es nicht anders sein.«

Seine Zuversicht beruhigte sie. Den schweren Lidern nachgebend, glitt sie in einen leichten Schlaf, doch recht bald wurde ihr kalt. Sie schob sich aus dem warmen Nest und schloss das Fenster. Anschars Atem kam schwer und gleichmäßig. Gähnend tapste sie zur Tür und öffnete sie.

Vor ihr stand ein erschrockener Justus im Morgenmantel. Sie war hellwach.

»Justus«, zischte sie leise, um niemanden zu wecken. »Jetzt sag bloß, du hast durchs Schüsselloch gespickt?«

»Quatsch!« Sogar im dürren Licht, das durch das Flurfenster hereinfiel, glaubte sie zu sehen, wie er bis in die Haarspitzen errötete. »Ist doch viel zu dunkel, da würde man ja gar nüscht sehen!«, polterte er, marschierte in die Küche, drehte den Lichtschalter und begann im Schrank herumzukramen. Die Uhr zeigte halb sechs. Wenn er weiter so herumklapperte, würde er Adele wecken. Den Vater wohl nicht, der schlief den festen Schlaf der Gerechten; sein Schnarchen war deutlich zu hören. Justus hockte sich an den Küchentisch, mitsamt einem halben Brotlaib, Butter und Quittenmarmelade. »Du gehst wieder nach Argad, stimmt's?«

In seinen Augen war es verdächtig feucht, er zog die Nase hoch. Er schnitt sich eine dicke Scheibe ab, beschmierte und verschlang sie, und als er fertig war, hatte er sich wieder im Griff. Grazia setzte sich an den Tisch, nahm das Tontöpfchen und steckte sich den Marmeladenlöffel in den Mund.

»Ich weiß noch gar nicht, ob das geht«, sagte sie schließlich. »Das Tor könnte geschlossen sein. Hast du es eigentlich mal gesehen?«

»Nee.« Er schmierte sich die nächste Stulle. »Papa hat mir nie verraten, wo genau es ist. Hat gedacht, ich springe dann da hinein. Hätte ich vielleicht sogar getan.«

Er schwieg, kaute, und sie überlegte, ob sie auf Adele warten oder selbst einen Kaffee aufbrühen sollte. »Fändest du es arg schlimm, wenn ich gehe?«

»Deine Sache«, krächzte er zwischen zwei dicken Bissen.

»Findest du *ihn* schlimm?«

Kopfschütteln. Sein Geradeausstarren machte es schwer, es zu deuten. »Wo soll er denn hin, wenn das Tor zu wäre? Ihn im Wohnzimmer pennen zu lassen, ist doch kein Zustand.«

»Ach, Justus, wo man dann seine Matratze hinlegt, wäre wirklich das geringste Problem.«

»Das ist mir klar!« Mit schwungvollen Bewegungen strich er die Butter auf die nächste Stulle. Wo ging das Essen bei diesen schlaksigen Halbwüchsigen nur immer hin? »Ich bin kein dummes Kind mehr. Im Gegensatz zu dir.«

»Wie meinst du das denn?«

»Ach komm, das weißt du genau.«

»Weiß ich nicht!«

Er fuchtelte mit dem Messer in Richtung der Tür. »Na, du – du hast mit ihm, du hast … na ja, *das* halt!«

»Du meine Güte, Justus, du bist ja so sittenstreng wie Mutter.«

»Quatsch mit Soße. Aber wenn ihr nicht gehen könnt, was gibt das dann für ein Gejammer und Geheule, wenn er dir hier ein Kind macht? Heiraten darf er dich ja nicht, hast du gesagt. Weil es ihm sein König verbietet.«

Sie hatte den Löffel wieder im Mund und verschluckte sich fast. »Gerade deshalb kann er mir ja kein Kind machen. Sonst hätte ich doch längst eins.«

»Du redest vielleicht einen Blödsinn. Hast du wirklich noch nie von unehelichen Kindern und gefallenen Frauen gehört? Man wird nicht schwanger, weil man heiratet. Dazu ist doch bloß nötig, was ihr vorhin getan habt. Ich – ich hab das ja bis in mein Zimmer gehört!«

»Soso. Als ob ich nicht wüsste, dass man zusammen …«

Justus unterbrach sie mit heftigem Augenrollen und setzte zur nächsten Gegenrede an, als die Tür aufflog. Anschar trat ein. Mit schmalen, noch schläfrigen Augen blickte er zur Glühbirne hoch. Er hatte sich wieder seinen Mantel übergeworfen, darunter trug er wenigstens ein Handtuch um die Hüften. Grunzend ließ er sich auf den letzten freien Stuhl fallen. Seine Stimme war kratzig.

»Wir müssen nachher Dolche oder Wurfmesser besorgen. Geht das?«

»Ich weiß nicht. Justus, er fragt nach Dolchen. Wo kriegt man denn so etwas her?«

Dem Bruder blieb der Bissen in der Kehle stecken. »Will er sich doch mit dem Neideritz duellieren?«

Anschar zog sich das Brettchen mit dem Brot heran und schnitt eine Scheibe herunter. Männern verging anscheinend nie der Hunger. »Nein«, sagte Grazia.

»Gibt doch genug Waffenhandlungen, und Wolf & Söhne ist nur ein paar Häuser weiter, der hat alles Mögliche.« Justus warf sich in die Brust. »Ich werde morgen einen Blick hineinwerfen. Er kann es ja nicht, und du hast sowieso von nichts eine Ahnung.« Er zuckte zurück, als Anschar das spitze Brotmesser hochhielt und bedeutsam musterte.

»Sie wird uns finden«, sagte er.

Grazia schluckte. »Du hast gesagt, das kann sie nicht.«

»Sie wird«, wiederholte er nur.

»Lass mich nur reden«, sagte sie, als sie aus der Droschke gestiegen waren. »Und nimm den Hut nicht ab.« Sie zupfte an seinen Mantelschultern und strich über den üppigen Fuchskragen. »Deine Haare und deine Tätowierung werden geheimnisvoll wirken.«

»Immer nur Ärger damit, und jetzt auf einmal geheimnisvoll?«

Sie lächelte und wandte sich an Justus, der seinen ordentlichen Sonntagsanzug trug und darin noch aufgeschossener wirkte; er wollte sich die Gelegenheit, einem Waffenkauf zuzusehen, nicht nehmen lassen. Er ging voraus, hielt ihr die geöffnete Tür auf, und sie betrat in ihrem teuren Kleid einen kleinen Raum, hinter dessen Theke ein Herr gesetzten Alters eine Taschenuhr polierte. Viel war nicht zu tun, keine Kundenstimme störte das Ticken hunderter Uhren an den Wänden. Auf Wandborden glotzten Hirsche aus Holz und Keramik. Grün bemalte Jäger hatten ihre Flinten angelegt und kauerten hinter Zinnkrügen. Unterhalb der holzgetäfelten Decke hingen Ölschinken: düstere Wälder, Stillleben mit toten Tieren. Schrecklich.

Herr Wolf stopfte sein Poliertuch in den Ärmel und machte einen Diener, wobei sich sein strammer Bauch vorwölbte.

»Ah, der junge Herr beehrt mich wieder mit seinem Besuch«, sagte er freundlich. »Möchte er denn heute ein Messer kaufen?«

»Dieser Herr möchte es«, erwiderte Grazia an Justus' statt und berührte Anschar am Ellbogen, dass er vortrat. Anschar zog sich die Handschuhe herunter und hielt sie Justus hin; der nahm sie mit einem zackigen Diener an sich. Die überlangen Brauen des Kaufmanns reckten sich angesichts der Tätowierung fragend in die Höhe. »Er ist der Leibwächter König Georgs von Griechenland und derzeit zu Besuch«, beeilte Grazia sich ebenso freundlich, doch mit einem hochnäsigen Unterton zu versichern. »Er spricht kein Deutsch.«

»Was Sie nicht sagen!« Ihm sackte das Kinn herab. Händeringend schob er seinen Bauch um die Theke herum, neigte vor Anschar tief den Kopf und streckte den Arm vor. »Donnerwetter, so hoher Besuch in meinem bescheidenen Lädchen?«

Anschar erwiderte den Händedruck und hüllte sich in hoheitsvolles Schweigen. Herr Wolf schüttelte sich die Hand aus, während er hinter seine Glastheke zurückkehrte. »Hätte ich nicht in der Zeitung lesen müssen, dass griechischer Staatsbesuch in der Stadt ist?«

»Er ist privat hier.«

»Oh, natürlich. Verzeihung, werte Dame, das geht mich ja auch gar nichts an. Nur insofern, dass ich gern meinen bescheidenen Beitrag leisten möchte, seinen Besuch in angenehmer Erinnerung zu behalten. Darf ich erwähnen, dass wir bereits zu meines Großvaters Zeiten das Jagdschloss Grunewald mit Jagdmessern belieferten?«

Grazia zauberte ihr glänzendstes Lächeln hervor. »Eine bessere Empfehlung könnten Sie nicht aussprechen.«

»Dann wollen wir schauen.« Er hob eine große, mit dunkelgrünem Tuch ausgelegte Schublade auf den Ladentisch. »Jagdmesser von außerordentlicher Qualität. Damast aus Solingen!«

Sie vermochte seine Faszination nicht zu teilen. Diese Waffen waren, ganz im Gegensatz zu antiken Schwertern, alles andere als schön, zumal Anschar sie zu nutzen gedachte. Er umschloss einen der gesprenkelten Hirschhorngriffe, hob das Messer kurz an, schüttelte den Kopf und befingerte das nächste. »Damit tötet man Opfertiere. Ich fürchte, Geeryu wird mir ihren hübschen Hals nicht still darreichen. Und das hier«, er riss einen mächtigen Hirschfänger hoch, was den Händler veranlasste, hastig einen Schritt zurückzutreten. »Hiermit schneide ich mir eher den eigenen Hintern auf, während ich es trage.«

Er legte ihn zurück. Justus beugte sich darüber und nahm erst wieder Haltung an, als Grazia unauffällig an seinem Arm rüttelte. Eine zweite Lade fand Platz auf dem Tisch. Das Messer darin war vergoldet und an der stumpfen Seite mit Jagdszenen verziert; die Klingenspitze endete in einem Bogen. Anschar knurrte unwillig.

»Ich habe einmal eines gesehen, da sprang die Klinge aus der Faust«, sagte er. Springmesser? Sie wollte sich danach erkundigen, doch er winkte ab. »Nein, frag nach Dolchen. Moment – was ist das?«

Er schob die Laden beiseite. Unter dem Thekenglas lagen in weinroten Stoff gebettet Faustfeuerwaffen.

»Das sind auch Waffen«, erklärte sie. »Aber die kannst du nicht benutzen.«

»Waffen? Ich habe sie schon gesehen.«

»Was sagst du da?« Grazia wurde schlecht. Das Korsett ließ sie nicht atmen. Sie wankte, fühlte sich von Justus am Arm festgehalten. Herr Wolf beeilte sich, ihr einen Stuhl zurechtzustellen. Kräftig durchatmen! Alles war ohnehin schlimm genug, sagte sie sich, es konnte nicht schlimmer werden. Wann, wo … Nein, wollte sie wahrhaftig wissen, wie Anschar zu einer Streifschusswunde gekommen war? Vielleicht später, wenn alles vorbei war. Aber nicht jetzt. Noch nicht jetzt.

»Es geht schon wieder«, keuchte sie.

»Das liegt nur an deinem Korsett. Lass dir nicht einfallen, es wieder mit nach Argad zu nehmen.« Anschar hob ihr Kinn. Sie wollte protestieren, denn ein adliger Grieche in ihrer Gesellschaft war unglaubwürdig genug, da sollte er sich ihr nicht auf diese Weise nähern. Er sah sie prüfend an, kehrte zur Theke zurück und klopfte mit dem Finger auf das Glas. »Was hat es damit auf sich?«

»Aus dem Rohr kommt eine Eisenkugel, so schnell, dass man sie nicht sehen kann. Das heißt, eine richtige Kugel ist es nicht, es ist spitz. So etwas hat die Narbe an deiner Wade verursacht.«

Seine Augen wurden schmal. Grazia sah die Szene im Lokal sich wiederholen. Nur hielt er diesmal eine Schusswaffe in der Hand. *Schnelligkeit.* Ein zweiter Dolch. *Ein zweiter Schuss.* Sie schüttelte verzweifelt den Kopf. Allein der Gedanke überforderte sie.

»Das ist ein Revolver mit Schwenkzylinder, sieben Schuss.« Herr Wolf hob das Abdeckglas beiseite. »Dies eine einschüssige Duellpistole. Es sind nicht die neuesten Modelle.« Er lachte gekünstelt. »Ich bin ja schließlich nicht das Gardekorps.«

»Wie bedient man den Revolver?« Grazia straffte sich und schritt zur Theke. Herr Wolf klappte die Trommel zur Seite und entnahm einem Schächtelchen sieben Patronen, die er in die Aussparungen steckte. Dann drückte er die Trommel zurück in den Lauf und spannte den Hahn.

»Jetzt wäre er schussbereit.« Er entspannte ihn wieder und entfernte die Geschosse. »Es ist sehr einfach.«

Ein Blick zu Anschar genügte. »Der Herr möchte ihn haben.« Sie holte ihr Portemonnaie aus dem Handtäschchen, derweil griff Anschar zu und machte Anstalten, sich die Waffe in den Rücken zu stecken. »Nicht!«, zischte sie. Mit breitem Lächeln kratzte sie ihr Geld zusammen; es reichte nicht, sie musste sich von Justus aushelfen lassen. Herr Wolf legte die Waffe in ein gepolstertes Köfferchen.

»Munition?«

Grazia nickte beklommen. Er wickelte Papier darum und half ihr, das Päckchen in Adeles Einkaufsnetz zu verstauen. Anschar nahm die von Justus mit zackiger Geste überreichten Handschuhe entgegen. Unter Dankesbekundungen des Kaufmanns traten sie auf die Straße.

»Hab ich nicht gesagt, dass das klappt?«, triumphierte Justus. »Man muss nur schneidig auftreten, das ist alles. Aber dass wir hier mit einer Knarre herausgehen – Potzdonner!«

Grazia hakte sich bei Anschar unter. »So ganz zufrieden wirkst du nicht. Was hat dich denn jetzt schon wieder gestört?«

Er brummte. »So viele wollten mit mir kommen, um dein wundersames Preußen zu sehen. Und was muss ich denen allen erzählen, wenn ich wieder daheim bin? Dass die hiesigen Frauen die Waffen ihrer Männer in Taschen herumtragen. Grazia«, er fasste sie an den Schultern und sah ihr fest in die Augen. »Wir wissen nicht, wann es passieren wird. Um etwas will ich dich vorher bitten.«

Was es auch ist, dachte sie.

»Zeig mir das Meer.«

Sie nickte.

Vor dem Haus öffnete ein Kutscher den Schlag seiner Droschke. Tante Charlotte stieg heraus. Als sie Grazias ansichtig wurde, warf sie die Arme hoch und eilte wehenden Rockes herbei. »Kind!«, rief sie und wedelte mit einem einzelnen Zeitungsblatt. »Gott sei Dank, dass ihr hier seid, ich hatte schon das Schlimmste befürchtet.«

Grazia ahnte, was die Tante in der Hand hielt. Sie ließ sich einen überschwänglichen Kuss auf die Wange und das Extrablatt in die Hand drücken. »›Unglaublich brutaler Überfall in Ausflugslokal‹. Ach, Tante«, versuchte sie es sogleich herunterzuspielen, obwohl sie spürte, dass sich ihre Wangen erhitzten. »Das muss später passiert sein, da waren wir längst weg …«

»Was ist das?«, fragte Anschar.

»Ein Bericht über Geeryus Wüten in *Onkel Toms Hütte.* Sieh dir das an!« Sie drückte dem Bruder das Einkaufsnetz in die Hand und deutete auf die Zeichnung einer Frau in schwarzem Kleid, die einen Dolch hochgereckt hielt. In hohem Bogen sprudelte Blut aus ihrer Wange. Ihre Augen waren groß und rund. Das Haar umwogte sie in alle Richtungen. Man hatte aus Geeryu eine wagnerianische Walküre gemacht.

Hastig überflog sie den gesamten Text, fand aber keinen Hinweis auf sich und Anschar. »Da steht, dass fünfzehn Gäste schwer verletzt wurden. Einer starb. Man kann sich nicht erklären, weshalb eine Mauer auf ihn niederfiel.«

»Was denn, da wart ihr?«, fragte Justus. »Dit gloob ick jetz' nich'. Wenn ich das erzähle, wird mir keiner …«

»Jetzt mach du nicht auch noch die Pferde scheu«, rief Grazia und schüttelte die Zeitung. »Nimmt diese Aufregung denn gar kein Ende?«

»Die armen Leute!« Charlotte rang die Hände. »Jedes Mal, wenn du einen Ausflug in den Grunewald machst, passiert dort irgendetwas. Ihr dürft da nicht mehr hin. Grunewald ist ab sofort bis auf weiteres gestrichen, habt ihr gehört? Ich werde Carl sagen, dass er es euch verbieten soll.«

»Beruhige dich, Tantchen. Mich kriegt da so schnell bestimmt nichts mehr hin. Wir fahren sowieso jetzt ans Meer.«

»Ich fange an, mich nach Dar-es-salaam zu sehnen. Das Leben im Busch ist ja geradezu ein Kuraufenthalt dagegen. Kinder, Kinder! Kommt, ich will das Carl zeigen.« Sie riss das Blatt wieder an sich. »Wie ich ihn kenne, sitzt er tagelang in seinem Schreibstübchen und kriegt nichts mit von dem, was hier so vor sich geht. Wer fährt ans Meer?«

Grazia hatte in ihrem Täschchen nach dem Haustürschlüssel gesucht. Sie hielt inne. Hatte sie das tatsächlich einfach so gesagt? »Anschar und ich. Allerdings habe ich überhaupt keine Ahnung, wohin eigentlich. Die Idee kam uns gerade eben.«

»Aha«, schnarrte Charlotte verblüfft. »Einfach so, aus heiterem Himmel?«

»Er möchte das Meer sehen. Und glaube mir, das ist nicht aus einer Laune heraus. Es ist ihm sehr wichtig.«

Die Tante schielte zu Anschar. Schief lächelte sie. »Gibt's denn in Griechenland nicht genug Strände? Was sagt denn Carl dazu?«

»Nichts, Papa weiß es noch nicht. Außerdem«, Grazia hob das Kinn und festigte ihre Stimme. »Ich bin erwachsen, Tante Charlotte. Ich weiß, was ich tue. Papa weiß das auch. Sag, du könntest nicht deine Schwägerin in Rostock fragen, wo man ganz schnell ein Pensionszimmer bekommt?«

»Du meinst, ein Zimmer in einer Pension, wo die Wirtin keine lästigen Fragen stellt?«

»Ja, so ähnlich.«

»Und *das*, glaubst du, wird dein Vater erlauben?«

»Wird er, ich schwör's.«

»Die ordnende Hand deiner Mutter fehlt in eurem Haushalt, ich merke es schon. Gut, wenn er nichts dagegen hat, kümmere ich mich darum.« Charlottes Blick fiel wieder auf die Zeitung; sie tippte auf eine Annonce. »Hier, das wollte ich dir auch noch zeigen: Schönherr's Erkältungsverhüter.

›Unter allen angepriesenen Mitteln gegen Erkältungen gilt einzig und allein unsere berühmte leinene Zellenjacke als wirksamer Schutz.‹ Das wäre für deinen Herrn genau das Richtige, erst recht fürs Meer.«

»Haben sie bestimmt nicht in seiner Größe.« Grazia drückte ihr einen Kuss auf die gepuderte Wange. »Danke, dass du uns helfen willst, Tantchen.«

9

Auf einem Pferderücken zu sitzen, war ein wenig, wie nach Argad zurückzukehren. Auch die knorrigen Kiefern erinnerten an jene dürren Gewächse in der Welt der Trockenheit, nur hatte der beständige Küstenwind sie zu schrägem Wuchs gezwungen. Doch ganz anders war die Luft; sie war voll von Salz, das in jede Verästelung der Lunge zu dringen schien. Grazia konnte sich nicht satt daran atmen, sie schnaufte laut, hielt dem Wind das kalte Näschen entgegen und das Gesicht der Sonne, deren Licht sich den Weg durch aufbrechende Wolken und weit auseinanderstehende Bäume bahnte. Dass hier Schnee gelegen hatte, zeigten nur gefrorene Schlammpfützen und die an den Rändern aufgeworfenen Klumpen. Es war nicht gar so kalt wie unten in Berlin. Aber auch hier hingen wundersame Eisgebilde an Stämmen und Ästen. Grazia löste eine Hand vom Zügel, sehr vorsichtig, denn die zwei Stunden im Damensattel hatten das Gefühl noch nicht verdrängt, keinen angemessenen Halt zu haben. Von einem Ast brach sie einen Eiszapfen und lutschte daran.

Anschar, der an ihrer Seite ritt, schien die Luft ebenso zu genießen; sie tat ihm gut, er hustete fast nicht mehr. Seine Haut war eine Spur heller geworden, aber nach wie vor sah er aus wie jemand, der seine Zeit in einem sonnigen Land zubrachte. Aufmerksam nahm er alles um sich herum auf, und er mochte, was er sah. Nur das Rauschen irritierte ihn sichtlich, immer wieder blickte er sich suchend um.

»Das Geräusch sagt dir nichts?«, fragte sie unschuldig.

»Woher denn? Früher glaubte ich immer, Argadye und Heria seien laute Städte, aber wahrscheinlich werde ich sie für ausgestorben halten, wenn ich zum ersten Mal wieder einen Fuß auf ihre Straßen setze. Hier muss man immer etwas hören, als ob sogar die Landschaft der Stille abhelfen wolle. Aber es klingt nicht bedrohlich. Und was ist es nun?«

Er hatte wirklich keinerlei Ahnung. Zwischen seinen Brauen erschien eine Falte, ein Anblick, der sie übermütig machte. Er fand es laut? Sie konnte lauter sein. Kräftig hob sie die Stimme.

»Der Zugwind wächst, doch die Qualmwolke steht,
Der Kapitän nach dem Steuer späht,
Er sieht nicht mehr seinen Steuermann,
Aber durchs Sprachrohr fragt er an:
›Noch da, John Maynard?‹
›Ja, Herr. Ich bin.‹
›Auf den Strand! In die Brandung!‹
›Ich halte drauf hin.‹
Und das Schiffsvolk jubelt: ›Halt aus! Hallo!‹
Und noch zehn Minuten bis Buffalo.«

Irgendwo flogen Vögel aus dem Schilf auf. Grazia wollte lachen. Sie hatte es ihm nicht erklärt. Das Meer, das Meer!, rief sie ihm in Gedanken zu. Er konnte es ja nicht wissen. Sie freute sich wie jemand, der dem Liebsten ein teures Geschenk macht. Hinter dem Wald hatte sie es versteckt. »Schade, dass ihr so wenige Geschichten aus der Zeit des Meeres bewahrt habt«, sagte sie mit plötzlichem Bedauern. Nässe stahl sich durch ihre wollenen Handschuhe, und sie warf den Eiszapfen fort. »Bestimmt hatten sich viele Abenteuer darauf zugetragen. Geschichten von *Piraten*. Du erinnerst dich an das Wort?«

»Ja. Was soll ich dir denn erzählen? Zu allem sagst du, das könne so nicht gewesen sein, das war bei euch ganz anders, und schon erzählst du mir irgendetwas von den tausend Schiffen, die nach Troja fuhren, so dass ich imstande bin, jeden Schiffseigner mit Namen zu nennen.«

»Wirklich? Wie hieß denn der König von Ithaka?«

»Störtebeker«, antwortete er prompt.

»Du bist unmöglich! Argadischer Sturschädel.«

»Preußische Rechthaberin. Ah, eine Geschichte dürftest du noch nicht kennen. Sie trug sich kurz nach dem Tod des Helden Meya zu. Man hatte seine Überreste zurück nach Argad gebracht, ein prächtiges Kuppelgrab errichtet und ihn unter Bergen von Gold, Silber und Vogelfedern begraben. Nur das Tuch, in dem er die Reise über das Meer überdauert hatte, legte man nicht dazu. Einer der Totenpriester sollte es erst waschen, und zwar mit Meerwasser. Also ging er an die Küste. Damals musste man bereits ein ganzes Stück hinabsteigen, um das Wasser zu erreichen. Es gab an der Felswand hölzerne Treppen. Auf der untersten Stufe zog er sich aus, um sein Priestergewand nicht zu nässen. Und wie er so kniete, nackt, und das Tuch mit den Händen schrubbte … Erinnerst du dich, dass ich dir erzählte, wie der Schamindar in die Welt kam? Die Götter erschufen ihn, um den letzten Gott einzufangen, der damals schon flüchtig war. Aber er verweigerte sich ihnen, so dass sie sich anderer Kräfte bedienen mussten.«

Sie nickte. Über die ungewöhnliche Freundschaft zwischen dem Gott und der Großen Bestie wussten die Argaden viele Geschichten zu erzählen. Über die Jahre hinweg hatten sich Jäger und Gejagter angenähert, zwei Seelen, die nichts einte als die Einsamkeit.

»Der Schamindar trottete über das Wasser. Die göttliche Kraft, die du leugnest, hielt ihn darauf, so sagt man sich. Er sah den Priester, hielt ihn in seiner Nacktheit für den Gott, sprang ihn an und riss ihn in die Tiefe. Wer weiß, vielleicht hat er ja im Kahlwald deshalb so erbost auf mich reagiert – weil er sich an die damaligen Jagden erinnerte.«

Wie beiläufig er erwähnte, dass er im Grunde Teil dieser Erzählungen geworden war … Sie lauschte, ob es noch weiter ging, aber er schwieg.

Sie kreuzten einen anderen Waldweg. Grazia ruckte sacht am Zügel, und die gutmütige Mecklenburger Stute bog in den Weg ein. Das graublaue Meer schimmerte zwischen den Bäumen hindurch. Strohfarbenes Dünengras wogte hin und her. Nun waren es nur noch wenige Schritte, dann standen ihre Pferde am Rande einer niedrigen, schräg abfallenden Steilküste, oberhalb eines schmalen Strandstreifens. Welle um Welle, wie flache, mit weißen Mustern durchsetzte Teppiche, schoben sich heran und übereinander, verschwanden im Sand, kehrten wieder, brachten das Rauschen mit sich. Draußen waren sie dunkel, hüpfende Flecken auf einer Ebene graublauen Wassers. Am Horizont ein einsamer Punkt. Ja, Schiffe, so groß wie Paläste, dachte Grazia, dort ist so eines. Siehst du es?

Ein Windstoß fuhr in seine Haare; er fasste in den Fuchskragen und drückte ihn fest in den Nacken. Er wirkte angespannt.

»Hast du es dir so vorgestellt?«, fragte sie, da sie sein Schweigen nicht länger aushielt.

»Nein. Ich habe mir gar nichts vorgestellt. Ich konnte es nicht.«

Er stemmte sich aus dem Sattel, sprang ab und ließ achtlos die Zügel hängen; sein Blick blieb fest nach vorn geheftet.

»Anschar?«

Er schwieg. Schließlich streifte er die Handschuhe ab, wollte sie, ohne hinzusehen, in seine Manteltaschen stecken, aber sie fielen zu Boden, ohne dass er es wahrnahm. Dann sprang, rutschte er den Abhang hinab und stapfte durch den Sand. Den Kopf hielt er gesenkt, als beobachte er, was die Wellen taten. Wie sie sich näherten, ihre Schaumränder vorstreckten, dabei immer flacher wurden, bis es nur noch eine zarte Glasschicht war, die im Sand versickerte. Wie sie die überall herumliegenden, rund geschliffenen Steine überspülten und ihre vielfältigen Farben wie frisch lackiert erstrahlen ließen. Wie es überall gluckerte, schäumte, gischtete und rauschte. Er warf den Kopf hoch, blickte in die Wolken, deren bläuliche Unterseiten das Meer widerspiegelten, und ging in die Knie.

Sein Schrei übertönte alles.

Grazia warf das Bein über das Sattelhorn, glitt vom Pferd und rutschte zum Strand hinunter. Der nasse Sand war anders zu erlaufen als jener in der Wüste; sie versank fast bis zu den Knöcheln, jeder Schritt war eine mächtige Anstrengung. Der Kleidsaum schien mit dem Sand zu verschmelzen und doppelt schwer zu werden. Sie stolperte und fiel beinahe auf Anschar. Er fuhr auf den Knien herum. Er starrte sie an, das Gesicht wie in Schmerzen verzerrt. Das war kein Weinen, nicht so wie sonst. Sein ganzer Körper schüttelte sich. Angstvoll suchte sie ihn zu halten, ihm Ruhe zu geben. War es falsch gewesen, ihn hierherzuführen? Sie erinnerte sich, wie die weite Wüstenlandschaft sie erschreckt hatte.

»Es ist unmöglich!«, rief er gequält. »Nein, ich weiß ja, dass das nicht das richtige Wort ist, was deine Welt betrifft. Aber es ist unmöglich, dass dies auch in meiner existiert hat. Sag mir, dass es nicht so gewesen sein kann.«

»Es war aber so. Die ganze Wüstenwelt oder doch ein Großteil sah so aus. Die Muscheln bei euch«, sie hob einen Stein, an dem Miesmuscheln klebten. »Sie beweisen es ja. Was entsetzt dich daran so? Was?« Sie strich über seine Wangen. »Was?«

Langsam beruhigte er sich, das Zittern ließ nach. »Dass wir es zerstört haben. Es ist von gewaltiger Schönheit.« Seine Stimme war von Ehrfurcht rau. »Gewaltig. Was haben wir nur getan, das zu vernichten?« Er griff in den Sand und ließ die feuchten Brocken fallen. »Ich hatte keine Ahnung, wie Sand sein kann, wenn er nass ist. Die Luft, wie sie das Meer mit sich zu tragen scheint. Diese Größe, diese Weite. Ich fühle mich wie erschlagen. Und bin todmüde. Geht es dir nicht auch so? Wenn der Sand nicht so kalt wäre, würde ich mich hier ausstrecken.« Tatsächlich beugte er sich vor, auf einen Ellbogen. Mit der anderen Hand las er eine Miesmuschelschale auf, grub mit dem Daumen darin herum und holte Sand und Algen heraus. Legte den Kopf in den Nacken, um eine lärmende Möwe zu beobachten. Wäre es wärmer, würde er sich vielleicht entkleiden und im Sand wälzen. Plötzlich lächelte er.

»Die ganze Zeit habe ich mich gefragt, wozu ich dich und mich und die anderen durch die Wüste geprügelt habe, nur um dann vor Sarids Bett zu scheitern. Ich hatte geglaubt, dass man mich so erniedrigte, sei die Erfahrung, zu der sie mich zwingen wollte. Aber jetzt ist mir so, als müsse sie dies hier gemeint haben. Was bedeutet eine Herkunft angesichts dessen? Worüber habe ich mir die ganze Zeit diese nutzlosen Gedanken gemacht? Wofür mich geschämt? Ich verstehe es nicht mehr.«

Grazias Herz schlug wild, so sehr freute sie es. Ruckartig setzte er sich wieder auf.

»Der Meya sollte hier stehen. Nicht an meiner statt, nein; wenn Sarid meinte, dass ich als Sohn beider Völker dies gesehen haben muss, dann soll es so sein. Aber es ist ein Anblick, der eines Großkönigs würdig wäre. Ich danke den Göttern, dass Madyur groß genug ist, das Richtige zu tun. Hast du nicht gesagt, dass es hier auch Sklaverei gegeben hat? Früher? Aber man sieht ja unschwer, dass euer Reich dadurch nicht ins Wanken geraten ist.«

Flüchtig dachte sie an Tante Charlottes Großtuerei gegenüber ihren Boys oder wie immer sie die Eingeborenen nannte. Aber Anschars Redefluss schwirrte angenehm in ihrem Kopf und trug sie mit sich.

»Madyur ist der eine, um den ich mich sorge. Weil er der Meya ist. So viele Fehler kann er gar nicht haben, dass ihm irgendeiner gleichkäme. Und deshalb muss er noch viele Jahre leben.« Flüchtig öffnete er die andere Hand, zeigte die halbe Innenfläche, die eine einzige Brandnarbe war. Sie behinderte ihn nicht, war auch nicht gefühllos, das wusste Grazia, aber er hasste es, auf diese Weise die kleinen Tätowierungen auf den Handballen, die Krallen des Schamindar, das Zeichen seines Herrn, verloren zu haben. »Leider hat er Fehler. Zum Beispiel, eine Geeryu an seinem Tisch zu nähren. Wäre sie ein Mensch, müssten wir nur warten, bis sie von deiner Welt verschluckt und verdaut wird. Aber das ist sie nicht.«

»Anschar«, flehte sie. »Denk meinetwegen in einer Stunde an sie, aber nicht jetzt.«

»Ja, du hast Recht. Ich frage mich nur, ob dieser Anblick auch bei ihr etwas bewirken würde. Oder ob da nur noch Wahn in ihrem Kopf ist.« Er ließ sich wieder einfangen von dem, was er sah. Grazia hielt still, auch wenn sie fror. Er vergaß zu frieren. Irgendwann stand er auf und half ihr hoch. Die Muschel steckte er in seine Manteltasche.

Der Knall ließ die Möwen auffliegen. Das Meer störte es nicht, es rauschte friedlich vor sich hin. Die Pferde oben auf der Klippe prusteten und tänzelten unruhig, ihr Leder knarrte. Grazia hockte auf einem großen Findling und lauschte, ob sich auf dem Spazierweg etwas tat. Der nächste Knall. Der nächste ... nächste ... Sie zuckte, knetete die Finger, knabberte an ihnen. Jederzeit mochte ein Reiter oder ein Radfahrer vorbeikommen, denn es war fast windstill, das Wetter beinahe schön zu nennen. Aber was getan werden musste, musste eben getan werden, so aberwitzig es auch auf sie wirkte, wie Anschar die Trommel des Revolvers beiseitedrückte, sie befüllte und wieder schloss. Unwirklich war es, ganz und gar unwirklich, dass er breitbeinig an der Wasserlinie stand, die Füße in den umspülten Sand gestemmt, und den Arm ausstreckte. Irgendeinen Punkt in der Klippenwand wählte er, erstarrte kurz und schoss. Und schoss und schoss ...

Mit jedem Schritt wurde Anschar ein wenig blasser. Grazia bereute es schon, ihn auf die Westmole geführt zu haben. Sie waren an der Seepromenade flaniert, hatten die weiten Flächen elfenbeinfarbenen Sandes genossen und dass es Straßen gab, die kleine pittoreske Häuser boten, nicht die Steinschluchten, die er so hasste. Der Weg auf die Mole von Warnemünde war nur folgerichtig, aber dass einem Argaden übel wurde, wenn er von Wasser eingeschlossen war, hatte er wohl selbst nicht gewusst. Woher auch? Das hier war nicht der kleine Nil in der Wüste.

»Sollen wir umkehren?«

Er brummte ein »Nein« zwischen den zusammengepressten Lippen hervor. Trotzdem hielt er sich nah an der Mauer, welche die Mole auf einer Seite begrenzte, während über das Geländer der anderen fröhlich die Gischt spritzte.

»Du musst zum Leuchtturm blicken. Oder zum Horizont.«

Dann war es geschafft. Fünf Stufen ging es hinauf, und sie standen vor dem Leuchtturm, der in sattem Rot, gekrönt mit einer im Wind knarrenden Gitterkugel, das Molenende beherrschte. Auf einer hölzernen Tribüne hockten ein paar Besucher, hielten die Gesichter in die Brise und ergötzten sich an der herrlichen Luft und der Aussicht rundum. Todesmutig ging Anschar an das Geländer, umfasste es mit beiden Händen und sah hinunter. »Ich kann wirklich nicht entscheiden, ob sich der Boden bewegt oder nicht. Es ist, als hätte das sinkende Meer mehr mit sich genommen als nur sich selbst. Als hätten wir etwas Natürliches verloren.«

»Ihr werdet es mit dem Meer zurückbekommen. Wie immer man sich das vorstellen muss, wenn ein Meer ansteigt.«

»Erinnerst du dich an die Geschichte, die du Veynaydro und mir erzählt hattest? Das Floß der Medusa? Verrückt erschien sie mir damals schon, aber …« Seine Hand wies zum Meer, und er lachte freudlos. »Es hat niemand überlebt, oder?«

»Doch, ein paar.«

Er wandte sich ihr zu, hielt sich aber rücklings am Geländer fest. »Ich kann nicht länger bleiben. Lass uns in meine Welt zurückkehren. Du kannst mir nur dort gehören. In jeder, aber nicht in dieser.«

Ja, ja, ja. Ihr Inneres jubilierte – und wollte zugleich trauern. Er machte sie zu einer Zerrissenen, zu einer ewig zwischen zwei Welten Schwankenden. Aber sie wollte es.

»Mich drängt es, Sarids Hand zu ergreifen.« Er bedeckte die Augen, denn die Sonne brach hervor. Möwen schnatterten mit den Besuchern um die Wette, und der Wind ließ die Glocke am Turm scheppern. »Leider wird das nicht möglich sein. Das Tor bringt uns nicht nach Temenon, es wählt seine Ziele in Argad oder doch in erreichbarer Entfernung davon. Ich glaube ohnedies, dass sie inzwischen gestorben ist. Aber ein anderer würde meine Hand nehmen, sagte sie.«

»Wer denn?«

»Ich hatte nicht den Eindruck, dass sie jemand Bestimmtes meinte. Wie es auch sein mag, ich werde kein Auge zutun können, bis ich das nicht endlich erledigt habe. Was Geeryu betrifft, so hätte ich gern dafür gesorgt, dass sie meine Welt erst gar nicht mehr betreten kann, aber das ist wohl nicht möglich. Die Götter mögen geben, dass das Tor wieder offen ist.«

»Und du willst mich nicht vorher um Verzeihung bitten?«

Er stutzte. »Das habe ich getan.«

»So? Wann denn?«

»In der Nacht nach Geeryus Wüten. Ich dachte, du hättest es gehört, aber anscheinend haben meine Hände dich zu sehr abgelenkt.«

Ihre Brauen schossen ungläubig in die Höhe. Was mochte sie geantwortet haben? Aber sie wusste ja, was sie jetzt sagen würde, wozu noch dieses Hin und Her. »Und habe ich *dich* gebeten, mir zu verzeihen?«

»Weswegen?«

Sie hakte sich bei ihm unter und bettete die Wange an seine Schulter. »Ich hatte dir zugehört, als du Jenia … bei dir hattest«, wisperte sie so leise in sein Fuchsfell, dass die Wellen es fast verschluckten.

»Ich verstehe nicht. Weshalb sollte ich dir verzeihen für meine Worte, mit denen ich dich verhöhnt habe?«

»Du hast noch anderes zu ihr gesagt: dass du meiner nicht wert seist. Ich hätte begreifen müssen, dass du nicht mich erniedrigt hast, sondern dich. Ich hätte bleiben und dir helfen sollen, diese Verwirrung zu überwinden, die dich da gepackt hatte. Stattdessen habe ich dich im Stich gelassen. Und es hätte dich beinahe das Leben gekostet.«

Er legte den Daumen an ihre Wange und bewegte ihn hin und her. Die alte, vertraute Geste. Sie sah es nicht, spürte aber, wie Wasserrinnsale aus ihren Augen flossen und den Finger umspülten. Diese Tränen waren zu viele, er konnte sie nicht abwischen. Also nahm er die Hand herunter. Er neigte sich vor, tauchte seine Lippen in den Quell. Er trank. Ihr war danach, vor Glück die Augen zu schließen. Aber dann wäre die göttliche Quelle vielleicht wieder versiegt, und sie wollte nicht, dass er aufhörte. Koste mich, dachte sie. Trink mich.

Irgendwann richtete er sich wieder auf, denn sie weinte nicht mehr. Stattdessen tropfte von seinem Kinn ihr Wasser.

»War's salzig?«, fragte sie.

Er lächelte. »Du kannst kein Salz machen. Nur Wasser …«

Sein Mund drückte sich auf ihren. Sie schmeckte seine Zunge und schlang seine Haare um ihre Finger. Erst ein empörtes Husten erinnerte sie daran, wo sie sich befand. Der Blick einer Frau sprühte Gift und Galle. Grazia hätte ihr liebend gern eine Grimasse gezeigt. Stattdessen spitzte sie hochmütig den Mund und ließ den Blick an ihr hinabwandern. »Das ist der Leibwächter des Königs von Griechenland. Er geht beim Kaiser ein und aus. Neidisch?«

»Unerhört!« Die Augen der Frau weiteten sich ins Unermessliche. Plötzlich krümmte sie sich und drückte eine Hand auf ihre Blase. »Otto!«, schrie sie und fuchtelte mit der anderen in der Luft herum.

Ein dürres Männlein sprang von einer der Bänke auf und hastete zu ihr. Sie rüttelte an seinem Mantelärmel, fauchte ihn an, mitzukommen, und hastete vorgeneigt und stöhnend die Mole entlang.

»Seit wann kannst du solche Sachen?«, fragte Anschar.

»Weeß ick nisch.« Grazia presste die Lippen fest zusammen und kämpfte darum, nicht lauthals loszulachen.

»Wehe, du versuchst das irgendwann bei mir«, knurrte er. »Du hast einen blauen Hintern, wenn du das tust.«

Nun lachte sie doch.

Grazia entstieg der Mietdroschke, während Anschar, der schon auf dem Trottoir stand, sich das Köfferchen auf die Schulter warf. An der geöffneten Haustür war einiges im Gange; ein blau uniformierter Postbote hob grüßend die Mütze und beugte sich vor, um die Namensschilder an den Elfenbeinklingeln zu lesen. Hoffentlich kein Telegrammbote, dachte Grazia, aber er drückte bei den Nachbarn im zweiten Stock und stiefelte dann ins Innere. Ein Milchmädchen schleppte Bügelkannen ins Haus. Grazia staunte nicht schlecht, als sie Justus im Treppenhaus entdeckte, der vor dem blonden Backfisch einen tiefen Diener machte und die Kannen an sich nahm, um sie hinaufzutragen. Ein anderes Mädchen kam mit leeren Quarkkannen zurück. Allerorten flogen Grüße hin und her.

»Weiß man schon, was das da draußen im Grunewald war?«, hörte Grazia die Näherin vom Hinterhaus mit dem Mädchen tuscheln, im Arm einen riesigen Wäschekorb. »Da in *Onkel Toms Hütte*?«

»Nee. Aber ick darf nich' mehr raus, sagt Muttern.« Das Mädchen stellte schwungvoll die Kannen auf die Ladefläche von Bolles Milchkutsche, dass es nur so krachte.

»Da sparste wenigstens deinen Lohn«, kam es vom Kutschbock her.

»Wat jeht det denn dir an!« Sie streckte die Zunge heraus.

»Nu jib ma' acht uff deene Kodderschnauze!«

»O je.« Grazia betrat die kühle Eingangshalle. »Jetzt fehlt eigentlich nur noch die Tante, die mit einer Zeitung herumwedelt.«

Das Mädchen kehrte mit zwei Kannen zurück. Sie stellte sie am Fuß der Treppe ab, wischte sich mit dem Saum ihrer Schürze übers Gesicht und blickte auffordernd zu Anschar hoch, der im Begriff war, hinaufzusteigen.

»Wir müssen etwas besorgen, mit dem sich das Eis am Steg

aufhacken lässt«, sagte er zu Grazia, während er sich zu fragen schien, was das Mädchen von ihm wollte. »Am besten sofort, dann wäre der Tag nicht verloren.«

Es war spät am Nachmittag, Grazia fühlte sich erschöpft. Die Zugfahrt war ohne Zwischenfälle verlaufen, doch mit Anschar zu reisen war, selbst wenn nichts passierte, durchaus nicht entspannend. Er wollte nichts anderes als zurück nach Argad, und sie wälzte die Gedanken, was bis dahin noch zu tun war. Vor allem der neuerliche Abschied lastete auf ihr. In die Gesichter ihrer Lieben zu blicken ängstigte sie. Und doch war aller Schmerz gemildert von der Freude, wieder im sonnigen, dann hoffentlich grünenden Argad zu sein. Der Meya! Zornig war sie auf ihn gewesen, weil er ihr diese Mission auferlegt hatte. Ach, wie sehr würde sie es genießen, den polternden Großkönig des Hochlandes wiederzusehen. Fidya und ihr Kind, wie alt mochte es dann sein? Die freundliche Sildyu …

»Stehen bleiben!«

Das Bollemädchen kreischte, dass es von den Treppenhauswänden widerhallte. Grazia fühlte sich von Anschar die Stufen hinaufgestoßen.

»Lauf!«, zischte er ihr zu. Sie trat auf den Kleidsaum, langte nach dem Geländer und riss sich die ohnehin abgenagten Nägel vollends auf. Als sie sich umdrehte, sah sie Anschar eine der Milchkannen umtreten, zugleich den Mantel abwerfen, seine Hemden aus der Hose zerren und hinter sich greifen, alles in Sekundenschnelle. Zu rasch, um zu verstehen. Drei Polizisten waren ins Haus gedrängt. Einer hielt den Säbel vorgereckt. Die Spitze war auf Anschar gerichtet.

Grazia reckte sich nach seiner Hand, die den Revolver schon am Griff hielt, und umklammerte sie. »Nein, halt still!«, schrie sie. »Um alles in der Welt, du darfst dich nicht wehren.«

Er krampfte die Finger, löste sie langsam und ballte sie zur Faust.

»Im Namen des Gesetzes: Sie sind verhaftet!« Die Stentorstimme des Beamten prallte wie ein Hammerschlag in Grazias Gesicht. »Legen Sie die Hände an die Wand!«

Der Dritte wies um einiges ruhiger das Bollemädchen an zu verschwinden. Es kniete in der Milchlache und schien zu überlegen, ob sich die zweite Kanne nicht retten ließ; dann rappelte es sich auf die Füße und rannte mit leeren Händen auf die Straße, wo sich einige Köpfe reckten. »Und Sie, Fräulein«, er nickte zu Grazia. »Das gilt auch für Sie.«

Die Narbe an seinem Bein. Sein Blutopfer. Ja, war sie denn blind und taub gewesen, dass sie nicht daran gedacht hatte, nicht hatte denken wollen, was sich heimlich irgendwo am Himmel zusammenbraute? Die Tätowierung!

Ich hätte viel besser aufpassen müssen, klagte sie sich an und schlug mit der Faust gegen die Stufenkante. »Anschar, du musst dich mit den Händen an die Wand stellen«, flüsterte sie.

»Einen Dreck werde ich tun.«

»Bitte! Du kannst nicht gegen sie bestehen.«

Erneut hämmerten die Worte der Männer gegen ihren Kopf. Sie solle sich nicht einmischen, glaubte sie zu hören, aber es drang wie aus weiter Ferne zu ihr. Anschar schritt die eine Stufe hinunter, die er genommen hatte. Grazia sah an seiner Haltung, wie er die drei Uniformierten anfunkelte, dass die beiden anderen zu ihren Pistolen griffen. Doch bevor Schlimmeres geschehen konnte, schlug er mit beiden Fäusten gegen die Wand und rührte sich nicht mehr.

»Sie werden wegen Verdachts auf groben Unfug, Einbruch, Diebstahl und Widerstand gegen die kaiserliche Staatsgewalt in Gewahrsam genommen.«

»Er kann Sie nicht verstehen«, rief Grazia, doch niemand

beachtete sie. Man tastete Anschar ab, zwang ihn mit einem Schlagstock, die Beine zu spreizen. Er hielt still. »Begreifen Sie denn nicht? Er spricht kein Deutsch! Ich bin die Einzige, die ihn versteht.«

Einer der Beamten hielt Anschars Revolver in der Hand, drehte ihn vielsagend in der Luft und steckte ihn sich in den Gürtel seines Mantels.

»Waffenbesitz …«

»Ist ja wohl nicht verboten!«, schrie sie.

»Fräulein, Sie stören eine Amtshandlung!«

Grazia sackte auf eine Stufe. Ihre Hände umklammerten das Geländer. Handschellen klirrten; ein Befehl ertönte. »Du musst die Hände auf den Rücken legen«, wisperte sie so leise, dass er es unmöglich hören konnte. Doch er kreuzte sie über dem Gesäß. Die Schellen wurden verschlossen. Dann machte er einen Schritt zurück und hob den Kopf.

»Falls du mir sagen kannst, was jetzt geschieht, sag es schnell«, forderte er sie auf, aber mehr als verzweifeltes Kopfschütteln brachte sie nicht zustande.

»Ich weiß es nicht. Aber bitte, *bitte*, wehre dich nicht.«

Was brachte ihn in dieser Lage dazu, aufmunternd zu lächeln? »Manche Dinge ändern sich nicht. Auch dass sie gut ausgehen.«

Sie führten ihn ab und schlossen die Tür. Das Treppenhaus lag still da, nur die beiden Kannen und die von vielen Tritten verschmutzte Milchlache bewiesen, dass diese Ungeheuerlichkeit geschehen war. Und auch Justus' erschrockenes Gesicht. Grazia hatte sich am Geländer hochgezogen, müde wie eine alte Frau, und ihn auf dem Treppenabsatz entdeckt. Neben ihm stand das zweite Bollemädchen. Es hastete hinab, machte einen halbherzigen Knicks, als es sich an ihr vorbeischob, raffte die Kannen auf und verschaffte sich mit dem Ellbogen den Weg hinaus.

Grazia hob Anschars Mantel auf und schleppte sich in die Wohnung. Vorm Spiegel nestelte sie ihr Barett ab und legte es auf die Hutablage. Die Mäntel hängte sie auf einen Kleiderbügel. In der Küche stellte sie einen Eimer in den Spülstein, füllte ihn, warf einen Bodenlappen hinein und trug ihn die Treppe hinab. Der Koffer stand vergessen in der Milch. Sie wischte ihn ab, legte ihn auf eine Stufe und ließ den Lappen ausgebreitet zu Boden fallen. Dann raffte sie ihr Kleid und kniete sich hin. Irgendwo oben klappten Türen. Das ganze Haus musste das Theater mitbekommen haben, aber blicken lassen wollte sich jetzt verständlicherweise niemand. Nur der Postbote kam heruntergeschlichen, lüftete verlegen seine Dienstmütze und huschte auf die Straße.

Auf der obersten Treppenstufe hockte Justus. »Warum machst du das?«

»Damit ich nicht überschnappe.« Sie schrubbte wild. In den Fugen der Bodenfliesen war eine ordentliche Menge alter Winterdreck; wer hatte denn da so geschlampt? Ihre Knie waren nass, ihre Hände röteten sich. Ein Lichtblick, dachte sie, irgendeiner. Wenn der nicht kam, würde sie ewig weiterschrubben.

Der Schlüssel rappelte im Schloss, die Tür flog auf. »Kindchen! Was machst du denn da?«

»Papa!« Der Lappen flog an die Wand. Augenblicklich hing sie an ihrem Vater. »Wieso warst du nicht hier?«

»Na, was denkst du denn?« Er tätschelte ihren Rücken. »Ab und zu muss ich meine Studenten zu Gesicht bekommen, sonst verwechseln sie selbiges irgendwann mit der misslungenen Platon-Büste in der philosophischen Fakultät. Aber das interessiert dich nicht, merke ich gerade. Warum hätte ich hier sein sollen?«

»Anschar ist verhaftet worden«, erklärte Justus an ihrer statt. »Wegen Einbruch, groben Unfugs, und den Rest habe ich nicht richtig mitgekriegt. War ein ganz schöner Tumult.«

»Wann?«, fragte der Vater verblüfft.

»Eben!«, rief Grazia. »Wir kamen vom Bahnhof, waren kaum hier im Hausflur …«

»Und hat er getan, was man ihm vorwirft?«

Sie konnte nur nicken. »Er ist in einen Stall eingedrungen und hat eine Kuh geopfert.«

»Himmel! Er muss doch gewusst haben, dass hier, nun ja, die religiösen Bräuche etwas unblutiger ablaufen und man nicht gerade freudig darauf reagiert.«

»Natürlich weiß er das. Aber was hätte das für ihn ändern sollen?«

»Da hast du natürlich Recht.« Er umfasste ihre Schulter und ging gemeinsam mit ihr hinauf in die Wohnung. Seinen Aktenkoffer stellte er auf einen Stuhl, dann nahm er aus dem Spirituosenschränkchen seinen Rüdesheimer Cognac und schenkte sich ein. Mit gekrauster Stirn blickte er zu Grazia und Justus, die sich am Tisch niedergelassen hatten. »Ihr seid alt genug dafür«, sagte er resignierend und stellte ihnen Gläser hin. Langsam, fast feierlich, schenkte er ein.

»So.« Er setzte sich. »Eines nach dem anderen. Grazia, als du sagtest, du wolltest mit ihm für zwei Tage an die Ostsee, war mir bereits klar, dass du wieder nach Argad willst.«

»Was? Mir war das gar nicht klar!«, fiel Justus ihm ins Wort. Er sprang auf. »Kannst du dich nicht einmal richtig entscheiden?«, schrie er Grazia an. »Immer dieses Hin und Her. Du hast gesagt, du bleibst hier!« Er rauschte hinaus, seine Zimmertür knallte.

Grazia trank hastig einen Schluck. »Ich kann ihm nicht verdenken, dass er enttäuscht ist. Es tut mir ja auch weh. Aber was soll ich machen? Sag mir, dass ich bleiben soll. Kannst du das?« Fest blickte sie in die von Falten umrandeten Augen, musterte die buschigen Brauen. Sie liebte alles an ihrem Vater so sehr.

»Nein.« Seine Finger rieben ihren Handrücken. »Aber wie viele Jahre wird's dauern, bis er wieder aus dem Zuchthaus draußen ist?«

Ihr wurde eiskalt. »Er war ein Sklave, er hält viel aus. Aber nicht das. Großer Gott, ich will es mir nicht einmal vorstellen.«

Justus schlurfte betont aufgeräumt zurück in den Salon, mit den Händen in den Hosentaschen hockte er sich wieder hin. »Statt zu lamentieren, solltet ihr überlegen, wie man ihm helfen kann«, sagte er verdrossen. Flüchtig streifte sein Blick den ihren. Las sie da den Anflug eines verständigen Lächelns in seinem Mundwinkel? Dankbar nickte sie.

Der Vater stemmte sich hoch. »Ich gehe rasch zu Pfefferberg und schaue, ob ich telephonisch irgendetwas erreichen kann.« Er klopfte ihr noch einmal auf die Schulter und schritt hinaus. Justus begutachtete sein Glas, schwenkte es unbeholfen und kippte alles in einem Zug hinunter. Er schüttelte sich.

»Ich habe keine Ahnung, wie es weitergeht«, murmelte sie. »Du?«

»Sie werden ihn vernehmen. Oder es jedenfalls versuchen. Morgen wird er dem Haftrichter vorgeführt, und der entscheidet, was mit ihm passiert. Ich weiß zwar nicht, was sie ihm anhängen können, aber allein dass er sich nicht ausweisen kann, wird genügen, ihn vorerst festzuhalten. Dann geht's ins Untersuchungsgefängnis, dort kriegt er einen Verteidiger. So ganz genau weiß ich's auch nicht, so viele Kriminalgeschichten lese ich nicht.«

Grazia legte die Arme auf den Tisch und bettete den schweren Kopf darauf. Ihr Brustkorb drückte gegen das Korsett. Nicht nachdenken. Oder wenn, an schönere Dinge. Wie sie sich gegenseitig die Zöpfe gelöst und geflochten hatten.

Dabei Geschichten aus ihren Welten erzählt, sich geliebt hatten. Glück und Glas, wie leicht brach das.

Der Vater kehrte zurück. »Es tut mir leid. Man hat mich schlichtweg abgeschmettert. Man werde einen Dolmetscher finden, man fände immer einen, und wenn es erst während der Untersuchungshaft ist. Mein Ansinnen, auf dich zurückzugreifen, fanden sie gelinde gesagt befremdlich. Ich habe es befürchtet. Ansonsten habe ich nur noch erfahren, dass er steckbrieflich gesucht wurde.«

Grazia bedeckte das Gesicht mit den Händen. Nein, zum Weinen, zum Schreien war sie zu erschöpft, aber zittern konnte sie von ganz allein. Still schrie sie. Fremde Fäuste schienen an ihr zu zerren, sie an den Haaren zu packen und zu rütteln, dass ihr Hören und Sehen verging. Ihr Kopf riss auf, ihr Hals, ihr Leib. Mit einem würgenden Laut zwang sie die Hände herunter.

»Kindchen, Kindchen, du machst mir Angst«, hörte sie ihren Vater flüstern.

»Wir – wir müssen Doktor Golz holen«, stotterte Justus.

Sie war völlig durchnässt. Von ihren Handflächen troffen Rinnsale in den Schoß. Ihre Haare klebten nass am Kopf. Das Kleid fühlte sich an wie aus dem Waschzuber gezogen.

»Was bedeutet das?« Die Stimme des Vaters war ruhig, doch von einer nie gehörten Fassungslosigkeit. Justus war leichenblass.

»Ach, das!« Sie lachte nervös, ihre Handflächen klatschten gegen den nassen Stoff. »Diese Geschichte kennt ihr ja noch gar nicht. Na, da kommt's jetzt auch nicht mehr drauf an …«

10

Nicht eine Wolke war zu sehen, der Himmel von tiefem Blau. Des *Kaisers* Wetter. Ganz ähnlich wie in Argad, dachte Anschar erstaunt. Er stieß eine schäbige Sitzbank vor das Fenster und stieg darauf. Trotzdem musste er sich recken, denn das mit Eisenstäben bewehrte Fenster lag hoch. Von den umliegenden Gebäuden sah er nur die schrägen Dächer und die Rauch ausstoßenden Pfeiler darauf. Er versuchte das Glas vor den Stäben zu öffnen, doch der Griff ließ sich nicht drehen.

Er sprang ab und hockte sich auf eine Pritsche. Zwei gab es hier, nichts als hölzerne Bretter, die mit Ketten an den Wänden befestigt waren. Die grauen Filzdecken verströmten einen muffigen Geruch. Der jedoch war lieblich im Vergleich zu dem, was in Anschars Nase strömte, wenn sich der Kerl auf der anderen Pritsche auch nur bewegte. Ein zahnloser Alter kauerte dort, in seine Decke gehüllt, und schmatzte vor sich hin. Anschar zog die Beine an und barg das Gesicht zwischen den Knien, damit möglichst wenig Luft in seine Lunge drang. Die Wand in seinem Rücken war kalt. Kahl und kalt war alles hier, die trübe Lackierung der Wände, die endlos hohe Zimmerdecke und der Eimer in der Ecke, auf dem ein Holzdeckel lag. Er hoffte, nicht darauf zurückgreifen zu müssen.

Der Alte brabbelte auf ihn ein, versank in Schweigen, brabbelte weiter. Was immer er gesoffen und gegessen hatte, es durchwehte den Raum und konnte nicht weichen. Anschar sprang auf, lief zur Tür, machte kehrt und streckte sich wieder nach dem Fenster. Die Nischenkante war scharf. Langsam drückte er den Handballen darüber, bis ein Blutstropfen in den Hemdsärmel lief. Er fuhr sich mit der Hand durchs Gesicht. Ein mageres Opfer! Der zarte Blutduft ging im Gestank unter, die Götter konnten ihn gewiss nicht wahrnehmen.

Der Greis keifte, als Anschar erneut zwischen den Pritschen hindurchstapfte und sich fragte, was auf ihn zukam. Gefangen zu sein, war ihm nicht fremd. Er hatte die Papierwerkstätten ertragen. Auf einem Felsblock hatte er gekniet, angeleint wie eine Ziege, und entblößt auf den Tod gewartet. Wochen in einer schweißtreibenden Höhle zugebracht, in der Gewalt der Wüstenfrau Tuhrod. Und einiges mehr. Nein, Derartiges war ihm nicht fremd.

»Hör endlich auf, 'ne Straße in den Boden zu laufen. Ich will schlafen!«

Aber stets hatte er wenigstens ahnen können, wo er sich befand, was man mit ihm plante, wer seine Feinde waren. Hier war das nicht so, und es machte ihn irr. Nur seine Sklavenerziehung verhinderte, dass er das Fenster einschlug und die wenigen Möbel zertrat.

»Verstehst nüscht, ja? Bist ein Zijeuner, wa? He! Der Kerl stinkt! Er will mich vergewaltigen, Hilfe!«

Ein Kopf erschien am Gitter in der Tür und verschwand sogleich wieder. »Halt die Klappe, Willi. Bis morgen wirst du es mit dem schon aushalten.«

Der Alte brüllte weiter. Anschar trat ihm leicht gegen das unter der Decke hervorlugende Bein, hob den Finger an die Lippen und schüttelte den Kopf. Endlich war Ruhe. Die Pritsche knarrte, als sich der dürre Leib herumwarf und gänzlich unter der Decke verschwand.

Anschar wollte sich wieder hinhocken, als an der Tür der Schließmechanismus betätigt wurde. Zwei Männer in blauer Kleidung traten ein, beide hielten sie Stöcke. »Mitkommen«, befahlen sie, was leicht zu verstehen war.

Sie führten ihn hinaus auf den Gang. Dort traten sie durch ein eisernes Gatter und liefen dann eine Treppe hinab in das Stockwerk darunter. Tür reihte sich an Tür, sonderlich groß schien das Gebäude jedoch nicht zu sein. Er fühlte sich in Herias Palastkeller zurückversetzt. Doch in diesem Raum standen keine Kühlwannen für Tongefäße, sondern nur hölzerne Möbel. Aber etliche Dinge lagen darauf, die er nicht zu deuten wusste und auch nie in den Gemächern von Grazias Familie gesehen hatte. Auf einem Dreibein stand in Augenhöhe ein Kasten, an dem ein schwarzes Tuch hing. Ein Mann machte sich daran zu schaffen.

»Oberkörper freimachen und mit dem Gesicht an die Wand stellen.« Der Preuße unterstrich seine Worte mit anschaulichen Gesten. Anschars Atem kam schwer. Sie würden ihn peitschen. Oder Schlimmeres tun. Er zwang sich, die Hemden über den Kopf zu streifen und sich so hinzustellen, wie sie es wollten. Der Stock bedeutete ihm, die Arme leicht zu spreizen. Er gehorchte, doch innerlich machte er sich bereit, den verfluchten Stock an sich zu reißen, sobald er nur den leisesten Schmerz verspürte.

Grelles Licht flammte in seinem Rücken auf. Anschar fuhr herum.

»Mein Gott. Der tut gerade so, als wäre er noch nie photographiert worden. Hinstellen, Gesicht zur Kamera!«

Photographiert? Was sie taten, blieb rätselhaft, aber wenigstens wusste er jetzt, dass sie ihn nicht foltern wollten. Noch nicht. Er bekam ein Taschentuch in die Hand gedrückt; der Blaugekleidete deutete auf sein Gesicht. Anschar spuckte in das Tuch und entfernte die Blutflecken. Dann musste er wieder die Arme spreizen, mit den Handflächen nach vorn. Eine weiße Flamme von unerträglicher Helligkeit schoss in die Höhe und verbreitete üblen Geruch. Mehrmals wiederholte sich die Prozedur, und als dies beendet war, legten sie

Bänder um ihn, als wollten sie ihn vermessen. Alles notierten sie auf Papieren. Er musste sitzen, stehen, sich drehen, was er geduldig ertrug, denn derartige Spielchen kannte er noch aus seiner Zeit bei Mallayur. Irgendwann hörten sie auf und erlaubten ihm, sich wieder anzukleiden. Er hielt still, als sie seine Hände wieder in Eisen legten. Es ging in eine andere Kammer. Hier hieß man ihn, sich auf einen Stuhl zu setzen. Hinter einem wuchtigen Tisch aus dunklem Holz hatte ein Mann die Ellbogen aufgestützt.

»Braucht es Handschellen?«

»Bisher zeigt er sich friedlich.«

Er deutete auf die Hände; Anschar bekam die Eisenfesseln wieder entfernt. Der Preuße, ein Mann mit sandfarbenem Haar und ebensolchem Bart, erinnerte ihn an Friedrich – oder auch an den Großkönig auf jenem Wandbild, das herrisch über seinem Kopf hing. Er klappte ein Papierbündel auf und breitete die Bogen sorgfältig vor sich aus. Einen wählte er aus und schob ihn in eine dieser eigentümlichen Gerätschaften, wie sie die Preußen zuhauf ersonnen.

»Wie heißen Sie?«

»Anschar.«

»Anschar. Ist das Ihr Vor- oder Nachname?«

Hier besaß man zwei Namen, daher begriff Anschar, weshalb der Mann nachhakte. Er überlegte. »Anschar von Argad«, sagte er dann. Sein Gegenüber erzeugte klappernde Geräusche, indem er mit den Fingern auf dem Kasten herumhämmerte. Es sah aus, als sei er nicht mehr ganz bei Verstand, aber Anschar wusste nur zu genau, dass dieser Eindruck täuschte. Alles hier diente einem Zweck.

»Adresse?«

»Ich verstehe nicht.«

»Aus welchem Land kommen Sie?«

»Argad.«

»Nein. Aus welchem *Land*, will ich wissen.«

»Ich verstehe nicht.«

Murrend lehnte sich der Preuße in seinem Stuhl zurück. Er dachte nach, rief dann etwas, worauf ein anderer herbeieilte. Dieser sprach Anschar mit Worten an, die nicht deutsch klangen. Er schüttelte den Kopf. »Ihr wisst nichts von meiner Welt«, sagte er auf Argadisch, damit sie begriffen, dass sie ihm mit tausend Sprachen kommen und doch nichts ausrichten konnten. »Mein Land heißt Argad, es beherrscht die gesamte Hochebene. In meiner Welt gibt es zwei Monde, welche die Nächte dreimal so hell wie diese machen.« Er deutete auf Wilhelms Bild. »*Mein* Großkönig heißt Madyur-Meya. Ich bin der Erste der Zehn, ich schütze sein Leben und opfere an seiner Seite im Tempel. Meine Götter heißen Inar und Hinarsya. Ich bin der Sohn der Siraia. Ich bin zugleich Argade, Temenier und ein Wüstenmensch. Und ich töte, wenn ich muss.«

Die Männer sahen sich fragend an. Der Hinzugerufene verschwand wieder, und der andere neigte sich vor. »Vielleicht verstehen Sie wirklich so gut wie nichts. Vielleicht spielen Sie mir auch nur etwas vor, wie es typisch für Zigeuner ist. Ebenso typisch für jegliche schlecht beleumundete Individuen, dass Sie nicht imstande sind, sich über Ihre Person auszuweisen.«

»Grazia Zimmermann. Deutsch – Argad.« Anschar versuchte es mit Gesten. »Verstehen, ja. Grazia Zimmermann!«

Der Preuße verschränkte die Finger. »Das Sprachenproblem kriegen wir schon noch selbst in den Griff, dazu bedarf es eines vereidigten Dolmetschers, keiner Privatperson, die uns sonst was auftischen kann. Wenn Sie nur endlich sagen, aus welchem Land – verstehen Sie, *Land, Heimat, Geburtsort!* – Sie kommen.« Er warf einen Satz im Befehlston in den Raum. Jemand brachte ihm ein Buch. Er schlug es auf und drehte es Anschar hin. Mit einem Schreibwerkzeug deutete er auf einen Wust von Linien und Schriftzeichen. »Hier: Deutsches Reich. Berlin.« Die Spitze tippte auf das Papier. Dann ließ er sie woanders kreisen und schaute Anschar dabei fragend an.

»Inar! Mein Land findest du da nicht.« Anschar nahm den Stift, fuhr mit den kreisenden Bewegungen fort, über das Buch hinaus, den Tisch hinweg und warf ihn zuletzt über die Schulter. »Begreifst du jetzt?«

Der Mann seufzte. »Sie werden des groben Unfugs beschuldigt, des Diebstahls eines Polizeipferdes, Widerstand gegen die kaiserliche Staatsgewalt. Meyer's Colonialwarengeschäft, sagt Ihnen das etwas?« Sein Blick wurde durchdringend. Anschar erwiderte ihn schweigend. Auf einen Wink hin brachte man zwei ordentlich zusammengelegte Decken. Darauf lag das Leinenlaken, in das sie gewickelt gewesen waren, und schwarzer Stoff, den der Preuße anhob. Im grellen Licht der Leuchtkugel glänzten die Goldstickereien an den gefransten Säumen. Anschars Hand zuckte danach.

»Sie gestehen, dass diese Sachen Ihnen gehören?« Die Stimme war scharf. Was sie wissen wollte, war leicht zu erahnen.

»Ja, das gehört mir.«

Der Preuße nahm ein anderes Papier zur Hand. »Einbruch in der Neujahrsnacht im Fährhaus auf der Pfaueninsel, ebenfalls Widerstand gegen die Staatsgewalt – das sagt Ihnen auch nichts?«

Pfaueninsel … »Ha, deine Krieger waren dumm wie ein Stück Holz; ich hätte sterbend vor ihnen liegen können, und sie hätten doch nichts begriffen. Stattdessen wollten sie mich fesseln.«

»Einbruch in eine Bäckerei … noch eine Lebensmittelhandlung …« Er blätterte in den Papierbogen und schüttelte den Kopf, wobei er ungläubig lächelte. »Das hier ist zweifellos das Kurioseste: Einbruch in einen Bauernhof und Zerstörung fremden Eigentums. Eine Kuh.« Er nahm den Bogen und hielt ihn hoch. Eine *Photographie* war darauf befestigt. Das Fehlen jeglicher Farben milderte den scheußlichen Anblick des Kadavers. »Die Aussagen sämtlicher Zeugen bezüglich Ihrer ungewöhnlichen Tätowierung stimmen überein.«

Anschar deutete auf das Bild, dann auf sich und nickte. »Ja.«

Der Preuße fuhr fort, auf das Gerät einzuhämmern. Weshalb musste alles, was sich diese Menschen erdachten, laut sein? Anschar fragte sich, was es für ihn bedeutete, seine Tat zugegeben zu haben. Nichts Gutes, zweifellos. Aber niemals, niemals, hätte er ein Götteropfer geleugnet, denn was ergäbe dies für einen Sinn? Er blickte über die Schulter. Zwei Krieger standen an der Tür, beide trugen Schwerter und Revolver. Das Haus war nicht groß, der Ausgang leicht zu erreichen. Draußen allerdings …

Ein Räuspern ließ ihn sich wieder umwenden. Hatte der Preuße bisher recht gelassen gewirkt, waren seine Augen nun starr. Den Blick fest auf Anschar gerichtet, schob er ihm eine weitere Photographie hin.

Eine Frau lag auf dem Boden, neben einer jener Steinplatten, welche die Menschen hier auf die Gräber ihrer Verstorbenen stellten. Sie trug nur ihr Unterkleid, darüber das Korsett. Den schwarzen, eng anliegenden Stoff um ihre Hände und Beine. Aber kein Kleid, keinen Hut. Ebenso schwarz war die Lache, die sich neben ihrem Kopf im Schnee ausgebreitet hatte. Ihr Mund war eine blutige, zertrümmerte Masse, aus der gesplitterte Zähne ragten.

»Was soll das?«, fauchte Anschar. »Du denkst, ich hätte sie getötet? Das war ich nicht, eher sieht es nach Geeryu aus. Aber was eine Nihaye ist und vermag, ahnt ihr ja nicht!«

In einer Geste, die um Mäßigung bat, hob sich die Hand des Mannes. Anschar rang nach Luft, um sich zu beruhigen. Nicht wehren, hatte Grazia ihn ermahnt. Er musste dies beherzigen. Trotzdem runzelte er finster die Stirn, als eine weitere Photographie vor ihn gelegt wurde. Noch ein Leichnam, ausgestreckt zwischen Gebüschen. Seitlich lag er, fast friedlich ruhte sein Kopf auf dem angewinkelten Arm, der andere lag schlaff im Dreck. Der Tod hatte sein Gesicht verändert. Tote sahen nicht aus, als schliefen sie. Tote sahen … leer aus. Blicklos starrte Benedikt ihn an.

»Nein!« Mit einem gewaltigen Aufschrei sprang Anschar auf, knallte die Handfläche auf das Bild und fegte die Papiere vom Tisch. »Nein, nein! Hör auf damit!«

Es klirrte hinter ihm. Die Handfesseln. Jemand griff nach seinem Handgelenk. Er holte mit dem Ellbogen aus.

Sie schrien durcheinander. Anschar griff sich den Revolver des Mannes, der vor ihm in die Knie gegangen war und sich benommen die blutige Nase hielt. Dann riss er den Sandfarbenen zu sich heran, dass dieser halb über den Tisch rutschte, und hielt ihm die Waffe an die Schläfe. Sein Arm lag um den Hals des Mannes. Drei Krieger hatten ihrerseits die Waffen gezogen. Anschar dachte, dass sie alle erzittern müssten, wüssten sie, wen sie vor sich hatten – wären sie in Argad. Aber hier war er der Unterlegene, daran änderte auch der Revolver nichts. Nur sein Wille.

Es nötigte ihm Respekt ab, dass der Mann in seinem Arm nicht zappelte und zerrte, sondern ruhig stand und auf ihn einredete, ohne die Stimme zu erheben. Auch die anderen hörten auf, wild herumzubrüllen.

»Ich morde keine unschuldigen Frauen«, unterbrach Anschar ihn. »Aber ich bin einer, der aufsässige Sklaven tötet, wenn sie den Meya und meine Welt bedrohen. Und ihr alle bedroht sie, wenn ihr mich nicht gehen lasst. Still stehen und warten, dass ihr etwas mit mir tut: Die Götter mögen wissen, was das sein wird … das werde ich nie. Bedauerlicherweise kann ich es euch nicht mit Worten begreiflich machen. Und könnte ich es, würde es euch nicht kümmern.«

Er ließ den Arm langsam sinken, bis die Waffe auf den Unterschenkel eines der Blaugekleideten wies. Sein Finger drückte gegen den herausragenden Eisendorn.

Doch der saß fest. Einen Augenblick später war ein Krieger an seiner Seite, reckte mit beiden Händen seine Waffe. Das Rohr berührte seine Wange. »Pistole fallen lassen!«

Den Himmel durchzogen schmutzige Schlieren. Es dämmerte. Anschar drückte die Stirn gegen die kühle Mauer. Innerlich war ihm kochendheiß vor Wut, aber sein Körper zitterte vor Kälte. Er versuchte eine halbwegs bequeme Sitzposition zu finden. Wenigstens störte ihn nicht das Gebrabbel des Alten, den hatten sie aus der Kammer gezerrt und anscheinend in einer anderen untergebracht, damit er nicht störte.

Er umklammerte die Querstange dicht über seinem Kopf und bettete die Stirn auf den Unterarm. Draußen auf dem Korridor war es ruhig, gedämpft hörte er Wortfetzen. Er lauschte auf jedes Geräusch. Damit ihm nichts entging, atmete er flach.

Vielleicht wäre alles anders gekommen, hätte er sich damals auf der Insel unterworfen, statt das gekrümmte Schwert an sich zu nehmen. Aber vielleicht genossen sie auch nur die Lust an ihrer Macht. Darüber nachzudenken, war ohnedies müßig und Reue für weiter zurückliegende Geschehnisse weitaus angebrachter. Hätte er Jenia nicht angerührt, wäre er jetzt nicht hier. Andererseits wäre ihm dann auch der Anblick des Meeres entgangen. Dorthin versuchte er sich zurückzuversetzen. Versuchte den nassen Sand zu erspüren. Den Salzduft in die Nase zu bekommen. Das Geschrei der weißen Vögel. Grazias gelöste Locken, die der Wind über seine Haut wischte. Knurrend verlagerte er sein Gewicht und spannte die Muskeln an, ohne die Kette, die seine Hände an die Stange fesselte, klirren zu lassen. Seine rechte Schulter schmerzte; vorsichtig bewegte er sie. Kein Geräusch wollte er verursachen, niemand dieser Hunde sollte merken, wie er sich fühlte.

Die Stimmen wurden lauter, ihre harten Schuhe stampften über den Steinboden. Die Männer kehrten zurück. Anschar zwang sich, nicht über die Schulter zu schauen. Die Genugtuung, sich derart zu entblößen, wollte er ihnen nicht geben. Aber er konnte nicht verhindern, dass sein Atem heftiger kam. Er schloss die Augen und sagte sich, dass er unter Mallayur Schlimmeres überstanden hatte.

Sie betraten den Raum. Er hörte, wie sie sich auffächerten. Sein Körper spannte sich an. Als die gerundete Spitze eines der Stöcke gegen seinen Nacken drückte, sog er die Luft ein.

»Da drin wimmelt's bestimmt vor Läusen. So geht das ja nicht. Krause, holen Sie mal das Läusepulver.«

»Jawoll, Herr Oberwachtmeister.«

»Und die Schere!«, rief ein anderer.

Sie lachten. Anschar warf den Kopf zurück.

»Stillhalten!« Der Stock knallte in Nierenhöhe auf seinen Rücken.

»Hier, Herr Oberwachtmeister!«

»Drücken Sie's nicht mir in die Hand. Da kommt's drauf.« Der Druck des Stockes verstärkte sich. Plötzlich schien eine Handvoll Sand auf seinem Kopf zu landen. Der Gestank raubte ihm den Atem. Ein Pulver trübte seine Sicht; es geriet in seine Kehle, und er würgte und hustete. Was planten sie jetzt? Er hasste es, im Ungewissen zu sein. Doch als jemand seinen Zopfstrang umfasste, begriff er es.

Scheußlicher Schneeregen hatte eingesetzt. Grazia spannte im Weitergehen ihren Schirm auf. Am Kremserbestellpavillon überlegte sie, sich eine Kutsche zu rufen. Aber es waren ja nur ein paar Schritte, und hier herumzustehen und zu warten, bis sie käme, war nicht besser. Sie schritt weit aus; es half, die ängstlichen Gedanken im Zaum zu halten.

»He, nicht so schnell, Schwesterchen!«

»Justus?« Sie hielt nicht inne. »Was machst du denn hier?«

Er wies mit dem Daumen über die Schulter. »Gleich da hinten wohnen wir, ich glaube, das beantwortet die Frage. Menschenskind, ich weiß doch, wo du hinwillst. Und wieso.«

»So, und wieso?«, fragte sie unschuldig.

»Du willst dich als Übersetzerin anbieten. Sie werden es dir nie gestatten. Blödes Wetter.« Er rümpfte in Richtung des Himmels die Nase und schob sich die Mütze tief in die Stirn. »Ich stelle mir vor, dass du dann wieder so reagierst wie … na ja, wie gestern. Du weißt schon. Das Wasser.«

O ja, das Wasser. Nach ihrem Geständnis hatte Justus nervös gelacht und der Vater sich in eine Statue verwandelt, sich minutenlang nicht gerührt und ihr Furcht eingejagt. Wortlos war er in sein Arbeitszimmer gegangen und hatte sich dort vergraben. Und als sie hinterhergelaufen war, hatte sein wuchtiges Hämmern auf der Schreibmaschine sie davon abgehalten, das Zimmer zu betreten.

Ein Automobil knatterte vorbei und bespritzte den dunkelbraunen Tuchrock, der unter ihrem Paletot herausschaute. An der nächsten Kreuzung drückte der Fahrer kräftig die Ballonhupe. Ein Pferdegespann scheute so heftig, dass das Geschirr rasselte. Grazia hatte das Gefühl, sich in der Kulisse eines Theaterstücks zu bewegen. Bald würde sie durch ein Foyer nach draußen gehen und in die Sonne der Wirklichkeit blicken. Oder, was wahrscheinlicher war, man würde sie festhalten und in einen dunklen Raum sperren, bis sie begriff, dass sie noch auf Jahre hinaus zu bleiben hatte. Nein, ewig. Anschar würde seine Zeit im Zuchthaus nicht einfach absitzen. Er würde dafür sorgen, dass er dort starb.

Grässliche Gedanken! Sie mühte sich, sie abzuschütteln, sie wenigstens so weit zurückzudrängen, dass es sie nicht den Verstand kostete. »Ja, das Wasser. Ich kann nicht ausschließen, dass es wieder herauskommt. Kann ich nie.«

Nachdenklich drückte Justus an einem Pickel am Kinn herum. »Du kannst es nicht kontrollieren?«

»Doch. Aber wenn ich die Kontrolle über mich selbst verliere, dann auch darüber. Dann kann es fließen wie verrückt oder versiegen. Ich würde das wirklich gerne in den Griff bekommen. Vielleicht gelingt mir das ja, wenn es mir vergönnt ist, einmal ein ruhiges Leben zu führen.«

»Was man damit alles anstellen könnte«, sinnierte er. »So ein Gott dürfte mich ruhig auch einmal küssen. Göttin, meine ich natürlich. Aber wahrscheinlich sagst du jetzt: Ach, sei froh, dass du nicht diese Verantwortung hast, und eigentlich ist so eine Gabe ja ganz schlimm und überhaupt, könnte ich bitte normal sein?«

Grazia musste lächeln. »Nein, ich will sie nie wieder hergeben. Allein der Geschmack. So etwas kriegst du nirgends zu trinken.«

Im Laufen neigte er sich vor und legte bittend den Kopf schräg.

»Hättest du mich nicht gestern fragen können? Oder siehst du, dass ich eine Tasse oder etwas dergleichen bei mir habe? Na schön.« Sie blieb stehen. »Lege den Kopf ein bisschen zurück. Ja, so. Aber erschrick nicht, sonst verschluckst du dich.«

Natürlich verschluckte er sich. Ihr Wasser ausprustend, schlug er sich gegen die Brust und hustete kräftig. »Schmeckt wirklich gut«, krächzte er. »Schade nur, dass es Anschar nichts nützt. Oder willst du die Polizeiwache unter Wasser setzen?«

»Ha!« Sie lachte böse. »Das könnte ich sogar. Nein, das tue ich nicht.« Anderes hatte sie vor, aber davon konnte sie nicht sprechen. Wie sollte sie erklären, dass ihr Plan auf gläsernen Füßen stand? Auf sehr dünnwandigem Glas, man konnte es kaum einen richtigen Plan nennen. Eher ein Hauen mit dem Schwert auf den Gordischen Knoten.

Sie kreuzten einige Straßen und standen schließlich vor einem schlichten, aber respekteinflößenden Backsteinbau. Grazia schritt die Stufen hinauf und legte die Hand auf die Klinke. Dass Justus sich entschieden hatte, bei ihr zu bleiben, tröstete sie. Im Treppenhaus klappte sie ihren Schirm zusammen und streifte sorgfältig den Schneeematsch in die Fußmatte. Es roch nach Bohnerwachs. Rechts und links gingen Türen ab, eine stand offen. Vorsichtig reckte Grazia den Kopf. Ein langer Flur, an dem sich weitere Türen aneinander reihten. Schreibmaschinen klapperten, Stimmen unterhielten sich gedämpft, ein Mann mit aufgekrempelten Ärmelschonern schob einen quietschenden Aktenwagen vor sich her und bog in ein Zimmer ein.

»Sieht aus wie in einem Firmenkontor«, murmelte Justus. »Kann man sich gar nicht vorstellen, dass er hier irgendwo in einer Arrestzelle hockt.«

»Du weißt nicht zufällig, wo die sein könnte?«

»Nee, woher denn? Aber ich schätze mal, dort, wo die Arrestanten am wenigsten stören. Also entweder im Keller oder ganz oben. Und ganz sicher auf den Hinterhof hinaus und nicht auf die Straße.«

Sie sah ihn an. »Du bist ja ganz schön gescheit.« Kurzerhand schritt sie die Stufen zur Kellertür hinab. Doch die war verschlossen, vergebens rüttelte sie an der Klinke. Dann hinauf!

Justus hielt sie am Arm fest. »Ist nicht dein Ernst, oder?«

Sie schüttelte ihn ab und rannte so schnell hinauf, dass sie fast über ihren Kleidsaum stolperte. Im ersten Stock war es lebhafter; sie hörte Männer gewichtig über die Flure marschieren. Schnell weiter!

»Junge Dame, halt!«, donnerte es im schönsten preußischen Kommandoton hinter ihr. Grazia drehte sich auf der Treppenstufe um. Ein Wachtmeister in voller Montur stand vor ihr, mitsamt Seitenwehr und schwarzem Helm, den er unter dem Arm hielt. Ihr Lächeln geriet schief.

»Ich möchte eine Meldung machen und wusste nicht, wo.«

»Das Dienstzimmer ist natürlich im Erdgeschoss!«, blaffte er, und ihr blieb keine Wahl, als unter seinen Argusaugen wieder hinunterzusteigen. Unten verzog Justus das Gesicht und schimpfte mit ihr, indem er hinter zusammengepressten Lippen knurrte. Der Wachtmeister marschierte ihr in einen der Korridore voraus und betrat das erste Zimmer. Hinter der hölzernen Trennwand saßen zwei Beamte über Schriftstücken. Auf den Besucherstühlen, nah am Ofen, hockte versunken ein alter Mann in einem fadenscheinigen Jackett. An einer Trennwand stand eine Frau und gestikulierte heftig darüber hinweg; man habe ihr die Handtasche geraubt, am helllichten Tag!

Einer der blau uniformierten Beamten stand auf und winkte Grazia näher. Das laute Geschnatter der Frau irritierte sie, und sie musste sich auf ihre mühsam zurechtgelegten Worte besinnen. »Ich komme wegen des Mannes, der gestern hier eingeliefert wurde.«

Der Beamte warf einen ärgerlichen Blick zu der Frau. Sonderlich gut gelaunt wirkte er nicht. »Darf ich zunächst Ihren Namen erfahren?«

Sie hob das Kinn. »Grazia Zimmermann. Der hier«, sie wies auf Justus neben sich. »Justus Zimmermann. Unser Vater ist Professor an der Friedrich-Wilhelms-Universität.«

»Soso. Hat er gedient?«

»Natürlich! Er hat sogar im Siebzigerkrieg gekämpft.«

»Beachtlich. Und der junge Herr?«

»Ich will auf die Hauptkadettenanstalt«, erwiderte Justus wie aus der Pistole geschossen, nur um ihr zuzuraunen: »Was ich nach dem heutigen Tag vielleicht schmeißen kann, Kalamitäten-Jane.«

Liebend gern hätte sie ihm den Schirm in den Fuß gebohrt. Stattdessen lächelte sie den Beamten an. »Man hat noch nicht herausgefunden, woher der Beschuldigte stammt, richtig? Ich weiß es. Und ich möchte bitte denjenigen sprechen, der für ihn zuständig ist.«

Er kratzte sich unter der Dienstmütze, nickte schließlich und öffnete das Türchen. »Wenn Sie mir bitte folgen wollen. Ihr Bruder muss hier warten.«

Das erregte Geschnatter der Frau hinter sich lassend, folgte sie ihm. Es ging die Treppe hinauf, jedoch nur in den ersten Stock. Grazia erschrak, als sie einen Mann in Handschellen sah, der von einem Schutzmann in ein Zimmer geschoben wurde. Aber es war eine gekrümmte, zerfledderte Gestalt, die den Eindruck machte, als müsse sie jeden Augenblick über die eigenen Füße stolpern. An einer der hinteren Türen klopfte der Beamte an und öffnete. Mit dienstbeflissen geneigtem Kopf erklärte er einem hinter dem Schreibtisch thronenden Beamten Grazias Begehr. Dann hieß er sie eintreten und verließ den Raum. Ihr war nicht wohl dabei, dass der Mann, der sich nun von seinem Stuhl erhob, einen Verband um die Stirn trug. Die dunkelblonden Haare spitzten wie Streichhölzer daraus hervor.

»Sie sind wegen Anschar von Argad hier?« Er berührte an der Schläfe das Polster unterhalb des Verbandes, als wecke der Name eine ungute Erinnerung. »Der Zigeuner mit dem Adelsprädikat. Woher kennen Sie ihn?«

»Muss ich das beantworten?«

Er wies auf den Besucherstuhl, und sie setzte sich. »Was wollen Sie hier, wenn Sie bereits diese Antwort verweigern? Ihr Name?«

»Grazia Zimmermann.«

Er notierte es sich, ebenso die Adresse. »Alter?«

»Zwanzig.«

»Sie sind ja nicht einmal volljährig.«

Sie sprang wieder auf. Was hatte das alles für einen Sinn? Monatelang war sie durch die Wüste gelaufen, war auf mächtigen Tieren geritten, einer brennenden Stadt und einem reißenden Fluss entkommen. Und hier galt sie noch als Kind! »Ja, ich kenne ihn und weiß, dass das niemanden interessiert«, sagte sie brüsk und machte kehrt. »Bitte entschuldigen Sie, dass ich Ihre Zeit gestohlen habe.«

Fast wäre sie an dem Regal vorbeigelaufen. Zwei ordentlich zusammengefaltete Decken lagen darin, obenauf ein schwarzes Hemd mit geschlitztem Ausschnitt. Allzu gut war ihr dies vertraut. Ohne um Erlaubnis zu bitten, nahm sie es an sich, auch den Wickelrock, und drückte den Stoff an die Nase. »Das gehört ihm«, sagte sie gepresst.

»Das stimmt.«

Sie schluckte. »Darf ich das mitnehmen? Ich bewahre es für ihn auf.«

»Da es sein Eigentum ist, müsste er das entscheiden.«

»Und wer kann ihn das fragen?«, versetzte sie spitz.

Er machte eine abfällige Handbewegung, mit der er sie zugleich zur Tür wies. »Behalten Sie es.«

Das tat sie, und dann war sie wieder draußen auf dem Korridor. Noch ganz verwirrt betrachtete sie den Stoff, während sie in Begleitung eines Beamten die Treppe hinabstieg. Unten verschwand er in einem der Korridore; natürlich kam er nicht auf den Gedanken, sie könne anderes im Sinn haben, als das Gebäude zu verlassen. Sie drückte Justus die Kleider und den Schirm in die Hände und rannte wieder hinauf. Er zischte hinter ihr her, sie möge um Gottes willen vernünftig sein, aber sie achtete nicht auf ihn, hörte nur, dass er hinter ihr blieb.

Diesmal gelangte sie in den zweiten Stock.

Auch hier führten zwei Türen zu zwei Korridoren. Die eine war geschlossen, doch der Blick auf den anderen Flur war frei. Eine Gittertür teilte ihn in zwei Hälften. Und sie stand offen.

Ein Polizist war soeben dabei, herauszutreten und sie hinter sich zu verschließen. Er steckte den Schlüssel ins Schloss, während er über die Schulter blickte und ihrer gewahr wurde. »Was tun Sie …«

Grazia ließ ihre Gedanken mit voller Wucht auf ihn prallen, so dass er seinen Schlüsselbund losließ und sich die gefüllte Blase hielt. Er fiel vornüber auf die Knie, sein Kopf schlug gegen die Stäbe. Besinnungslos sackte er in sich zusammen. Die Nässe färbte seinen Schritt dunkel.

»Grazia«, flüsterte Justus dicht hinter ihr. »Warst du das?«

»Ja.« Sie hastete zu dem Mann und beugte sich über ihn. Er atmete, sein Kopf schien unverletzt. »Aber ich war wohl etwas zu heftig, das wollte ich nicht.«

»Ich hab's doch geahnt, dass du Dummheiten machst! Ist dir klar, was passiert, wenn uns einer hier erwischt?«

»Bleib draußen und pass auf. Ich beeile mich.« Sie stieg über den Bewusstlosen hinweg und betrat den Arrestantenbereich. Es gab nur drei Zellen, und alle wiesen vergitterte Fenster in den Türen auf. Die erste Zelle war leer, in der zweiten schlief jemand unter einer Decke. In der dritten jedoch …

Er saß auf einer Bank, den Rücken ihr zugewandt. Quer über seinem Kopf, nah an der Wand, eine Stange. War sie eigens dazu da, Hände daran festzuketten? Sie lagen darum in Schellen. Sein Nacken war gebeugt, blau geschlagen. Und nackt. Der Anblick dieser kurzen Haare, durch die wild eine Schere gefahren war, war so fremdartig, dass ihr der ganze Körper entblößt und geschändet vorkam. »Ihr … ihr Scheusale.« Grazias Blick flog zu dem bewusstlosen Schutzmann. Hätte sie die Zeit, hätte sie den Mut, würde sie hinlaufen und auf ihn eintrampeln.

Sie schob die Finger durch das Gitter. Gerade so war es gewesen, als sie von Mallayur in die tiefsten Tiefen des Palastes von Heria geführt worden war. Anschar gefesselt über dem Kühlbecken. *Manche Dinge ändern sich nicht.* »Nein«, wisperte sie. »Ich will, dass es aufhört. Ich will … Gott … das Tor … ach, was tue ich hier?«

Ein Ruck ging durch ihn. »Das frage ich mich auch.« Er warf ein Bein über die Bank und drehte sich, so weit es ihm möglich war. Über den Arm hinweg sah er sie an. »Feuerköpfchen. Bitte sag, dass du da stehst, weil du irgendetwas für mich tun kannst. Wenn nicht, war es mehr als töricht von dir.«

»Ich wollte den Gott um das Tor bitten. Hier und jetzt. Für dich.«

»Wie kann er denn helfen, er ist gefangen.«

»Er könnte ja wieder frei sein! Wir wissen nie genau, wann er frei ist und wann nicht. Plötzlich ist er es wieder, so war es auch, als ich im Wald in Temenon ganz verzweifelt war und ihn anflehte.«

»Und mit welchem Blut willst du ihn rufen?« Er lachte freudlos. »Mit deinem?«

»Hat Siraia damals Blut geopfert, als sie ihn bat? Ich habe es jedenfalls nicht getan.«

»Und wenn er dich hört? Wenn das Tor wirklich hier vor mir erscheint?« Er bewegte die Hände, die Kette klirrte gegen das Rohr.

Das Stöhnen des Beamten ließ sie aufmerken. Noch war er nicht wach, er grunzte nur. Am Schlüsselbund, der in der

Gittertür steckte, hingen etliche Schlüssel. Sie sahen alle groß aus, zu groß für diese Handschellen. Aber in seinen Taschen vielleicht …

»Grazia«, zischte Justus vom Treppenhaus her. »Beeil dich, es kommt jemand!«

Sie starrte Anschar an, unfähig, sich zu rühren.

»Geh auf die Insel«, sagte Anschar. »Geh durchs Tor, wenn es dir möglich ist, und berichte, was geschehen ist …«

»O nein! Allein gehen? Dich hier zurücklassen? Das bringe ich niemals über mich.«

»Komm schon«, drängte Justus.

Nun hörte auch sie die Schritte auf der Treppe. »Anschar, ich muss gehen«, flüsterte sie. »Bitte halte durch.« Sie hastete durch den Korridor, schloss die Tür hinter sich und wischte sich den Angstschweiß aus dem Gesicht. Dann schritt sie betont hochmütig die Treppe hinab. Ein Schutzmann kam ihr entgegen, glücklicherweise keiner, der sie bereits im Hause gesehen hatte.

»Frollein, was …«

»Ja, das Dienstzimmer ist unten!«, fiel sie ihm unfreundlich ins Wort. »Das hat mir Ihr Kollege eben erklärt, danke. Sie sollten übrigens nachschauen, er ist vor meinen Augen ohnmächtig geworden. Es wird doch kein Herzanfall sein?«

Er rannte die Stufen hinauf, und auch sie beschleunigte ihre Schritte. Unbehelligt gelangten sie ins Freie, wo sich Grazia noch einmal umdrehte. Jeder Schritt fort von diesem Gebäude, so unheimlich, wie sie es fand, war wie durch nassen Sand.

»Die holen uns zurück«, prophezeite Justus.

»Mumpitz.« Sie schnappte sich ihren Schirm und spannte ihn auf, denn es nieselte wieder hässlich. »Ich bin doch nur ein schwaches Weib, wie hätte ich den Schutzmann schlafen schicken können?«

»Du Unschuldslamm.« Er pfiff durch die Zähne. »Scheint so, als dürfe man es sich mit dir nicht mehr verscherzen. Jungejunge, richtig durchatmen werde ich wohl erst morgen früh, wenn ich im Zug Richtung Athen sitze. Obwohl – schade eigentlich, dass die Weihnachtsferien zu Ende sind. Ist im Moment richtig aufregend hier.«

»Da sagste wat.«

Der Weg zurück durch die Kälte hatte ihr gutgetan, das Laufen ihre Gedanken abgelenkt. In der heimischen Wohnung wartete sie darauf, dass ein Polizist kam und sie die Strafe für ihre Dreistigkeit erhielt. Anschars Bild stand ihr vor Augen, wie er gefesselt in dieser schrecklichen Zelle hockte, frierend und mit abgeschnittenem Haar. Sie lugte in das Zimmer ihres Vaters. Er brütete wieder über irgendeiner Arbeit und war nicht geneigt, sie abzulenken; und ihm alles zu erzählen, brachte sie nicht über sich. Nicht jetzt. Justus hockte in der Küche und verzehrte eine Käsestulle; so schnell verdarb sich der Appetit eines hochgeschossenen Jungen nicht. Als es tatsächlich schellte, machte ihr Herz einen Satz. Sie rannte ins Treppenhaus, in Erwartung einer ganzen Einsatztruppe, aber durch das von verschnörkelter Schmiedearbeit eingefasste Glas schimmerte allein Heinrichs Gestalt.

»Herr von Neideritz!« Mit aller Willenskraft rang sie sich ein Lächeln ab. »Sie haben wirklich ein Talent dafür, unverhofft hier aufzutauchen. Einem Adelssohn schlägt halt nicht die Uhr, stimmt's?«

»Und Sie sind sehr begabt darin, kein Blatt vor den Mund zu nehmen.« Er lüftete den Hut. Hinter ihm, am Rand des Trottoirs, knatterte sein Phönix. »Wir müssen reden, bitte. Diese Sache neulich lässt mir keine Ruhe.«

Meinte er seinen unrühmlichen Abgang vor einigen Tagen? Was gab es dazu zu sagen? Dass er sich trotz der Niederlage unter ihre Augen wagte, beeindruckte sie jedoch. »Gerne. In den Lustgarten?«

»Es wäre mir eine Freude. Falls Ihr schlagkräftiger griechischer Freund nichts dagegen hat.«

»Er ist nicht da. Warten Sie einen Augenblick.« In unziemlicher Hast eilte sie wieder die Stufen hinauf, warf sich rasch in den Wintermantel, setzte den Automobilhut auf und verschnürte den Schal unter dem Kinn. Dann nahm sie ihr Handtäschchen und den Schirm und kehrte zu Heinrich zurück. Er wollte ihre Hand ergreifen, um ihr beim Einsteigen zu helfen, aber da war sie schon um den Phönix herumgelaufen und in den Sitz gesackt.

Heinrich hockte sich neben sie und umfasste das Lenkrad. »Sie wirken ein wenig überreizt, wenn ich das sagen darf.«

»Dürfen Sie.« Sie strich sich eine Locke aus der Stirn. »Aber fahren Sie zu. Ich bin für jede Abwechslung dankbar.«

Einige Minuten später brausten sie auf die Spreeinsel. Es hätte Grazia nicht verwundert, wäre Heinrich mit seinem Phönix mitten in den Lustgarten gefahren, aber er hielt dann doch dort, wo auch die Pferdedroschken ihre Fahrgäste entließen. Es nieselte nicht, daher nutzte sie den Schirm als Spazierstock. Heinrich wirkte in seinem Automobilistenmantel seltsam fehl am Platz, und er zog etliche bewundernde Blicke auf sich. Trotz des schlechten Wetters ging es lebhaft auf den Wegen zu; Paare schlenderten in einvernehmlichem Schweigen, Kinder liefen an den Händen ihrer Mütter, die Blicke sehnsüchtig auf die umherstolzierenden Tauben gerichtet. Herren standen am umzäunten Reiterdenkmal Friedrich Wilhelms des Dritten beisammen und führten wichtige Gespräche. Oder taten zumindest so. Jenseits der Granitschale ragten die riesigen ionischen Säulen des Alten Museums wie eine gewaltige Mauer auf. Sich dort drinnen verlieren, dachte Grazia, die Schritte in der Rotunde hallen lassen, die herrlichen antiken Statuen betrachten und sich fortdenken, wie sie es früher immer getan hatte …

Am Rande des Platzes, der die Schale umgab, stand ein eingesunkener Schneemann. Grazia riss ihm die Kastanienaugen aus und versuchte sie in die Schale zu werfen, aber sie waren zu klein. Unter den missbilligenden Blicken zweier Paare, die bei der Schale saßen, versuchte sie es mit faustgroßen Schneebällen.

»Wollen Sie die Leute vertreiben?«, fragte Heinrich durchaus nicht amüsiert.

»Warum nicht«, schnaufte sie. Und tatsächlich erhob sich eines der Pärchen von den Stufen rund um die hässliche Suppenschüssel und schritt erhobenen Hauptes fort. »Dem anderen mache ich auch noch Beine, passen Sie auf.«

Wasser trat über den Rand der Schale. Die Frau sprang kreischend auf und rannte mit nassem Rücken über den Platz, verfolgt von ihrem Verehrer.

»Merkwürdig.« Heinrich bot ihr den Arm. »Vielleicht sollten wir uns woanders hinsetzen. Dort drüben?«

»Ach was. Das tropft nur noch ein bisschen.« Grazia nahm vor einer der Stufen Aufstellung, und er erwies sich als Kavalier: Er knüpfte sein Halstuch ab und wischte den Stein trocken. Dann wartete er, bis sie saß, und ließ sich ebenfalls nieder, jedoch mit einem misstrauischen Blick hinter sich auf die Schale. »Merkwürdig«, wiederholte er. »Aber wenn es Ihnen zu kalt ist, hier zu sitzen, lassen Sie uns weitergehen.«

»Nein, nein.« Auffordernd klopfte sie auf ihre Knie. »Reden Sie schon.«

»Gut.« Heinrich zog die Mütze ab, wischte sich mit dem Handrücken über die Stirn und setzte sie wieder fest auf. »Ich weiß, dass ich Ihnen zuwider bin, auch wenn Sie so freundlich sind, jetzt hier neben mir zu sitzen. Ich möchte mich bei

Ihnen entschuldigen. Lassen Sie uns in Frieden voneinander gehen.«

Als hätten ihn diese Worte erschöpft, krümmte sich sein Rücken. Ein gestandenes Mannsbild, das mit einem Mal klein wirkte. Mit hängenden Schultern hockte er da, den Blick auf den festgetretenen Schnee geheftet. Eine Taube kam mit wippendem Köpfchen näher und äugte herauf.

»Ich verstehe kein Wort«, sagte Grazia und bedauerte es, kein altes Brot bei sich zu haben.

»Bitte machen Sie es mir nicht noch schwerer.«

»Wirklich!«

»Sie wollen, dass ich es ausspreche?« Er klang bitter.

»Ja, aber nur, weil ich nicht herumrätseln mag. Wofür entschuldigen Sie sich? Warum sollten Sie mir zuwider sein?«

Er zwang den Kopf hoch und sah sie an. »Sie wissen es wirklich nicht?«

»Nein.«

»Er hat es Ihnen nicht gesagt?«

»Herrgottnochmal, Herr von Neideritz! So reden Sie endlich!«

»Er war mir begegnet. Im Zug. Da hatte ich den Phönix noch nicht. Leider! Ich merkte, dass er ziemlich orientierungslos war, und er – er benahm sich, nun ja, wie sage ich das jetzt … Er benahm sich so, dass ich den Verdacht hegte, er könne nicht abgeneigt sein, mit mir …« Wieder riss er die Mütze herunter und knetete sie, bis seine Fingerknöchel weiß wurden.

»Ja?«

»Ich wollte … ich bin Männern zugeneigt!«, brach es aus ihm heraus. »Begreifen Sie endlich?«

»Nein.«

»Nun gut.« Tief atmete er durch und hob die Hände. »Ich versuche die Erklärung auf Sie zurechtzuschneiden. Zeus und

Ganymed. Hadrian und Antinoos. Achilleus und Patroklos. Sagt Ihnen das irgendetwas?«

»Ach so! Aber das stimmt ja gar nicht, es gibt keinen einzigen Hinweis in der Ilias, dass Achilleus und Patroklos ein gleichgeschlechtliches Verhältnis gepflegt hätten. Das ist eine Erfindung späterer Dichter, bei Homer hingegen … Ach, du liebes bisschen.« Sie schlug die Hand vor den Mund. »Ich glaube, der Groschen ist gefallen.«

»Gott sei Dank.« Er sank wieder in sich zusammen und deutete mit dem Daumen auf das Denkmal. »Ich fühle mich, als hätten Sie mich zehnmal um Friedrich Wilhelm gejagt.«

Sie betrachtete ihn mit neuen Augen. Derartiges kannte sie ja wirklich nur aus Sagengeschichten, und so jemand saß leibhaftig neben ihr. Sollte sie das nun abstoßend oder eher aufregend finden? »Warum haben Sie mir Avancen gemacht?«

»Somit wären wir beim Thema ›Entschuldigung‹. Wie Sie sich sicher denken können, ändert diese Neigung nichts daran, heiraten zu müssen. Man muss es sogar, bevor Gerüchte aufkommen, und man kann nur hoffen, dass es gelingt, dies und die Ehe unter einen Hut zu bringen. Bei Ihnen glaubte ich, hätte ich zumindest den Hauch einer Chance. Wir beide teilen die Liebe zur Antike. Ich hätte Ihnen ein reiches Heim geboten. Sie wären, so hoffte ich, damit zufrieden gewesen. Und, verzeihen Sie meine Offenheit, Ihre Vergangenheit hat Sie in die Lage manövriert, nicht mehr allzu lange nachdenken zu dürfen.«

»Ich verstehe. Und dann haben Sie mich mit Anschar, ich meine, mit Herrn von Argad gesehen und erkannt, dass aus diesen Plänen nichts wird.«

»So ist es.« Er stieß einen lang anhaltenden Atemzug aus.

»Ich verzeihe Ihnen.« Weshalb auch nicht? Sie hatte ausreichend andere Sorgen, da war es völlig überflüssig, Heinrich von Neideritz zu zürnen. Sie rückte ein wenig näher an ihn heran und senkte die Stimme. »Mein Gewissen ist auch nicht gerade rein. Quid pro quo, wir können ja jetzt offen miteinander reden, denn jeder muss schweigen. Ich habe nie in Griechenland gelebt. Das mit Russland ist auch Quatsch. Ich war dort, wo Anschar herkommt; allerdings kann ich das nicht näher erklären.«

»Das klingt höchst geheimnisvoll. Warum darf man das nicht wissen? Wegen eines unehelichen Kindes?«

»Bestimmt nicht.« Sie starrte geradeaus und drehte nervös den Schirmgriff. »Sie hätten nicht zufällig eine Zigarette für mich?«

»Selbstverständlich.«

Aus dem dargebotenen Silberetui zog sie eine Zigarette. Heinrichs kühle Hand stützte ihre, die andere schützte die Streichholzflamme, während sie sich vorneigte. Der Rauch kratzte unangenehm in ihrer Mundhöhle. »Da wir schon einmal bei diesem Thema sind: Kann man wirklich allein durch Beischlaf ein Kind bekommen? Ohne verheiratet zu sein?«

»Fräulein Zimmermann! Das fragen Sie mich? Einfach so?«

So hastig zog sie an der Zigarette, dass ihr der Qualm in die Lunge geriet. »Ich kann das doch nicht meinen kleinen Bruder fragen!« Ihre Stimme rasselte.

»Also gut.« Er rieb sich stöhnend durchs Haar. »Natürlich genügt es. Ich frage mich immer, wie Frauen gebildet sein und gleichzeitig so ahnungslos durchs Leben gehen können. Das kommt dabei heraus, wenn man in Höheren-Töchter-Schulen zensierte Bücher verwendet. Aber hätte Ihnen das nicht beispielsweise bei der Geschichte von Zeus und Alkmene dämmern müssen? Gut, das ist nur eine Sage. Die Kinder von Katharina der Großen sollen angeblich von Liebhabern stammen. Aber das ist nicht bewiesen. Wie wäre es mit Wilhelm dem Eroberer? Er war der uneheliche Sohn …«

»Vom englischen Mittelalter habe ich keine Ahnung«, erwiderte sie trotzig. »Davon abgesehen sinnt eine Frau nicht darüber nach, bis es ›dämmert‹.«

»Sie begeht nur eine Dummheit und steht dann wie ein begossener Pudel da? Im wahrsten Wortsinn.«

»Nun ist's aber genug!« Sie stieß die Schirmspitze in den Boden und stand ruckartig auf. Die Taube machte einen Satz zur Seite und näherte sich vorsichtig der weggeworfenen Zigarette. »Was denken Sie von mir? Ich bin weder leichtfertig noch dumm.«

Er rieb sich das Kinn, ganz eindeutig darauf bedacht, ein Grinsen zu unterdrücken. Am liebsten hätte sie die Suppenschüssel wieder aufgefüllt, zur Strafe und damit er wenigstens für kurze Zeit nicht mehr darüber nachdenken konnte, wie lächerlich sie sich soeben gemacht hatte. Sie spannte energisch den Schirm auf, obwohl es nur leicht nieselte.

»Ich möchte bitte nach Hause.«

Er erhob sich und schüttelte die Schöße seines Mantels aus. Sie marschierte los, ohne auf ihn zu warten. Wenn er Recht hatte, und sie sah keinen Grund, das anzuzweifeln – hätte sich in ihrem Bauch demnach nicht längst etwas regen müssen? Nun, diese Überlegung war müßig, und wann sollte sie je wieder Anschars Körper auf ihrem spüren? Seinen Atem in ihrem Mund? Sein gieriges, sanftes, schönes Keuchen in ihrem Ohr? Nein, zukünftig würde sie in seiner Gegenwart nur ein engmaschiges Gitter berühren. Sie duckte sich unter den Schirm und presste den Handrücken auf den Mund, um ein Aufschluchzen zu unterdrücken.

11

Anschar rückte möglichst nah an die vom Boden bis zur Decke des Gefährtes reichende Stange, damit er mit den gefesselten Händen an seine Schulter gelangen konnte. Die Narben zu reiben, half jedoch wenig. Würde er sich je an die kalte Witterung gewöhnen, sollte er dazu verdammt sein, in dieser Welt zu bleiben? Er lachte auf, was sein Gegenüber, einen Krieger des Königs, dazu veranlasste, misstrauisch die Brauen zu heben. Narbenschmerzen waren, bei Inar, das geringste seiner Probleme. Es war ohnehin nicht allein die Kälte, die ihn zittern ließ. Mehr noch erbebte er unter der Ohnmacht, die ihn mit Hass erfüllte und ihn drängte, irgendwie seine Peiniger zu erreichen und die Hände um ihre Kehlen zu legen. Als sie ihn losgekettet hatten, dort in der Kammer, hatte er sich bezähmt und war sie nicht angegangen. Auch nicht, als sie ihn in diesen hässlichen grünen Wagen gestoßen und die Hände um die Stange gezwungen hatten. Sie waren wachsam und ihre Waffen beständig auf ihn gerichtet gewesen. Dennoch bereute er seine Tatenlosigkeit. Aufrecht zu sterben, war dies nicht das Einzige, was ihm noch zu tun blieb? Mit jedem Schritt, mit allem, was sie ihm antaten, schwand die Neige der Hoffnung. Sie hatten ihn woandershin gebracht, vor einen Mann, dem er nicht einmal eines Blickes wert gewesen war. Hinter den unverständlichen Worten hatte er zu erkennen geglaubt, dass dieser über sein Schicksal verfügte und es endgültig in den Dreck trat. Wohin sonst sollte der Weg nun gehen als in eine Papierwerkstätte? Einen Kerker? Einen Richtplatz?

Zum vermutlich letzten Mal erblickte er durch die schmalen Sehschlitze des hölzernen Wagenkastens die Stadt. Sie war größer, viel größer, als er bisher angenommen hatte. Die Straßen doppelt so breit wie die Prachtstraße in Argadye. Und zehnfach so lang. Die Gebäude mit ihren zahlreichen Fenstern, Stockwerken, Gesimsen, Pfeilern wirkten, als würden sie selbst kleine Städte in sich bergen. Die bisher erblickten Häuserschluchten nahmen sich gering aus im Vergleich zu dieser Weitläufigkeit, dieser unfasslichen Größe, die sich schwer auf seine Schultern legte. Er erinnerte sich an die anfängliche Besorgnis des Meyas, König Wilhelm könne ein Auge auf Argad werfen. Damals hatte er noch nicht gewusst, dass Welten ihre Länder trennte. Wäre es nicht so, wäre Argad nur ein Erdklumpen unter dem Huf des preußischen Pferdes. Wie konnten die Menschen am Fuße dieser Gebäude laufen, ohne sich erschlagen zu fühlen? Oder erging es ihnen so, und sie ertrugen es eben? Ein jeder war nichts, so wie er, und er begriff, dass ihn die Welt aus Stein zermalmte, weil das Gebäude, in das sie ihn brachten, zweifellos ein ähnlich großes, alles verschlingendes war.

Und sie schmückten sie voller Stolz; überall waren Reliefs in die Mauern geschlagen, standen Statuen, starrten dreimal mannshohe Männer mit herrischem Blick herab. In Argad gab es wenige: Schutzgötter als Grenzsteine, die einen nicht zum Aufschauen zwangen. Es war nicht leicht, eine Götterfigur zu fertigen, hier jedoch spuckte man sie tausendfach aus, so wie sie ihre Bücher tausendfach herstellten. Aber gegen den allgegenwärtigen grauen Staub, der auf ihren Köpfen und den Kuppeln und Türmen lag und all die Pracht trostlos wirken ließ, wussten die Preußen kein Mittel.

Unwillkürlich duckte er sich, als sie unter einer Brücke hindurchfuhren, über die eines jener Eisenungetüme donnerte. Das Gefährt ruckelte, als bebe die Erde. Seine beiden Bewacher, jeder auf einer Bank ihm zugewandt sitzend, kümmerte das nicht. Sie grinsten sich an, ergötzten sich an seiner Furcht. Sie riefen sich Worte zu. »Hat man immer noch nicht herausgefunden, wo der her ist?«

»Der ist aus dem tiefsten Ural, sag ich dir. Oder noch weiter weg. Die wissen da nichts. Ich hab von Russen gehört, die gingen mit einem Wecker zum Uhrmacher und verlangten, dass er drei Taschenuhren draus macht.«

Sie lachten. Es ging über einen Fluss. »Grazia!« Er sprang auf und versuchte sich vorzubeugen. Die Frau dort in dem pferdelosen Gefährt – sie musste es sein! Sie war so unverkennbar wie das Gefährt selbst. Unter dem ausladenden Hut wehten gelöste rote Locken. Ihre Schultern, die ganze zierliche Gestalt, von ihrem passgenauen Mantel umhüllt … Aber schon hatte er sie aus den Augen verloren, und er sah nur weitere Steinbauten, noch höher, noch mächtiger.

»Hinsetzen!«

Ein Stock ging auf seinen Handrücken nieder. Anschar umklammerte die Stange und trat nach dem Mann. Der krümmte sich, mit den Händen auf dem Bauch, und sackte auf die Knie. Der andere war aufgesprungen, brüllte und schlug seinerseits mit dem Stock aus, traf jedoch nur die Stange. Anschar wollte auch nach ihm treten, doch die Bank, auf der er gesessen hatte, hinderte ihn. Der Wagen schlingerte. Aus dem Augenwinkel bemerkte er den Reiter draußen, der das Gefährt begleitete; dessen Hand zuckte nach der Schusswaffe an seinem Gürtel. Anschar duckte sich unter dem nächsten Hieb hinweg und wollte sich hochstemmen, um auf die Bank zu springen, da neigte sich der Wagenkasten zur Seite – und kippte. Konnte der kleine Tumult dies bewirkt haben? Noch während er sich dies fragte, schlitterte der Kasten über die Straße, wie von einer riesigen Faust gestoßen, und da wusste er, dass es Geeryu war.

Der Kasten drehte sich mehrfach. Die hölzernen Wände knirschten und brachen auf. Die Krieger schrien wie Kinder, während sie von einer Wand zur anderen geworfen wurden. Anschar klammerte sich an die Stange. Die Erschütterungen schienen sämtliche Knochen aus den Gelenken zu lösen. Konnte die Hündin diesen Wagen bewegen, mitsamt den Pferden, als träte sie gegen ein Stück Holz?

Der Wagen knallte gegen ein Hindernis und brach entzwei. Scharfkantiges Holz schlug gegen Anschars Kopf. Ihm wurde schwarz vor Augen. Dumpf quollen die Geräusche entsetzter Menschen an seine Ohren, das Wiehern der Pferde, das Heulen seiner Bewacher, die gegen das Entsetzen oder schon den Tod ankämpften.

Lebte er selbst noch? Er war sich nicht sicher. Er bewegte die Finger. Die Kette zwischen seinen Händen klirrte gegen die Stange. Mit aller Macht befahl er seinen Augen, sich zu öffnen.

Vor ihm erhob sich ein Teil der geborstenen Wagenwand. Dahinter die düster-grauen Steine einer gewaltigen Mauer; es mochte ein Palast sein. Eine Armlänge entfernt das leblose Gesicht eines der Krieger. Er hing kopfüber zwischen der Bank, halb auf der Stange und verkeilt in Stein und Holz. Aus seinem Mund rann Blut, es troff auf den Straßenboden. Der andere, wo war der? Anschar versuchte über die Schulter zu blicken. Er begriff, dass der Wagen, vielmehr das, was davon übrig war, schräg an der Mauer lehnte. Das Unten war nach oben gekehrt; er kniete auf dem Straßenboden, dicht über dem Kopf die Stange. Umsonst rüttelte er daran. Sie ließ sich bewegen, gab jedoch nicht nach. Er versuchte sich aufzurichten, doch seine Glieder wollten ihm nicht recht gehorchen. Das Werkzeug, um den Schließmechanismus der Handfesseln zu öffnen, befand sich ohnehin außer Reichweite. Musste er hier ausharren und hilflos auf Geeryus nächsten Angriff warten? Er zuckte zusammen, als eine Wagenwand unter Hieben erzitterte. Nein, dies war nur eines der Pferde, dessen Hinterbeine im Bemühen, sich aufzurichten, in der Luft zappelten und gegen das Holz stießen.

Wo war Geeryu?

Er schaffte es, einen Fuß gegen den Boden zu stemmen. »Inar, gib mir Kraft«, flehte er und stemmte sich hoch, so dass seine Schulter gegen die Stange drückte. Der Wagen rührte sich nicht. Die Stange saß fest, er sackte zurück auf die Knie. Verflucht! Hier liefen genug Leute herum, die ihm helfen könnten. Oder waren sie fort? Der Lärm war verebbt. Vielleicht war er noch zu betäubt, um ihn wahrzunehmen. Schatten huschten vorbei, kamen näher, verschwanden. Er zwang sich, hinzusehen. Da war der Reiter. Er kauerte auf den Knien und hielt sich die Brust. Ihre Blicke trafen sich. Er taumelte auf die Füße und wankte fort. Ein Mann neigte sich vor und konnte sich nicht entschließen zu handeln. Ein anderer schob ihn beiseite, aber auch der schaute nur. Menschen um Menschen; sie kamen näher, keuchten erschrocken auf, flüsterten, wichen zurück.

»Jemand muss ihn doch losschließen.«

»Ein Krankenwagen!«

»Hier liegt ein Toter!«

»Gehen Sie weg da, an den darf nur die Polizei heran.«

Noch ein Mann kam, leicht vorgeneigt stand er da und starrte ihn an. Seine Hand lag schützend auf dem Hut, als gebe es nichts Wichtigeres, als ihn vor dem Verlust zu bewahren. Unter dem Arm hielt er eine schwarze Tasche. Anschar warf den Kopf zurück und wollte lachen, aber es kam nur ein heiseres Krächzen. Vielleicht täuschte er sich ja. Vielleicht stand dort keineswegs Friedrich, der schlaffe Köter. Was tat er hier? War die Stadt nicht groß genug, dass man ihm in dieser unwürdigen Situation begegnen musste?

Anschar rüttelte an seinen Fesseln. *Bitte helfen Sie mir.* Grazias Worte stocherten durch sein Hirn, er schnappte sie auf, brachte sie in die richtige Reihenfolge, aber seine Stimme verweigerte sich ihm. *Wenn es nicht genügt zu knien, was nützen da Worte?*

Friedrich glotzte nur. Falls es Friedrich war. Er wagte sich einen Schritt näher heran. Doch dann wirbelte er auf dem Absatz herum und rannte.

Der Wagenkasten knirschte. Unsichtbare Kräfte hoben ihn an, zogen Anschar auf die Füße. Er packte die Stange – wenn er sie losbekommen musste, dann jetzt! Aber so sehr der Kasten beschädigt war, die verfluchte Stange blieb in den Wänden verankert.

Der Wagen hielt vor der Haustür. Diesmal wartete Grazia, bis Heinrich an ihrer Seite stand und ihr zum Aussteigen die Hand bot. Während der kurzen Fahrt hatte sie überlegt, wie sie mit ihm verbleiben sollte. Ihm auf Nimmerwiedersehen sagen? Das wäre unhöflich, und sie sah dazu keinen Anlass. Andererseits war dies vielleicht in seinem Sinne, denn unbefangen würde er ihr nie mehr gegenübertreten können. Sie schickte einen ärgerlichen Blick hinauf zum Balkon: Dort stand Justus, die Arme auf dem Geländer, den Kragen seines Jacketts gegen die Kälte lässig hochgestellt. Er tat ihr jedoch nicht den Gefallen, sich zurückzuziehen. Stiesel! »Begleiten Sie mich noch ins Haus«, bat sie Heinrich. Als ob diese Aufforderung den Abschied erleichtern würde, im Gegenteil! Sie kramte nach dem Schlüssel und fand ihn nicht.

»Herr von Neideritz.« Sie drehte sich nach ihm um. »Ich möchte …«

»Frailein Zimmermann!« Von nebenan kam Frau Pfefferberg aufs Trottoir gerannt. »Do is a Herr am Telephon. ’s hot geklingen sejer wichtig!«

Die schmale, ältliche Frau des Möbelhändlers winkte ihr heftig. »Verzeihung«, murmelte Grazia in Heinrichs Richtung und kam der Aufforderung nach. Der Hörer des Telephonapparates hing herab; sie raffte ihn auf und hielt ihn sich ans Ohr. »Bitte?«

»*Grazia?*«

»Friedrich!«, näselte sie. Dick hing der Geruch von Holz und Politur in der Luft. »Das ist ja eine Überraschung. Was ist denn?«

Schweigen. Räuspern. Dann: *»Ich verließ eben die Universität, lief gerade ein paar Schritte, und da … Am Stadtschloss ist etwas passiert. Ich wollte dir sagen, dass …«*

Mein Gott, sag's doch, dachte sie, schlimme Bilder heraufbeschwörend.

»Dass dein Schwertträger in Schwierigkeiten ist.« Er legte auf.

Sie ließ den Hörer fallen und stürzte auf die Straße, wappnete sich gegen den Anblick eines leeren Gehsteigs, doch Heinrich war nicht davongebraust, natürlich nicht; geduldig wartete er neben seinem rasselnden Phönix.

»Wir müssen zurück!« Sie rüttelte am Kragen seines Mantels und stieg auf den Sitz. »Zum Schloss. Kommen Sie, schnell!«

Er sprang in den Wagen und scherte auf die Straße aus, wo er kräftig am Steuerrad drehte, um ihn zu wenden. »Zum Lustgarten? Aber da waren wir doch gerade?«, rief er gegen den Lärm der Straße an. Er stutzte, als der Wagen schaukelte, und warf einen raschen Blick zurück. Justus hatte sich aufs Ersatzrad geworfen und hielt sich an der Sitzlehne fest.

»Justus«, schrie Grazia. »Was tust du denn da? Nein«, sie schlug auf Heinrichs Schulter, denn er machte Anstalten, wieder zu halten. »Fahren Sie, um alles in der Welt, fahren Sie! Mit Anschar ist irgendetwas geschehen.«

»Ah, um den geht's. Da er Ihnen nichts über, nun ja, worüber wir gesprochen haben, verraten hat, schulde ich ihm das wohl.«

»Danke«, hauchte Grazia; es ging im Motorenlärm unter.

»Dass irgendetwas mit ihm ist, hab ich mir fast gedacht, als Frau Pfefferberg herausgelaufen kam«, rief Justus. »Vorsicht!«

Ein Pferdegespann kam aus der Seitenstraße. Fluchend wich Heinrich aus, der Phönix geriet ins Schlingern, doch rasch hatte er ihn wieder unter Kontrolle. »Bitte schneller«, flehte Grazia. Er tat ja, was er konnte; ihre Augen tränten von dem kalten Fahrtwind, und ihre Finger taten weh im Bemühen, sich im Sitz zu halten. Sie überholten Droschken, einen Bierwagen, einen Bollewagen, einen vierspännigen Omnibus, sogar einen anderen Motorwagen. Kutscher und Insassen schauten erschrocken oder wütend, und dass kein berittener Schutzmann in der Nähe war, sondern lediglich welche, die auf dem Trottoir marschierten und nur empört hinterherglotzen konnten, war ein Glück.

Ein alter Mann setzte seinen Gehstock auf die Straße und stiefelte todesmutig oder blind und taub los. Unwillkürlich stieß Grazia die Hand vor. Ein Wasserschwall ergoss sich über den Alten, der innehielt und sich verblüfft übers Gesicht wischte. Im gleichen Augenblick brauste der Phönix an ihm vorbei. »Ich hab einen Hydranten erwischt«, schrie Heinrich und wollte sich umschauen, doch sie zerrte an seinem Kragen, damit er die Aufmerksamkeit wieder nach vorne lenkte.

»Im Leben war das kein Hydrant«, johlte Justus.

»So fahren Sie! Fahren Sie!« Grazia wusste nichts, und doch war ihr klar, dass nur das Allerschlimmste auf sie wartete. Er wäre nicht Anschar, verhielte es sich anders. Der Wagen rumpelte über den gottlob offenen Bahnübergang, dann ging es an der Spree entlang. Von weitem sah sie die

Kuppel des Stadtschlosses und die des im Bau befindlichen Domes. Wie kam es, dass ihr der Weg jetzt so viel länger vorkam als vorhin? Heinrich tat sein Bestes, hupte alles und jeden aus dem Weg und fluchte über den Ärger, den er sich mit seiner Rücksichtslosigkeit einhandelte. Das Zetern der sich rasch in Sicherheit bringenden Fußgänger, das Wiehern allzu dicht überholter Pferde, schnelles Hufgeklapper – nun doch ein Polizeipferd hinter ihnen –, all das drang nur wie durch ein dichtes Tuch geseiht an ihr Bewusstsein. Ihre Hand krallte sich in die Lehne, die andere lag auf Justus' Hand, als könne sie ihm Halt geben. Dort, die Spreeinsel. Nur ein paar hundert Meter war die Universität entfernt. Wie gut, dass ihr Vater heute nicht dort war, vielleicht wäre auch er … Allmählich nahm sie wahr, dass der Phönix nur noch schlich.

»Mein Gott«, hörte sie Heinrich murmeln. »Was ist da nur passiert?«

Mehrere Droschken kamen ihnen entgegengeprescht; die Kutscher hieben mit ihren Peitschen auf die Pferde ein. Auf den Gehsteigen, auf der Straße rannten die Menschen. Frauen hatten ihre Röcke gerafft und hielten die Kinder an den Händen; Männer liefen barhäuptig, ihre Hüte lagen im Schneematsch. Von Schreck erfüllt waren die Gesichter. Worte von Krieg und Erdbeben hingen in der Luft. Eine Frau warf sich dem Polizeipferd entgegen, zerrte an den Zügeln und haspelte Unverständliches, dabei deutete sie hinter sich.

»Fahren Sie weiter«, flüsterte Grazia, wollte es noch einmal sagen, da Heinrich sie unmöglich gehört haben konnte, doch er tat es bereits. Sie fuhren über die Brücke und gelangten auf den Schlossplatz. Hier ließ er den Wagen ausrollen.

Wann hatte sie diese breite Fläche zwischen dem Lustgarten und dem Schloss je so leer gesehen? Im Garten, hinter Büschen, kauerten einige Menschen. Auf der Schlossbrücke standen sie nah beieinander. Vor dem Schloss lag eine der acht marmornen Figurengruppen, welche die Brückenpfeiler zierten, mitsamt dem Postament aus dem Pflaster gerissen; Steine lagen auf dem Asphalt verstreut. Eine der vier Straßenlaternen inmitten des Platzes war umgestürzt. Ein toter Schutzmann, der Hals grotesk verdreht; sein Kinn ruhte fast auf dem Rücken. Noch andere leblose Gestalten in grauen Uniformmänteln. Drei tote Pferde. Ein viertes, das auf der Seite lag und sich auf die Beine zu kämpfen suchte, aber der Hinterleib schien gebrochen. Sein Wiehern, das, von spritzenden Schaumflocken begleitet, aus dem aufgerissenen Maul schrillte, das Knarren des gerissenen Ledergeschirrs – die einzigen Laute in dieser erschütternden Stille. Grazia presste die Hände an die Ohren. Warum hörte sie nicht das sonst so allgegenwärtige Pulsieren der Stadt jenseits der Menschenmenge? Oder vermochte sie es nicht zu hören? Sie wünschte sich, jemand würde das Tier mit einem Schuss erlösen, aber kein Polizist, kein Offizier war zu sehen, und auch sonst erbarmte sich keiner. Alle starrten nur.

Der Phönix hielt wenige Schritte vor einer Frau in einem Trauerkleid voll von Staub und Straßenschmutz. Sie kniete auf dem Pflaster. Offen und wirr hingen ihre ebenso schwarzen Haare herab, in denen der Wind spielte. Ihre Arme lagen schlaff an den Seiten, doch die Hände hatte sie zu Fäusten geballt. Ihre Brust hob und senkte sich deutlich; ihr Kleid war vorne eingerissen, als habe sie daran gezerrt, weil es ihre unnatürliche Atmung erschwerte. Tauben trippelten neugierig um sie, bettelten sie an: die einzigen Lebewesen, die sich an nichts störten. Geeryu blickte in den Himmel. Was sie dort sah, ließ sie lächeln. Gedankenverloren fuhr sie mit einem Fingernagel an dem verkrusteten Spalt in ihrer Wange entlang.

»Das glaube ich jetzt nicht«, sagte Heinrich dumpf.

»Potzdonner«, keuchte Justus. »Kneif mich jemand, damit ich aufwache.«

Grazia lachte irr und schlug die Finger in Heinrichs Schulter.

Er fragte sich, ob er Geeryu nicht dankbar sein sollte für den umfassenden Blick auf die Stadt, den sie ihm ermöglichte. Nicht dass es danach aussah, als würde er diesen Tag – ja, nicht einmal die nächsten Augenblicke – überleben, um davon erzählen zu können. Dennoch war er versucht, seine missliche Lage zu vergessen. Warum auch nicht? Er konnte nichts mehr tun, und dass er nicht abstürzte, wie sein Bewacher, der um Halt im Wrack des Wagens kämpfte, lag nur an seinen Fesseln. Die Finger des Mannes kratzten über das Holz. Er heulte, stotterte Worte in seiner spuckenden Sprache, während er gegen das Unvermeidliche ankämpfte. Vergebens. Seine Hände lösten sich, er fiel wie ein von einem Seil geschnittener Sack in die Tiefe. Die Menschen schrien nicht, als er aufprallte, sie atmeten nur hörbar ein.

Geeryu sackte auf einen Ellbogen. Die Anstrengung hatte sie geschwächt. Es schien, als müsse sie augenblicklich einschlafen. Doch dann setzte sie sich wieder auf. Der Wagenkasten bewegte sich. Anschar schwang die Beine hoch und verkeilte sie um die schweißnasse Stange, um den Zug in seinen Handgelenken zu entlasten. Sehen konnte er so nichts. Nur die Leute aufschreien hören. Er ahnte mehr, als dass er es sah, wie das Steingeländer, welches das Palastdach umrahmte, einige Manneslängen unter ihm auftauchte. Wollte sie ihn dort absetzen? Nein, sie wollte, dass er an der Wand zerschmetterte, während er fiel. Sie brüllte markerschütternd und streckte die Fäuste vor. Anschars Körper spannte sich an. Doch noch tobte sie sich am Boden aus. Es war die umgestürzte Doppelstatue, die sich nun bewegte und in die Luft erhob: ein Mann ohne jede Kleidung, der im Begriff war, sein Schwert zu ziehen, während die von Stoffen umhüllte Frau an seiner Seite auffordernd einen Arm hob. Beide prallten gegen eine Figur, die ein Pferd darstellte, das ein ebenso nackter Mann zu bändigen versuchte. Anschar gestattete sich die Frage, weshalb die Kunstwerke der überaus züchtigen Preußen so offenherzig waren, zumindest was die männlichen Figuren betraf. Verworrene Welt ... War Geeryus Verstand an ihr zerbrochen, dass sie so Überflüssiges tat, statt ihm endlich den Garaus zu machen? Das Pferd brach in zwei Teile und flog in die Palastmauer. Steine spritzten daraus hervor. Anschar holte tief Luft, um ihr etwas zuzurufen, da verlor der Wagenkasten seinen unsichtbaren Halt.

Der Entsetzensschrei wollte nicht aus Grazias Kehle hinaus. Oder er tat es, und sie bemerkte es unter all dem Getöse nicht. Der Arrestantenwagen, vielmehr was von ihm übrig war, schlug gegen eine der Figuren am Dachfirst. Nun hätte er endgültig in sich zusammenfallen müssen, stattdessen war es die Statue, die sich neigte und taumelnd hinab auf die Lustgartenterrasse unterhalb des Schlossbaus stürzte. Steine lösten sich aus dem Mauerwerk und prasselten hernieder. Der Wagen schrammte an der Wand entlang, hing plötzlich wieder in der Luft, um dann weiter abzusacken. Die Gesimsbänder und Ziergiebel über den Fenstern rissen ihn auseinander. Geeryu spielte mit ihrer Kraft, um Anschar zu zermürben. Die letzten Meter fiel er, und was am Fuß der Mauer liegen blieb, war nur ein Haufen grün gestrichener Bretter.

Grazia stürzte aus dem Phönix und rannte über den Platz, nur wenige Schritte an Geeryu vorbei, die rücklings lag, die Arme von sich gestreckt. Wo war sie nur hergekommen? Wie hatte sie wissen können ... War sie von ihr, Grazia, unwissentlich auf Anschars Spur gelockt worden? Hatte sie sich im Lustgarten versteckt und sie dann mit Heinrich an der Schale sitzen sehen? Sie wusste es nicht, und es war jetzt auch gleich. Grazia raffte ihr Kleid und hastete die Stufen zur Terrasse hoch, vorbei an umgestürzten Standbildern und Trümmern. Staub hing in der Luft und reizte ihre Kehle. Unter dem geborstenen Wagenkasten regte sich etwas. Eine Hand ... Dann war sie da, zerrte den Hut vom Kopf, weil er nur störte, packte ein Brett ums andere und warf beiseite, was sie heben konnte.

Anschar lag auf der Seite, atmete wirr und heftig. Um die Handgelenke trug er Eisenschellen. Seine Finger krampften sich um eine Stange.

»Du lebst.« Sie warf sich auf die Knie und betastete seinen Hals, seine Schultern unter den gerissenen Hemden, die lose um ihn hingen. Der linke Arm war blutrot, die Haut aufgescheuert.

»Tu ich das? Bin mir nicht sicher«, murmelte er mit schwerer Zunge. »Schau bitte nach, ob mein Kopf auf den Schultern sitzt.«

»Das tut er.« Ihre Finger fuhren durch sein zerrupftes Haar. »Hast du dir etwas gebrochen?« Besorgt glitt ihr Blick über seinen Leib. Auch die Hose war zerrissen, hier und da blutete er leicht, aber schlimmere Blessuren hatte er offenbar nicht davongetragen.

Er versuchte den Kopf in Richtung der Mauer zu drehen, als wolle er nachvollziehen, was geschehen war. »Die Ketten«, stöhnte er. »Kannst du ... Sie machen mich wahnsinnig.«

»Ja.« Sie sprang auf und hastete zurück auf den Platz. Möglichst wenig versuchte sie von dem grausam entstellten Gesicht des toten Polizisten wahrzunehmen, als sie den Schlüsselbund von seinem Gürtel zerrte. Wieder bei Anschar, brauchte sie einige zittrige Versuche, bis endlich die Handschellen fielen. Er trat mit dem Stiefel gegen den Wust von

Brettern, damit er endlich hervorkriechen konnte. Seine Zähne mussten bersten, so fest presste er sie zusammen, als er sich auf die Füße kämpfte. Er wankte zu dem Toten und nahm den Säbel an sich. Schließlich stand er über Geeryu und konnte sich nicht mehr halten; er sackte nieder, ihren schlafenden Körper zwischen den Knien. Mit einem heiseren Aufschrei riss er den Säbel hoch.

Ein Mauerstein prallte gegen die Klinge und riss sie ihm aus der Hand. Heinrich ließ den Stein fallen.

»Heinrich!«, schrie Grazia. »Gehen Sie weg da!«

»Er will die Frau umbringen, sehen Sie doch!«, gab er entgeistert zurück. Anschar warf sich gegen seine Beine und riss ihn um. Ein Faustschlag, und er lag still. Der Säbel glitt nach oben, mit beiden Fäusten hatte Anschar ihn gepackt. Ruckartig erhob sich Geeryu und bot ihm die erhobene Handfläche. Was dies bedeutete, wusste Grazia – sie baute ihren Schutzwall auf. Die Klinge kam zu spät, sie fuhr kreischend an der gehärteten Luft entlang. Wie immer zu spät!

Heinrich wuchtete sich auf die Knie und schüttelte benommen den Kopf. Angesichts der ein Stück über dem Boden schwebenden Nihaye schien er in fassungsloser Einfalt zu erstarren. Ihr Kopf ruckte zur Seite. Der Phönix verwandelte sich in ein Geschoss, streifte seinen Rücken und schlug in die Schlossmauer. Nichts blieb als ein metallenes Wrack. Grazia schrie auf. War Justus noch darin gewesen? Sie konnte ihn nirgends sehen. Die Furcht schwappte aus ihr in einem Wasserschwall, er dröhnte und wand sich um ihren Leib. Sie streckte die Hände nach Geeryu aus, ersehnte die Härte, die wie Veynaydros Wassernadeln auf die verhasste Nihaye niederprasselte, aber es blieb bei einem Wasserspiel, das beeindruckend anzuschauen war und nichts ausrichtete. Heinrich kroch über das Pflaster. Er weinte. Er konnte nichts begreifen.

Doch wo war Anschar? Das Wasser raubte ihr die Sicht. Sie

sah nur Schemen, sah Steine und Statuen fliegen, hörte wieder die Menschen schreien, hörte das Getrommel mehrerer Stiefel auf dem Boden, Befehle, Pfiffe, Drohungen, Flüche. Getöse, das alles überlagerte. Fest war ihr Blick auf Geeryu gerichtet. Wenn sie sie schon nicht erstechen konnte, dann wollte sie ihre Hände um ihren Hals legen. Die Nihaye wandte sich ihr zu, die kalte Miene von Verwunderung erfüllt. Die Finger spreizten sich – *sie* war es, die imstande war, jemanden zu erwürgen, sie allein. Ein Nichts aus Luft durchbrach die Wasserwand, ließ die Tropfen umherspritzen und umschloss Grazias Hals.

Anschar erlaubte sich, zu Atem zu kommen, dann prüfte er, ob seine Gliedmaßen sich bewegen ließen. Wahrscheinlich würde er erst auf dem Weg zum Totenreich merken, was er bisher alles ertragen hatte. Beide Schultern schmerzten, dass es ihn nicht verwunderte, wären die Knochen in tausend Splitter gebrochen. Seine Fingerknöchel waren blutig. In der Hand hielt er einen Revolver. Er hätte nicht zu sagen vermocht, wann er ihn aufgehoben hatte, so wenig, wie er sich erinnerte, von Geeryu über die Terrasse geschleudert worden zu sein. Aber sie hatte es getan, ihn dann mit diesem riesigen Standbild erschlagen wollen, das schräg über ihm lag, gehalten von der Palastmauer. Unter ihm sammelten sich Steine, Schutt; Staub stieg in seine Kehle und reizte ihn zum Husten. Vorsichtig drehte er sich und erblickte ein Loch in der eingedrückten Mauer. Er packte die Kanten und zog sich hindurch; schnell musste er sein, bevor der nächste Angriff erfolgte. Steine gaben nach, flogen mit ihm in das Innere des Gebäudes. Er rollte über einen weichen Teppich, stieß sich an Geröll und Holz, berührte gesplittertes Glas und blieb mit dem Rücken an einem umgestürzten Tisch liegen.

Blut behinderte seine Sicht. Er zerrte das weiße Oberhemd

herunter – es war ohnehin zerfetzt – und stillte die Blutung oberhalb der Braue. Zugleich stand er auf. Was war dies hier? Ein Raum so groß wie eine Halle, erleuchtet von künstlich erschaffenem Licht. Die Wände mit riesigen Photograpien bedeckt, von Spiegeln und goldenem Zierrat umrahmt, auf dem es vorspringende Ornamente wild trieben. Überall Gold. Goldene geflügelte Kinder starrten von der Decke herab, Frauen reckten goldene Brüste. Ein ungezügeltes Spiel von Farben und Formen, welches das Auge, seines zumindest, nicht zu erfassen vermochte. Auf der größten Photographie, doppelt so groß wie ein Mann, erhob sich der Großkönig, vor einem stolzen Pferd stehend, in roter, pelzverbrämter Kleidung. Anschar wischte sich im Gesicht herum. Standen da zwei der pfeilspitzenbehelmten Krieger an der Wand? Bei diesen Bildern musste man genauer hinsehen, um einen tatsächlich anwesenden Menschen zu entdecken. Er stürzte zu ihnen; bevor sie auch nur ahnten, was geschah, rammte er dem Ersten den Ellbogen ins Gesicht, so dass der Mann an der Wand niedersackte, und stieß den Zweiten gegen das Bild, das mit einem hässlichen Geräusch riss. Ihm hielt er den andersartigen Revolver unter die Nase.

»Zeig mir, wie man das Ding bedient!«, schrie er, obgleich er wusste, dass der Preuße nicht begreifen würde, was er verlangte. Der Krieger hielt plötzlich seinen eigenen Revolver hoch. Das Rohr drückte gegen Anschars Wange. Sein Daumen betätigte einen seitlichen Mechanismus.

»Danke«, sagte Anschar, schlug ihm den Helm herunter und den Griff gegen die Schläfe. Was er gesehen hatte, wiederholte er und hoffte, dass die Waffe nun schussbereit war. Er wollte zu einem der gesplitterten Fenster laufen, als er neben einem Tisch, ebenso golden und überladen wie alles hier, einen weiteren Mann entdeckte.

Anschar deutete mit der Waffe auf ihn, während sein

Blick zu dem Gesicht auf dem beschädigten Reiterbildnis flog. Der dort am Tisch stand, trug dunkelblaue Kleidung, doch das verschlungene Muster von goldenen Schnüren und glänzendem Schmuck auf seiner Brust glich jenem auf dem Bildnis. Derselbe eigenartig nach oben deutende Oberlippenbart. Dieselbe Kerbe im Kinn. Derselbe ruhige, überhebliche Blick, mit dem der Großkönig so tat, als gehe ihn der Tumult dort draußen, der seinen Palast ruinierte, nicht das Geringste an.

Mit vorgestreckter Waffe schritt Anschar auf ihn zu. Wilhelm zuckte nicht zurück. Auch dann nicht, als das Rohr fast seine Wange berührte. Auch dann nicht, als Anschar mit der linken Hand das gekrümmte Schwert des Königs aus der Scheide zog.

»Ich sollte dich büßen lassen für das, was dein Land mit mir gemacht hat.« Er nickte zu dem bewusstlosen Krieger. »Aber ich kann es nicht, denn im Grunde bin ich das Gleiche wie er dort – nur für einen anderen König. Und dieser würde es nicht gutheißen.«

Wenigstens niederschlagen wollte er ihn, wenigstens dies. Seine Hand zuckte, aber sein Gegenüber stand starr. Der Mann war groß, nur wenige Handbreit kleiner als er. Sein linker Arm war kürzer als der andere, das hatte Grazia einmal erwähnt. Er verbarg es geschickt.

Geschrei erklang jenseits einer Tür. Die Türflügel bebten, konnten jedoch nicht geöffnet werden, denn der Schutt blockierte sie. Aber es war nur eine Frage der Zeit, bis weitere Krieger hereinstürmen und ihn überwältigen würden. Er rannte zu dem zerborstenen Fenster. Es drängte ihn, hinauszuspringen und sich auf Geeryu zu stürzen, aber so sinnlos durfte er nicht handeln. Er hoffte, dass sie wieder müde war, auf dem Pflaster lag. Fahrig wischte er sich den Staub aus dem Gesicht. Der ganze Platz war in graue Wolken gehüllt.

Er sah es nicht, aber von diesem Palast musste einiges mehr eingestürzt sein als die kleinen Lücken bisher. Blau und grau gekleidete Krieger lagen unter Steinen und Glas. Von irgendwoher erklang ein auf- und abschwellender Ton. Hinter ihm hämmerten Fäuste gegen die Tür. Rasch warf er einen Blick zurück. Der Großkönig hatte sich hinter seinen wuchtigen Tisch zurückgezogen, die Hände auf die Lehnen seines goldenen Stuhls gelegt und starrte ins Leere.

Anschar stieg über die Brüstung und sprang auf die Terrasse. Der Sockel eines der Standbilder versperrte ihm die Sicht. In seinem Schutz näherte er sich und spähte daran vorbei. Geeryu stand bei Grazia, diese war vom Scheitel bis zum Stoff ihres Kleides durchnässt. Aus ihren Fingern rann das Wasser; die Tropfen umhüllten sie, als besäßen sie eigenes Leben. Aber wach und bei Verstand schien Grazia nicht zu sein. Ihr Gesicht war bleich, die Lippen waren weit geöffnet, die Augen hingegen halb geschlossen. Die Hündin hatte sie in ihrem Griff, nur wie, das erkannte Anschar nicht. Er zielte auf Geeryus Kopf. Sie sah ihn nicht. Wenn es gelang, würde sie sterben ohne zu wissen, wie er sie getötet hatte. Eine solche Waffe war dem Ersten der Zehn unwürdig.

Sein Zeigefinger löste den Mechanismus. Nichts. Er versuchte es erneut. Nichts! Ärgerlich schlug er die Waffe gegen den Sockel. Da ertönte der Knall, auf den er gewartet hatte. Unverlässliches Zeug!

»Sklave.« Das Silber in Geeryus Augen schien vor irrwitziger Freude noch stärker zu erstrahlen. Sie wandte sich ihm zu und rief: »Wage es nicht, deine Waffen erneut gegen mich zu erheben, sonst stirbt sie. Fort mit ihnen.«

Er trat hervor, schritt die Stufen hinab und ließ Revolver und Schwert fallen.

»Nein. Nein«, sie deutete auf das Schwert. »Das behalte doch.«

»Wozu?« Er hob es wieder auf. »Ich weiß so gut wie du, dass ich damit nichts ausrichten kann.«

»Aber ich kann es.« Sie lächelte.

Die Wolkendecke hinter dem Dunst aus Steinstaub brach auf. Nur eine winzige Lücke, ein blauer Fleck, die Ränder von der verborgenen Sonne erhellt. Wie ein Fensterchen in die andere Welt. Grazia wollte schweben, hinauffliegen, fort, nur fort. Blitze tanzten vor ihren Augen. Ein Finger aus gefestigter Luft hatte sich in ihren Mund geschoben und würgte sie. Um ihren Hals lag ein Ring aus Luft. Luft, die sie nicht atmen konnte. Alle verbliebene Kraft musste sie aufbieten, irgendwie die Lungen zu füllen. Weiter zu überleben, Sekunde um Sekunde. Schlaff hing sie im Griff der Nihaye. Sie hockte auf dem Boden, in einer kalten Wasserlache. Ihr nutzloses Wasser! Hatte sie je damit etwas Sinnvolles bewerkstelligt, was über das Löschen des Durstes in der Wüste hinausging? Sie konnte sich nicht erinnern. Der letzte Gott, der Gott des Wassers, hatte sie erwählt und ihr seine Gabe geschenkt, aber seine Wahl war schlecht gewesen.

»Töte sie.«

Mich? Wer? Grazia senkte die Lider. Es fiel ihr schwer, die nähere Umgebung zu betrachten, denn das Halseisen aus Luft lag dicht unter ihrem Kiefer und zwang ihren Kopf in den Nacken. Anschar stand dort, so verletzt und zerrissen, dass es ihr wehtat. In seiner gesunkenen Hand hielt er einen äußerst kostbaren Säbel mit vergoldetem Griff und Bügel. Ein hellgraues Portepee mit weißer Quaste hing daran.

»Töte sie. Mach schon, gehorche, Sklave. Oder hast du in der kurzen Zeit vergessen, wie das geht? Mallayur duldete es in seiner Güte, wenn du dich bockig zeigtest, ein wertloses Sklavenleben auszulöschen, o ja, ich erinnere mich. Komm, ich helfe dir.« Geeryu schwebte ihm entgegen, einige Meter nur, dann stand sie an seiner Seite. »Ja, du möchtest *mir* jetzt das Ding in die Brust stoßen, ein zweites Mal, nur bin ich nicht mehr so schwach wie damals. Du merkst es, nicht wahr?«

»Was redest du so viel«, presste er zwischen den zusammengepressten Zähnen hervor. Sein Gesicht rötete sich im Bemühen, die Waffe gegen sie zu erheben. Aber sie hatte ihn ebenso in ihrer Gewalt.

Grazia sehnte sich danach, ihr Wasser zu härten und sie damit zu erschlagen, zu erstechen, was auch immer. Ihre Finger zuckten nur. Sie versuchte sich vorzustellen, wie das Wasser Geeryus Körper füllte, ihre Lungen und all ihre anderen Organe zum Bersten brachte. So sehr strengte sie sich an, dass ihr Kopf unter den Schmerzen zerspringen wollte. Die Nihaye schien ihren Zugriffsversuch zu spüren; ärgerlich verfinsterte sich ihr Gesicht. Der Druck um Grazias Hals verstärkte sich, so dass ihre nötige Konzentration wie aus einem aufgeschlitzten Wasserbeutel rann. Wo war Heinrich? Konnte er nicht helfen? Ihre Augen suchten ihn. Auf der Treppe zur Lustgartenterrasse lag er, krümmte und wälzte sich. Wenigstens lebte er. Nur zwei Schritte entfernt hatte sich eine Steinlawine auf den Platz ergossen, fast bis hinüber zum Lustgarten. Ein Teil der Schlossmauer stand nicht mehr. Tönte da nicht ein Martinshorn? Jetzt war wieder alles still. Oder allein für sie, Grazia, war es still, während abseits ihrer Wahrnehmung die Stadt dröhnte.

Anschar hob den Säbel. Er musste doch wissen, dass er Geeryu so nicht besiegen konnte. Aber weshalb war sein Gesicht so verzerrt? Weshalb freute sie sich? Sie schwebte ein Stück zur Seite. Grazia sah ihren schmutzigen Finger auf sich weisen.

Er machte einen Schritt auf sie zu. So abgehackt – ähnlich wie Geeryu es tat. Er brüllte widerwillig. Und da begriff

Grazia: Nicht er bewegte sich. Die Nihaye tat es für ihn. Nicht er packte den Säbel mit beiden Händen übereinander und hob ihn. *Sie*.

Grazia griff sich an den Hals, unterhalb der Luftschlinge. Nein, o Gott, nein … »Gott … das Tor«, wisperte sie beinahe lautlos. »Schick ihm das Tor, bevor er zuschlagen muss. Das Tor. Das Tor …«

Mit aller Kraft hob sie die Hände. Ihre Augen schlossen sich. Sie glitt zurück zu jenem Moment im kahlen Wald, als der letzte Gott ihr diese Gunst erwiesen hatte. Konnte er sie hier hören, falls er frei war? Er war der Wanderer zwischen den Welten, er konnte es, und er brauchte kein Blut, wie Anschar es glaubte. Wenn er frei war … Ihr ganzes Sehnen richtete sich auf das Erscheinen der hellen Lichtsäule. In ihren Fingerspitzen kribbelte es; sie wurden feucht, wurden von Hitze und Eiseskälte zugleich umflossen.

Und da sah sie es hinter den geschlossenen Lidern aufblitzen.

Zaghaft, weil sie nicht enttäuscht werden wollte, öffnete sie die Augen. Aber da war das Tor – nein, nicht ganz. Ähnlich wie im Wald hatte es sich nicht vollständig materialisiert. Ihre Handflächen berührten es, ließen die wie milchiges Glas schimmernde Fläche aufleuchten. Von ihren Fingerspitzen kroch Wasser, gläsern, in alle Richtungen, und schloss die Lücken. Grazia wurden die Hände schwer, sie sackten ihr in den Schoß. Das Tor hielt still. Warum so zögerlich, Gott ohne Namen? Sie hatte gesehen, damals nach dem Brand in Heria, wie schnell es ihn umschloss. In Windeseile war es erschienen und hatte ihn fortgetragen. Was war hier anders? Ein ungeheuerlicher Verdacht kam ihr: Nicht der Gott rief das Tor. Sie selbst. Er hatte es ihr im Wald gar nicht schicken können; er war noch gefangen gewesen, war es immer noch.

Nein, das war undenkbar. Und doch fühlte sich diese Erkenntnis gewisslich an. Sie hob wieder eine Hand, ersehnte das Erscheinen, und da wuchs es wieder deutlicher aus der Luft. Es konnte nur so sein.

Du hast die Macht, dem zu helfen, der den Fluch beenden kann. Aber es steckt mehr dahinter als nur das.

Und dies war nicht, was Veynaydro zu tun imstande gewesen war. Wasser zu Nadeldolchen zu festigen, das war nur die Spielerei eines zu Tode gelangweilten Mannes.

Sie zwang ihre Gedanken auf das Tor, und schließlich stand es vor ihr in voller, leuchtender Pracht. Sein Schein spiegelte sich auf Anschars verzerrtem Gesicht. Es ließ Geeryus Augen wutentbrannt aufblitzen.

Doch die Freude über ihre Entdeckung schwand sogleich, als Grazia erkannte, dass Anschar auch jetzt nicht durch das Tor gehen konnte, da er an Geeryu gefesselt war. Oder würden sie alle miteinander hindurchjagen? Es war nicht möglich, das Tor half nichts! Grazia glaubte in sich zusammenzusacken, obwohl sie sich nicht bewegte. Und als hätte es noch dieses letzten Beweises bedurft, dass das Erscheinen des Tores wahrhaftig in ihrer Hand lag, begann es sich aufzulösen. Sie konnte ihm nur hinterherweinen. Letzte Lichtblitzte zuckten auf, dann war es fort.

»Was war das?«, rief jemand im Ton höchsten Entsetzens. Etliche Männer in Uniformen umstanden die Szenerie. Weshalb kamen sie erst jetzt? Oder war Grazias Zeitempfinden ein anderes gewesen, und all das hatte sich innerhalb weniger Minuten abgespielt?

Erschießt die Frau!, schlug es in ihrem Kopf. Erschießt sie, erschießt sie. *Erschießt sie!*

Aber sie würden es nicht tun, sie sahen ja nur eine heruntergekommene Frau, wunderten sich sicherlich über den Silberglanz ihrer Augen, aber konnten nicht verstehen, dass sie für die Zerstörung verantwortlich war. Anschar jedoch, der war ein Mann, und er hielt den Säbel erhoben.

»Schlag ihr endlich den Kopf ab«, zischte Geeryu. Anschar stieß einen unmenschlichen Schrei aus, als sie ihn weiter vorwärts zwang. Sein Körper zuckte im Bemühen, sich ihrem Zugriff zu entziehen, aber seine Füße taten einen abgehackten Schritt. Den nächsten. Den nächsten. Dann stand er vor Grazia, die Klinge halb erhoben. In Bächen rann ihm der Schweiß von den Schläfen, Adern traten rot hervor, seine Halsmuskeln waren straff gespannt; er tat alles, um sich Geeryus Luftgriffen zu entziehen, er fluchte und flehte alle Götter an. Irrsinn, dachte Grazia. Seine Züge verschwammen vor ihren tränenden Augen. Der Zug um ihren Hals verstärkte sich noch. Vielleicht erstickte sie, bevor das Unfassliche geschah. Sie betete darum.

Die Männer schrien, er solle den Säbel fallen lassen. Pistolenläufe zeigten auf ihn. Unter ihren Stimmen eine hellere, kratzige, sich überschlagend.

»Bleib von meiner Schwester weg, sonst bring ich dich um.«

Justus hielt eine Pistole auf ihn gerichtet. Seine Hand schlotterte, und er umschloss sie mit der anderen, um sie stillzuhalten. Sein Gesicht war weiß wie der Marmor der Statuen, der Mund zu einem schmalen Strich zusammengepresst. Tränen troffen von seinem Kinn.

Grazia bewegte die Lippen. Sinnlos. Was sie mit dem Mund nicht sagen konnte, versuchte sie in ihren Blick zu legen. Lass es. Es ist ein Irrtum. Schieß auf *sie*.

Er verstand sie nicht. Er sah sie nicht einmal an. Nur ihn, Anschar. »Geh weg von ihr, sonst …«

Der Säbel ruckte in die Höhe.

Justus kniff die Augen zusammen, wandte den Kopf zur Seite und schoss.

Der Knall war anders. Als durchschlüge die Kugel eine dicke Schicht aus Glas. Grazia fühlte sich durchgeschüttelt. Plötzlich war sie frei. Sie konnte atmen. Geeryu taumelte einen Schritt zurück, die Augen weit aufgerissen – vor Schmerz? Anschar ließ den Säbel sinken, riss ihn wieder hoch und drehte sich um die Achse. Die Klinge fuhr durch Geeryus Hals. Ihr Kopf kippte zur Seite und schlug auf den Boden. Blut schoss aus ihrem Leib in die Höhe. Langsam fiel sie in sich zusammen. Ihre rechte Hand kam auf ihrem Kopf zu liegen, verdeckte die Augen, deren Silberglanz erloschen war. Jetzt schlaf ewig, dachte Grazia, die schreien wollte vor Erleichterung, so grausig der Anblick auch war.

Aber weshalb war Anschar so bleich? Weshalb ging er in die Knie? Seine Finger spreizten sich, ließen den Säbel fallen, der mit klirrendem Misston aufs Pflaster fiel. Der Länge nach sackte er hin und rollte auf den Rücken. Kraftlos streckte er sich nach ihr aus.

Grazia kroch zu ihm, umfasste seinen Kopf und küsste seine Augen. Ein roter Fleck breitete sich auf seinem Unterhemd aus, mitten auf dem Bauch. Nein, nicht das … nicht jetzt noch … Tränen sprangen aus ihrem Gesicht. Ihre andere Hand fuhr unter sein Hemd. So viel Blut, so erschreckend viel Blut, dass sie die Einschusswunde kaum ertasten konnte. Ihre Finger verloren sich darin.

»Feuerköpfchen …«

»Ich bin hier … hier. Spürst du mich?«

Sein Bauch drückte sich in Stößen ihrer Hand entgegen. Wild fuhren ihre Lippen über sein Gesicht, ertasteten das Leben, solange es da war. Er berührte ihr Haar, einen kurzen Moment nur.

EPILOG

Grazia betrachtete die weiß getünchte Zimmerdecke, den Stuck mit dem Grauschleier in den Ecken. An den Füßen ertastete sie die Bettpfanne. Es war wieder eisig kalt geworden in den letzten Tagen, eine dicke Schneeschicht lag frisch auf den Dächern. Von draußen hörte sie das Kratzen des Schneeschiebers, mit dem der Hausmeister das Trottoir freilegte. Noch war es dunkel, die Nacht nur von den Straßenlaternen mattig erhellt. Sie warf sich auf die Seite, erhoffte sich noch ein wenig Schlaf. Aber wie stets in den letzten Nächten, wenn sie erwacht war, sprangen die Bilder sie an, als wühle sie sich durch ein Photoalbum. Sogar den Geruch des Blutes bekam sie nicht mehr aus der Nase. Schlief sie doch, träumte sie wirres Zeug. Anschar, der Gefangene, der sich in den letzten Gott verwandelte und hinter einer Wand aus Eis starb. Aufstöhnend rollte sie auf den Rücken. Nicht immerzu daran denken, nicht … Sie schloss die Augen, streckte die Hand aus und begab sich an einen anderen Ort.

Der Wald, das Haus der alten temenonischen Königsgemahlin Jalaraia. Grazias Gang durch die Düsternis. Der Schamindar, der aus ihrer Hand getrunken hatte. Das Tor … Wie eigenartig, dass es nicht mehr nötig war, verzweifelt zu sein, sich selbst zu verlieren, um die Gabe wirken zu lassen. Beim ersten Mal dort im Kahlwald war es so gewesen, ja, aber nun, da sie um ihre Fähigkeit wusste, war es nicht anders, als gewöhnliche Wasserströme aus den Fingern fließen zu lassen; jene Ströme, die nicht einfach alles nässten, sondern sich kanalisierten, in der Luft ausbreiteten, unregelmäßige Ringe und Linien bildeten, sich schließlich zu einer Säule aus Licht verbanden. Kühle umschloss ihre Finger, und als sie die Augen öffnete, stand das Tor wie eine Nachtgestalt neben ihrem Bett. Es warf seinen Schein auf die Bettdecke, die Möbel, die Zeichnungen aus Argad auf ihrem Damenschreibtisch, welche sie in den letzten Tagen so oft betrachtet hatte. Es reichte bis knapp an die Zimmerdecke, und Grazia fragte sich, wie es wohl wäre, wenn das Haus nicht so hohe Decken hätte. Wäre der Raum niedriger, würde das Tor sich ducken?

»Du bist so schön«, flüsterte sie. So machtvoll war es ihr immer erschienen, und jetzt stand es mit einer Unschuld da, als wolle es sagen: Ich bin kein Wesen, ich bin nur ein Gebilde aus Licht und Wasser. Mit welcher Leichtigkeit sie dem Licht befehlen konnte! Sie spielte auf der milchigen Oberfläche; wo ihre Fingerkuppen sie trafen, leuchtete sie stärker auf. Sie konnte die Finger hineinstecken und nach unten ziehen, als kratze sie daran, und dann hinterließ sie dunkle Schlieren, die rasch wieder verschwanden, so wie man weiße Linien mit den Nägeln über die Haut zog. Dreimal hatte sie das Tor seitdem gerufen, nur sich hineinzustellen hatte sie nicht gewagt.

Warum hatte der letzte Gott ihr nichts davon gesagt? Ach, käme er doch jetzt, es ihr zu erklären. Aber er kam nicht, auch auf ihre dringendsten Bitten nicht, was ihr bestätigte, dass er nach wie vor gefangen war. So blieb ihr nur, sich die Antworten selbst zu geben. Schwierig war das nicht.

Warum?

Was hättest du dann getan? Heulend in der Ecke gesessen und um den Verstand gekämpft? Es brauchte seine Zeit.

Vielleicht …

Wärest du gleich beim ersten Heimweh verschwunden?

Vielleicht …

Hätte der Fluch endgültig gesiegt, weil du nicht da gewesen wärest, um Anschar nach Temenon zu bringen?

Ja.

Seine Welt wäre tot. Jetzt lebt sie.

Tat sie das? Diese Frage konnte sie nicht beantworten, dies musste sie mit eigenen Augen sehen. Und die andere … Warum ich? … eine andere Antwort als diese würde sie nie bekommen: *War denn meine Wahl falsch?*

»Aus deiner Sicht nicht!«, knurrte sie das Tor an, als sei es der Gott, der neben ihr am Bett stünde. War es nötig gewesen, dass ihr so viel Leid daraus erwuchs? Aber ob sie den Mann, dem sie hatte helfen sollen, liebte oder hasste oder ob sie gar nichts empfand – dies waren Dinge, die auch ein Gott nicht beeinflussen konnte. Sie warf die Bettdecke zurück und setzte sich. Das Tor löste sich auf, letzte Lichtspiele an die Wände werfend. Grazia tastete nach der Zugschnur an der Decke und knipste die elektrische Lampe an.

Ihr Gesicht im Spiegel war bleich. Nichts war von der Wüstenbräune geblieben, die Sommersprossen hielten sich im winterlichen Zaum. Ihre Wangen waren wieder voll, sie hatte in den letzten Wochen ordentlich gegessen. Sie hockte sich auf den Nachttopf, wusch sich am Waschschüsselständer und ordnete notdürftig die vom Schlaf zerzausten Haare. Dann schlüpfte sie in Pantoffeln und Morgenrock und verließ das Zimmer. In der Küche klapperte das Geschirr. Im hell erleuchteten Salon saß ihr Vater am Esstisch, die Tageszeitung in den ausgebreiteten Händen. Zigarrenrauch stieg hinter der Zeitung auf. Grazia nahm sie ihm aus der Hand, hockte sich auf seinen Schoß und schmiegte die Wange an seine.

»Ah, dich wollte ich gleich wecken.« Er legte den Stummel in den Aschenbecher und drückte ihr einen feuchten Kuss aufs Auge. »Wie hast du geschlafen?«

Sie brummte nur und drückte sich noch fester an ihn.

»Eben war ich bei Pfefferbergs. Ich sollte wirklich über die

Anschaffung eines Telephonapparates nachdenken, anscheinend kommt man heutzutage ohne so etwas nicht mehr aus. Jedenfalls ist es mir endlich gelungen, deinen Besuch im Krankenhaus zu erwirken, gleich nachher.«

»Ja«, flüsterte sie, erschrocken und dankbar zugleich. »Wenn ich nur endlich sehe, was mit ihm ist!«

»Das weiß ich auch nicht. Nachher werden wir es erfahren, vertrau mir.«

Leise weinte sie die Anspannung der letzten Tage in seine Schulter. Diese Zeit der Ungewissheit war das Furchtbarste, das sie je durchgestanden hatte. Dass Anschar lebte, hatte man ihnen gesagt, aber darüber hinaus kein Wort; dies waren Informationen, die sie nicht erhalten durften. Die Hand des Vaters strich beruhigend über ihren Hinterkopf. Auf dem Tisch sah sie den Zeitungsstoß liegen, der sich angesammelt hatte. Extrablätter. Alle ergingen sich in lustvollen Spekulationen. Hatte die Erde gebebt? Ein Bombenattentat? Wer war die Frau in Schwarz, wer der Mann, der sie mit dem Säbel des Kaisers erschlagen hatte? Mit Grauen dachte sie daran zurück, wie sie zwei Tage im Krankenhaus gelegen und der Polizei Rede und Antwort gestanden hatte. Justus war es ebenso ergangen, sein Schulbesuch in Athen aufgeschoben. Dann, als sie endlich nach Hause hatten gehen dürfen, waren es die Zeitungsreporter gewesen, die sie mit Fragen beworfen hatten. Sogar vor der Haustür hatten sie ausgeharrt, taten es vielleicht heute noch. *Mörder, Totschläger, Attentäter*. Grazia reckte sich nach einem der Blätter und zerriss es wütend hinter dem Rücken ihres Vaters.

»Was werden sie mit ihm tun?«, fragte sie.

»Ihn so bald wie möglich ins Lazarett des Königlichen Untersuchungsgefängnisses Moabit verbringen, nehme ich an. Und dann? Er hat unter den Augen etlicher Leute eine Frau geköpft. Bleibt er hier, endet er unter dem Fallbeil, und wenn sie sich noch so viel Mühe gegeben haben, ihn vorher zusammenzuflicken.«

»Ich muss ihn von hier fortbringen.«

Er zog sie an den Schultern zurück, dass er sie ansehen konnte. »Ich wusste, dass du das sagen würdest. Bist du denn sicher, dass du es kannst? Du hast nur eine einzige Chance; später in Moabit kämst du nicht an ihn heran. Lass mich aufstehen.«

Sie rutschte von seinem Schoß. Von ihr abgewandt, tat er ein paar Schritte, die Arme hielt er verschränkt.

»Bin ich mir sicher, dass ich dich gehen lassen will?« Da war ungewohnte Strenge in seiner Stimme. »Mir ist der Gedanke nicht wohl, dass du dort Schwierigkeiten haben könntest, nur wegen dieses Lochs da in deinem Ohr. Auch wenn sie die Sklaverei abschaffen wollen, in den Köpfen wird sie lange bleiben.«

»Anschar hat mich immer vor allem schützen können.«

»Das kann er jetzt aber nicht mehr!«, rief er mit ungewohnter Schärfe. Er riss sich die Brille von der Nase und säuberte sie an seiner Hausjacke mit wuchtigen Bewegungen. »Vielleicht habe ich doch einiges falsch gemacht mit dir. Ich frage mich das öfter, als du denkst.«

»Papa«, flüsterte sie bestürzt.

»Dann wärst du vielleicht nie in die Arme dieses Gottes gelaufen.«

»Papa! Was hast du nur?«

Er setzte sich die Brille auf, nahm sie wieder ab und putzte weiter, als könne er sich nicht erklären, wo die Feuchtigkeit herkam. »Ich weiß ja, dass du gehen wirst. Gehen musst. Irgendwie hab ich's die ganze Zeit noch leugnen wollen, aber deine Fähigkeit ist der sichtbare Beweis, dass du nicht mehr hierhergehörst. Ich möchte dich schlagen, dich einsperren, aber was hilft uns das. Kein Wort mehr davon. Du gehst.«

Adele kam mit dem Frühstückstablett, und er setzte sich an den Tisch, als sei nichts gewesen. Grazia räumte die Zeitungen beiseite. Der Duft des Kaffees weckte die Illusion, dies sei ein Tag wie jeder andere. Das Dienstmädchen trug den Korb mit Brötchen, den Honigkrug, die Butterdose und zwei Gedecke auf. Fragend blickte der Vater sie an. Sie schüttelte den Kopf. »Der junge Herr möchte immer noch nicht aus seinem Zimmer heraus.«

Grazia war im Begriff, sich zu setzen; nun marschierte sie an seine Zimmertür. Energisch klopfte sie an. »Justus, Herrgottnochmal, so geht das nicht weiter. Wie lange willst du dich noch verbarrikadieren?«

»Was geht's dich an«, kam es kaum verständlich hinter der Tür hervor.

»Ich gehe heute. Nach Argad.«

Sie horchte. Füße schlurften über den Boden. Die Tür öffnete sich einen Spalt, und bevor er sie wieder zuhauen konnte, schob sie sich ins Zimmer.

»Du gehst?« Schreck stand in seinem Gesicht, das um einige Jahre jünger wirkte, so verloren blickte er drein. Oder älter, weil es so viel Schlimmes gesehen hatte. Rot verweint war es nicht. Sie legte die Hände an seine Wangen und streichelte sie, was er zögerlich geschehen ließ.

»Das hast du dir doch bestimmt gedacht, oder? Ach, Justus.« Ihre Daumen rieben kräftiger. »Hör auf, dich zu grämen. Ich sage es noch einmal: Ich hab dir verziehen.«

»Es war Notwehr, hat die Polizei gesagt.« Seine Lippen zitterten.

»Natürlich.«

»Er – er kann es nicht entschuldigen.«

»Vielleicht doch, aber das kann ich dir nicht versprechen.«

»Sag es ihm. Bitte.« Er wischte sich mit dem Pyjamaärmel über die Nase.

»Tu ich. Kommst du jetzt frühstücken?«

Er schüttelte den Kopf, schlich zum Bett zurück, ließ sich auf die Kante fallen und griff zu dem Buch auf seinem Nachttisch. Der alte, zerfledderte *Kurier des Zaren*. Grazia kehrte an den Frühstückstisch zurück, wo sie mit Mühe ein halbes Honigbrötchen bezwang. Aufregung bemächtigte sich ihrer, und sie machte sich sogleich daran, sich anzukleiden. Das Korsett? Nun, noch war sie in Berlin, da brauchte es das. Ein hellgrauer Rock, eine weiße Bluse, denn in der anderen Welt würde es gewohnt warm sein. Die Haare hochzustecken, hatte sie keine Ruhe; sie flocht nur einen dicken Zopf und warf ihn auf den Rücken. Mitnehmen konnte sie diesmal wenig, denn mit einem Koffer würde man sie gewiss nicht ins Krankenzimmer lassen. Wäre sie nur schon dort!

»Schade, dass Sie keine Postkarte schicken können. Über eine argadische Briefmarke tät ich mich freuen.« Adele lachte unsicher und schüttelte Grazias Hand. »Kommen Sie gut an, Frollein. Und machen Sie sich keine Gedanken um Ihre Männer, ich pass auf sie auf.«

»Ein beruhigender Gedanke. Aber er hier«, Grazia legte den Arm um Justus' Schultern, »er fährt ja ohnehin jetzt nach Griechenland, oder?«

»Muss ich ja«, brummte Justus.

»Tja, wird wieder ganz schön ruhig werden daheim«, sagte der Vater.

Sie lächelte den blassen Bruder an, und er schaffte es, ein freundliches Gesicht zu machen. Draußen hielt die Mietdroschke. »Grüßt Tante Charlotte. Herrn von Neideritz. Und alle, die sonst nach mir fragen.« Heinrich ging es gut, das wusste sie, denn er hatte es sich nicht nehmen lassen, einen unverfänglichen Biedermeierstrauß mitsamt Karte an ihr Krankenbett zu schicken. Er hatte einige Prellungen davongetragen, sonst fehlte ihm nichts. Sicherlich würde er bald in einem neuen Wagen durch die Gegend schwirren, auf Leukas weitergraben und andere Ablenkungen suchen.

Ohne nach links und rechts zu schauen, ob wirklich Reporter lauerten, lief sie in Begleitung ihres Vaters zur Droschke. Er öffnete den Schlag und stieg hinter ihr ein. Die Räder wühlten sich durch den Schnee. Grazia winkte hinter dem Fenster. Ihr Haus, ihre Straße. Wieder ein Abschied. Für wie lange diesmal?

»Was wirst du sagen?«, fragte sie ihn, ohne den Blick losreißen zu können. Auf aufgespannten Schirmen tanzten dicke Schneeflocken. Die Kleidsäume der Frauen waren weiß und nass; die Gehstöcke der Männer hinterließen Spuren wie Fährten. Jede winterliche Kleinigkeit sog Grazia in sich auf.

»Erst bist du bei Verwandten in Pommern, du musst dich ja schließlich von der Aufregung erholen. Dann Russland? Athen?« Sie hörte heraus, wie er schmunzelte. »Das Übliche eben. Das soll nicht deine Sorge sein. Irgendwann kriegen wir das mit deinem parallelen Lebenslauf noch ganz perfekt gezimmert.«

Blind tastete sie nach seiner Hand. »Ist's wieder gut?«

»Wegen vorhin? Nein, aber lass dich nicht bekümmern, ich werde damit fertig. Kannst du das Tor jetzt eigentlich bedienen? Ich meine, lenken?«

»Wie eine Maschine? Nicht dass ich wüsste. Warum fragst du?«

»Nun, ich würde dich gern besuchen.«

»Du in Argad?« Überrascht wandte sie sich ihm zu.

»Wieso nicht? Hältst du mich für einen Schreibtischtäter? Papperlapapp! Ich würde mich gern davon überzeugen, dass das mit der Sklaverei wirklich kein Problem mehr ist. Du kannst jederzeit wieder herkommen. Du kannst mich mitnehmen. Das ginge doch, oder?«

Sie nickte langsam. »Aber lass mich nichts versprechen, was ich vielleicht nicht halten kann. Das Tor ist trotz allem eine ziemlich unberechenbare Angelegenheit.« Sie konnte es rufen, öffnen oder wie immer man das nennen wollte, aber sie hatte keinerlei Vorstellung davon, wie es sich steuern ließe. Es derart zu beherrschen, war allein dem letzten Gott vorbehalten.

»Warten wir's ab«, sagte er.

Es war nicht weit zu fahren. Um die abgesperrte Spreeinsel war ein kleiner Umweg nötig; Grazia konnte von weitem sehen, wie die Aufräumarbeiten vorangingen. Man würde sich sputen müssen, denn der Geburtstag des Kaisers, der stets mit allem erdenklichen Pomp gefeiert wurde, stand vor der Tür. Dann hatten sie das Universitätskrankenhaus erreicht.

Beklommen schritt Grazia die Treppen hinauf, durch Türen und Korridore, die Hand fest in der ihres Vaters. Er musste sich durchfragen, was sie nur am Rande mitbekam, denn nun schlug ihr das Herz bis zum Hals. Aus einem Raum kam ein Arzt, der sie beide händeschüttelnd begrüßte. Er sprach leise. Sie musste sich auf seine Worte konzentrieren und verstand dennoch wenig. Weiter ging es, hinter den ausgreifenden Schritten des Arztes her. Ihre Stiefeletten waren viel zu laut für diesen stillen Ort. Korridore, Türen, dann blieb er stehen. »Am Ende des Ganges. Sie werden verstehen, dass ich Sie nicht bis dorthin bringen kann.«

Er ließ sie allein. Grazia klammerte sich an den Arm des Vaters. »Ich hab nichts verstanden«, flüsterte sie. »Mir schwirrt der Kopf von den medizinischen Ausdrücken.«

»Die Kugel ist von einer Rippe abgeprallt und hat den Querdarm durchlöchert. Irgendein fester, klarer Stoff hatte sich in die Wunde gepresst. Man konnte sich nicht erklären, was das war. Als man es auf dem Operationstisch entfernen wollte, wurde es flüssig. Im Labor stellte sich heraus, dass es nur Wasser war. Es hat ihn vor dem Verbluten gerettet. Der Doktor stand vor einem Rätsel. Du könntest es lösen, hm?«

Sie lächelte. Veynaydros nutzlose Wasserzauberei ... Ob ihr so etwas jemals ein zweites Mal gelingen würde?

»Den Darm hat man genäht, die Knochensplitter und eine halbe Rippe entfernt. Er hatte wirklich Glück, die Mortalitätsrate bei solchen Operationen ist sehr hoch.« Im hintersten Winkel tauchte eine Nische auf. Zwei Schutzmänner in Uniform standen davor. Der Vater hielt sie zurück. »Jetzt wird es Zeit für mich. Du darfst eine Viertelstunde hinein, hat man mir gesagt.«

»Wieso eigentlich? Und was der Arzt gesagt hat, dürften wir doch auch nicht wissen?«

»Wenn man unter der Hand eine Stange Geld hinblättert, dann schon. Unser Logisgast war in den paar Tagen nicht gerade billig.«

»O je, Papa.«

Er tätschelte begütigend ihre Schulter. »Was soll's, ich sage Adele, dass es bis auf Weiteres nur noch sonntags Schrippen gibt. Nun geh schon.«

Sie legte die Arme um ihn. »Es tut mir leid, dass du das schon wieder ertragen musst.«

Er küsste ihre Wange. »Kindchen, ich habe dich ins Havelwasser springen sehen und es irgendwie ausgehalten. Zu sehen, wie du aus einem Krankenzimmer nicht wieder herauskommst, ist dagegen ein Klacks. Und jetzt ab mit dir, bevor sich die beiden Kerle dort fragen, wieso wir so ein Abschiedsbohei veranstalten. Und bevor ich dich doch noch wieder mitnehme. Ich setze mich draußen auf eine Bank, rauche eine Zigarre und feile an möglichen Erklärungen. Wird nicht leicht werden, immerhin sind wir im dritten Stock.«

Sie ließ ihn los und hastete zur Zimmertür. Es war nicht einmal nötig, ihren Namen zu nennen. Schweigend schloss man ihr auf. Dem Vater zu winken, konnte sie sich nicht verkneifen, und auch er hob eine Hand, dann wandte er sich ab und ging.

In ihrem Rücken schloss sich die Tür. Durch die Ritzen des verrammelten Fensterladens drang schwach das Tageslicht. Sie tastete nach einem Drehschalter neben der Tür. Es klackte, die Deckenlampe enthüllte ein trostloses Zimmer, an dessen grau lackierten Wänden sich die winzige Zeichnung irgendeiner Wiesenlandschaft verlor. Die Luft war stickig und schwer vom Geruch kalten Schweißes und dem, was man nur in Krankenhäusern roch. Langsam ging sie zum Bett, den Mantel aufknöpfend. Sie streifte ihn ab, ließ ihn auf einen Stuhl fallen. Den flachen Umhängebeutel, den sie unter dem Mantel verborgen hatte, hob sie über den Kopf und legte ihn dazu. Die Handschuhe, fort damit. Ihre Finger berührten eines der metallenen Gitter, die an den Seiten aufgeklappt waren, und glitten zu seiner Hand. Beide Handgelenke waren mit Gurten an das Gestänge gefesselt. Da war die Tätowierung, der Beweis, Anschar vor sich zu haben. Sein Gesicht wirkte fremd. So fremd, wie ihres gewesen war, als sie nach ihrer Heimkehr in den Spiegel geschaut hatte. Eingefallen, blutarm.

So fremd … Sachte berührte sie seinen geschorenen Kopf. Nicht nur die Haare hatten sie ihm gänzlich entfernt, auch den Ohrhaken. Aus dem Krieger war eine zerbrechliche Porzellanpuppe geworden. Aber der Mund, die schön geschwungenen Lippen waren dieselben. Ihre Fingerspitzen strichen darüber. Sie würde sich über ihn beugen und ihn wachküssen, gleich, gleich; sie zögerte den Augenblick hinaus, wie man ein kühles Limonadenglas in der Hand hielt, während der Durst übermächtig wurde.

Er tat einen heftigen Atemzug, riss die Augen auf. Plötzlich begann er sich zu winden und zu keuchen. Seine Armmuskeln spannten sich an, seine gespreizten Finger zitterten.

»Da ist etwas in mir drin.« Die Worte kaum mehr als ein tonloses Rasseln. »Kannst du mich losbinden?«

»Ja.« Sie versuchte, den Gurt seiner rechten Hand zu lösen, aber er war so straff, dass ihre geplagten Fingernägelchen einrissen. Kaum hatte sie es geschafft, zerrte er die Decke und den Krankenhauskittel beiseite. Sie lief um das Bett herum, und noch während sie sich plagte, den Gurt seiner anderen Hand aufzubekommen, packte er den Drainageschlauch, der aus dem dicken Verband um seinen Bauch ragte.

»Nicht!«, zischte sie und streckte sich nach seiner Hand.

Er war schneller. Einen rauen Schrei unterdrückend, riss er daran. Voller Abscheu warf er das blutige Schlauchende von sich. »Sie hatten mir noch mehr solche Sachen in den Körper gesteckt. In den Arm! In meinen Schwanz! Sie sind vollkommen verrückt!« Seine Stimme war verwaschen von dem Morphium, das man ihm verabreicht hatte, die Pupillen winzig klein; dennoch funkelte er sie so böse an, dass sie zurückzuckte.

»Es war notwendig, sie wollten dich nicht foltern. Aber das erkläre ich dir später irgendwann. Wenn wir in Sicherheit sind. Wenn wir in Argad sind.«

»Ich will das gar nicht wissen!« So heftig zerrte er am zweiten Gurt, dass sie es kaum schaffte, ihn zu lösen. »Ich konnte sie nicht einmal anschreien, bei allem, was sie mit mir taten. Meine Zunge war wie aus Stein!«

Ihre Hand schnellte vor und bedeckte seinen Mund. »Wenn du nicht leise bist, schaffen wir es nicht zurück.«

Er sank zurück ins Kissen. »Argad«, flüsterte er. Seine Lider flatterten und fielen zu. Sie umschloss seine schlaffen Finger. Wie schlimm musste es für ihn gewesen sein mitzuerleben, dass man unverständliche Dinge mit ihm tat? Aber sie rief sich zur Ordnung, es blieb für solche Gedanken keine Zeit. Sie nahm das Glasgefäß mit dem Schlauch und legte es auf den

Nachttisch. Nur wenig Wundflüssigkeit war darin; sie hoffte, dass man es ohnehin bald entfernt hätte. In seinem Nacken löste sie das Krankenhaushemd, streifte es von seinen Armen und warf es zu Boden. Die Decke schob sie an den Rand. Einen Moment musste sie verharren. Seine Haut war von Schrammen, kleineren Wunden und Blutergüssen übersät. Sie entfernte den Gurt von seinen Fußgelenken und klappte so leise wie möglich das Seitengitter herunter.

»Anschar, wach auf, bitte.« Sie rüttelte ihn.

»Lass mich schlafen …«

Mit aller Kraft zerrte sie an seiner Schulter. Vielleicht sollte sie ihn schlagen, wie er es in der Wüste bei ihr getan hatte, als sie zu verzweifelt zum Weiterlaufen gewesen war. Aber das wagte sie nicht. Er krümmte sich und bedeckte mit den Unterarmen seinen Bauch, während er sich mit ihrer Hilfe aus dem Bett kämpfte.

»Inar steh mir bei, warum schmerzt jeder Atemzug?«

»Bitte sei leise.« Erschrocken sah sie ihn mit einem Ruck aufstehen und zur Tür wanken. Sie stellte sich ihm in den Weg. »Wo willst du denn hin?«

»Nach draußen, sie niederschlagen. Sie stehen doch da herum, oder nicht?«

Grazia rang vor seiner Brust die Hände. Eben noch hatte er hilflos wirkend dagelegen, und jetzt hätte sie ihn liebend gern gegen einen Sack Flöhe eingetauscht. »Ja, das tun sie, aber wenn du hinausgehst, ist alles vorbei. Du kannst sie nicht niederschlagen. Du bist schwer verletzt.«

Seine Augen wurden klar. Er tastete nach der genähten Platzwunde oberhalb seiner Braue. »Was ist passiert?«

»Justus hat dich angeschossen. Die Kugel ist …« Hilflos nagte sie an der Unterlippe. Rippe, Darm, dafür kannte sie keine argadischen Worte. »Sie ist in dich eingedrungen, hat dich beinahe verbluten lassen. Dass du jetzt stehen kannst, liegt nur daran, dass du voll mit Schmerzmitteln bist. Anschar, hör zu, wir beide gehen jetzt durch das Tor. Ich kann es rufen, konnte es schon die ganze Zeit, bloß hab ich's nicht gewusst. Aber auch darüber werden wir später reden. Hast du das alles verstanden?«

Er wankte zurück zum Bett und setzte sich, sackte aber sofort mit schmerzverzerrtem Gesicht auf den Ellbogen. »Hätte dein Bruder es nicht getan, wären wir jetzt beide tot. Soweit es mich betrifft, bin ich mir allerdings nicht sicher, ob ich es wirklich überstehe.«

»Bestimmt. Wenn du dich schonst.« Die Verletzung würde ihn wahrscheinlich ewig daran erinnern. »Und du musst immer viel trinken, damit du keine Schmerzen nach dem Essen hast.«

»Das heißt, dass du niemals wieder von mir fortlaufen darfst. Ist dir das klar?«

Darüber konnte sie nur lächeln. Niemals wieder, dachte sie.

Er drohte wieder hinwegzudämmern. »Es bedeutet noch anderes. Mag sein, dass ich es überstehe, aber gut genug für die Zehn werde ich nicht mehr sein. Damit ist es vorbei, der Meya wird mich entlassen.« Seine Stimme wurde schleppend, sein Kopf sackte zur Seite. »Das heißt, du kannst … *mein Fräulein* … wenn du … willst.«

Er war wieder eingeschlafen. »Puh«, murmelte sie. »Einen Heiratsantrag habe ich mir früher immer anders vorgestellt. Anschar! Steh um Himmels willen wieder auf.« Sie lief zur Tür, presste das Ohr daran und lugte durchs Schlüsselloch. Natürlich sah sie keinen der Polizisten, und sie hörte auch nichts. Wenn das alles nur gutging! Als sie zu Anschar zurückkehrte, war er zu ihrer Verblüffung wieder auf den Füßen. Er stand vorgeneigt und stützte sich aufs Fußgitter.

»Du hast da eben etwas gesagt – das Tor. Wie kann denn das sein?« Er strich sich über den Kopf, stutzte, weil da nichts mehr war, in das seine Finger hineinfahren konnten, aber Beachtung schenkte er dem nicht. Beständig schien er zu schwanken zwischen Begreifen und dem alles überlagernden Wunsch, zu schlafen. »Wohin wird es uns bringen? Ich hoffe, nicht mitten in eine von allen Göttern verlassene Gegend.«

»Das weiß ich nicht. Aber es hat uns nie dort entlassen, wo wir hoffnungslos verloren gewesen wären. Schau, was ich hier habe.« Sie holte aus dem Beutel seine Kleidung und faltete sie auseinander. Endlich, endlich sah sie etwas wie Freude in seinem geschundenen Gesicht aufleuchten. Sie half ihm, das Hemd über den Kopf zu ziehen und den Wickelrock anzulegen. Es tat so gut, diese vertrauten Dinge an ihm zu sehen, auch wenn das Hemd merklich lockerer saß.

Sie hängte sich wieder den Beutel um. Das Allernotwendigste war darin; reichlich Morphium hatte sie in der Apotheke besorgt, dazu Jodtinktur und Mullbinden. Ein paar Streichholzschächtelchen und ihren blauen argadischen Mantel hatte sie ebenfalls dabei. Den Winterpaletot ließ sie liegen. »Jetzt erschrick nicht«, sagte sie leise. Ihre Lider glitten hinab. Um ihre Hand wehte kühl der vertraute Luftzug. Sie hörte Anschar aufkeuchen. Als sie wieder hinsah, warf die Säule des Tores ihr Licht an die Wände.

»Ist das … echt?« Er streckte sich nach dem Licht. »Es fühlt sich so an. Aber ich kann es kaum glauben.«

Sie schob die Schulter unter seine Achsel und fasste sein Handgelenk.

»Warte, warte, Feuerköpfchen! Mir ist nicht wohl bei dem Gedanken an die harte Landung da unten. Kannst du es irgendwie sanft gestalten?«

»Nicht dass ich wüsste. Ich halte dich.«

»Du mich? Das wird dir sicher gelingen«, schnaufte er gereizt. Die flirrende Wand aus Licht kam näher, nahm sie in sich auf, und dann standen sie inmitten des Tores.

»Warum passiert nichts? Da ist kein Sog«, rief er zittrig. Ihre Schultern sackten nieder, als er seine Arme darauf legte und sie fest umschlang. Er schwankte.

»Beruhige dich.« Aber er hatte Recht, der Luftzug, der einen in die Höhe riss, fehlte. Nun, sie wollten nicht hinauf, sie wollten dorthin, wo sie sonst in die Havel gesprungen waren – nach unten. Es gab kein Oben und Unten, die Welten lagen nicht übereinander, aber das Tor verhielt sich so. Hatte sie nicht gesehen, wie der letzte Gott in seiner Lichtsäule in die Höhe geschwebt und verschwunden war? Aber sie waren nicht der Gott, und sein damaliges Ziel kannten sie nicht.

»Mach Wasser«, keuchte Anschar.

»Hier?«

»Ja, ja! Probier es aus!«

Das war leicht, es bedurfte nur eines Gedankens, schon standen ihre Stiefeletten im Wasser. Erstaunt bemerkte sie, wie es am Fuß der Säule hochkroch, als sauge sie es auf. Immer höher stieg es, füllte das Zimmer, bis es ihre Knie umspülte. Die Tür ging auf, beide Wachleute stemmten sich gegen den Wasserschwall. Angesichts des Wunders verwandelten sie sich in glotzende Kinder. Einer zog benommen seine Pistole. Aber es war zu spät, sie verschwammen vor Grazias Augen, ihre Gestalten, alles um sie herum schien sich in aufstrebenden Linien zu verlieren. Licht und Farbe wichen der gewohnten Schwärze. Sie fiel. Nur Anschar gab ihr Halt. Oder sie ihm? Er schrie. Oder sie? Ein anderes Licht kam von unten her. Langsam, langsam!, wollte sie das Tor ermahnen. Gleich musste es geschehen, dass eine Kraft ihren Fall aufhielt. Ihr wurde gänzlich schwarz vor Augen: die Ohnmacht.

Hitze prallte gegen ihr Gesicht. Die ersten Atemzüge in der anderen Welt kosteten Kraft. Sie blinzelte gegen eine tief stehende Sonne. Ihre Finger griffen in Sand. Er war warm, noch nicht erhitzt, es musste früh am Tag sein. Sie rutschte auf die Knie und bettete Anschars Kopf und Schultern auf dem Schoß. Fest waren seine Augen im Schmerz zusammengepresst. Seine Hände krampften sich über dem Bauch, seine Schultern bebten. Behutsam zog Grazia das Hemd aus dem Rockbund und schob es hoch. Der Verband war sauber, nichts schien aufgebrochen. Beruhigend strich sie ihm den Schweiß von den Brauen. Es ist gut gegangen, wollte sie sagen, brachte aber vor Erschöpfung nichts heraus.

Ein Glöckchen klirrte. Hufe warfen Sand auf. Eine Einhornziege neigte mit geweiteten Nüstern den Kopf und schnupperte. Die samtigen Lippen hoben den Saum von Anschars Rock und begannen an den Fransen zu knabbern. Jemand rief leise, und sie schüttelte den Kopf. Das Glöckchen an einem Ring um ihr Horn geriet in Bewegung. Eine junge Frau kam herangelaufen, langte nach dem Halsstrick und zerrte sie einige Schritte zurück. Weitere Frauen hatten aufgemerkt; sie standen in einiger Entfernung und tuschelten erregt miteinander.

Ein Nomadendorf. Grazia blickte zu Anschar hinab. Begriff er, dass das Tor sie in die Wüste gebracht hatte? Er kämpfte noch mit sich, mit seinem Körper und der einschläfernden Droge.

Die Rufe mehrten sich, nun hörte sie auch alarmierte Männerstimmen heraus. Zehn, fünfzehn Wüstenmenschen stapften näher. Grazia strich über Anschars Gesicht; der Schweiß schien schneller zu kommen, als sie ihn fortwischen konnte. Ein wenig beklommen blickte sie auf, als die Schatten der Männer auf sie und Anschar fielen. Terrakottafarbene, bärtige Gesichter. Zwei der Wüstenmänner hielten Wurfspieße. Aber unter ihnen waren auch ältere Frauen, sie winkten und bedeuteten ihnen, nicht so nah heranzutreten. Die Männer öffneten eine Gasse, durch die eine Frau herantrat. Ein besticktes Wollgewand umschlackerte ihre stolz gereckte

Gestalt. Ihre scharfen Gesichtszüge waren misstrauisch verkniffen. Dann trat das Erkennen in ihre Augen.

Tuhrod ging in die Knie. Auch Anschar erkannte sie, denn er versuchte sich ruckartig aufzurichten, was ihm nicht gelang. Er schüttelte sich, aus seinem Mund kam angesichts der Erkenntnis ein verzweifeltes Stöhnen. Tränen schwemmten den Sand von seinen Schläfen. Mit aller Kraft rollte er sich auf die Seite, Tuhrod zugewandt. Seine Hand, Sand verstreuend, kam auf ihrem Schenkel zu liegen. Bittend öffneten sich seine Finger. Tuhrod schüttelte den Kopf, doch aus dieser Geste sprach nur Staunen. Sie ergriff seine Hand.

Lange Schatten krochen über die Unebenheiten der Wüste: aus dem Sand ragendes Felsgestein, das ewige und unverwüstliche Felsengras, das sich wiegte und aneinander rieb. Pelzige Eidechsen genossen das abendlich milde Licht. Wie sähe es aus, fragte sich Grazia, wenn hier dereinst salziges Wasser über ihre Füße schwappte? Aus den Zelten erklangen Gesänge, Flötenspiel und Schläge auf blasenbespannten Trommeln ohne jede Ordnung. Ziegen blökten, eine Frau schimpfte, Kochfeuer knisterten.

»Lass uns heimkehren«, sagte Anschar. Grazia nickte. Er hatte den Arm um sie gelegt, sah mit ihr auf die Ebene hinaus. »Es sind nur vier Wochen bis Argad, sagen sie, und sie sind gewillt, uns ein gutes Stück zu begleiten, bis ich mich besser fühle. Es drängt mich danach, vor Madyur zu treten. Auch wenn er zweimal hinsehen muss, um mich zu erkennen.« Er griff um sie und löste im Rücken ihren Zopf. Dabei ließ er sich Zeit, lockerte die welligen Strähnen und ließ sie durch die Finger gleiten, als wolle er, wenn sie schon nicht in seinen Haaren baden konnte, es in ihren tun. Seine Lippen zupften an ihren, seine Zunge erschmeichelte sich mit Nachdruck den Zugang. Von seinem vertrauten Geschmack wollte sie mehr kosten; tief sog sie den Atem ein und sann dem Prickeln nach, das ihren Körper umrauschte. Sich halten lassen von diesen Armen, die für sie stark genug waren, auch wenn er sich jetzt anspannte, weil der Schmerz durch ihn jagte. Er wankte zwei Schritte zu einem Felsgestein und ließ sich darauf nieder. Unruhig rutschte er hin und her, suchte eine halbwegs angenehme Sitzposition. Sie hockte sich neben ihn und wartete, bis er entspannt atmete.

»Anschar, ich muss dir etwas gestehen.« Sie spielte mit der silbernen Heria, deren Haken er sich in sein Ohrloch gesteckt hatte. Das Schmuckstück war für ihn längst kein Sklavenzeichen mehr. Wo wohl das eine Ohrgehänge seiner Mutter war? Vielleicht im Palast, aber würden sie es je finden? »Erinnerst du dich, dass ich sagte, ich könne erst schwanger werden, wenn wir vermählt sind?«

»Natürlich.«

»Das …«, sie schluckte schwer. »Das stimmt gar nicht.«

»Du hast mich die ganze Zeit angelogen?«

»Nein!« Sie glaubte knallrot wie ein Apfel zu werden. Es war ihr nicht möglich, ihn anzusehen. »Ich hab's nicht besser gewusst«, hauchte sie. »Bitte lach mich nicht aus.«

Das Zucken um seine Mundwinkel war verräterisch. Sogleich wurde er wieder ernst. »Vielleicht unterscheiden sich zwei Menschen aus unterschiedlichen Welten zu sehr, nur dass wir nicht erkennen können, wie. Und es ist uns nicht möglich, ein Kind zu zeugen.«

Kein schöner Gedanke. Aber auch keiner, dem sie jetzt Raum geben wollte. »Wir werden sehen.«

»Aber da warten noch andere Unwägbarkeiten auf uns. Was will denn der Meya mit mir anfangen? Ich habe keine Ahnung, was ich zukünftig tun soll.«

»Das finden wir schon heraus.«

»Ha! Tatenlos herumzusitzen und für den Rest meines

Lebens Suppe zu löffeln, wird mich vielleicht so missgelaunt machen, dass du dich nach Hause wünschst.«

»Warten wir's ab.«

»Und deine Gabe, was wirst du damit tun? Wer solche Macht besitzt, dessen Aufgabe wird sicher nicht sein, täglich meine Suppe zuzubereiten.«

»Ich weiß es nicht.«

»Wir werden …«

»Schsch, hör auf damit.« Ihre Fingerspitzen legten sich auf seinen Mund. »C'est la vie. Wir werden uns lieben, und jetzt sei ruhig.«

Der Gott war frei. Er schlenderte am Himmel, seine Füße berührten mit jedem Schritt den Horizont. Er war schön wie Apoll und hatte einen Namen: Nihayar. Im Gehen kraulte er das Fell des geliebten Tieres an seiner Seite. Aus seinen Haaren rann Wasser, es breitete sich über die Welt aus und regnete herab. Im Palastgarten saß Fidya im trockenen Gras und hielt Miyar auf dem Schoß. Ein Tropfen fiel auf ihre gelbe Federnhaube. Sie nahm sie herab, fasste ins Haar und zerrieb die Feuchtigkeit zwischen den Fingern. Noch ein Tropfen, noch einer, noch viele zerplatzten auf ihrer Stirn und prasselten mit einem Mal dick wie Honig hernieder, staubige Erde hochwirbelnd. Fidya schaute auf und winkte hinter sich. Madyur, sieh!, formten ihre Lippen. Rasch wurde die Federnhaube neben ihrer Hüfte unansehnlich. Ströme klaren Wassers nässten das Vögelchen und ließen das dünne Kleid an den Schultern kleben. Sie fasste das Kind unter den Achseln und hob es hoch. Miyar gluckste, strampelte, entblößte winzige Zähnchen. Fidya lachte mit ihm. Sie streckte die Zunge heraus, leckte sich die Lippen und fing die Tropfen auf.

DANKSAGUNG

Auch für die Fortsetzung gilt mein Dank meinen beiden Agentinnen Natalja Schmidt und Julia Abrahams, die das Projekt auf den Weg brachten. Martina Vogl vom Heyne Verlag, die es erst ermöglichte, und Angela »bezaubernde Jeannie« Kuepper, die es bestmöglich unterstützte. Dem »Ganskreis« Juliane Korelski, Uschi Timm-Winkmann und Manuela Tengler, die mich immer vorwärts trieben und mit klugen Anmerkungen zur Seite standen.

Die Liste derer, die mir zahllose Fragen beantworteten, wäre endlos. Erwähnen möchte ich wenigstens die User von werweiss-was.de, von denen ich mich frage, wie ich eigentlich ohne sie je hatte ein Buch schreiben können.

Ihnen allen danke ich sehr herzlich für ein aufregendes Schreibabenteuer.

Das erwähnte Buch »Von Homers Welt und Werk« stammt übrigens natürlich nicht von Carl Philipp Zimmermann, sondern von Wolfgang Schadewaldt.

Sabine Wassermann